ΘΑΝΑΣΙΜΑ ΕΡΓΑΛΕΙΑ

Βιβλίο Δεύτερο

Πόλη της Στάχτης

CASSANDRA CLARE

μετάφραση: Φωτεινή Μοσχή

PLATYPUS

Τίτλος πρωτοτύπου
MORTAL INSTRUMENTS - CITY OF ASHES
Συγγραφέας
CASSANDRA CLARE

ΠΛΑΤΥΠΟΥΣ ΕΚΔΟΤΙΚΗ
Αρτέμιδος 1β', 15342 Αγ. Παρασκευή, Αθήνα
Τηλ. 210 6002605, Fax 210 6081164
info@platypus.gr
www.platypus.gr

Μετάφραση: Φωτεινή Μοσχή
Επιμέλεια: Ελίνα Μιαούλη

Εκτύπωση: Starprint A.E.

ISBN 978-960-6665-55-4

Για τον πατέρα μου,
που δεν είναι σατανικός.
Εντάξει, μπορεί λιγάκι.

Ευχαριστίες

Αυτό το βιβλίο δεν θα είχε γραφτεί χωρίς την υποστήριξη και την ενθάρρυνση της ομάδας δημιουργικής γραφής μου: Χόλι Μπλακ, Κέλι Λινκ, Έλεν Κάσνερ, Ντίλια Σέρμαν, Γκάβιν Γκραντ και Σάρα Σμιθ. Δεν θα τα είχα καταφέρει επίσης χωρίς την Ομάδα ΝΒ: Τζάστιν Λαρμπαλέστιερ, Μορίν Τζόνσον, Μάργκαρετ Κρόκερ, Λίμπα Μπρέι, Σεσίλ Καστελούτσι, Τζέιντα Τζόουνς, Νταϊάνα Πίτερφρεντ και Μαρίσα Έντελμαν. Ευχαριστώ επίσης τους Ίβ Σινάικο και Έμιλι Λόερ για τη βοήθεια (και τα αυστηρά σχόλια), και τη Σάρα Ρις Μπρέναν, που αγάπησε τον Σάιμον περισσότερο από οποιονδήποτε στον κόσμο. Οφείλω την ευγνωμοσύνη μου σε όλους στον εκδοτικό οίκο Simon and Schuster που πίστεψαν σ' αυτά τα βιβλία. Ένα ξεχωριστό ευχαριστώ στην επιμελήτριά μου, Κάρεν Γουίτιλα, για όλες τις μοβ διορθώσεις στα γραπτά μου, τη Σάρα Πέιν που περνούσε διορθώσεις ακόμα και μετά το πέρας της προθεσμίας, τον Μπάρα Μακνίλ που παρακολουθούσε το απόθεμα όπλων του Τζέις, και τον ατζέντη μου, Μπάρι Γκόλντμπλατ, που μου λέει ότι κάνω βλακείες όταν κάνω βλακείες. Ευχαριστώ και την οικογένειά μου: τη μητέρα, τον πατέρα μου, την Κέιτ Κόνορ, τον Τζιμ Χιλ, τη θεία Ναόμι και τον ξάδερφό μου, τον Τζόις, για την υποστήριξή τους. Και για τον Τζος, που είναι λιγότερο από τριών χρονών.

Ετούτη η Πικρή Γλώσσα

Ξέρω τους δρόμους σου, γλυκιά πόλη,
ξέρω τους αγγέλους και τους δαίμονες που μαζεύονται
και κουρνιάζουν στα κλαδιά σου σαν πουλιά.
Σε ξέρω, ποτάμι, λες και κυλάς μες στην καρδιά μου.
Είμαι η κόρη σου, που πολεμάει.
Υπάρχουν γράμματα φτιαγμένα απ' το κορμί σου
όπως το σιντριβάνι είναι φτιαγμένο από νερό.
Υπάρχουν γλώσσες,
κι εσύ είσαι η σφραγίδα τους
έτσι καθώς τις μιλάμε
η πόλη ξεσηκώνεται.

—Έλκα Κλόουκ,

Πρόλογος

Καπνός και Διαμάντια

Το πελώριο κατασκεύασμα από ατσάλι και γυαλί ορθωνόταν πάνω στη βάση του στην Οδό Φροντ σαν μια αστραφτερή βελόνα που έσκιζε τον ουρανό. Το Μετροπόλ, ο πιο ακριβός καινούριος ουρανοξύστης με κατοικίες στο Μανχάταν, είχε πενήντα επτά ορόφους. Ο τελευταίος όροφος, ο πεντηκοστός έβδομος, στέγαζε το πιο πολυτελές διαμέρισμα: το ρετιρέ Μετροπόλ, ένα αριστούργημα του γυαλιστερού ασπρόμαυρου ντιζάιν. Ήταν τόσο καινούριο, που τα γυμνά μαρμάρινα πατώματά του δεν είχαν προλάβει ακόμη να μαζέψουν σκόνη και αντανακλούσαν τα αστέρια που διακρίνονταν πίσω απ' τα τεράστια παράθυρα που απλώνονταν απ' το ταβάνι ως το πάτωμα. Το τζάμι στο παράθυρο ήταν τόσο τέλεια διάφανο, προσφέροντας την απόλυτη ψευδαίσθηση ότι ανάμεσα στο θεατή και στη θέα δεν υπήρχε τίποτα, που προκαλούσε ίλιγγο ακόμα και σε όσους δεν φοβούνταν τα ύψη.

Κάτω στο βάθος, έτρεχε η ασημένια κορδέλα του ποταμού Ιστ Ρίβερ, με τις φωτισμένες γέφυρες, τα σκόρπια σκάφη που ήταν μικρά σαν μύγες, χωρίζοντας τις αστραφτερές φωτισμένες όχθες: το Μανχάταν, απ' τη μία, και το Μπρούκλιν, απ' την άλλη. Αν η ατμόσφαιρα ήταν καθαρή, στα νότια φαινόταν το Άγαλμα της Ελευθερίας, αλλά εκείνο το βράδυ είχε ομίχλη και το νησί πάνω στο οποίο βρισκόταν το άγαλμα ήταν κρυμμένο πίσω από ένα λευκό σεντόνι πάχνης.

Παρά την υπέροχη θέα, ο άνδρας που στεκόταν μπροστά στο παράθυρο δεν έδειχνε να έχει εντυπωσιαστεί ιδιαίτερα. Στο στενό, ασκητικό πρόσωπό του είχε σχηματιστεί μια γκριμάτσα καθώς απομακρυνόταν απ' το παράθυρο, διασχίζοντας το δωμάτιο, κάνοντας τα τακούνια απ' τις μπότες του να αντηχούν στο μαρμάρινο πάτωμα. «*Ακόμη* δεν τέλειωσες;» είπε επιτακτικά, περνώντας το χέρι του μέσα απ' τα λευκά σαν τη στάχτη μαλλιά του. «Είμαστε εδώ σχεδόν μία ώρα».

Το αγόρι που ήταν γονατιστό στο πάτωμα τον κοίταξε νευρικά και ανυπόμονα. «Είναι το μάρμαρο. Είναι πιο στέρεο απ' ό,τι νόμιζα. Με δυσκολεύει στο να φτιάξω την πεντάλφα».

«Τότε, μην τη φτιάξεις». Από κοντά, ήταν πιο εύκολο να δει κανείς ότι παρά τα λευκά μαλλιά του, ο άνδρας δεν ήταν μεγάλος σε ηλικία. Το σκληρό του πρόσωπο ήταν αυστηρό αλλά δίχως ρυτίδες, τα καθαρά του μάτια ήταν σταθερά.

Το αγόρι ξεροκατάπιε και τα μαύρα φτερά που εξείχαν απ' τους ώμους του (είχε κόψει το μπουφάν του στα κατάλληλα σημεία για να βγαίνουν έξω) τινάχτηκαν ανήσυχα. «Η πεντάλφα είναι ένα απαραίτητο βήμα κάθε τελετής πρόσκλησης δαίμονα. Το ξέρετε, κύριε. Χωρίς αυτήν...»

«Δεν είμαστε προστατευμένοι. Το ξέρω αυτό, νεαρέ Ελίας. Τελείωνε, όμως. Ξέρω μάγους που θα είχαν καλέσει το δαίμονα, θα του είχαν μιλήσει και θα τον είχαν ξαναστείλει πίσω στην κόλαση στην ώρα που χρειάστηκες εσύ για να ζωγραφίσεις μισή πεντάλφα».

Το αγόρι δεν είπε τίποτα, μόνο έστρεψε ξανά την προσοχή του στο μάρμαρο, αυτήν τη φορά πιο επιτακτικά. Απ' το μέτωπό του έσταζε ιδρώτας, και έσπρωξε πίσω τα μαλλιά του με το χέρι του, στο οποίο τα δάχτυλα ήταν ενωμένα με λεπτεπίλεπτες νηκτικές μεμβράνες. «Έτοιμη», είπε στο τέλος και ακούμπησε στις φτέρνες του λαχανιασμένος. «Έγινε».

«Ωραία», είπε ο άνδρας. «Ας αρχίσουμε».

«Τα λεφτά μου...»

«Σου είπα ότι θα πάρεις τα λεφτά σου *αφού* μιλήσω στον Άγκραμον, όχι πριν».

Ο Ελίας σηκώθηκε όρθιος και έβγαλε το μπουφάν του. Παρά τις σχισμές που είχε κάνει, εξακολουθούσε να καταπιέζει τα φτερά του. Μόλις ελευθερώθηκαν, τινάχτηκαν και απλώθηκαν, σηκώνοντας ένα αεράκι στο κλειστό δωμάτιο. Τα φτερά του είχαν το χρώμα μιας πετρελαιοκηλίδας: μαύρα με ένα ουράνιο τόξο από μεθυστικά χρώματα. Ο άνδρας πήρε το βλέμμα του από πάνω του, σαν να τον δυσαρεστούσε το θέαμα, αλλά ο Ελίας δεν έδειξε να το προσέχει. Άρχισε να περπατάει αντίστροφα απ' τη φορά του ρολογιού, γύρω γύρω απ' το πεντάκτινο αστέρι που είχε σχεδιάσει, ψάλλοντας σε μια δαιμονική γλώσσα που έμοιαζε με το κροτάλισμα της φωτιάς.

Με έναν ήχο σαν τον αέρα που φεύγει από ένα τρύπιο

λάστιχο, το περίγραμμα του αστεριού άξαφνα άρπαξε φωτιά. Τα τεράστια παράθυρα αντανακλούσαν δεκάδες φλεγόμενα πεντάκτινα αστέρια.

Κάτι μέσα στην πεντάλφα κουνιόταν, κάτι άμορφο και μαύρο. Ο Ελίας τραγουδούσε πιο δυνατά τώρα, σηκώνοντας τα ενωμένα του δάχτυλα, σχηματίζοντας περίτεχνα σχήματα στον αέρα. Καθώς το έκανε, μπλε φλόγες άναβαν στο πέρασμά του. Ο άνδρας δεν καταλάβαινε τη Χθόνια, τη γλώσσα των μάγων, τουλάχιστον όχι καλά, αλλά αναγνώριζε κάμποσες από τις λέξεις για να καταλάβει το επαναλαμβανόμενο τραγούδι του Ελίας: «*Άγκραμον, σε καλώ. Σε καλώ πέρα από τα όρια μεταξύ των κόσμων*».

Ο άνδρας έβαλε το χέρι του στην τσέπη του. Κάτι σκληρό, κρύο και μεταλλικό ήρθε σε επαφή με τα δάχτυλά του. Χαμογέλασε.

Ο Ελίας είχε σταματήσει να περπατάει. Στεκόταν μπροστά στην πεντάλφα, με φωνή που ανέβαινε και χαμήλωνε σε μια σταθερή ψαλμωδία, ενώ γύρω του κροτάλιζε η μπλε φωτιά σαν αστραπές. Ξαφνικά, μια δέσμη μαύρου καπνού ξεπετάχτηκε μέσα απ' την πεντάλφα· ανέβηκε φιδογυριστά προς τα πάνω, απλώθηκε και έγινε πιο στέρεα. Μέσα της κρέμονταν δυο μάτια σαν διαμάντια πιασμένα στον ιστό μιας αράχνης.

«*Ποιος με κάλεσε από τον κάτω κόσμο;*» φώναξε επιτακτικά ο Άγκραμον με φωνή που έμοιαζε με γυαλί που σπάει. «*Ποιος με καλεί;*»

Ο Ελίας είχε σταματήσει να ψάλλει. Στεκόταν ακόμη μπροστά στην πεντάλφα –ακίνητος, εκτός απ' τα φτερά του που χτυπούσαν απαλά τον αέρα. Η ατμόσφαιρα βρομούσε σκουριά και καπνίλα.

«Άγκραμον», είπε ο μάγος. «Είμαι ο μάγος Ελίας. Εγώ σε κάλεσα».

Για μια στιγμή, μεσολάβησε σιωπή. Μετά, ο δαίμονας γέλασε –αν μπορεί να πει κανείς ότι γελάει ο καπνός. Το ίδιο το γέλιο ήταν τόσο καυστικό όσο και οξύ. «*Ανόητε μάγε*», κλαψούρισε ο Άγκραμον. «*Ανόητο παιδί*».

«Εσύ είσαι ανόητος αν νομίζεις ότι μπορείς να με απειλείς», είπε ο Ελίας, αλλά η φωνή του έτρεμε όπως τα φτερά του. «Θα είσαι φυλακισμένος σ' αυτή την πεντάλφα, Άγκραμον, μέχρι να αποφασίσω να σε αφήσω ελεύθερο».

«*Αλήθεια;*» Ο καπνός όρμησε μπροστά, αλλάζοντας σχήματα ξανά και ξανά. Ένα πλοκάμι πήρε τη μορφή ανθρώπινου χεριού και χάιδεψε την άκρη της φλεγόμενης πεντάλφας που τον περιόριζε. Έπειτα, με ένα τίναγμα, ο καπνός τρύπωσε πέρα απ' τα όρια της πεντάλφας και ξεχύθηκε σαν ποτάμι που σπάει ένα φράγμα. Οι φλόγες τρεμούλιασαν και έσβησαν, ενώ ο Ελίας οπισθοχώρησε ουρλιάζοντας. Έψαλλε πάλι, βιαστικά στη γλώσσα των Χθονίων, ξόρκια για τον περιορισμό του δαίμονα και για την τιμωρία του. Τίποτα όμως δεν έπιανε: η πυκνή μαύρη μάζα του καπνού απλωνόταν ακατάπαυστα και τώρα είχε αρχίσει να παίρνει κάτι σαν μορφή –μια δυσειδή, τεράστια, φρικτή μορφή, με τα λαμπερά του μάτια να αλλάζουν, να γίνονται μεγάλα σαν δίσκοι, ρίχνοντας ένα απαίσιο φως. Ο άνδρας παρακολουθούσε με απαθές ενδιαφέρον όταν ο Ελίας ούρλιαξε ξανά και άρχισε να τρέχει. Δεν έφτασε καν στην πόρτα. Ο Άγκραμον όρμησε εμπρός, πέφτοντας με τη μαύρη μορφή του πάνω στο μάγο σαν ένα κύμα καυτής μαύρης ασφάλτου. Ο Ελίας αντιστάθηκε για λίγο, αλλά σύντομα υπέκυψε.

Η μαύρη μορφή αποσύρθηκε, αφήνοντας το μάγο αναίσθητο στο μαρμάρινο πάτωμα.

«Ελπίζω» είπε ο άνδρας, που είχε βγάλει το μεταλλικό αντικείμενο απ' την τσέπη του και το έπαιζε αφηρημένος στο χέρι του «να μην του έκανες κάτι που θα τον αχρηστέψει. Χρειάζομαι το αίμα του, βλέπεις».

Ο Άγκραμον γύρισε προς το μέρος του, μια μαύρη κολόνα με φονικά μάτια από διαμάντι. Κοίταξε τον άνδρα, το ακριβό του κοστούμι, το στενό, ατάραχο πρόσωπό του, τα μαύρα Σημάδια που σκέπαζαν το δέρμα του και το λαμπερό αντικείμενο στο χέρι του. «*Πλήρωσες το παιδί-μάγο να με καλέσει; Και δεν του είπες τι θα μπορούσα να του κάνω;*»

«Ακριβώς», είπε ο άνδρας.

Ο Άγκραμον μίλησε με μνησίκακο δέος: «*Πολύ έξυπνο*».

Ο άνδρας έκανε ένα βήμα προς το μέρος του δαίμονα. «Ναι, *είμαι* πολύ έξυπνος. Όπως επίσης είμαι τώρα και ο αφέντης σου. Έχω το Θανάσιμο Κύπελλο. Θα με υπακούσεις ή θα υποστείς τις συνέπειες».

Ο δαίμονας έμεινε σιωπηλός για ένα λεπτό. Μετά, γλίστρησε στο πάτωμα σε μια ειρωνική ένδειξη υποταγής –την πιο κοντινή κίνηση σε υπόκλιση που μπορούσε να κάνει μια δέσμη καπνού. «*Είμαι στη διάθεσή σας, αφέντη...;*»

Η πρόταση τέλειωνε ευγενικά, σε ερώτηση.

Ο άνδρας χαμογέλασε. «Μπορείς να με λες Βάλενταϊν».

Μέρος πρώτο

Μια εποχή στην Κόλαση

Πιστεύω πως είμαι στην Κόλαση, άρα λοιπόν είμαι

— Αρθούρος Ρεμπό

1

το βέλος του Βαλεντάιν

«Είσαι ακόμη θυμωμένος;»

Ο Άλεκ, που ακουμπούσε στον τοίχο του ασανσέρ, αγριοκοίταξε τον Τζέις, που στεκόταν απέναντί του στο στενό χώρο. «Δεν είμαι θυμωμένος».

«Ναι, είσαι», είπε ο Τζέις, κοιτάζοντας κατηγορηματικά το θετό του αδερφό και βγάζοντας μια μικρή κραυγή καθώς ο πόνος διαπέρασε το μπράτσο του. Πονούσε παντού από τις μελανιές που είχε κάνει το απόγευμα πέφτοντας μέσα από σάπιες σανίδες πάνω σε μια στοίβα από παλιοσίδερα. Ακόμα και τα δάχτυλά του ήταν μελανιασμένα. Ο Άλεκ, που μόλις πρόσφατα είχε βγάλει τις πατερίτσες που αναγκαζόταν να κρατάει από την αναμέτρησή του με τον Άμπαντον, δεν ήταν σε καλύτερη μοίρα. Τα ρούχα του ήταν γεμάτα λάσπη και τα μαλλιά του κρέμονταν σαν ιδρωμένα πράσα. Στο μάγουλό του είχε ένα βαθύ κόψιμο.

«Δεν είμαι», είπε ο Άλεκ σφίγγοντας τα δόντια του. «Μόνο και μόνο επειδή είπες ότι οι δαίμονες δράκοι έχουν εξαφανιστεί...»

«Είπα ότι έχουν σχεδόν εξαφανιστεί».

Ο Άλεκ τον απείλησε με το δάχτυλό του. «Το σχεδόν», είπε με φωνή που έτρεμε από θυμό «ΔΕΝ ΕΙΝΑΙ ΑΡΚΕΤΟ!»

«Μάλιστα», είπε ο Τζέις. «Θα τους πω να αλλάξουν το λήμμα στο εγχειρίδιο της δαιμονολογίας από "σχεδόν" εξαφανισμένοι σε "όχι αρκετά για τον Άλεκ. Αυτός προτιμάει τους δράκους του πραγματικά και εντελώς εξαφανισμένους". Θα είσαι ικανοποιημένος με *αυτό*;»

«Παιδιά, παιδιά», είπε η Ίζαμπελ, που κοιτούσε το πρόσωπό της στον καθρέφτη του ασανσέρ. «Μην τσακώνεστε». Γύρισε προς το μέρος τους με ένα χαρούμενο χαμόγελο. «Εντάξει, ήταν λίγο πιο... περιπετειώδες απ' ό,τι περιμέναμε, αλλά εμένα μου φάνηκε ότι είχε πλάκα».

Ο Άλεκ την κοίταξε και κούνησε το κεφάλι του. «Πώς τα καταφέρνεις να μη λερώνεσαι *ποτέ*;»

Η Ίζαμπελ ανασήκωσε στωικά τους ώμους της. «Έχω καθαρή ψυχή. Διώχνει τη βρομιά».

Ο Τζέις ρουθούνισε ειρωνικά, τόσο δυνατά, που η Ίζαμπελ στράφηκε προς το μέρος του με μια γκριμάτσα. Κούνησε απειλητικά τα χέρια του μπροστά στο πρόσωπό της. Τα νύχια του ήταν σαν μαύρα μισοφέγγαρα. «Ενώ εγώ είμαι βρόμικος παντού, από μέσα κι από έξω».

Η Ίζαμπελ ήταν έτοιμη να του απαντήσει κάτι, αλλά εκείνη τη στιγμή το ασανσέρ σταμάτησε με ένα γδούπο και τον ήχο φρένων που τσιρίζουν. «Πρέπει να το φτιάξουμε επιτέλους αυτό το πράγμα», είπε η Ίζαμπελ ανοίγοντας την πόρτα. Ο Τζέις την ακολούθησε στο χολ, ανυπομονώντας να πετάξει την πανοπλία και τα όπλα του και να χωθεί κάτω απ' το καυτό νερό. Είχε πείσει τα θετά του αδέρφια να πάνε να κυνηγήσουν μαζί του παρά το γεγονός ότι κανείς τους δεν ένιωθε απόλυτα σίγουρος ότι έπρεπε να βγουν μόνοι τους έξω τώρα που δεν ήταν μαζί τους ο Χοτζ για να τους καθοδηγεί. Ο Τζέις όμως είχε ανάγκη την ένταση της μάχης για να ξεχαστεί, το σκληρό αντιπερισπασμό της σφαγής και τις πληγές που θα αποσπούσαν την προσοχή του έπειτα. Είχαν πάει μαζί του επειδή καταλάβαιναν ότι το χρειαζόταν, είχαν συρθεί στα βρομερά έρημα υπόγεια τούνελ μέχρι να βρουν το δαίμονα των Δραγονιδών και να τον σκοτώσουν. Οι τρεις τους λειτουργούσαν σε απόλυτη αρμονία, όπως πάντα. Σαν μια οικογένεια.

Άνοιξε το φερμουάρ του μπουφάν του και το κρέμασε σε ένα απ' τα καρφιά που υπήρχαν στο διάδρομο. Ο Άλεκ καθόταν δίπλα του στο χαμηλό ξύλινο πάγκο, βγάζοντας τις λασπωμένες του μπότες. Σφύριζε φάλτσα για να δείξει στον Τζέις ότι δεν είχε θυμώσει και *τόσο* πολύ. Η Ίζαμπελ έβγαζε τις φουρκέτες απ' τα μακριά μαύρα της μαλλιά, αφήνοντάς τα να πέσουν κυματιστά στους ώμους της. «Πείνασα», είπε. «Μακάρι να ήταν εδώ η μαμά να μας έφτιαχνε κάτι».

«Καλύτερα που δεν είναι», είπε ο Τζέις, βγάζοντας τη ζώνη με τα όπλα του. «Θα φώναζε ήδη για τις λάσπες στο χαλί».

«Και πολύ καλά θα έκανα», είπε μια ψυχρή φωνή, και ο Τζέις γύρισε απότομα το κεφάλι του, κρατώντας ακόμη τη ζώνη με τα όπλα, και αντίκρισε τη Μαρίζ Λάιτγουντ να στέκεται στο κατώφλι της πόρτας με τα χέρια σταυρωμένα μπροστά στο στήθος της. Φορούσε ένα αυστηρό μαύρο ταγέρ και τα μαλλιά της, μαύρα σαν της Ίζαμπελ, ήταν πιασμένα σε μια πυκνή πλεξούδα που έφτανε μέχρι τη μέση της. Τα μάτια της, ένα κρυστάλλινο μπλε, πήγαιναν μία στον έναν και μία στον άλλο σαν προβολέας ασφαλείας.

«Μαμά!» είπε η Ίζαμπελ που ξεπέρασε την έκπληξή της και έτρεξε να αγκαλιάσει τη μητέρα της. Ο Άλεκ σηκώθηκε και πλησίασε κι αυτός, προσπαθώντας να κρύψει το ότι κούτσαινε ακόμη.

Ο Τζέις έμεινε στη θέση του. Υπήρχε κάτι στο βλέμμα της Μαρίζ όταν σταμάτησε πάνω του που τον έκανε να παγώσει. Εντάξει, δεν ήταν και *τόσο* κακό αυτό που είπε. Έκαναν πλάκα για την εμμονή της με τα ακριβά χαλιά όλη την ώρα...

«Πού είναι ο μπαμπάς;» είπε η Ίζαμπελ καθώς απομακρυνόταν από τη μητέρα της. «Και ο Μαξ;»

Μεσολάβησε μια σχεδόν ανεπαίσθητη παύση. Μετά, η Μαρίζ είπε: «Ο Μαξ είναι στο δωμάτιό του. Και δυστυχώς ο πατέρας σου είναι ακόμη στην Αλικάντε. Είχε κάποιες δουλειές που έπρεπε να τακτοποιήσει».

Ο Άλεκ, που γενικότερα αντιλαμβανόταν πιο εύκολα τις διαθέσεις των άλλων, είπε: «Συμβαίνει κάτι;»

«Κι εγώ αυτό ήθελα να σε ρωτήσω», είπε ξερά η μητέρα του. «Κουτσαίνεις;»

«Ε...»

Ο Άλεκ ήταν φρικτός ψεύτης. Η Ίζαμπελ τον κάλυψε εύκολα: «Πέσαμε πάνω σε ένα δαίμονα Δραγονιδών σε μια υπόγεια σήραγγα. Δεν ήταν τίποτα σπουδαίο».

«Να υποθέσω ότι και ο Ανώτερος Δαίμονας που αντιμετωπίσατε την προηγούμενη εβδομάδα, ούτε αυτός ήταν τίποτα σπουδαίο;»

Ακόμα και η Ίζαμπελ έμεινε σιωπηλή μ' αυτό το σχόλιο. Κοίταξε τον Τζέις, ο οποίος ευχήθηκε από μέσα του να μην το είχε κάνει.

«Αυτό δεν το είχαμε σχεδιάσει», είπε ο Τζέις που δυσκολευόταν να συγκεντρωθεί. Η Μαρίζ δεν τον είχε χαιρετίσει ακόμη, δεν είχε πει ούτε καν "γεια", και τον κοιτούσε με μάτια σαν γαλάζια στιλέτα. Στο στομάχι του είχε έναν κόμπο που είχε αρχίσει να μεγαλώνει. Δεν τον είχε κοιτάξει ποτέ έτσι, ό,τι και να είχε κάνει. «Ήταν λάθος...»

«Τζέις!» στο δωμάτιο όρμησε ο Μαξ, ο νεαρότερος Λάιτγουντ, προσπερνώντας τη Μαρίζ και αγνοώντας το απλωμένο της χέρι. «Γύρισες! Γυρίσατε όλοι!» Κοίταξε γύρω του, χαμογελώντας θριαμβευτικά στην Ίζαμπελ και στον Άλεκ. «Και μου *φάνηκε* ότι άκουσα το ασανσέρ!»

«Κι εμένα μου φάνηκε ότι σου είπα να μείνεις στο δωμάτιό σου», είπε η Μαρίζ.

«Δεν το θυμάμαι», είπε ο Μαξ με μια σοβαρότητα που έκανε ακόμα και τον Άλεκ να χαμογελάσει. Ο Μαξ ήταν μικροκαμωμένος για την ηλικία του –έμοιαζε γύρω στα εφτά– αλλά είχε μια αυτοπεποίθηση και ένα ύφος που, σε συνδυασμό με τα τεράστια γυαλιά του, του έδινε τον αέρα μεγαλύτερου. Ο Άλεκ άπλωσε το χέρι του και χάιδεψε τα μαλλιά του αδερφού του, αλλά ο Μαξ κοιτούσε ακόμη τον Τζέις με μάτια που έλαμπαν. Ο Μαξ τον λάτρευε πάντα σαν ήρωα, όπως δεν λάτρευε ούτε τον ίδιο του τον αδερφό, μάλλον επειδή ο Τζέις ανεχόταν πάντα πολύ περισσότερο τις σκανταλιές του. «Άκουσα ότι πολεμήσατε έναν Ανώτερο Δαίμονα», είπε. «Ήταν φοβερό;»

«Ήταν... διαφορετικό», είπε διφορούμενα ο Τζέις. «Πώς ήταν το Αλικάντε;»

«*Τέλειο*! Είδαμε κάτι απίστευτα πράγματα. Έχουν ένα τεράστιο οπλοστάσιο και με πήραν σε μερικά απ' τα μέρη που κατασκευάζουν τα όπλα. Μου έδειξαν ένα νέο τρόπο να φτιάχνω λεπίδες σεράφ για να κρατάνε περισσότερο, και θα προσπαθήσω να πείσω τον Χοτζ να μου δείξει...»

Ο Τζέις δεν μπόρεσε να μη γυρίσει αντανακλαστικά το βλέμμα του προς τη Μαρίζ με μια έκφραση έκπληξης. Ο Μαξ δεν ήξερε για τον Χοτζ; Δεν του το είχε *πει*;

Η Μαρίζ είδε το βλέμμα του και τα χείλη της έγιναν σαν μια κοφτερή γραμμή. «Αρκετά, Μαξ», είπε πιάνοντας το μικρό της γιο απ' το μπράτσο.

Εκείνος γύρισε το κεφάλι του προς το μέρος της, έκπληκτος. «Μα, μιλάω με τον Τζέις...»

«Ναι, το βλέπω», του είπε εκείνη, σπρώχνοντάς τον απαλά προς την Ίζαμπελ. «Ίζαμπελ, Άλεκ, πάρτε τον αδερφό σας στο δωμάτιό του. Τζέις», είπε με μια κάπως σφιγμένη φωνή καθώς πρόφερε το όνομά του, λες και ένα αόρατο οξύ πίκραινε τις λέξεις στο στόμα της «πήγαινε να καθαριστείς λίγο και έλα να με βρεις στη βιβλιοθήκη όσο πιο γρήγορα μπορείς».

«Δεν καταλαβαίνω», είπε ο Άλεκ, κοιτάζοντας μία τη μητέρα του και μία τον Τζέις. «Τι συμβαίνει;»

Ο Τζέις ένιωσε να τον λούζει κρύος ιδρώτας. «Έχει σχέση με τον πατέρα μου όλο αυτό;»

Η Μαρίζ τινάχτηκε δυο φορές, λες και οι λέξεις "πατέρα μου" ήταν δυο δυνατά χαστούκια. «*Στη βιβλιοθήκη*», είπε με σφιγμένα δόντια. «Θα το συζητήσουμε εκεί».

Ο Άλεκ είπε: «Αυτό που έγινε όσο λείπατε δεν έγινε εξαιτίας του Τζέις. Ήμασταν όλοι μαζί. Και ο Χοτζ είπε...»

«Αργότερα, θα συζητήσουμε και για τον Χοτζ». Τα μάτια της Μαρίζ έπεσαν στον Μαξ, ο τόνος της ήταν προειδοποιητικός.

«Μα, μητέρα», διαμαρτυρήθηκε η Ίζαμπελ. «Αν έχεις σκοπό να τιμωρήσεις τον Τζέις, πρέπει να τιμωρήσεις κι εμάς. Αλλιώς, θα ήταν άδικο. Άλλωστε, κάναμε όλοι ακριβώς τα ίδια πράγματα».

«Όχι», είπε η Μαρίζ μετά από μια παύση τόσο μεγάλη, που ο Τζέις πίστευε ότι δεν θα έλεγε τίποτα. «Όχι, δεν κάνατε τα ίδια».

«Άνιμε[1]: κανόνας νούμερο ένα», είπε ο Σάιμον. Καθόταν στο χαλί, πάνω σε μια στοίβα μαξιλάρια, ακουμπώντας στο κρεβάτι του, με το τηλεκοντρόλ στο ένα χέρι και ένα σακουλάκι πατατάκια στο άλλο. Φορούσε ένα μπλουζάκι που έγραφε «Κάνω τσατ με τη μαμά σου» και ένα τζιν με τρύπα στο ένα γόνατο. «Ποτέ μην μπεις στο δρόμο του τυφλού μοναχού».

«Το ξέρω», είπε η Κλέρι, βουτώντας ένα πατατάκι στο μπολ με το ντιπ που ισορροπούσε πάνω στο δίσκο που βρισκόταν ανάμεσά τους. «Για κάποιο λόγο, είναι πάντα πολύ καλύτεροι πολεμιστές από τους μοναχούς που βλέπουν». Κοίταξε την οθόνη. «Χορεύουν αυτοί;»

«Δεν χορεύουν. Πολεμάνε. Αυτός είναι ο θανάσιμος εχθρός του άλλου, θυμάσαι; Εκείνος που σκότωσε τον πατέρα του. Από πού κι ως πού να χορεύουν;»

Η Κλέρι μασούλησε το πατατάκι της και κοίταξε με προσήλωση την οθόνη, βλέποντας στριφογυριστές δί-

[1] *Τα Anime είναι ιαπωνικά καρτούν με πολύχρωμες εικόνες, ζωηρούς χαρακτήρες και ποικίλα θέματα, τα οποία απευθύνονται σε διαφορετικά είδη κοινού. Μάλιστα, τις περισσότερες φορές είναι μεταφορές ή διασκευές γνωστών τίτλων μάνγκα σε κινούμενα σχέδια. (Σ.τ.Ε.)*

νες από ροζ και κίτρινα σύννεφα να πηγαινοέρχονται ανάμεσα στις φιγούρες των δυο φτερωτών ανθρώπων, που πετούσαν κυκλώνοντας ο ένας τον άλλον, κρατώντας και οι δύο από ένα αστραφτερό σπαθί. Κάθε τόσο μιλούσε κάποιος απ' τους δύο, αλλά ήταν Γιαπωνέζικα με κινέζικους υπότιτλους, οπότε δεν καταλάβαινε και πολλά. «Αυτός με το καπέλο...» είπε η Κλέρι «ήταν ο κακός;»

«Όχι, εκείνος ήταν ο πατέρας. Ήταν ο Άρχοντας Μάγος και φορούσε το καπέλο της εξουσίας. Ο κακός ήταν εκείνος με το μηχανικό χέρι που μιλάει».

Χτύπησε το τηλέφωνο. Ο Σάιμον άφησε κάτω το σακουλάκι με τα πατατάκια και πήγε να σηκώσει το τηλέφωνο. Η Κλέρι έβαλε το χέρι της στον καρπό του. «Άσ' το».

«Μπορεί να είναι ο Λουκ. Μπορεί να παίρνει απ' το νοσοκομείο».

«Δεν είναι ο Λουκ», είπε η Κλέρι, με φωνή που ακούστηκε πιο σίγουρη απ' ό,τι ένιωθε η ίδια. «Θα έπαιρνε στο κινητό μου, όχι στο σπίτι σου».

Ο Σάιμον την κοίταξε για κάμποση ώρα και μετά έκατσε πάλι δίπλα της. «Εσύ ξέρεις». Η Κλέρι διέκρινε την αμφιβολία στη φωνή του, αλλά και τη σιωπηλή διαβεβαίωση: *θέλω απλώς να είσαι χαρούμενη*. Αν και δεν ήταν και πολύ σίγουρη ότι θα μπορούσε να νιώσει χαρούμενη εκείνη τη στιγμή, έχοντας τη μαμά της στο νοσοκομείο, συνδεδεμένη με σωληνάκια και μηχανήματα που αναβόσβηναν, και τον Λουκ σαν ζόμπι, βυθισμένο στην πλαστική καρέκλα δίπλα στο κρεβάτι της. Ενώ ανησυχούσε για τον Τζέις όλη την ώρα, γι' αυτό και σήκωνε το ακουστικό για να τηλεφωνήσει στο Ινστιτούτο και μετά το ακουμπούσε πριν καν πάρει το νούμερο. Αν ο Τζέις ήθελε να της μιλήσει, θα την έπαιρνε *εκείνος*.

Ίσως να ήταν λάθος που τον είχε πάει να δει την Τζόσλιν. Ήταν τόσο σίγουρη ότι αν η μητέρα της άκουγε τη φωνή του γιου της, του πρώτου της παιδιού, θα ξυπνούσε. Δεν ξύπνησε, όμως. Ο Τζέις στεκόταν αμήχανος και ακίνητος δίπλα στο κρεβάτι, με πρόσωπο σαν ζωγραφιστό αγγελάκι, με κενά, αδιάφορα μάτια. Η Κλέρι είχε χάσει την υπομονή της και του είχε φωνάξει, και της είχε φωνάξει κι εκείνος και μετά έφυγε εκνευρισμένος. Ο Λουκ τον είχε κοιτάξει με ενδιαφέρον καθώς έβγαινε ορμητικά απ' το δωμάτιο. «Πρώτη φορά που σας βλέπω να κάνετε σαν αληθινά αδέρφια», είχε παρατηρήσει.

Η Κλέρι δεν είχε απαντήσει. Δεν είχε νόημα να του πει πόσο πολύ ήθελε να *μην* ήταν αδερφός της ο Τζέις. Δεν μπορούσε όμως να αρνηθεί το DNA της, όσο και να το ήθελε. Όσο *χαρούμενη* κι αν θα την έκανε αυτό.

Παρόλο που δεν μπορούσε να είναι χαρούμενη όμως, σκέφτηκε, τουλάχιστον εκεί πέρα, στο σπίτι του Σάιμον, στο δωμάτιό του, ένιωθε άνετα και σαν στο σπίτι της. Τον ήξερε από τότε που είχε ένα κρεβάτι στο σχήμα φορτηγού και ένα σωρό τουβλάκια στη γωνία του δωματίου του. Τώρα, το κρεβάτι ήταν ένα ντιβάνι με ένα πολύχρωμο πάπλωμα, δώρο απ' την αδερφή του, και οι τοίχοι ήταν γεμάτοι αφίσες συγκροτημάτων όπως οι Ροκ Σόλιντ Πάντα και οι Στέπινγκ Ρέιζορ. Στη γωνία του δωματίου, εκεί όπου ήταν κάποτε τα τουβλάκια, είχε ένα σετ ντραμς και στην άλλη γωνία έναν υπολογιστή, με την οθόνη παγωμένη ακόμη σε μια εικόνα απ' το Γουόρλντ οφ Γουόρκραφτ. Ένιωθε τόσο οικεία, σαν να βρισκόταν στο δικό της δωμάτιο, στο σπίτι της –το οποίο δεν υπήρχε πια, άρα αυτό ήταν ό,τι καλύτερο μπορούσε να έχει.

«Κι άλλα τσίμπι[2]», είπε βαριεστημένα ο Σάιμον. Όλες οι μορφές στην οθόνη είχαν μεταμορφωθεί σε μικροσκοπικές εκδοχές του εαυτού τους και κυνηγούσαν η μία την άλλη γύρω από πιάτα και κατσαρόλες που πετούσαν στον αέρα. «Αλλάζω κανάλι», ανακοίνωσε πιάνοντας το τηλεκοντρόλ. «Με κούρασε αυτό το πράγμα. Δεν καταλαβαίνω τι γίνεται, και δεν υπάρχει και καθόλου σεξ».

«Φυσικά και δεν υπάρχει σεξ», είπε η Κλέρι πιάνοντας άλλο ένα πατατάκι. «Υποτίθεται ότι αυτά τα βλέπει όλη η οικογένεια μαζί».

«Αν έχεις όρεξη για κάτι λιγότερο οικογενειακό» παρατήρησε ο Σάιμον «μπορούμε να τσεκάρουμε τα κανάλια με τις τσόντες. Προτιμάς τα *Στήθη του Ίστγουικ* ή τα *Στήθη της Οργής*;»

«Δώσε μου το!» είπε η Κλέρι και τινάχτηκε για να πιάσει το τηλεκοντρόλ, αλλά ο Σάιμον, γελώντας, είχε ήδη αλλάξει κανάλι.

Το γέλιο του κόπηκε απότομα. Η Κλέρι γύρισε έκπληκτη και τον είδε να κοιτάζει αμίλητος την οθόνη. Έπαιζε μια παλιά ασπρόμαυρη ταινία –*Δράκουλας*. Την είχε ξαναδεί, με τη μαμά της. Στην οθόνη ήταν ο Μπέλα Λουγκόζι, λεπτός και χλωμός, τυλιγμένος με το γνωστό παλτό με τον ανασηκωμένο γιακά και τα χείλη του να αποκαλύπτουν τα μυτερά του δόντια. «Δεν πίνω ποτέ… κρασί», έλεγε με τη βαριά ουγγρική προφορά του.

«Κοίτα τους ιστούς της αράχνης που είναι λαστιχέ-

[2] *Η ιαπωνική λέξη Chibi σημαίνει "μικρόσωμος άνθρωπος" ή "παιδάκι". Στα μάνγκα, πρόκειται για μία μικρότερη εκδοχή ενός χαρακτήρα, που εμφανίζεται ως κωμικό διάλειμμα στην κυρίως δράση της ιστορίας για να προκαλέσει το γέλιο. (Σ.τ.Ε.)*

νιοι», είπε η Κλέρι για να ελαφρύνει την ατμόσφαιρα. «Φαίνονται ξεκάθαρα».

Ο Σάιμον όμως είχε ήδη σηκωθεί όρθιος, αφήνοντας το τηλεκοντρόλ στο κρεβάτι. «Έρχομαι», μουρμούρισε. Το πρόσωπό του είχε το χρώμα του χειμωνιάτικου ουρανού λίγο πριν να βρέξει. Η Κλέρι τον είδε να φεύγει και δάγκωσε τα χείλη της. Ήταν η πρώτη φορά από τη στιγμή που η μητέρα της είχε μπει στο νοσοκομείο που συνειδητοποιούσε ότι μπορεί κι ο Σάιμον να μην ήταν και τόσο *χαρούμενος*.

Σκουπίζοντας τα μαλλιά του με την πετσέτα, ο Τζέις κοίταξε την αντανάκλασή του στον καθρέφτη με μια ειρωνική γκριμάτσα. Ένας θεραπευτικός ρούνος είχε φροντίσει για τις περισσότερες πληγές του, αλλά δεν είχε κάνει τίποτα για τους μαύρους κύκλους κάτω απ' τα μάτια του, ή για τις βαθιές γραμμές γύρω απ' το στόμα του. Το κεφάλι του πονούσε, και ένιωθε να ζαλίζεται. Ήξερε ότι έπρεπε να είχε φάει κάτι το πρωί, αλλά είχε ξυπνήσει νιώθοντας ναυτία και λαχανιασμένος απ' τους εφιάλτες, και δεν ήθελε να χάσει χρόνο τρώγοντας, ήθελε μόνο να νιώσει την ένταση της φυσικής δραστηριότητας, να σβήσει τα όνειρά του με μελανιές και ιδρώτα.

Πετώντας την πετσέτα στο πλάι, σκέφτηκε με νοσταλγία το γλυκό μαύρο τσάι που του έφτιαχνε ο Χοτζ από τα νυχτολούλουδα που είχε στο θερμοκήπιό του. Το τσάι καταπράυνε τις κράμπες της πείνας και έφερνε στο κουρασμένο σώμα μια νέα ζωηρή ενέργεια. Από τότε που είχε εξαφανιστεί ο Χοτζ, ο Τζέις είχε προσπαθήσει να βράσει τα φύλλα από τα λουλούδια με νερό, για να δει αν θα μπορούσε να πετύχει το ίδιο αποτέλεσμα, αλλά το μόνο που είχε καταφέρει να φτιάξει ήταν ένα πικρό υγρό με γεύση στάχτης που τον έκανε να αναγουλιάζει.

Πήγε ξυπόλυτος στην ντουλάπα του και έβαλε ένα τζιν και ένα καθαρό μπλουζάκι. Έσπρωξε προς τα πίσω τα ξανθά μαλλιά του, κατσουφιάζοντας. Ήταν πολύ μακριά, έπεφταν στα μάτια του –κάτι για το οποίο σίγουρα θα του την έλεγε η Μαρίζ, πάντα το έκανε. Μπορεί να μην ήταν βιολογικός γιος των Λάιτγουντ, αλλά τον αντιμετώπιζαν σαν παιδί τους από την πρώτη στιγμή που τον είχαν υιοθετήσει, στα δέκα του, μετά το θάνατο του πατέρα του. Τον *υποτιθέμενο* θάνατο, θύμισε στον εαυτό του ο Τζέις και το σφίξιμο στο στομάχι του έκανε ξανά αισθητή την παρουσία του. Ένιωθε σαν μια μαριονέτα όλες αυτές τις μέρες, σαν να είχαν βγει όλα του τα σπλάχνα έξω με ένα πιρούνι, και εκείνος είχε ακόμη ένα χαζό χαμόγελο κολλημένο στο πρόσωπό του. Είχε αναρωτηθεί αν κάτι από όλα όσα πίστευε για τη ζωή του, για τον εαυτό του ήταν αληθινό. Πίστευε ότι ήταν ορφανός –αλλά δεν ήταν. Πίστευε ότι ήταν μοναχοπαίδι –αλλά είχε μια αδερφή.

Την *Κλέρι*. Ο πόνος έγινε πιο δυνατός. Τον έκρυψε πιο βαθιά. Τα μάτια του έπεσαν στο κομματάκι του σπασμένου καθρέφτη που ήταν ακουμπισμένο πάνω στο έπιπλο, αντανακλώντας ακόμη πράσινους θάμνους και ένα κομματάκι διαμαντένιο ουρανό. Στην Άιντρις, ήταν πια σχεδόν σούρουπο: ο ουρανός είχε ένα βαθύ κυανό χρώμα. Πνιγμένος από μια αίσθηση κενού, ο Τζέις έβαλε τα μποτάκια του και πήγε προς τη βιβλιοθήκη.

Αναρωτήθηκε, καθώς κατέβαινε τα πέτρινα σκαλιά, τι να ήθελε να του πει μόνη της η Μαρίζ. Το ύφος της ήταν σαν να ήθελε να του ορμήσει και να τον χαστουκίσει. Δεν μπορούσε να θυμηθεί την τελευταία φορά που είχε σηκώσει χέρι πάνω του. Οι Λάιτγουντ δεν ήταν οπαδοί της σωματικής τιμωρίας –μεγάλη αλλαγή απ' την παιδική του ηλικία με τον Βάλενταϊν, που είχε εφεύρει κάθε λογής επώδυνες σωματικές τιμωρίες για να επιβάλλει την υπακοή. Το δέρμα του Τζέις ήταν δέρμα Κυνηγού των Σκιών και πάντα θεραπευόταν, κρύβοντας τις περισσότερες πληγές, εκτός απ' τις πολύ άσχημες. Τις μέρες και τις εβδομάδες που ακολούθησαν μετά το θάνατο του πατέρα του, ο Τζέις θυμόταν να ψάχνει στο σώμα του ουλές, ένα σημάδι που θα είχε σαν ενθύμιο, μια ανάμνηση για να τον δένει και σωματικά με τη θύμηση του πατέρα του.

Έφτασε στη βιβλιοθήκη και χτύπησε μια φορά πριν ανοίξει διάπλατα την πόρτα. Η Μαρίζ βρισκόταν μέσα, καθόταν στην παλιά καρέκλα του Χοτζ, δίπλα στη φωτιά. Απ' τα ψηλά παράθυρα έμπαινε φως και ο Τζέις διέκρινε τις γκρίζες λάμψεις στα μαλλιά της. Κρατούσε ένα ποτήρι κόκκινο κρασί. Δίπλα της, στο τραπεζάκι, υπήρχε μια κρυστάλλινη καράφα.

«Μαρίζ», είπε.

Εκείνη τινάχτηκε, χύνοντας λίγο κρασί. «Τζέις. Δεν σε άκουσα να μπαίνεις».

Δεν κουνήθηκε. «Θυμάσαι εκείνο το τραγούδι που τραγουδούσες στην Ίζαμπελ και στον Άλεκ για να κοιμηθούν όταν ήταν μικροί και φοβούνταν το σκοτάδι;»

Η Μαρίζ έδειξε να ξαφνιάζεται.

«Ορίστε;»

«Σε άκουγα από το διπλανό δωμάτιο», είπε. «Το δωμάτιο του Άλεκ ήταν δίπλα στο δικό μου τότε».

Εκείνη δεν είπε τίποτα.

«Ήταν στα Γαλλικά», είπε ο Τζέις. «Το τραγούδι...»

«Δεν καταλαβαίνω γιατί να θυμάσαι κάτι τέτοιο». Τον κοίταξε σαν να την είχε κατηγορήσει για κάτι.

«Εμένα δεν μου τραγουδούσες ποτέ».

Μεσολάβησε μια ανεπαίσθητη παύση. «Ναι, αλλά εσύ» είπε «δεν φοβόσουν ποτέ το σκοτάδι».

«Ποιο δεκάχρονο παιδί δεν φοβάται ποτέ το σκοτάδι;»

Τα φρύδια της Μαρίζ ανασηκώθηκαν. «Κάθισε κάτω, Τζόναθαν», είπε. «Τώρα».

Εκείνος διέσχισε το δωμάτιο, αρκετά αργά για να την εκνευρίσει, και έκατσε σε μια απ' τις πολυθρόνες δίπλα απ' το γραφείο. «Θα προτιμούσα να μη με λες Τζόναθαν», είπε.

«Γιατί όχι; Αυτό είναι το όνομά σου». Τον κοίταξε σκεπτική. «Πόσο καιρό το ξέρεις;»

«Ποιο πράγμα;»

«Μη με δουλεύεις. Ξέρεις πολύ καλά τι σε ρωτάω». Στριφογύρισε το ποτήρι στα δάχτυλά της. «Πόσο καιρό ξέρεις ότι ο Βάλενταϊν είναι ο πατέρας σου;»

Ο Τζέις σκέφτηκε και απέρριψε κάμποσες πιθανές απαντήσεις. Συνήθως μπορούσε να καταφέρει αυτό που ήθελε με τη Μαρίζ με το να την κάνει να γελάσει. Ήταν από τους λίγους ανθρώπους που *μπορούσαν* να την κάνουν να γελάσει. «Όσο κι εσύ περίπου».

Η Μαρίζ κούνησε αργά το κεφάλι της. «Δεν το πιστεύω».

Ο Τζέις ανακάθισε. Τα χέρια του ήταν σφιγμένα σε γροθιές. Έβλεπε ένα ελαφρύ τρέμουλο στα δάχτυλά του και αναρωτήθηκε αν το είχε πάντα. Μάλλον όχι, όμως.

Τα χέρια του ήταν πάντα σταθερά όπως κι ο χτύπος της καρδιάς του. «Δεν με *πιστεύεις*;»

Άκουσε την έκπληξη στην ίδια του τη φωνή και κάτι μέσα του ζάρωσε. Εννοείται ότι δεν θα τον πίστευε. Ήταν προφανές απ' τη στιγμή που είχαν μπει στο σπίτι.

«Δεν βγαίνει νόημα, Τζέις. Πώς είναι δυνατόν να μην ήξερες ποιος είναι ο ίδιος σου ο πατέρας;»

«Μου είπε ότι τον έλεγαν Μάικλ Γουέιλαντ. Μέναμε στο εξοχικό των Γουέιλαντ...»

«Ναι, καλό κόλπο», είπε η Μαρίζ. «Και το όνομά σου; Ποιο είναι το αληθινό σου όνομα;»

«Ξέρεις ποιο είναι το όνομά μου».

«Τζόναθαν. Το ήξερα ότι έτσι έλεγαν το γιο του Βάλενταϊν. Ήξερα ότι και ο Μάικλ είχε ένα γιο που τον έλεγαν Τζόναθαν. Είναι ένα πολύ κοινό όνομα για Κυνηγούς –ποτέ δεν μου φάνηκε παράξενο που ήταν το ίδιο, όσο για το δεύτερο όνομα του παιδιού του Μάικλ δεν το έψαξα ποτέ. Τώρα όμως, δεν γίνεται να μην αναρωτηθώ. Πόσο καιρό το σχεδίαζε όλο αυτό ο Βάλενταϊν; Πόσο καιρό ήξερε ότι θα σκότωνε το γιο του Μάικλ Γουέιλαντ...;» Σταμάτησε να μιλάει, αλλά είχε το βλέμμα καρφωμένο στον Τζέις. «Δεν έμοιαζες ποτέ στον Μάικλ, ξέρεις» είπε «αλλά μερικές φορές τα παιδιά δεν μοιάζουν στους γονείς τους. Δεν το είχα σκεφτεί νωρίτερα. Τώρα όμως, βλέπω πόσο μοιάζεις στον Βάλενταϊν. Ο τρόπος που με κοιτάς. Αυτό το πείσμα. Δεν σε νοιάζει ό,τι και να πω, έτσι δεν είναι;»

Τον ένοιαζε, όμως. Παρόλο που έκανε ό,τι μπορούσε για να μην το καταλάβει. «Θα είχε καμία διαφορά αν με ένοιαζε;»

Η Μαρίζ άφησε το ποτήρι στο τραπέζι δίπλα της.

Ήταν άδειο. «Και μου απαντάς με ερωτήσεις για να με αποπροσανατολίσεις, όπως ακριβώς έκανε πάντα ο Βάλενταϊν. Ίσως θα έπρεπε να το έχω καταλάβει».

«Ίσως και όχι. Είμαι ακόμη ο ίδιος άνθρωπος, όπως και τα τελευταία εφτά χρόνια. Δεν έχει αλλάξει τίποτα πάνω μου. Αν δεν σου θύμιζα τον Βάλενταϊν πριν, γιατί να σ' τον θυμίζω τώρα; Δεν καταλαβαίνω».

Η ματιά της πέρασε από πάνω του χωρίς να σταματήσει, σαν να μην άντεχε να τον κοιτάξει στα μάτια. «Και σίγουρα όταν μιλούσαμε για τον Μάικλ, θα καταλάβαινες ότι δεν μιλούσαμε για το δικό σου πατέρα. Αυτά που λέγαμε γι' αυτόν δεν θα ταίριαζαν ποτέ στον Βάλενταϊν».

«Λέγατε ότι ήταν ένας καλός άνθρωπος». Μέσα του ο θυμός ξεχείλιζε. «Ένας γενναίος Κυνηγός. Ένας καλός πατέρας. Εμένα μου φάνηκαν αρκετά ταιριαστά».

«Και οι φωτογραφίες; Πρέπει να είχες δει φωτογραφίες του Μάικλ Γουέιλαντ και να είχες καταλάβει ότι δεν ήταν αυτός ο άνδρας που πίστευες πατέρα σου». Δάγκωσε τα χείλη της. «Βοήθησέ με να καταλάβω, Τζέις».

«Όλες οι φωτογραφίες καταστράφηκαν στην Εξέγερση. Αυτό μου το είπατε *εσείς*. Και τώρα, αναρωτιέμαι μήπως τις έκαψε ο Βάλενταϊν για να μη μάθει κανείς ποιος ανήκε στον Κύκλο. Δεν έχω δει ποτέ φωτογραφία του πατέρα μου», είπε ο Τζέις και αναρωτήθηκε αν η φωνή του ήταν τόσο πικρή όσο η ψυχή του.

Η Μαρίζ έβαλε το χέρι της στον κρόταφό της και τον έτριψε σαν να πονούσε το κεφάλι της. «Δεν μπορώ να το πιστέψω αυτό», είπε σαν να μονολογούσε. «Είναι παράλογο».

«Μην το πιστέψεις, τότε. Πίστεψε *εμένα*», είπε ο Τζέις

και ένιωσε το τρέμουλο στα χέρια του να δυναμώνει.

Η Μαρίζ κατέβασε το χέρι της. «Νομίζεις ότι δεν *θέλω;*» τον ρώτησε με ένταση, και για μια στιγμή ο Τζέις άκουσε την ηχώ της φωνής της Μαρίζ που πήγαινε στο κρεβάτι του το βράδυ, όταν εκείνος ήταν δέκα χρονών και κοιτούσε με μάτια στεγνά το ταβάνι, συλλογιζόμενος τον πατέρα του, και εκείνη έμενε μαζί του μέχρι να τον πάρει ο ύπνος, λίγο πριν την αυγή.

«Δεν το ήξερα», είπε ο Τζέις ξανά. «Και όταν μου ζήτησε να πάω μαζί του πίσω στην Άιντρις, του είπα όχι. Είμαι ακόμη εδώ. Αυτό δεν σημαίνει τίποτα;»

Γύρισε το βλέμμα της στην καράφα, σαν να σκεφτόταν αν θα πιει άλλο ένα ποτήρι, αλλά έδειξε να το μετανιώνει. «Μακάρι να σήμαινε», είπε. «Αλλά υπάρχουν τόσοι λόγοι που ο πατέρας σου θα ήθελε να μείνεις πίσω στο Ινστιτούτο. Σε ό,τι αφορά τον Βάλενταϊν, δεν μπορώ να εμπιστευτώ κανέναν που να έχει υποκύψει στην επιρροή του».

«Κι εσύ είχες υποκύψει στην επιρροή του», είπε ο Τζέις. Το μετάνιωσε αμέσως μόλις είδε το βλέμμα που άστραψε στο πρόσωπό της.

«Ναι, και τον απαρνήθηκα», είπε η Μαρίζ. «Εσύ; Θα *μπορούσες* να το κάνεις;» Τα γαλάζια της μάτια είχαν το ίδιο χρώμα με του Άλεκ, αλλά ο Άλεκ δεν τον είχε κοιτάξει ποτέ έτσι. «Πες μου ότι τον μισείς, Τζέις. Πες μου ότι μισείς αυτό τον άνδρα και όλα όσα πρεσβεύει».

Πέρασε ένα λεπτό, και μετά ακόμα ένα, και ο Τζέις, με χαμηλωμένο το κεφάλι, είδε ότι τα χέρια του ήταν τόσο σφιγμένα, που οι κλειδώσεις του ξεχώριζαν, λευκές και τεντωμένες, σαν τα κόκαλα στη ραχοκοκαλιά ενός ψαριού. «Δεν μπορώ να το πω αυτό».

Η Μαρίζ κράτησε την ανάσα της. «*Γιατί;*»

«Γιατί δεν μπορείς να πεις ότι με εμπιστεύεσαι; Έχω μείνει μαζί σας τη μισή μου ζωή. Δεν μπορεί να μη με ξέρεις καθόλου».

«Ακούγεσαι τόσο ειλικρινής, Τζόναθαν. Πάντα έτσι ήσουν, ακόμα και όταν ήσουν μικρός και προσπαθούσες να κατηγορήσεις την Ίζαμπελ ή τον Άλεκ για τις ζαβολιές σου. Έχω γνωρίσει μόνο έναν άνδρα στη ζωή μου που να είναι τόσο πειστικός».

Ο Τζέις ένιωσε μια χάλκινη γεύση στο στόμα του. «Τον πατέρα μου».

«Για τον Βάλενταϊν υπήρχαν μόνο δύο ειδών άνθρωποι στον κόσμο», είπε η Μαρίζ. «Εκείνοι που ήταν στον Κύκλο και όσοι ήταν εναντίον του. Οι τελευταίοι ήταν εχθροί και οι πρώτοι τα όπλα στο οπλοστάσιό του. Τον είδα να προσπαθεί να κάνει τον κάθε ένα από αυτούς, ακόμα και την ίδια του τη γυναίκα, σε όργανα υπέρ του Σκοπού –και περιμένεις να πιστέψω ότι δεν θα έκανε το ίδιο με τον ίδιο του το γιο;» Κούνησε το κεφάλι της. «Τον ήξερα πολύ καλά». Για πρώτη φορά, η Μαρίζ τον κοίταξε πιο πολύ με θλίψη παρά με θυμό. «Είσαι ένα βέλος στην καρδιά του Κονκλάβιου, Τζέις. Είσαι το βέλος του Βάλενταϊν. Είτε το ξέρεις είτε όχι».

Η Κλέρι έκλεισε την πόρτα του δωματίου αφήνοντας πίσω της την τηλεόραση και πήγε να βρει τον Σάιμον. Τον βρήκε στην κουζίνα, σκυμμένο πάνω απ' το νεροχύτη, με το νερό να τρέχει. Τα χέρια του έσφιγγαν τον πάγκο της κουζίνας.

«Σάιμον;» Η κουζίνα ήταν βαμμένη σε ένα φωτεινό, χαρούμενο κίτρινο, οι τοίχοι στολισμένοι με κορνιζαρισμένες ζωγραφιές που είχαν κάνει ο Σάιμον και η Ρεμπέκα στο δημοτικό. Η Ρεμπέκα φαινόταν να έχει κάποιο ταλέντο στη ζωγραφική, ενώ οι ζωγραφιές ανθρώπων του Σάιμον έμοιαζαν όλες με τηλεγραφόξυλα με τούφες μαλλιών.

Δεν σήκωσε το κεφάλι του, αν και η Κλέρι κατάλαβε απ' το τέντωμα των μυών του λαιμού του ότι την είχε ακούσει. Πήγε προς το μέρος του, βάζοντας απαλά το χέρι της στην πλάτη του. Ένιωσε τα κόκαλά του να εξέχουν κάτω απ' το λεπτό μπλουζάκι που φορούσε και αναρωτήθηκε αν είχε αδυνατίσει. Δεν μπορούσε να το καταλάβει εύκολα, γιατί το να βλέπει τον Σάιμον ήταν σαν να έβλεπε έναν καθρέφτη –όταν βλέπεις κάποιον κάθε μέρα δεν προσέχεις πάντα τις μικρές αλλαγές στην εμφάνισή του. «Είσαι καλά;»

Εκείνος έκλεισε το νερό με ένα τίναγμα του καρπού του. «Ναι, αμέ, μια χαρά».

Η Κλέρι έπιασε το πιγούνι του και το γύρισε προς το μέρος της. Ο Σάιμον είχε ιδρώσει και τα μαύρα μαλλιά που έπεφταν στο μέτωπό του είχαν κολλήσει στο δέρμα του, αν και ο αέρας που έμπαινε απ' το ανοιχτό παράθυρο ήταν δροσερός. «Εμένα δεν μου φαίνεσαι μια χαρά. Η ταινία φταίει;»

Δεν της απάντησε.

«Συγγνώμη, δεν έπρεπε να κάνω πλάκα, απλώς...»

«Δεν θυμάσαι;» Η φωνή του ήταν τραχιά.

«Ε...» είπε η Κλέρι διστακτικά. Εκείνο το βράδυ, όταν το θυμόταν, έμοιαζε με μια μακρινή θολή εικόνα γεμάτη τρέξιμο, αίμα και ιδρώτα, σκιές πίσω απ' τις πόρτες, πτώση από ψηλά. Θυμόταν τα λευκά πρόσωπα των βρικολάκων, σαν χάρτινες μαριονέτες στο σκοτάδι, και θυμόταν τον Τζέις να την κρατάει, να φωνάζει άγρια στο αφτί της. «Όχι καλά, είναι όλα πολύ θολά».

Το βλέμμα του στράφηκε πίσω της και μετά πάλι σ' αυτήν. «Σου φαίνομαι διαφορετικός;»

Σήκωσε το βλέμμα της και συνάντησε το δικό του. Τα μάτια του είχαν το χρώμα του καφέ: όχι μαύρα, αλλά ένα πλούσιο καφετί χωρίς ίχνος γκρίζου ή καστανού. Αν της φαινόταν διαφορετικός; Μπορεί να είχε λίγη παραπάνω αυτοπεποίθηση από τη μέρα που είχε σκοτώσει τον Άμπαντον, τον Ανώτερο Δαίμονα, αλλά είχε και μια κούραση, σαν να περίμενε ή να ανησυχούσε για κάτι. Ήταν κάτι που είχε παρατηρήσει και στον Τζέις. Ίσως να ήταν απλώς η γνώση της θνητότητας. «Είσαι ο παλιός καλός Σάιμον».

Εκείνος μισόκλεισε τα μάτια του ανακουφισμένος και τη στιγμή που χαμήλωνε τις βλεφαρίδες του είδε πόσο έντονα διαγράφονταν τα ζυγωματικά του. Είχε αδυνατίσει τελικά, και ήταν έτοιμη να του το πει όταν εκείνος έσκυψε το κεφάλι του και τη φίλησε.

Ξαφνιάστηκε τόσο πολύ από την αίσθηση των χειλιών του στα δικά της, που σφίχτηκε, πιάνοντας τον πάγκο για να στηριχτεί. Δεν τον έσπρωξε όμως, και παίρνοντάς το σαν σημάδι αποδοχής, ο Σάιμον έβαλε το χέρι του πίσω απ' το κεφάλι της και δυνάμωσε το φιλί του, ανοίγοντας τα χείλη της με τα δικά του. Το φιλί του ήταν απαλό, πιο απαλό απ' του Τζέις, και το χέρι που αγκάλιαζε το λαιμό της ήταν ζεστό και τρυφερό. Το στόμα του ήταν αλμυρό.

Άφησε τα μάτια της να κλείσουν και για μια στιγμή αιωρήθηκε ζαλισμένη στη ζέστη και στο σκοτάδι, νιώθοντας τα δάχτυλά του να χαϊδεύουν τα μαλλιά της.

Όταν τους διέκοψε ο σκληρός ήχος του τηλεφώνου, αναπήδησε σαν να την είχε σπρώξει, αν και δεν είχε κουνηθεί. Κοιτάχτηκαν για ένα λεπτό, μπερδεμένοι, σαν δυο άνθρωποι που βρέθηκαν ξαφνικά σε ένα παράξενο τοπίο όπου δεν αναγνώριζαν τίποτα.

Ο Σάιμον γύρισε πρώτος το κεφάλι του, απλώνοντας το χέρι του για να πιάσει το τηλέφωνο που κρεμόταν στον τοίχο. «Ναι;» Η φωνή του ακούστηκε φυσιολογική, αλλά το στήθος του ανεβοκατέβαινε γρήγορα. Έδωσε το ακουστικό στην Κλέρι. «Για σένα είναι».

Η Κλέρι πήρε το τηλέφωνο. Ένιωθε ακόμη το σφυγμό της στη φλέβα του λαιμού της, σαν τα φτερά ενός εντόμου παγιδευμένου κάτω απ' το δέρμα της. Ο *Λουκ*, σκέφτηκε, *απ ' το νοσοκομείο. Κάτι έπαθε η μαμά μου.*

Ξεροκατάπιε. «Λουκ;»

«Όχι, η Ίζαμπελ είμαι».

«Ίζαμπελ;» είπε η Κλέρι σηκώνοντας το κεφάλι της. Είδε τον Σάιμον να την κοιτάζει, ακουμπισμένος στο νεροχύτη. «Γιατί...; Θέλω να πω, όλα καλά;»

Στη φωνή της άλλης κοπέλας διακρινόταν μια οξύτητα, σαν να έκλαιγε. «Είναι εκεί ο Τζέις;»

Η Κλέρι έφερε το τηλέφωνο μπροστά της και το κοίταξε για να βεβαιωθεί ότι δεν ονειρευόταν. «Ο Τζέις; Όχι. Γιατί να είναι εδώ;»

Η ανάσα της Ίζαμπελ αντήχησε στο τηλέφωνο σαν λαχάνιασμα. «Βασικά... έχει *εξαφανιστεί*».

2

το φεγγαρι του κυνηγου

Η Μάγια Ρόμπερτς δεν εμπιστευόταν ποτέ τα όμορφα αγόρια, γι' αυτό ακριβώς μίσησε τον Τζέις Γουέιλαντ από την πρώτη στιγμή που τον είδε.

Ο μεγαλύτερος αδερφός της, ο Ντάνιελ, είχε πάρει το καστανόχρυσο δέρμα της μητέρας τους και τα μεγάλα σκούρα μάτια της, και είχε γίνει από εκείνα τα παιδιά που βάζουν φωτιά στα φτερά των πεταλούδων για να τις δουν να καίγονται καθώς πετάνε. Είχε βασανίσει και την ίδια, με μικρούς και κλεφτούς τρόπους στην αρχή, τσιμπώντας τη με δύναμη σε σημεία όπου δεν φαίνονταν οι μελανιές, αλλάζοντας το σαμπουάν της με χλωρίνη. Είχε παραπονεθεί στους γονείς της, αλλά δεν την είχαν πιστέψει. Κανείς δεν την πίστευε όταν έβλεπε τον Ντάνιελ: μπέρδευαν την ομορφιά με την αθωότητα και την έλλειψη κακίας. Όταν της έσπασε το χέρι, στην πέμπτη τάξη, η Μάγια το έσκασε από το σπίτι, αλλά οι γονείς της τη βρήκαν και την πήραν πίσω. Στην έκτη, ο Ντάνιελ χτυπήθηκε από ένα αυτοκίνητο που δεν σταμάτησε καν να δει τι έγινε και σκοτώθηκε επί τόπου. Καθώς στεκόταν δίπλα στους γονείς της στο νεκροταφείο, η Μάγια ντρεπόταν για την ανακούφιση που ένιωθε. Ο Θεός, σκεφτόταν η Μάγια, αποκλείεται να την τιμωρούσε που χαιρόταν για το θάνατο του αδερφού της.

Τον επόμενο χρόνο όμως, την τιμώρησε. Η Μάγια γνώρισε τον Τζόρνταν. Μακριά μαύρα μαλλιά, λεπτοί γοφοί με ένα φθαρμένο τζιν, έντονα χρωματιστά μπλουζάκια και κοριτσίστικες βλεφαρίδες. Δεν πίστευε ποτέ ότι θα του άρεσε –αγόρια σαν κι αυτόν προτιμούσαν συνήθως χλωμά, αδύνατα κορίτσια με κοκάλινα γυαλιά–, αλλά έδειχνε να του αρέσουν οι καμπύλες της. Της έλεγε ότι ήταν όμορφη όταν τη φιλούσε. Οι πρώτοι μήνες ήταν σαν ένα όνειρο. Οι τελευταίοι σαν εφιάλτης. Έγινε κτητικός, ήθελε να την ελέγχει. Όταν θύμωνε μαζί της, γρύλιζε και τη χτυπούσε στο μάγουλο με την ανάποδη της παλάμης του, αφήνοντας ένα σημάδι σαν να είχε βάλει πολύ ρουζ. Όταν προσπάθησε να του πει να χωρίσουν, την έσπρωξε και την έριξε κάτω μπροστά στο ίδιο της το σπίτι. Εκείνη έτρεξε μέσα, χτυπώντας την πόρτα με δύναμη.

Αργότερα, φίλησε μπροστά του ένα άλλο αγόρι, για να του δώσει να καταλάβει ότι είχαν τελειώσει. Δεν θυμόταν καν το όνομα του αγοριού πια. Αυτό που θυμόταν όμως ήταν να γυρνάει σπίτι εκείνο το βράδυ, με το ψιλόβροχο να μουσκεύει απαλά τα μαλλιά της και τη λάσπη να λερώνει τα παπούτσια της καθώς έκοβε δρόμο μέσα απ' το πάρκο που υπήρχε κοντά στο σπίτι της. Θυμόταν τη σκοτεινή μορφή που πετάχτηκε πίσω απ' τις μεταλλικές κούνιες, το τεράστιο, υγρό σώμα του λύκου να τη ρίχνει κάτω στη λάσπη, τον άγριο πόνο καθώς τα σαγόνια του έσφιξαν το λαιμό της. Ούρλιαζε και πάλευε νιώθοντας το ίδιο της το καυτό αίμα στο στόμα της, με το μυαλό της να φωνάζει: *δεν είναι δυνατόν! Δεν είναι*! Δεν υπήρχαν λύκοι στο Νιου Τζέρσεϊ, τουλάχιστον όχι στη γειτονιά της, όχι στον εικοστό πρώτο αιώνα.

Οι κραυγές της έκαναν τα φώτα στα γειτονικά σπίτια να ανάψουν, το ένα μετά το άλλο, στα παράθυρα σαν σπίρτα. Ο λύκος την άφησε, και στα σαγόνια του έσταζε αίμα και σκισμένη σάρκα.

Μετά από είκοσι τέσσερα ράμματα, βρισκόταν και πάλι στο ροζ υπνοδωμάτιό της, με τη μητέρα της να βηματίζει πάνω-κάτω με ανησυχία. Ο γιατρός είχε πει ότι το δάγκωμα ήταν μάλλον από ένα μεγάλο σκύλο, αλλά η Μάγια ήξερε ότι δεν ήταν έτσι. Πριν ακόμα φύγει ο λύκος, μια οικεία φωνή είχε ψιθυρίσει στο αφτί της: «Είσαι δικιά μου τώρα. Θα είσαι για πάντα δικιά μου».

Δεν ξαναείδε ποτέ τον Τζόρνταν –μετακόμισε μαζί με την οικογένειά του, και κανείς απ' τους φίλους του δεν ήξερε ή δεν έλεγε πού είχαν πάει. Δεν ξαφνιάστηκε πάρα πολύ την επόμενη φορά που είχε πανσέληνο όταν άρχισαν οι πόνοι: οξείς πόνοι που διαπερνούσαν τα πόδια της, τραβώντας την προς το χώμα, λυγίζοντας τη σπονδυλική της στήλη όπως ένας μάγος λυγίζει ένα κουτάλι. Όταν απ' τα ούλα της βγήκαν τα δόντια της και έπεσαν στο πάτωμα σαν βόλοι, λιποθύμησε. Ή έτσι νόμιζε. Ξύπνησε μίλια μακριά απ' το σπίτι της, γυμνή και γεμάτη αίμα, ενώ η ουλή στο λαιμό της χτυπούσε σαν σφυγμός. Εκείνο το βράδυ μπήκε στο τρένο για το Μανχάταν. Δεν ήταν δύσκολη απόφαση. Ήταν ήδη αρκετά δύσκολο να είσαι μιγάς σε ένα συντηρητικό προάστιο σαν το δικό της. Ένας Θεός ξέρει τι θα έκαναν λοιπόν σε ένα λυκάνθρωπο.

Δεν δυσκολεύτηκε να βρει μια αγέλη. Υπήρχαν αρκετές στο Μανχάταν. Κατέληξε μαζί με την αγέλη του κέντρου, εκείνη που έμενε στον παλιό σταθμό της αστυνομίας στην Τσάιναταουν.

Οι αρχηγοί άλλαζαν κάθε τόσο. Πρώτα ήταν ο Κίτο, μετά η Βερονίκ, ο Γκάμπριελ, και τώρα ο Λουκ. Τον Γκάμπριελ τον συμπαθούσε, αλλά ο Λουκ ήταν καλύτερος. Μπορούσες να εμπιστευτείς το πρόσωπο και τα γαλάζια του μάτια, και δεν ήταν τόσο όμορφος, οπότε δεν τον αντιπάθησε αμέσως. Ένιωθε αρκετά άνετα με την αγέλη της: κοιμόταν στο παλιό κτίριο της αστυνομίας, έπαιζε χαρτιά και έτρωγε κινέζικο τα βράδια που δεν είχε πανσέληνο, κυνηγούσε στο πάρκο όταν είχε, και την επόμενη μέρα ξεπερνούσε το ξενύχτι της Αλλαγής στο Φεγγάρι του Κυνηγού, ένα απ' τα καλύτερα υπόγεια μπαρ λυκανθρώπων της πόλης. Το αλκοόλ έρρεε άφθονο και κανείς δεν σε ρωτούσε ποτέ αν ήσουν ενήλικας. Το να είσαι λυκάνθρωπος σε έκανε να μεγαλώνεις πολύ γρήγορα, και όποιος έβγαζε δόντια μια φορά κάθε μήνα ήταν αρκετά μεγάλος για να πίνει στο Φεγγάρι, όσα χρόνια και να μετρούσε στην ανθρώπινη ζωή του.

Εκείνες τις μέρες δεν σκεφτόταν σχεδόν καθόλου την οικογένειά της, αλλά όταν στο μπαρ μπήκε το ξανθό αγόρι με το μακρύ μαύρο παλτό, η Μάγια τινάχτηκε. Δεν έμοιαζε με τον Ντάνιελ, όχι ακριβώς τουλάχιστον, γιατί ο Ντάνιελ είχε μακριά μαλλιά που αγκάλιαζαν το λαιμό του και καστανό δέρμα, ενώ αυτό το αγόρι ήταν όλο λευκό δέρμα και χρυσά μαλλιά. Είχαν όμως το ίδιο αδύνατο σώμα, τον ίδιο τρόπο βαδίσματος, σαν ένας πάνθηρας που ψάχνει τη λεία του και την ίδια απόλυτη αυτοπεποίθηση για τη γοητεία τους. Το χέρι της έσφιξε αντανακλαστικά το ποτήρι της και πίεσε τον εαυτό της να θυμηθεί: *έχει πεθάνει. Ο Ντάνιελ έχει πεθάνει.*

Ένα κύμα από ψιθύρους σηκώθηκε στο μπαρ με την άφιξη του αγοριού, σαν τον αφρό ενός κύματος που βγαίνει απ' την πρύμνη ενός πλοίου. Το αγόρι έκανε σαν να μην αντιλήφθηκε τίποτα, αντίθετα, έσυρε προς το μέρος του ένα σκαμπό με το πόδι του και σκαρφάλωσε, ακουμπώντας τους αγκώνες του στο μπαρ. Η Μάγια τον άκουσε να παραγγέλνει ένα σκέτο ουίσκι στην ησυχία που ακολούθησε μετά τους ψιθύρους. Το αγόρι κατέβασε το μισό ποτό με ένα ελάχιστο κούνημα του καρπού του. Το ποτό είχε το ίδιο σκούρο χρυσό χρώμα με τα μαλλιά του. Όταν σήκωσε το χέρι του για να αφήσει το ποτό του πίσω στο μπαρ, η Μάγια είδε τα χοντρά, στροβιλιστικά Σημάδια στους καρπούς και στις παλάμες του.

Ο Μπατ, που καθόταν δίπλα της –έβγαιναν μαζί κάποτε, αλλά τώρα ήταν φίλοι– μουρμούρισε κάτι σχεδόν από μέσα του: Νεφιλίμ.

Αυτό ήταν, λοιπόν. Τελικά, το αγόρι δεν ήταν λυκάνθρωπος. Ήταν Κυνηγός των Σκιών, μέλος της μυστικής αστυνομικής δύναμης του απόκρυφου κόσμου. Επέβλεπαν την τήρηση του Νόμου, με την υποστήριξη της Διαθήκης, και δεν μπορούσες να γίνεις ένας απ' αυτούς: έπρεπε να γεννηθείς. Το αίμα τούς έκανε αυτό που ήταν. Υπήρχαν πολλές φήμες γι' αυτούς, οι περισσότερες όχι και πολύ κολακευτικές: ήταν υπερόπτες, αλαζόνες, σκληροί. Υποτιμούσαν και περιφρονούσαν τα Πλάσματα του Σκότους. Λίγα πράγματα σιχαινόταν περισσότερο από τους Κυνηγούς ένας λυκάνθρωπος –ίσως τους βρικόλακες.

Έλεγαν επίσης ότι οι Κυνηγοί σκότωναν δαίμονες. Η Μάγια θυμόταν την πρώτη φορά που είχε ακούσει ότι υπήρχαν δαίμονες και είχε μάθει τι μπορούσαν να κάνουν. Την είχε πιάσει πονοκέφαλος. Οι βρικόλακες και οι λυκάνθρωποι ήταν άνθρωποι με μια ασθένεια, αυτό το καταλάβαινε, αλλά το να πιστέψει σ' αυτές τις βλακείες για την κόλαση και τον παράδεισο, τους αγγέλους και τους δαίμονες, ενώ κανείς δεν μπορούσε να της πει με σιγουριά αν υπήρχε θεός ή όχι και πού πάει κανείς όταν πεθαίνει, ήταν πολύ δύσκολο. Ήταν άδικο. Τώρα, πίστευε στους δαίμονες –είχε δει αρκετά από αυτά που έκαναν και δεν μπορούσε να τα αρνηθεί–, αλλά ευχόταν να μην ήταν έτσι.

«Να υποθέσω», είπε το αγόρι ακουμπώντας τους αγκώνες του στο μπαρ «πως δεν σερβίρετε μπίρα Σίλβερ Μπούλετ εδώ πέρα; Έχει πολύ τρομακτικό όνομα;[3]» τα μάτια του γυάλιζαν, στενά και αστραφτερά σαν το φεγγάρι στη φέξη του.

Ο μπάρμαν, ο Φρίκι Πιτ, κοίταξε απλώς το αγόρι και κούνησε το κεφάλι του με αηδία. Αν δεν ήταν Κυνηγός, σκέφτηκε η Μάγια, θα τον είχε πετάξει έξω απ' το μπαρ, αλλά αντί γι' αυτό πήγε απλώς στην άλλη πλευρά του πάγκου και έκανε ότι γυαλίζει κάτι ποτήρια.

«Βασικά» είπε ο Μπατ, που δεν μπορούσε να μην ανακατευτεί στα πάντα «δεν την έχουμε γιατί είναι η χειρότερη μπίρα».

Το αγόρι έστρεψε το στενό, λαμπερό βλέμμα του στον Μπατ και χαμογέλασε ευγενικά. Οι περισσότεροι δεν χαμογελούσαν και πολύ ευγενικά όταν έβλεπαν τον Μπατ

---

[3] *Σίλβερ μπούλετ: (Silver Bullet) Ασημένια σφαίρα. Οι λυκάνθρωποι μπορούν να σκοτωθούν μόνο με ασημένια όπλα. (Σ.τ.Μ.)*

να τους αγριοκοιτάζει: ο Μπατ ήταν ένα ογδόντα πέντε, με μια παχιά ουλή που σκέπαζε το μισό του πρόσωπο που είχε καεί από ασημόσκονη. Ο Μπατ δεν ήταν από αυτούς που διανυκτέρευαν στα παλιά κελιά της αστυνομίας. Είχε το δικό του διαμέρισμα, είχε ακόμα και δουλειά. Ήταν καλός μαζί της, μέχρι που την είχε παρατήσει για μια κοκκινομάλλα που λεγόταν Εύα, έμενε στο Γιόνκερς και είχε μια επιχείρηση χειρομαντείας στο γκαράζ της.

«Εσύ *δηλαδή* τι πίνεις;» είπε το αγόρι, σκύβοντας τόσο κοντά στον Μπατ, που ήταν προσβλητικό. «Τρίχα από το σκύλο που δάγκωσε... βασικά όλους εδώ μέσα;»

«Μάλλον νομίζεις ότι έχεις φοβερό χιούμορ». Ως τότε η υπόλοιπη αγέλη είχε πλησιάσει για να ακούει καλύτερα, έτοιμοι να υποχωρήσουν αν ο Μπατ αποφάσιζε να πετάξει αυτόν το ενοχλητικό σπόρο έξω στο δρόμο. «Έτσι δεν είναι;»

«Μπατ», είπε η Μάγια. Αναρωτήθηκε αν ήταν η μόνη από την αγέλη που αμφισβητούσε την *ικανότητα* του Μπατ να πετάξει το αγόρι στο δρόμο. Δεν αμφέβαλλε για τον Μπατ. Ήταν κάτι στα μάτια του αγοριού. «Σταμάτα».

Ο Μπατ την αγνόησε. «*Έτσι* δεν είναι;»

«Δεν μπορώ να αμφισβητήσω το προφανές», είπε το αγόρι, περνώντας το βλέμμα του πάνω απ' τη Μάγια, σαν να ήταν αόρατη, και καρφώνοντάς το στον Μπατ. «Μήπως θες να μου πεις τι έπαθε το πρόσωπό σου; Μοιάζει με...» εκείνη τη στιγμή έσκυψε και ψιθύρισε στον Μπατ κάτι, τόσο σιγά που η Μάγια δεν άκουσε. Την επόμενη στιγμή, ο Μπατ έριχνε στο αγόρι μια γροθιά τόσο δυνατή, που θα του είχε κάνει το σαγόνι θρύψαλα, αλλά το αγόρι είχε προλάβει να κουνηθεί. Στεκόταν ενάμισι μέτρο πιο πέρα, γελώντας, καθώς το χέρι του Μπατ έπεσε στο ποτήρι του και το έστειλε στον τοίχο κάνοντάς το κομμάτια.

Ο Φρίκι Πιτ είχε βγει απ' το μπαρ με τη γροθιά σφιγμένη στο γιακά του Μπατ πριν η Μάγια προλάβει να ανοιγοκλείσει τα μάτια της. «Αρκετά», είπε. «Μπατ, δεν πας να κάνεις μια βόλτα και να πάρεις λίγο καθαρό αέρα;»

Ο Μπατ πάλευε να ξεφύγει απ' τη λαβή του Πιτ. «Να κάνω *βόλτα*; Δεν άκουσες...;»

«Άκουσα». Ο Πιτ είχε χαμηλώσει τη φωνή του. «Είναι Κυνηγός, φίλε. Μην το συνεχίζεις».

Ο Μπατ έβρισε και απομακρύνθηκε απ' τον μπάρμαν. Πήγε απρόθυμα προς την πόρτα, με ώμους τσιτωμένους από θυμό. Η πόρτα έκλεισε πίσω του με κρότο.

Το αγόρι είχε σταματήσει να χαμογελάει και κοιτούσε τον Φρίκι Πιτ με κάτι σαν άγρια δυσφορία, σαν να του είχε στερήσει κάτι με το οποίο σκόπευε να παίξει. «Δεν ήταν απαραίτητο», είπε. «Μπορούσα να τα βγάλω πέρα και μόνος μου».

Ο Πιτ κοίταξε τον Κυνηγό. «Για το μαγαζί μου ανησυχώ», είπε τελικά. «Πήγαινε αλλού να κανονίσεις τις υποθέσεις σου, Κυνηγέ, αν δεν θες να έχεις μπλεξίματα».

«Ποιος είπε ότι δεν θέλω;» Το αγόρι ξανακάθισε στο σκαμπό του. «Άλλωστε, δεν τέλειωσα καν το ποτό μου».

Η Μάγια κοίταξε πίσω της, στον τοίχο του μπαρ που ήταν γεμάτος αλκοόλ. «Εμένα μου φαίνεται ότι το τέλειωσες».

Για ένα δευτερόλεπτο το αγόρι έμοιαζε τόσο πολύ με τον Ντάνιελ, που η Μάγια το μετάνιωσε που μίλησε.

Ο Πιτ έβαλε άλλο ένα ποτήρι από κεχριμπαρένιο υγρό μπροστά στο αγόρι πριν προλάβει να της απαντήσει. «Ορίστε», είπε. Τα μάτια του πήγαν στη Μάγια. Της φάνηκε ότι είδε μια προειδοποίηση.

«Πιτ...» άρχισε να λέει. Δεν πρόλαβε να τελειώσει. Άνοιξε διάπλατα η πόρτα του μπαρ. Μπήκε μέσα ο Μπατ και στάθηκε στην είσοδο. Η Μάγια χρειάστηκε ένα λεπτό για να καταλάβει ότι τα ρούχα του ήταν γεμάτα αίμα.

Κατέβηκε απ' το σκαμπό της και έτρεξε κοντά του. «Μπατ, είσαι καλά;»

Το πρόσωπό του ήταν γκρίζο, η ασημένια του ουλή έλαμπε στο πρόσωπό του σαν ένα κομμάτι στραβωμένο σύρμα. «Επίθεση», είπε. «Στην αυλή είναι ένα πτώμα. Ένα μικρό παιδί. Έχει παντού αίματα...» Κούνησε το κεφάλι του και κοίταξε τα ρούχα του. «Όχι δικό μου. Δεν έπαθα τίποτα εγώ».

«Πτώμα; Ποιος;»

Η απάντηση του Μπατ πνίγηκε στο θόρυβο απ' τους υπόλοιπους της αγέλης. Καθώς η αγέλη έτρεξε προς την έξοδο, ο Πιτ βγήκε απ' τον πάγκο του και άνοιξε δρόμο ανάμεσα στο πλήθος. Μόνο ο Κυνηγός έμεινε στη θέση του, με το κεφάλι σκυμμένο πάνω απ' το ποτό του.

Πίσω από τα κενά ανάμεσα στο πλήθος, η Μάγια είδε την γκρίζα πλακόστρωτη αυλή, γεμάτη αίματα. Το αίμα ήταν ακόμη υγρό και έτρεχε στα κενά ανάμεσα στις πλάκες. «Του *έκοψαν* το λαιμό;» έλεγε ο Πιτ στον Μπατ που είχε αρχίσει να ξαναβρίσκει το χρώμα του. «Πώς...;»

«Ήταν κάποιος στην αυλή. Κάποιος σκυμμένος δίπλα

του», είπε ο Μπατ. «Όχι σαν άνθρωπος… σαν σκιά. Έφυγε τρέχοντας όταν με είδε. Ήταν ακόμη ζωντανός. Λίγο. Έσκυψα πάνω του, αλλά…» Ο Μπατ ανασήκωσε τους ώμους του. Ήταν μια απλή κίνηση, αλλά οι φλέβες στο λαιμό του ήταν τεντωμένες σαν χοντρά σκοινιά γύρω από έναν κορμό δέντρου. «Πέθανε χωρίς να πει τίποτα».

«Βρικόλακες», είπε μια γυναίκα λυκάνθρωπος με πλούσιες καμπύλες που στεκόταν δίπλα στην πόρτα. Η Μάγια θυμήθηκε ότι την έλεγαν Άμαμπελ. «Τα Παιδιά της Νύχτας. Δεν μπορεί να ήταν κάποιος άλλος».

Ο Μπατ την κοίταξε, και μετά γύρισε και πήγε επιδεικτικά προς το μπαρ. Άρπαξε τον Κυνηγό από το μπουφάν, ή μάλλον προσπάθησε να το κάνει, αλλά το αγόρι είχε ήδη σηκωθεί και είχε γυρίσει σβέλτα προς το μέρος του. «Τι πρόβλημα έχεις, λυκάνθρωπε;»

Το χέρι του Μπατ ήταν ακόμη απλωμένο. «Κουφός είσαι, Νεφιλίμ;» γρύλισε. «Ένας δικός μας είναι νεκρός στην αυλή».

«Ένας λυκάνθρωπος ή κάποιο άλλο Πλάσμα του Σκότους;» Το αγόρι ανασήκωσε τα ανοιχτόχρωμα φρύδια του. «Γιατί εμένα μου φαίνεστε όλοι ίδιοι».

Ακούστηκε ένα υπόκωφο γρύλισμα –απ' τον Φρίκι Πιτ, πρόσεξε με κάποια έκπληξη η Μάγια. Είχε μπει πάλι στο μπαρ και έβλεπε τη σκηνή περιτριγυρισμένος από την υπόλοιπη αγέλη. «Ένα λυκόπουλο ήταν, ένα παιδί», είπε. «Τον έλεγαν Τζόζεφ».

Το όνομα δεν έλεγε κάτι στη Μάγια, αλλά είδε πώς έσφιγγε ο Πιτ τα χείλη του και ένιωσε ένα πετάρισμα στο στομάχι της. Η αγέλη ήταν έτοιμη για μάχη, και αν ο Κυνηγός είχε λίγη λογική, θα είχε ήδη φύγει βιαστικά. Αλλά δεν έδειχνε να πτοείται. Στεκόταν εκεί πέρα, κοιτάζοντάς τους με τα χρυσά του μάτια και εκείνο το παράξενο χαμόγελο στα χείλη του. «Λυκάνθρωπος;»

«Ένας απ' την αγέλη μας», είπε ο Πιτ. «Ήταν μόλις δεκαπέντε».

«Και τι ακριβώς περιμένεις να κάνω εγώ γι' αυτό;» ρώτησε το αγόρι.

Ο Πιτ τον κοιτούσε έκπληκτος. «Είσαι Νεφιλίμ», είπε. «Το Κονκλάβιο είναι υποχρεωμένο να μας προστατεύει σε τέτοιες περιπτώσεις».

Το αγόρι κοίταξε γύρω του αργά και με τέτοια θρασύτητα, που το πρόσωπο του Πιτ αναψοκοκκίνισε.

«Δεν βλέπω να χρειάζεστε προστασία από κάτι εδώ μέσα», είπε το αγόρι. «Εκτός από το άθλιο ντεκόρ και τη μούχλα. Αλλά με λίγη χλωρίνη θα είστε μια χαρά».

«Έξω απ' την πόρτα αυτού εδώ του μαγαζιού υπάρχει ένα *νεκρό αγόρι*», είπε ο Μπατ, τονίζοντας προσεκτικά τις λέξεις. «Δεν νομίζεις...;»

«Νομίζω ότι είναι λίγο αργά για να τον προστατεύσουμε» είπε το αγόρι «αν είναι ήδη νεκρός».

Ο Πιτ τον κοιτούσε ακόμη. Τα αφτιά του είχαν γίνει μυτερά και η φωνή του πνιχτή από τα δόντια του λύκου που έβγαιναν σιγά-σιγά. «Πρόσεχε, Νεφιλίμ. Πρόσεχε πολύ».

Το αγόρι τον κοίταξε με σκοτεινό βλέμμα. «Γιατί, τι θα πάθω;»

«Δεν θα κάνεις τίποτα, δηλαδή;» ρώτησε ο Μπατ. «Αυτό είναι;»

«Θα πιω το ποτό μου», είπε το αγόρι, κοιτάζοντας το μισοάδειο του ποτήρι που βρισκόταν ακόμη στον πάγκο. «Αν με αφήσετε».

«Αυτή είναι η στάση του Κονκλάβιου, λοιπόν, μόλις μία εβδομάδα μετά τις Συνθήκες;» είπε αηδιασμένος ο Πιτ. «Δεν είναι τίποτα για σας ο θάνατος των Πλασμάτων του Σκότους;»

Το αγόρι χαμογέλασε και η Μάγια ανατρίχιασε. Αυτό ήταν το χαμόγελο του Ντάνιελ, λίγο πριν βάλει φωτιά στις πεταλούδες. «Κλασικά Πλάσματα του Σκότους», είπε το αγόρι. «Περιμένετε το Κονκλάβιο να καθαρίσει τις βρομιές σας. Λες και μας ενδιαφέρει αν ένα χαζό λυκόπουλο αποφάσισε να ρίξει κέτσαπ πάνω του και να κάνει τον πεθαμένο στην αυλή σας...»

Και τότε χρησιμοποίησε μια λέξη, μια λέξη για τους λυκανθρώπους που δεν τη χρησιμοποιούσαν ποτέ οι ίδιοι, μια υποτιμητική, δυσάρεστη λέξη που υπονοούσε κάτι σχετικό με τις σχέσεις λυκανθρώπων και θνητών γυναικών.

Πριν προλάβει να κουνηθεί κανένας άλλος, ο Μπατ όρμησε στον Κυνηγό. Το αγόρι είχε προλάβει, όμως. Ο Μπατ παραπάτησε και κοίταξε γύρω του. Το πλήθος έβγαλε μια κραυγή.

Η Μάγια είχε μείνει με ανοιχτό το στόμα. Ο Κυνηγός στεκόταν πάνω στο μπαρ, με ανοιχτά τα πόδια, σαν τον άγγελο τιμωρό που ήταν έτοιμος να αποδώσει τη θεία δικαιοσύνη από ψηλά, όπως υποτίθεται ότι έπρεπε να κάνουν οι Κυνηγοί. Μετά, άπλωσε το χέρι του και λύγισε τα δάχτυλά του προς το μέρος του, μια χειρονομία που η Μάγια ήξερε από το νηπιαγωγείο *–ελάτε να με πιάσετε–*, και η αγέλη όρμησε εναντίον του.

Οι πρώτοι που πήδηξαν στο μπαρ ήταν ο Μπατ και η Άμαμπελ. Το αγόρι γύρισε τόσο γρήγορα, που η αντανάκλασή του στον καθρέφτη ήταν σαν να θόλωσε. Η Μάγια τον είδε να κλοτσάει και οι δυο λυκάνθρωποι βρέθηκαν στο πάτωμα μαζί με ένα σωρό σπασμένα γυαλιά. Άκουσε το γέλιο του αγοριού τη στιγμή που κάποιος άπλωσε το χέρι του και τον τράβηξε κάτω. Εκείνος κατέβηκε ανάμεσα στο πλήθος με μια άνεση που έδειχνε σαν να το ήθελε. Έπειτα δεν τον έβλεπε καθόλου, διέκρινε μόνο ένα κουβάρι από χέρια και πόδια. Της φάνηκε όμως ότι μπορούσε ακόμη να τον ακούσει να γελάει, ακόμα και τη στιγμή που άστραψε μια λάμψη –ένα μαχαίρι– και ένιωσε να κρατάει την ανάσα της.

«Αρκετά!»

Ήταν η φωνή του Λουκ, σταθερή, ήρεμη σαν ένας σφυγμός. Ήταν παράξενο πώς αναγνώριζες πάντα τη φωνή του αρχηγού σου. Η Μάγια γύρισε και τον είδε να στέκεται στην είσοδο του μαγαζιού, με το ένα χέρι στερεωμένο στον τοίχο. Έμοιαζε κουρασμένος, σχεδόν *μαραμένος*, σαν κάτι να τον πονούσε μέσα του. Κι όμως, η φωνή του ήταν ήρεμη όταν επανέλαβε. «Αρκετά. Αφήστε τον ήσυχο».

Η αγέλη απομακρύνθηκε αργά αργά απ' τον Κυνηγό, αφήνοντας μόνο τον Μπατ να στέκεται εκεί αγέρωχος, κρατώντας το αγόρι απ' τη μπλούζα και ένα μαχαίρι στο άλλο χέρι. Το ίδιο το αγόρι είχε αίμα στο πρόσωπο, αλλά δεν έμοιαζε καθόλου με κάποιον που είχε ανάγκη για βοήθεια. Είχε ένα χαμόγελο τόσο επικίνδυνο, όσο τα σπασμένα γυαλιά στο πάτωμα. «Δεν είναι ένα απλό αγόρι», είπε ο Μπατ. «Είναι Κυνηγός».

«Είναι ευπρόσδεκτοι εδώ», είπε ο Λουκ με ουδέτερο τόνο. «Είναι σύμμαχοί μας».

«Είπε ότι δεν τον ένοιαζε», αποκρίθηκε θυμωμένα ο Μπατ. «Για τον Τζόζεφ...»

«Το ξέρω», είπε σιγά ο Λουκ. Τα μάτια του έπεσαν στο ξανθό αγόρι. «Ήρθες εδώ πέρα μόνο και μόνο για να τσακωθείς, Τζέις Γουέιλαντ;»

Το αγόρι –ο Τζέις– χαμογέλασε, και απ' το κομμένο του χείλος κύλησε αίμα που έφτασε μέχρι το πιγούνι του.

«Γεια σου, Λουκ».

Ο Μπατ ξαφνιάστηκε που άκουσε το μικρό όνομα του αρχηγού τους από το στόμα του Κυνηγού και άφησε το μπλουζάκι του. «Δεν ήξερα...»

«Δεν υπάρχει κάτι που έπρεπε να ξέρεις», είπε ο Λουκ με φωνή που ακούστηκε τόσο κουρασμένη όσο και τα μάτια του.

Τότε μίλησε ο Φρίκι Πιτ, με φωνή τραχιά σαν γρατζούνισμα μπάσου. «Είπε ότι το Κονκλάβιο δεν ενδιαφέρεται για το θάνατο ενός απλού λυκανθρώπου, ούτε καν ενός παιδιού. Και είναι μόλις μία εβδομάδα μετά τις Συνθήκες, Λουκ».

«Ο Τζέις δεν μιλάει εκ μέρους του Κονκλάβιου» είπε ο Λουκ «και δεν θα μπορούσε να κάνει κάτι ακόμα και να το ήθελε. Έτσι δεν είναι;»

Κοίταξε τον Τζέις που είχε γίνει κατάχλωμος. «Πώς...;»

«Ξέρω τι έγινε», είπε ο Λουκ. «Με τη Μαρίζ...»

Ο Τζέις σφίχτηκε, και για μια στιγμή η Μάγια είδε κάτω απ' το σκληρό Ντανιελικό προσωπείο το αληθινό του πρόσωπο, κάτι σκοτεινό και πονεμένο, που της θύμισε περισσότερο τα δικά της μάτια παρά του αδερφού της. «Ποιος σου το είπε; Η Κλέρι;»

«Όχι η Κλέρι». Η Μάγια δεν είχε ξανακούσει τον Λουκ να λέει αυτό το όνομα, αλλά ήταν προφανές από τον τόνο του ότι ήταν κάποιο σημαντικό πρόσωπο γι' αυτόν, αλλά και για το αγόρι.

«Είμαι ο αρχηγός της αγέλης, Τζέις. Ακούω διάφορα. Έλα τώρα. Πάμε στο γραφείο του Πιτ να το συζητήσουμε».

Ο Τζέις δίστασε για ένα λεπτό πριν ανασηκώσει τους ώμους του. «Καλά» είπε «αλλά μου χρωστάς το ποτό που δεν ήπια».

«Αυτή ήταν η τελευταία μου ιδέα», είπε η Κλέρι με έναν ηττημένο αναστεναγμό, ενώ βούλιαξε στα σκαλιά έξω απ' το Μητροπολιτικό Μουσείο Τέχνης κοιτάζοντας απαρηγόρητη την πέμπτη λεωφόρο.

«Τουλάχιστον, ήταν καλή», είπε ο Σάιμον και έκατσε δίπλα της, με τα μακριά του πόδια απλωμένα μπροστά του. «Του αρέσουν τα όπλα και οι μάχες, οπότε γιατί να μην προσπαθήσουμε να τον βρούμε στη μεγαλύτερη συλλογή όπλων της πόλης; Άσε που εμένα μου αρέσουν πάντα οι επισκέψεις στον τομέα Όπλα και Πανοπλίες. Μου δίνουν ιδέες για τις μάχες μου».

Η Κλέρι τον κοίταξε ξαφνιασμένη. «Παίζεις ακόμη με τον Έρικ, τον Κερκ και τον Ματ;»

«Ναι, γιατί όχι;»

«Σκεφτόμουν ότι οι μάχες θα είχαν χάσει το ενδιαφέρον τους από τότε που...» *από τότε που άρχισαν οι αληθινές μας ζωές να μοιάζουν με τις εικονικές σου μάχες*. Γεμάτες με καλούς, κακούς, επικίνδυνη μαγεία και σημαντικά μαγεμένα αντικείμενα που έπρεπε να βρεις αν ήθελες να κερδίσεις το παιχνίδι.

Μόνο που στο παιχνίδι, κέρδιζαν πάντα οι καλοί, νικούσαν τους κακούς και επέστρεφαν σπίτι με το θησαυρό. Ενώ στην αληθινή ζωή, είχαν χάσει το θησαυρό, και μερικές φορές η Κλέρι δεν ήταν καν σίγουρη ποιοι ήταν οι καλοί και ποιοι οι κακοί.

Κοίταξε τον Σάιμον και ένιωσε ένα κύμα θλίψης. Αν παρατούσε το παιχνίδι του, θα ήταν δικό της λάθος, όπως ακριβώς και όλα όσα είχε περάσει εκείνος τις τελευταίες εβδομάδες ήταν δικό της λάθος. Θυμήθηκε το χλωμό του πρόσωπο στο νεροχύτη το ίδιο πρωί, λίγο πριν τη φιλήσει.

«Σάιμον», άρχισε να λέει.

«Αυτήν τη στιγμή παίζω έναν παπά που είναι μισός τρολ και θέλει να εκδικηθεί τα Ορκ που σκότωσαν την οικογένειά του! Τα σπάει!» είπε γελώντας.

Η Κλέρι γέλασε, ενώ το ίδιο λεπτό άκουσε το τηλέφωνο να χτυπά. Το έβγαλε απ' την τσέπη της και το άνοιξε: ήταν ο Λουκ. «Δεν τον βρήκαμε», του απάντησε πριν καν εκείνος προλάβει να πει «γεια».

«Ναι, αλλά τον βρήκα εγώ».

Η Κλέρι ανακάθισε απότομα. «Πλάκα κάνεις. Είναι εκεί; Μπορώ να του μιλήσω;» Είδε τον Σάιμον να την κοιτάζει στραβά και χαμήλωσε τη φωνή της. «Είναι καλά;»

«Σε γενικές γραμμές, ναι».

«Τι εννοείς σε γενικές γραμμές;»

«Ξεκίνησε καβγά με μια αγέλη λυκανθρώπων. Έχει κάμποσες γρατζουνιές και μελανιές».

Η Κλέρι μισόκλεισε τα μάτια της. Γιατί έπρεπε ο Τζέις να προκαλεί πάντα καβγάδες και φασαρίες; Τι τον είχε πιάσει; Απ' την άλλη, δεν χρειαζόταν να τον πιάσει κάτι ιδιαίτερο. Θα μπορούσε να τσακωθεί ακόμα και με μπουλντόζα όταν είχε τα νεύρα του.

«Νομίζω ότι θα ήταν καλό να έρθεις εδώ πέρα», είπε ο Λουκ. «Κάποιος πρέπει να τον ηρεμήσει κι εγώ δεν τα καταφέρνω και πολύ καλά».

«Πού είσαι;» ρώτησε η Κλέρι.

Της είπε. Σε ένα μπαρ που λεγόταν το Φεγγάρι του Κυνηγού στην οδό Έστερ. Αναρωτήθηκε αν θα είχε ξόρκι για να μην το βλέπουν οι άνθρωποι. Κλείνοντας το πορτάκι του κινητού της γύρισε προς τον Σάιμον που την κοιτούσε με ανασηκωμένα φρύδια.

«Επέστρεψε ο άσωτος;»

«Κάτι τέτοιο». Σηκώθηκε όρθια και τέντωσε τα κουρασμένα της πόδια, υπολογίζοντας πόση ώρα θα τους έπαιρνε να φτάσουν στην Τσάινατάουν με το τρένο και αν άξιζε να ξοδέψει το χαρτζιλίκι που της είχε δώσει ο Λουκ σε ταξί. Μάλλον όχι, αποφάσισε – αν κολλούσαν στην κίνηση, θα έκαναν πιο πολλή ώρα απ' το μετρό.

«…έρθω μαζί σου;» είπε ο Σάιμον και σηκώθηκε. Βρισκόταν ένα σκαλί πιο κάτω από εκείνην, και έτσι είχαν σχεδόν το ίδιο ύψος. «Τι λες;»

Η Κλέρι άνοιξε το στόμα της και το ξαναέκλεισε. «Ε…»

«Δεν άκουσες λέξη απ' ό,τι είπα, ε;» είπε με ύφος παραίτησης ο Σάιμον.

«Όχι», παραδέχθηκε η Κλέρι. «Σκεφτόμουν τον Τζέις. Μου φάνηκε ότι ήταν χάλια. Συγγνώμη».

Τα καστανά του μάτια σκοτείνιασαν. «Και μάλλον πρέπει να τρέξεις να φροντίσεις τις πληγές του;»

«Μου ζήτησε ο Λουκ να πάω», είπε η Κλέρι. «Νόμιζα ότι θα ήθελες να έρθεις μαζί μου».

Ο Σάιμον κλότσησε τα σκαλιά με το μποτάκι του. «Θα έρθω, αλλά γιατί; Δεν μπορεί ο Λουκ να στείλει τον Τζέις πίσω στο Ινστιτούτο χωρίς τη βοήθειά σου;»

«Μάλλον ναι, αλλά πιστεύει ότι ο Τζέις θα μου μιλήσει πρώτα για το τι έγινε».

«Έλεγα να κάναμε κάτι απόψε», είπε ο Σάιμον. «Κάτι ωραίο. Να βλέπαμε καμία ταινία, να τρώγαμε κάτι στο κέντρο».

Τον κοίταξε. Στο βάθος άκουγε νερό να τρέχει σε ένα σιντριβάνι. Σκέφτηκε την κουζίνα του σπιτιού του, τα υγρά του χέρια στα μαλλιά της, αλλά της έμοιαζαν όλα τόσο μακρινά, παρόλο που μπορούσε να το φέρει στο μυαλό της –όπως μπορείς να θυμάσαι μια σκηνή από ένα περιστατικό χωρίς να θυμάσαι το ίδιο το γεγονός πια.

«Είναι αδερφός μου», του είπε. «Πρέπει να πάω».

Ο Σάιμον την κοίταξε σαν να ήταν τόσο κουρασμένος, που δεν μπορούσε καν να αναστενάξει. «Τότε, θα έρθω μαζί σου».

Το γραφείο στο πίσω μέρος του Φεγγαριού του Κυνηγού ήταν στο βάθος ενός στενού διαδρόμου γεμάτου πριονίδι. Κάθε τόσο, το πριονίδι είχε σημάδια από σόλες και ήταν λερωμένο από ένα σκούρο υγρό που δεν έμοιαζε και πολύ με μπίρα. Όλος ο χώρος μύριζε καπνό και κυνήγι, λίγο σαν –αν και η Κλέρι δεν θα το έλεγε ποτέ αυτό στον Λουκ– σκυλίλα.

«Δεν έχει και την καλύτερη διάθεση», είπε ο Λουκ, σταματώντας μπροστά σε μια κλειστή πόρτα. «Τον έκλεισα στο γραφείο του Φρίκι Πιτ όταν παραλίγο να σκοτώσει τη μισή μου αγέλη με γυμνά χέρια. Εμένα δεν μου μιλούσε, οπότε...» είπε ανασηκώνοντας τους ώμους του «σκέφτηκα εσένα». Κοίταξε μια την απορημένη Κλέρι και μια τον Σάιμον. «Τι;»

«Απλώς, δεν μπορώ να πιστέψω ότι ήρθε *εδώ*», είπε η Κλέρι.

«Εγώ δεν πιστεύω ότι ξέρεις κάποιον που λέγεται Φρίκι Πιτ», είπε ο Σάιμον.

«Ξέρω πολύ κόσμο», είπε ο Λουκ. «Όχι ότι ο Φρίκι Πιτ είναι αυτό ακριβώς που ονομάζουμε "κόσμος", αλλά τι να πω κι εγώ». Άνοιξε διάπλατα την πόρτα του γραφείου. Μέσα, το γραφείο ήταν απλό, χωρίς παράθυρα, και στους τοίχους κρέμονταν σημαίες από ομάδες. Υπήρχε ένα γραφείο γεμάτο χαρτιά με μια μικρή τηλεόραση και πίσω της, σε μια καρέκλα που το δέρμα της ήταν τόσο ζαρωμένο που έμοιαζε με μάρμαρο, καθόταν ο Τζέις.

Τη στιγμή που άνοιξε η πόρτα, ο Τζέις άρπαξε ένα κίτρινο μολύβι απ' το γραφείο και το πέταξε. Το μολύβι έσκισε τον αέρα και καρφώθηκε στον τοίχο, ελάχιστα εκατοστά από το χέρι του Λουκ, και έμεινε εκεί πάλλοντας απειλητικά. Ο Λουκ άνοιξε διάπλατα τα μάτια του.

Ο Τζέις χαμογέλασε αχνά. «Δεν κατάλαβα ότι ήσουν εσύ», είπε.

Η Κλέρι ένιωσε την καρδιά της να σφίγγεται. Είχε μέρες να δει τον Τζέις, και έμοιαζε κάπως διαφορετικός –δεν ήταν μόνο το ματωμένο του πρόσωπο και οι μελανιές που ήταν σίγουρα καινούριες, αλλά το δέρμα στο πρόσωπό του που έμοιαζε πιο τεντωμένο, τα κόκαλα να προεξέχουν πιο έντονα.

Ο Λουκ έκανε νόημα προς την Κλέρι και τον Σάιμον με το χέρι του. «Έφερα κάποιους να σε δούνε».

Τα μάτια του Τζέις κινήθηκαν προς το μέρος τους. Ήταν ανέκφραστα, σαν να ήταν βαμμένα πάνω στο πρόσωπό του. «Δυστυχώς» είπε «είχα μόνο ένα μολύβι».

«Τζέις...» άρχισε να λέει ο Λουκ.

«Δεν τον θέλω αυτόν εδώ μέσα», είπε ο Τζέις δείχνοντας με το πιγούνι του προς τον Σάιμον.

«Αυτό είναι άδικο», είπε η Κλέρι αγανακτισμένα. Άραγε ο Τζέις είχε ξεχάσει ότι ο Σάιμον είχε σώσει τη ζωή του Άλεκ, ίσως και τη ζωή όλων τους;

«Έξω, θνητέ», είπε ο Τζέις δείχνοντας την πόρτα.

Ο Σάιμον κούνησε το χέρι του. «Δεν πειράζει. Θα περιμένω στο διάδρομο». Έφυγε και κατάφερε να μη χτυπήσει καν την πόρτα πίσω του, αν και η Κλέρι κατάλαβε ότι ήθελε πάρα πολύ να το κάνει.

Γύρισε στον Τζέις. «Γιατί πρέπει να είσαι τόσο...;» άρχισε να λέει, αλλά σταμάτησε όταν είδε το πρόσωπό του. Έμοιαζε γυμνό, παράξενα ευάλωτο.

«Δυσάρεστος;» συμπλήρωσε εκείνος την πρότασή της. «Μόνο τις μέρες που με πετάει έξω απ' το σπίτι η θετή μου μητέρα λέγοντάς μου να μην ξαναεμφανιστώ μπροστά της. Τις υπόλοιπες μέρες είμαι αξιοθαύμαστα καλότροπος. Δοκίμασε πάλι στις 30 Φλεβάρη».

Ο Λουκ έκανε μια γκριμάτσα. «Η Μαρίζ και ο Ρόμπερτ Λάιτγουντ δεν είναι και οι πιο αγαπημένοι μου άνθρωποι στον κόσμο, αλλά δεν μπορώ να πιστέψω ότι θα έκανε κάτι τέτοιο η Μαρίζ».

Ο Τζέις φάνηκε να ξαφνιάζεται. «Τους ξέρεις;»

«Ήταν μαζί μου στον Κύκλο», είπε ο Λουκ. «Απόρησα όταν έμαθα ότι διηύθυναν το Ινστιτούτο εδώ. Φαίνεται ότι έκαναν κάποια συμφωνία με το Κονκλάβιο, μετά την Εξέγερση, για να διασφαλίσουν κάποια ευνοϊκή μεταχείριση για τους ίδιους, ενώ ο Χοτζ... ξέρουμε όλοι τι έγινε με τον Χοτζ». Έμεινε για λίγο σιωπηλός. «Σου είπε η Μαρίζ γιατί σε... εξόρισε, ας το πούμε έτσι;»

«Δεν πιστεύει ότι νόμιζα πως ήμουν γιος του Μάικλ Γουέιλαντ. Με κατηγόρησε ότι ήμουν μαζί με τον Βάλενταϊν απ' την αρχή, ότι τον βοήθησα να ξεφύγει με το Θανάσιμο Κύπελλο».

«Τότε, γιατί να έχεις μείνει εδώ;» ρώτησε η Κλέρι. «Γιατί να μη φύγεις μαζί του;»

«Δεν μου είπε, αλλά υποψιάζομαι ότι πιστεύει πως έμεινα εδώ για να κατασκοπεύω. Το αβγό της έχιδνας. Φυσικά, δεν χρησιμοποίησε αυτήν τη φράση, αλλά σίγουρα το σκέφτηκε».

«Κατάσκοπος του Βάλενταϊν;» Ο Λουκ φάνηκε απογοητευμένος.

«Θεωρεί ότι ο Βάλενταϊν πιστεύει πως εξαιτίας της αγάπης τους για μένα, η Μαρίζ και ο Ρόμπερτ θα πίστευαν ό,τι και να τους έλεγα. Έτσι, η Μαρίζ αποφάσισε πως η λύση είναι να μη νιώθουν πια καμία αγάπη για μένα».

«Η αγάπη δεν είναι έτσι», είπε ο Λουκ κουνώντας το κεφάλι του. «Δεν μπορείς να πατήσεις ένα κουμπί και να σβήσει. Ειδικά αν είσαι γονιός».

«Δεν είναι αληθινοί μου γονείς».

«Γονείς δεν σημαίνει μόνο να μοιράζεσαι το ίδιο αίμα. Είναι οι γονείς σου όλα αυτά τα χρόνια, για κάθε σημαντικό σου θέμα. Η Μαρίζ είναι απλώς πληγωμένη».

«Πληγωμένη;» ρώτησε ο Τζέις μη μπορώντας να πιστέψει στα αφτιά του. «*Αυτή* πληγωμένη;»

«Αγαπούσε τον Βάλενταϊν, μην το ξεχνάς», είπε ο Λουκ. «Όπως όλοι μας. Την πλήγωσε πολύ άσχημα. Δεν θέλει να κάνει το ίδιο και ο γιος του. Ανησυχεί μήπως τους είπες ψέματα. Ότι το άτομο που ήσουν όλα αυτά τα χρόνια ήταν ένα ψέμα, μια απάτη. Πρέπει να την καθησυχάσεις».

Η έκφραση του Τζέις ήταν ένα τέλειο μείγμα έκπληξης και πείσματος. «Η Μαρίζ είναι μεγάλη! Δεν χρειάζεται να την καθησυχάσω εγώ!»

«Έλα τώρα, Τζέις», είπε η Κλέρι. «Δεν μπορείς να περιμένεις να είναι όλοι τέλειοι. Και οι μεγάλοι κάνουν βλακείες. Πήγαινε πίσω στο Ινστιτούτο και μίλα της λογικά. Φέρσου σαν άντρας».

«Δεν θέλω να είμαι άντρας», είπε ο Τζέις. «Θέλω να είμαι ένας οργισμένος έφηβος που δεν μπορεί να αντιμετωπίσει τα φαντάσματα μέσα του και προτιμάει να φωνάζει στους άλλους για να ξεσπάει».

«Πάντως» είπε ο Λουκ «τα καταφέρνεις μια χαρά».

«Τζέις» είπε βιαστικά η Κλέρι, πριν αρχίσουν να τσακώνονται στα αλήθεια «πρέπει να πας πίσω στο Ινστιτούτο. Σκέψου τον Άλεκ και την Ίζι, σκέψου πόσο θα στεναχωρηθούν με όλο αυτό».

«Η Μαρίζ θα σκεφτεί κάτι για να τους καθησυχάσει. Μπορεί να τους πει ότι το έσκασα».

«Δεν θα πιάσει αυτό», είπε η Κλέρι. «Η Ίζαμπελ ακούστηκε τρελαμένη στο τηλέφωνο».

«Η Ίζαμπελ ακούγεται πάντα τρελαμένη», είπε ο Τζέις, αλλά έδειξε να χαίρεται. Οι μελανιές στο πιγούνι και στους κροτάφους του ξεχώριζαν σαν μαύρα, αφηρημένα Σημάδια πάνω στο δέρμα του. «Δεν πάω πίσω σε ένα μέρος όπου δεν με εμπιστεύονται. Δεν είμαι δέκα χρονών πια. Μπορώ να φροντίσω τον εαυτό μου».

Ο Λουκ είχε μια έκφραση σαν να μην ήταν και πολύ σίγουρος γι' αυτό. «Πού θα πας; Πώς θα ζήσεις;»

Τα μάτια του Τζέις έλαμψαν. «Είμαι δεκαεφτά. Σχεδόν ενήλικας. Κάθε ενήλικας Κυνηγός των Σκιών δικαιούται...»

«Ακριβώς, κάθε *ενήλικας*. Εσύ όμως δεν είσαι. Δεν μπορείς να πάρεις μισθό απ' το Κονκλάβιο γιατί είσαι πολύ μικρός, και στο κάτω κάτω οι Λάιτγουντ είναι υποχρεωμένοι από το νόμο να σε φροντίζουν. Αν δεν το κάνουν, θα οριστεί κάποιος άλλος ή...»

«Ή τι;» φώναξε ο Τζέις και σηκώθηκε όρθιος. «Θα με στείλουν σε ορφανοτροφείο στην Άιντρις; Θα με πετάξουν σε μια οικογένεια που δεν έχω ξαναδεί ποτέ; Μπορώ να πιάσω δουλειά στον κόσμο των θνητών για ένα χρόνο, να ζήσω σαν ένας απ' *αυτούς*...»

«Δεν μπορείς», είπε η Κλέρι. «Εγώ ξέρω, Τζέις, *ήμουν* ένας απ' αυτούς. Είσαι πολύ μικρός για οποιαδήποτε δουλειά, και άλλωστε οι ικανότητές σου –το να είσαι επαγγελματίας δολοφόνος απαιτεί να είσαι μεγαλύτερος. Και είναι εγκληματίες όλοι τους».

«Εγώ δεν είμαι δολοφόνος».

«Αν ζούσες στον κόσμο των θνητών, αυτό ακριβώς θα ήσουνα», είπε ο Λουκ.

Ο Τζέις σφίχτηκε, το σαγόνι του πετάχτηκε προς τα έξω, και η Κλέρι κατάλαβε ότι τα λόγια του Λουκ τον είχαν χτυπήσει εκεί όπου πονούσε. «Δεν καταλαβαίνετε», είπε με μια ξαφνική απόγνωση στη φωνή. «Δεν μπορώ να πάω πίσω. Η Μαρίζ θέλει να πω ότι μισώ τον Βάλενταϊν. Κι αυτό δεν μπορώ να το κάνω».

Ο Τζέις σήκωσε το κεφάλι του με μάτια καρφωμένα στον Λουκ σαν να περίμενε ότι ο μεγαλύτερος άνδρας θα αντιδρούσε με ειρωνεία ή ακόμα και φρίκη. Άλλωστε, ο Λουκ είχε περισσότερους λόγους απ' όλους για να μισεί τον Βάλενταϊν.

«Καταλαβαίνω», είπε ο Λουκ. «Κάποτε τον αγαπούσα κι εγώ».

Ο Τζέις εξέπνευσε ανακουφισμένος και η Κλέρι σκέφτηκε ξαφνικά: *Γι' αυτό ήρθε εδώ πέρα, σ' αυτό το μέρος. Όχι μόνο για να τσακωθεί, αλλά για να βρει τον Λουκ. Γιατί ήξερε ότι ο Λουκ θα καταλάβαινε.* Δεν ήταν όλα όσα έκανε ο Τζέις τρελά και ριψοκίνδυνα, θύμισε στον εαυτό της. Μπορεί να φαίνονταν, αλλά δεν ήταν.

«Δεν θα έπρεπε να είναι απαραίτητο να πεις ότι μισείς τον πατέρα σου», είπε ο Λουκ. «Ούτε καν για να καθησυχάσεις τη Μαρίζ. Θα έπρεπε να το καταλαβαίνει αυτό».

Η Κλέρι κοίταξε προσεκτικά τον Τζέις, προσπαθώντας να διαβάσει το πρόσωπό του. Ήταν σαν βιβλίο γραμμένο σε μια ξένη γλώσσα, μια γλώσσα που είχε μάθει πολύ λίγο. «Είπε όντως ότι δεν ήθελε να σε ξαναδεί ποτέ;» τον ρώτησε. «Ή το υπέθεσες, και γι' αυτό έφυγες;»

«Μου είπε ότι θα ήταν μάλλον καλύτερα αν έβρισκα κάπου αλλού να μείνω για λίγο», είπε ο Τζέις. «Δεν είπε πού, βέβαια».

«Την άφησες να μιλήσει;» ρώτησε ο Λουκ. «Άκου, Τζέις, είσαι ευπρόσδεκτος να μείνεις μαζί μου όσο καιρό θέλεις. Αυτό θέλω να το ξέρεις».

Το στομάχι της Κλέρι σφίχτηκε. Η σκέψη του Τζέις κάτω απ' το ίδιο σπίτι μ' εκείνη, πάντα κοντά της, τη γέμιζε με ένα μίγμα αγαλλίασης και τρόμου.

«Ευχαριστώ», είπε ο Τζέις. Η φωνή του ήταν σταθερή, αλλά τα μάτια του είχαν πάει στιγμιαία, χωρίς να το θέλει, στην Κλέρι, και μέσα τους φαινόταν το ίδιο απαίσιο μίγμα συναισθημάτων που ένιωθε κι εκείνη. *Λουκ,* σκέφτηκε η Κλέρι, *μερικές φορές εύχομαι να μην ήσουν τόσο γενναιόδωρος. Ή τόσο αφελής.*

«Αλλά» συνέχισε ο Λουκ «εξακολουθώ να πιστεύω ότι πρέπει να πας πίσω στο Ινστιτούτο τουλάχιστον για να μιλήσεις στη Μαρίζ και να μάθεις τι συμβαίνει στ' αλήθεια. Μου φαίνεται ότι υπάρχει κάτι περισσότερο απ' αυτά που σου είπε. Ίσως κι απ' αυτά που ήθελες να ακούσεις».

Ο Τζέις σταμάτησε να κοιτάζει την Κλέρι. «Εντάξει», είπε. «Αλλά υπό έναν όρο. Δεν θέλω να πάω μόνος μου».

«Θα έρθω μαζί σου», είπε αμέσως η Κλέρι.

«Το ξέρω», είπε ο Τζέις με χαμηλή φωνή. «Θέλω να έρθεις. Αλλά θέλω να έρθει και ο Λουκ».

Ο Λουκ ξαφνιάστηκε. «Τζέις! Μένω δεκαπέντε χρόνια στη Νέα Υόρκη και δεν έχω πάει ποτέ στο Ινστιτούτο. Ούτε μία φορά. Δεν νομίζω ότι η Μαρίζ θα χαρεί να δει εμένα...»

«Σε παρακαλώ», είπε ο Τζέις, και παρόλο που η φωνή του ήταν σταθερή και ήσυχη, η Κλέρι ένιωθε, σχεδόν σαν κάτι απτό, τον εγωισμό που χρειάστηκε να καταπνίξει για να πει αυτές τις δύο λέξεις.

«Εντάξει», είπε ο Λουκ και κούνησε το κεφάλι του, όπως κάνει ο αρχηγός της αγέλης όταν πρέπει να κάνει κάτι που δεν θέλει. «Θα έρθω μαζί σου, λοιπόν».

Ο Σάιμον ακούμπησε στον τοίχο του διαδρόμου έξω απ' το γραφείο και προσπάθησε να μη λυπάται τον εαυτό του.

Η μέρα είχε αρχίσει καλά. Εντάξει, σχετικά καλά. Στην αρχή, ήταν εκείνο το δυσάρεστο επεισόδιο με την ταινία του Δράκουλα στην τηλεόραση που τον έκανε να νιώσει αδύναμος και έτοιμος να λιποθυμήσει, φέρνοντας στη μνήμη του όλα εκείνα τα συναισθήματα, τις ανάγκες που προσπαθούσε να κρύψει βαθιά μέσα του. Μετά, με κάποιο τρόπο, η αδιαθεσία είχε ξεπεράσει το φόβο του και βρέθηκε να φιλάει την Κλέρι όπως ήθελε να κάνει τόσα χρόνια. Έλεγαν ότι τα πράγματα δεν έρχονται ποτέ όπως τα περιμένεις. Πόσο λάθος ήταν αυτό.

Και τον είχε φιλήσει κι *εκείνη*...

Τώρα όμως, ήταν εκεί μέσα με τον Τζέις, και ο Σάιμον είχε ένα πικρό αίσθημα στο στομάχι, σαν να είχε καταπιεί μια γαβάθα γεμάτη σκουλήκια. Ήταν ένα συναίσθημα που το είχε συνηθίσει τον τελευταίο καιρό. Δεν ήταν πάντα έτσι, ακόμα και όταν συνειδητοποίησε τι ένιωθε για την Κλέρι. Δεν την είχε πιέσει ποτέ, δεν της είχε επιβάλει ποτέ τα αισθήματά του. Ήταν πάντα σίγουρος ότι μια μέρα θα ξυπνούσε απ' τα όνειρα που έβλεπε με ιππότες και πρίγκιπες και θα συνειδητοποιούσε αυτό που ήταν μπροστά στα μάτια και των δυο τους: ήταν φτιαγμένοι ο ένας για τον άλλον. Και παρόλο που δεν ενδιαφερόταν ως τότε για τον Σάιμον, τουλάχιστον δεν ενδιαφερόταν και για κανέναν άλλο.

Μέχρι που εμφανίστηκε ο Τζέις. Θυμήθηκε τον εαυτό του να κάθεται στα σκαλιά του σπιτιού του Λουκ κοιτάζοντας την Κλέρι να του εξηγεί τι ήταν ο Τζέις και τι έκανε, ενώ ο Τζέις λίμαρε τα νύχια του και το έπαιζε υπεράνω. Ο Σάιμον δεν άκουγε αυτά που του έλεγε. Ήταν πολύ απασχολημένος με το να βλέπει πώς *κοιτούσε* η Κλέρι το ξανθό αγόρι με τα παράξενα τατουάζ και το γωνιώδες όμορφο πρόσωπο. Υπερβολικά όμορφο, του φαινόταν του Σάιμον, αλλά η Κλέρι δεν φαινόταν να πιστεύει το ίδιο. Τον κοιτούσε σαν να ήταν κάποιος απ' τους ήρωές της που βγήκε απ' το χαρτί και ζωντάνεψε. Δεν την είχε δει ποτέ να κοιτάζει κάποιον έτσι, και πάντα πίστευε ότι αν το έκανε, αυτός θα ήταν ο Σάιμον. Δεν ήταν όμως, και αυτό τον πλήγωνε περισσότερο απ' οτιδήποτε πίστευε πως θα μπορούσε να τον πληγώσει.

Ανακαλύπτοντας ότι ο Τζέις ήταν αδερφός της Κλέρι ήταν σαν να είχε σταθεί μπροστά στο εκτελεστικό απόσπασμα και να είχε πάρει χάρη την τελευταία στιγμή. Ξαφνικά, ο κόσμος έμοιαζε και πάλι γεμάτος προοπτική.

Αν και τώρα δεν ήταν και τόσο σίγουρος.

«Γεια». Κάποιος ερχόταν προς το μέρος του, κάποιος όχι και πολύ ψηλός, που περπατούσε προσεκτικά ανάμεσα απ' τα αίματα. «Περιμένεις να δεις τον Λουκ; Είναι μέσα;»

«Όχι ακριβώς», είπε ο Σάιμον και απομακρύνθηκε λίγο απ' την πόρτα. «Κάτι τέτοιο, δηλαδή. Είναι μέσα με κάποιο δικό μου».

Το κορίτσι που είχε μόλις φτάσει κοντά του σταμάτησε και τον κοίταξε. Ο Σάιμον υπολόγισε ότι ήταν γύρω στα δεκαέξι με απαλό ανοιχτόχρωμο δέρμα. Τα καστανόχρυσα μαλλιά της ήταν πιασμένα σε δεκάδες μικρά πλεξουδάκια κολλημένα στο κεφάλι της και το πρόσωπό της είχε το σχήμα μιας σχεδόν τέλειας καρδιάς. Είχε ένα μικρό σώμα με καμπύλες, και γοφούς που εξείχαν λίγο πιο έξω απ' τη λεπτή της μέση. «Αυτόν απ' το μπαρ; Τον Κυνηγό;»

Ο Σάιμον κούνησε το κεφάλι του.

«Συγγνώμη που σ' το λέω, αλλά ο φίλος σου είναι μεγάλος βλάκας».

«Δεν είναι φίλος μου», είπε ο Σάιμον. «Και βασικά, συμφωνώ απόλυτα μαζί σου».

«Μα, είπες...»

«Περιμένω την αδερφή του», είπε ο Σάιμον. «Είναι η κολλητή μου».

«Και είναι μέσα μαζί του;» Το κορίτσι έκανε νόημα προς την πόρτα. Φορούσε δαχτυλίδια σε όλα της τα δάχτυλα, απλά πρωτόγονα δαχτυλίδια από μπρούντζο και χρυσό. Το τζιν της ήταν φθαρμένο αλλά καθαρό, και όταν γύρισε το κεφάλι της, ο Σάιμον είδε την ουλή που ήταν χαραγμένη στο λαιμό της, λίγο πιο πάνω απ' το γιακά της μπλούζας της. «Κάτι ξέρω από ηλίθιους αδερφούς», είπε. «Δεν φταίει αυτή».

«Όχι» είπε ο Σάιμον «αλλά μάλλον μόνο αυτήν ακούει».

«Δεν μου φάνηκε απ' τους τύπους που ακούνε», είπε το κορίτσι και ανταπέδωσε το λοξό του βλέμμα με ένα χαμόγελο. «Κοιτάς την ουλή μου, ε; Εκεί με δάγκωσαν».

«Σε δάγκωσαν; Εννοείς ότι είσαι...»

«Λυκάνθρωπος», είπε το κορίτσι. «Όπως και όλοι εδώ μέσα. Εκτός από σένα και τον ηλίθιο. Και την αδερφή του ηλίθιου».

«Δεν ήσουν πάντα λυκάνθρωπος, όμως. Θέλω να πω, δεν γεννήθηκες έτσι».

«Οι περισσότεροι από εμάς γίνονται, δεν γεννιούνται. Αυτό μας κάνει διαφορετικούς από τους φίλους σου τους Κυνηγούς;»

«Ποιο, δηλαδή;»

Χαμογέλασε ελαφρά. «Ήμασταν κάποτε θνητοί».

Ο Σάιμον δεν είπε τίποτα. Μετά από ένα λεπτό, το

κορίτσι άπλωσε το χέρι της. «Μάγια».

«Σάιμον». Της έδωσε το χέρι του. Το δικό της ήταν στεγνό και απαλό. Τον κοίταξε κάτω απ' τις καστανόχρυσες βλεφαρίδες της. «Πώς ξέρεις ότι ο Τζέις είναι ηλίθιος; Ή μάλλον, πώς το κατάλαβες;»

«Διέλυσε το μαγαζί. Χτύπησε το φίλο μου τον Μπατ. Έριξε αναίσθητους μερικούς από την αγέλη».

«Είναι καλά;» Ο Σάιμον ανησύχησε. Ο Τζέις δεν είχε φανεί ιδιαίτερα χτυπημένος, αλλά επειδή τον ήξερε, ο Σάιμον δεν είχε καμία αμφιβολία ότι θα μπορούσε να σκοτώσει ένα σωρό κόσμο και μετά να πάει να φάει κρέπες. «Πήγαν στο γιατρό;»

«Σε ένα μάγο», είπε το κορίτσι. «Δεν έχουμε και πολλές σχέσεις με τους ανθρώπινους γιατρούς εμείς».

«Τα Πλάσματα του Σκότους, εννοείς;»

«Κάποιος σου έμαθε όλες τις σωστές λέξεις, ε;» είπε εκείνη σηκώνοντας τα φρύδια της.

Ο Σάιμον αντέδρασε.

«Πώς ξέρεις ότι δεν είμαι σαν αυτούς;» είπε. «Ή σαν εσένα; Πλάσμα του Σκότους ή...;»

Κούνησε το κεφάλι της και οι πλεξούδες της τραντάχτηκαν. «Απλώς, λάμπει παντού γύρω σου» είπε με κάποια πικρία «ότι είσαι *άνθρωπος*».

Η ένταση της φωνής της τον έκανε σχεδόν να ανατριχιάσει. «Θα μπορούσα να χτυπήσω την πόρτα», είπε, νιώθοντας ξαφνικά άβολα. «Αν θες να μιλήσεις στον Λουκ».

Σήκωσε τους ώμους της. «Απλά, πες του ότι είναι εδώ ο Μάγκνους και ελέγχει το σκηνικό στην αυλή». Πρέπει να έδειξε ξαφνιασμένος γιατί το κορίτσι συμπλήρωσε. «Ο Μάγκνους Μπέιν. Είναι μάγος».

Ξέρω, ήθελε να πει ο Σάιμον, αλλά δεν το έκανε. Η κουβέντα ήταν ήδη αρκετά περίεργη. «ΟΚ».

Η Μάγια έκανε να φύγει, αλλά σταμάτησε στη μέση του διαδρόμου με το ένα χέρι στην κάσα της πόρτας. «Λες να καταφέρει να τον συνετίσει; Η αδερφή του, εννοώ;»

«Αν ακούσει κάποιον, τότε θα ακούσει εκείνη».

«Πολύ γλυκό αυτό», είπε η Μάγια. «Που την αγαπάει τόσο».

«Ναι», είπε ο Σάιμον. «Πολύ γλυκό».

3

η ανακριτρια

Την πρώτη φορά που είχε δει η Κλέρι το Ινστιτούτο ήταν σαν μια εγκαταλελειμμένη εκκλησία, με την οροφή σπασμένη και την πόρτα φραγμένη από την κίτρινη ταινία της αστυνομίας. Τώρα, δεν χρειαζόταν πια να συγκεντρωθεί για να διαλύσει την ψευδαίσθηση. Ακόμα και από την απέναντι πλευρά του δρόμου, το έβλεπε ακριβώς όπως ήταν: ένας ψηλός γοτθικός καθεδρικός ναός που οι πύργοι του έμοιαζαν να τρυπάνε το βραδινό ουρανό σαν μαχαίρια.

Ο Λουκ ήταν σιωπηλός. Απ' την έκφρασή του, ήταν προφανές ότι κάποια μάχη γινόταν μέσα του. Καθώς ανέβαιναν τα σκαλιά, ο Τζέις έβαλε το χέρι του στην τσέπη, σαν από συνήθεια, αλλά όταν το έβγαλε ήταν άδειο. Γέλασε χωρίς κανένα κέφι. «Το ξέχασα. Η Μαρίζ μού πήρε τα κλειδιά πριν φύγω».

«Εννοείται ότι το έκανε». Ο Λουκ στεκόταν μπροστά στην πόρτα του Ινστιτούτου. Άγγιξε απαλά τα σύμβολα που ήταν χαραγμένα στο ξύλο, λίγο πιο κάτω απ' το επιστύλιο. «Η πόρτα αυτή είναι ίδια με εκείνη που υπήρχε στην Αίθουσα του Συμβουλίου στην Άιντρις. Δεν πίστευα ποτέ ότι θα την ξανάβλεπα».

Η Κλέρι ένιωσε σχεδόν ένοχη που διέκοπτε την ονειροπόληση του Λουκ, αλλά είχαν πιο πρακτικά ζητήματα να λύσουν. «Αν δεν έχουμε κλειδί...»

«Δεν χρειάζεται. Τα Ινστιτούτα είναι ανοιχτά για όλους τους Νεφιλίμ που δεν έρχονται με κακό σκοπό για τους κατοίκους τους».

«Κι αν έχουν αυτοί κακό σκοπό για μας;» μουρμούρισε ο Τζέις.

Ο Λουκ χαμογέλασε αχνά. «Δεν νομίζω ότι έχει καμία διαφορά».

«Ναι, το Κονκλάβιο παίρνει πάντα αυτό που θέλει», είπε ο Τζέις με πνιχτή φωνή. Το πάνω χείλος του είχε αρχίσει να πρήζεται και το αριστερό του βλέφαρο είχε μπλαβιάσει.

Γιατί δεν περιποιήθηκε τις πληγές του; αναρωτήθηκε η Κλέρι. «Σου πήρε και το ραβδί σου;»

«Δεν πήρα τίποτα μαζί μου όταν έφυγα. Δεν ήθελα να πάρω τίποτα από αυτά που μου είχαν δώσει οι Λάιτγουντ».

Ο Λουκ τον κοίταξε με ανησυχία. «Κάθε Κυνηγός πρέπει να έχει ένα ραβδί», είπε.

«Εντάξει, θα πάρω άλλο», είπε ο Τζέις και έβαλε το χέρι του στην πόρτα. «Στο όνομα του Κονκλάβιου, ζητώ άδεια εισόδου σ' αυτό το ιερό μέρος. Και στο όνομα του Αρχαγγέλου Ραζιήλ, ζητώ την ευλογία σας στην αποστολή μου μέσα...»

Η πόρτα άνοιξε διάπλατα. Η Κλέρι είδε το σκοτεινό εσωτερικό του καθεδρικού, που φωτιζόταν εδώ κι εκεί από κεριά σε ψηλά σιδερένια μανουάλια.

«Πολύ εύκολο ήταν», είπε ο Τζέις. «Ίσως οι ευλογίες να γίνονται δεκτές πιο εύκολα απ' ό,τι νόμιζα. Ίσως θα έπρεπε να ζητήσω ευλογίες και για την αποστολή μου εναντίον όσων τρώνε το μπέργκερ τους με κέτσαπ».

«Ο Άγγελος ξέρει ποια είναι η αποστολή σου, Τζόναθαν», είπε ο Λουκ. «Δεν χρειάζεται να πεις τις λέξεις πάντα».

Για μια στιγμή, της Κλέρι της φάνηκε ότι είδε κάτι να τρεμουλιάζει στο πρόσωπο του Τζέις –αβεβαιότητα, έκπληξη· μήπως και ανακούφιση; Αλλά το μόνο που είπε ήταν: «Μη με λες έτσι. Δεν είναι αυτό το όνομά μου».

Διέσχισαν το μαρμάρινο πάτωμα του Ινστιτούτου, τα άδεια στασίδια και το φως που έκαιγε αιώνια στην Αγία Τράπεζα. Ο Λουκ κοίταζε γύρω του με περιέργεια και έδειξε να εκπλήσσεται όταν έφτασε ο ανελκυστήρας, ένα σιδερένιο κλουβί, για να τους ανεβάσει στον επάνω όροφο. «Αυτό πρέπει να ήταν ιδέα της Μαρίζ», είπε καθώς έμπαιναν μέσα. «Ακριβώς το γούστο της».

«Είναι εδώ όσο θυμάμαι τον εαυτό μου», είπε ο Τζέις. Η άνοδος ήταν πολύ σύντομη και κανείς τους δεν μιλούσε. Η Κλέρι έπαιζε νευρικά με τα ξέφτια του κασκόλ της. Ένιωθε λίγες τύψεις που είχε πει στον Σάιμον να πάει σπίτι του και να περιμένει να τον πάρει τηλέφωνο αργότερα. Είχε καταλάβει απ' την ενοχλημένη του στάση καθώς κατηφόριζε την οδό Κανάλ ότι είχε νιώσει λίγο ανεπιθύμητος. Ωστόσο, της ήταν αδύνατο να φανταστεί ότι αυτός –ένας θνητός– θα ήταν εκεί ενώ ο Λουκ θα παρακαλούσε τη Μαρίζ Λάιτγουντ εκ μέρους του Τζέις. Θα περιέπλεκε πολύ τα πράγματα.

Το ασανσέρ σταμάτησε με κρότο και είδαν ότι στο διάδρομο τούς περίμενε ο Τσερτς, με έναν ελαφρώς στραβό φιόγκο στο λαιμό. Ο Τζέις έσκυψε για να χαϊδέψει με την ανάστροφη του χεριού του το κεφάλι της γάτας. «Πού είναι η Μαρίζ;»

Ο Τσερτς έκανε έναν ήχο κάτι ανάμεσα σε γρύλισμα και γουργούρισμα και ξεκίνησε να περπατάει. Τον ακολούθησαν, ο Τζέις σιωπηλός, ο Λουκ κοιτάζοντας γύρω του με έκδηλη περιέργεια. «Δεν περίμενα ποτέ ότι θα έβλεπα το εσωτερικό αυτού του χώρου».

Η Κλέρι τον ρώτησε. «Είναι όπως το φανταζόσουν;»

«Έχω πάει στα Ινστιτούτα του Λονδίνου και του Παρισιού· δεν διαφέρει και πολύ από εκείνα, όχι. Απλώς, αυτό εδώ είναι πιο...»

«Πιο, τι;» ρώτησε ο Τζέις που ήταν κάμποσα βήματα πιο μπροστά.

«Πιο ψυχρό».

Ο Τζέις δεν είπε τίποτα. Είχαν φτάσει στη βιβλιοθήκη. Ο Τσερτς έκατσε κάτω σαν να ήθελε να πει ότι δεν σκόπευε να προχωρήσει άλλο. Πίσω απ' τη βαριά ξύλινη πόρτα ακούγονταν αχνές φωνές, αλλά ο Τζέις την άνοιξε χωρίς να χτυπήσει και μπήκε μέσα.

Η Κλέρι άκουσε κάποιον να αναφωνεί με έκπληξη. Για μια στιγμή, η καρδιά της σφίχτηκε, καθώς νόμισε ότι ήταν ο Χοτζ, που είχε ζήσει χρόνια σ' αυτό το δωμάτιο. Ο Χοτζ, με την τραχιά φωνή, και ο Χούγκιν, το κοράκι που ήταν ο μόνιμος σύντροφός του – και που, υπό τις διαταγές του Χοτζ, παραλίγο να της βγάλει τα μάτια.

Δεν ήταν ο Χοτζ, φυσικά. Πίσω απ' το τεράστιο μονοκόμματο γραφείο που στηριζόταν στις πλάτες δύο γονατιστών αγγέλων καθόταν μια γυναίκα γύρω στα σαράντα με τα μαύρα σαν μελάνι μαλλιά της Ίζαμπελ και τη λεπτοκαμωμένη κορμοστασιά του Άλεκ. Φορούσε ένα καλοσιδερωμένο μαύρο κοστούμι, πολύ απλό, σε αντίθεση με τα πολλά χρωματιστά δαχτυλίδια που έλαμπαν στα δάχτυλά της.

Δίπλα της στεκόταν και κάποιος άλλος: ένα αδύνατο αγόρι, ελαφρώς γυμνασμένο, με σγουρά μαύρα μαλλιά και σταρένιο δέρμα. Όταν γύρισε προς το μέρος του, η Κλέρι δεν μπόρεσε να συγκρατήσει ένα επιφώνημα έκπληξης: «Ραφαέλ;»

Για ένα λεπτό, το αγόρι φάνηκε να ξαφνιάζεται. Έπειτα, χαμογέλασε, με δόντια πολύ λευκά και κοφτερά – καθόλου παράξενο, αφού ήταν βρικόλακας. «*Dios*[4]», είπε απευθυνόμενος στον Τζέις. «Τι έπαθες, φίλε μου; Λες και έπεσες σε φωλιά λυκανθρώπων».

«Ή είσαι εξωφρενικά καλός στο να μαντεύεις ή έμαθες κιόλας τι συνέβη».

Το χαμόγελο του Ραφαέλ έγινε πιο φαρδύ. «Ακούω διάφορα».

Η γυναίκα πίσω απ' το γραφείο σηκώθηκε όρθια. «Τζέις», είπε. «Έγινε κάτι; Γιατί γύρισες τόσο γρήγορα; Νόμιζα ότι θα έμενες με...» το βλέμμα της έπεσε στον Λουκ και στην Κλέρι. «Κι εσείς ποιοι είστε;»

«Είμαι η αδερφή του Τζέις», είπε η Κλέρι.

Τα μάτια της Μαρίζ κοίταξαν εξεταστικά την Κλέρι. «Ναι, το βλέπω. Ίδια ο Βάλενταϊν». Γύρισε προς τον Τζέις. «Έφερες μαζί σου την αδερφή σου; Και ένα θνητό; Δεν είναι ασφαλές για κανένα σας εδώ αυτήν τη στιγμή. *Ειδικά* για ένα θνητό...»

---

[4] *«Θεέ μου», στα Ισπανικά. (Σ.τ.Μ.)*

Ο Λουκ χαμογελώντας αχνά είπε. «Μα, δεν είμαι θνητός».

Η έκφραση της Μαρίζ άλλαξε αργά από απορία σε σοκ καθώς είδε τον Λουκ –τον *είδε* πραγματικά– για πρώτη φορά. «*Λούσιαν*;»

«Γεια σου, Μαρίζ», είπε ο Λουκ. «Πάει πολύς καιρός».

Το πρόσωπο της Μαρίζ ήταν απόλυτα ακίνητο, κι εκείνη τη στιγμή έμοιαζε ξαφνικά πολύ πιο μεγάλη, πιο μεγάλη κι απ' τον Λουκ. Έκατσε προσεκτικά. «Λούσιαν», είπε ξανά, με τα χέρια της ανοιχτά πάνω στο γραφείο. «Λούσιαν Γκρέιμαρκ».

Ο Ραφαέλ, που παρακολουθούσε τη σκηνή με το λαμπερό, περίεργο βλέμμα ενός πουλιού, γύρισε προς τον Λουκ. «Εσύ σκότωσες τον Γκάμπριελ».

Ποιος ήταν ο Γκάμπριελ; Η Κλέρι κοίταξε τον Λουκ με απορία. Εκείνος ανασήκωσε τους ώμους του. «Ναι, όπως είχε σκοτώσει κι εκείνος τον προηγούμενο αρχηγό της αγέλης. Έτσι γίνεται με τους λυκανθρώπους».

Η Μαρίζ σήκωσε το κεφάλι της στο άκουσμα αυτών των λέξεων. «Αρχηγό της αγέλης;»

«Αν εσύ είσαι τώρα ο αρχηγός της αγέλης, τότε ήρθε η στιγμή να συζητήσουμε», είπε ο Ραφαέλ, γέρνοντας με χάρη το κεφάλι του προς τη μεριά του Λουκ, αν και η έκφρασή του ήταν σοβαρή. «Αν και δεν είναι η κατάλληλη στιγμή».

«Θα στείλω κάποιον να το κανονίσει», είπε ο Λουκ. «Τελευταία γίνεται χαμός. Ίσως να έμεινα λίγο πίσω στα εθιμοτυπικά».

«Ίσως», είπε μόνο ο Ραφαέλ. Στράφηκε πάλι στη Μαρίζ. «Τελειώσαμε εμείς;»

Η Μαρίζ μίλησε με μεγάλο κόπο. «Αν λες ότι τα Παιδιά της Νύχτας δεν έχουν καμία σχέση με αυτούς τους φόνους, τότε θα βασιστώ στο λόγο σου. Αναγκαστικά, εκτός κι αν έρθουν στο φως νεότερα στοιχεία».

«Αν έρθουν στο φως;» είπε ο Ραφαέλ. «Δεν μου αρέσει αυτή η έκφραση». Τότε γύρισε, και η Κλέρι είδε με έκπληξη ότι ήταν κάπως διάφανος στις άκρες, σαν μια παλιά φωτογραφία που θόλωνε στα περιθώρια. Το αριστερό του χέρι ήταν διάφανο και μπορούσε να διακρίνει πίσω του τη μεγάλη μεταλλική υδρόγειο που είχε πάντα πάνω στο γραφείο του ο Χοτζ. Άκουσε τον εαυτό της να βγάζει ένα μικρό ξαφνιασμένο ήχο βλέποντας τη διαφάνεια να απλώνεται από τα χέρια στους ώμους και στο στήθος του και να εξαφανίζεται μέσα σε μια στιγμή, σαν μια μορφή που σβήστηκε από μια ζωγραφιά. Η Μαρίζ αναστέναξε ανακουφισμένη.

«Πέθανε;» ρώτησε με απορία η Κλέρι.

«Τι, ο Ραφαέλ;» είπε ο Τζέις. «Δεν νομίζω. Ήταν απλώς μια προβολή του εαυτού του. Δεν μπορεί να έρθει στο Ινστιτούτο με το κανονικό του σώμα».

«Γιατί όχι;»

«Γιατί εδώ είναι ιερός χώρος», είπε η Μαρίζ. «Και αυτός είναι καταραμένος». Τα παγερά της μάτια έχασαν λίγη απ' την ψυχρότητά τους όταν στράφηκαν στον Λουκ. «Εσύ είσαι ο αρχηγός της αγέλης εδώ;» τον ρώτησε. «Μάλλον δεν έπρεπε να εκπλήσσομαι. Αυτή είναι η μέθοδός σου, έτσι δεν είναι;»

Ο Λουκ αγνόησε την ειρωνεία στη φωνή της. «Ο Ραφαέλ ήταν εδώ για το λυκόπουλο που σκοτώθηκε απόψε;»

«Ναι, και για ένα νεκρό μάγο», είπε η Μαρίζ. «Που βρέθηκε δολοφονημένος στο κέντρο, πριν από δύο μέρες».

«Γιατί φώναξες τον Ραφαέλ, όμως;»

«Το σώμα του μάγου ήταν στεγνό από αίμα», είπε η Μαρίζ. «Φαίνεται ότι όποιος σκότωσε το λυκάνθρωπο δεν πρόλαβε να ολοκληρώσει το έργο του, αλλά όπως είναι φυσικό οι υποψίες βαραίνουν τα Παιδιά της Νύχτας. Ο βρικόλακας ήρθε εδώ για να με διαβεβαιώσει ότι οι δικοί του δεν έχουν καμία σχέση με όλα αυτά».

«Τον πιστεύεις;» ρώτησε ο Τζέις.

«Δεν μπορώ να μιλήσω για τις υποθέσεις του Κονκλάβιου μαζί σου Τζέις, ειδικά με τον Λούσιαν Γκρέιμαρκ παρόντα».

«Με λένε Λουκ τώρα», απάντησε ήρεμα ο Λουκ. «Λουκ Γκάρογουεϊ».

Η Μαρίζ κούνησε το κεφάλι της. «Δεν σε γνώρισα αμέσως. Μοιάζεις με θνητό».

«Αυτός είναι ο σκοπός μου».

«Νομίζαμε ότι είχες πεθάνει».

«Ελπίζατε», είπε ο Λουκ, εξακολουθώντας να μένει ήρεμος. «Ελπίζατε να έχω πεθάνει».

Η Μαρίζ ήταν σαν να είχε καταπιεί ξυράφια. «Καθίστε», είπε τελικά, δείχνοντας τις καρέκλες μπροστά στο γραφείο. «Λοιπόν» είπε όταν κάθισαν όλοι «ίσως θέλετε να μου πείτε γιατί είστε εδώ».

«Ο Τζέις» είπε ο Λουκ, χωρίς περιστροφές «θέλει μια ακρόαση μπροστά στο Κονκλάβιο. Είμαι πρόθυμος να εγγυηθώ γι' αυτόν. Ήμουν εκεί εκείνο το βράδυ στο Ρένγουικ, όταν ο Βάλενταϊν αποκαλύφθηκε. Μονομάχησα μαζί του, και παραλίγο να αλληλοσκοτωθούμε.

Μπορώ να επιβεβαιώσω πως όλα όσα λέει ο Τζέις είναι αλήθεια».

«Δεν είμαι σίγουρη» είπε η Μαρίζ «για την αξία που έχει ο *δικός* σου λόγος».

«Μπορεί να είμαι λυκάνθρωπος» είπε ο Λουκ «αλλά είμαι και Κυνηγός. Δέχομαι να δικαστώ με το Ξίφος, αν αυτό πρόκειται να βοηθήσει».

Με το Ξίφος; Δεν ακουγόταν και πολύ ευχάριστο αυτό. Η Κλέρι κοίταξε τον Τζέις. Απ' έξω ήταν ήρεμος, με τα δάχτυλα μπλεγμένα μεταξύ τους, αλλά φαινόταν μια εσωτερική ένταση, σαν να απείχε ελάχιστα απ' το να ξεσπάσει. Την είδε που τον κοίταζε και της εξήγησε: «Το Ξίφος των Ψυχών. Το δεύτερο Θανάσιμο Αντικείμενο. Χρησιμοποιείται στις δίκες για να αποκαλύψει αν ένας Κυνηγός λέει ψέματα».

«Δεν είσαι Κυνηγός», είπε η Μαρίζ στον Λουκ, σαν να μην είχε μιλήσει ο Τζέις. «Εδώ και πολύ καιρό, δεν ζεις σύμφωνα με το Νόμο του Κονκλάβιου».

«Όπως κάποτε δεν ζούσες κι εσύ», είπε ο Λουκ. Η Μαρίζ αναψοκοκκίνισε. «Θα περίμενα» συνέχισε ο Λουκ «ότι θα είχες μάθει πια να εμπιστεύεσαι τον κόσμο, Μαρίζ».

«Μερικά πράγματα δεν τα ξεχνάς ποτέ», είπε εκείνη. Η φωνή της ήταν επικίνδυνα απαλή. «Νομίζεις ότι το να σκηνοθετήσει τον ίδιο του το θάνατο ήταν το μεγαλύτερο ψέμα που μας είχε πει ο Βάλενταϊν; Νομίζεις ότι η γοητεία είναι το ίδιο με την ειλικρίνεια; Εγώ έτσι νόμιζα. Έκανα λάθος, όμως». Σηκώθηκε όρθια και ακούμπησε στο τραπέζι με τα λεπτά της χέρια. «Μας είπε ότι θα έδινε τη ζωή του για τον Κύκλο και ότι περίμενε να κάνουμε κι εμείς το ίδιο. Και θα το κάναμε, όλοι μας, το ξέρω αυτό. Εγώ σχεδόν *το έκανα*». Το βλέμμα της πέρασε πάνω από τον Τζέις και την Κλέρι και τα μάτια της καρφώθηκαν στον Λουκ. «Θυμάσαι» είπε «που μας είχε πει πως η Εξέγερση δεν θα ήταν τίποτα, ούτε καν μάχη, μια χούφτα άοπλοι πρεσβευτές ενάντια στην πανίσχυρη δύναμη του Κύκλου. Ήμουν τόσο πεπεισμένη για την εύκολη νίκη μας, που όταν έφυγα για το Αλικάντε, άφησα τον Άλεκ στο σπίτι. Ζήτησα από την Τζόσλιν να τον προσέχει όσο θα έλειπα. Αρνήθηκε. Τώρα ξέρω γιατί. Γιατί *ήξερε*, όπως κι εσύ. Και δεν μας προειδοποιήσατε».

«Προσπάθησα να σας προειδοποιήσω για τον Βάλενταϊν», είπε ο Λουκ. «Δεν ακούγατε τίποτα».

«Δεν εννοώ για τον Βάλενταϊν. Εννοώ για την Εξέγερση! Ήμασταν πενήντα, ενάντια σε πεντακόσια Πλάσματα του Σκότους...»

«Όσο πιστεύατε ότι θα ήταν μόνο πέντε, δεν είχατε πρόβλημα να τους σφάξετε, παρόλο που θα ήταν άοπλοι», είπε σιγανά ο Λουκ.

Τα χέρια της Μαρίζ έσφιγγαν το γραφείο. «Τελικά, *εμείς* σφαγιαστήκαμε», είπε. «Μέσα στη μέση της μάχης, ψάχναμε τον Βάλενταϊν για να μας καθοδηγήσει. Δεν ήταν όμως εκεί. Και μέχρι τότε, το Κονκλάβιο είχε περικυκλώσει την Αίθουσα των Συνθηκών. Νομίζαμε ότι ο Βάλενταϊν είχε σκοτωθεί και ήμασταν έτοιμοι να δώσουμε τις ζωές μας σε μια τελευταία απέλπιδα προσπάθεια να αντισταθούμε. Τότε θυμήθηκα τον Άλεκ... αν πέθαινα, τι θα γινόταν το αγοράκι μου;» Η φωνή της ράγισε. «Γι' αυτό, άφησα κάτω τα όπλα μου και παραδόθηκα στο Κονκλάβιο».

«Έκανες το σωστό, Μαρίζ», είπε ο Λουκ.

Γύρισε προς το μέρος του με μάτια που άστραφταν. «Μη μου λες εμένα τι ήταν *σωστό*, λυκάνθρωπε! Αν δεν ήσουν εσύ...»

«Μην του φωνάζεις!» τη διέκοψε η Κλέρι κάνοντας να σηκωθεί απ' την καρέκλα της. «Εσείς φταίτε που πιστέψατε τον Βάλενταϊν...»

«Λες να μην το ξέρω;» Η φωνή της Μαρίζ σχεδόν έτρεμε. «Α, ναι, το Κονκλάβιο μάς το τόνισε πολύ καλά αυτό όταν μας ανέκριναν –είχαν το Ξίφος των Ψυχών και ήξεραν πολύ καλά πότε λέγαμε ψέματα, αλλά δεν μπορούσαν να μας *αναγκάσουν* να μιλήσουμε. Τίποτα δεν μπορούσε να το κάνει, μέχρι που...»

«Μέχρι πού;» είπε ο Λουκ. «Δεν έμαθα ποτέ. Πάντα αναρωτιόμουν τι ήταν αυτό που σας έκανε να τον προδώσετε».

«Μόνο η αλήθεια», είπε η Μαρίζ με φωνή ξαφνικά κουρασμένη. «Ότι ο Βάλενταϊν δεν είχε πεθάνει μέσα στην Αίθουσα. Το είχε σκάσει –μας είχε αφήσει εκεί να πεθάνουμε χωρίς αυτόν. Πέθανε αργότερα, απ' ό,τι μας είπαν, κάηκε ζωντανός στο ίδιο του το σπίτι. Ο Εξεταστής μάς έδειξε τα κόκαλά του, τα καμένα κόκαλα της οικογένειάς του. Αλλά αυτό ήταν ακόμα ένα ψέμα...» Η φωνή της έσβησε, και μετά δυνάμωσε ξανά, με λέξεις τσουχτερές: «Άλλωστε, μέχρι τότε είχαν καταρρεύσει όλα. Μιλούσαμε και πάλι μεταξύ μας, εμείς που ανήκαμε στον Κύκλο. Πριν την Εξέγερση, ο Βάλενταϊν με είχε πάρει παράμερα και μου είχε πει ότι απ' όλους στον Κύκλο εμπιστευόταν περισσότερο εμένα, ότι ήμουν ο πιο κοντινός του σύμμαχος. Όταν το Κονκλάβιο μάς ανέκρινε, ανακάλυψα ότι είχε πει το ίδιο σε όλους».

«Φοβού τους Δαναούς...», μουρμούρισε ο Τζέις, τόσο

σιγά, που τον άκουσε μόνο η Κλέρι.

«Δεν είπε μόνο στο Κονκλάβιο ψέματα, αλλά και σ' εμάς. Χρησιμοποίησε την εμπιστοσύνη και την αγάπη μας. Όπως ακριβώς έκανε όταν σε έστειλε σ' εμάς», είπε η Μαρίζ κοιτάζοντας τώρα κατάματα τον Τζέις. «Και τώρα έχει επιστρέψει και έχει το Θανάσιμο Κύπελλο. Το σχεδίαζε αυτό για χρόνια· τα πάντα· από την αρχή. Δεν μπορώ να διακινδυνεύσω να σε εμπιστευτώ, Τζέις. Λυπάμαι».

Ο Τζέις δεν είπε τίποτα. Το πρόσωπό του ήταν ανέκφραστο, ωστόσο είχε γίνει πιο χλωμός όσο μιλούσε η Μαρίζ, και οι μελανιές του διακρίνονταν στο πιγούνι καὶ στα μάγουλά του ζωηρές και έντονες.

«Και τώρα;» είπε ο Λουκ. «Τι περιμένεις να κάνει; Πού υποτίθεται ότι πρέπει να πάει;»

Τα μάτια της έμειναν για λίγο στην Κλέρι. «Γιατί να μη μείνει με την αδερφή του;» ρώτησε. «Η οικογένεια...»

«Η αδερφή του Τζέις είναι η *Ίζαμπελ*», είπε η Κλέρι. «Ο Άλεκ και ο Μαξ είναι τα αδέρφια του. Τι θα τους πείτε; Θα σε μισήσουν για πάντα αν μάθουν ότι πετάξατε τον Τζέις έξω απ' το σπίτι».

Τα μάτια της Μαρίζ συνάντησαν τα μάτια της Κλέρι. «Εσύ πού τα ξέρεις όλα αυτά;»

«Ξέρω τον Άλεκ και την Ίζαμπελ», είπε η Κλέρι. Η σκέψη του Βάλενταϊν ήρθε απρόσκλητη στο μυαλό της, αλλά την έδιωξε μακριά. «Η οικογένεια είναι κάτι παραπάνω από το αίμα. Ο Βάλενταϊν δεν είναι πατέρας μου. Ο Λουκ είναι. Όπως ακριβώς ο Άλεκ, ο Μαξ και η Ίζαμπελ είναι η οικογένεια του Τζέις. Αν προσπαθήσεις να τον διώξεις απ' την οικογένειά σου, θα ανοίξεις μια πληγή που δεν θα κλείσει ποτέ».

Ο Λουκ την κοιτούσε με κάτι σαν έκπληκτο σεβασμό. Στα μάτια της Μαρίζ τρεμούλιασε κάτι –δισταγμός;

«Κλέρι», είπε απαλά ο Τζέις. «Φτάνει». Ακούστηκε κουρασμένος. Η Κλέρι γύρισε στη Μαρίζ.

«Και το Ξίφος;» τη ρώτησε.

Η Μαρίζ την κοίταξε για μια στιγμή με έκδηλη απορία. «Το Ξίφος;»

«Το Ξίφος των Ψυχών», είπε η Κλέρι. «Αυτό που χρησιμοποιείτε για να δείτε αν ένας Κυνηγός λέει ψέματα. Μπορείτε να το χρησιμοποιήσετε στον Τζέις».

«Καλή ιδέα». Στη φωνή του Τζέις κάτι ζωήρεψε.

«Κλέρι, έχεις καλό σκοπό, αλλά δεν ξέρεις τι περιλαμβάνει το Ξίφος», είπε ο Λουκ. «Μόνο η Ανακρίτρια μπορεί να το χρησιμοποιήσει».

Ο Τζέις ανακάθισε. «Τότε, καλέστε την. Καλέστε την Ανακρίτρια».

«Όχι», είπε κοφτά ο Λουκ, αλλά η Μαρίζ κοιτούσε τον Τζέις.

«Η Ανακρίτρια» εκείνη είπε απρόθυμα «είναι ήδη καθ' οδόν...»

«Μαρίζ!» Η φωνή του Λουκ ράγισε. «Πες μου ότι δεν την κάλεσες!»

«Δεν την κάλεσα εγώ! Λες να μην ανακατευόταν το Κονκλάβιο σε όλο αυτό; Σ' αυτή την παράλογη ιστορία Καταραμένων Πολεμιστών και Πυλών και σκηνοθετημένων θανάτων; Μετά από ό,τι έκανε ο Χοτζ; Είμαστε όλοι υπό επιτήρηση τώρα, χάρη στον Βάλενταϊν», κατέληξε, κοιτάζοντας τη χλωμή, έκπληκτη έκφραση του Τζέις. «Η Ανακρίτρια θα μπορούσε να στείλει τον Τζέις στη φυλακή. Θα μπορούσε να ξηλώσει τα Σημάδια του.

Πίστευα ότι θα ήταν καλύτερο...»

«Αν ο Τζέις δεν ήταν εδώ όταν αυτή θα έφτανε», είπε ο Λουκ. «Γι' αυτό βιαζόσουν τόσο να τον διώξεις».

«Ποια είναι η Ανακρίτρια;» ρώτησε η Κλέρι. Η λέξη τής έφερνε στο νου εικόνες της Ιεράς Εξέτασης, βασανιστήρια, μαστίγιο και άλλα όργανα. «Τι μπορεί να κάνει;»

«Ανακρίνει τους Κυνηγούς εκ μέρους του Κονκλάβιου», της εξήγησε ο Λουκ. «Βεβαιώνεται ότι κανένας Νεφιλίμ δεν έχει παραβιάσει το Νόμο. Ανέκρινε όλα τα μέλη του Κύκλου μετά την Εξέγερση».

«Εκείνη καταράστηκε τον Χοτζ;» ρώτησε ο Τζέις. «Εκείνη σας έστειλε εδώ;»

«Εκείνη διάλεξε την εξορία μας και τη δική του τιμωρία. Δεν νιώθει τίποτα για μας και μισεί τον πατέρα σου».

«Δεν φεύγω», είπε ο Τζέις, που ήταν ακόμη πολύ χλωμός. «Τι θα σας κάνει αν έρθει και δεν με βρει εδώ; Θα πιστέψει ότι συνωμοτήσατε για να με κρύψετε. Θα τιμωρήσει *εσάς*, τον Άλεκ, την Ίζαμπελ και τον Μαξ».

Η Μαρίζ δεν είπε τίποτα.

«Μαρίζ, μην είσαι ανόητη», είπε ο Λουκ. «Θα σας κατηγορήσει πολύ περισσότερο αν αφήσετε τον Τζέις να φύγει. Το να τον κρατήσεις εδώ και να επιτρέψεις τη δοκιμασία του Ξίφους θα δείξει καλή πίστη».

«Να κρατήσει τον Τζέις! Λουκ, σοβαρολογείς;» φώναξε η Κλέρι. Ήξερε ότι η χρήση του Ξίφους ήταν δική της ιδέα, αλλά είχε αρχίσει να μετανιώνει και μόνο που το ανέφερε. «Ακούγεται απαίσιο».

«Αν όμως φύγει ο Τζέις» είπε ο Λουκ «δεν θα μπορεί να επιστρέψει ποτέ. Δεν θα είναι πια Κυνηγός. Είτε σας αρέσει είτε όχι, η Ανακρίτρια είναι το δεξί χέρι του Νόμου. Αν ο Τζέις θέλει να μείνει μέλος του Κονκλάβιου, πρέπει συνεργαστεί μαζί της. Έχει κάτι με το μέρος του, κάτι που τα μέλη του Κύκλου δεν είχαν μετά την Εξέγερση».

«Και τι είναι αυτό;» ρώτησε η Μαρίζ.

Ο Λουκ χαμογέλασε αχνά. «Σε αντίθεση μ' εσάς» είπε «ο Τζέις λέει την αλήθεια».

Η Μαρίζ πήρε μια βαθιά ανάσα και γύρισε στον Τζέις. «Τελικά, η απόφαση είναι δική σου», είπε. «Αν θες τη δίκη, μπορείς να μείνεις εδώ μέχρι να έρθει η Ανακρίτρια».

«Θα μείνω», είπε ο Τζέις. Είχε μια αποφασιστικότητα στο ύφος του, χωρίς θυμό, που εξέπληξε την Κλέρι. Φαινόταν να κοιτάζει πίσω απ' τη Μαρίζ, και στα μάτια του λαμπύριζε ένα φως, σαν να αντανακλούσαν μια φλόγα. Εκείνη τη στιγμή, η Κλέρι δεν μπόρεσε να μη σκεφτεί ότι έμοιαζε πολύ με τον πατέρα του.

4

το αβγο του κουκου

«Χυμός πορτοκάλι, σιρόπι, αβγά –που έχουν λήξει εδώ και μέρες, βέβαια– και κάτι που μοιάζει με λάχανο».

«Λάχανο;» ρώτησε η Κλέρι και κοίταξε πάνω απ' τον ώμο του Σάιμον στο ψυγείο. «Α, μοτσαρέλα είναι».

Ο Σάιμον ανατρίχιασε και έκλεισε το ψυγείο με το πόδι. «Μήπως να παίρναμε καμία πίτσα;»

«Παρήγγειλα ήδη!» φώναξε ο Λουκ που μπήκε στην κουζίνα κρατώντας το ασύρματο τηλέφωνο. «Μια μεγάλη χορτοφάγων και τρία αναψυκτικά. Πήρα και το νοσοκομείο», είπε, κλείνοντας το τηλέφωνο. «Καμία αλλαγή με την Τζόσλιν».

«Μμμ», είπε η Κλέρι. Έκατσε στο ξύλινο τραπέζι του Λουκ. Συνήθως, ο Λουκ ήταν αρκετά τακτικός, αλλά αυτήν τη φορά το τραπέζι ήταν γεμάτο γράμματα που δεν είχαν ανοιχτεί ακόμη και στοίβες από βρόμικα πιάτα.

Το πράσινο σακίδιο του Λουκ κρεμόταν στην πλάτη μιας καρέκλας. Ήξερε ότι θα έπρεπε να τον βοηθάει με τις δουλειές, αλλά τελευταία δεν είχε καθόλου ενέργεια. Η κουζίνα του Λουκ ήταν μικρή και κάπως βρόμικη ακόμα και στις καλύτερες μέρες της. Δεν ήταν και πολύ καλός μάγειρας, κάτι που φαινόταν και από το άδειο ράφι για τα μπαχαρικά πίσω απ' την ηλεκτρική κουζίνα. Αντί για μπαχαρικά, είχε κάτι κουτιά με καφέ και τσάι.

Ο Σάιμον έκατσε δίπλα της καθώς ο Λουκ πήρε τα βρόμικα πιάτα απ' το τραπέζι και τα πέταξε στο νεροχύτη. «Είσαι καλά;» τη ρώτησε σιγανά.

«Μια χαρά», είπε η Κλέρι καταφέρνοντας να χαμογελάσει. «Άλλωστε, δεν περίμενα να ξυπνήσει σήμερα η μαμά μου. Έχω την αίσθηση ότι περιμένει... κάτι».

«Ξέρεις τι;»

«Όχι. Ξέρω απλώς ότι κάτι λείπει». Κοίταξε τον Λουκ, αλλά εκείνος ήταν απασχολημένος με το να τρίβει με δύναμη τα πιάτα. «Ή κάποιος».

Ο Σάιμον την κοίταξε με απορία και ανασήκωσε τους ώμους του. «Απ' ό,τι κατάλαβα, το κλίμα στο Ινστιτούτο ήταν κάπως τεταμένο».

Η Κλέρι ανατρίχιασε. «Η μαμά της Ίζαμπελ και του Άλεκ είναι τρομακτική».

«Πώς είπαμε ότι τη λένε;»

«Μεϊρίζ», είπε η Κλέρι μιμούμενη τον τρόπο που πρόφερε το όνομά της ο Λουκ.

«Είναι ένα παλιό όνομα Κυνηγών», είπε ο Λουκ σκουπίζοντας τα χέρια του σε μια πετσέτα.

«Και ο Τζέις αποφάσισε να μείνει εκεί και να αντιμετωπίσει αυτή την Ανακρίτρια; Δεν ήθελε να φύγει;» ρώτησε ο Σάιμον.

«Αυτό έπρεπε να κάνει αν θέλει να συνεχίσει να ζει

ως Κυνηγός», είπε ο Λουκ. «Και αυτό –το να είναι ένας Νεφιλίμ– σημαίνει τα πάντα γι' αυτόν. Ήξερα κι άλλους Κυνηγούς σαν αυτόν τότε στην Άιντρις. Αν το στερούνταν αυτό...»

Ακούστηκε το οικείο χτύπημα της εξώπορτας. Ο Λουκ πέταξε την πετσέτα στον πάγκο. «Πάω εγώ».

Μόλις βγήκε απ' την κουζίνα, ο Σάιμον είπε: «Είναι πολύ παράξενο να σκέφτομαι ότι ο Λουκ ήταν Κυνηγός παλιά. Πιο παράξενο απ' το ότι τώρα είναι λυκάνθρωπος».

«Αλήθεια; Γιατί;»

Ο Σάιμον ανασήκωσε τους ώμους του. «Έχω ξανακούσει για τους λυκανθρώπους. Είναι κάτι γνωστό. Μια φορά το μήνα γίνεται λύκος, δεν είναι κάτι φοβερό. Αυτοί οι Κυνηγοί όμως, είναι κάτι σαν μασονία».

«Δεν είναι έτσι».

«Και βέβαια είναι. Το να είναι Κυνηγοί είναι ολόκληρη η ζωή τους. Και υποτιμούν όλους τους άλλους. Μας αποκαλούν "θνητούς". Λες και αυτοί δεν είναι άνθρωποι. Δεν κάνουν παρέα με συνηθισμένους ανθρώπους, δεν πάνε στα ίδια μέρη, δεν ξέρουν τα ίδια αστεία, νομίζουν ότι είναι καλύτεροι από εμάς». Ο Σάιμον έβαλε το πόδι του στην καρέκλα και άρχισε να τραβάει το σκισμένο γόνατο του τζιν του. «Γνώρισα άλλον ένα λυκάνθρωπο σήμερα».

«Μη μου πεις ότι έγινες φίλος με τον Φρίκι Πιτ στο Φεγγάρι του Κυνηγού». Η Κλέρι ένιωθε ένα δυσάρεστο συναίσθημα στο στομάχι της, αλλά δεν μπορούσε να πει ακριβώς τι το προκαλούσε. Ίσως το γενικότερο άγχος της.

«Όχι. Ένα κορίτσι», είπε ο Σάιμον. «Κοντά στην ηλικία μας. Την έλεγαν Μάγια».

«Μάγια;» ρώτησε ο Λουκ που επέστρεψε στην κουζίνα κρατώντας ένα τετράγωνο κουτί από πίτσα. Το έβαλε στο τραπέζι και η Κλέρι το άνοιξε αμέσως. Η μυρωδιά της ζεστής ζύμης, της ντομάτας και του τυριού τής θύμισε πόσο πολύ πεινούσε. Έκοψε ένα κομμάτι χωρίς να περιμένει το πιάτο που της πρόσφερε ο Λουκ. Εκείνος έκατσε στο τραπέζι κουνώντας το κεφάλι του.

«Η Μάγια είναι στην αγέλη σου, σωστά;» ρώτησε ο Σάιμον παίρνοντας ένα κομμάτι.

Ο Λουκ κούνησε το κεφάλι του. «Ναι. Καλό παιδί. Έχει έρθει κι εδώ να προσέχει το βιβλιοπωλείο όσο ήμουν στο νοσοκομείο. Με αφήνει να την πληρώνω σε βιβλία».

Ο Σάιμον τον κοίταξε. «Έχεις θέμα με τα λεφτά;»

Ο Λουκ ανασήκωσε τους ώμους του. «Τα λεφτά δεν ήταν ποτέ σημαντικά για μένα, και η αγέλη φροντίζει τους δικούς της».

Η Κλέρι είπε: «Η μαμά μου μού έλεγε πάντα πως όταν ξεμέναμε από λεφτά πουλούσε μερικές από τις μετοχές του μπαμπά μου. Αλλά μια και αυτός που νόμιζα ότι ήταν πατέρας μου τελικά δεν είναι, και αμφιβάλλω αν ο Βάλενταϊν είχε μετοχές...»

«Πουλούσε τα κοσμήματά της, λίγα λίγα», είπε ο Λουκ. «Ο Βάλενταϊν τής είχε δώσει κάποια απ' τα οικογενειακά του κομμάτια, κοσμήματα που ανήκαν στους Μόργκενστερν ολόκληρες γενιές. Ακόμα και ένα μικρό κομμάτι θα έπιανε καλή τιμή σε μια δημοπρασία». Αναστέναξε. «Δεν υπάρχουν πια –αν και ο Βάλενταϊν μπορεί να τα βρήκε στα ερείπια του παλιού σας σπιτιού».

«Ελπίζω τουλάχιστον να το χάρηκε», είπε ο Σάιμον.

«Να ξεπουλάει έτσι την περιουσία του». Πήρε και τρίτο κομμάτι. Ήταν πραγματικά απίστευτο, σκέφτηκε η Κλέρι, πόσο πολύ μπορούσαν να φάνε τα αγόρια στην εφηβεία χωρίς να παχαίνουν ή να θέλουν να ξεράσουν.

«Πρέπει να ήταν παράξενο για σένα», είπε η Κλέρι στον Λουκ. «Να βλέπεις τη Μαρίζ Λάιτγουντ έτσι, μετά από τόσο καιρό».

«Όχι ακριβώς παράξενο. Η Μαρίζ δεν είναι και πολύ διαφορετική απ' ό,τι παλιά. Βασικά, είναι πιο ίδια από ποτέ, αν καταλαβαίνεις τι εννοώ».

Η Κλέρι καταλάβαινε. Η όψη της Μαρίζ Λάιτγουντ της θύμισε το αδύνατο μελαχρινό κορίτσι που είχε δει στη φωτογραφία που της είχε δώσει ο Χοτζ, εκείνη με το πρόσωπο γερμένο στο πλάι. «Τι λες να σκέφτεται για σένα;» ρώτησε. «Λες να ήλπιζαν στ' αλήθεια να έχεις πεθάνει;»

Ο Λουκ χαμογέλασε. «Ίσως όχι από μίσος, αλλά θα ήταν πολύ πιο βολικό και λιγότερο μπερδεμένο αν είχα πεθάνει, αυτό είναι σίγουρο. Το ότι όχι μόνο είμαι ζωντανός αλλά και ο αρχηγός της τοπικής αγέλης λυκανθρώπων δεν μπορεί να τους αρέσει και πολύ. Άλλωστε, είναι η δουλειά τους να κρατάνε την ειρήνη μεταξύ των Πλασμάτων του Σκότους –ανάμεσα σ' αυτά συγκαταλέγομαι κι εγώ, με μια ιστορία γι' αυτούς και πολλούς λόγους να θέλω εκδίκηση. Θα ανησυχούν ότι παίζω διπλό παιχνίδι».

«Παίζεις;» ρώτησε ο Σάιμον. Η πίτσα είχε τελειώσει, οπότε άπλωσε το χέρι του και πήρε μία απ' τις κόρες που δεν είχε φάει η Κλέρι. Ήξερε ότι δεν της άρεσαν καθόλου. «Εννοώ διπλό παιχνίδι».

«Δεν έχω τίποτα να παίξω. Είμαι μεσήλικας. Είμαι

σοβαρός».

«Μόνο που μια φορά το μήνα μεταμορφώνεσαι σε λύκο και κατασπαράζεις διάφορα», είπε η Κλέρι.

«Θα μπορούσε να είναι και χειρότερα», είπε ο Λουκ. «Άλλοι άνδρες στην ηλικία μου αγοράζουν ακριβά σπορ αυτοκίνητα και κοιμούνται με μοντέλα».

«Είσαι μόνο τριάντα οχτώ», είπε ο Σάιμον. «Δεν είσαι και μεσήλικας».

«Ευχαριστώ, Σάιμον, είσαι πολύ καλός». Ο Λουκ άνοιξε το κουτί της πίτσας και αναστέναξε βλέποντας ότι ήταν άδειο. «Αν και έφαγες όλη την πίτσα».

«Μόνο πέντε κομμάτια έφαγα», διαμαρτυρήθηκε ο Σάιμον, γέρνοντας την καρέκλα του πίσω και ισορροπώντας επικίνδυνα στα δυο πόδια.

«Πόσα νομίζεις ότι ήταν όλα, δηλαδή;» ρώτησε η Κλέρι.

«Κάτω από πέντε κομμάτια δεν είναι γεύμα. Είναι ορεκτικό», είπε ο Σάιμον κοιτάζοντας απολογητικά τον Λουκ. «Θα γίνεις λύκος και θα φας εμένα τώρα;»

«Όχι βέβαια», είπε ο Λουκ. Σηκώθηκε να πετάξει το κουτί στα σκουπίδια. «Θα ήσουν γεμάτος μύες και θα μου έπεφτες βαρύς».

«Και αχώνευτος», είπε ο Σάιμον.

«Αν βρω κανένα λυκάνθρωπο που λατρεύει το κρέας, θα σου τον στείλω», είπε ο Λουκ και ακούμπησε στο νεροχύτη. «Αλλά όσον αφορά την προηγούμενη ερώτησή σου, Κλέρι, ναι, ήταν παράξενο που ξαναείδα τη Μαρίζ Λάιτγουντ, αλλά όχι *εξαιτίας* της. Ήταν το περιβάλλον. Το Ινστιτούτο μού θύμισε πάρα πολύ την Αίθουσα των Συνθηκών στην Άιντρις. Ένιωθα τη δύναμη των ρούνων του Γκρι Βιβλίου παντού γύρω μου, ακόμα και μετά από δεκαπέντε χρόνια που προσπαθώ να τους ξεχάσω».

«Και τα κατάφερες;» ρώτησε η Κλέρι.

«Είναι μερικά πράγματα που δεν τα ξεχνάς ποτέ. Οι ρούνοι του Βιβλίου δεν είναι μόνο ζωγραφιές. Γίνονται μέρος του κορμιού σου. Το ότι είσαι ή ήσουν Κυνηγός δεν ξεχνιέται ποτέ. Είναι ένα χάρισμα που βρίσκεται στο αίμα σου και δεν μπορείς να το αλλάξεις όπως δεν μπορείς να αλλάξεις την ομάδα αίματός σου».

«Αναρωτιόμουν» είπε η Κλέρι «μήπως πρέπει να κάνω κι εγώ μερικά Σημάδια.

Ο Σάιμον έριξε την κόρα που μασουλούσε. «Πλάκα κάνεις».

«Όχι βέβαια. Γιατί να κάνω πλάκα για κάτι τέτοιο; Και γιατί δηλαδή να *μην* κάνω; Είμαι Κυνηγός. Καλό θα ήταν να έχω όλη την προστασία που μπορώ».

«Προστασία από τι;» ζήτησε να μάθει ο Σάιμον, σκύβοντας μπροστά έτσι που τα μπροστινά πόδια της καρέκλας του ακούμπησαν στο πάτωμα με κρότο. «Νόμιζα ότι είχε τελειώσει όλη αυτή η ιστορία με τους Κυνηγούς των Σκιών. Νόμιζα ότι προσπαθούσες να ζήσεις μια φυσιολογική ζωή».

Το ύφος του Λουκ ήταν ήρεμο. «Δεν νομίζω ότι γίνεται κάτι τέτοιο».

Η Κλέρι κοίταξε το χέρι της, στο σημείο όπου ο Τζέις τής είχε σχεδιάσει το πρώτο της Σημάδι. Διέκρινε ακόμη το δαντελωτό λευκό ίχνος που είχε αφήσει, πιο πολύ σαν ανάμνηση παρά σαν ουλή. «Ναι, θέλω να ξεφύγω απ' όλη αυτή την παράνοια. Αν με ακολουθήσει, όμως; Αν δεν έχω άλλη επιλογή;»

«Ή μήπως δεν θες και τόσο πολύ να ξεφύγεις;» μουρμούρισε ο Σάιμον. «Όσο εμπλέκεται σ' αυτήν και ο Τζέις, τουλάχιστον».

Ο Λουκ ξερόβηξε. «Οι περισσότεροι Νεφιλίμ περνάνε από διάφορα επίπεδα εκπαίδευσης πριν κάνουν Σημάδια. Θα σου πρότεινα να μην κάνεις μέχρι να ολοκληρώσεις κάποια εκπαίδευση. Βέβαια, αν θέλεις να το κάνεις, αυτό εξαρτάται από εσένα. Παρ' όλα αυτά, πιστεύω ότι πρέπει να έχεις κάτι. Κάτι που όλοι οι Κυνηγοί οφείλουν να έχουν».

«Επιθετική, αγενή συμπεριφορά, ας πούμε;» είπε ο Σάιμον.

«Ένα ραβδί», είπε ο Λουκ. «Όλοι οι Κυνηγοί πρέπει να έχουν ένα ραβδί».

«Έχεις κι *εσύ*;» ρώτησε έκπληκτη η Κλέρι.

Χωρίς να απαντήσει, ο Λουκ βγήκε απ' την κουζίνα. Επέστρεψε σε λίγα λεπτά, κρατώντας ένα αντικείμενο τυλιγμένο σε ένα σκούρο ύφασμα. Άφησε το αντικείμενο στο τραπέζι και ξεδίπλωσε το ύφασμα, αποκαλύπτοντας ένα γυαλιστερό εργαλείο, φτιαγμένο από ένα αδιαφανές, αχνό κρύσταλλο. Ένα ραβδί.

«Τι ωραίο», είπε η Κλέρι.

«Χαίρομαι που σου αρέσει» είπε ο Λουκ «γιατί θέλω να το κρατήσεις».

«Να το κρατήσω;» είπε με απορία η Κλέρι. «Μα, είναι δικό σου, έτσι δεν είναι;»

Κούνησε το κεφάλι του. «Ήταν της μητέρας σου. Δεν ήθελε να το έχει στο διαμέρισμά σας, σε περίπτωση που το έβρισκες κάπου, γι' αυτό μου ζήτησε να το φυλάξω εγώ για εκείνη».

Η Κλέρι έπιασε το ραβδί. Ήταν κρύο στο άγγιγμά της, αν και ήξερε ότι θα ζεσταινόταν και θα έλαμπε όταν θα το χρησιμοποιούσε. Ήταν ένα παράξενο αντικείμενο, όχι αρκετά μακρύ για να χρησιμοποιηθεί ως όπλο, ούτε σαν εύχρηστο εργαλείο για τη ζωγραφική της. Υπέθεσε ότι θα το συνήθιζε με τον καιρό.

«Μπορώ να το κρατήσω;»

«Ναι. Φυσικά, είναι παλιό μοντέλο, σχεδόν είκοσι χρόνων. Πρέπει να έχουν βελτιώσει το σχεδιασμό από τότε. Όπως και να 'χει, είναι σίγουρα αξιόπιστο».

Ο Σάιμον την κοίταξε καθώς κρατούσε το ραβδί σαν μπαγκέτα μαέστρου, σχηματίζοντας αόρατα σχήματα στον αέρα. «Μου θυμίζει τα παλιά μπαστούνια του γκολφ που μου χάριζε ο παππούς μου».

Η Κλέρι γέλασε και κατέβασε το χέρι της. «Ναι! Αν και αμφιβάλλω αν τα είχε χρησιμοποιήσει ποτέ».

«Κι εγώ ελπίζω να μη χρησιμοποιήσεις ποτέ αυτό εδώ», είπε ο Σάιμον και γύρισε βιαστικά απ' την άλλη, πριν του απαντήσει.

Απ' τα Σημάδια έβγαινε καπνός, σε μαύρες σπείρες, και μπορούσε να μυρίσει την αποπνικτική οσμή του ίδιου του τού δέρματος που καιγόταν. Ο πατέρας του στεκόταν από πάνω του με το ραβδί, που η μυτερή του άκρη έλαμπε κατακόκκινη σαν ένα σίδερο που είχε μείνει στη φωτιά πολλή ώρα. «Κλείσε τα μάτια σου, Τζόναθαν», του είπε. «Ο πόνος είναι μόνο στο μυαλό σου». *Όμως, το χέρι του Τζέις σφιγγόταν απρόθυμα, σαν να προσπαθούσε το δέρμα του να απομακρυνθεί απ' το ραβδί. Άκουσε τον κοφτό κρότο καθώς έσπασε ένα κόκαλο, έπειτα κι άλλο, κι άλλο...*

Ο Τζέις άνοιξε τα μάτια του και ανακάθισε μες στο σκοτάδι, ακούγοντας τη φωνή του πατέρα του να ηχεί ακόμη στα αφτιά του σαν τον καπνό που απομακρύνεται στον άνεμο. Ένιωσε τον πόνο και μια μεταλλική γεύση στο στόμα του. Είχε δαγκώσει τα χείλη του στον ύπνο του.

Ο κρότος ακούστηκε και πάλι, και άθελά του κοίταξε το χέρι του. Δεν είχε Σημάδια. Συνειδητοποίησε ότι ο κρότος ακουγόταν από έξω. Κάποιος χτυπούσε την πόρτα του, αν και διστακτικά.

Σηκώθηκε απ' το κρεβάτι και ανατρίχιασε καθώς τα ξυπόλυτα πόδια του άγγιξαν το τσιμεντένιο πάτωμα. Είχε αποκοιμηθεί με τα ρούχα και κοίταξε με δυσφορία το τσαλακωμένο του μπλουζάκι. Λογικά θα μύριζε ακόμη απ' το άντρο των λυκανθρώπων. Και πονούσε όλο του το σώμα.

Ακούστηκε ξανά το χτύπημα. Ο Τζέις διέσχισε το δωμάτιο και άνοιξε την πόρτα. Ανοιγόκλεισε τα μάτια του ξαφνιασμένος. «Άλεκ;»

Ο Άλεκ, με τα χέρια στις τσέπες του τζιν του, ανασήκωσε αμήχανα τους ώμους του. «Συγγνώμη που σε ξύπνησα. Με έστειλε η μαμά. Θέλει να σε δει στη βιβλιοθήκη».

«Τώρα;» είπε ο Τζέις κοιτάζοντας εξεταστικά το φίλο του. «Πήγα στο δωμάτιό σου νωρίτερα αλλά δεν σε βρήκα».

«Είχα βγει», είπε ο Άλεκ, και δεν φαινόταν πρόθυμος να πει περισσότερα.

Ο Τζέις πέρασε το χέρι του στα ανακατεμένα του μαλλιά. «Εντάξει. Περίμενε ένα λεπτό να αλλάξω μπλούζα». Πήγε στην ντουλάπα και ανακάτεψε μια στοίβα με καλοσιδερωμένα ρούχα μέχρι που βρήκε ένα μπλε μακρυμάνικο μπλουζάκι. Έβγαλε προσεκτικά αυτό που φορούσε –σε μερικά σημεία ήταν κολλημένο στο δέρμα του μαζί με ξεραμένο αίμα.

Ο Άλεκ γύρισε απ' την άλλη. «Τι έπαθες;» Η φωνή του ήταν παράξενα σφιγμένη.

«Μπλέχτηκα σε έναν καβγά με κάτι λυκανθρώπους», είπε ο Τζέις και έβαλε το μπλουζάκι. Όταν ντύθηκε, ακολούθησε τον Άλεκ στο διάδρομο. «Έχεις κάτι στο λαιμό σου», του είπε.

Ο Άλεκ έβαλε αμέσως το χέρι του στο λαιμό του. «Τι;»

«Σαν δαγκωματιά μού φαίνεται», είπε ο Τζέις. «Τι έκανες όλη μέρα, θα μου πεις;»

«Τίποτα», είπε ο Άλεκ, κατακόκκινος, και άρχισε να περπατάει στο διάδρομο με το χέρι ακόμη κολλημένο στο λαιμό του. «Πήγα να περπατήσω στο πάρκο. Ήθελα να ξεδιαλύνω τις σκέψεις μου».

«Και έπεσες πάνω σε βρικόλακες;»

«Τι; Όχι. Κάπου σκόνταψα».

«Και χτύπησες στο *λαιμό*;» Ο Άλεκ έβγαλε έναν ήχο και ο Τζέις αποφάσισε ότι θα ήταν καλύτερο να σταματήσει την κουβέντα. «Καλά, άσ' το. Αλλά γιατί ήθελες να ξεδιαλύνεις τις σκέψεις σου;»

«Για σένα, για τους γονείς μου», είπε ο Άλεκ. «Η μητέρα μου ήρθε όταν έφυγες και μου εξήγησε γιατί θύμωσε τόσο. Μου είπε και για τον Χοτζ. Ευχαριστώ που μου το είπες!»

«Συγγνώμη», είπε ο Τζέις που κοκκίνισε με τη σειρά του. «Απλώς, δεν μπορούσα να βρω τρόπο να σ' το πω».

«Όπως και να 'χει, ακούγεται χάλια το θέμα», είπε ο Άλεκ, αφήνοντας το χέρι του απ' το λαιμό του και γυρνώντας κατηγορηματικά προς τον Τζέις. «Φαίνεται ότι έκρυβες διάφορα. Σχετικά με τον Βάλενταϊν».

Ο Τζέις κοκάλωσε. «Πιστεύεις κι *εσύ* ότι έλεγα ψέματα; Ότι ήξερα ότι ο Βάλενταϊν ήταν ο πατέρας μου;»

«Όχι!» Ο Άλεκ έδειξε να ξαφνιάζεται, είτε απ' την ερώτηση είτε απ' τη σφοδρότητά της. «Και δεν με νοιάζει ποιος είναι ο πατέρας σου. Δεν έχει καμία σημασία για μένα. Είσαι πάντα ο Τζέις που ξέρω».

«Όποιος κι αν είναι αυτός», είπε ψυχρά ο Τζέις, πριν μπορέσει να σταματήσει τα λόγια του.

«Θέλω απλώς να πω» συνέχισε ο Άλεκ κατευναστικά «ότι γίνεσαι λίγο... απότομος μερικές φορές. Γι' αυτό να σκέφτεσαι πριν μιλήσεις, μόνο αυτό σου ζητάω. Κανείς εδώ δεν είναι εχθρός σου, Τζέις».

«Ευχαριστώ για τη συμβουλή», είπε ο Τζέις. «Μπορώ να πάω και μόνος μου στη βιβλιοθήκη».

«*Τζέις...*»

Ο Τζέις όμως είχε ήδη φύγει, αφήνοντας πίσω του τον Άλεκ αναστατωμένο. Εκνευριζόταν όταν ανησυχούσαν γι' αυτόν οι άλλοι. Τον έκανε να νιώθει ότι ίσως υπήρχε όντως λόγος ανησυχίας.

Η πόρτα της βιβλιοθήκης ήταν μισάνοιχτη. Χωρίς να σταματήσει για να χτυπήσει, ο Τζέις μπήκε μέσα. Ήταν πάντα ένα απ' τα αγαπημένα του δωμάτια στο Ινστιτούτο –υπήρχε κάτι το καθησυχαστικό στην παλιομοδίτικη μείξη ξύλου και χαλκού, στα δερματόδετα και επενδυμένα με βελούδο βιβλία που ήταν στοιβαγμένα στους τοίχους σαν παλιοί φίλοι που τον περίμεναν να επιστρέψει. Όμως τώρα, τη στιγμή που άνοιξε την πόρτα, τον χτύπησε ένα κύμα ψυχρού αέρα. Η φωτιά που συνήθως έκαιγε στο τεράστιο τζάκι, όλο το φθινόπωρο και το χειμώνα, είχε γίνει μια στοίβα στάχτες. Οι λάμπες ήταν σβηστές. Το μόνο φως που υπήρχε έμπαινε απ' τα στενά ανοίγματα των παραθύρων και την ηλιοροφή του πύργου, ψηλά στο ταβάνι.

Χωρίς να το θέλει, ο Τζέις σκέφτηκε τον Χοτζ. Αν ήταν εκείνος εκεί, η φωτιά θα ήταν αναμμένη, οι λάμπες θα έκαιγαν, φτιάχνοντας λιμνούλες από χρυσό φως πάνω στο ξύλινο πάτωμα. Ο ίδιος ο Χοτζ θα καθόταν κουλουριασμένος στην πολυθρόνα του δίπλα στη φωτιά, με τον Χούγκο στον έναν ώμο και ένα βιβλίο στο χέρι...

Αλλά πράγματι *κάποιος* καθόταν στην καρέκλα του Χοτζ. Μια λεπτή, γκρίζα μορφή, που σηκώθηκε απ' την πολυθρόνα σβέλτα και αβίαστα σαν την κόμπρα ενός φακίρη και γύρισε προς το μέρος του με ένα παγερό χαμόγελο.

Ήταν μια γυναίκα. Φορούσε ένα μακρύ, παλιομοδίτικο, σκούρο γκρίζο μανδύα που έφτανε ως τις μπότες της. Από κάτω, είχε ένα καλοραμμένο γκριζογάλανο ταγέρ με στητό γιακά, που οι κολλαριστές του άκρες πίεζαν το λαιμό της. Τα μαλλιά της ήταν ένα άχρωμο ξανθό και ήταν τραβηγμένα πίσω με χτενάκια, ενώ τα μάτια της ήταν δυο παγερές γκρίζες σχισμές. Ο Τζέις τα ένιωσε, σαν το άγγιγμα του παγωμένου νερού, να τον κοιτάνε εξεταστικά, από το βρόμικο, λασπωμένο του παντελόνι μέχρι το μελανιασμένο του πρόσωπο και να καρφώνονται στα μάτια του.

Για ένα δευτερόλεπτο, κάτι καυτό τρεμούλιασε στο βλέμμα της, σαν τη λάμψη μιας φλόγας, παγιδευμένης κάτω από τον πάγο. Έπειτα όμως, εξαφανίστηκε. «Εσύ είσαι το αγόρι;»

Πριν προλάβει να απαντήσει ο Τζέις, απάντησε μια

άλλη φωνή. Ήταν η Μαρίζ, που είχε μπει στη βιβλιοθήκη μετά από αυτόν. Ο Τζέις αναρωτήθηκε πώς έγινε και δεν την άκουσε, αλλά είδε ότι είχε βγάλει τα τακούνια της και είχε βάλει ένα ζευγάρι παντόφλες. Φορούσε μια μακριά μεταξωτή, εμπριμέ ρόμπα και είχε μια σφιγμένη έκφραση. «Ναι, Ανακρίτρια», είπε. «Αυτός είναι ο Τζόναθαν Μόργκενστερν».

Η Ανακρίτρια πήγε προς το μέρος του Τζέις σαν αχνός γκρίζος καπνός. Στάθηκε μπροστά του και άπλωσε το χέρι της –ήταν λευκό, με μακριά δάχτυλα, και του θύμισε μια αράχνη αλμπίνο. «Κοίταξέ με, αγόρι», του είπε, και ξαφνικά τα μακριά της δάχτυλα βρέθηκαν κάτω απ' το πιγούνι του, σπρώχνοντας το κεφάλι του να ανασηκωθεί. Ήταν απίστευτα δυνατή. «Θα με λες Ανακρίτρια. Δεν θα μου απευθύνεις το λόγο αλλιώς». Το δέρμα γύρω απ' τα μάτια της ήταν ένας λαβύρινθος από λεπτές γραμμές σαν τις ρωγμές ενός πίνακα ζωγραφικής. Δυο στενά αυλάκια εκτείνονταν απ' το στόμα ως το πιγούνι της. «Κατάλαβες;»

Για όλη σχεδόν τη ζωή του Τζέις, η Ανακρίτρια ήταν μια μακρινή, μυθική μορφή. Η ταυτότητά της, ακόμα και πολλά από τα καθήκοντά της ήταν καλυμμένα απ' το πυκνό πέπλο της μυστικότητας του Κονκλάβιου. Τη φανταζόταν πάντα κάπως σαν τους Σιωπηλούς Αδελφούς, γεμάτη εσωτερική δύναμη και κρυμμένα μυστικά. Δεν είχε φανταστεί κάποια τόσο άμεση, ούτε τόσο εχθρική. Τα μάτια της ήταν λες και τον έκοβαν, σχίζοντας την πανοπλία της αυτοπεποίθησης και της ξενοιασιάς του, ξεγυμνώνοντάς τον ως το κόκαλο.

«Το όνομά μου είναι Τζέις», είπε. «Όχι αγόρι. Τζέις Γουέιλαντ».

«Δεν έχεις κανένα δικαίωμα να χρησιμοποιείς το όνομα των Γουέιλαντ», του είπε. «Είσαι ο Τζόναθαν Μόργκενστερν. Το να διεκδικείς το όνομα των Γουέιλαντ σε κάνει έναν ψεύτη. Σαν τον πατέρα σου».

«Βασικά» είπε ο Τζέις «προτιμώ να πιστεύω ότι είμαι ψεύτης κατά ένα τρόπο αποκλειστικά δικό μου».

«Μάλιστα». Ένα μικρό χαμόγελο σχηματίστηκε στο χλωμό της στόμα. Δεν ήταν και πολύ ευχάριστο. «Είσαι αγενής προς τους ανωτέρους σου, όπως ακριβώς ήταν και ο πατέρας σου. Όπως ο άγγελος που έχετε και οι δύο το όνομά του». Έπιασε το πιγούνι του με απροσδόκητη δύναμη, χώνοντας τα νύχια της στο δέρμα του. «Ο Λούσιφερ τιμωρήθηκε για την εξέγερσή του όταν ο Θεός τον πέταξε στα πιο βαθιά καζάνια της κόλασης». Η ανάσα της ήταν ξινή σαν ξίδι. «Αν αμφισβητήσεις τη *δική* μου εξουσία, σου υπόσχομαι ότι θα ζηλέψεις την τύχη του».

Άφησε τον Τζέις και έκανε ένα βήμα πίσω. Ο Τζέις ένιωθε τις σταγόνες του αίματος να τρέχουν αργά στα σημεία όπου τον είχε κόψει με τα νύχια της. Ένιωθε τα χέρια του να τρέμουν από θυμό, αλλά δεν υπήρχε περίπτωση να τα σηκώσει για να σκουπίσει το αίμα απ' το πιγούνι του.

«Ίμοτζεν...» άρχισε να λέει η Μαρίζ, αλλά μετά το διόρθωσε. «Ανακρίτρια Χέροντεϊλ. Συμφώνησε να δικαστεί με το ξίφος. Μπορείς να μάθεις αν λέει την αλήθεια».

«Για τον πατέρα του; Ναι, το ξέρω ότι μπορώ». Ο σκληρός γιακάς της Ανακρίτριας πίεσε το λαιμό της καθώς στράφηκε προς το μέρος της Μαρίζ. «Ξέρεις κάτι, Μαρίζ; Το Κονκλάβιο δεν είναι καθόλου ευχαριστημένο μαζί σας. Εσύ και ο Ρόμπερτ είστε οι φύλακες του Ινστιτούτου. Είστε τυχεροί που το μητρώο σας όλα αυτά τα χρόνια είναι σχετικά καθαρό. Δεν υπάρχουν αναφορές, ούτε καν απ' την Άιντρις, οπότε το Κονκλάβιο δείχνει επιείκεια. Ωστόσο, έχουμε αναρωτηθεί κάποιες φορές αν έχετε πράγματι μετανιώσει για την πίστη σας στον Βάλενταϊν. Απ' ό,τι φαίνεται, σας έστησε μια παγίδα και πέσατε κατευθείαν μέσα. Θα περίμενε κανείς ότι θα φερόσασταν πιο έξυπνα».

«Δεν υπήρχε παγίδα», τη διέκοψε ο Τζέις. «Ο πατέρας μου ήξερε ότι οι Λάιτγουντ θα με υιοθετούσαν αν πίστευαν ότι ήμουν γιος του Μάικλ Γουέιλαντ. Αυτό είναι όλο».

Η Ανακρίτρια τον κοίταξε σαν να ήταν μια κατσαρίδα που μιλούσε. «Ξέρεις τι λένε για τον κούκο, Τζόναθαν Μόργκενστερν;»

Ο Τζέις αναρωτήθηκε αν η δουλειά της Ανακρίτριας –σίγουρα δεν ήταν και τόσο ευχάριστη– της είχε αφήσει κάποια κουσούρια. «Ορίστε;»

«Τον κούκο», είπε. «Οι κούκοι είναι παράσιτα. Γεννάνε τα αβγά τους στις φωλιές των άλλων πουλιών. Όταν βγει απ' το αβγό, ο μικρός κούκος πετάει τα άλλα πουλάκια έξω απ' τη φωλιά. Οι καημένοι οι γονείς προσπαθούν πάρα πολύ να βρουν φαγητό για το τεράστιο πουλί που νομίζουν ότι γέννησαν, αυτό που δολοφόνησε τα παιδιά τους και πήρε τη θέση τους».

«Τεράστιο;» είπε ο Τζέις. «Θέλετε να πείτε ότι είμαι χοντρός;»

«Ήταν μια μεταφορά».

«Δεν είμαι χοντρός».

«Κι εγώ» είπε η Μαρίζ «δεν χρειάζομαι τον οίκτο σου, Ίμοτζεν. Αρνούμαι να πιστέψω ότι το Κονκλάβιο θα τιμωρήσει εμένα ή τον Ρόμπερτ που επιλέξαμε να μεγαλώσουμε το παιδί ενός νεκρού φίλου». Ίσιωσε την πλάτη της. «Άλλωστε, ήξεραν πολύ καλά τι ακριβώς κάναμε».

«Κι εγώ δεν έβλαψα ποτέ τους Λάιτγουντ, με κανέναν τρόπο», συμπλήρωσε ο Τζέις. «Δούλεψα πολύ σκληρά και εκπαιδεύτηκα εξίσου σκληρά –μπορείς να λες ό,τι θέλεις για τον πατέρα μου, αλλά με έκανε Κυνηγό. Έχω κερδίσει τη θέση μου εδώ πέρα».

«Μην υπερασπίζεσαι τον πατέρα σου σε μένα», είπε η Ανακρίτρια. «Τον ήξερα. Ήταν –ή μάλλον, είναι– ο πιο αχρείος άνθρωπος».

«Αχρείος; Πού τη θυμηθήκατε αυτήν τη λέξη; Δεν ξέρω καν τι σημαίνει».

Οι άχρωμες βλεφαρίδες της Ανακρίτριας άγγιξαν τα μάγουλά της καθώς μισόκλεισε εξεταστικά τα μάτια της. «Είσαι θρασύς», του είπε στο τέλος. «Και αδιάλλακτος. Ο πατέρας σου σού έμαθε να συμπεριφέρεσαι έτσι;»

«Όχι σ' εκείνον», απάντησε κοφτά ο Τζέις.

«Άρα, τον μιμείσαι. Ο Βάλενταϊν ήταν ένας απ' τους πιο θρασείς και ασεβείς ανθρώπους που έχω γνωρίσει ποτέ. Προφανώς, σου έμαθε να φέρεσαι ακριβώς όπως αυτός».

«Ναι», είπε ο Τζέις χωρίς να σκεφτεί. «Μου έμαθε να είμαι σατανικός από μικρή ηλικία, να κόβω τα φτερά από τις μύγες, να δηλητηριάζω τα αποθέματα νερού της γης, αυτά τα είχα μάθει απ' το νηπιαγωγείο. Είμαστε όλοι τυχεροί που ο πατέρας μου αναγκάστηκε να σκηνοθετήσει το θάνατό του πριν μου μάθει να βιάζω και να λεηλατώ».

Η Μαρίζ έβγαλε έναν ήχο σαν βογκητό τρόμου. «Τζέις...!»

Η Ανακρίτρια όμως τη διέκοψε. «Και όπως ακριβώς και ο πατέρα σου, δεν μπορείς να συγκρατήσεις το θυμό σου», είπε. «Οι Λάιτγουντ σε παραχάιδεψαν και άφησαν τα χειρότερα στοιχεία του χαρακτήρα σου να αναπτυχθούν. Μπορεί να μοιάζεις με άγγελο, Τζόναθαν Μόργκενστερν, αλλά εγώ ξέρω πολύ καλά τι είσαι».

«Είναι ένα παιδί», είπε η Μαρίζ. Τον *υπερασπιζόταν;* Ο Τζέις την κοίταξε, αλλά το βλέμμα της ήταν στην Ανακρίτρια.

«Κι ο Βάλενταϊν ήταν κάποτε ένα παιδί. Τώρα, πριν αρχίσουμε να ψαχουλεύουμε το ξανθό σου κεφάλι για να μάθουμε την αλήθεια, θα πρότεινα να ηρεμήσεις λίγο. Και ξέρω ακριβώς πού είναι το καλύτερο μέρος για να γίνει αυτό».

Ο Τζέις δεν πίστευε στα αφτιά του. «Με στέλνετε στο δωμάτιό μου;»

«Σε στέλνω στις φυλακές της Σιωπηλής Πόλης. Μετά από μια νύχτα εκεί κάτω, είμαι σίγουρη ότι θα γίνεις πιο συνεργάσιμος».

Η Μαρίζ έμεινε άφωνη. «Ίμοτζεν! Δεν μπορείς...»

«Φυσικά και μπορώ». Τα μάτια της έλαμπαν σαν ξυράφια. «Έχεις κάτι να μου πεις, Τζόναθαν;»

Ο Τζέις είχε χάσει τη φωνή του. Η Σιωπηλή Πόλη είχε πολλά επίπεδα κι εκείνος είχε δει μόνο τα δύο πρώτα, όπου βρίσκονταν τα αρχεία και γίνονταν τα συμβούλια της Αδελφότητας. Τα κελιά βρίσκονταν στο κατώτατο επίπεδο της Πόλης, κάτω από το νεκροταφείο όπου αναπαύονταν σιωπηλοί εκατοντάδες νεκροί Κυνηγοί των Σκιών. Τα κελιά προορίζονταν για τους χειρότερους εγκληματίες: βρικόλακες που επιτίθονταν σε ανθρώπους, μάγους που παραβίαζαν το Νόμο της Διαθήκης, Κυνηγούς που έχυναν το αίμα των ομοίων τους. Ο Τζέις δεν ήταν τίποτα απ' όλα αυτά. Πώς μπορούσε να προτείνει να τον στείλουν εκεί πέρα;

«Πολύ σοφό, Τζόναθαν. Βλέπω ότι έμαθες κιόλας το πρώτο μάθημα που έχει να σου διδάξει η Σιωπηλή Πόλη». Το χαμόγελο της Ανακρίτριας ήταν σαν το γέλιο μιας νεκροκεφαλής. «Πώς να κρατάς το στόμα σου κλειστό».

Η Κλέρι βοηθούσε τον Λουκ να καθαρίσει το τραπέζι απ' το δείπνο όταν χτύπησε το κουδούνι. Σηκώθηκε όρθια και κοίταξε τον Λουκ. «Περιμένεις κάποιον;»

Εκείνος έκανε μια γκριμάτσα και σκούπισε τα χέρια του στην πετσέτα της κουζίνας. «Όχι. Περίμενε εδώ». Τον είδε να πιάνει κάτι από ένα ράφι. Κάτι που γυάλιζε.

«Είδες αυτό το μαχαίρι;» είπε με θαυμασμό ο Σάιμον, που σηκώθηκε όρθιος. «Λες να περιμένει φασαρίες;»

«Νομίζω ότι πάντα περιμένει φασαρίες», είπε η Κλέρι. «Τουλάχιστον αυτές τις μέρες». Κοίταξε προσεκτικά προς την εξώπορτα και είδε τον Λουκ μπροστά στην ανοιχτή πόρτα. Άκουγε τη φωνή του, αλλά δεν ξεχώριζε τι έλεγε. Πάντως, δεν της φάνηκε ταραγμένος.

Το χέρι του Σάιμον στον ώμο της την τράβηξε προς τα πίσω. «Μείνε μακριά απ' την πόρτα. Τρελάθηκες; Κι αν είναι κανένας δαίμονας εκεί έξω;»

«Τότε, ο Λουκ θα χρειαστεί τη βοήθειά μας». Κοίταξε το χέρι του στον ώμο της. «Είσαι πολύ προστατευτικός. Είναι πολύ γλυκό».

«Κλέρι!» ακούστηκε η φωνή του Λουκ απ' το χολ.

«Έλα. Θέλω να γνωρίσεις κάποιον».

Η Κλέρι χάιδεψε το χέρι του Σάιμον και το έβγαλε απ' τον ώμο της. «Επιστρέφω αμέσως».

Ο Λουκ ακουμπούσε στην κάσα της πόρτας με τα χέρια σταυρωμένα μπροστά στο στήθος του. Το μαχαίρι είχε εξαφανιστεί ως διά μαγείας. Στα μπροστινά σκαλιά του σπιτιού στεκόταν ένα κορίτσι, με σγουρά καστανά μαλλιά πιασμένα σε πολλές πλεξούδες και ένα καμιλό κοτλέ μπουφάν. «Από δω η Μάγια», είπε ο Λουκ. «Που σας έλεγα...»

Το κορίτσι κοίταξε την Κλέρι. Τα μάτια της κάτω απ' το δυνατό φως της εξώπορτας ήταν ένα παράξενο κεχριμπαρένιο πράσινο. «Εσύ πρέπει να είσαι η Κλέρι».

Η Κλέρι κούνησε καταφατικά το κεφάλι της.

«Δηλαδή, το αγόρι... αυτός ο ξανθός που έκανε άνωκάτω το Φεγγάρι του Κυνηγού είναι ο αδερφός σου;»

«Ο Τζέις», είπε κοφτά η Κλέρι, που δεν της άρεσε η αδιάκριτη περιέργεια του κοριτσιού.

«Μάγια;» είπε ο Σάιμον που είχε ακολουθήσει την Κλέρι.

«Γεια. Σάιμον, σωστά; Πάντα μπερδεύω τα ονόματα, αλλά εσένα σε θυμάμαι». Το κορίτσι τού χαμογέλασε.

«Τέλεια. Τώρα, γνωριζόμαστε όλοι», είπε η Κλέρι.

Ο Λουκ ξερόβηξε και ίσιωσε το σώμα του. «Ήθελα να γνωριστείτε γιατί η Μάγια θα προσέχει το μαγαζί τις επόμενες εβδομάδες», είπε. «Αν τη δείτε να μπαινοβγαίνει, μην ανησυχήσετε. Έχει κλειδί».

«Και θα έχω τα μάτια μου ανοιχτά για οτιδήποτε παράξενο», πρόσθεσε η Μάγια. «Δαίμονες, βρικόλακες και τέτοια».

«Ευχαριστούμε», είπε η Κλέρι. «Ανακουφίστηκα

τώρα».

Η Μάγια την κοίταξε με απορία. «Με ειρωνεύεσαι;»

«Είμαστε όλοι λίγο εκνευρισμένοι», είπε ο Σάιμον. «Εγώ πάντως πολύ χαίρομαι που θα υπάρχει κάποιος να προσέχει το κορίτσι μου όταν είναι μόνη της».

Ο Λουκ ανασήκωσε τα φρύδια του, αλλά δεν είπε τίποτα. Η Κλέρι είπε: «Ο Σάιμον έχει δίκιο. Συγγνώμη που ήμουν απότομη».

«Δεν πειράζει», είπε η Μάγια με κατανόηση. «Έμαθα για τη μαμά σου. Λυπάμαι».

«Κι εγώ», είπε η Κλέρι, που έκανε μεταβολή και πήγε πίσω προς την κουζίνα. Έκατσε στο τραπέζι και έβαλε το πρόσωπό της στα χέρια της. Μετά από ένα λεπτό, την ακολούθησε και ο Λουκ.

«Συγγνώμη», της είπε. «Μάλλον δεν ήσουν σε φάση να γνωρίσεις κανέναν».

Η Κλέρι τον κοίταξε πίσω απ' τα δάχτυλα που έκρυβαν το πρόσωπό της. «Πού είναι ο Σάιμον;»

«Μιλάει με τη Μάγια», είπε ο Λουκ και η Κλέρι άκουσε τις φωνές τους, απαλές σαν ψιθύρους, να έρχονται από την άλλη άκρη του σπιτιού. «Σκέφτηκα ότι ίσως θα ήθελες μια φίλη αυτή την περίοδο».

«Έχω τον Σάιμον».

Ο Λουκ στερέωσε τα γυαλιά του στη μύτη του. «Τον άκουσα να σε λέει "κορίτσι του", ή μου φάνηκε;»

Η Κλέρι παραλίγο να γελάσει με την απορημένη του έκφραση. «Μάλλον τον άκουσες».

«Είναι κάτι πρόσφατο ή υποτίθεται ότι θα έπρεπε να το ξέρω και το έχω ξεχάσει;»

«Πρώτη φορά το άκουσα κι εγώ», είπε η Κλέρι. Έβγαλε τα χέρια της απ' το πρόσωπό της και τα κοίταξε. Σκέφτηκε το ρούνο, το μάτι που ήταν σχεδιασμένο στο δεξί χέρι όλων των Κυνηγών. «Το κορίτσι κάποιου», είπε. «Η αδερφή κάποιου, η κόρη κάποιου. Ένα σωρό πράγματα που δεν είχα ιδέα ότι ήμουν κι ακόμα δεν έχω συνειδητοποιήσει ότι είμαι».

«Αυτό είναι πάντα το πρόβλημα», είπε ο Λουκ, και η Κλέρι άκουσε την πόρτα να κλείνει και τα βήματα του Σάιμον να πλησιάζουν στην κουζίνα. Η μυρωδιά του κρύου νυχτερινού αέρα τον ακολούθησε.

«Μήπως μπορώ να τη βγάλω εδώ απόψε;» ρώτησε. «Είναι λίγο αργά να πάω σπίτι».

«Ξέρεις ότι είσαι πάντα ευπρόσδεκτος», είπε ο Λουκ κοιτάζοντας το ρολόι του. «Εγώ πάω για ύπνο. Πρέπει να σηκωθώ στις πέντε, για να είμαι στο νοσοκομείο στις έξι».

«Γιατί έξι;» ρώτησε ο Σάιμον όταν έφυγε ο Λουκ.

«Τότε ξεκινάει το επισκεπτήριο», είπε η Κλέρι. «Δεν είναι ανάγκη να κοιμηθείς στον καναπέ αν δεν θέλεις».

«Δεν με πειράζει να σου κάνω παρέα και αύριο», είπε, τινάζοντας ανυπόμονα τα μαλλιά που έπεφταν μπροστά στο πρόσωπό του.

«Το ξέρω. Εννοούσα ότι δεν είναι ανάγκη να κοιμηθείς στον *καναπέ*».

«Και πού...;» άρχισε να λέει, αλλά η φωνή του έσβησε και την κοίταξε έκπληκτος πίσω απ' τα γυαλιά του. «Α».

«Είναι διπλό το κρεβάτι του ξενώνα», του είπε.

Ο Σάιμον έβγαλε τα χέρια απ' τις τσέπες του. Τα μάγουλά του είχαν κοκκινίσει. Ο Τζέις θα το έπαιζε άνετος σ' αυτή την περίπτωση. Ο Σάιμον ούτε καν προσπάθησε. «Είσαι σίγουρη;»

«Ναι».

Πήγε προς το μέρος της και σκύβοντας τη φίλησε απαλά και αδέξια στο στόμα. Η Κλέρι χαμογέλασε και σηκώθηκε όρθια. «Αρκετά με τις κουζίνες», του είπε. «Δεν αντέχω άλλες κουζίνες», και πιάνοντάς τον σφιχτά απ' τους καρπούς τον τράβηξε πίσω της, προς τον ξενώνα, εκεί όπου κοιμόταν.

5

αμαρτιες γονεων...

Το σκοτάδι των φυλακών της Σιωπηλής Πόλης ήταν πιο έντονο από οποιοδήποτε σκοτάδι είχε αντικρίσει ποτέ ο Τζέις. Δεν μπορούσε να δει ούτε το ίδιο του το χέρι μπροστά του, ούτε το πάτωμα, ούτε το ταβάνι του κελιού. Ό,τι είχε δει απ' το κελί ήταν η πρώτη ματιά που πρόλαβε να ξεκλέψει στο φως του πυρσού όταν τον είχε συνοδεύσει μέχρι εκεί ένα απόσπασμα Σιωπηλών Αδελφών, που του είχαν ανοίξει τη σιδερένια πόρτα και τον είχαν σπρώξει στο κελί σαν να ήταν ένας κοινός εγκληματίας. Απ' την άλλη όμως, μάλλον αυτό πίστευαν ότι ήταν.

Ήξερε ότι το κελί είχε πλακοστρωμένο πάτωμα, τρεις τοίχους από πελεκημένη πέτρα, ενώ ο τέταρτος κάγκελα από κεχριμπάρι, στερεωμένα σφιχτά και στις δυο πλευρές στην πέτρα. Ήξερε ότι σ' αυτά τα κάγκελα υπήρχε μια πόρτα. Ήξερε επίσης ότι υπήρχε μια μακριά μεταλλική μπάρα στον ανατολικό τοίχο, γιατί οι Σιωπηλοί Αδελφοί είχαν στερεώσει σ' αυτή μια χειροπέδα, ενώνοντας την άλλη με το χέρι του. Μπορούσε να κάνει μερικά βήματα πάνω-κάτω στο κελί, κροταλίζοντας σαν φάντασμα, αλλά μέχρι εκεί. Είχε ήδη πονέσει το δεξί του χέρι τραβώντας απερίσκεπτα με δύναμη την αλυσίδα. Τουλάχιστον ήταν αριστερόχειρας –μια μικρή φωτεινή σπίθα μες στο αδιαπέραστο σκοτάδι. Όχι ότι είχε και πολλή σημασία, αλλά ήταν καθησυχαστικό το ότι είχε το επιδέξιο στη μάχη χέρι του ελεύθερο.

Άρχισε να περπατάει αργά κατά μήκος του κελιού του, αγγίζοντας με τα δάχτυλά του τον τοίχο. Ήταν πολύ αγχωτικό που δεν ήξερε τι ώρα ήταν. Στην Άιντρις, ο πατέρας του τού είχε μάθει να καταλαβαίνει την ώρα απ' τη θέση του ήλιου, το μήκος των σκιών του απογεύματος, τη θέση των άστρων στο νυχτερινό ουρανό. Εκεί όμως δεν υπήρχαν αστέρια. Είχε ήδη αρχίσει να αναρωτιέται αν θα ξαναέβλεπε ποτέ τον ουρανό.

Ο Τζέις σταμάτησε. Τι τον έκανε να το σκεφτεί αυτό; Και βέβαια θα ξαναέβλεπε τον ουρανό. Το Κονκλάβιο δεν θα τον *σκότωνε*. Η εσχάτη των ποινών ήταν μόνο για τους δολοφόνους. Όμως, το τρέμουλο του φόβου έμεινε μέσα του, λίγο πιο κάτω απ' το στέρνο του, σαν μια απροσδόκητη σουβλιά. Ο Τζέις δεν είχε συχνά κρίσεις πανικού –ο Άλεκ θα του 'λεγε ότι λίγη εποικοδομητική δειλία θα του έκανε καλό από πολλές απόψεις. Ο φόβος όμως δεν ήταν κάτι που του συνέβαινε συχνά.

Σκέφτηκε τη Μαρίζ που του είχε πει: *εσύ δεν φοβόσουν το σκοτάδι.*

Ήταν αλήθεια. Αυτή η ανησυχία ήταν αδικαιολόγητη, δεν ήταν του χαρακτήρα του. Θα πρέπει να οφειλόταν σε κάτι άλλο εκτός απ' το απόλυτο αυτό σκοτάδι. Πήρε μια ανάσα. Έπρεπε απλώς να βγάλει τη νύχτα. Μια νύχτα. Αυτό ήταν όλο. Έκανε ακόμα ένα βήμα, με τη χειροπέδα του να κουδουνίζει ανυπόφορα.

Ένας ήχος έσκισε τον αέρα κάνοντας το αίμα του να παγώσει. Ήταν ένας διαπεραστικός, γοερός ολολυγμός, ένας ήχος ατόφιου, παράφορου τρόμου. Έμοιαζε να συνεχίζεται σαν νότα από βιολί, πιο δυνατή και πιο λεπτή και πιο ψιλή, μέχρι που κόπηκε απότομα.

Ο Τζέις έβρισε από μέσα του. Τα αφτιά του κουδούνιζαν και μπορούσε να νιώσει στο στόμα του το φόβο, σαν πικρό μέταλλο. Ποιος θα το 'λεγε, ότι ο φόβος έχει γεύση; Κόλλησε την πλάτη του στον τοίχο του κελιού πιέζοντας τον εαυτό του να ηρεμήσει.

Ο ήχος ξανακούστηκε, πιο δυνατός αυτήν τη φορά, και μετά ακούστηκε μια κραυγή, και μια δεύτερη. Κάτι από πάνω του έπεσε με δύναμη στο πάτωμα, και ο Τζέις έσκυψε αντανακλαστικά πριν θυμηθεί ότι βρισκόταν πολλά επίπεδα κάτω απ' την επιφάνεια του εδάφους. Άκουσε κι άλλο γδούπο, και στο μυαλό του σχηματίστηκε μια εικόνα: οι πόρτες του μαυσωλείου να σπάνε με δύναμη, τα σώματα των Κυνηγών που ήταν νεκροί εδώ και αιώνες να παραπατάνε ελεύθερα, σκελετοί με ξεραμένους τένοντες, να σέρνουν τα κομμάτια τους στα λευκά πατώματα της Πόλης των Νεκρών, με τα κοκαλιάρικα δάχτυλά τους...

Φτάνει! Με μια βαθιά ανάσα, ο Τζέις έδιωξε την εικόνα απ' το μυαλό του. Οι νεκροί δεν μπορούσαν να σηκωθούν απ' τους τάφους τους. Και άλλωστε, ήταν τα κόκαλα των Νεφιλίμ, ίδιοι μ' αυτόν, αδέρφια του. Δεν είχε τίποτα να φοβηθεί. *Γιατί λοιπόν φοβόταν τόσο πολύ;* Έσφιξε τις γροθιές του, και τα νύχια του χώθηκαν στις παλάμες του. Ο πανικός αυτός δεν του ταίριαζε. Θα τον νικούσε πάση θυσία. Θα τον κατέπνιγε. Πήρε μια βαθιά ανάσα, γεμίζοντας τα πνευμόνια του, τη στιγμή που ακούστηκε άλλη μια κραυγή, πολύ πιο δυνατή. Η ανάσα του βγήκε βιαστικά καθώς κάτι έπεσε με δυνατό κρότο, πολύ κοντά του, και είδε μια ξαφνική λάμψη φωτός, μια καυτή φλόγα να τρυπάει τα μάτια του.

Εμφανίστηκε παραπατώντας ο Αδελφός Τζερεμάια, με το δεξί χέρι να κρατάει έναν πυρσό που έκαιγε ακόμη. Η κουκούλα του μανδύα του είχε πέσει προς τα πίσω και αποκάλυπτε ένα διαστρεβλωμένο πρόσωπο, παραμορφωμένο από μια έκφραση άφωνου τρόμου. Το στόμα του, που μέχρι τότε ήταν ραμμένο, για να μένει κλειστό, ήταν ανοιχτό σε μια άηχη κραυγή τρόμου και οι ματωμένες μαύρες κλωστές κρέμονταν στα σκισμένα του χείλη. Αίμα, μαύρο στο φως του πυρσού, γέμιζε τον ανοιχτόχρωμο μανδύα του. Έκανε μερικά αβέβαια βήματα προς τα εμπρός, με απλωμένα τα χέρια, και τότε, ενώ ο Τζέις τον κοιτούσε με ανείπωτο δέος, ο Τζερεμάια σκόνταψε και έπεσε με το πρόσωπο στο πάτωμα. Ο Τζέις άκουσε το τράνταγμα των οστών που σπάνε καθώς το σώμα του αρχειοθέτη έπεσε με κρότο στο πέτρινο πάτωμα και ο πυρσός τρεμόσβησε, γλιστρώντας απ' το χέρι του Αδελφού προς το πέτρινο αυλάκι που ήταν σκαμμένο στο πάτωμα λίγο πιο έξω απ' την αμπαρωμένη πόρτα του κελιού του Τζέις.

Ο Τζέις έπεσε αμέσως στα γόνατα, απλώνοντας το χέρι του όσο πιο μακριά του επέτρεπε η αλυσίδα του για να πιάσει τον πυρσό. Όμως, δεν μπορούσε να τον αγγίξει. Το φως του έσβηνε γοργά, αλλά στη θαμπή του λάμψη μπορούσε να δει το νεκρό πρόσωπο του Τζερεμάια, στραμμένο προς το μέρος του, με το αίμα να στάζει ακόμη απ' το ανοιχτό του στόμα. Τα δόντια του ήταν στραβά μαύρα κομματάκια οστού.

Το στήθος του Τζέις σφίχτηκε σαν να τον πίεζε κάτι πολύ βαρύ. Οι Σιωπηλοί Αδελφοί δεν άνοιγαν ποτέ το στόμα τους, δεν μιλούσαν ποτέ, ούτε γελούσαν, ούτε ούρλιαζαν. Ωστόσο, αυτός ήταν ο ήχος που είχε ακούσει, τώρα ήταν σίγουρος: οι κραυγές ανθρώπων που δεν είχαν ακουστεί για πάνω από μισό αιώνα, ο ήχος ενός τρόμου πιο δυνατού και βαθύ από τον ίδιο τον πανάρχαιο Ρούνο της Σιωπής. Πώς ήταν δυνατόν, όμως; Και πού ήταν οι άλλοι Αδελφοί;

Ο Τζέις ήθελε να φωνάξει βοήθεια, αλλά ένιωθε ακόμη πάνω στο στήθος του το βάρος να τον πιέζει. Δεν μπορούσε να πάρει ανάσα. Άπλωσε και πάλι το χέρι του για να πιάσει τον πυρσό και ένιωσε ένα απ' τα μικρά κόκαλα του καρπού του να ραγίζει. Ο πόνος ήταν αβάσταχτος, αλλά του έδωσε την ώθηση που χρειαζόταν. Άρπαξε τον πυρσό στο χέρι του και σηκώθηκε όρθιος. Καθώς η φλόγα ζωντάνεψε ξανά, ο Τζέις άκουσε έναν άλλο ήχο. Έναν ήχο *πυκνό*, κάτι σαν απαίσιο σύρσιμο. Ανατρίχιασε ολόκληρος. Φώτισε το χώρο μπροστά του, και το τρεμάμενο χέρι του δημιούργησε παράξενα σχήματα και λαμπερές σκιές στους πέτρινους τοίχους.

Δεν ήταν κανείς.

Αντί για ανακούφιση όμως, ένιωσε τον τρόμο του να αυξάνεται. Ρουφούσε τον αέρα λαχανιασμένος, σαν να ήταν πολλή ώρα κάτω απ' το νερό. Ο φόβος ήταν χειρότερος, γιατί ήταν κάτι πρωτόγνωρο. Τι του *συνέβαινε*; Είχε γίνει ξαφνικά δειλός;

Τράβηξε με δύναμη το δεμένο του χέρι, ελπίζοντας ότι ο πόνος θα καθάριζε το μυαλό του. Τίποτα. Ξανάκουσε τον ήχο, το βροντερό σύρσιμο, και κατάλαβε ότι ήταν κοντά. Ακούστηκε κι ένας άλλος ήχος πίσω απ' το σύρσιμο, ένας απαλός, συνεχόμενος ψίθυρος. Δεν είχε ακούσει ποτέ πιο σατανικό ήχο στη ζωή του. Μισότρελος από τον πανικό, παραπάτησε προς τον τοίχο και σήκωσε τον πυρσό στο χέρι του που έτρεμε δυνατά.

Για μια στιγμή, λαμπρή όπως το φως της μέρας, είδε ολόκληρο το χώρο: το κελί, την αμπαρωμένη πόρτα, το γυμνό λιθόστρωτο πιο πέρα, το νεκρό σώμα του Τζερεμάια κουβαριασμένο στο πάτωμα. Πίσω από τον Τζερεμάια υπήρχε μια πόρτα. Την είδε να ανοίγει αργά. Κάτι άρχισε να βγαίνει, κάτι τεράστιο, σκοτεινό και άμορφο. Μάτια σαν καυτός πάγος, βαθιά χωμένα μέσα σε μαύρες πτυχές, κοίταξαν τον Τζέις με κάτι σαν περιφρονητικό γέλιο. Έπειτα, το πράγμα αυτό του όρμησε. Ένα τεράστιο σύννεφο καυτού ατμού έπεσε στα μάτια του σαν κύμα που σαρώνει τον ωκεανό. Το τελευταίο πράγμα που είδε ο Τζέις ήταν η φλόγα του πυρσού του να γίνεται πράσινη και μπλε πριν χαθεί μες στο σκοτάδι.

Το να φιλάς τον Σάιμον ήταν ευχάριστο. Ήταν τρυφερό και ευχάριστο, σαν να είσαι ξαπλωμένος στην αιώρα μια ζεστή καλοκαιρινή μέρα με ένα βιβλίο και ένα ποτήρι λεμονάδα. Ήταν κάτι που θα μπορούσε να κάνει κανείς χωρίς να βαριέται, να ανησυχεί, να ταράζεται ή να ενοχλείται από τίποτα, παρά μόνο από το γεγονός ότι το μεταλλικό κάγκελο του καναπέ που χρησιμοποιούσε για κρεβάτι πίεζε εκνευριστικά την πλάτη του.

«Άου», είπε η Κλέρι, προσπαθώντας μάταια να το αποφύγει.

«Σε πόνεσα;» ρώτησε ο Σάιμον και ανακάθισε δίπλα της με ανήσυχο ύφος. Ίσως όμως να μην ήταν το ύφος του, απλώς να έφταιγε το ότι χωρίς τα γυαλιά του τα μάτια του έδειχναν πιο μεγάλα και σκούρα.

«Όχι, όχι εσύ, το κρεβάτι. Είναι σαν όργανο βασανιστηρίου».

«Α, δεν το πρόσεξα», είπε με σοβαρό ύφος και έπιασε ένα μαξιλάρι που είχε πέσει στο πάτωμα και το έβαλε στο σημείο όπου την ενοχλούσε το σίδερο.

«Ε, βέβαια», είπε η Κλέρι γελώντας. «Πού είχαμε μείνει;»

«Βασικά, εγώ ήμουν στην ίδια ακριβώς θέση, αλλά το πρόσωπό σου ήταν πολύ πιο κοντά στο δικό μου. Τουλάχιστον, έτσι νομίζω».

«Τι ρομαντικό», είπε η Κλέρι και τον τράβηξε πάνω της. Εκείνος στηρίχτηκε με τους αγκώνες στο κρεβάτι. Τα σώματά τους ήταν πολύ κοντά και η Κλέρι ένιωθε την καρδιά τους να χτυπάει κάτω απ' τα μπλουζάκια τους. Οι βλεφαρίδες του Σάιμον, που ήταν συνήθως κρυμμένες πίσω από τα γυαλιά του, χάιδεψαν το πρόσωπό της όταν έσκυψε να τη φιλήσει. Η Κλέρι έβγαλε ένα μικρό τρεμουλιαστό γελάκι. «Σου φαίνεται παράξενο;» του ψιθύρισε.

«Όχι. Νομίζω ότι αν έχεις σκεφτεί κάτι πάρα πολλές φορές, στην πραγματικότητα είναι...»

«Ξενέρωτο;»

«Όχι! Όχι!» είπε ο Σάιμον και τραβήχτηκε, κοιτώντας τη με πληγωμένο μυωπικό βλέμμα. «Μην το ξαναπείς αυτό. Είναι το ακριβώς αντίθετο από ξενέρωτο. Είναι...»

Η Κλέρι δεν μπόρεσε να συγκρατήσει το γέλιο της. «Εντάξει, όμως, ούτε *αυτό* μπορείς να το πεις».

Ο Σάιμον μισόκλεισε τα μάτια του και το στόμα του

σχημάτισε ένα χαμόγελο. «Εντάξει, τώρα θέλω να σου πω κάτι πολύ έξυπνο, αλλά το μόνο που μπορώ να σκεφτώ είναι...»

«Το σεξ;» του είπε γελώντας η Κλέρι.

«Σταμάτα». Της έπιασε τα χέρια, τα κράτησε κάτω και την κοίταξε σοβαρά. «Ότι σε αγαπώ».

«Δηλαδή, δεν θέλεις σεξ;»

Την άφησε. «Δεν είπα αυτό».

Η Κλέρι γέλασε και τον έσπρωξε με τα δυο της χέρια. «Άσε με να σηκωθώ».

Ο Σάιμον έδειξε να αγχώνεται. «Εννοούσα ότι δεν θέλω *μόνο* σεξ...»

«Δεν είναι αυτό. Θέλω απλώς να βάλω τις πιτζάμες μου. Δεν μπορώ να χαλαρώσω ενώ φοράω ακόμη τις κάλτσες μου». Την κοίταξε μελαγχολικά καθώς εκείνη έπιασε τις πιτζάμες της και πήγε στο μπάνιο για να ντυθεί. Όταν έκλεινε την πόρτα, του έκανε μια γκριμάτσα. «Έρχομαι αμέσως».

Ό,τι και να της απάντησε δεν ακούστηκε. Η Κλέρι έπλυνε τα δόντια της και άφησε το νερό να τρέχει στο νεροχύτη για κάμποση ώρα, κοιτάζοντας τον εαυτό της στον καθρέφτη του μπάνιου. Τα μαλλιά της ήταν ανωκάτω και τα μάγουλά της αναψοκοκκινισμένα. Άραγε, αυτό εννοούσαν "λάμψη", αναρωτήθηκε. Υποτίθεται ότι οι ερωτευμένοι έλαμπαν, έτσι δεν είναι; Ή μήπως αυτό το έλεγαν για τις εγκύους; Δεν θυμόταν ακριβώς, αλλά σίγουρα θα ήταν κάπως διαφορετική. Άλλωστε, ήταν η πρώτη φορά που φιλιόταν για τόσο πολλή ώρα –και ήταν ωραία, είπε στον εαυτό της, ήρεμα και ευχάριστα και άνετα.

Βέβαια, είχε φιλήσει και τον Τζέις, τη νύχτα των γενεθλίων της, κι εκείνο το φιλί δεν ήταν και τόσο ήρεμο, ούτε ευχάριστο ούτε άνετο. Ήταν σαν να κυλούσε μια καινούρια φλέβα μέσα στο κορμί της, κάτι που δεν γνώριζε, πιο καυτό και πιο γλυκό και πιο πικρό απ' το αίμα. *Μη σκέφτεσαι τον Τζέις*, μάλωσε τον εαυτό της αυστηρά, αλλά όταν κοίταξε στον καθρέφτη, είδε τα μάτια της να σκοτεινιάζουν και ήξερε ότι ακόμα και να ξεχνούσε με το μυαλό της, το κορμί της θα θυμόταν.

Γύρισε το νερό στο κρύο και το έριξε στο πρόσωπό της πριν βάλει τις πιτζάμες της. Συνειδητοποίησε εκνευρισμένη ότι είχε φέρει μόνο το παντελόνι. Όσο και να του άρεσε του Σάιμον, ήταν λίγο νωρίς για να αρχίσει να κοιμάται δίπλα του χωρίς μπλούζα. Πήγε πίσω στο δωμάτιο και ανακάλυψε ότι ο Σάιμον είχε αποκοιμηθεί στο κέντρο του κρεβατιού, αγκαλιάζοντας το μαξιλάρι σαν να ήταν άνθρωπος. Με το ζόρι κρατήθηκε να μη γελάσει.

«Σάιμον», του ψιθύρισε, αλλά μετά άκουσε το δυνατό διπλό ήχο του μηνύματος από το κινητό της. Το τηλέφωνο ήταν πάνω στο κομοδίνο: η Κλέρι το έπιασε και είδε ότι το μήνυμα ήταν από την Ίζαμπελ.

Άνοιξε το τηλέφωνο και πήγε βιαστικά στο μήνυμα. Το διάβασε δυο φορές, για να σιγουρευτεί ότι δεν το έβλεπε στον ύπνο της. Μετά, έτρεξε να βάλει το μπουφάν της.

«Τζόναθαν».

Η φωνή έβγαινε απ' το σκοτάδι: αργή, σκοτεινή, οικεία σαν τον πόνο. Ο Τζέις ανοιγόκλεισε τα μάτια του και είδε μόνο το σκοτάδι. Ανατρίχιασε. Ήταν κουλουριασμένος στο παγωμένο πέτρινο πάτωμα. Πρέπει να είχε λιποθυμήσει. Ένιωσε ένα κύμα οργής για την αδυναμία του, την έλλειψη σθένους.

Γύρισε στο πλάι και ένιωσε το σπασμένο του καρπό να πονάει. «Είναι κανείς εδώ;»

«Δεν μπορεί να μην αναγνωρίζεις τον πατέρα σου, Τζόναθαν». Η φωνή ακούστηκε ξανά, και ο Τζέις την αναγνώρισε: ήταν ο ήχος της σκουριάς, μια απαλή φωνή σχεδόν άχρωμη. Προσπάθησε να σηκωθεί όρθιος, αλλά γλίστρησε σε μια λιμνούλα από κάτι υγρό και έπεσε προς τα πίσω, χτυπώντας με δύναμη στον πέτρινο τοίχο. Η αλυσίδα του κροτάλισε σαν κατολίσθηση από βράχια.

«Είσαι πληγωμένος;» Ένα φως απλώθηκε στο χώρο, τυφλώνοντας τον Τζέις. Ανοιγόκλεισε τα μάτια του για να διώξει τα δάκρυα που του προκάλεσε το φως και είδε τον Βάλενταϊν να στέκεται πίσω απ' τα κάγκελα, πλάι στο άψυχο σώμα του Αδελφού Τζερεμάια. Μια πέτρα με μαγικό φως έλαμπε στο χέρι του ρίχνοντας μια λευκωπή λάμψη στο δωμάτιο. Ο Τζέις διέκρινε τους παλιούς λεκέδες από αίμα στους τοίχους του κελιού και μια λιμνούλα από φρέσκο αίμα πλάι στο στόμα του Αδελφού Τζερεμάια. Ένιωσε το στομάχι του να ανακατεύεται και να σφίγγεται και θυμήθηκε το μαύρο απροσδιόριστο σχήμα με τα μάτια σαν καυτά διαμάντια που είχε δει πριν. «Εκείνο το πράγμα», είπε βήχοντας. «Πού πήγε; Τι *ήταν*;»

«Είσαι χτυπημένος», είπε ο Βάλενταϊν και πήγε πιο κοντά στα κάγκελα. «Ποιος διέταξε να σε κλείσουν εδώ; Οι Λάιτγουντ; Το Κονκλάβιο;»

«Η Ανακρίτρια», είπε ο Τζέις και κοιτάχτηκε. Στο παντελόνι και στο μπλουζάκι του είχε αίμα, αλλά δεν ήξερε αν ήταν δικό του. Στη χειροπέδα όμως έσταζε αργά αργά το αίμα του.

Ο Βάλενταϊν τον κοίταξε σκεπτικός πίσω από τα κάγκελα. Ήταν η πρώτη φορά μετά από χρόνια που έβλεπε ο Τζέις τον πατέρα του με τη στολή της μάχης: τα χοντρά δερμάτινα ρούχα των Κυνηγών, που επέτρεπαν ελευθερία κινήσεων ενώ προστάτευαν την επιδερμίδα από τα περισσότερα είδη δαιμονικού δηλητηρίου. Τα κεχριμπαρένια περιβραχιόνια και οι επιγονατίδες ήταν σκεπασμένα με ρούνους και σύμβολα. Στο στήθος του ήταν κρεμασμένη διαγώνια μια μεγάλη θήκη και πάνω απ' τον ώμο του εξείχε η λαβή ενός σπαθιού. Ο Βάλενταϊν γονάτισε, φέρνοντας τα μάτια του στο ίδιο ύψος με του Τζέις. Ο Τζέις είδε έκπληκτος ότι δεν υπήρχε ίχνος θυμού στο βλέμμα του. «Η Ανακρίτρια και το Κονκλάβιο είναι το ίδιο πράγμα. Και οι Λάιτγουντ δεν έπρεπε να το έχουν επιτρέψει αυτό. Δεν θα άφηνα ποτέ κανένα να σου το κάνει αυτό».

Ο Τζέις πίεσε τους ώμους του στον τοίχο. Ήταν το πιο μακρινό σημείο απ' τον πατέρα του που του επέτρεπε η αλυσίδα του να φτάσει. «Ήρθες για να με σκοτώσεις;»

«Να σε σκοτώσω; Γιατί να θέλω να σε σκοτώσω;»

«Τότε, γιατί σκότωσες τον Τζερεμάια; Και μη μου πεις καμιά ιστορία, ότι έτυχε να περνάς από δω τη στιγμή που πέθανε. Ξέρω ότι εσύ το έκανες».

Για πρώτη φορά, ο Βάλενταϊν κοίταξε το πτώμα του Τζερεμάια. «Εγώ τον σκότωσα, όπως και τους υπόλοιπους Σιωπηλούς Αδελφούς. Έπρεπε να το κάνω. Είχαν κάτι που χρειαζόμουν».

«Τι;» ρώτησε ο Τζέις. «Καλούς τρόπους;»

«Αυτό», είπε ο Βάλενταϊν και τράβηξε το ξίφος απ' τη θήκη του με μια κίνηση. «Το Μαελάρταχ».

Ο Τζέις έκρυψε την κραυγή έκπληξης που έφραξε το

λαιμό του. Το ήξερε πολύ καλά: ήταν το τεράστιο ξίφος με τη βαριά ασημένια λεπίδα και τη λαβή σε σχήμα ανοιχτών φτερών που κρεμόταν πάνω από τα Ομιλούντα Αστέρια στην Αίθουσα του Συμβουλίου των Σιωπηλών Αδελφών. «Πήρες το ξίφος των Αδελφών;»

«Δεν ήταν δικό τους», είπε ο Βάλενταϊν. «Ανήκει σε όλους τους Νεφιλίμ. Με αυτό το σπαθί έδιωξε ο Αρχάγγελος τον Αδάμ και την Εύα από τον Παράδεισο. *Και έβαλε στα ανατολικά του κήπου της Εδέμ τα Χερουβείμ και ένα σπαθί από φλόγα που γυρνούσε προς όλες τις κατευθύνσεις*», είπε κοιτάζοντας το ξίφος που κρατούσε.

Ο Τζέις έγλειψε τα ξερά του χείλη. «Και τι θα κάνεις με αυτό;»

«Αυτό θα σου το πω» είπε ο Βάλενταϊν «όταν πειστώ ότι μπορώ να σε εμπιστευτώ και όταν ξέρω ότι κι εσύ με εμπιστεύεσαι».

«Να σε εμπιστευτώ; Μετά από όσα έκανες στο Ρένγουικ και τον τρόπο που έφυγες μέσα από την Πύλη, κάνοντάς τη χίλια κομμάτια για να μη σε ακολουθήσω; Ενώ προσπάθησες να σκοτώσεις την Κλέρι;»

«Δεν θα έκανα ποτέ κακό στην αδερφή σου», είπε ο Βάλενταϊν με μια αστραπή οργής. «Όπως δεν θα έκανα και σε σένα».

«Μόνο κακό μου έχεις κάνει! Οι Λάιτγουντ ήταν αυτοί που με προστάτευαν!»

«Δεν είμαι εγώ αυτός που σε κλείδωσε εδώ μέσα. Δεν είμαι εγώ αυτός που σε απειλεί και σε υποπτεύεται. Αυτοί είναι οι Λάιτγουντ και οι φίλοι τους στο Κονκλάβιο». Ο Βάλενταϊν σταμάτησε για λίγο. «Έτσι όπως σου φέρθηκαν... κι όμως παραμένεις πιστός... είμαι περήφανος για σένα».

Ο Τζέις σήκωσε το κεφάλι του όταν άκουσε αυτά τα λόγια, τόσο απότομα που ζαλίστηκε. Στο χέρι του ένιωθε έναν επίμονο πόνο. Έσπρωξε τον πόνο μακριά απ' το μυαλό του μέχρι που η ανάσα του ηρέμησε. «Ορίστε;»

«Τώρα καταλαβαίνω τι έκανα λάθος στο Ρένγουικ», συνέχισε να λέει ο Βάλενταϊν. «Σε έβλεπα σαν το μικρό αγόρι που είχα αφήσει πίσω μου στην Άιντρις, πάντα υπάκουο σε κάθε μου επιθυμία. Αντί γι' αυτό, βρήκα έναν ισχυρογνώμονα νεαρό, ανεξάρτητο και θαρραλέο, κι όμως σου φέρθηκα σαν να ήσουν ακόμη παιδί. Δεν είναι να απορεί κανείς που εξεγέρθηκες εναντίον μου».

«Εξεγέρθηκα; Εγώ...» Ο λαιμός του Τζέις συσπάστηκε, διακόπτοντας τα λόγια του. Η καρδιά του είχε αρχίσει να χτυπάει στον ίδιο ρυθμό με το σφυγμό στο πονεμένο του χέρι.

Ο Βάλενταϊν συνέχισε να τον πιέζει. «Δεν είχα ποτέ την ευκαιρία να σου εξηγήσω το παρελθόν μου, να σου πω γιατί έκανα ό,τι έκανα».

«Δεν υπάρχει τίποτα να μου εξηγήσεις. Σκότωσες τους γονείς της μητέρας μου. Φυλάκισες την ίδια μου τη μητέρα. Οδήγησες τους συμπολεμιστές σου στη σφαγή για να πετύχεις τους δικούς σου σκοπούς». Κάθε λέξη στο στόμα του Τζέις ήταν σαν δηλητήριο.

«Ξέρεις μόνο τη μισή αλήθεια, Τζόναθαν. Σου έλεγα ψέματα όταν ήσουνα μικρός, γιατί δεν ήσουν αρκετά μεγάλος για να καταλάβεις. Τώρα πια, μπορείς να ακούσεις την αλήθεια».

«Τότε, *πες* μου την αλήθεια».

Ο Βάλενταϊν άπλωσε το χέρι του μέσα απ' τα κάγκελα του κελιού και έβαλε το χέρι του πάνω στο χέρι του Τζέις. Η τραχιά γεμάτη κάλους παλάμη του ήταν ακριβώς η ίδια όπως όταν ο Τζέις ήταν παιδί.

«Θέλω να σε εμπιστευτώ, Τζόναθαν», είπε. «Μπορώ;»

Ο Τζέις ήθελε να απαντήσει, αλλά οι λέξεις δεν έβγαιναν. Ένιωθε το στήθος του λες και του το έσφιγγε μια σιδερένια μέγκενη, αργά αργά, κόβοντάς του την ανάσα. «Μακάρι...» ψιθύρισε.

Από πάνω τους ακούστηκε ένας ήχος. Κάτι σαν κρότος μεταλλικής πόρτας. Έπειτα, ο Τζέις άκουσε βήματα, ψιθύρους που αντηχούσαν στους πέτρινους τοίχους της Πόλης. Ο Βάλενταϊν σηκώθηκε όρθιος και σκέπασε το μαγικό φως μέχρι που ήταν μόνο μια θαμπή λάμψη και ο ίδιος ένα αχνό περίγραμμα μες στο σκοτάδι. «Ήρθαν νωρίτερα απ' ό,τι περίμενα», μουρμούρισε και κοίταξε τον Τζέις πίσω απ' τα κάγκελα.

Ο Τζέις κοίταξε πίσω απ' τον άντρα, αλλά δεν μπορούσε να δει παρά μόνο σκοτάδι πέρα απ' το θαμπό φως της πέτρας. Σκέφτηκε τη μαύρη μορφή που είχε δει νωρίτερα, πώς είχε σβήσει όλο το φως στο πέρασμά της. «Τι έρχεται; Τι είναι;» ρώτησε επιτακτικά κι ανασηκώθηκε στα γόνατα.

«Πρέπει να φύγω», είπε ο Βάλενταϊν. «Αλλά εμείς οι δύο δεν έχουμε τελειώσει».

Ο Τζέις έβαλε το χέρι του στα κάγκελα. «Λύσε με. Ό,τι κι αν είναι, θέλω να μπορώ να το πολεμήσω».

«Το να σε λύσω δεν είναι η καλύτερη λύση αυτήν τη στιγμή», είπε ο Βάλενταϊν σκεπάζοντας τελείως την πέτρα με το χέρι του. Το φως έσβησε, αφήνοντας το δωμάτιο στο απόλυτο σκοτάδι. Ο Τζέις έπεσε με δύναμη πάνω στα κάγκελα του κελιού του, ενώ το πονεμένο του χέρι διαμαρτυρήθηκε με μια καινούρια σουβλιά οξέος πόνου.

«Όχι!» φώναξε. «Πατέρα, σε *παρακαλώ*».

«Όταν θελήσεις να με βρεις» είπε ο Βάλενταϊν «θα με βρεις». Και μετά, ακουγόταν μόνο ο ήχος των βημάτων του που απομακρύνονταν βιαστικά και η τραχιά ανάσα του Τζέις που έπεσε πάνω στα κάγκελα.

Στη διαδρομή προς το κέντρο της πόλης, η Κλέρι δεν μπορούσε με τίποτα να καθίσει σε ένα σημείο. Πήγαινε πάνω-κάτω στο άδειο σχεδόν βαγόνι του τρένου, με τα ακουστικά του iPod κρεμασμένα στο λαιμό της. Η Ίζαμπελ δεν είχε σηκώσει το τηλέφωνο, και η Κλέρι ένιωθε μια παράλογη αίσθηση ανησυχίας.

Σκεφτόταν τον Τζέις στο Φεγγάρι του Κυνηγού, γεμάτο αίματα. Με τα δόντια σφιγμένα και επιθετικά, έμοιαζε κι εκείνος πιο πολύ με λυκάνθρωπο παρά με Κυνηγό των Σκιών που είχε ως αποστολή του να προστατεύει τους ανθρώπους και να διατηρεί την τάξη μεταξύ των Πλασμάτων του Σκότους.

Ανέβηκε τρέχοντας τα σκαλιά στην έξοδο της Ενενηκοστής Έκτης Λεωφόρου και σταμάτησε μόνο λίγο όταν πλησίαζε στη γωνία όπου υψωνόταν το Ινστιτούτο σαν μια τεράστια γκρίζα σκιά. Στον υπόγειο σταθμό είχε ζέστη, και τώρα ένιωθε τον ιδρώτα στο σβέρκο της να παγώνει καθώς άρχισε να ανεβαίνει το σπασμένο τσιμεντένιο μονοπάτι που οδηγούσε στην είσοδο του Ινστιτούτου.

Άπλωσε το χέρι της να χτυπήσει το γιγάντιο κουδούνι που κρεμόταν απ' το επιστύλιο, αλλά το μετάνιωσε. Άλλωστε, δεν ήταν και η ίδια Κυνηγός; Είχε το δικαίωμα να μπει στο Ινστιτούτο, όπως ακριβώς το είχαν και οι

Λάιτγουντ. Με μια ξαφνική αποφασιστικότητα, έπιασε το πόμολο της πόρτας προσπαθώντας να θυμηθεί τι είχε πει ο Τζέις. «Στο όνομα του Αρχαγγέλου, ζητάω...»

Η πόρτα άνοιξε διάπλατα και η Κλέρι μπήκε σε ένα σκοτεινό χώρο, που φωτιζόταν μόνο απ' τη λάμψη εκατοντάδων μικρών κεριών. Καθώς περνούσε βιαστικά ανάμεσα απ' τα στασίδια, τα κεριά τρεμόσβηναν σαν να γελούσαν μαζί της. Έφτασε στον ανελκυστήρα και έκλεισε πίσω της τη μεταλλική πόρτα, πατώντας τα κουμπιά με δάχτυλα που έτρεμαν. Πίεσε τον εαυτό της να ηρεμήσει. Ήταν αγχωμένη *για* τον Τζέις, αναρωτήθηκε, ή για το ότι θα τον *έβλεπε*; Το πρόσωπό της, πάνω απ' το σηκωμένο γιακά του μπουφάν της, ήταν πολύ χλωμό και μικρό, τα μάτια της μεγάλα και σκούρα πράσινα, τα χείλη χλωμά και ξεραμένα. Χάλια, σκέφτηκε απογοητευμένη, και μετά έδιωξε τη σκέψη μακριά. Τι σημασία είχε η εμφάνισή της; Τον Τζέις δεν τον ένοιαζε. Δεν *μπορούσε* να τον νοιάζει.

Το ασανσέρ σταμάτησε απότομα και η Κλέρι έσπρωξε την πόρτα. Στο διάδρομο την περίμενε ο Τσερτς. Τη χαιρέτισε με ένα δυσαρεστημένο νιαούρισμα.

«Τι έγινε, Τσερτς;» τον ρώτησε και η φωνή της ακούστηκε παράξενα δυνατή στο σιωπηλό χώρο. Αναρωτήθηκε αν ήταν κανείς εκεί. Ίσως να ήταν μόνη της. Ανατρίχιασε ολόκληρη. «Είναι κανείς εδώ;»

Η γάτα γύρισε το κεφάλι της και άρχισε να διασχίζει το διάδρομο. Πέρασαν απ' το σαλόνι με το πιάνο, τη βιβλιοθήκη, άδεια και τα δύο, μέχρι που ο Τσερτς έστριψε σε μία γωνία και έκατσε μπροστά σε μια κλειστή πόρτα. *Ωραία, φτάσαμε*, έμοιαζε να λέει η έκφρασή του.

Πριν προλάβει να χτυπήσει, η πόρτα άνοιξε. Μπροστά

της στεκόταν η Ίζαμπελ, ξυπόλυτη, με ένα τζιν και ένα μπλουζάκι σε απαλό μοβ. Ξαφνιάστηκε όταν είδε την Κλέρι. «Μου φάνηκε ότι άκουσα κάποιον στο διάδρομο, αλλά δεν περίμενα να είσαι εσύ», είπε. «Τι κάνεις εδώ;»

Η Κλέρι την κοίταξε έκπληκτη. «Εσύ μου έστειλες μήνυμα. Μου είπες ότι η Ανακρίτρια έστειλε τον Τζέις στη *φυλακή*».

«Κλέρι!» Η Ίζαμπελ κοίταξε πάνω-κάτω στο διάδρομο και δάγκωσε τα χείλη της. «Δεν εννοούσα ότι έπρεπε να έρθεις τρέχοντας αμέσως εδώ πέρα».

Η Κλέρι δεν πίστευε στα αφτιά της. «Ίζαμπελ! Στη φυλακή;»

«Ναι, αλλά...» με έναν αναστεναγμό παραίτησης, η Ίζαμπελ παραμέρισε, κάνοντας νόημα στην Κλέρι να μπει στο δωμάτιο. «Εντάξει, πέρασε. Εσύ έξω», είπε κουνώντας το χέρι της προς τον Τσερτς. «Πήγαινε να φυλάς το ασανσέρ».

Ο Τσερτς την κοίταξε τρομαγμένα, ξάπλωσε στο στομάχι του, και αποκοιμήθηκε.

«*Γάτες*», μουρμούρισε η Ίζαμπελ κλείνοντας με δύναμη την πόρτα.

«Γεια σου, Κλέρι», είπε ο Άλεκ που καθόταν στο ξέστρωτο κρεβάτι της Ίζαμπελ με τα πόδια κρεμασμένα στο πλάι. «Τι κάνεις εδώ;»

Η Κλέρι έκατσε στο σκαμπό δίπλα στην απίθανα γεμάτη με καλλυντικά τουαλέτα της Ίζαμπελ. «Μου έστειλε μήνυμα η Ίζαμπελ. Μου είπε τι έγινε με τον Τζέις».

Η Ίζαμπελ και ο Άλεκ αντάλλαξαν ένα βλέμμα. «Έλα τώρα, Άλεκ», είπε η Ίζαμπελ. «Έπρεπε να το μάθει. Δεν περίμενα να έρθει τρέχοντας εδώ πέρα!»

Το στομάχι της Κλέρι σφίχτηκε. «Τι περίμενες να

κάνω; Τι έγινε; Είναι καλά; Γιατί τον έβαλε η Ανακρίτρια στη φυλακή;»

«Δεν είναι ακριβώς φυλακή», είπε ο Άλεκ, που ανακάθισε και έπιασε ένα απ' τα μαξιλάρια της Ίζαμπελ παίζοντας αφηρημένα με τα ξέφτια του. «Είναι στη Σιωπηλή Πόλη».

«Στη Σιωπηλή Πόλη; Γιατί;»

Ο Άλεκ δίστασε. «Κάτω απ' τη Σιωπηλή Πόλη υπάρχουν κελιά. Κρατάνε εκεί τους εγκληματίες πριν τους στείλουν στην Άιντρις για να δικαστούν ενώπιον του Συμβουλίου. Εκεί πάνε όσοι έχουν κάνει πραγματικά εγκλήματα: δολοφόνοι, αποστάτες βρικόλακες, Κυνηγοί που παραβιάζουν τις Συνθήκες. Εκεί βρίσκεται τώρα ο Τζέις».

«Μαζί με ένα μάτσο εγκληματίες;» Η Κλέρι είχε σηκωθεί όρθια, εξοργισμένη. «Μα, τι συμβαίνει με σας; Γιατί είστε τόσο απαθείς;»

Ο Άλεκ και η Ίζαμπελ αντάλλαξαν άλλο ένα βλέμμα. «Είναι μόνο για μία νύχτα», είπε η Ίζαμπελ. «Και δεν υπάρχει κανείς άλλος εκεί κάτω, ρωτήσαμε».

«Γιατί, όμως; Τι έκανε ο Τζέις;»

«Αντιμίλησε στην Ανακρίτρια», είπε ο Άλεκ. «Τουλάχιστον, αυτό έμαθα εγώ ».

Η Ίζαμπελ στηρίχτηκε στην άκρη της τουαλέτας της. «Είναι απίστευτο».

«Η Ανακρίτρια είναι τρελή», είπε η Κλέρι.

«Δεν νομίζω», είπε ο Άλεκ. «Αν ο Τζέις ήταν στο στρατό, θα του επιτρεπόταν να αντιμιλήσει στον ανώτερό του; Δεν νομίζω».

«Εντάξει, κατά τη διάρκεια ενός πολέμου, όχι. Ο Τζέις όμως δεν είναι στρατιώτης».

«Όλοι μας είμαστε στρατιώτες, το ίδιο και ο Τζέις. Υπάρχει μια ιεραρχία και η Ανακρίτρια βρίσκεται κοντά στην κορυφή. Ο Τζέις βρίσκεται κοντά στη βάση. Θα έπρεπε να της έχει φερθεί με περισσότερο σεβασμό».

«Αν συμφωνείτε ότι έπρεπε να μπει στη φυλακή, γιατί με καλέσατε να έρθω; Μόνο και μόνο για να συμφωνήσω μαζί σας; Δεν καταλαβαίνω. Τι θέλετε να κάνω;»

«Δεν είπαμε ότι έπρεπε να μπει στη φυλακή», είπε κοφτά η Ίζαμπελ. «Απλώς ότι δεν έπρεπε να αντιμιλήσει σε ένα από τα πιο υψηλόβαθμα μέλη του Κονκλάβιου. Άλλωστε» πρόσθεσε πιο χαμηλόφωνα «σκέφτηκα ότι ίσως και να μπορούσες να βοηθήσεις».

«Να βοηθήσω; Πώς;»

«Σου το είπα και την άλλη φορά» είπε ο Άλεκ «έχω την εντύπωση ότι ο Τζέις προσπαθεί να σκοτωθεί. Πρέπει να μάθει να προσέχει τον εαυτό του, και αυτό περιλαμβάνει το να συνεργαστεί με την Ανακρίτρια».

«Και πιστεύεις ότι μπορώ εγώ να σας βοηθήσω να τον αναγκάσετε να το κάνει;» είπε η Κλέρι με φωνή γεμάτη δυσπιστία.

«Δεν νομίζω ότι μπορεί κανείς να αναγκάσει τον Τζέις να κάνει το οτιδήποτε», είπε η Ίζαμπελ. «Νομίζω όμως ότι μπορείς να του θυμίσεις ότι έχει κάτι για το οποίο αξίζει να ζήσει».

Ο Άλεκ κοίταξε το μαξιλάρι που κρατούσε και τράβηξε απότομα μια ξεφτισμένη κλωστή. Στην κουβέρτα της Ίζαμπελ έπεσε ένας καταρράχτης από χάντρες, σαν χρωματιστή βροχή.

«Άλεκ, σταμάτα», του είπε η Ίζαμπελ με μια γκριμάτσα.

Η Κλέρι ήθελε να τους πει ότι εκείνοι ήταν η οικογένεια του Τζέις και όχι αυτή, ότι οι φωνές τους θα τον άγγιζαν περισσότερο απ' ό,τι η δική της. Συνέχεια όμως άκουγε τη φωνή του Τζέις στα αφτιά της: *Πάντα ένιωθα ότι δεν ανήκω πουθενά. Εσύ όμως με κάνεις να νιώθω ότι ανήκω κάπου.* «Μπορούμε να πάμε να τον δούμε;»

«Θα του πεις να συνεργαστεί με την Ανακρίτρια;» ρώτησε ο Άλεκ.

Η Κλέρι το σκέφτηκε. «Θέλω πρώτα να ακούσω τη δική του εκδοχή».

Ο Άλεκ πέταξε το μαξιλάρι στο κρεβάτι και σηκώθηκε με μια γκριμάτσα. Πριν προλάβει να πει τίποτα, στην πόρτα ακούστηκε ένας χτύπος. Η Ίζαμπελ σηκώθηκε απ' το τραπεζάκι και πήγε να ανοίξει.

Ήταν ένα μικρόσωμο μελαχρινό αγόρι, με μάτια μισοκρυμμένα πίσω από τα γυαλιά του. Φορούσε τζιν και ένα μεγάλο φούτερ και κρατούσε στο ένα χέρι ένα βιβλίο. «Μαξ», είπε η Ίζαμπελ ξαφνιασμένη. «Νόμιζα ότι κοιμόσουν».

«Ήμουν στην αίθουσα των όπλων», είπε το αγόρι, που πρέπει να ήταν ο μικρότερος γιος των Λάιτγουντ. «Αλλά άκουγα θορύβους απ' τη βιβλιοθήκη. Νομίζω ότι κάποιος προσπαθεί να έρθει σε επαφή με το Ινστιτούτο». Κοίταξε πίσω απ' την Ίζαμπελ και είδε την Κλέρι. «Ποια είναι αυτή;»

«Αυτή είναι η Κλέρι», είπε ο Άλεκ. «Η αδερφή του Τζέις».

Τα μάτια του Μαξ άνοιξαν διάπλατα. «Νόμιζα ότι ο Τζέις δεν είχε αδέρφια».

«Κι εμείς έτσι νομίζαμε», είπε ο Άλεκ, πιάνοντας το φούτερ που είχε αφήσει σε μια καρέκλα της Ίζαμπελ. Το φόρεσε, και τα μαλλιά του ηλεκτρίστηκαν και απλώθηκαν γύρω απ' το κεφάλι του σαν ένα απαλό σκούρο φωτοστέφανο. Τα έσπρωξε προς τα πίσω ανυπόμονα. «Πάω να δω τι έγινε».

«Καλύτερα να πάμε και οι δύο», είπε η Ίζαμπελ, πιάνοντας το χρυσό της μαστίγιο που ήταν κουλουριασμένο σαν χρυσό σκοινί μέσα σε ένα συρτάρι και βάζοντας τη λαβή του στη ζώνη της. «Ίσως να έχει συμβεί κάτι».

«Πού είναι οι γονείς σας;» ρώτησε η Κλέρι.

«Τους κάλεσαν πριν μερικές ώρες. Σκοτώθηκε ένα ξωτικό στο Σέντραλ Παρκ. Πήγε μαζί τους και η Ανακρίτρια», της εξήγησε ο Άλεκ.

«Κι εσείς δεν θέλατε να πάτε;»

«Δεν μας κάλεσε κανείς». Η Ίζαμπελ στερέωσε τις πλεξούδες της στο κεφάλι της με ένα μικρό γυάλινο στιλέτο. «Πρόσεχε λίγο τον Μαξ. Ερχόμαστε αμέσως».

«Μα...» διαμαρτυρήθηκε η Κλέρι.

«Ερχόμαστε», είπε η Ίζαμπελ και όρμησε στο διάδρομο με τον Άλεκ να την ακολουθεί. Τη στιγμή που έκλεισε πίσω τους η πόρτα, η Κλέρι έκατσε στο κρεβάτι και κοίταξε τον Μαξ. Δεν είχε περάσει ποτέ πολύ χρόνο με μικρά παιδιά, αφού η μαμά της δεν την άφηνε να κάνει μπέιμπι-σίτινγκ, οπότε δεν ήταν σίγουρη πώς έπρεπε να τους μιλήσει ή τι να τους πει. Το καλό ήταν ότι ο Μαξ, με τα αδύνατα χέρια του και τα τεράστια γυαλιά του, της θύμιζε τον Σάιμον στην ηλικία του.

Ο Μαξ ανταπέδωσε το βλέμμα της με ένα εξίσου εξεταστικό και σίγουρο. «Πόσων χρονών είσαι;» τη ρώτησε.

Η Κλέρι ξαφνιάστηκε. «Πόσο με κάνεις;»

«Δεκατέσσερα».

«Είμαι δεκαέξι, αλλά όλοι νομίζουν ότι είμαι μικρότερη έτσι κοντούλα που είμαι».

Ο Μαξ κούνησε το κεφάλι του. «Κι εγώ είμαι εννιά, αλλά όλοι νομίζουν ότι είμαι εφτά».

«Εμένα μου φαίνεσαι για εννιά», είπε η Κλέρι. «Τι κρατάς εκεί; Βιβλίο;»

Ο Μαξ έβγαλε το χέρι που έκρυβε πίσω απ' την πλάτη του. Κρατούσε ένα μεγάλο φαρδύ βιβλίο σαν περιοδικό, όπως αυτά που μπορεί να βρει κανείς στο σούπερμάρκετ. Είχε ένα πολύχρωμο εξώφυλλο με γιαπωνέζικα ιδεογράμματα κάτω από τις αγγλικές λέξεις. Η Κλέρι γέλασε: *Ναρούτο*. «Δεν ήξερα ότι σου αρέσουν τα μάνγκα. Πού το βρήκες αυτό;»

«Το πήρα από το αεροδρόμιο. Οι εικόνες είναι ωραίες, αλλά δεν ξέρω πώς να το διαβάσω».

«Δώσε μου το λίγο». Το άνοιξε και του έδειξε τις σελίδες. «Το διαβάζεις ανάποδα, από τα δεξιά στα αριστερά αντί για αριστερά προς δεξιά. Και κάθε σελίδα τη διαβάζεις με τη φορά του ρολογιού. Ξέρεις τι θα πει αυτό;»

«Εννοείται», είπε ο Μαξ. Για μια στιγμή, η Κλέρι φοβήθηκε ότι τον είχε προσβάλει. Έδειχνε όμως χαρούμενος όταν έπιασε το βιβλίο και γύρισε στην τελευταία σελίδα. «Είναι το νούμερο εννιά», είπε. «Μάλλον πρέπει να πάρω και τα άλλα οχτώ πριν το διαβάσω».

«Καλή ιδέα. Πες σε κάποιον να σε πάει στο κέντρο στα Φανταστικά Κόμικ ή στον Απαγορευμένο Πλανήτη».

«Απαγορευμένο *Πλανήτη;*» Ο Μαξ έδειχνε να το διασκεδάζει, αλλά πριν προλάβει να του εξηγήσει η Κλέρι, όρμησε στο δωμάτιο η Ίζαμπελ εμφανώς λαχανιασμένη.

«Όντως, κάποιος προσπαθούσε να επικοινωνήσει με το Ινστιτούτο», είπε πριν προλάβει να τη ρωτήσει η Κλέρι. «Ένας απ' τους Σιωπηλούς Αδελφούς. Κάτι συνέβη στην πόλη της Στάχτης».

«Τι κάτι, δηλαδή;»

«Δεν ξέρω. Δεν έχω ξανακούσει ποτέ τους Σιωπηλούς Αδελφούς να ζητάνε βοήθεια». Η Ίζαμπελ ήταν πολύ αναστατωμένη. Γύρισε προς τον αδερφό της. «Μαξ, πήγαινε στο δωμάτιό σου και μείνε εκεί, εντάξει;»

Ο Μαξ έσφιξε τα χείλη του. «Εσείς θα φύγετε;»

«Ναι».

«Θα πάτε στη Σιωπηλή Πόλη;»

«Μαξ...»

«Θα έρθω κι εγώ».

Η Ίζαμπελ κούνησε το κεφάλι της. Η λαβή του στιλέτου που στερέωνε τα μαλλιά της έλαμπε σαν φλόγα. «Αποκλείεται. Είσαι πολύ μικρός».

«Ούτε εσύ είσαι δεκαοχτώ!»

Η Ίζαμπελ κοίταξε την Κλέρι με μια έκφραση ανάμεσα σε ανησυχία και απόγνωση. «Κλέρι, έλα λίγο εδώ, *σε παρακαλώ*».

Η Κλέρι σηκώθηκε με απορία και η Ίζαμπελ την άρπαξε και την τράβηξε έξω απ' το δωμάτιο, κλείνοντας πίσω τους την πόρτα, τη στιγμή που όρμησε κατά πάνω τους ο Μαξ. Ακούστηκε ένας γδούπος καθώς ο Μαξ έπεσε πάνω στην πόρτα με δύναμη. «Γαμώτο» είπε η Ίζαμπελ, κρατώντας το πόμολο «πιάνεις λίγο το ραβδί μου; Είναι στην τσέπη μου...»

«Πάρε το δικό μου», είπε η Κλέρι και της έδωσε το ραβδί που της είχε δώσει νωρίτερα ο Λουκ.

Με λίγες επιδέξιες κινήσεις, η Ίζαμπελ χάραξε ένα ρούνο Προστασίας πάνω στην πόρτα. Η Κλέρι άκουγε ακόμη τις διαμαρτυρίες του Μαξ μέσα απ' το δωμάτιο καθώς η Ίζαμπελ απομακρύνθηκε απ' την πόρτα, μορφάζοντας, και έδωσε στην Κλέρι το ραβδί της. «Δεν ήξερα ότι έχεις κι εσύ».

«Ήταν της μητέρας μου», είπε η Κλέρι, και διόρθωσε από μέσα της τον εαυτό της. *Είναι της μητέρας μου, είναι της μητέρας μου.*

«Μμμ», είπε η Ίζαμπελ και χτύπησε την πόρτα με τη γροθιά της. «Μαξ, έχει μπισκότα στο συρτάρι του κομοδίνου αν πεινάσεις. Θα έρθουμε όσο πιο γρήγορα μπορούμε».

Ακούστηκε άλλη μια εξοργισμένη κραυγή. Ανασηκώνοντας τους ώμους της, η Ίζαμπελ γύρισε και πήγε προς την άλλη πλευρά του διαδρόμου. Η Κλέρι έτρεχε δίπλα της. «Τι έλεγε το μήνυμα;» ρώτησε. «Μόνο ότι κάτι έγινε;»

«Ότι έγινε μια επίθεση. Αυτό μόνο».

Ο Άλεκ τις περίμενε έξω απ' τη βιβλιοθήκη. Φορούσε τη μαύρη πανοπλία των Κυνηγών πάνω απ' τα ρούχα του. Μακριά σιδερόπλεκτα γάντια κάλυπταν τα χέρια του και Σημάδια κύκλωναν τους καρπούς και το λαιμό του. Σπαθιά σεράφ, το καθένα με το όνομα ενός αγγέλου, έλαμπαν στη ζώνη του. «Έτοιμη;» ρώτησε την αδερφή του. «Εντάξει ο Μαξ;»

«Μια χαρά». Άπλωσε τα χέρια της. «Βάλε μου τα Σημάδια».

Ενώ ο Άλεκ σχεδίαζε τις γραμμές των ρούνων στις παλάμες και στους καρπούς της Ίζαμπελ, κοίταξε την Κλέρι. «Καλύτερα να πας στο σπίτι», της είπε. «Δεν θες να είσαι εδώ, μόνη σου, όταν γυρίσει η Ανακρίτρια».

«Θέλω να έρθω μαζί σας», είπε η Κλέρι πριν το καλοσκεφτεί.

Η Ίζαμπελ τράβηξε τα χέρια της απ' τη λαβή του

Άλεκ και τα φύσηξε σαν να κρύωνε ένα φλιτζάνι καυτού καφέ. «Μην κάνεις σαν τον Μαξ».

«Ο Μαξ είναι εννιά χρονών. Εγώ είμαι σαν εσάς».

«Μα, δεν έχεις εκπαιδευτεί καθόλου», είπε ο Άλεκ. «Το μόνο που θα κάνεις είναι να μας καθυστερήσεις».

«Όχι βέβαια. Έχετε μπει ποτέ σας στη Σιωπηλή Πόλη;» ρώτησε. «Εγώ έχω μπει. Ξέρω πώς να μπούμε και ξέρω πού πρέπει να πάμε».

Ο Άλεκ ίσιωσε την πλάτη του αποφασιστικά. «Δεν νομίζω...»

Η Ίζαμπελ τον διέκοψε. «Έχει δίκιο. Νομίζω ότι πρέπει να την αφήσουμε να έρθει αν το θέλει».

Ο Άλεκ έδειξε να ξαφνιάζεται. «Την τελευταία φορά που αντιμετωπίσαμε ένα δαίμονα, το μόνο που έκανε ήταν να δειλιάσει και να ουρλιάξει». Όταν είδε το εξοργισμένο βλέμμα της Κλέρι, συνέχισε: «Συγγνώμη, αλλά αυτή είναι η αλήθεια».

«Νομίζω ότι χρειάζεται μια ευκαιρία να μάθει», είπε η Ίζαμπελ. «Ξέρεις τι λέει πάντα ο Τζέις. Ότι μερικές φορές δεν χρειάζεται να ψάξεις για τον κίνδυνο, μερικές φορές απλώς σε *βρίσκει*».

«Δεν μπορείτε να με κλειδώσετε μέσα σαν τον Μαξ», είπε η Κλέρι βλέποντας τον Άλεκ να πείθεται σιγά-σιγά. «Δεν είμαι μωρό. Και ξέρω πού είναι η Σιωπηλή Πόλη. Μπορώ να πάω και μόνη μου».

Ο Άλεκ γύρισε απ' την άλλη, κουνώντας το κεφάλι του και μουρμουρώντας κάτι για τα κορίτσια. Η Ίζαμπελ άπλωσε το χέρι της στην Κλέρι. «Δώσε μου το ραβδί σου», είπε. «Καιρός να κάνεις μερικά Σημάδια».

6

η πολη της σταχτης

Τελικά, η Ίζαμπελ έκανε στην Κλέρι μόνο δύο Σημάδια, ένα στην ανάποδη κάθε παλάμης. Το ένα ήταν το ανοιχτό μάτι που στόλιζε το χέρι κάθε Κυνηγού. Το άλλο ήταν σαν δυο σταυρωμένα δρεπάνια. Η Ίζαμπελ τής είπε ότι ήταν ο ρούνος της προστασίας. Και οι δύο ρούνοι την έκαψαν όταν πρωτοάγγιξε το ραβδί το δέρμα της, αλλά ο πόνος υποχώρησε καθώς πήγαιναν προς το κέντρο της πόλης μέσα σε ένα μαύρο ταξί. Μέχρι να φτάσουν τη Δεύτερη Λεωφόρο και να πατήσουν στο πεζοδρόμιο, η Κλέρι ένιωθε τα χέρια της ανάλαφρα, σαν να φορούσε μπρατσάκια μέσα σε μια πισίνα.

Οι τρεις τους έμειναν σιωπηλοί καθώς περνούσαν κάτω απ' τη σφυρήλατη αψίδα της εισόδου και μπήκαν στο Μαρμάρινο Κοιμητήριο. Την τελευταία φορά που είχε βρεθεί εκεί η Κλέρι έτρεχε πίσω απ' τον αδερφό Τζερεμάια. Τώρα, για πρώτη φορά, πρόσεξε τα ονόματα πάνω στους τοίχους: *Γιάνγκμπλαντ, Φέαρτσαϊλντ, Θράσκρος, Νάιτγουαϊν, Ράβενσκαρ*. Δίπλα τους υπήρχαν σκαλισμένοι ρούνοι. Στην παράδοση των Κυνηγών των Σκιών, κάθε οικογένεια είχε το δικό της σύμβολο. Το σύμβολο των Γουέιλαντ ήταν ένα σφυρί σιδερά, των Λάιτγουντ ένας πυρσός και του Βάλενταϊν ένα αστέρι.

Το χορτάρι φύτρωνε άγριο γύρω απ' τα πόδια του αγάλματος του Αρχαγγέλου στο κέντρο της αυλής. Τα μάτια του αγάλματος ήταν κλειστά, τα λεπτά του χέρια κλεισμένα πάνω στη λαβή ενός πέτρινου κυπέλλου, ένα αντίγραφο του Θανάσιμου Κυπέλλου. Το πέτρινο πρόσωπό του ήταν ανέκφραστο, γεμάτο λάσπη και καπνιά.

«Την τελευταία φορά που ήρθα, ο Αδελφός Τζερεμάια σχεδίασε ένα ρούνο στη βάση του αγάλματος και άνοιξε», είπε η Κλέρι.

«Δεν θα ήθελα να χρησιμοποιήσω τους ρούνους των Αδελφών», είπε ο Άλεκ. «Θα έπρεπε να έχουν ήδη αντιληφθεί την άφιξή μας. Τώρα, έχω αρχίσει να ανησυχώ κι εγώ». Έβγαλε ένα στιλέτο απ' τη ζώνη του και χάραξε μια λεπτή γραμμή στην παλάμη του. Απ' την επιφανειακή πληγή έτρεξε αίμα, και ο Άλεκ έβαλε το χέρι του πάνω απ' το κύπελλο που κρατούσε ο Αρχάγγελος. «Αίμα των Νεφιλίμ», είπε. «Πρέπει να λειτουργήσει σαν κλειδί».

Τα βλέφαρα του πέτρινου αγγέλου άνοιξαν ξαφνικά. Η Κλέρι περίμενε να δει τα μάτια του να τους κεραυνοβολούν, αλλά είδε απλώς κι άλλο μάρμαρο. Μετά από ένα δευτερόλεπτο, το χορτάρι στη βάση του αγάλματος άρχισε να μετακινείται. Μια μαύρη γραμμή άρχισε να ανοίγει στο χώμα και η Κλέρι αναπήδησε έντρομη καθώς μια μαύρη τρύπα άνοιξε μπροστά στα πόδια της.

Κοίταξε μέσα. Είδε κάτι σκαλιά να οδηγούν στο σκοτάδι. Την τελευταία φορά που είχε κατέβει αυτά τα σκαλιά, το σκοτάδι διακοπτόταν από πυρσούς που φώτιζαν τα σκαλιά. Τώρα, υπήρχε μόνο σκοτεινιά.

«Κάτι δεν πάει καλά», είπε η Κλέρι. Ούτε η Ίζαμπελ ούτε ο Άλεκ δεν έδειξαν πρόθυμοι να διαφωνήσουν. Η Κλέρι έβγαλε την πέτρα με το μαγικό φως που της είχε δώσει ο Τζέις και τη σήκωσε πάνω απ' το κεφάλι της. Από την παλάμη της ξεχύθηκε φως. «Πάμε».

Ο Άλεκ μπήκε μπροστά της. «Θα μπω εγώ μπροστά. Ίζαμπελ, φύλαγε τα νώτα μας».

Κατέβηκαν αργά τα σκαλιά, και οι υγρές μπότες της Κλέρι γλιστρούσαν στη στρογγυλεμένη από τα χρόνια πέτρα. Στη βάση της σκάλας υπήρχε μια μικρή σήραγγα που οδηγούσε σε ένα τεράστιο δωμάτιο, σε έναν πέτρινο δενδρόκηπο από λευκές αψίδες με ένθετους ημιπολύτιμους λίθους. Μαυσωλεία βρίσκονταν παρατεταγμένα στις σκιές σαν κουκλόσπιτα σε ένα παραμύθι. Τα πιο μακρινά χάνονταν μες στο σκοτάδι: το μαγικό φως δεν έφτανε για να φωτίσει ολόκληρη τη γιγάντια αίθουσα.

Ο Άλεκ κοίταξε σοβαρός τους τάφους. «Δεν πίστευα ποτέ ότι θα έμπαινα στη Σιωπηλή Πόλη, ούτε καν ως νεκρός».

«Εγώ μάλλον θα το ευχόμουν», είπε η Κλέρι. «Μου είπε ο Αδελφός Τζερεμάια τι κάνουν με τους νεκρούς σας. Τους καίνε και χρησιμοποιούν τη στάχτη τους για να φτιάξουν το μάρμαρο της πόλης». *Το σώμα και το αίμα των Κυνηγών είναι από μόνο του μια πανίσχυρη προστασία κατά του κακού. Ακόμα και με το θάνατό τους, οι Κυνηγοί υπηρετούν το Σκοπό.*

«Μμμ», είπε η Ίζαμπελ. «Θεωρείται τιμή, όμως. Άλλωστε, κι εσείς οι θνητοί καίτε τους νεκρούς σας».

Και πάλι είναι ανατριχιαστικό, σκέφτηκε η Κλέρι. Η

μυρωδιά της στάχτης και του καπνού γέμιζε τον αέρα, όπως και την προηγούμενη φορά που είχε κατέβει εκεί κάτω, αλλά τώρα υπήρχε και κάτι άλλο, μια πιο βαριά, πιο πυκνή μυρωδιά, σαν σαπισμένα φρούτα.

Ο Άλεκ έκανε μια γκριμάτσα όταν το αντιλήφθηκε και έβγαλε ένα απ' τα σπαθιά του. «*Αραθίελ*», ψιθύρισε, και το σπαθί έλαμψε, συναντώντας το φως της πέτρας της Κλέρι καθώς βρήκαν τη δεύτερη σκάλα και βρέθηκαν σε ακόμα πιο πηχτό σκοτάδι. Η μαγική πέτρα έσφυζε στο χέρι της Κλέρι σαν αστέρι που τρεμοσβήνει και η Κλέρι αναρωτήθηκε αν τέλειωνε ποτέ η ενέργειά τους, όπως οι μπαταρίες των φακών. Ήλπιζε όχι. Η ιδέα τού να μείνει χωρίς φως σ' εκείνο το ολόπηχτο σκοτάδι τη γέμιζε με ένα φρικτό τρόμο.

Η μυρωδιά σαπίλας έγινε πιο έντονη καθώς πλησίασαν στη βάση της σκάλας και βρέθηκαν σε μια δεύτερη σήραγγα. Αυτή οδηγούσε σε ένα παβίλιον περικυκλωμένο από μυτερές κολόνες από σκαλισμένα οστά –ένα χώρο που η Κλέρι θυμόταν πολύ καλά. Ασημένια ένθετα αστέρια στόλιζαν το πάτωμα σαν κομφετί. Στο κέντρο υπήρχε ένα μαύρο τραπέζι. Στη λεία του επιφάνεια λίμναζε ένα σκούρο υγρό και έσταζε απ' τις άκρες αργά.

Όταν η Κλέρι είχε σταθεί μπροστά στο Συμβούλιο της Αδελφότητας, στον τοίχο πίσω από το τραπέζι υπήρχε ένα βαρύ ασημένιο ξίφος. Τώρα, το ξίφος έλειπε, και στο σημείο όπου κρεμόταν υπήρχε ένας μεγάλος κατακόκκινος λεκές.

«Αίμα είναι αυτό;» ψιθύρισε η Ίζαμπελ. Δεν ακουγόταν φοβισμένη, απλώς έκπληκτη.

«Έτσι φαίνεται», είπε ο Άλεκ και κοίταξε εξεταστικά το δωμάτιο. Οι σκιές ήταν πυκνές σαν μπογιά και έμοιαζαν να κουνιούνται. Η λαβή στο σπαθί του ήταν πολύ σφιχτή.

«Τι μπορεί να συνέβη;» ρώτησε η Ίζαμπελ. «Οι Σιωπηλοί Αδελφοί... νόμιζα ότι ήταν ανίκητοι...»

Η φωνή της έσβησε καθώς η Κλέρι γύρισε το κεφάλι της για να δει τις παράξενες σκιές που σχημάτιζε το φως της ανάμεσα στις κολόνες. Μια κολόνα είχε πιο παράξενο σχήμα από τις άλλες. Πίεσε την πέτρα να φωτίσει περισσότερο και εκείνη ανταποκρίθηκε, στέλνοντας μια μυτερή δέσμη φωτός στο βάθος.

Κρεμασμένο πάνω στην κολόνα, σαν σκουλήκι πάνω σε αγκίστρι, ήταν το νεκρό σώμα ενός Αδελφού. Τα χέρια του, γεμάτα αίμα, κρέμονταν λίγο πιο πάνω απ' το πάτωμα. Ο λαιμός του έμοιαζε σπασμένος. Από κάτω του είχε δημιουργηθεί μια λιμνούλα αίματος, μαύρο και πηχτό στο φως της πέτρας.

Η Ίζαμπελ έμεινε άφωνη. «Άλεκ... είδες;»

«Ναι», η φωνή του Άλεκ ήταν σοβαρή. «Και έχω δει και χειρότερα. Αυτήν τη στιγμή, ανησυχώ για τον Τζέις».

Η Ίζαμπελ έσκυψε μπροστά και άγγιξε το μαύρο τραπέζι από βασάλτη, χαϊδεύοντας με τα δάχτυλά της την επιφάνεια. «Το αίμα αυτό είναι σχεδόν φρέσκο. Ό,τι κι αν έγινε δεν πρέπει να έγινε πολύ πριν έρθουμε».

Ο Άλεκ πήγε προς το παλουκωμένο σώμα του Αδελφού. Μουτζουρωμένα σημάδια οδηγούσαν μακριά απ' το άψυχο σώμα. «Ίχνη από βήματα», είπε. «Κάποιος που έτρεχε». Ο Άλεκ έκανε νόημα στα κορίτσια να τον ακολουθήσουν. Το έκαναν, και η Ίζαμπελ σταμάτησε μόνο για να σκουπίσει τα δάχτυλά της στο απαλό δέρμα των επιγονατίδων της. Τα ίχνη τούς οδήγησαν προς μια στενή σήραγγα, που εξαφανιζόταν στο σκοτάδι. Όταν ο Άλεκ σταμάτησε ελέγχοντας δεξιά κι αριστερά, η Κλέρι τον προσπέρασε ανυπόμονα, αφήνοντας τη μαγική της πέτρα να ρίχνει ένα ασημόλευκο μονοπάτι από φως μπροστά τους. Έβλεπε μια δίφυλλη πόρτα στο βάθος του διαδρόμου· ήταν διάπλατα ανοιχτή.

Ο Τζέις. Με κάποιο παράξενο τρόπο τον ένιωθε, ήξερε ότι ήταν εκεί κοντά. Άρχισε σχεδόν να τρέχει, και τα τακούνια απ' τις μπότες της αντηχούσαν δυνατά στον πέτρινο διάδρομο. Άκουσε την Ίζαμπελ να τη φωνάζει, και μετά ο Άλεκ και η Ίζαμπελ άρχισαν να τρέχουν ξοπίσω της. Όρμησε στην πόρτα στο βάθος του διαδρόμου και βρέθηκε σε ένα μεγάλο δωμάτιο σκαμμένο στην πέτρα, χωρισμένο στα δύο από μια σειρά μεταλλικών κάγκελων χωμένων βαθιά μέσα στο έδαφος. Η Κλέρι διέκρινε μια κουλουριασμένη μορφή στο βάθος του κελιού. Έξω ακριβώς απ' την πόρτα του κελιού είδε την άψυχη μορφή ενός Αδελφού.

Η Κλέρι κατάλαβε αμέσως ότι ήταν νεκρός. Από τον τρόπο που ήταν ξαπλωμένος, σαν κούκλα που είχε ξεχαρβαλωθεί και είχε σπάσει. Ο μανδύας του στο χρώμα της περγαμηνής είχε κατασκιστεί. Το σημαδεμένο του πρόσωπο, διαστρεβλωμένο σε μια έκφραση ανείπωτου τρόμου, ήταν ακόμη αναγνωρίσιμο. Ήταν ο Αδελφός Τζερεμάια.

Πέρασε πάνω απ' το σώμα του και πήγε στην πόρτα του κελιού. Ήταν φτιαγμένη από κάγκελα πολύ στενά τοποθετημένα και στερεωμένα στον τοίχο. Δεν έβλεπε κλειδαριά ή πόμολο. Τότε άκουσε δίπλα της τον Άλεκ, να λέει το όνομά της, αλλά η προσοχή της ήταν στην πόρτα. Φυσικά και δεν θα είχε εμφανή τρόπο για να ανοίγει, σκέφτηκε. Οι Αδελφοί ασχολούνταν πάντα με τα πιο απόκρυφα πράγματα. Κρατώντας το φως στο ένα χέρι, με το άλλο έβγαλε το ραβδί της μητέρας της από την τσέπη της.

Από την άλλη πλευρά του κελιού, άκουσε έναν ήχο. Κάτι σαν πνιχτό μουρμουρητό ή ψίθυρο, δεν ήταν σίγουρη, αλλά αναγνώρισε την πηγή του. Ο *Τζέις*. Χτύπησε την πόρτα του κελιού με το ραβδί της, προσπαθώντας να φέρει στο μυαλό της το ρούνο για το Άνοιξε, όταν αυτός εμφανίστηκε μαύρος και τεθλασμένος πάνω στο σκληρό μέταλλο. Το μέταλλο καιγόταν όπου το άγγιζε το ραβδί. *Άνοιξε*, έλεγε από μέσα της η Κλέρι, *άνοιξε, άνοιξε, ΆΝΟΙΞΕ*!

Ένας ήχος σαν ρούχο που σκίζεται γέμισε το δωμάτιο. Η Κλέρι άκουσε την Ίζαμπελ να φωνάζει τη στιγμή που η πόρτα βγήκε τελείως απ' τους μεντεσέδες της και έπεσε μέσα στο κελί σαν πίδακας από μέταλλο. Η Κλέρι άκουσε κι άλλους ήχους, το μέταλλο που ξεκολλούσε απ' τον τοίχο, ένα δυνατό κροτάλισμα σαν χαλίκια που πέφτουν στο χώμα. Όρμησε στο κελί πατώντας πάνω στην πεσμένη πόρτα.

Το μαγικό φως γέμισε το μικρό δωμάτιο, λες και ήταν μέρα. Η Κλέρι σχεδόν δεν πρόσεξε τις χειροπέδες –όλες από διαφορετικά μέταλλα, χρυσό, ασήμι, ατσάλι και σίδερο– που ξεκολλούσαν από τον τοίχο και έπεφταν με κρότο στο πέτρινο πάτωμα. Τα μάτια της ήταν καρφωμένα στην κουλουριασμένη μορφή στη γωνία: έβλεπε τα ξανθά μαλλιά, το απλωμένο χέρι, την πεσμένη χειροπέδα λίγο πιο πέρα. Ο καρπός του ήταν γυμνός και ματωμένος, το δέρμα γεμάτο άσχημες μελανιές.

Έσκυψε κοντά του, αφήνοντας το ραβδί της, και τον

γύρισε απαλά ανάσκελα. Ήταν πράγματι ο Τζέις. Στο μάγουλό του είχε άλλη μια μελανιά, και το πρόσωπό του ήταν χλωμό, αλλά μπορούσε να δει την πυρετική κίνηση κάτω απ' τις βλεφαρίδες του. Στο λαιμό του παλλόταν μια φλέβα. Ήταν ζωντανός.

Η ανακούφιση κύλησε μέσα της σαν καυτό κύμα, ξεκλειδώνοντας τα σφιχτά δεσμά του άγχους που την κυρίευαν τόση ώρα. Το φως έπεσε στο πάτωμα δίπλα της, αλλά συνέχισε να φέγγει. Χάιδεψε τα μαλλιά του Τζέις με μια τρυφερότητα που της ήταν ξένη –δεν είχε ποτέ αδέρφια, ούτε ξαδέρφια. Δεν είχε ποτέ την ευκαιρία να δέσει μια πληγή ή να φροντίσει κάποιον.

Όμως, δεν υπήρχε κανένα πρόβλημα με το να νιώθει τέτοιου είδους τρυφερότητα απέναντι στον Τζέις, σκέφτηκε, μη θέλοντας να τραβήξει το χέρι της παρόλο που είδε τα βλέφαρά του να ανοίγουν και τον άκουσε να βογκάει. Ήταν αδερφός της. Δεν έπρεπε να τη νοιάζει τι του είχε συμβεί;

Άνοιξε τα μάτια του. Οι κόρες του ήταν τεράστιες, διεσταλμένες. Μήπως είχε χτυπήσει το κεφάλι του; Τα μάτια του καρφώθηκαν πάνω της έκπληκτα. «*Κλέρι*», είπε. «Τι κάνεις εδώ;»

«Ήρθα για να σε βρω», του είπε, γιατί αυτή ήταν η αλήθεια.

Ένας σπασμός διαπέρασε το πρόσωπό του. «Είσαι στ' αλήθεια εδώ; Δεν... δεν πέθανα, σωστά;»

«Όχι», είπε, χαϊδεύοντας το μάγουλό του. «Απλώς, λιποθύμησες. Μάλλον έχεις χτυπήσει το κεφάλι σου».

Το χέρι του σκέπασε το δικό της που χάιδευε το μάγουλό του. «Το άξιζε», είπε τόσο σιγά, που δεν ήταν σίγουρη αν άκουσε καλά.

«Τι έγινε;» είπε ο Άλεκ που περνούσε απ' τη χαμηλή πόρτα με την Ίζαμπελ πίσω του. Η Κλέρι τράβηξε το χέρι της, και μετά μάλωσε από μέσα της τον εαυτό της. Δεν έκανε κάτι κακό.

Ο Τζέις ανακάθισε με δυσκολία. Το πρόσωπό του ήταν χλωμό και το μπλουζάκι του γεμάτο αίματα. Η έκφραση του Άλεκ έγινε ανήσυχη. «Τι έγινε; Θυμάσαι;»

Ο Τζέις σήκωσε το χέρι του που δεν ήταν χτυπημένο. «Μία μία τις ερωτήσεις, Άλεκ. Νομίζω ότι το κεφάλι μου θα εκραγεί».

«Ποιος σου το έκανε αυτό;» Η Ίζαμπελ ήταν έκπληκτη και εξοργισμένη μαζί.

«Κανείς δεν μου το έκανε. Μόνος μου το έκανα προσπαθώντας να βγάλω τις χειροπέδες». Ο Τζέις κοίταξε τον καρπό του –έμοιαζε σαν να είχε ξυστεί όλο το δέρμα– και μισόκλεισε τα μάτια.

«Περίμενε», είπαν ταυτόχρονα η Κλέρι και ο Άλεκ, πηγαίνοντας να πιάσουν το χέρι του. Κοιτάχτηκαν, και η Κλέρι κατέβασε το χέρι της. Ο Άλεκ έπιασε το χέρι του Τζέις και έβγαλε το ραβδί του. Σχημάτισε με λίγα επιδέξια τινάγματα του καρπού του έναν *ιράτζε*, ένα ρούνο θεραπείας, λίγο πιο κάτω από το ματωμένο δέρμα του Τζέις.

«Ευχαριστώ», είπε ο Τζέις τραβώντας το χέρι του. Το πληγωμένο σημείο είχε ήδη αρχίσει να δένει. «Ο Αδελφός Τζερεμάια...»

«Είναι νεκρός», είπε η Κλέρι.

«Το ξέρω». Αγνοώντας το απλωμένο χέρι του Άλεκ, ο Τζέις ανασηκώθηκε όρθιος, χρησιμοποιώντας τον τοίχο για να στηρίζεται. «Τον σκότωσαν».

«Σκοτώθηκαν μεταξύ τους οι Σιωπηλοί Αδελφοί;» ρώτησε η Ίζαμπελ. «Δεν καταλαβαίνω, δεν καταλαβαίνω γιατί να κάνουν κάτι τέτοιο...»

«Όχι», είπε ο Τζέις. «Κάτι άλλο τους σκότωσε. Δεν ξέρω τι». Ένας σπασμός διαπέρασε ξανά το πρόσωπό του. «Το κεφάλι μου...»

«Νομίζω ότι πρέπει να φύγουμε», είπε ανήσυχη η Κλέρι. «Πριν ό,τι ήταν αυτό που τους σκότωσε...»

«Έρθει πίσω για μας;» είπε ο Τζέις. Κοίταξε τη ματωμένη του μπλούζα και το πληγωμένο του χέρι. «Νομίζω ότι έφυγε. Αν και υποθέτω ότι μπορεί να το ξαναφέρει».

«Ποιος;» ρώτησε ο Άλεκ, αλλά ο Τζέις δεν είπε τίποτα. Το πρόσωπό του είχε γίνει κατάλευκο. Ο Άλεκ τον έπιασε καθώς άρχισε να γλιστράει προς τα κάτω. «Τζέις».

«Καλά είμαι», διαμαρτυρήθηκε ο Τζέις, αλλά έπιασε σφιχτά το μανίκι του Άλεκ. «Μπορώ να σταθώ όρθιος».

«Εμένα μου φαίνεται ότι χρησιμοποιείς τον τοίχο για να στέκεσαι. Δεν είναι αυτός ο ορισμός μου του "καλά"».

«Ακουμπάω», είπε ο Τζέις. «Ακουμπάω για να σταθώ όρθιος».

«Σταματήστε τις βλακείες», είπε η Ίζαμπελ, κλοτσώντας ένα σβησμένο πυρσό που βρέθηκε μπροστά της. «Πρέπει να φύγουμε. Αν υπάρχει εκεί έξω κάτι τόσο απαίσιο που μπορεί να σκοτώσει τους Σιωπηλούς Αδελφούς, εμάς θα μας φάει για μεζεδάκι».

«Έχει δίκιο η Ίζι. Πρέπει να φύγουμε». Η Κλέρι έπιασε το μαγικό φως και σηκώθηκε. «Τζέις, μπορείς να περπατήσεις;»

«Θα ακουμπήσει σε μένα», είπε ο Άλεκ και έβαλε τα

μπράτσα του Τζέις στο λαιμό του. Ο Τζέις έριξε όλο του το βάρος στην πλάτη του Άλεκ. «Έλα», είπε ο Άλεκ τρυφερά. «Θα σε κάνουμε καλά μόλις βγούμε έξω».

Πήγαν αργά προς την πόρτα του κελιού, όπου ο Τζέις σταμάτησε και κοίταξε τη μορφή του Αδελφού Τζερεμάια που κειτόταν διαστρεβλωμένη στις πλάκες. Η Ίζαμπελ γονάτισε και σκέπασε το παραμορφωμένο πρόσωπο του Αδελφού με τη μάλλινη κουκούλα του. Όταν σηκώθηκε, τα πρόσωπα των υπόλοιπων ήταν σοβαρά.

«Δεν έχω δει ποτέ ένα Σιωπηλό Αδελφό να φοβάται», είπε ο Άλεκ. «Δεν ήξερα καν ότι ήταν δυνατόν να νιώσουν φόβο».

«Όλοι νιώθουν φόβο», είπε ο Τζέις που ήταν ακόμη πολύ χλωμός. Παρόλο που κρατούσε το πληγωμένο του χέρι στο στήθος του, η Κλέρι καταλάβαινε ότι δεν ήταν απ' τον πόνο. Έμοιαζε απόμακρος, σαν να είχε αποσυρθεί μέσα στον εαυτό του, σαν να κρυβόταν από κάτι.

Ακολούθησαν τον ίδιο δρόμο για να ανέβουν μέχρι το χώρο των Ομιλούντων Άστρων. Όταν έφτασαν, η Κλέρι πρόσεξε τη βαριά μυρωδιά του αίματος και του καπνού πολύ περισσότερο απ' ό,τι όταν έμπαιναν. Ο Τζέις, που ακουμπούσε στον Άλεκ, κοίταξε γύρω του με κάτι σαν τρόμο και απορία στο πρόσωπό του. Η Κλέρι είδε το βλέμμα του καρφωμένο στον τοίχο στο βάθος που ήταν γεμάτος αίματα και του είπε: «Μην κοιτάς Τζέις», και ένιωσε αμέσως ανόητη. Ήταν κυνηγός δαιμόνων στο κάτω κάτω, σίγουρα είχε δει και χειρότερα.

Εκείνος κούνησε το κεφάλι του. «Κάτι δεν πάει καλά...»

«Τίποτε δεν πάει καλά εδώ πέρα», είπε ο Άλεκ, δείχνοντας με το κεφάλι του το δάσος από αψίδες που οδηγούσε προς την έξοδο. «Από εκεί είναι ο συντομότερος δρόμος. Πάμε».

Δεν μιλούσαν πολύ καθώς έβγαιναν προς τα έξω. Κάθε σκιά ήταν λες και κουνιόταν, λες και το σκοτάδι έκρυβε πλάσματα που καραδοκούσαν για να τους επιτεθούν. Η Ίζαμπελ ψιθύριζε κάτι σχεδόν από μέσα της. Η Κλέρι δεν άκουγε τις λέξεις, αλλά της φάνηκε σαν μια άλλη γλώσσα, κάτι αρχαίο – ίσως Λατινικά.

Όταν έφτασαν στα σκαλιά που οδηγούσαν έξω απ' την Πόλη, η Κλέρι έβγαλε ένα βαθύ αναστεναγμό ανακούφισης. Η Πόλη των Οστών μπορεί κάποτε να ήταν όμορφη, αλλά τώρα ήταν τρομακτική. Όταν έφτασαν στα τελευταία σκαλιά, την τύφλωσε ένα φως, κάνοντάς τη να φωνάξει από έκπληξη. Ίσα που διέκρινε το άγαλμα του Αρχαγγέλου στην κορυφή της σκάλας, να φωτίζεται από ένα λαμπρό χρυσό φως, δυνατό σαν το φως της μέρας. Κοίταξε τους υπόλοιπους· ήταν το ίδιο έκπληκτοι με εκείνη.

«Αποκλείεται να έχει ξημερώσει, σωστά;» είπε η Ίζαμπελ. «Πόση ώρα λείπουμε;»

Ο Άλεκ κοίταξε το ρολόι του. «Όχι και τόση».

Ο Τζέις μουρμούρισε κάτι, τόσο σιγά που δεν το άκουσε κανείς. Ο Άλεκ έσκυψε προς το μέρος του. «Τι είπες;»

«Μαγικό φως», είπε ο Τζέις πιο δυνατά αυτήν τη φορά.

Η Ίζαμπελ έτρεξε στα σκαλιά, με την Κλέρι να την ακολουθεί. Ο Άλεκ ήταν πίσω τους, προσπαθώντας να κουβαλήσει τον Τζέις. Στην άκρη της σκάλας, η Ίζαμπελ πάγωσε στη θέση της σαν στήλη άλατος. Η Κλέρι τής φώναξε, αλλά εκείνη δεν κουνήθηκε. Μετά από ένα λεπτό, η Κλέρι την έφτασε, και ήταν σειρά της να μείνει άναυδη.

Ο κήπος ήταν γεμάτος Κυνηγούς –καμιά εικοσαριά ή τριανταριά–, όλοι με τη σκούρα μεγαλόπρεπη στολή των Κυνηγών, γεμάτοι Σημάδια, και με μια εκτυφλωτική μαγική πέτρα ο καθένας στο χέρι.

Μπροστά στην ομάδα, στεκόταν η Μαρίζ, με τη μαύρη πανοπλία των Κυνηγών, ένα μανδύα και την κουκούλα της ριγμένη στην πλάτη. Πίσω της ήταν παρατεταγμένοι άνδρες και γυναίκες που η Κλέρι δεν είχε δει ποτέ, αλλά είχαν τα Σημάδια των Νεφιλίμ στα μπράτσα και στα πρόσωπά τους. Ένας απ' αυτούς, ένας όμορφος άνδρας με αλαβάστρινη επιδερμίδα, γύρισε και κοίταξε την Κλέρι και την Ίζαμπελ, και πίσω τους, τον Τζέις και τον Άλεκ, που είχαν ανέβει τα σκαλιά και στέκονταν εκεί τυφλωμένοι απ' το απροσδόκητο φως.

«Μα τον Αρχάγγελο», είπε ο άνδρας. «Μαρίζ... κάποιος κατέβηκε εκεί κάτω πριν από μας».

Το στόμα της Μαρίζ άνοιξε από έκπληξη όταν είδε την Ίζαμπελ. Έπειτα, το έκλεισε. Τα χείλη της έγιναν μια λεπτή άσπρη γραμμή, σαν παύλα από κιμωλία στο πρόσωπό της.

«Το ξέρω, Μάλικ», είπε. «Είναι τα παιδιά μου».

7

το θανασιμο ξιφος

Ένα επιφώνημα έκπληξης διαπέρασε το πλήθος. Όσοι φορούσαν κουκούλα την έβγαλαν, και η Κλέρι κατάλαβε απ' τις εκφράσεις του Τζέις, της Ίζαμπελ και του Άλεκ ότι πολλοί από τους Κυνηγούς που βρίσκονταν στην αυλή ήταν γνωστοί τους.

«Μα τον Αρχάγγελο». Το βλέμμα της Μαρίζ πήγε από τον Άλεκ στον Τζέις, πέρασε πάνω από την Κλέρι και επέστρεψε στην κόρη της. Ο Τζέις είχε αφήσει τον Άλεκ μόλις μίλησε η Μαρίζ και στεκόταν λίγο πιο μακριά απ' τους άλλους τρεις, με τα χέρια στις τσέπες, ενώ η Ίζαμπελ τύλιγε και ξετύλιγε νευρικά το χρυσό της μαστίγιο. Ο Άλεκ, απ' την άλλη, έμοιαζε να παίζει με το κινητό του, αν και η Κλέρι δεν μπορούσε να φανταστεί ποιον μπορεί να έπαιρνε τέτοια ώρα.

«Τι κάνετε εδώ, Άλεκ; Ίζαμπελ; Ακούσαμε ένα αίτημα βοήθειας από τη Σιωπηλή Πόλη...»

«Το απαντήσαμε εμείς», είπε ο Άλεκ. Το βλέμμα του πέρασε πάνω απ' το συγκεντρωμένο πλήθος. Η Κλέρι δεν μπορούσε να τον κατηγορήσει για την αμηχανία. Ήταν οι περισσότεροι συγκεντρωμένοι Κυνηγοί που είχε δει ποτέ η ίδια. Κοιτούσε από τον ένα στον άλλο, βλέποντας τις διαφορές τους: ήταν διαφόρων ηλικιών, φυλής και εμφάνισης, αλλά είχαν όλοι την ίδια έκφραση τεράστιας, συγκρατημένης δύναμης. Ένιωθε τα διακριτικά βλέμματά τους, να την εξετάζουν, να την εκτιμούν. Μία από αυτές, μια γυναίκα με κυματιστά ασημένια μαλλιά, την κοιτούσε τόσο έντονα, σχεδόν απροκάλυπτα. Η Κλέρι την κοίταξε και μετά γύρισε απ' την άλλη.

«Δεν ήσασταν στο Ινστιτούτο, και δεν μπορούσαμε να ξυπνήσουμε κανέναν, οπότε ήρθαμε εμείς».

«Άλεκ...»

«Έτσι κι αλλιώς, δεν έχει σημασία», είπε ο Άλεκ. «Είναι όλοι νεκροί. Δολοφονήθηκαν».

Αυτήν τη φορά, το συγκεντρωμένο πλήθος δεν είπε τίποτα. Αντίθετα, ήταν λες και έμειναν ακίνητοι, όπως μένει ακίνητη μια αγέλη λιονταριών όταν εντοπίζει μια γαζέλα.

«Νεκροί;» επανέλαβε η Μαρίζ. «Τι εννοείς νεκροί;»

«Νομίζω ότι είναι ξεκάθαρο τι εννοεί». Μια γυναίκα με μακρύ γκρίζο παλτό εμφανίστηκε ξαφνικά στο πλάι της Μαρίζ. Στο τρεμουλιαστό φως ήταν σαν καρικατούρα από ασπρόμαυρη εφημερίδα, γεμάτη έντονες γωνίες και σφιχτά δεμένα μαλλιά και μάτια σαν μαύρα πηγάδια σκαμμένα στο πρόσωπό της. Κρατούσε ένα αστραφτερό κομματάκι από μαγικό φως σε μια ασημένια μακριά αλυσίδα, κρεμασμένη στα πιο κοκαλιάρικα δάχτυλα που είχε δει ποτέ η Κλέρι. «Είναι όλοι νεκροί;» ρώτησε απευθύνοντας την ερώτηση στον Άλεκ. «Δεν βρήκατε κανένα ζωντανό στην Πόλη;»

«Δεν είδαμε κανέναν, Ανακρίτρια», είπε ο Άλεκ.

Ώστε *αυτή* ήταν λοιπόν η Ανακρίτρια, συνειδητοποίησε η Κλέρι. Έμοιαζε όντως ικανή να πετάξει έναν έφηβο στο πιο σκοτεινό μπουντρούμι μόνο και μόνο επειδή δεν της άρεσε το ύφος του.

«Δεν *είδατε*», επανέλαβε η Ανακρίτρια, με μάτια σαν σκληρές γυαλιστερές χάντρες. Στράφηκε στη Μαρίζ. «Μπορεί να υπάρχουν επιζώντες. Στη θέση σου, θα έστελνα τους ανθρώπους σου στην Πόλη για μια πιο προσεκτική έρευνα».

Η Μαρίζ έσφιξε περισσότερο τα χείλη της. Από το λίγο που την είχε δει, η Κλέρι είχε καταλάβει ότι δεν της άρεσε να της λένε τι να κάνει. «Πολύ καλά».

Στράφηκε στους υπόλοιπους Κυνηγούς, που δεν ήταν και τόσοι πολλοί τελικά, σκέφτηκε η Κλέρι, μάλλον είκοσι παρά τριάντα, αν και στην ξαφνική πρώτη εικόνα τής είχαν φανεί ολόκληρο πλήθος.

Η Μαρίζ μίλησε χαμηλόφωνα με τον Μάλικ. Εκείνος έγνεψε καταφατικά. Πιάνοντας τη γυναίκα με τα ασημένια μαλλιά από το μπράτσο, οδήγησε μερικούς Κυνηγούς προς την είσοδο της Σιωπηλής Πόλης. Καθώς ο ένας μετά τον άλλον κατέβαιναν τα απότομα σκαλιά, παίρνοντας μαζί τους το μαγικό τους φως, η λάμψη στην αυλή άρχισε να σβήνει. Τελευταία κατέβηκε η γυναίκα με τα ασημένια μαλλιά. Στη μέση της σκάλας γύρισε το κεφάλι της και κοίταξε προς τα πίσω –την Κλέρι. Τα μάτια της ήταν γεμάτα με μια τρομερή επιθυμία, σαν να ήθελε απεγνωσμένα να της πει κάτι. Μετά από ένα λεπτό όμως, σκέπασε το πρόσωπό της με την κουκούλα της και συνέχισε να κατεβαίνει.

Η Μαρίζ έσπασε τη σιωπή. «Γιατί να σκοτώσει κανείς

τους Σιωπηλούς Αδελφούς; Δεν είναι πολεμιστές, δεν έχουν Σημάδια μάχης...»

«Μην είσαι αφελής, Μαρίζ», τη διέκοψε η Ανακρίτρια. «Δεν ήταν τυχαία αυτή η επίθεση. Οι Σιωπηλοί Αδελφοί μπορεί να μην είναι πολεμιστές, αλλά είναι κατά κύριο λόγο φύλακες, και πολύ καλοί στη δουλειά τους. Για να μην αναφέρω πόσο δύσκολο είναι να σκοτωθούν. Κάποιος ήθελε κάτι από την Πόλη και ήταν διατεθειμένος να σκοτώσει τους Αδελφούς για να το πάρει. Ήταν προσχεδιασμένο».

«Πώς είσαι τόσο σίγουρη;»

«Σκέψου τον αντιπερισπασμό που μας οδήγησε όλους στο Σέντραλ Παρκ... Το νεκρό ξωτικό».

«Δεν θα το έλεγα αντιπερισπασμό. Το νεαρό ξωτικό είχε χάσει όλο του το αίμα, όπως ακριβώς και τα προηγούμενα θύματα. Οι φόνοι αυτοί θα μπορούσαν να προκαλέσουν σοβαρά προβλήματα ανάμεσα στα Παιδιά της Νύχτας και στα υπόλοιπα Πλάσματα του Σκότους».

«Λεπτομέρειες», είπε αδιάφορα η Ανακρίτρια. «Μας ήθελε μακριά απ' το Ινστιτούτο, ώστε να μην ακούσει κανείς το κάλεσμα των Αδελφών. Ιδιοφυές, δεν λέω. Πάντα έτσι ήταν, όμως».

«Ποιος;» ρώτησε η Ίζαμπελ, με πρόσωπο κατάχλωμο, πλαισιωμένο απ' τα μαύρα της μαλλιά. «Εννοείτε...;»

Οι λέξεις του Τζέις έστειλαν ένα ρίγος στο σώμα της Κλέρι, σαν να άγγιξε ένα γυμνό καλώδιο. «Ο Βάλενταϊν», είπε. «Ο Βάλενταϊν πήρε το Θανάσιμο Ξίφος. Γι' αυτό σκότωσε τους Αδελφούς».

Ένα ξαφνικό λεπτό χαμόγελο φώτισε το πρόσωπο της Ανακρίτριας, σαν να χάρηκε με τα λόγια του Τζέις.

«Ο Βάλενταϊν;» ρώτησε έκπληκτος ο Άλεκ. «Μα, δεν

είπες ότι ήταν εκεί».

«Δεν με ρώτησε κανείς».

«Δεν μπορεί να σκότωσε αυτός τους Αδελφούς. Ήταν καταξεσκισμένοι. Κανείς δεν θα μπορούσε να κάνει όλα αυτά μόνος του».

«Πρέπει να είχε βοήθεια από δαίμονες», είπε η Ανακρίτρια. «Την έχει ξαναχρησιμοποιήσει και στο παρελθόν. Και με την προστασία του Κυπέλλου, μπορούσε να καλέσει πολλά ισχυρά πλάσματα. Πιο ισχυρά από Ράβενερ», πρόσθεσε με μια γκριμάτσα, και παρόλο που δεν κοιτούσε την Κλέρι όταν το είπε, οι λέξεις ήταν λες και την είχαν χαστουκίσει. Η αχνή ελπίδα της Κλέρι ότι δεν την είχε αναγνωρίσει η Ανακρίτρια έσβησαν κατευθείαν. «Ή τους άθλιους Καταραμένους».

«Δεν ξέρω», είπε ο Τζέις. Το πρόσωπό του ήταν λευκό με διάσπαρτες κουκκίδες σαν πυρετού στα μάγουλά του. «Πάντως, ήταν ο Βάλενταϊν. Τον είδα. Μάλιστα, είχε μαζί του το ξίφος όταν ήρθε κάτω στα κελιά και με ειρωνευόταν πίσω απ' τα κάγκελα. Ήταν σαν μια παρακμιακή σκηνή από ταινία. Μόνο το μουστάκι του δεν έστριψε».

Η Κλέρι τον κοίταξε με ανησυχία. Παραληρούσε και έμοιαζε να μη στέκεται καλά στα πόδια του.

Η Ανακρίτρια δεν φαινόταν να το έχει προσέξει. «Θες να πεις ότι όλα αυτά σου τα *είπε* ο Βάλενταϊν; Σου είπε ότι σκότωσε τους Σιωπηλούς Αδελφούς, επειδή ήθελε το Ξίφος του Αρχαγγέλου;»

«Τι άλλο σου είπε; Σου είπε πού θα πήγαινε; Τι σκοπεύει να κάνει με τα δυο Θανάσιμα Αντικείμενα;» ρώτησε βιαστικά η Μαρίζ.

Ο Τζέις κούνησε το κεφάλι του.

Η Ανακρίτρια πήγε προς το μέρος του και το παλτό της ανέμισε σαν καπνός. Τα γκρίζα μάτια και το στόμα της ήταν σαν τεντωμένες γραμμές. «Δεν σε πιστεύω».

Ο Τζέις την κοίταξε. «Δεν περίμενα κάτι διαφορετικό».

«Αμφιβάλλω αν θα σε πιστέψει το Κονκλάβιο».

Ο Άλεκ είπε εκνευρισμένος: «Ο Τζέις δεν είναι ψεύτης...»

«Σκέψου λίγο, Αλεξάντερ», είπε η Ανακρίτρια χωρίς να πάρει το βλέμμα της από τον Τζέις. «Άφησε λίγο την εμπιστοσύνη σου στο φίλο σου και σκέψου λογικά. Τι πιθανότητες υπάρχουν ο Βάλενταϊν να σταμάτησε στο κελί του γιου του για μια πατρική κουβεντούλα σχετικά με το Ξίφος των Ψυχών χωρίς να αναφέρει τι είχε σκοπό να κάνει μ' αυτό ή έστω πού πήγαινε;»

«*S'io credesse che mia risposta fosse*», είπε ο Τζέις σε μια γλώσσα που η Κλέρι δεν ήξερε «*a persona che mai tornasse al mondo*[5]...»

«Δάντης», είπε η Ανακρίτρια με ένα στεγνό χαμόγελο. «*Η Κόλαση*. Μην ανησυχείς, δεν είσαι ακόμη στην κόλαση, Τζόναθαν Μόργκενστερν, αν και στην περίπτωση που συνεχίσεις να λες ψέματα στο Κονκλάβιο, θα εύχεσαι να είχες ήδη πάει». Γύρισε προς τους άλλους. «Και δεν βρίσκει κανείς σας περίεργο πώς εξαφανίστηκε το Ξίφος των Ψυχών τη νύχτα πριν την προγραμματισμένη δίκη του Τζόναθαν Μόργκενστερν; Και το ότι αυτός που το πήρε είναι ο ίδιος του ο πατέρας;»

Ο Τζέις έδειξε να ξαφνιάζεται και τα χείλη του άνοιξαν ελαφρώς από έκπληξη, σαν να μην το είχε σκεφτεί

[5] *Αν πίστευα ότι η απάντησή μου απευθυνόταν σε κάποιον που θα μπορούσε κάποτε να επιστρέψει στον κόσμο, αυτή η φλόγα δεν θα έτρεμε πια. Από το έργο του Δάντη Αλιγκιέρι, Θεία Κωμωδία. (Σ.τ.Μ.)*

ποτέ αυτό. «Ο πατέρας μου δεν πήρε το ξίφος για *μένα*. Για *εκείνον* το πήρε. Αμφιβάλλω αν ήξερε καν για τη δίκη».

«Πολύ βολικό, παρ' όλα αυτά. Και για σένα και για εκείνον. Δεν θα ανησυχεί μήπως μας πεις τα μυστικά του».

«Ναι» είπε ο Τζέις «τρέμει μήπως αποκαλύψω ότι πάντα ήθελε να γίνει μπαλαρίνα». Η Ανακρίτρια απλώς τον κοίταξε. «Δεν ξέρω κανένα απ' τα μυστικά του πατέρα μου», είπε, λιγότερο κοφτά. «Δεν μου έχει πει ποτέ τίποτα».

Η Ανακρίτρια τον κοίταξε με κάτι σαν ανία. «Αν ο πατέρας σου δεν πήρε το Ξίφος για να σε προστατεύσει, τότε γιατί το πήρε;»

«Είναι ένα Θανάσιμο Αντικείμενο», είπε η Κλέρι. «Έχει δύναμη. Όπως και το Κύπελλο. Αυτό θέλει ο Βάλενταϊν».

«Το Κύπελλο έχει άμεση χρήση», είπε η Ανακρίτρια. «Μπορεί να το χρησιμοποιήσει για να φτιάξει ένα στρατό. Το Ξίφος χρησιμοποιείται στις δίκες. Δεν μπορώ να καταλάβω γιατί να τον ενδιαφέρει αυτό».

«Μπορεί να το έκανε για να κλονίσει το Κονκλάβιο», πρότεινε η Μαρίζ. «Να ρίξει το ηθικό μας. Μπορεί να θέλει να μας πει ότι δεν μπορούμε να κάνουμε τίποτα αν θέλει κάτι πάρα πολύ». Πολύ καλό επιχείρημα, σκέφτηκε η Κλέρι, αλλά η Μαρίζ δεν φαινόταν και πολύ πεπεισμένη. «Το θέμα είναι...»

Δεν πρόλαβαν να ακούσουν όμως ποιο ήταν το θέμα, γιατί εκείνη τη στιγμή ο Τζέις σήκωσε το χέρι του σαν να ήθελε να ρωτήσει κάτι, έδειξε να ξαφνιάζεται, και μετά έκατσε στο γρασίδι απότομα, σαν να τον είχαν προδώσει τα πόδια του. Ο Άλεκ γονάτισε δίπλα του, αλλά ο Τζέις τού έκανε νόημα ότι ήταν εντάξει. «Άσε με. Είμαι μια χαρά».

«Δεν είσαι καθόλου μια χαρά», είπε η Κλέρι και γονάτισε δίπλα στον Άλεκ. Ο Τζέις την κοιτούσε στα μάτια και οι κόρες του ήταν τεράστιες και σκοτεινές, παρά το μαγικό φως που έλαμπε γύρω τους. Κοίταξε τον καρπό του, εκεί όπου είχε σχεδιάσει ο Άλεκ τον *ιράτζε*. Το Σημάδι είχε φύγει, δεν είχε μείνει ούτε καν η αχνή λευκή ουλή που έδειχνε ότι είχε λειτουργήσει. Τα μάτια της συνάντησαν τα μάτια του Άλεκ, και είδε μέσα τους την ίδια ανησυχία που ένιωθε κι εκείνη. «Κάτι έχει», είπε η Κλέρι. «Κάτι πολύ σοβαρό».

«Θέλει μάλλον ένα ρούνο θεραπείας», είπε η Ανακρίτρια που έδειχνε πολύ εκνευρισμένη με τον Τζέις που τολμούσε να είναι πληγωμένος κατά τη διάρκεια τόσο σημαντικών γεγονότων. «Έναν *ιράτζε* ή κάτι τέτοιο».

«Το δοκιμάσαμε», είπε ο Άλεκ. «Δεν έκανε τίποτα. Νομίζω ότι η αδυναμία του έχει κάποια σχέση με δαιμονική ενέργεια».

«Δηλητήριο δαίμονα;» Η Μαρίζ πήγε να πλησιάσει τον Τζέις, αλλά η Ανακρίτρια την κράτησε πίσω.

«Προσποιείται», είπε. «Θα έπρεπε να βρίσκεται στο κελί της Σιωπηλής Πόλης αυτήν τη στιγμή».

Ο Άλεκ σηκώθηκε όρθιος όταν άκουσε αυτά τα λόγια. «Δεν μπορείτε να λέτε κάτι τέτοιο... κοιτάξτε τον!» Έδειξε τον Τζέις που είχε πέσει πίσω στο γρασίδι με κλειστά τα μάτια. «Χρειάζεται γιατρό, δεν μπορεί καν να σταθεί όρθιος. Χρειάζεται...»

«Οι Σιωπηλοί Αδελφοί είναι νεκροί», είπε η Ανακρίτρια. «Θες μήπως να τον πάμε σε νοσοκομείο θνητών;»

«Όχι», είπε ο Άλεκ με φωνή στα όρια του να σπάσει. «Σκέφτηκα τον Μάγκνους».

Η Ίζαμπελ έβγαλε έναν ήχο, κάτι ανάμεσα σε φτάρνισμα και βήχα. Γύρισε απ' την άλλη καθώς η Ανακρίτρια στράφηκε ανέκφραστη προς τον Άλεκ. «Μάγκνους;»

«Είναι ένας μάγος», είπε ο Άλεκ. «Βασικά, είναι ο Μέγας Μάγος του Μπρούκλιν».

«Εννοείς τον Μάγκνους Μπέιν;» ρώτησε η Μαρίζ. «Έχει τη φήμη...»

«Με θεράπευσε όταν συνάντησα έναν Ανώτερο Δαίμονα», είπε ο Άλεκ. «Οι Σιωπηλοί Αδελφοί δεν μπορούσαν να κάνουν τίποτα, αλλά ο Μάγκνους...»

«Είναι γελοίο», είπε η Ανακρίτρια. «Το μόνο που θέλετε είναι να τον βοηθήσετε να το σκάσει».

«Δεν μπορεί να το σκάσει», είπε η Ίζαμπελ. «Δεν το βλέπετε αυτό;»

«Ο Μάγκνους δεν θα το επέτρεπε ποτέ αυτό», είπε ο Άλεκ με μια καθησυχαστική ματιά στην αδερφή του. «Δεν θέλει να έχει προβλήματα με το Κονκλάβιο».

«Και πώς ακριβώς θα το απέτρεπε;» ρώτησε η Ανακρίτρια με φωνή που έσταζε καυστικό σαρκασμό. «Ο Τζόναθαν είναι ένας Κυνηγός· δεν είναι και τόσο εύκολο να κρατήσεις όμηρο έναν από εμάς».

«Μπορείτε να τον ρωτήσετε μόνη σας», απάντησε ο Άλεκ.

Η Ανακρίτρια χαμογέλασε με το κοφτερό της χαμόγελο. «Ευχαρίστως. Πού είναι;»

Ο Άλεκ κοίταξε το τηλέφωνό του και μετά τη λεπτή γκρίζα μορφή που στεκόταν μπροστά του. «Εδώ», είπε, και μετά φώναξε πιο δυνατά: «Μάγκνους! Μάγκνους, έλα!»

Ακόμα και τα φρύδια της Ανακρίτριας ανασηκώθηκαν όταν μπήκε στην αυλή ο Μάγκνους Μπέιν. Ο Μέγας Μάγος φορούσε μαύρο δερμάτινο παντελόνι, ζώνη με μια αγκράφα σε σχήμα Μ, με πολύτιμους λίθους, και ένα μπλε ελεκτρίκ στρατιωτικό σακάκι πάνω από ένα πουκάμισο από λευκή δαντέλα. Άστραφτε απ' την πολλή χρυσόσκονη που φορούσε. Το βλέμμα του έμεινε για λίγο στο πρόσωπο του Άλεκ με ένα χαμόγελο και το ίχνος μιας άλλης παράξενης έκφρασης, και μετά πήγε προς τον Τζέις, που ήταν πεσμένος στο γρασίδι. «Είναι νεκρός;» ρώτησε. «Έτσι φαίνεται».

«Όχι», είπε απότομα η Μαρίζ. «Δεν είναι».

«Σίγουρα; Μπορώ να τον κλοτσήσω για να δούμε», είπε ο Μάγκνους και πήγε προς τον Τζέις.

«Κόφ' το!» είπε η Ανακρίτρια, όπως η δασκάλα της Κλέρι στο δημοτικό, όταν της φώναζε να σταματήσει να ζωγραφίζει με το μαρκαδόρο στο θρανίο της. «Δεν είναι νεκρός, αλλά είναι χτυπημένος», πρόσθεσε, σχεδόν με δυσφορία. «Χρειαζόμαστε τις ιατρικές σου γνώσεις. Ο Τζόναθαν πρέπει να γίνει καλά για την ανάκρισή του».

«Εντάξει, αλλά θα σας κοστίσει ακριβά».

«Θα σε πληρώσω εγώ», είπε η Μαρίζ.

Η Ανακρίτρια δεν κούνησε ούτε βλέφαρο. «Πολύ καλά, αλλά δεν μπορεί να μείνει στο Ινστιτούτο. Μόνο και μόνο επειδή χάθηκε το Ξίφος, δεν σημαίνει ότι η ανάκριση δεν θα διεξαχθεί όπως είχε προγραμματιστεί. Και στο μεταξύ, το αγόρι πρέπει να βρίσκεται υπό παρακολούθηση. Είναι εμφανώς έτοιμος να το σκάσει».

«Σας φαίνεται εσάς έτοιμος να το σκάσει;» ρώτησε η Ίζαμπελ. «Κάνετε λες και προσπάθησε να δραπετεύσει απ' τη Σιωπηλή Πόλη...»

«Ναι» είπε η Ανακρίτρια «αλλά δεν είναι στο κελί του, έτσι δεν είναι;»

«Αυτό είναι άδικο! Δεν μπορεί να περιμένατε να μείνει εκεί κάτω, περικυκλωμένος από πτώματα!»

«Άδικο; *Άδικο*; Περιμένεις στ' αλήθεια να πιστέψω ότι εσύ και ο αδερφός σου ήρθατε εδώ πέρα μόνο και μόνο επειδή ακούσατε την Έκκληση Βοήθειας και όχι επειδή θέλατε να απελευθερώσετε τον Τζόναθαν από τη μη απαραίτητη κατά τη γνώμη σας τιμωρία; Και περιμένεις να πιστέψω ότι δεν θα προσπαθήσετε ξανά να τον βοηθήσετε να το σκάσει αν του επιτρέψω να μείνει στο Ινστιτούτο; Νομίζεις ότι μπορείς να με ξεγελάσεις όσο εύκολα ξεγελάς τους γονείς σου, Ίζαμπελ Λάιτγουντ;»

Η Ίζαμπελ κοκκίνισε. Πριν προλάβει να απαντήσει όμως, επενέβη ο Μάγκνους.

«Δεν υπάρχει πρόβλημα», είπε. «Μπορώ να κρατήσω τον Τζέις στο σπίτι μου».

Η Ανακρίτρια κοίταξε τον Άλεκ. «Έχει καταλάβει ο μάγος σου ότι ο Τζόναθαν είναι μάρτυρας υψίστης σημασίας για το Κονκλάβιο;»

«Δεν είναι δικός μου μάγος», είπε ο Άλεκ που είχε κοκκινίσει κι αυτός.

«Έχω κρατήσει και στο παρελθόν αιχμαλώτους του Κονκλάβιου», είπε ο Μάγκνους. Το χιούμορ είχε εξαφανιστεί απ' τη φωνή του. «Νομίζω ότι θα ανακαλύψετε ότι έχω εξαιρετικό μητρώο σ' αυτό το θέμα. Η υπογραφή μου είναι εγγύηση».

Ήταν η ιδέα της Κλέρι, ή όντως εστίασε το βλέμμα του στη Μαρίζ όταν έλεγε αυτά τα λόγια; Δεν πρόλαβε να αναρωτηθεί· η Ανακρίτρια έβγαλε έναν οξύ ήχο, που θα μπορούσε να είναι γέλιο ή αηδία, και είπε: «Εντάξει, λοιπόν. Ενημέρωσέ με όταν είναι αρκετά καλά για να μιλήσει, μάγε. Έχω ακόμη πολλές ερωτήσεις να του κάνω».

«Φυσικά», είπε ο Μάγκνους, αλλά η Κλέρι είχε την εντύπωση ότι δεν την άκουγε με προσοχή. Διέσχισε το γρασίδι προσεκτικά και σταμάτησε πάνω απ' τον Τζέις. Ήταν πολύ αδύνατος και ψηλός, και όταν τον κοίταξε η Κλέρι, της έκανε εντύπωση πόσα αστέρια έκρυβε με τη μορφή του. «Μπορεί να μιλήσει;» τη ρώτησε ο Μάγκνους δείχνοντας τον Τζέις.

Πριν προλάβει να απαντήσει η Κλέρι, ο Τζέις άνοιξε τα μάτια του. Κοίταξε το μάγο ζαλισμένος. «Τι κάνεις εσύ εδώ;»

Ο Μάγκνους του χαμογέλασε και τα δόντια του άστραψαν σαν μυτερά διαμάντια. «Γεια σου, συγκάτοικε», του είπε.

Μέρος Δεύτερο

Οι Πύλες της Κολάσεως

Πριν από μένα πλάσματα άλλα δεν είχαν ζήσει
παρά μόνο αιώνια. Κι εγώ διαρκώ αιώνια.
Όποιος εισέρχεται κάθε ελπίδα ας αφήσει.

—Δάντης, *Κόλαση*

8

η αυλη των σιιλι

Στο όνειρό της, η Κλέρι ήταν και πάλι παιδί και περπατούσε στη στενή παραλία κοντά στην προβλήτα στο νησί Κόνεϊ. Στον αέρα πλανιόταν η ζεστή μυρωδιά των χοτ-ντογκ και των ξηρών καρπών και οι φωνές των παιδιών. Η θάλασσα λικνιζόταν στο βάθος και η γκριζογάλανη επιφάνειά της έλαμπε στο φως του ήλιου.

Έβλεπε τον εαυτό της από μακριά, να φοράει παιδικές πιτζάμες, πολύ μεγάλες γι' αυτήν. Τα μπατζάκια της πιτζάμας της σέρνονταν στην άμμο. Στα δάχτυλά της κολλούσε η υγρή άμμος και τα μαλλιά της είχαν κολλήσει στο λαιμό της. Δεν υπήρχαν σύννεφα και ο ουρανός ήταν καθαρός και γαλανός, αλλά η Κλέρι ανατρίχιασε καθώς περπατούσε κατά μήκος του νερού προς μια μορφή που δεν την έβλεπε καθαρά.

Όταν πλησίασε, η μορφή έγινε ξαφνικά ξεκάθαρη, σαν να είχε εστιάσει ο φακός μιας φωτογραφικής. Ήταν η μητέρα της, γονατιστή μπροστά σε ένα γκρεμισμένο κάστρο στην άμμο. Φορούσε το ίδιο λευκό φόρεμα που της είχε φορέσει ο Βάλενταϊν στο Ρένγουικ. Στο χέρι της κρατούσε ένα στραβωμένο φύκι, ξεραμένο απ᾽ την έκθεση στο αλάτι και στον άνεμο..

«Ήρθες να με βοηθήσεις;» τη ρώτησε η μητέρα της, σηκώνοντας το κεφάλι της. Τα μαλλιά της Τζόσλιν ήταν ανάκατα και ανέμιζαν πίσω της, κάνοντάς τη να φαίνεται μικρότερη. «Πρέπει να κάνω τόσα πολλά και δεν προλαβαίνω».

Η Κλέρι ξεροκατάπιε το λυγμό που της έκλεινε το λαιμό. «Μαμά... μου έλειψες, μαμά».

Η Τζόσλιν χαμογέλασε. «Κι εμένα, αγάπη μου. Δεν έχω φύγει όμως, απλώς κοιμάμαι».

«Τι να κάνω για να ξυπνήσεις;» φώναξε η Κλέρι, αλλά η μητέρα της κοιτούσε προς τη θάλασσα προβληματισμένη. Ο ουρανός είχε πάρει το χρώμα του λυκόφωτος και τα μαύρα σύννεφα ήταν σαν βαριές πέτρες.

«Έλα εδώ», είπε η Τζόσλιν, και όταν η Κλέρι πήγε κοντά της, της είπε: «Δώσε μου το χέρι σου».

Η Κλέρι το έκανε. Η Τζόσλιν έβαλε το φύκι πάνω στο δέρμα της. Το άγγιγμά του την έκαψε όπως το ραβδί και άφησε πίσω του την ίδια μαύρη γραμμή. Ο ρούνος που ζωγράφισε η Τζόσλιν ήταν ένας που η Κλέρι έβλεπε για πρώτη φορά, αλλά έμοιαζε πολύ καθησυχαστικός. «Τι κάνει αυτό;»

«Είναι για να σε προστατεύσει», είπε η μητέρα της και την άφησε.

«Από τι;»

Η Τζόσλιν δεν απάντησε, κοίταξε μόνο προς τη θάλασσα. Η Κλέρι γύρισε και είδε ότι ο ωκεανός είχε τραβηχτεί, αφήνοντας γλυφές στοίβες από σκουπίδια, φύκια και ανήμπορα ψάρια πίσω του. Το νερό είχε γίνει ολόκληρο ένα τεράστιο κύμα, σαν την πλαγιά ενός βουνού, και υψωνόταν σαν χιονοστιβάδα έτοιμη να πέσει. Οι φωνές των παιδιών απ' την προβλήτα είχαν γίνει ουρλιαχτά. Καθώς η Κλέρι κοίταζε έντρομη το κύμα, είδε ότι το πλάι του ήταν διάφανο σαν μια μεμβράνη και πίσω της μπορούσε να δει πράγματα που κουνιόνταν κάτω απ' την επιφάνεια, τεράστιες μαύρες μορφές δίχως σχήμα που έσπρωχναν την επιφάνεια του νερού. Σήκωσε ψηλά τα χέρια της...

Και ξύπνησε έντρομη, με την καρδιά της να χτυπάει στο στήθος της. Βρισκόταν στο κρεβάτι της, στον ξενώνα του Λουκ, και το φως του μεσημεριού έλαμπε πίσω απ' τις κουρτίνες. Τα μαλλιά της είχαν κολλήσει στο λαιμό της και το χέρι της πονούσε. Όταν το σήκωσε και άναψε τη λάμπα πάνω στο κομοδίνο της, είδε, χωρίς μεγάλη έκπληξη, το μαύρο Σημάδι που σκέπαζε όλο το χέρι της.

Όταν μπήκε στην κουζίνα, είδε ότι ο Λουκ τής είχε αφήσει πρωινό: ένα ντόνατ σε ένα κουτί γεμάτο λίγδα. Είχε κολλήσει και ένα σημείωμα στο ψυγείο: *Πήγα στο νοσοκομείο.*

Η Κλέρι έφαγε το ντόνατ πηγαίνοντας να συναντήσει τον Σάιμον. Της είχε πει να βρεθούνε στη γωνία της οδού Μπέντφορντ, δίπλα στη στάση του τρένου L στις πέντε, αλλά δεν ήταν εκεί. Ένιωσε ένα κύμα πανικού πριν θυμηθεί το μαγαζί μεταχειρισμένων δίσκων στη γωνία της Έκτης Λεωφόρου. Πράγματι, ήταν εκεί και τσέκαρε τις καινούριες κυκλοφορίες των CD. Φορούσε ένα κοτλέ μπουφάν στο χρώμα της σκουριάς με σκισμένο μανίκι και ένα μπλε μπλουζάκι με μια στάμπα: ένα αγόρι που φορούσε ακουστικά και χόρευε με ένα κοτόπουλο. Της χαμογέλασε όταν την είδε. «Ο Έρικ λέει να αλλάξουμε το όνομα του συγκροτήματός μας και να το κάνουμε Μότζο Πίτα», είπε αντί για χαιρετισμό.

«Θύμισέ μου τι όνομα έχετε τώρα;»

«Κλύσμα Σαμπάνιας», είπε διαλέγοντας ένα CD.

«Τότε, να το αλλάξετε», είπε η Κλέρι. «Τι μπλούζα είναι αυτή;»

«Εντάξει, δεν είναι για σένα», είπε και πήγε προς το ταμείο. «Εσύ είσαι καλό κορίτσι».

Έξω, ο αέρας ήταν κρύος και καθαρός. Η Κλέρι τύλιξε το ριγέ της κασκόλ σφιχτά στο λαιμό της. «Αγχώθηκα όταν δεν σε βρήκα στο ραντεβού».

Ο Σάιμον κατέβασε το σκούφο του, μισοκλείνοντας τα μάτια του σαν να τον ενοχλούσε το φως. «Συγγνώμη. Θυμήθηκα ότι ήθελα να πάρω αυτό το CD και είπα...»

«Δεν πειράζει», είπε και κούνησε το χέρι της. «Απλώς, τελευταία αγχώνομαι πολύ εύκολα».

«Εντάξει, μετά από όσα έχεις περάσει, λογικό είναι», είπε με σχεδόν συντετριμμένο ύφος ο Σάιμον. «Ακόμη δεν μπορώ να πιστέψω αυτό που έγινε στη Σιωπηλή Πόλη. Δεν το πιστεύω ότι πήγες *εκεί*».

«Ούτε ο Λουκ το πίστευε. Τα πήρε τελείως».

«Είμαι σίγουρος». Περνούσαν μέσα απ' το πάρκο ΜακΚάρεν. Το γρασίδι κάτω απ' τα πόδια τους είχε πάρει το καφετί χρώμα του χειμώνα και ο αέρας ήταν γεμάτος χρυσό φως. Ανάμεσα στα δέντρα έτρεχαν σκυλιά. *Όλα στη ζωή μου αλλάζουν*, σκέφτηκε η Κλέρι, *αλλά ο κόσμος μένει ο ίδιος*. «Έχεις μιλήσει με τον Τζέις από τότε;» ρώτησε ο Σάιμον με ουδέτερη φωνή.

«Όχι, αλλά έχω ρωτήσει την Ίζαμπελ και τον Άλεκ

κάμποσες φορές. Λένε ότι είναι μια χαρά».

«Ζήτησε να σε δει; Γι' αυτό πάμε;»

«Δεν *χρειάζεται* να ζητήσει», του είπε η Κλέρι, προσπαθώντας να διώξει τον εκνευρισμό απ' τη φωνή της καθώς έστριβαν στο δρόμο του Μάγκνους. Ήταν γεμάτος χαμηλά κτίρια, πρώην αποθήκες που είχαν μετατραπεί σε λοφτ και στούντιο για καλλιτέχνες –και πλούσιους– ενοίκους. Τα περισσότερα αυτοκίνητα στις αυλές ήταν πανάκριβα.

Τη στιγμή που πλησίαζαν το σπίτι του Μάγκνους, η Κλέρι είδε μια μορφή να σηκώνεται απ' το πεζούλι όπου καθόταν. Ήταν ο Άλεκ.

Φορούσε ένα μακρύ μαύρο παλτό από το σκληρό, ελαφρώς γυαλιστερό ύφασμα που χρησιμοποιούσαν οι Κυνηγοί για τις στολές τους. Τα χέρια και ο λαιμός του ήταν γεμάτα ρούνους, και ήταν προφανές από την αχνή λάμψη γύρω του ότι είχε ρίξει ένα ξόρκι για να είναι αόρατος στους πολλούς.

«Δεν ήξερα ότι θα φέρεις και το θνητό», είπε, και τα γαλάζια του μάτια κοίταξαν ταραγμένα τον Σάιμον.

«Αυτό μου αρέσει μ' εσάς», είπε ο Σάιμον. «Με κάνετε πάντα να αισθάνομαι τόσο ευπρόσδεκτος...»

«Έλα τώρα, Άλεκ», είπε η Κλέρι. «Τι σημασία έχει; Αφού έχει ξανάρθει».

Ο Άλεκ έβγαλε ένα θεατρικό αναστεναγμό, ανασήκωσε τους ώμους του και τους οδήγησε στη σκάλα. Ξεκλείδωσε την πόρτα του διαμερίσματος του Μάγκνους χρησιμοποιώντας ένα λεπτό ασημένιο κλειδί, που το έβαλε στην τσέπη του βιαστικά λες και δεν ήθελε να το δουν οι άλλοι δύο.

Στο φως της μέρας, το διαμέρισμα ήταν σαν ένα άδειο

κλαμπ: σκοτεινό, βρόμικο, και αναπάντεχα μικρό. Οι τοίχοι ήταν γυμνοί, βαμμένοι εδώ κι εκεί με αστραφτερή μπογιά, και το πάτωμα όπου πριν από μία εβδομάδα χόρευαν νεράιδες και ξωτικά ήταν σκεβρωμένο και λείο από τα χρόνια.

«Γεια σας, γεια σας», είπε ο Μάγκνους καλωσορίζοντάς τους. Φορούσε μια πράσινη μεταξωτή ρόμπα μέχρι το πάτωμα πάνω από ένα διάφανο μπλουζάκι και μαύρο τζιν. Μια λαμπερή κόκκινη πέτρα άστραφτε στο ένα του αφτί. «Άλεκ, χρυσό μου. Κλέρι. Και το αγόριποντίκι». Υποκλίθηκε στον Σάιμον που ήταν εμφανώς ενοχλημένος. «Σε τι οφείλω την τιμή;»

«Ήρθαμε να δούμε τον Τζέις», είπε η Κλέρι. «Είναι καλά;»

«Δεν ξέρω», είπε ο Μάγκνους. «Συνηθίζει να κάθεται στο πάτωμα χωρίς να κουνιέται;»

«Τι...;» είπε ο Άλεκ, και σταμάτησε όταν είδε τον Μάγκνους να γελάει. «Δεν είναι αστείο».

«Αφού ψαρώνεις τόσο εύκολα. Ναι, ο φίλος σου είναι καλά. Εκτός απ' το γεγονός ότι σκαλίζει συνεχώς τα πράγματά μου και προσπαθεί να καθαρίσει. Έχει εμμονή με την καθαριότητα».

«Ναι, του αρέσει να είναι τακτοποιημένα τα πράγματά του», είπε η Κλέρι, που θυμήθηκε το ασκητικό του δωμάτιο στο Ινστιτούτο.

«Εμένα όμως όχι», είπε ο Μάγκνους που κοιτούσε με την άκρη του ματιού του τον Άλεκ να κοιτάζει στο βάθος με μια γκριμάτσα. «Ο Τζέις είναι εκεί μέσα αν θέλετε να τον δείτε». Έδειξε μια πόρτα στο βάθος του δωματίου.

Το "εκεί μέσα" αποδείχθηκε ότι ήταν ένα μετρίου μεγέθους σαλονάκι –απροσδόκητα ζεστό, με βαμμένους τοίχους, βελούδινες κουρτίνες στα παράθυρα και πολυθρόνες με μπορντό ριχτάρια, σαν τεράστια χρωματιστά παγόβουνα σε μια θάλασσα από μπεζ χαλιά. Ένας φούξια καναπές ήταν στρωμένος με κουβέρτες και μαξιλάρια και δίπλα του υπήρχε ένα σακίδιο γεμάτο ρούχα. Απ' τις βαριές κουρτίνες δεν έμπαινε φως, και η μόνη πηγή φωτός στο δωμάτιο ήταν μια οθόνη τηλεόρασης που αναβόσβηνε μια χαρά παρόλο που δεν ήταν στην πρίζα.

«Τι βλέπεις;» ρώτησε ο Μάγκνους.

«Τους *Πιο Κακοντυμένους Σταρ*», απάντησε μια γνώριμη συρτή φωνή από μια μορφή απλωμένη σε μια πολυθρόνα. Ανακάθισε, και για μια στιγμή της Κλέρι της φάνηκε ότι ο Τζέις θα σηκωνόταν για να τους χαιρετήσει. Αντίθετα όμως, κούνησε το κεφάλι του προς την οθόνη. «Ψηλόμεσα χακί παντελόνια; Πώς τους ήρθε, απορώ!» Μετά, γύρισε και αγριοκοίταξε τον Μάγκνους. «Έχεις σχεδόν απεριόριστη υπερφυσική δύναμη και τη χρησιμοποιείς για να βλέπεις επαναλήψεις; Τι σπατάλη!»

«Το ίδιο ακριβώς κάνει και το TiVo», είπε ο Σάιμον.

«Ναι, αλλά εμένα είναι φτηνότερο», είπε ο Μάγκνους, που χτύπησε τα χέρια του και το δωμάτιο γέμισε ξαφνικά με φως. Ο Τζέις σήκωσε το χέρι του για να σκεπάσει το πρόσωπό του. «*Αυτό* μπορείς να το κάνεις χωρίς μαγεία;»

«Βασικά, ναι», είπε ο Σάιμον. «Αν έβλεπες τηλεμάρκετινγκ, θα το ήξερες».

Η Κλέρι ένιωσε ότι το επίπεδο της κουβέντας είχε πέσει πάρα πολύ. «Αρκετά», είπε. Κοίταξε τον Τζέις, που είχε κατεβάσει το χέρι του και ανοιγόκλεινε τα μάτια του για να συνηθίσει το φως. «Πρέπει να μιλήσουμε», είπε. «Σχετικά με το τι θα κάνουμε».

«Εγώ θα δω *Επιστροφή στην Πασαρέλα*», είπε ο Τζέις. «Ξεκινάει σε λίγο».

«Δεν νομίζω», είπε ο Μάγκνους. Χτύπησε τα δάχτυλά του και η τηλεόραση έσβησε, αφήνοντας μια μικρή τούφα καπνού καθώς χάθηκε η εικόνα. «Πρέπει να το αντιμετωπίσεις αυτό επιτέλους».

«Ενδιαφέρεσαι ξαφνικά για τα προβλήματά μου;»

«Ενδιαφέρομαι να σε ξεφορτωθώ. Κουράστηκα απ' το συνεχές σου καθάρισμα». Ο Μάγκνους χτύπησε πάλι απειλητικά τα δάχτυλά του. «Σήκω πάνω».

«Αλλιώς, θα γίνεις κι εσύ καπνός», πρόσθεσε ενθουσιασμένος ο Σάιμον.

«Δεν χρειάζεται να εξηγήσεις τι σημαίνει το χτύπημα των δαχτύλων μου», είπε ο Μάγκνους. «Είναι προφανές».

«Καλά». Ο Τζέις σηκώθηκε απ' την καρέκλα. Ήταν ξυπόλυτος και στον καρπό του είχε μια γραμμή ασημομαβιά, στο σημείο όπου ήταν πληγή του. Έδειχνε κουρασμένος, αλλά όχι να πονάει. «Αν θέλετε συζήτηση στρογγυλής τραπέζης, θα την κάνουμε».

«Εμένα μ' αρέσουν πολύ τα στρογγυλά τραπέζια», είπε χαρωπά ο Μάγκνους. «Είναι πολύ καλύτερα απ' τα τετράγωνα».

Στο σαλόνι, ο Μάγκνους εμφάνισε από το πουθενά μια τεράστια στρογγυλή τραπεζαρία με πέντε καρέκλες με ψηλή πλάτη. «Απίστευτο», είπε η Κλέρι και έκατσε σε μια καρέκλα. Ήταν απίστευτα άνετη. «Πώς μπορείς να φτιάχνεις κάτι που δεν υπήρχε πριν;»

«Βασικά, υπήρχε», είπε ο Μάγκνους. «Όλα από κάπου

προέρχονται. Αυτά, ας πούμε, είναι από ένα κατάστημα που φτιάχνει απομιμήσεις αντικών κάπου στην Πέμπτη Λεωφόρο. Και αυτά» είπε, και ξαφνικά εμφανίστηκαν στο τραπέζι πέντε αχνιστά ποτηράκια με καφέ «είναι από την καφετέρια στον κεντρικό του Μπρόντγουεϊ».

«Αυτό είναι σαν κλεψιά, δεν είναι;» ρώτησε ο Σάιμον και έπιασε ένα ποτηράκι. «Μμμ, μοκατσίνο». Κοίταξε τον Μάγκνους. «Τα πλήρωσες αυτά;»

«Εννοείται», είπε ο Μάγκνους, ενώ ο Άλεκ και ο Τζέις γελούσαν ειρωνικά. «Εμφάνισα χαρτονομίσματα στο συρτάρι του ταμείου τους».

«Αλήθεια;»

«Όχι» είπε ο Μάγκνους και άνοιξε το καπάκι απ' τον καφέ του «αλλά αν αυτό σε κάνει να αισθάνεσαι καλύτερα, μπορείς να το πιστεύεις. Λοιπόν, ποιο είναι το πρώτο θέμα;»

Η Κλέρι έβαλε τα χέρια της στο ποτηράκι του καφέ της. Μπορεί να ήταν κλεμμένο, αλλά ήταν ζεστό και γεμάτο καφεΐνη. Θα μπορούσε να περάσει από το μαγαζί και να αφήσει ένα δολάριο για φιλοδώρημα κάποια άλλη μέρα αν ήθελε. «Πρώτα, πρέπει να καταλάβουμε τι έχει γίνει», είπε φυσώντας τον καφέ της. «Τζέις, είπες πως για ό,τι έγινε στη Σιωπηλή Πόλη ευθύνεται ο Βάλενταϊν;»

«Ναι», είπε ο Τζέις χωρίς να σηκώσει το βλέμμα του απ' τον καφέ του.

Ο Άλεκ έβαλε το χέρι του στο μπράτσο του Τζέις. «Τι έγινε; Τον είδες;»

«Ήμουν στο κελί», είπε ο Τζέις με επίπεδη φωνή. «Άκουσα τους Σιωπηλούς Αδελφούς να ουρλιάζουν. Μετά, ήρθε ο Βάλενταϊν μαζί με... κάτι. Δεν ξέρω τι ήταν. Σαν καπνός, με λαμπερά μάτια. Δαίμονας, αλλά δεν έμοιαζε με κανένα δαίμονα που έχω δει ως τώρα. Ήρθε κοντά στα κάγκελα και μου είπε...»

«Τι σου είπε;» Το χέρι του Άλεκ ανέβηκε από το μπράτσο στον ώμο του Τζέις. Ο Μάγκνους ξερόβηξε. Ο Άλεκ κατέβασε το χέρι του κατακόκκινος, ενώ ο Σάιμον γελούσε με κατεβασμένο κεφάλι.

«Μαελάρταχ», είπε ο Τζέις. «Ήθελε το Ξίφος των Ψυχών και σκότωσε τους Αδελφούς για να το πάρει».

Ο Μάγκνους έκανε ένα μορφασμό. «Άλεκ, χθες το βράδυ, όταν οι Σιωπηλοί Αδελφοί ζήτησαν τη βοήθειά σας, πού ήταν το Κονκλάβιο; Γιατί δεν ήταν κανείς στο Ινστιτούτο;»

Ο Άλεκ ξαφνιάστηκε με την ερώτηση. «Δολοφονήθηκε ένα Πλάσμα του Σκότους στο Σέντραλ Παρκ. Σκοτώθηκε ένα νεαρό ξωτικό. Στο σώμα του δεν είχε μείνει σταγόνα αίμα».

«Είμαι σίγουρος ότι η Ανακρίτρια πιστεύει ότι και γι' αυτό φταίω εγώ», είπε ο Τζέις. «Το βασίλειο του τρόμου μου συνεχίζεται».

Ο Μάγκνους σηκώθηκε και πήγε στο παράθυρο. Τράβηξε την κουρτίνα ελάχιστα, ίσα ίσα για να αφήσει λίγο φως που διέγραψε τη γερακίσια σιλουέτα του. «Αίμα», είπε σχεδόν από μέσα του. «Είδα ένα όνειρο πριν από δύο μέρες. Είδα μια πόλη γεμάτη αίμα, με πύργους από κόκαλα, και το αίμα έτρεχε στους δρόμους σαν νερό».

Ο Σάιμον έστρεψε τα μάτια του προς τον Τζέις. «Έτσι κάνει όλη μέρα; Στέκεται στο παράθυρο και μιλάει για αίμα;»

«Όχι», είπε ο Τζέις. «Μερικές φορές κάθεται και στον καναπέ».

Ο Άλεκ έριξε και στους δυο τους μια απότομη ματιά. «Μάγκνους, τι έγινε;»

«Το αίμα», είπε ο Μάγκνους. «Δεν μπορεί να είναι σύμπτωση». Έμοιαζε να κοιτάζει το δρόμο. Πίσω από τον ορίζοντα της πόλης έπεφτε γοργά το ηλιοβασίλεμα: ο ουρανός ήταν γεμάτος αλουμίνιο και ρόδινες γραμμές. «Αυτή την εβδομάδα έγιναν πολλοί φόνοι Πλασμάτων του Σκότους», είπε. «Ένας μάγος σκοτώθηκε σε ένα διαμέρισμα κοντά στο λιμάνι της Σάουθ Στριτ. Ο λαιμός και οι καρποί του ήταν κομμένοι και στο σώμα του δεν υπήρχε σταγόνα αίμα. Και ένας λυκάνθρωπος σκοτώθηκε τις προάλλες στο Φεγγάρι του Κυνηγού. Και σ' αυτή την περίσταση, ο λαιμός ήταν κομμένος».

«Με βρικόλακες μοιάζει», είπε ο Σάιμον ξαφνικά κατάχλωμος.

«Δεν νομίζω», είπε ο Τζέις. «Τουλάχιστον, ο Ραφαέλ είπε ότι δεν ήταν δουλειά των Παιδιών της Νύχτας. Έδειχνε να επιμένει».

«Ναι, πολύ αξιόπιστη πηγή», μουρμούρισε ο Σάιμον.

«Αυτήν τη φορά νομίζω ότι έλεγε την αλήθεια», είπε ο Μάγκνους κλείνοντας την κουρτίνα. Το πρόσωπό του ήταν γεμάτο γωνίες και σκιές. Καθώς επέστρεψε στο τραπέζι, η Κλέρι είδε ότι κρατούσε ένα βαρύ βιβλίο δεμένο με πράσινο ύφασμα. Δεν θυμόταν να τον είχε δει να το κρατάει πριν από λίγα λεπτά. «Και στις δύο περιπτώσεις υπήρχε ισχυρή δαιμονική παρουσία. Νομίζω ότι κάτι άλλο ήταν υπεύθυνο για τους τρεις θανάτους. Όχι ο Ραφαέλ και οι δικοί του, αλλά ο Βάλενταϊν».

Η Κλέρι κοίταξε τον Τζέις. Το στόμα του ήταν σφιγμένο, αλλά το μόνο που ρώτησε ήταν: «Γιατί το λες αυτό;»

«Η Ανακρίτρια θεώρησε ότι ο φόνος του ξωτικού ήταν αντιπερισπασμός», του είπε βιαστικά. «Έτσι ώστε να μπορέσει ο Βάλενταϊν να μπει στη Σιωπηλή Πόλη χωρίς να ανησυχεί για το Κονκλάβιο».

«Υπάρχουν και ευκολότεροι τρόποι για αντιπερισπασμό» είπε ο Τζέις «και δεν είναι σοφό να προκαλεί κανείς το λαό των Ξωτικών. Δεν υπήρχε περίπτωση να σκοτώσει κάποιον από την κάστα των νεράιδων αν δεν είχε κάποιο λόγο».

«Είχε λόγο», είπε ο Μάγκνους. «Ήθελε κάτι από το παιδί των ξωτικών, όπως και από το λυκάνθρωπο και από το μάγο που σκότωσε».

«Τι;» ρώτησε ο Άλεκ.

«Το αίμα τους», είπε ο Μάγκνους και άνοιξε το πράσινο βιβλίο. Οι λεπτές σελίδες από περγαμηνή ήταν γραμμένες με λέξεις που έλαμπαν σαν τη φωτιά. «Α» είπε «να το». Σήκωσε το κεφάλι του, δείχνοντας τη σελίδα με ένα μυτερό νύχι. Ο Άλεκ έσκυψε εμπρός. «Δεν μπορείς να τη διαβάσεις», τον προειδοποίησε ο Μάγκνους. «Είναι γραμμένο στη γλώσσα των δαιμόνων. Την Πουργκατική[6]».

«Αναγνωρίζω το σχήμα, όμως. Το Μαελάρταχ, το έχω ξαναδεί σε βιβλία». Ο Άλεκ έδειξε τη ζωγραφιά ενός ασημένιου ξίφους, που ακόμα και η Κλέρι ήξερε: το είχε δει στην Αίθουσα του Συμβουλίου της Σιωπηλής Πόλης.

«Η Τελετή της Μετατροπής της Κολάσεως», είπε ο Μάγκνους. «Αυτό θέλει να κάνει ο Βάλενταϊν».

«Της ποιας;» ρώτησε μπερδεμένη η Κλέρι.

---

[6] *Λογοπαίγνιο με την αγγλική λέξη Purgatory που σημαίνει Καθαρτήριο, από τη Θεία Κωμωδία του Δάντη (Κόλαση, Καθαρτήριο, Παράδεισος). (Σ.τ.Μ.)*

«Κάθε Θανάσιμο Αντικείμενο έχει μια δύναμη», της εξήγησε ο Μάγκνους. «Η δύναμη του Ξίφους είναι σεραφική, όπως τα σπαθιά του αρχαγγέλου που χρησιμοποιείτε εσείς οι Κυνηγοί, αλλά χίλιες φορές πιο ισχυρή, γιατί η δύναμή του έρχεται απ' τον ίδιο τον Αρχάγγελο, όχι μόνο απ' την εκφώνηση του θεϊκού του ονόματος. Αυτό που θέλει να κάνει ο Βάλενταϊν είναι να αντιστρέψει τη δύναμή του – να το κάνει ένα αντικείμενο δαιμονικής και όχι αγγελικής ενέργειας».

«Νόμιμο καλό και νόμιμο κακό!» φώναξε ενθουσιασμένος ο Σάιμον.

«Είναι απ' το παιχνίδι του, μην του δίνετε σημασία», είπε η Κλέρι.

«Όσο είναι το σπαθί του Αρχαγγέλου, το Μαελάρταχ θα είναι σχεδόν άχρηστο για τον Βάλενταϊν», είπε ο Μάγκνους. «Όταν όμως γίνει ένα σπαθί με δαιμονική δύναμη, αντίστοιχη με την αγγελική που είχε κάποτε, τότε θα μπορούσε να του χρησιμεύσει πολύ. Πρώτον, θα εξουσίαζε τους δαίμονες. Όχι μόνο με την περιορισμένη προστασία που του προσφέρει το Κύπελλο, αλλά θα είχε τη δύναμη να καλεί δαίμονες, να τους αναγκάζει να κάνουν ό,τι τους ζητάει».

«Ένας στρατός από δαίμονες!» είπε ο Άλεκ.

«Αυτός ο τύπος όλο με στρατιωτάκια παίζει», είπε ο Σάιμον.

«Ίσως θα είχε τη δύναμη ακόμα και να τους φέρει στην Άιντρις», συμπλήρωσε ο Μάγκνους.

«Δεν καταλαβαίνω γιατί να τους πάει εκεί», είπε ο Σάιμον. «Εκεί είναι μαζεμένοι όλοι οι Κυνηγοί Δαιμόνων, έτσι δεν είναι; Αυτοί δεν θα *εξόντωναν* τους δαίμονες;»

«Οι δαίμονες έρχονται από άλλες διαστάσεις», είπε

ο Τζέις. «Δεν ξέρουμε πόσοι υπάρχουν. Θα μπορούσαν να είναι άπειροι. Οι φύλακες θα μπορούσαν να κρατήσουν τους πρώτους μακριά, αλλά αν επιτίθονταν όλοι μαζί...»

Άπειροι, σκέφτηκε η Κλέρι. Θυμήθηκε τον Ανώτερο Δαίμονα, τον Άμπαντον, και προσπάθησε να σχηματίσει την εικόνα χιλιάδων, εκατομμυρίων ίδιων. Ανατρίχιασε και ένιωσε εκτεθειμένη.

«Δεν το καταλαβαίνω», είπε ο Άλεκ. «Τι σχέση έχει η τελετή με τα νεκρά Πλάσματα του Σκότους;»

«Για να ολοκληρώσεις την τελετή, πρέπει να κάψεις το Ξίφος μέχρι να κοκκινίσει, κι έπειτα να το κρυώσεις τέσσερις φορές, κάθε φορά στο αίμα ενός νεαρού Πλάσματος του Σκότους. Μια φορά στο αίμα ενός παιδιού της Λίλιθ, μια φορά στο αίμα ενός παιδιού της νύχτας, μια φορά στο αίμα ενός παιδιού του φεγγαριού και μια φορά στο αίμα ενός παιδιού των ξωτικών», εξήγησε ο Μάγκνους.

«Θεούλη μου», είπε η Κλέρι. «Άρα, δεν έχει τελειώσει ακόμη; Θα σκοτώσει άλλο ένα παιδί;»

«Άλλα δύο. Δεν τα κατάφερε με το παιδί των λυκανθρώπων. Τον διέκοψαν πριν προλάβει να πάρει όλο το αίμα που χρειαζόταν». Ο Μάγκνους έκλεισε το βιβλίο με δύναμη σηκώνοντας σκόνη. «Όποιος και να είναι ο τελικός σκοπός του Βάλενταϊν, έχει κάνει πάνω απ' το μισό δρόμο για τη μετατροπή του Ξίφους. Πιθανότατα να είναι ήδη σε θέση να συλλέγει δύναμη από αυτό. Θα μπορούσε να καλεί ήδη δαίμονες...»

«Ναι, αλλά αν το έκανε αυτό, δεν θα υπήρχαν αναφορές ή επιπλέον δαιμονική δραστηριότητα;» ρώτησε ο Τζέις. «Η Ανακρίτρια είπε ότι συμβαίνει το αντίθετο:

είναι όλα πολύ ήσυχα».

«Ακριβώς», είπε ο Μάγκνους. «Γιατί ο Βάλενταϊν καλεί όλους τους δαίμονες *κοντά του*. Γι' αυτό είναι όλα ήσυχα».

Στο δωμάτιο έπεσε σιωπή. Πριν προλάβει να μιλήσει κανείς, ένας κοφτός ήχος αντήχησε από άκρη σε άκρη κάνοντας την Κλέρι να αναπηδήσει. Έριξε τον καυτό καφέ στον καρπό της και έβγαλε μια μικρή φωνή απ' τον πόνο.

«Η μητέρα μου είναι», είπε ο Άλεκ κοιτάζοντας το τηλέφωνό του. «Έρχομαι αμέσως». Πήγε στο παράθυρο με σκυφτό το κεφάλι και μιλούσε υπερβολικά σιγά.

«Για να δω», είπε ο Σάιμον πιάνοντας το χέρι της Κλέρι. Στον καρπό της, εκεί όπου είχε πέσει ο καυτός καφές, είχε ήδη σχηματιστεί ένα κόκκινο σημάδι.

«Εντάξει είναι», είπε. «Δεν είναι τίποτα».

Ο Σάιμον έπιασε το χέρι της και φίλησε την πληγή. «Καλύτερα τώρα;»

Η Κλέρι έβγαλε έναν ξαφνιασμένο ήχο. Ο Σάιμον δεν είχε κάνει τίποτα παρόμοιο ως τότε. Απ' την άλλη όμως, αυτό δεν γινόταν στις σχέσεις; Τραβώντας το χέρι της, σήκωσε το κεφάλι και είδε τον Τζέις να τους κοιτάζει με τα χρυσά του μάτια να αστράφτουν. «Είσαι Κυνηγός», είπε. «Ξέρεις πώς να αντιμετωπίζεις τις πληγές». Της κύλησε το ραβδί του πάνω στο τραπέζι».

«Δεν θέλω», είπε η Κλέρι και του το έστειλε πίσω.

Ο Τζέις χτύπησε με δύναμη το ραβδί στο τραπέζι. «Κλέρι...»

«Είπε ότι δεν θέλει», είπε ο Σάιμον. «Χάχα».

«Χάχα;» Ο Τζέις τον κοίταξε σαν να μην πίστευε στα αφτιά του. «*Αυτή* είναι η απάντησή σου;»

Ο Άλεκ έκλεισε το τηλέφωνο και πήγε προς το μέρος του με μια έκφραση απορίας. «Τι συμβαίνει;»

«Είμαστε παγιδευμένοι σε επεισόδιο σαπουνόπερας», είπε ο Μάγκνους. «Όλα είναι πολύ βαρετά».

Ο Άλεκ έσπρωξε μια τούφα που έπεφτε στο πρόσωπό του. «Είπα στη μητέρα μου για το σχέδιο του Βάλενταϊν».

«Μαντεύω ότι δεν σε πίστεψε», είπε ο Τζέις. «Και επιπλέον, τα φόρτωσε όλα σε μένα».

Ο Άλεκ έκανε ένα μορφασμό. «Όχι ακριβώς. Είπε ότι θα το ανέφερε στο Κονκλάβιο, αλλά ότι δεν ήταν σίγουρη αν θα την άκουγαν. Έχω την εντύπωση ότι η Ανακρίτρια έχει παραμερίσει τη μαμά και έχει πάρει τα ηνία. Μου φάνηκε πολύ θυμωμένη».

Το τηλέφωνο που κρατούσε ξαναχτύπησε. «Συγγνώμη, είναι η Ίζαμπελ. Μισό».

Ο Τζέις κοίταξε τον Μάγκνους. «Νομίζω ότι έχεις δίκιο για το λυκάνθρωπο στο Φεγγάρι του Κυνηγού. Ο τύπος που τον βρήκε είπε ότι ήταν και κάποιος άλλος μαζί του στην αυλή και πως το έβαλε στα πόδια μόλις τον είδε».

Ο Μάγκνους έγνεψε καταφατικά. «Μου φαίνεται ότι ο Βάλενταϊν δεν πρόλαβε να ολοκληρώσει αυτό που έκανε για να πάρει το αίμα που χρειάζεται. Πολύ πιθανόν να ξαναπροσπαθήσει με κάποιο άλλο παιδί λυκανθρώπων».

«Πρέπει να ειδοποιήσω τον Λουκ», είπε η Κλέρι.

«Περίμενε», είπε ο Άλεκ, που κρατούσε ακόμη το τηλέφωνο, με μια περίεργη έκφραση στο πρόσωπό του.

«Τι ήθελε η Ίζαμπελ;» ρώτησε ο Τζέις.

«Η Ίζαμπελ λέει ότι η Βασίλισσα των Σίιλι ζήτησε μια

ακρόαση μαζί μας».

«Καλά» είπε ο Μάγκνους «κι εμένα με θέλει η Μαντόνα στην επόμενη περιοδεία της».

«Ποια είναι η Μαντόνα;» ρώτησε με απορία ο Άλεκ.

«Ποια είναι η Βασίλισσα των Σίιλι;» ρώτησε η Κλέρι.

«Είναι η Βασίλισσα των Ξωτικών και των Νεράιδων», είπε ο Μάγκνους. «Αυτής της περιοχής, τουλάχιστον».

Ο Τζέις έβαλε το κεφάλι του στα χέρια του. «Πες στην Ίζαμπελ όχι».

«Μα, λέει ότι είναι καλή ιδέα», διαμαρτυρήθηκε ο Άλεκ.

«Τότε, ξαναπές της "όχι"».

Ο Άλεκ έκανε μια γκριμάτσα. «Γιατί;»

«Γιατί μερικές ιδέες της Ίζαμπελ είναι τρομερές, αλλά μερικές είναι απαράδεκτες. Θυμάσαι την άλλη φορά που είπε να χρησιμοποιήσουμε τα εγκαταλελειμμένα τούνελ για να κυκλοφορούμε στην πόλη; Θυμάσαι τους αρουραίους;»

«Δεν θέλω να θυμάμαι τους αρουραίους!» είπε ο Σάιμον. «Ούτε να τους ακούω δεν θέλω».

«Δεν είναι το ίδιο», είπε ο Άλεκ. «Θέλει να πάμε στην Αυλή των Σίιλι».

«Εντάξει, δεν είναι το ίδιο. Είναι πολύ χειρότερο», είπε ο Τζέις.

«Ξέρει έναν Ιππότη της Αυλής», είπε ο Άλεκ. «Της είπε ότι η Βασίλισσα των Σίιλι ενδιαφέρεται να μας μιλήσει. Η Ίζαμπελ άκουσε τη συζήτησή μου με τη μητέρα μου και πιστεύει ότι αν μπορέσουμε να εξηγήσουμε τη θεωρία μας για τον Βάλενταϊν και το Ξίφος στη Βασίλισσα, η Αυλή των Σίιλι θα πάρει το μέρος μας, ίσως και να συμμαχήσει μαζί μας στον αγώνα μας κατά του

Βάλενταϊν».

«Είναι ασφαλές να πάμε εκεί;» ρώτησε η Κλέρι.

«Εννοείται ότι δεν είναι ασφαλές», είπε ο Τζέις σαν να είχε κάνει την πιο ανόητη ερώτηση του κόσμου.

Τον αγριοκοίταξε. «Δεν έχω ιδέα για την Αυλή των Σίιλι. Εντάξει οι βρικόλακες και οι λυκάνθρωποι, τους έχω δει και σε ένα σωρό ταινίες. Αλλά τα ξωτικά είναι ιστορίες για παιδάκια. Είχα ντυθεί νεράιδα όταν ήμουν οχτώ χρονών. Η μαμά μου μού είχε φτιάξει και φτερά».

«Το θυμάμαι», είπε ο Σάιμον και ακούμπησε πίσω στην καρέκλα του με τα χέρια σταυρωμένα στο στήθος. «Εγώ είχα ντυθεί Τρανσφόρμερ. Ντισέπτικον, για την ακρίβεια».

«Στο θέμα μας», είπε ο Μάγκνους.

«Καλά», είπε ο Άλεκ. «Η Ίζαμπελ πιστεύει –και *συμφωνώ*– ότι δεν είναι πολύ καλή ιδέα να αγνοήσουμε το Λαό των Ξωτικών. Αν θέλουν να μας μιλήσουν, τι κίνδυνος υπάρχει; Άλλωστε, αν πάρουμε με το μέρος μας την Αυλή των Σίιλι, το Κονκλάβιο θα *αναγκαστεί* να ακούσει ό,τι έχουμε να πούμε».

Ο Τζέις γέλασε, αλλά η έκφρασή του ήταν σοβαρή. «Ο Λαός των Ξωτικών δεν *χρειάζεται* τους ανθρώπους».

«Οι Κυνηγοί δεν είναι απλοί άνθρωποι», είπε η Κλέρι.

«Ναι, αλλά τους είμαστε εξίσου άχρηστοι», είπε ο Τζέις.

«Δεν μπορεί να είναι χειρότεροι από τους βρικόλακες», είπε ο Σάιμον πνιχτά. «Και μια χαρά τα καταφέρατε μ' αυτούς».

Ο Τζέις κοίταξε τον Σάιμον σαν να ήταν κάτι που είχε βρει στη λεκάνη της τουαλέτας. «Εννοείς ότι καταφέραμε να μην *σκοτωθούμε*;»

«Βασικά...»

«Τα ξωτικά» είπε ο Τζέις, σαν να μην είχε μιλήσει καν ο Σάιμον «είναι ο καρπός αγγέλων και δαιμόνων, με την ομορφιά των αγγέλων και την κακία των δαιμόνων. Ένας βρικόλακας μπορεί να σου επιτεθεί αν μπεις στην περιοχή του, αλλά ένα ξωτικό μπορεί να σε κάνει να χοροπηδάς μέχρι να πεθάνεις, με τα πόδια σου δεμένα σε καρφιά, να σε βάλει να κολυμπήσεις τα μεσάνυχτα και να σε τραβήξει στο βυθό μέχρι να σκάσουν τα πνευμόνια σου, να γεμίσει τα μάτια σου με νεραϊδόσκονη μέχρι που θα τα βγάλεις μόνος σου από τον πόνο, να...»

«Τζέις!» είπε η Κλέρι διακόπτοντας το παραλήρημά του. «Φτάνει. Παναγίτσα μου! Αρκετά».

«Ακούστε, είναι εύκολο να ξεγελάσεις ένα βρικόλακα ή ένα λυκάνθρωπο», είπε ο Τζέις. «Δεν είναι πολύ πιο έξυπνοι από μας. Τα ξωτικά και οι νεράιδες όμως ζουν εκατοντάδες χρόνια και είναι πονηροί σαν φίδια. Δεν μπορούν να πουν ψέματα, αλλά λένε με πολύ δημιουργικό τρόπο την αλήθεια. Θα βρουν τι είναι αυτό που θέλεις περισσότερο στον κόσμο και θα σου το δώσουν με τέτοιο σκληρό αντίτιμο, που θα εύχεσαι να μην το είχες θελήσει ποτέ». Αναστέναξε. «Δεν βοηθάνε ποτέ τους ανθρώπους. Πιο πολύ τους βλάπτουν κάνοντας ότι τους βοηθάνε».

«Και πιστεύεις ότι δεν είμαστε αρκετά έξυπνοι για να το καταλάβουμε;» ρώτησε ο Σάιμον.

«Εσύ δεν είσαι αρκετά έξυπνος ούτε καν για να προσέξεις να μη γίνεις κατά λάθος αρουραίος».

Ο Σάιμον τον αγριοκοίταξε. «Δεν νομίζω ότι έχει σημασία τι πιστεύεις εσύ», είπε. «Άλλωστε, δεν μπορείς να έρθεις μαζί μας. Δεν μπορείς να πας πουθενά».

Ο Τζέις σηκώθηκε όρθιος και έριξε με δύναμη πίσω την καρέκλα του. «Δεν υπάρχει περίπτωση να πάρετε την Κλέρι στην Αυλή των Σίιλι χωρίς εμένα, *τελεία και παύλα!*»

Η Κλέρι τον κοίταξε με ανοιχτό το στόμα. Ήταν κατακόκκινος από θυμό, τα δόντια του ήταν σφιγμένα και οι φλέβες στο λαιμό του είχαν πεταχτεί. Και για κάποιο λόγο απέφευγε το βλέμμα της.

«Θα προσέχω εγώ την Κλέρι», είπε ο Άλεκ, και στη φωνή του είχε μια πίκρα. Αν ήταν επειδή ο Τζέις είχε αμφισβητήσει την ικανότητά του ή για κάτι άλλο, η Κλέρι δεν ήταν σίγουρη.

«Άλεκ», είπε ο Τζέις και κάρφωσε το βλέμμα του στα μάτια του φίλου του. «Αποκλείεται».

Ο Άλεκ ξεροκατάπιε. «Θα πάμε», είπε. Τα λόγια του ήταν σαν απολογία. «Τζέις, μια ακρόαση από την Αυλή των Σίιλι, θα ήταν ανοησία να την αγνοήσουμε. Άλλωστε, η Ίζαμπελ θα τους έχει ήδη πει ότι θα πάμε».

«Δεν υπάρχει περίπτωση να σε αφήσω να το κάνεις αυτό, Άλεκ», είπε με απειλητικό ύφος ο Τζέις. «Αν χρειαστεί, θα παλέψουμε κιόλας».

«Παρόλο που αυτό ακούγεται πολύ δελεαστικό» είπε ο Μάγκνους, μαζεύοντας τα μανίκια της μεταξωτής του ρόμπας «υπάρχει κι άλλος τρόπος».

«Τι άλλος τρόπος; Η οδηγία έρχεται κατευθείαν απ' το Κονκλάβιο, δεν μπορώ να ξεγλιστρήσω έτσι εύκολα».

«Εγώ όμως μπορώ», είπε ο Μάγκνους. «Μην αμφισβητείς τις ικανότητές μου στο ξεγλίστρημα, Κυνηγέ, γιατί είναι επικές και αξιομνημόνευτες. Έριξα επίτηδες ένα ξόρκι στο συμβόλαιο με την Ανακρίτρια, έτσι ώστε να μπορώ να σε αφήσω για λίγες ώρες αν το επιθυμήσω, αρκεί να θέλει να πάρει τη θέση σου κάποιος άλλος Νεφιλίμ».

«Και πού θα βρούμε έναν άλλο Νεφιλίμ... Α!» είπε ο Άλεκ με μαλακό ύφος. «Εμένα εννοείς».

Ο Τζέις ανασήκωσε τα φρύδια του. «Α, τώρα ξαφνικά *δεν* θες να πας στην Αυλή των Σίιλι;»

Ο Άλεκ κοκκίνισε. «Νομίζω ότι είναι πιο σημαντικό να πας εσύ παρά εγώ. Είσαι ο γιος του Βάλενταϊν. Είμαι σίγουρος ότι εσένα θέλει να δει η Βασίλισσα. Άλλωστε, είσαι και γοητευτικός».

Ο Τζέις τον αγριοκοίταξε.

«Εντάξει, όχι τώρα, αλλά σε γενικές γραμμές είσαι γοητευτικός. Και οι νεράιδες είναι πολύ επιρρεπείς στη γοητεία».

«Επίσης, αν μείνεις εδώ, έχω όλο τον πρώτο κύκλο της σειράς *Το Νησί του Γκίλιγκαν σε DVD*», είπε ο Μάγκνους.

«Πώς να αρνηθώ;» είπε ο Τζέις. Και πάλι όμως, δεν κοίταξε την Κλέρι.

«Η Ίζαμπελ μπορεί να σας περιμένει στο πάρκο δίπλα στη λιμνούλα με τις χελώνες», είπε ο Άλεκ. «Ξέρει τη μυστική είσοδο για την Αυλή. Θα σας περιμένει εκεί».

«Και κάτι τελευταίο», είπε ο Μάγκνους κουνώντας ένα δάχτυλο γεμάτο δαχτυλίδια στον Τζέις. «Προσπάθησε να μην αφήσεις τα κόκαλά σου στην Αυλή των Σίιλι. Αν πεθάνεις, θα πρέπει να δώσω λογαριασμό στο Κονκλάβιο».

Ο Τζέις επιτέλους χαμογέλασε. Ήταν ένα ανήσυχο χαμόγελο, πιο πολύ σαν λάμψη μιας γυμνής λεπίδας παρά μια έκφραση χαράς. «Ξέρεις» είπε «έχω την αίσθηση ότι θα χρειαστεί να δώσεις λογαριασμό στο Κονκλάβιο είτε πεθάνω είτε όχι».

Πυκνά πλοκάμια από βρύα και φυτά περικύκλωναν την όχθη της λιμνούλας σαν ένα γείσο από πράσινη κορδέλα. Η επιφάνεια του νερού ήταν ακίνητη και ριγούσε εδώ κι εκεί στο πέρασμα μιας πάπιας ή στο απαλό τίναγμα της ουράς ενός ψαριού.

Στο πλάι της υπήρχε ένα μικρό ξύλινο κιόσκι. Εκεί καθόταν η Ίζαμπελ και ατένιζε τη λίμνη. Ήταν σαν μια πριγκίπισσα του παραμυθιού, που περίμενε στην κορυφή του πύργου της τον πρίγκιπα για να τη σώσει.

Όχι ότι η Ίζαμπελ φερόταν γενικά σαν τις πριγκίπισσες των παραμυθιών. Η Ίζαμπελ θα έκανε κομματάκια με το μαστίγιο, τις μπότες και το στιλέτο της όποιον προσπαθούσε να την κλείσει σε έναν πύργο, θα έφτιαχνε μια γέφυρα και θα πήγαινε ανέμελη προς την ελευθερία της, ενώ το χτένισμά της θα είχε μείνει τέλειο απ' την αρχή ως το τέλος. Αυτό έκανε λίγο δύσκολο το να τη συμπαθήσει κανείς, αλλά η Κλέρι προσπαθούσε πολύ.

«Ίζι», είπε ο Τζέις καθώς πλησίασαν στη λιμνούλα και εκείνη πήδηξε απ' το κιόσκι και γύρισε προς το μέρος τους. Το χαμόγελό της ήταν εκτυφλωτικό.

«Τζέις!» όρμησε κατά πάνω του και τον αγκάλιασε. Έτσι υποτίθεται ότι έκαναν οι αδερφές, σκέφτηκε η Κλέρι. Όχι όπως εκείνη, αμήχανη και ψυχρή και απόμακρη, αλλά χαρούμενη και ευτυχισμένη σαν την Ίζαμπελ. Κοιτάζοντας τον Τζέις να αγκαλιάζει την Ίζαμπελ προσπάθησε να πάρει μια χαρούμενη και ευτυχισμένη έκφραση.

«Είσαι καλά;» τη ρώτησε ο Σάιμον. «Μου φάνηκε ότι

αλληθώρισες».

«Καλά είμαι», είπε η Κλέρι εγκαταλείποντας την προσπάθεια.

«Είσαι σίγουρη; Μου φάνηκες κάπως... σφιγμένη».

«Μάλλον κάτι που έφαγα θα με πείραξε».

Η Ίζαμπελ πήγε προς το μέρος τους και ο Τζέις την ακολούθησε. Φορούσε ένα μακρύ μαύρο φόρεμα με μπότες και ένα ακόμα πιο μακρύ παλτό από απαλό πράσινο βελούδο, στο χρώμα των βρύων. «Δεν το πιστεύω ότι τα καταφέρατε!» φώναξε. «Πώς πείσατε τον Μάγκνους να τον αφήσει;»

«Τον ανταλλάξαμε με τον Άλεκ», είπε η Κλέρι.

Η Ίζαμπελ έδειξε να αγχώνεται λίγο. «Όχι για πάντα, ελπίζω!»

«Όχι» είπε ο Τζέις «για λίγες ώρες μόνο. Εκτός αν δεν γυρίσω πίσω», πρόσθεσε σκεπτικός. «Οπότε μπορεί να τον κρατήσει. Σαν ενοικίαση με δυνατότητα αγοράς».

Η Ίζαμπελ δεν γέλασε. «Η μαμά και ο μπαμπάς δεν θα χαρούν αν το μάθουν».

«Το ότι ελευθερώσατε έναν πιθανό εγκληματία και αφήσατε το γιο τους σε ένα μάγο που μοιάζει σαν τον Σόνικ σε γκέι έκδοση και ντύνεται σαν την Κάντι Κάντι;» ρώτησε ο Σάιμον. «Μάλλον όχι».

Ο Τζέις τον κοίταξε σκεπτικός. «Υπάρχει κάποιος συγκεκριμένος λόγος που βρίσκεσαι εδώ; Δεν ξέρω γιατί σε φέραμε στην Αυλή των Σίιλι. Μισούν τους θνητούς».

Ο Σάιμον έκανε μια γκριμάτσα προς τον ουρανό. «Ωχ, όχι πάλι τα ίδια».

«Ποια ίδια;» ρώτησε η Κλέρι.

«Κάθε φορά που λέω κάτι που τον ενοχλεί, αυτός αποσύρεται στο καβούκι του, όπου *απαγορεύονται οι θνητοί*», είπε ο Σάιμον δείχνοντας τον Τζέις. «Άσε με να σου θυμίσω ότι την τελευταία φορά που με αφήσατε πίσω σάς έσωσα τη ζωή».

«Ναι», είπε ο Τζέις. «Μια φορά».

«Οι νεράιδες είναι επικίνδυνες», είπε η Ίζαμπελ. «Ακόμα και οι γνώσεις σου στο τόξο δεν θα σου φανούν χρήσιμες εδώ. Δεν είναι τέτοιου είδους κίνδυνος».

«Μπορώ να προσέξω τον εαυτό μου», είπε ο Σάιμον. Είχε σηκωθεί ένας δυνατός αέρας. Έσπρωχνε ξεραμένα φύλλα πάνω στα πόδια τους, και ο Σάιμον ανατρίχιασε. Έβαλε τα χέρια του στις μάλλινες τσέπες του μπουφάν του.

«Δεν χρειάζεται να έρθεις», είπε η Κλέρι.

Την κοίταξε με ένα σταθερό, σοβαρό βλέμμα. Θυμήθηκε την προηγούμενη μέρα στου Λουκ, όταν την είχε πει *κορίτσι του*, χωρίς ίχνος αμφιβολίας ή αναποφασιστικότητας. Μπορεί κάποιος να πει ό,τι θέλει για τον Σάιμον, τουλάχιστον όμως ξέρει τι θέλει. «Ναι», είπε. «Χρειάζεται».

Ο Τζέις έβγαλε έναν απροσδιόριστο ήχο. «Άρα, είμαστε έτοιμοι», είπε. «Μην περιμένεις όμως ειδική μεταχείριση, θνητέ».

«Σκέψου τη θετική πλευρά», είπε ο Σάιμον. «Αν θέλουν μια ανθρώπινη θυσία, μπορείτε να προσφέρετε εμένα. Δεν νομίζω ότι οι υπόλοιποι ανήκετε σ' αυτή την κατηγορία, έτσι κι αλλιώς».

Ο Τζέις ζωήρεψε. «Τι ωραίο που είναι όταν κάποιος προσφέρεται να πάει πρώτος για εκτέλεση».

«Ελάτε», είπε η Ίζαμπελ. «Θα ανοίξει η πόρτα όπου να 'ναι».

Η Κλέρι κοίταξε γύρω της. Ο ήλιος είχε δύσει τελείως

και είχε βγει το φεγγάρι, μια φέτα από απαλό λευκό που έριχνε την αντανάκλασή του στη λιμνούλα. Δεν ήταν ακόμη γεμάτο και έμοιαζε με ένα μισόκλειστο μάτι. Ο νυχτερινός αέρας λίκνιζε τα κλαδιά των δέντρων, που χτυπούσαν μεταξύ τους σαν κούφια κόκαλα.

«Πού πάμε;» ρώτησε η Κλέρι. «Πού είναι η πόρτα;»

Το χαμόγελο της Ίζαμπελ ήταν σαν ψιθυριστό χαμόγελο. «Ακολουθήστε με».

Πήγε προς την όχθη, με τις μπότες της να αφήνουν βαθιά σημάδια στο λασπωμένο χώμα. Η Κλέρι την ακολούθησε με τη σκέψη ότι ευτυχώς που φορούσε τζιν και όχι φούστα καθώς έβλεπε την Ίζαμπελ να σηκώνει το φόρεμα και το παλτό της μέχρι τα γόνατα αποκαλύπτοντας τα λευκά αδύνατα πόδια της. Το δέρμα της ήταν κι εκεί γεμάτο ρούνους, σαν φλόγες μαύρης φωτιάς.

Ο Σάιμον, πίσω της, έβρισε καθώς γλίστρησε στη λάσπη· ο Τζέις άπλωσε μηχανικά το χέρι του για να τον βοηθήσει, αλλά ο Σάιμον τράβηξε το χέρι του απότομα. «Δεν χρειάζομαι τη βοήθειά σου».

«Σταματήστε». Η Ίζαμπελ άγγιξε με τη μπότα της το ρηχό νερό στην όχθη της λίμνης. «Και οι δυο σας. Ή μάλλον και οι τρεις σας. Αν δεν μείνουμε ενωμένοι στην Αυλή των Σίιλι, είμαστε νεκροί».

«Μα, εγώ δεν...» άρχισε να λέει η Κλέρι.

«Μπορεί εσύ να μην έκανες τίποτα, αλλά αυτό που τους αφήνεις να κάνουν...» Η Ίζαμπελ έδειξε τα δυο αγόρια με ένα αποδοκιμαστικό νεύμα του χεριού της.

«Δεν μπορώ να τους πω εγώ τι να κάνουν!»

«Γιατί όχι;» τη ρώτησε το άλλο κορίτσι. «Ειλικρινά, Κλέρι, αν δεν αρχίσεις να χρησιμοποιείς λίγη από τη γυναικεία σου ανωτερότητα, δεν ξέρω τι θα κάνω μαζί σου». Στράφηκε προς τη λίμνη, και μετά ξαναγύρισε προς το μέρος της. «Και για να μην το ξεχάσω, μα τον Αρχάγγελο» πρόσθεσε αυστηρά «μη φάτε και μην πιείτε *τίποτα* όσο θα είμαστε εκεί κάτω, κανείς σας. Εντάξει;»

«Κάτω;» είπε ανήσυχος ο Σάιμον. «Κανείς δεν μου είπε ότι πηγαίναμε κάτω».

Η Ίζαμπελ σήκωσε ψηλά τα χέρια της και έπεσε στη λίμνη. Το πράσινο βελούδινο παλτό της απλώθηκε γύρω της σαν τεράστιο νούφαρο. «Ελάτε. Έχουμε λίγο χρόνο μέχρι να κουνηθεί το φεγγάρι».

«Τι να κάνει το φεγγάρι;» ρώτησε η Κλέρι, αλλά κουνώντας το κεφάλι της μπήκε στο νερό. Ήταν ρηχό και καθαρό. Στο λαμπερό φως των αστεριών μπορούσε να διακρίνει τις σκοτεινές μορφές μικροσκοπικών ψαριών να αγγίζουν τα πόδια της. Έσφιξε τα δόντια της και πήγε πιο βαθιά. Το κρύο ήταν αφόρητο.

Πίσω της, ο Τζέις μπήκε στο νερό με μια χάρη που δεν τάραξε καν την επιφάνεια. Ο Σάιμον, πίσω του, τσαλαβουτούσε βρίζοντας. Η Ίζαμπελ, που είχε φτάσει στη μέση της λίμνης, σταμάτησε εκεί, με το νερό να φτάνει στα πλευρά της. Άπλωσε το χέρι της προς την Κλέρι. «Σταματήστε».

Η Κλέρι σταμάτησε. Μπροστά της, η αντανάκλαση του φεγγαριού γυάλιζε πάνω στο νερό σαν ένα τεράστιο ασημένιο πιάτο. Η Κλέρι ήξερε ότι δεν ήταν φυσιολογικό. Η αντανάκλαση του φεγγαριού απομακρύνεται όταν την πλησιάζεις, όχι το αντίθετο. Όμως, ήταν μπροστά της, λικνιζόταν στην επιφάνεια του νερού σαν αγκιστρωμένο στο βυθό.

«Τζέις, μπες πρώτος», είπε η Ίζαμπελ και του έκανε νόημα. «Έλα».

Ο Τζέις πέρασε δίπλα απ' την Κλέρι, μυρίζοντας βρεγμένο δέρμα και κάρβουνο. Τον είδε να χαμογελάει καθώς γύρισε ανάποδα και μπήκε οπισθοχωρώντας μέσα στην αντανάκλαση του νερού... και μετά, εξαφανίστηκε.

«Πώς έγινε αυτό;» είπε ανήσυχος ο Σάιμον.

Η Κλέρι τον κοίταξε. Αν και το νερό έφτανε μέχρι τους γοφούς του, εκείνος έτρεμε, γι' αυτό και είχε βάλει τα χέρια του γύρω του. Του χαμογέλασε και έκανε ένα βήμα προς τα πίσω, νιώθοντας ένα παγωμένο ρεύμα καθώς πλησίαζε στην αστραφτερή ασημένια αντανάκλαση. Δίστασε για λίγο, σαν να είχε χάσει την ισορροπία της στο πιο ψηλό σκαλί μιας σκάλας, και μετά έπεσε με την πλάτη μες στο σκοτάδι, και το φεγγάρι την κατάπιε.

Χτύπησε στο χώμα, παραπάτησε, και τότε ένιωσε ένα χέρι στο μπράτσο της, να τη συγκρατεί. «Όπα», είπε και μετά την άφησε.

Ήταν μούσκεμα, και στην πλάτη της έτρεχαν ρυάκια από παγωμένο νερό. Τα βρεγμένα της μαλλιά κολλούσαν στο πρόσωπό της και τα ρούχα της ήταν λες και ζύγιζαν έναν τόνο.

Βρίσκονταν σε ένα διάδρομο που είχε λαξευτεί στο χώμα, και φωτιζόταν από κάτι βρύα που φωσφόριζαν ελαφρά. Κάτι κλωνάρια κισσού σχημάτιζαν μια κουρτίνα στο βάθος του διαδρόμου και μακριές ροζιασμένες ρίζες κρέμονταν σαν νεκρά φίδια απ' το ταβάνι. Βρίσκονταν κάτω απ' το χώμα, συνειδητοποίησε η Κλέρι. Και ήταν τόσο κρύα εκεί κάτω, που η ανάσα της άχνιζε στον αέρα.

«Κρυώνεις;» ρώτησε ο Τζέις, που ήταν κι αυτός βρεγμένος ως το κόκαλο, με τα ξανθά του μαλλιά κολλημένα στο μέτωπο και στα μάγουλά του. Απ' το βρεγμένο του τζιν έσταζε νερό, και το λευκό μπλουζάκι που φορούσε είχε γίνει διάφανο. Η Κλέρι διέκρινε τις μαύρες γραμμές στο δέρμα του και την αχνή ουλή στον ώμο του.

Γύρισε βιαστικά απ' την άλλη. Στις βλεφαρίδες της κρεμόταν νερό, θολώνοντας την όρασή της σαν δάκρυα. «Καλά είμαι».

«Δεν φαίνεσαι και πολύ καλά». Πήγε πιο κοντά της, και η Κλέρι ένιωσε τη θέρμη του κορμιού του ακόμα και κάτω απ' τα βρεγμένα του ρούχα, να ζεσταίνει το παγωμένο της δέρμα.

Μια σκοτεινή μορφή πέρασε από μπροστά τους και έπεσε στο χώμα με δύναμη. Ήταν ο Σάιμον, μούσκεμα κι αυτός. Έπεσε στα γόνατα και άρχισε να ψάχνει τα γυαλιά του.

«Να τα», είπε η Κλέρι, που είχε συνηθίσει να βρίσκει τα γυαλιά του Σάιμον στους αγώνες ποδοσφαίρου. Έπεφταν πάντα μπροστά στα πόδια του, στο σημείο όπου ήταν πιο πιθανό να τα πατήσει. «Ορίστε».

Τα έβαλε καθαρίζοντας το χώμα απ' τους φακούς. «Ευχαριστώ».

Η Κλέρι ένιωσε το βλέμμα του Τζέις να τους παρακολουθεί, σαν ένα βάρος στους ώμους της. Αναρωτήθηκε αν το ένιωθε και ο Σάιμον. Σηκώθηκε με μια γκριμάτσα, όταν ξαφνικά η Ίζαμπελ έπεσε και προσγειώθηκε με χάρη στα πόδια της. Απ' τα μακριά της μαλλιά έσταζε το νερό και έπεφτε στο βελούδινο παλτό της, αλλά δεν έδειχνε να το προσέχει. «Πω πω, τι πλάκα που είχε».

«Να μου θυμίσεις» είπε ο Τζέις «να σου πάρω δώρο ένα λεξικό για τα Χριστούγεννα».

«Γιατί;» ρώτησε η Ίζαμπελ.

«Για να δεις τι σημαίνει "πλάκα". Νομίζω ότι δεν ξέρεις τι σημαίνει».

Η Ίζαμπελ τράβηξε τα μαλλιά της μπροστά και τα άπλωσε σαν να ήταν βρεγμένα ρούχα. «Με βρέχεις», του είπε.

«Είσαι ήδη αρκετά βρεγμένη, αν δεν το έχεις προσέξει», είπε ο Τζέις. «Τι κάνουμε τώρα; Από πού πάμε;»

«Τίποτα. Περιμένουμε εδώ, και θα έρθουν να μας πάρουν», είπε η Ίζαμπελ.

Η Κλέρι δεν εντυπωσιάστηκε και πολύ. «Και πώς ξέρουν ότι έχουμε έρθει; Χτυπάμε κανένα κουδούνι ή κάτι τέτοιο;»

«Η Αυλή ξέρει όλα όσα συμβαίνουν στην περιοχή της. Η παρουσία μας έχει γίνει σίγουρα αντιληπτή».

Ο Σάιμον την κοίταξε καχύποπτα. «Και εσύ πώς τα ξέρεις όλα αυτά;»

Η Ίζαμπελ, προς μεγάλη έκπληξη όλων, κοκκίνισε. Μετά από ένα λεπτό, η κουρτίνα από κισσό παραμέρισε και εμφανίστηκε ένα ξωτικό, τινάζοντας τα μακριά του μαλλιά. Η Κλέρι είχε δει νεράιδες και ξωτικά στο πάρτι του Μάγκνους και της είχε κάνει εντύπωση η ψυχρή ομορφιά τους, όπως και η μια απόκοσμη αγριάδα που είχαν, ακόμα και όταν έπιναν ή χόρευαν. Αυτό το ξωτικό δεν ήταν εξαίρεση σ' αυτό τον κανόνα: τα μπλε-μαύρα μαλλιά του έπεφταν κυματιστά γύρω απ' το ψυχρό, κοφτερό, γλυκό του πρόσωπο. Τα μάτια του ήταν πράσινα σαν τον κισσό ή τα βρύα και στο ένα του μάγουλο είχε ένα σημάδι σαν φύλλο, ή εκ γενετής ή τατουάζ. Φορούσε μια πανοπλία από ασημοκαφετί υλικό, σαν το φλοιό των δέντρων το χειμώνα, και όταν κουνιόταν, η πανοπλία άστραφτε ιριδίζοντας: μαύρο της τύρφης, πράσινο των βρύων, γκρίζο της στάχτης, μπλε του ουρανού.

Η Ίζαμπελ έβγαλε μια φωνή και πήδηξε στην αγκαλιά του. «Μέλιορν!»

«Α», είπε ο Σάιμον, σιγανά και με κάποιο χιούμορ. «Να από πού τα ξέρει».

Το ξωτικό –ο Μέλιορν– την κοίταξε σοβαρός, και μετά την κατέβασε ευγενικά απ' την αγκαλιά του. «Δεν έχουμε καιρό για τρυφερότητες», είπε. «Η Βασίλισσα των Σίιλι έχει ζητήσει μια ακρόαση με τους τρεις Νεφιλίμ. Θα με ακολουθήσετε;»

Η Κλέρι έβαλε ένα προστατευτικό χέρι γύρω απ' τον ώμο του Σάιμον. «Τι θα γίνει με το θνητό φίλο μας;»

Ο Μέλιορν ήταν ατάραχος. «Οι θνητοί δεν επιτρέπονται στη Βασιλική Αυλή».

«Γιατί δεν μας το είπαν νωρίτερα», είπε ο Σάιμον χωρίς να απευθύνεται σε κάποιον συγκεκριμένα. «Δηλαδή, πρέπει να κάτσω και να περιμένω εδώ μέχρι να αρχίσουν να φυτρώνουν πάνω μου βρύα;»

Ο Μέλιορν το σκέφτηκε. «Αυτό μπορεί να μας διασκέδαζε ιδιαιτέρως».

«Ο Σάιμον δεν είναι συνηθισμένος θνητός. Μπορείτε να τον εμπιστευτείτε», είπε ο Τζέις, ξαφνιάζοντάς τους όλους, και κυρίως τον ίδιο τον Σάιμον.

Η Κλέρι κατάλαβε ότι ο Σάιμον ξαφνιάστηκε, γιατί κοίταξε τον Τζέις χωρίς να πετάξει ούτε μία εξυπνάδα. «Έχει πολεμήσει μαζί μας πολλές φορές».

«Την εξής μία», μουρμούρισε ο Σάιμον. «Ή μάλλον δύο, αν μετρήσεις κι εκείνη που ήμουν αρουραίος».

«Δεν μπαίνουμε στην Αυλή χωρίς τον Σάιμον», είπε η Κλέρι με το χέρι της ακόμη στον ώμο του. «Η Βασίλισσά σας ζήτησε να μας δει, σωστά; Δεν ήταν δική μας ιδέα να έρθουμε εδώ».

Στα πράσινα μάτια του Μέλιορν εμφανίστηκε μια σπίθα ειρωνείας. «Όπως θέλετε», είπε. «Να μην πείτε κιόλας ότι η Αυλή των Σίιλι δεν σέβεται τις επιθυμίες των καλεσμένων της». Έκανε μεταβολή πάνω στα τέλεια τακούνια του και άρχισε να τους οδηγεί προς ένα διάδρομο χωρίς να σταματήσει για να δει αν τον ακολουθούν. Η Ίζαμπελ έτρεξε για να τον προλάβει, αφήνοντας τον Τζέις, τον Σάιμον και την Κλέρι να τους ακολουθούν σιωπηλοί.

«Επιτρέπεται να τα φτιάχνετε με ξωτικά;» ρώτησε η Κλέρι στο τέλος. «Οι... Οι Λάιτγουντ δεν θα είχαν πρόβλημα αν μάθαιναν ότι η Ίζαμπελ και ο πωστονέλεγαν...»

«Μέλιορν», είπε ο Σάιμον.

«...ο Μέλιορν βγαίνουν μαζί;»

«Δεν νομίζω ότι *βγαίνουν*», είπε ο Τζέις τονίζοντας την τελευταία λέξη με έντονη ειρωνεία. «Μάλλον μέσα κάθονται. Ή μάλλον, κάτω απ' τη γη».

«Δεν μου φαίνεται να το εγκρίνεις», είπε ο Σάιμον και παραμέρισε μια ρίζα. Είχαν περάσει από ένα διάδρομο από χώμα σε ένα με λείες πέτρες, και πού και πού είχε τρυπώσει ανάμεσά τους μια ρίζα. Το πάτωμα ήταν από κάποιο γυαλισμένο σκληρό υλικό, όχι μάρμαρο, αλλά πέτρα με φλέβες και γεμάτη γραμμές από κάτι γυαλιστερό, σαν σκόνη από πολύτιμους λίθους.

«Δεν είναι ότι δεν το εγκρίνω» είπε ο Τζέις «τα ξωτικά είναι γνωστό ότι ασχολούνται πού και πού με θνητούς, αλλά πάντα στο τέλος τους παρατάνε, αφού τους έχουν κάνει πρώτα κομμάτια».

Οι λέξεις του έκαναν την Κλέρι να ανατριχιάσει. Την ίδια στιγμή, η Ίζαμπελ γέλασε, και η Κλέρι κατάλαβε γιατί ο Τζέις είχε μιλήσει τόσο χαμηλόφωνα. Οι πέτρινοι τοίχοι πολλαπλασίασαν το γέλιο της Ίζαμπελ τόσο πολύ που έμοιαζε να βγαίνει απ' τους τοίχους.

«Τι πλάκα που έχεις!» είπε η Ίζαμπελ και σκόνταψε καθώς το τακούνι της πιάστηκε ανάμεσα σε δυο πέτρες, και ο Μέλιορν την έπιασε και τη βοήθησε να ισορροπήσει χωρίς να αλλάξει έκφραση.

«Δεν καταλαβαίνω γιατί φοράτε τόσο άβολα παπούτσια εσείς οι άνθρωποι».

«Α, είναι το μότο μου», είπε η Ίζαμπελ. «Ποτέ μικρότερο από δεκαπέντε πόντους».

Ο Μέλιορν την κοίταξε σαν υπνωτισμένος.

«Τα τακούνια εννοώ», είπε. «Είναι λογοπαίγνιο, κατάλαβες; Και καλά...»

«Βιαστείτε», είπε ο ιππότης. «Η Βασίλισσα θα ανυπομονεί». Συνέχισε να περπατάει χωρίς να ρίξει δεύτερη ματιά στην Ίζαμπελ.

«Το ξέχασα», είπε η Ίζαμπελ όταν την έφτασαν οι άλλοι. «Τα ξωτικά δεν έχουν καμία αίσθηση του χιούμορ».

«Μπα, δεν θα το 'λεγα», είπε ο Τζέις. «Υπάρχει ένα κλαμπ νεράιδων στο κέντρο που... όχι ότι έχω πάει», βιάστηκε να προσθέσει.

Ο Σάιμον κοίταξε τον Τζέις με ανοιχτό το στόμα, σαν να ήθελε να τον ρωτήσει κάτι αλλά το μετάνιωσε. Έκλεισε το στόμα του τη στιγμή που ο διάδρομος κατέληξε σε ένα μεγάλο δωμάτιο του οποίου το πάτωμα ήταν συμπιεσμένο χώμα και οι τοίχοι γεμάτοι ψηλές πέτρινες κολόνες τυλιγμένες με κλαδιά κισσού και μεγάλα πολύχρωμα λαμπερά λουλούδια. Ανάμεσα στις κολόνες κρέμονταν λεπτά υφάσματα, βαμμένα ένα απαλό γαλάζιο, που είχε ακριβώς την απόχρωση του ουρανού. Το δωμάτιο ήταν γεμάτο φως, αν και η Κλέρι δεν έβλεπε πουθενά πυρσούς, και η γενικότερη ατμόσφαιρα ήταν σαν ένα καλοκαιρινό περίπτερο λουσμένο από το λαμπερό φως του ήλιου παρά σαν ένα υπόγειο δωμάτιο από χώμα.

Η πρώτη εντύπωση της Κλέρι ήταν ότι βρισκόταν στην ύπαιθρο. Η δεύτερη ότι το δωμάτιο ήταν γεμάτο κόσμο. Ακουγόταν μια παράξενη γλυκιά μουσική, γεμάτη γλυκόξινες νότες, σαν μέλι ανακατεμένο με λεμόνι, ενώ ένας κύκλος από νεράιδες χόρευε υπό τον ήχο της μουσικής, με τα πόδια τους σχεδόν να μην ακουμπάνε το πάτωμα. Τα μαλλιά τους –μπλε, μαύρα, καφέ και κόκκινα, χρυσά και κατάλευκα– ανέμιζαν σαν σημαίες.

Καταλάβαινε γιατί είχαν αυτήν τη φήμη: ήταν πανέμορφα με τα απαλά χλωμά τους πρόσωπα, τα λιλά, χρυσά και μπλε φτερά τους. Πώς ήταν δυνατόν να της λέει ο Τζέις ότι ήταν σατανικά; Η μουσική που στην αρχή είχε ξενίσει τα αφτιά της έμοιαζε πια μόνο γλυκιά. Ένιωθε την παρόρμηση να ανακατέψει τα μαλλιά της και να μπει κι εκείνη στο χορό. Η μουσική τής έλεγε ότι αν χόρευε θα ήταν κι αυτή τόσο ανάλαφρη κι αέρινη σαν τα ξωτικά. Έκανε ένα βήμα εμπρός...

Και ένιωσε ένα χέρι να την τραβάει πίσω. Ο Τζέις την κοίταζε άγρια, με τα χρυσά του μάτια να λάμπουν σαν μάτια αγριόγατας. «Αν χορέψεις μαζί τους, θα χορεύεις μέχρι να πεθάνεις», είπε πνιχτά.

Η Κλέρι τον κοίταξε. Ένιωθε σαν να είχε μόλις ξυπνήσει από ένα όνειρο, το κεφάλι της βαρύ και θολό.

«Ορίστε;» ρώτησε με συρτή φωνή.

Ο Τζέις έκανε έναν ήχο ανυπομονησίας. Στο χέρι του κρατούσε το ραβδί του, αν και η Κλέρι δεν τον είχε δει να το βγάζει. Έπιασε σφιχτά τον καρπό της και χάραξε βιαστικά ένα ρούνο που έκαιγε στο δέρμα του μπράτσου της. «Κοίτα τώρα», της είπε.

Η Κλέρι ξανακοίταξε και έμεινε άφωνη. Τα πρόσωπα που της είχαν φανεί τόσο χαριτωμένα ήταν ακόμη χαριτωμένα, αλλά πίσω τους υπήρχε κάτι πανούργο, πρωτόγονο σχεδόν. Το κορίτσι με τα ροζ και γαλάζια φτερά τής έκανε νόημα, αλλά η Κλέρι είδε ότι τα δάχτυλά της ήταν από κισσό, σαν κλωνάρια με κλειστά μπουμπούκια. Τα μάτια της ήταν τελείως μαύρα, χωρίς κόρη και ίριδα. Το αγόρι που χόρευε δίπλα της είχε δέρμα πράσινο σαν δηλητήριο και κέρατα που έβγαιναν απ' το κεφάλι του. Όταν έκανε μια στροφή στο χορό και άνοιξε το παλτό του, η Κλέρι είδε ότι το στήθος του ήταν ένας άδειος σκελετός. Στα γυμνά του κόκαλα είχε δεμένες κορδέλες, ίσως για να φαίνεται πιο γιορτινός. Η Κλέρι ανατρίχιασε.

«Έλα!» Ο Τζέις την έσπρωξε και αυτή παραπάτησε. Όταν ξαναβρήκε την ισορροπία της, έψαξε τον Σάιμον και τον είδε πιο μπροστά, με την Ίζαμπελ να τον κρατάει σφιχτά. Αυτήν τη φορά δεν την πείραξε. Αμφέβαλλε αν θα είχε καταφέρει ο Σάιμον να διασχίσει το δωμάτιο μόνος του.

Αφού προσπέρασαν τον κύκλο των χορευτών, πήγαν προς το βάθος της αίθουσας και πέρασαν από μια μισάνοιχτη γαλάζια μεταξωτή κουρτίνα. Ήταν μεγάλη ανακούφιση το ότι έφυγαν απ' την αίθουσα και ότι βρέθηκαν σε έναν άλλο διάδρομο, αυτήν τη φορά φτιαγμένο από ένα γυαλιστερό καφετί υλικό σαν το φλοιό ενός φουντουκιού. Η Ίζαμπελ άφησε τον Σάιμον και εκείνος σταμάτησε αμέσως να περπατάει. Όταν τον έφτασε η Κλέρι, είδε ότι η Ίζαμπελ τού είχε δέσει τα μάτια με το μαντίλι της. Προσπαθούσε να λύσει τον κόμπο όταν τον έφτασε η Κλέρι. «Κάτσε να τον λύσω εγώ», του είπε, και εκείνος έμεινε ακίνητος μέχρι να τον λύσει και να δώσει το μαντίλι πίσω στην Ίζαμπελ με ένα νεύμα για ευχαριστώ.

Ο Σάιμον έσπρωξε τα μαλλιά του, που ήταν υγρά στο σημείο όπου τα είχε σκεπάσει το μαντίλι. «Ωραία μουσική», παρατήρησε. «Λίγο κάντρι, λίγο ροκ».

Ο Μέλιορν, που είχε σταματήσει για να τους περιμένει, έκανε μια γκριμάτσα. «Δεν σας επηρέασε;»

«Εμένα με επηρέασε λίγο παραπάνω απ' ό,τι έπρεπε», είπε η Κλέρι. «Τι ήταν αυτό, κάποιου είδους δοκιμασία; Ή μήπως φάρσα;»

Ο Μέλιορν ανασήκωσε τους ώμους του. «Έχω συνηθίσει τους θνητούς που παρασύρονται εύκολα από τα ξόρκια των νεράιδων, όχι όμως και τους Κυνηγούς. Νόμιζα ότι είχατε ρούνους προστασίας».

«Είχε», είπε ο Τζέις, καρφώνοντας το βλέμμα του στα πράσινα σμαραγδένια μάτια του Μέλιορν.

Ο Μέλιορν δεν είπε τίποτα, απλώς ξεκίνησε και πάλι να περπατάει. Ο Σάιμον έμεινε δίπλα στην Κλέρι για λίγο χωρίς να μιλάει, ώσπου δεν άντεξε: «Τι έχασα, λοιπόν; Γυμνές χορεύτριες;»

Η Κλέρι σκέφτηκε το ξωτικό με το σκελετό. «Δεν ήταν και τόσο ευχάριστο».

«Υπάρχουν τρόποι να συμμετάσχει ένας θνητός στις γιορτές των ξωτικών», είπε η Ίζαμπελ, που κρυφάκουγε.

«Αν σου δώσουν ένα φυλαχτό –ένα φύλλο ή ένα λουλούδι– και το κρατήσεις όλη τη νύχτα, το πρωί θα είσαι μια χαρά. Ή αν πας μαζί με ένα ξωτικό για φύλακα...» έριξε μια ματιά στον Μέλιορν, αλλά εκείνος είχε φτάσει σε μια κουρτίνα από φύλλα στερεωμένη στον τοίχο και είχε σταματήσει εκεί.

«Εδώ είναι τα διαμερίσματα της Βασίλισσας», είπε. «Ήρθε από το ανάκτορό της στο Βορρά για να μάθει για το θάνατο του νεαρού ξωτικού. Αν γίνει πόλεμος, θέλει να είναι εκείνη που θα τον κηρύξει».

Από κοντά, η Κλέρι είδε ότι η κουρτίνα ήταν φτιαγμένη από πλεγμένα φύλλα με κεχριμπαρένιες σταγόνες. Ο Μέλιορν τράβηξε την κουρτίνα και τους οδήγησε στην αίθουσα ακροάσεων.

Πρώτος μπήκε σκυφτός ο Τζέις, μετά η Κλέρι. Κοίταξε γύρω της με περιέργεια.

Το ίδιο το δωμάτιο ήταν απλό, στους χωμάτινους τοίχους κρέμονταν απαλά υφάσματα. Φωσφορισμοί έλαμπαν αχνά μέσα σε γυάλινα δοχεία. Μια γλυκύτατη γυναίκα ήταν ξαπλωμένη σε ένα χαμηλό ανάκλιντρο, περικυκλωμένη από τους αυλικούς της: ένα παρδαλό πλήθος από νεράιδες, από μικροσκοπικά ξωτικά μέχρι κορίτσια με μακριά πανέμορφα μαλλιά που έμοιαζαν φυσιολογικά... εκτός απ' τα μαύρα δίχως κόρη μάτια τους.

«Βασίλισσά μου», είπε ο Μέλιορν με μια χαμηλή υπόκλιση. «Σας έφερα τους Νεφιλίμ».

Η Βασίλισσα ανακάθισε. Είχε μακριά κατακόκκινα μαλλιά που έμοιαζαν να ανεμίζουν γύρω της σαν φύλλα στο φθινοπωρινό αεράκι. Τα μάτια της ήταν διάφανα μπλε σαν το γυαλί και το βλέμμα της κοφτερό σαν ξυράφι. «Μόνο τρεις απ' αυτούς είναι Νεφιλίμ», είπε. «Ο άλλος είναι θνητός».

Ο Μέλιορν μαζεύτηκε λίγο, αλλά η Βασίλισσα δεν τον κοιτούσε καν. Το βλέμμα της ήταν καρφωμένο στους Κυνηγούς. Η Κλέρι ένιωθε το βάρος του, σαν άγγιγμα. Παρά την ομορφιά της, η Βασίλισσα δεν ήταν καθόλου εύθραυστη. Ήταν λαμπερή και απρόσιτη σαν μακρινό αστέρι.

«Μας συγχωρείτε, Βασίλισσά μου», είπε ο Τζέις και έκανε ένα βήμα μπροστά, μπαίνοντας ανάμεσα στη Βασίλισσα και στους συντρόφους του. Η φωνή του είχε αλλάξει χροιά: είχε κάτι καινούριο στον τόνο του, κάτι προσεκτικό και τρυφερό. «Ο θνητός είναι δική μας ευθύνη. Του χρωστάμε προστασία. Γι' αυτό τον έχουμε μαζί μας».

Η Βασίλισσα έγειρε το κεφάλι της στο πλάι, σαν πουλί. Η προσοχή της είχε στραφεί ολοκληρωτικά στον Τζέις. «Δεσμός αίματος;» ρώτησε. «Με ένα θνητό;»

«Έσωσε τη ζωή μου», είπε ο Τζέις. Η Κλέρι ένιωσε τον Σάιμον να τινάζεται από έκπληξη δίπλα της. Ήλπιζε να μην το δείξει πολύ. Οι νεράιδες δεν μπορούσαν να πουν ψέματα, είχε πει ο Τζέις, και ούτε ο ίδιος έλεγε ψέματα, ο Σάιμον τού είχε σώσει όντως τη ζωή. Απλώς, δεν ήταν αυτός ο λόγος για τον οποίο τον είχαν φέρει ως εκεί. Η Κλέρι άρχισε να καταλαβαίνει τι σήμαινε "να λες την αλήθεια με δημιουργικό τρόπο".

«Σας παρακαλώ, Βασίλισσα. Ελπίζαμε ότι θα καταλαβαίνατε. Είχαμε ακούσει ότι η καλοσύνη σας είναι τόσο μεγάλη όσο και η ομορφιά σας. Αν είναι έτσι... τότε, πρέπει να είστε εξαιρετικά καλοσυνάτη».

Η Βασίλισσα χαμογέλασε και έσκυψε μπροστά και τα

λαμπερά της μαλλιά σκέπασαν το πρόσωπό της. «Είσαι γοητευτικός σαν τον πατέρα σου, Τζόναθαν Μόργκενστερν», είπε και έδειξε τα μαξιλάρια γύρω της. «Ελάτε, καθίστε δίπλα μου. Φάτε κάτι, πιείτε. Χαλαρώστε. Θα μιλήσουμε καλύτερα μόλις βρέξουμε τα χείλη μας».

Για μια στιγμή, ο Τζέις έδειξε να σαστίζει. Δίστασε. Ο Μέλιορν έσκυψε προς το μέρος του και ψιθύρισε: «Δεν θα ήταν σοφό να αρνηθείτε την πλούσια προσφορά της Βασίλισσας των Σίιλι».

Τα μάτια της Ίζαμπελ συνάντησαν τα μάτια του Τζέις. Ανασήκωσε τους ώμους της. «Δεν θα πάθουμε τίποτα αν καθίσουμε λίγο».

Ο Μέλιορν τούς οδήγησε σε μια στοίβα από μεταξωτά μαξιλάρια πλάι στο ανάκλιντρο της Βασίλισσας. Η Κλέρι έκατσε προσεκτικά, περιμένοντας να την τσιμπήσει κάτι μυτερό στον πισινό. Κάτι τέτοιο θα το έβρισκε η Βασίλισσα διασκεδαστικό, ήταν σίγουρη. Δεν έγινε τίποτα, όμως. Τα μαξιλάρια ήταν πολύ αναπαυτικά. Έκατσε μαζί με τους άλλους.

Ένα ξωτικό με μπλε δέρμα πήγε προς το μέρος τους κουβαλώντας ένα δίσκο με τέσσερα ασημένια κύπελλα. Πήραν από ένα και είδαν ότι ήταν ένα χρυσό υγρό με ροζ ροδοπέταλα στην επιφάνεια. Ο Σάιμον άφησε αμέσως το ποτήρι δίπλα του.

«Δεν θα πιεις;» τον ρώτησε το ξωτικό.

«Την προηγούμενη φορά που ήπια το μετάνιωσα», μουρμούρισε εκείνος.

Η Κλέρι δεν τον άκουσε καλά. Το ποτό είχε μια μεθυστική, δυνατή μυρωδιά, πιο πλούσια και πιο γλυκιά απ' τα τριαντάφυλλα. Έπιασε ένα πέταλο απ' την επιφάνεια και το έτριψε ανάμεσα στα δάχτυλά της, απελευθερώνοντας περισσότερο άρωμα.

Ο Τζέις τράβηξε το χέρι της. «Μην πιεις», της είπε πνιχτά.

«Μα...»

«Μην πιεις».

Άφησε κάτω το ποτήρι της, όπως είχε κάνει και ο Σάιμον. Το δάχτυλο και ο αντίχειράς της είχαν γίνει ροζ.

«Λοιπόν», είπε η Βασίλισσα. «Ο Μέλιορν μού είπε ότι ισχυρίζεστε πως ξέρετε ποιος σκότωσε το παιδί μας στο πάρκο χθες το βράδυ. Αν και πρέπει να σας πω ότι δεν μου φαίνεται και πολύ μυστήριο: ένα παιδί των ξωτικών, με ρουφηγμένο όλο το αίμα; Μήπως έχετε να μου πείτε το όνομα ενός συγκεκριμένου βρικόλακα; Πάντως, όλοι τους είναι κατηγορούμενοι, που παραβίασαν το Νόμο, και θα τιμωρηθούν αναλόγως. Αντίθετα με το τι δείχνουμε, δεν είμαστε και τόσο επιλεκτικοί».

«Ελάτε τώρα», είπε η Ίζαμπελ. «Δεν ήταν βρικόλακες».

Ο Τζέις τής έριξε ένα αυστηρό βλέμμα. «Αυτό που θέλει να πει η Ίζαμπελ είναι ότι είμαστε σχεδόν σίγουροι ότι ο δολοφόνος είναι κάποιος άλλος. Πιστεύουμε ότι ίσως θέλει να ρίξει τις υποψίες στους βρικόλακες για να καλύψει τα ίχνη του».

«Έχετε αποδείξεις;»

Το ύφος του Τζέις ήταν ήρεμο, αλλά ο ώμος που ακουμπούσε στον ώμο της Κλέρι ήταν σφιγμένος από άγχος. «Χθες το βράδυ σκοτώθηκαν όλοι οι Σιωπηλοί Αδελφοί, και από κανέναν τους δεν έλειπε το αίμα».

«Και τι σχέση έχει αυτό με το φόνο του δικού μας; Οι νεκροί Νεφιλίμ είναι ένα δράμα για τους Νεφιλίμ, αλλά δεν σημαίνουν τίποτα για μένα».

Η Κλέρι ένιωσε μια δυνατή σουβλιά στο αριστερό της χέρι. Το κοίταξε και είδε τη μικροσκοπική μορφή ενός ξωτικού να τρέχει ανάμεσα στα μαξιλάρια. Μια κόκκινη σταγόνα από αίμα είχε αναβλύσει στο δάχτυλό της. Το έφερε στο στόμα της με μια γκριμάτσα. Πολύ χαριτωμένα τα μικρούλια ξωτικά, αλλά δάγκωναν πολύ δυνατά.

«Κλάπηκε επίσης το Ξίφος των Ψυχών», συνέχισε ο Τζέις. «Ξέρετε, το Μαελάρταχ;»

«Το ξίφος που κάνει τους Κυνηγούς να λένε την αλήθεια;» είπε η Βασίλισσα που έδειχνε να το διασκεδάζει. «Εμείς δεν έχουμε ανάγκη για κάτι τέτοιο».

«Το πήρε ο Βάλενταϊν Μόργκενστερν», είπε ο Τζέις. «Σκότωσε τους Σιωπηλούς Αδελφούς για να το πάρει, και πιστεύουμε ότι αυτός σκότωσε και το ξωτικό. Ήθελε το αίμα ενός ξωτικού για να πραγματοποιήσει μια μεταμόρφωση του Ξίφους. Θέλει να το κάνει ένα αντικείμενο που θα μπορεί να το χρησιμοποιήσει για το σκοπό του».

«Και δεν θα σταματήσει» πρόσθεσε η Ίζαμπελ «χρειάζεται κι άλλο αίμα».

Η Βασίλισσα είχε ανασηκώσει τα φρύδια της. «Κι άλλο αίμα Ξωτικών;»

«Όχι», είπε ο Τζέις, ρίχνοντας στην Ίζαμπελ ένα βλέμμα που η Κλέρι δεν μπορούσε να αποκρυπτογραφήσει. «Αίμα Πλασμάτων του Σκότους. Χρειάζεται το αίμα ενός λυκανθρώπου, ενός βρικόλακα...»

Τα μάτια της Βασίλισσας άστραψαν από την αντανάκλαση του φωτός. «Αυτό δεν είναι δική μας υπόθεση».

«Σκότωσε ένα *δικό* σας», είπε η Ίζαμπελ. «Δεν θέλετε εκδίκηση;»

«Όχι άμεσα», είπε η Βασίλισσα κοιτάζοντάς την πεταχτά, όπως θα την άγγιζε το φτερό μιας πεταλούδας. «Είμαστε υπομονετικός λαός, γιατί έχουμε στη διάθεσή μας άπειρο χρόνο. Ο Βάλενταϊν Μόργκενστερν είναι ένας παλιός μας εχθρός, αλλά υπάρχουν άλλοι, ακόμα πιο παλιοί. Μπορούμε να περιμένουμε και να παρακολουθούμε».

«Καλεί κοντά του δαίμονες», είπε ο Τζέις. «Φτιάχνει ένα στρατό...»

«Οι δαίμονες» είπε η Βασίλισσα ελαφριά, ενώ γύρω της είχαν μαζευτεί οι αυλικοί της «είναι δική σας ευθύνη, έτσι δεν είναι, Κυνηγέ; Γι' αυτό δεν έχετε τη δύναμη να μας εξουσιάζετε όλους; Επειδή εσείς κυνηγάτε τους Δαίμονες;»

«Δεν έχω έρθει εδώ για να σας δώσω διαταγές εκ μέρους του Κονκλάβιου. Ήρθαμε εδώ όταν μας το ζητήσατε επειδή πιστεύαμε ότι αν ξέρατε την αλήθεια, θα μας βοηθούσατε».

«Αλήθεια, αυτό πιστεύατε;» Η Βασίλισσα έγειρε εμπρός στην καρέκλα της και τα μακριά της μαλλιά ανέμισαν σαν ζωντανά. «Θυμήσου, Κυνηγέ, υπάρχουν κάποιοι από μας που δυσφορούμε κάτω απ' το ζυγό του Κονκλάβιου. Ίσως και να έχουμε κουραστεί να πολεμάμε στους δικούς σας πολέμους».

«Μα, δεν είναι μόνο δικός μας πόλεμος», είπε ο Τζέις. «Ο Βάλενταϊν μισεί τα Πλάσματα του Σκότους, πολύ περισσότερο απ' ό,τι τους δαίμονες. Αν μας νικήσει, θα στραφεί μετά εναντίον σας».

Τα μάτια της Βασίλισσας τον κάρφωσαν.

«Και όταν θα γίνει αυτό» είπε ο Τζέις «να θυμάστε ότι αυτός που σας προειδοποίησε ήταν ένας Κυνηγός των Σκιών».

Σιωπή. Ακόμα και οι αυλικοί είχαν σταματήσει να μιλάνε και κοίταζαν τη Βασίλισσά τους. Τελικά, η Βασίλισσα ακούμπησε πίσω στα μαξιλάρια της και ήπιε μια γουλιά από ένα ασημένιο Κύπελλο. «Με προειδοποιείς για τον ίδιο σου το γονιό», είπε. «Πίστευα ότι οι θνητοί νιώθουν συγγενικούς δεσμούς, όμως εσύ δεν δείχνεις καμία αφοσίωση προς τον πατέρα σου, τον Βάλενταϊν».

Ο Τζέις δεν είπε τίποτα. Για πρώτη φορά έμοιαζε να μην έχει τι να πει.

Η Βασίλισσα συνέχισε με γλυκό ύφος. «Ή μήπως αυτή η εχθρότητά σου είναι μια προσποίηση; Η αγάπη σάς κάνει ψεύτες εσάς τους θνητούς».

«Μα, δεν τον αγαπάμε τον πατέρα μας», είπε η Κλέρι, μια και ο Τζέις παρέμενε ανησυχητικά σιωπηλός. «Τον μισούμε».

«Αλήθεια;» ρώτησε η Βασίλισσα με ύφος σχεδόν βαριεστημένο.

«Ξέρετε πώς είναι οι δεσμοί της οικογένειας, Βασίλισσά μου», είπε ο Τζέις, που είχε ξαναβρεί τη φωνή του. «Μας σφίγγουν σαν τα κλωνάρια του κισσού. Μερικές φορές όμως, σαν τον κισσό, μας σφίγγουν τόσο πολύ που μπορούν να μας σκοτώσουν».

Η Βασίλισσα πετάρισε τις βλεφαρίδες της. «Θα πρόδιδες τον ίδιο σου τον πατέρα για χάρη του Κονκλάβιου;»

«Ακόμα κι αυτό, Μεγαλειοτάτη».

Εκείνη γέλασε, και το γέλιο της ήταν κρύο και παγερό σαν σταλακτίτες. «Ποιος θα το 'λεγε» είπε «ότι τα μικρά πειράματα του Βάλενταϊν θα στρέφονταν εναντίον του;»

Η Κλέρι κοίταξε τον Τζέις, αλλά κατάλαβε από την

έκφραση στο πρόσωπό του ότι δεν είχε ιδέα για τι μιλούσε η Βασίλισσα.

Τελικά, μίλησε η Ίζαμπελ. «*Πειράματα;*»

Η Βασίλισσα δεν την κοίταξε καν. Το βλέμμα της, ένα λαμπερό μπλε, ήταν καρφωμένο στον Τζέις. «Ο λαός των Ξωτικών είναι γεμάτος μυστικά. Δικά μας αλλά όχι μόνο. Ρώτησε τον πατέρα σου, όταν τον ξαναδείς, τι αίμα έχεις στις φλέβες σου, Τζόναθαν».

«Δεν είχα σκοπό να τον ρωτήσω τίποτα αν τον ξαναέβλεπα, αλλά αν το θέλετε, Μεγαλειοτάτη, θα το κάνω».

Τα χείλη της Βασίλισσας σχημάτισαν ένα χαμόγελο. «Νομίζω ότι είσαι ψεύτης. Γοητευτικός, παρ' όλα αυτά. Τόσο γοητευτικός, που θα σου ορκιστώ το εξής: κάνε στον πατέρα σου την ερώτησή μου και σου υπόσχομαι όλη τη δύναμη που έχω στη διάθεσή μου αν γίνει πόλεμος κατά του Βάλενταϊν».

Ο Τζέις χαμογέλασε. «Η γενναιοδωρία σας είναι τόσο μεγάλη όσο και η ομορφιά σας, Βασίλισσα».

Η Κλέρι παραλίγο να κάνει εμετό, αλλά η Βασίλισσα έδειξε να χαίρεται.

«Και πιστεύω ότι έχουμε τελειώσει για σήμερα», πρόσθεσε ο Τζέις και σηκώθηκε όρθιος. Είχε αφήσει το ποτήρι του δίπλα στης Ίζαμπελ. Σηκώθηκαν όλοι τους. Η Ίζαμπελ μιλούσε ήδη με τον Μέλιορν δίπλα στη φυλλώδη πόρτα. Εκείνος έμοιαζε να θέλει να ξεφύγει.

«Μισό λεπτό», είπε η Βασίλισσα. «Ένας από σας πρέπει να παραμείνει».

Ο Τζέις, που είχε φτάσει σχεδόν στην πόρτα, έκανε μεταβολή. «Τι εννοείτε;»

Άπλωσε το χέρι της και έδειξε την Κλέρι. «Όταν το φαγητό ή το ποτό μας αγγίξει τα χείλη ενός θνητού, αυτός ο θνητός είναι δικός μας. Το ξέρεις αυτό, Κυνηγέ».

Η Κλέρι είχε μείνει άναυδη. «Μα, δεν το ήπια!» Στράφηκε στον Τζέις. «Λέει ψέματα».

«Οι νεράιδες δεν λένε ψέματα», είπε εκείνος, και στο πρόσωπό του ήταν έκδηλη η ανησυχία και η σύγχυση. Στράφηκε προς τη Βασίλισσα. «Φοβάμαι ότι έχετε κάνει κάποιο λάθος, Μεγαλειοτάτη».

«Κοίταξε τα δάχτυλά της! Δεν τα έγλειψε για να τα καθαρίσει;»

«Από το αίμα!» φώναξε η Κλέρι. «Ένα ξωτικό με δάγκωσε και μάτωσα και...» θυμήθηκε τη γλυκιά γεύση του αίματος καθώς είχε αναμιχθεί με το χυμό στο δάχτυλό της. Έτρεξε πανικόβλητη προς την πόρτα και ένιωσε αόρατα χέρια να την τραβάνε πίσω. Γύρισε στον Τζέις σαστισμένη. «Αλήθεια λέει».

Ο Τζέις είχε αναψοκοκκινίσει. «Θα έπρεπε να περιμένω ένα τέτοιο κόλπο», είπε στη Βασίλισσα, ενώ ο γλυκερός του τόνος είχε εξαφανιστεί. «Γιατί το κάνετε αυτό; Τι θέλετε από μας;»

Η φωνή της Βασίλισσας ήταν απαλή σαν τον ιστό της αράχνης. «Ίσως να είμαι απλώς περίεργη», είπε. «Δεν έχω και πολύ συχνά νεαρούς Κυνηγούς τόσο κοντά στη δικαιοδοσία μου. Όπως κι εμείς, κατάγεστε από τον Παράδεισο. Αυτό μου εξάπτει την περιέργεια».

«Αντίθετα με εσάς όμως» είπε ο Τζέις «δεν έχουμε ούτε ίχνος κόλασης μέσα μας».

«Εσείς είστε θνητοί: γερνάτε και πεθαίνετε. Αν δεν είναι αυτό κόλαση, τότε πες μου τι είναι;» ρώτησε η Βασίλισσα.

«Αν θέλετε απλώς να μελετήσετε έναν Κυνηγό» είπε η Κλέρι «δεν θα σας φανώ και πολύ χρήσιμη». Το χέρι της πονούσε εκεί που την είχε δαγκώσει το ξωτικό, και με το ζόρι κρατιόταν να μην ξεσπάσει σε φωνές ή κλάματα. «Δεν έχω ιδέα από τέτοια. Δεν έχω λάβει σχεδόν καμία εκπαίδευση. Είμαι το λάθος άτομο», είπε.

Για πρώτη φορά, η Βασίλισσα την κοίταξε στα μάτια. Η Κλέρι ήθελε να κρυφτεί μακριά της. «Η αλήθεια είναι, Κλαρίσα Μόργκενστερν, ότι είσαι ακριβώς το σωστό άτομο». Τα μάτια της έλαμψαν καθώς αντιλήφθηκε την αναστάτωση της Κλέρι. «Χάρη στις αλλαγές που σου έκανε ο πατέρας σου δεν είσαι σαν τους άλλους Κυνηγούς. Τα χαρίσματά σου είναι διαφορετικά».

«Τα *χαρίσματα;*» ρώτησε η Κλέρι σαστισμένη.

«Έχεις το χάρισμα των ανείπωτων λέξεων» της είπε η Βασίλισσα «και ο αδερφός σου το χάρισμα του ίδιου του Αρχαγγέλου. Το εξασφάλισε ο πατέρας σου, όταν ο αδερφός σου ήταν παιδί, πριν καν γεννηθείς εσύ».

«Ο πατέρας μου δεν μου έδωσε ποτέ τίποτα», είπε η Κλέρι. «Ούτε καν το όνομά μου».

Ο Τζέις ήταν ανέκφραστος, όσο άδεια αισθανόταν και η Κλέρι. «Αν και οι νεράιδες δεν λένε ψέματα» είπε «οι άλλοι μπορούν να τους πουν. Νομίζω ότι σας ξεγέλασε κάποιος, Μεγαλειοτάτη. Δεν έχουμε τίποτα ιδιαίτερο εγώ και η αδελφή μου».

«Πόσο επιδέξια υποτιμάς τον εαυτό σου...», είπε η Βασίλισσα γελώντας. «Αν και θα 'πρεπε να ξέρεις ότι δεν είσαι σαν τα συνηθισμένα θνητά παιδιά, Τζόναθαν...» Το βλέμμα της πέρασε πάνω από την Κλέρι, τον Τζέις, την Ίζαμπελ, που έκλεισε το στόμα της, το οποίο κρατούσε τόση ώρα ανοιχτό, και μετά πάλι από τον Τζέις. «Είναι δυνατόν να μην το ξέρεις;» μουρμούρισε.

«Ξέρω ότι δεν υπάρχει περίπτωση να αφήσω την αδερφή μου στην Αυλή σας», είπε ο Τζέις «και μια και δεν μπορείτε να μάθετε τίποτα από εκείνη ή από μένα, μήπως θα μπορούσατε να μας κάνετε τη χάρη να την αφήσετε ελεύθερη;» *Τώρα που διασκεδάσατε*, ήταν σαν να της λέει το βλέμμα του, αν και η φωνή του ήταν ευγενική, και καθαρή σαν το νερό.

Το χαμόγελο της Βασίλισσας ήταν σατανικό και απαίσιο. «Κι αν σου έλεγα ότι μπορεί να ελευθερωθεί με ένα φιλί;»

«Θέλετε να σας φιλήσει ο Τζέις;» είπε η Κλέρι με απορία.

Η Βασίλισσα ξέσπασε σε γέλια, και την ίδια στιγμή οι αυλικοί της τη μιμήθηκαν. Το γέλιο τους ήταν παράξενο, ένα απόκοσμο μίγμα από τσιρίδες, σφυρίγματα και κακαρίσματα, σαν τις κραυγές ενός ζώου που πονούσε.

«Παρά την εξαιρετική του χάρη» είπε η Βασίλισσα «δεν είναι αυτό το φιλί που θα ελευθερώσει το κορίτσι».

Οι τέσσερις νέοι κοιτάχτηκαν μεταξύ τους, σαστισμένοι. «Μπορώ να φιλήσω εγώ τον Μέλιορν», πρότεινε η Ίζαμπελ.

«Ούτε αυτό. Όχι κάποιον απ' την Αυλή μου».

Ο Μέλιορν απομακρύνθηκε από την Ίζαμπελ, που κοίταξε τους συντρόφους της και σήκωσε ψηλά τα χέρια της. «Δεν πρόκειται να φιλήσω κανέναν από εσάς», είπε κοφτά. «Για να είμαστε ξεκάθαροι».

«Δεν είναι απαραίτητο», είπε ο Σάιμον. «Αν το μόνο που χρειάζεται είναι ένα φιλί...»

Πήγε προς την Κλέρι, που έμεινε παγωμένη στη θέση της. Όταν την έπιασε από τους αγκώνες, χρειάστηκε να πιέσει τον εαυτό της για να μην τον σπρώξει. Δεν ήταν ότι δεν τον είχε ξαναφιλήσει, αλλά αυτή η κατάσταση θα ήταν πολύ παράξενη ακόμα και αν ένιωθε τελείως άνετα με το να τον φιλήσει –και δεν ένιωθε. Κι όμως, λογικά, αυτό θα ήθελε η Βασίλισσα, σωστά; Χωρίς να το θέλει, έριξε μια βιαστική ματιά στον Τζέις και τον είδε να κάνει μια γκριμάτσα.

«Όχι», είπε η Βασίλισσα με φωνή σαν κρύσταλλο που κουδουνίζει. «Δεν είναι αυτό που θέλω».

Η Ίζαμπελ στριφογύρισε τα μάτια της. «Α, για όνομα του Αρχαγγέλου. Αν δεν υπάρχει άλλος τρόπος, εντάξει, θα φιλήσω *εγώ* τον Σάιμον. Δεν θα είναι η πρώτη φορά και δεν είναι και τόσο άσχημο».

«Ευχαριστώ», είπε ο Σάιμον. «Πολύ κολακευτικό αυτό».

«Κι όμως», είπε η Βασίλισσα της Αυλής των Σίιλι. Η έκφρασή της ήταν έντονη, με κάτι σαν ψυχρή απόλαυση, και η Κλέρι αναρωτήθηκε μήπως αυτό που πραγματικά ήθελε ήταν να τους κοιτάζει να νιώθουν αμηχανία και να μην ξέρουν τι να κάνουν. «Πολύ φοβάμαι ότι ούτε αυτό μου κάνει».

«Εγώ πάντως δεν φιλάω αυτόν», είπε ο Τζέις δείχνοντας τον Σάιμον. «Προτιμώ να μείνω εδώ και να σαπίσω».

«Για πάντα;» ρώτησε ο Σάιμον. «Μου φαίνεται απίστευτα πολύς καιρός».

Ο Τζέις σήκωσε τα φρύδια του. «Το ήξερα ότι κατά βάθος με γουστάρεις».

Ο Σάιμον σήκωσε τα χέρια του αγανακτισμένος. «Όχι βέβαια. Αν δεν υπάρχει άλλος τρόπος...»

«Τελικά, παντού υπάρχει ένας γκέι, καλά λένε», παρατήρησε ο Τζέις.

«Παντού υπάρχει ένας μύθος, λένε, γελοίε!» είπε οργισμένος ο Σάιμον.

«Παρόλο που όλο αυτό είναι πολύ διασκεδαστικό» είπε παγερά η Βασίλισσα και έσκυψε μπροστά «το φιλί που θα απελευθερώσει το κορίτσι είναι το φιλί που επιθυμεί πιο πολύ απ' όλα». Η παγερή απόλαυση στο πρόσωπο και στη φωνή της είχε γίνει ακόμα πιο έντονη και οι λέξεις της ήταν λες και κάρφωναν τα αφτιά της Κλέρι με βελόνες. «Μόνο αυτό και τίποτα περισσότερο».

Ο Σάιμον έμοιαζε σαν να τον είχε χαστουκίσει. Η Κλέρι ήθελε να πάει κοντά του, αλλά έμεινε στη θέση της σαν στήλη άλατος, πολύ τρομοκρατημένη για να κουνηθεί.

«Γιατί το κάνεις αυτό;» ρώτησε ο Τζέις.

«Νόμιζα ότι *σου* έκανα χάρη».

Ο Τζέις κοκκίνισε, αλλά δεν είπε τίποτα. Απέφευγε να κοιτάζει την Κλέρι.

«Είναι γελοίο. Είναι αδέρφια», είπε ο Σάιμον.

Η Βασίλισσα ανασήκωσε τους ώμους της με μια πολύ ντελικάτη κίνηση. «Η επιθυμία δεν περιορίζεται πάντα από την αποστροφή. Ούτε χαρίζεται πάντα σε όσους την αξίζουν. Και μια που τα λόγια μου τα δένει η μαγεία μου, έτσι θα μάθετε την αλήθεια. Αν δεν θέλει το φιλί του, αυτό δεν θα την ελευθερώσει».

Ο Σάιμον είπε κάτι με θυμωμένο ύφος, αλλά η Κλέρι δεν τον άκουσε. Τα αφτιά της βούιζαν σαν να είχε παγιδευτεί μες στο κεφάλι της ένα σμήνος από άγριες μέλισσες. Ο Σάιμον γύρισε προς το μέρος της, εξοργισμένος, και είπε: «Δεν είσαι αναγκασμένη να το κάνεις, Κλέρι, αν δεν το θέλεις, είναι ένα κόλπο...»

«Όχι κόλπο», είπε ο Τζέις. «Δοκιμασία».

«Δεν ξέρω για σένα, Σάιμον» είπε η Ίζαμπελ με έντονο ύφος «αλλά εγώ θα *ήθελα* να βγάλω την Κλέρι από δω μέσα».

«Ναι, γιατί εσύ θα φιλούσες τον Άλεκ» της είπε ο Σάιμον «μόνο και μόνο αν σ' το ζητούσε η Βασίλισσα των Σίιλι;»

«Εννοείται», είπε η Ίζαμπελ εκνευρισμένη. «Αν η άλλη επιλογή ήταν να μείνω εδώ μέσα για πάντα; Στο κάτω κάτω, τι σημασία έχει; Ένα φιλί είναι».

«Έχει δίκιο», είπε ο Τζέις. Η Κλέρι τον είδε, με την άκρη της θολωμένης της όρασης, καθώς πήγε προς το μέρος της και έβαλε το χέρι του στον ώμο της, γυρνώντας την προς το πρόσωπό του. «Ένα φιλί είναι μόνο», είπε, και παρόλο που το ύφος του ήταν τραχύ, τα χέρια του ήταν απίστευτα τρυφερά. Τον άφησε να της γυρίσει το πρόσωπο, τον κοίταξε. Τα μάτια του ήταν πολύ σκοτεινά, ίσως επειδή ήταν τόσο λίγο το φως εκεί μέσα, ή ίσως για κάποιο άλλο λόγο. Μπορούσε να δει τον εαυτό της στις διεσταλμένες του κόρες, μια μικροσκοπική αντανάκλασή της μέσα στα μάτια του. «Μπορείς να κλείσεις τα μάτια σου και να σκεφτείς την Αγγλία αν θέλεις», της είπε.

«Δεν έχω πάει ποτέ στην Αγγλία», είπε εκείνη, αλλά έκλεισε τα μάτια της. Ένιωσε το υγρό βάρος των ρούχων της, παγωμένα και δυσάρεστα πάνω στο δέρμα της, και τον πηχτό, υγρό αέρα της σπηλιάς, ακόμα πιο παγωμένο, και το βάρος των χεριών του Τζέις στους ώμους της, τα μοναδικά σημεία όπου δεν κρύωνε. Και μετά, τη φίλησε.

Ένιωσε το άγγιγμα των χειλιών του, απαλό στην αρχή, και μετά ένιωσε τα δικά της να ανοίγουν σχεδόν αυτόματα. Σχεδόν παρά τη θέλησή της, ένιωσε να μαλακώνει και να λιώνει, να απλώνει τα χέρια της στο λαιμό του όπως ένας ηλίανθος απλώνεται προς το φως του ήλιου. Τα χέρια του γλίστρησαν γύρω της, τα δάχτυλά του ανακάτεψαν τα μαλλιά της και το φιλί έπαψε να είναι τρυφερό κι έγινε έντονο, μέσα σε μια στιγμή σαν σπίθα που γίνεται φωτιά. Η Κλέρι άκουσε έναν ήχο σαν αναστεναγμό να διαπερνάει τη Βασιλική Αυλή, ένα κύμα από ψιθύρους, αλλά δεν σήμαινε τίποτα, χάθηκε μέσα στη θέρμη του αίματος που κυλούσε στις φλέβες της, στην αίσθηση του ιλίγγου στο κορμί της.

Τα χέρια του Τζέις απομακρύνθηκαν απ' τα μαλλιά της, κατέβηκαν στη ραχοκοκαλιά της· τα ένιωσε να πιέζουν τα πλευρά της, και μετά τραβήχτηκε απαλά, κατεβάζοντας τα χέρια της από τον ώμο του και κάνοντας ένα βήμα πίσω. Για μια στιγμή, η Κλέρι νόμιζε ότι θα πέσει· ένιωσε ότι κάτι απαραίτητο είχε κοπεί απ' το σώμα της, ένα χέρι ή ένα πόδι, και κοίταξε τον Τζέις με μια ανείπωτη έκπληξη –τι ένιωθε εκείνος, δεν ένιωθε τίποτα; Δεν θα το άντεχε αν καταλάβαινε ότι δεν είχε νιώσει τίποτα.

Και τότε ο Τζέις την κοίταξε, και στα μάτια του η Κλέρι είδε το βλέμμα που είχε δει στο Ρένγουικ, όταν είχε δει την Πύλη που θα τον οδηγούσε στο σπίτι του να γίνεται χίλια κομμάτια και να χάνεται. Την κοίταξε για ένα κλάσμα του δευτερολέπτου και μετά γύρισε το κεφάλι, ενώ οι φλέβες του λαιμού του πάλλονταν σαν τρελές.

Τα χέρια του ήταν σφιγμένα σε γροθιές. «Σας κάνει αυτό;» φώναξε γυρνώντας για να κοιτάξει τη Βασίλισσα και τους αυλικούς. «Σας διασκεδάσαμε αρκετά;»

Η Βασίλισσα είχε βάλει το χέρι της στο στόμα της, μισοκρύβοντας ένα χαμόγελο. «Διασκεδάσαμε αρκετά» είπε «αν και νομίζω όχι περισσότερο από ό,τι εσείς».

«Μπορώ μόνο να υποθέσω» είπε ο Τζέις «ότι τα συναισθήματα των θνητών σάς διασκεδάζουν μόνο και μόνο επειδή δεν έχετε δικά σας».

Το χαμόγελο έσβησε απ' το πρόσωπό της.

«Κόφ' το, Τζέις», είπε η Ίζαμπελ. «Για δες, μπορείς να φύγεις τώρα; Απελευθερώθηκες;» είπε στην Κλέρι.

Η Κλέρι πήγε στην πόρτα και δεν ξαφνιάστηκε όταν δεν ένιωσε καμία αντίσταση. Σταμάτησε, κρατώντας την κουρτίνα, και γύρισε προς τον Σάιμον. Την κοιτούσε σαν να μην την είχε ξαναδεί ποτέ του.

«Πάμε» είπε «πριν να είναι αργά».

«Είναι ήδη πολύ αργά», της είπε.

Ο Μέλιορν τούς οδήγησε προς την έξοδο και τους άφησε πίσω στο πάρκο χωρίς να βγάλει ούτε μία λέξη. Της Κλέρι της φάνηκε ότι ήταν αμήχανος και αποδοκιμαστικός. Έκανε μεταβολή μόλις βγήκαν απ' τη λίμνη, χωρίς καν να πει ένα αντίο στην Ίζαμπελ, και εξαφανίστηκε στη λαμπερή αντανάκλαση του φεγγαριού.

Η Ίζαμπελ τον κοίταξε να φεύγει με μια γκριμάτσα. «Τελειώσαμε εμείς οι δύο, αγοράκι».

Ο Τζέις έβγαλε έναν ήχο σαν πνιχτό γέλιο και σήκωσε το γιακά της βρεγμένης του μπλούζας. Έτρεμαν όλοι από το κρύο. Η νύχτα μύριζε χώμα και φυτά και μεγαλούπολη –η Κλέρι ήταν σίγουρη ότι μπορούσε να μυρίσει το σίδερο από τους ουρανοξύστες. Τα φώτα της πόλης που περικύκλωναν το πάρκο σαν δαχτυλίδι έλαμπαν δυνατά: μπλε του πάγου, ψυχρό πράσινο, καυτό κόκκινο, και η λιμνούλα πάφλαζε απαλά στη λασπωμένη της όχθη. Η αντανάκλαση του φεγγαριού είχε πάει στην άλλη άκρη της και έμεινε εκεί τρεμουλιαστή, σαν να τους φοβόταν.

«Καλύτερα να φύγουμε», είπε η Ίζαμπελ και τύλιξε το βρεγμένο της παλτό στους ώμους της. «Πριν γίνουμε παγοκολόνες».

«Θα κάνουμε εκατό χρόνια να φτάσουμε ως το Μπρούκλιν», είπε η Κλέρι. «Καλύτερα να πάρουμε ταξί».

«Μπορούμε να πάμε στο Ινστιτούτο», είπε η Ίζαμπελ. Όταν ο Τζέις τής έριξε ένα βλέμμα, πρόσθεσε: «Δεν θα είναι κανείς εκεί. Είναι όλοι στη Σιωπηλή Πόλη ψάχνοντας για ίχνη. Θα κάνω ένα δευτερόλεπτο να φέρω τα ρούχα σου και να βάλω κάτι στεγνό. Άλλωστε, το Ινστιτούτο είναι ακόμη το σπίτι σου, Τζέις».

«Εντάξει», είπε προς μεγάλη έκπληξη της Ίζαμπελ. «Ούτως ή άλλως, θέλω κάτι απ' το δωμάτιό μου».

Η Κλέρι δίστασε. «Δεν ξέρω. Ίσως καλύτερα να πάρουμε ένα ταξί εγώ κι ο Σάιμον και να πάμε πίσω». Ίσως αν περνούσαν λίγη ώρα μόνοι τους να μπορούσε να του εξηγήσει τι ήταν αυτό που είχε γίνει στην Αυλή των Σίιλι και πως δεν ήταν αυτό που νόμιζε.

Ο Τζέις κοιτούσε το ρολόι του μήπως είχε πάρει νερό. Την κοίταξε με ανασηκωμένα φρύδια. «Αυτό είναι λίγο δύσκολο» είπε «αν σκεφτείς πως έχει ήδη φύγει».

«Ορίστε;» η Κλέρι κοίταξε γύρω της σαστισμένη. Ο Σάιμον είχε φύγει· στη λιμνούλα ήταν μόνο οι τρεις τους. Έτρεξε λίγο πάνω στο λόφο και φώναξε το όνομά του. Στο βάθος είδε μια μορφή να ξεμακραίνει αποφασιστικά, διασχίζοντας το τσιμεντένιο μονοπάτι που οδηγούσε στη λεωφόρο. Τον φώναξε ξανά, αλλά εκείνος δεν γύρισε.

9

κι ο θανατος δεν θα εχει πια εξουσια[7]

Η Ίζαμπελ είχε δίκιο: το Ινστιτούτο ήταν τελείως έρημο. Σχεδόν, δηλαδή. Ο Μαξ κοιμόταν στον κόκκινο καναπέ της εισόδου όταν μπήκαν. Τα γυαλιά του ήταν ελαφρώς στραβά, και ήταν εμφανές ότι τον είχε πάρει ο ύπνος άθελά του: στο πάτωμα είχε πέσει ένα βιβλίο, ενώ τα πόδια του, που είχαν ακόμη τα παπούτσια, ήταν απλωμένα σε μια εντελώς άβολη θέση στο μπράτσο του καναπέ.

Η καρδιά της Κλέρι σφίχτηκε αμέσως. Της θύμιζε τόσο πολύ τον Σάιμον στην ηλικία του, με τα γυαλιά, την αμηχανία και τον τρόπο που είχε να ακούει τα *πάντα*.

«Ο Μαξ είναι σαν γάτα. Μπορεί να κοιμηθεί οπουδήποτε», είπε ο Τζέις και άπλωσε το χέρι του για να του βγάλει τα γυαλιά. Τα άφησε σε ένα τραπεζάκι δίπλα στον καναπέ. Είχε μια έκφραση στο πρόσωπό του που η Κλέρι δεν την είχε ξαναδεί. Μια προστατευτική τρυφερότητα που την ξάφνιασε.

[7] *Από ποίημα του Ντίλαν Τόμας. (Σ.τ.Μ.)*

«Άσε τα πράγματά του ήσυχα, θα τα γεμίσεις λάσπη», είπε εκνευρισμένη η Ίζαμπελ ξεκουμπώνοντας το βρεγμένο της παλτό. Το φόρεμά της είχε κολλήσει πάνω στο μακρύ κορμί της και το νερό είχε σκουρύνει τη δερμάτινη ζώνη που φορούσε στη μέση της. Από το χρυσό μαστίγιό της φαινόταν μόνο η λαβή, που εξείχε από τη ζώνη. Έκανε μια γκριμάτσα. «Νιώθω ότι θα αρρωστήσω», είπε. «Πάω να κάνω ένα καυτό μπάνιο».

Ο Τζέις την κοίταξε να εξαφανίζεται στο διάδρομο με κάτι σαν αθέλητο θαυμασμό. «Μερικές φορές μου θυμίζει ένα ποίημα: "Η Ίζαμπελ, η Ίζαμπελ δεν νοιάζεται. Η Ίζαμπελ δεν ουρλιάζει, δεν βιάζεται..."».

«Δεν νιώθεις ποτέ ότι θέλεις να ουρλιάξεις;» τον ρώτησε η Κλέρι.

«Μερικές φορές». Ο Τζέις έβγαλε το βρεγμένο του μπουφάν και το πέταξε στο καρφί δίπλα απ' της Ίζαμπελ. «Έχει δίκιο για το καυτό μπάνιο, όμως. Κι εγώ θα ήθελα ένα τώρα».

«Δεν έχω τίποτα να βάλω», είπε η Κλέρι, νιώθοντας ξαφνικά ότι χρειάζεται να μείνει λίγο μόνη της. Τα δάχτυλά της πήγαν να πάρουν το νούμερο του Σάιμον, να μάθει αν ήταν καλά. «Θα σας περιμένω εδώ».

«Μη λες βλακείες. Θα σου δώσω ένα μπλουζάκι». Το τζιν του ήταν μούσκεμα και κρεμόταν χαμηλά, αποκαλύπτοντας μια λωρίδα χλωμού δέρματος γεμάτο τατουάζ ανάμεσα στο ύφασμα και στο μπλουζάκι του.

Η Κλέρι γύρισε απ' την άλλη μεριά. «Δεν νομίζω...»

«Έλα τώρα». Το ύφος του ήταν αυστηρό. «Θέλω να σου δείξω κάτι, ούτως ή άλλως».

Δειλά-δειλά, η Κλέρι κοίταξε την οθόνη του κινητού της καθώς ακολουθούσε τον Τζέις προς το δωμάτιό του.

Ο Σάιμον δεν την είχε πάρει. Το κρύο στο στήθος της έγινε πάγος. Μέχρι πριν δύο εβδομάδες είχαν περάσει χρόνια από την τελευταία φορά που είχε τσακωθεί με τον Σάιμον. Τώρα ήταν λες και θύμωνε μαζί της με το παραμικρό.

Το δωμάτιο του Τζέις ήταν όπως ακριβώς το θυμόταν: τακτοποιημένο, και γυμνό σαν κελί μοναχού. Δεν υπήρχε τίποτα στο δωμάτιο που να σου λέει κάτι για τον ιδιοκτήτη του, ούτε αφίσες στους τοίχους ούτε βιβλία στο κομοδίνο. Ακόμα και το πάπλωμα στο κρεβάτι ήταν κατάλευκο.

Πήγε στο ντουλάπι του και έβγαλε ένα διπλωμένο μπλε μακρυμάνικο μπλουζάκι από το συρτάρι. Το πέταξε στην Κλέρι. «Έχει μπει στο πλύσιμο», είπε. «Και πάλι, μεγάλο θα σου είναι, αλλά...» Σήκωσε τους ώμους του. «Πάω στο μπάνιο. Φώναξε αν θέλεις κάτι».

Κούνησε το κεφάλι της και έβαλε το μπλουζάκι μπροστά στο στήθος της σαν ασπίδα. Ο Τζέις φάνηκε να θέλει να πει κάτι, αλλά μετά το μετάνιωσε· ανασήκωσε άλλη μια φορά τους ώμους του και εξαφανίστηκε στο μπάνιο, κλείνοντας καλά την πόρτα πίσω του.

Η Κλέρι βούλιαξε στο κρεβάτι, με το μπλουζάκι στην αγκαλιά της, και έβγαλε απ' την τσέπη της το τηλέφωνο. Πήρε τον Σάιμον. Μετά από τέσσερις χτύπους, βγήκε ο τηλεφωνητής. «Γεια, πήρατε τον Σάιμον. Ή δεν το άκουσα ή σας αποφεύγω. Αφήστε μου μήνυμα και...»

«Τι κάνεις;»

Ο Τζέις στεκόταν στην ανοιχτή πόρτα του μπάνιου. Στο ντους πίσω του έτρεχε με δύναμη το νερό και το μπάνιο ήταν σχεδόν γεμάτο ατμό. Δεν φορούσε μπλούζα και ήταν ξυπόλυτος, με το υγρό τζιν κολλημένο πάνω του, δίνοντας έμφαση στις έντονες αυλακώσεις πάνω απ' τα κόκαλα της λεκάνης του, λες και κάποιος είχε πιέσει τα δάχτυλά του εκεί.

Η Κλέρι έκλεισε το τηλέφωνο με δύναμη και το πέταξε στο κρεβάτι. «Τίποτα. Έβλεπα την ώρα».

«Δίπλα στο κρεβάτι έχει ρολόι», της έδειξε ο Τζέις. «Έπαιρνες το θνητό, έτσι;»

«Τον λένε *Σάιμον*». Η Κλέρι έκανε το μπλουζάκι του Τζέις ένα κουβάρι ανάμεσα στις γροθιές της. «Και δεν χρειάζεται να του φέρεσαι συνεχώς τόσο άσχημα. Σε έχει βοηθήσει πολλές φορές».

Τα μάτια του Τζέις ήταν σκοτεινά, σκεφτικά. Το μπάνιο γέμιζε με ατμό, κάνοντας τα μαλλιά του να σγουραίνουν. «Και τώρα νιώθεις ενοχές επειδή έφυγε έτσι. Στη θέση σου δεν θα τον έπαιρνα. Προφανώς σε αποφεύγει».

Η Κλέρι δεν προσπάθησε να κρύψει το θυμό στη φωνή της. «Και πού το ξέρεις εσύ; Από πότε είστε *κολλητοί;*»

«Το ξέρω γιατί είδα την έκφρασή του πριν φύγει», είπε ο Τζέις. «Εσύ δεν την είδες γιατί δεν τον κοιτούσες. Εγώ όμως τον κοιτούσα».

Η Κλέρι τίναξε τα βρεγμένα της μαλλιά απ' το πρόσωπό της. Τα ρούχα της την ενοχλούσαν όπου άγγιζαν το δέρμα της, και ήταν σίγουρη ότι μύριζε όπως ο βυθός της λίμνης, ενώ δεν μπορούσε να σταματήσει να βλέπει το πρόσωπο του Σάιμον όταν την είχε κοιτάξει λίγο πριν φύγουν απ' την Αυλή των Σίιλι. «Εσύ φταις», του είπε ξαφνικά, με οργή που έσφιγγε την καρδιά της. «Δεν έπρεπε να με έχεις φιλήσει έτσι».

Ο Τζέις ακουμπούσε στην πόρτα του μπάνιου. Όταν την άκουσε, σηκώθηκε όρθιος. «Πώς έπρεπε να σε φιλήσω; Δηλαδή, αλλιώς σου αρέσει;»

«Όχι». Τα χέρια της έτρεμαν. Ήταν παγωμένα, λευκά και ζαρωμένα απ' το νερό. Έμπλεξε τα δάχτυλά της για να σταματήσει το τρέμουλο. «Απλώς, δεν θέλω να με φιλάς εσύ».

«Δεν είχαμε και πολλά περιθώρια επιλογής, όμως».

«Αυτό δεν καταλαβαίνω!» ξέσπασε η Κλέρι. «Γιατί να σε κάνει να φιλήσεις εμένα; Γιατί να μας αναγκάσει να το κάνουμε αυτό; Τι ευχαρίστηση μπορεί να της έδωσε αυτό το πράγμα;»

«Άκουσες τι είπε. Θεώρησε ότι έκανε χάρη σε *μένα*».

«Δεν είναι έτσι, όμως».

«Έτσι είναι. Πόσες φορές θα σου το πω; Ο Λαός των Ξωτικών δεν μπορεί να πει ψέματα».

Η Κλέρι σκέφτηκε αυτό που είχε πει ο Τζέις στο σπίτι του Μάγκνους. *Θα βρουν τι είναι αυτό που θέλεις περισσότερο στον κόσμο και θα σου το δώσουν με τέτοιο σκληρό αντίτιμο, που θα εύχεσαι να μην το είχες θελήσει ποτέ*. «Τότε, έκανε λάθος».

«Δεν έκανε λάθος», είπε ο Τζέις με πικρό ύφος. «Είδε τον τρόπο που σε κοιτούσα και το πώς με κοιτούσες εσύ και έπαιζε μαζί μας σαν μαριονέτες. Αυτό είμαστε γι' αυτήν».

«Δεν σε κοιτάζω», είπε η Κλέρι ψιθυριστά.

«Ορίστε;»

«*Δεν σε κοιτάζω*, είπα». Άφησε τα χέρια της ελεύθερα. Στα σημεία όπου τα κρατούσε είχε κόκκινα σημάδια απ' την πίεση. «Τουλάχιστον, προσπαθώ».

Τα μάτια του είχαν μισοκλείσει, μόνο μια υποψία χρυσού φαινόταν κάτω απ' τις βλεφαρίδες του. Θυμήθηκε την πρώτη φορά που τον είχε δει και πώς της θύμισε λιοντάρι, χρυσό και θανατηφόρο. «Γιατί όχι;»

«Εσύ γιατί λες;» Οι λέξεις της σχεδόν δεν είχαν ήχο, ήταν ελάχιστα πιο δυνατές από ψίθυρο.

«*Γιατί* το κάνεις τότε αυτό;» είπε με φωνή που έτρεμε. «Όλο αυτό με τον Σάιμον, γιατί με διώχνεις μακριά, γιατί δεν με αφήνεις να είμαι δίπλα σου...»

«Γιατί είναι *αδύνατον*», είπε, και η τελευταία λέξη βγήκε σαν λυγμός, παρά τις προσπάθειές της να το ελέγξει. «Το ξέρεις πολύ καλά αυτό, όπως κι εγώ!»

«Επειδή είσαι αδερφή μου», είπε ο Τζέις.

Εκείνη κούνησε το κεφάλι της χωρίς να πει τίποτα.

«Ίσως», είπε ο Τζέις. «Και γι' αυτό, αποφάσισες ότι ο παιδικός σου φίλος, ο Σάιμον, θα ήταν ένας καλός αντιπερισπασμός;»

«Δεν είναι έτσι», είπε η Κλέρι. «Τον αγαπώ».

«Όπως αγαπάς τον Λουκ», είπε ο Τζέις. «Και τη μητέρα σου».

«Όχι». Η φωνή της ήταν σκληρή και παγωμένη σαν χιόνι. «Δεν θα μου πεις εσύ τι νιώθω».

Ένας μικρός μυς στο πλάι του στόματός του συσπάστηκε. «Δεν σε πιστεύω».

Η Κλέρι σηκώθηκε όρθια. Δεν μπορούσε να τον κοιτάξει στα μάτια, γι' αυτό εστίασε το βλέμμα της στη λεπτή ουλή σαν αστέρι που είχε στον ώμο του, μνήμη μιας παλιάς πληγής. *Αυτή η ζωή θανάτων και ουλών*, της είχε πει κάποτε ο Χοτζ, *δεν είναι η ζωή σου*. «Τζέις» είπε «γιατί μου το κάνεις αυτό;»

«Γιατί μου λες ψέματα. Λες ψέματα ακόμα και στον εαυτό σου».

Τα μάτια του άστραφταν, και παρόλο που τα χέρια του ήταν στις τσέπες του, η Κλέρι έβλεπε ότι ήταν σφιγμένα σε γροθιές.

Κάτι μέσα της ράγισε και έσπασε, και οι λέξεις της ξεχείλισαν: «*Τι θέλεις να σου πω;* Θες την αλήθεια; Η αλήθεια είναι ότι αγαπώ τον Σάιμον όπως θα έπρεπε κανονικά να αγαπώ εσένα και εύχομαι να ήταν αυτός ο αδερφός μου και όχι εσύ, αλλά δεν είναι, και δεν μπορείς να κάνεις τίποτα γι' αυτό, ούτε εσύ ούτε εγώ! Ή μήπως έχεις καμία ιδέα, εσύ που το παίζεις τόσο έξυπνος;»

Ο Τζέις έμεινε αποσβολωμένος και η Κλέρι κατάλαβε ότι δεν περίμενε να ακούσει κάτι τέτοιο, σε καμία περίπτωση. Η έκφρασή του ήταν ξεκάθαρη.

Προσπάθησε με δυσκολία να βρει την ψυχραιμία της. «Τζέις, συγγνώμη. Δεν ήθελα..»

«Όχι. Μη ζητάς συγγνώμη. Δεν έκανες τίποτα». Πήγε κοντά της, σχεδόν σκοντάφτοντας – ο Τζέις, που δεν παραπατούσε ποτέ, δεν σκόνταφτε ποτέ, δεν έκανε ποτέ τίποτα άχαρο. Τα χέρια του έπιασαν το πρόσωπό της, και ένιωσε τη θέρμη των δαχτύλων του, ελάχιστα χιλιοστά μακριά της. Ήξερε ότι έπρεπε να τραβηχτεί μακριά του, αλλά έμεινε εκεί παγωμένη, κοιτάζοντάς τον. «Δεν καταλαβαίνεις», είπε. Η φωνή του έτρεμε. «Δεν έχω νιώσει ποτέ για κανέναν έτσι. Δεν πίστευα ότι μπορούσα. Πίστευα, ο τρόπος που μεγάλωσα, με τον πατέρα μου...»

«Να αγαπάς σημαίνει να καταστρέφεις», είπε εκείνη μουδιασμένα. «Το θυμάμαι».

«Νόμιζα ότι αυτό το μέρος της καρδιάς μου είχε καταστραφεί», είπε, και στο πρόσωπό του είχε σχηματιστεί μια έκφραση σαν να μην περίμενε ούτε ο ίδιος να ακούσει αυτές τις λέξεις, να μιλάει για *την καρδιά του*. «Για πάντα. Εσύ όμως...»

«Τζέις. Μη». Έπιασε το χέρι του και το σκέπασε με το δικό της, μπλέκοντας τα δάχτυλά της με τα δικά του. «Δεν έχει νόημα».

«Δεν είναι αλήθεια». Στη φωνή του υπήρχε μια απόγνωση. «Αν νιώθουμε κι οι δύο το ίδιο...»

«Δεν έχει σημασία τι νιώθουμε. Δεν μπορούμε να κάνουμε τίποτα». Άκουσε τη φωνή της σαν να μιλούσε κάποιος ξένος: απόμακρη, θλιβερή. «Πώς θα γινόταν να είμαστε μαζί; Πώς θα ζούσαμε έτσι;»

«Θα μπορούσαμε να το κρατήσουμε μυστικό».

«Σίγουρα θα το μάθαιναν. Και δεν θέλω να λέω ψέματα στην οικογένειά μου, θέλεις εσύ;»

Η απάντηση του ήταν γεμάτη πικρία. «Ποια οικογένεια; Οι Λάιτγουντ με μισούν έτσι κι αλλιώς».

«Όχι, δεν σε μισούν. Και δεν θα μπορούσα ποτέ να το πω στον Λουκ. Και η μαμά μου, αν ξυπνούσε, τι θα της λέγαμε; Αυτό, αυτό που θέλουμε θα ήταν αρρωστημένο για όλους γύρω μας...»

«*Αρρωστημένο;* άφησε τα χέρια του να πέσουν απ' το πρόσωπό της σαν να τον είχε σπρώξει. Έμοιαζε έκπληκτος. «Αυτό που νιώθουμε... αυτό που νιώθω εγώ... είναι αυτό αρρωστημένο για σένα;»

Κράτησε την ανάσα της βλέποντας την έκφραση στο πρόσωπό τους. «Ίσως», είπε ψιθυριστά. «Δεν ξέρω».

«Έπρεπε να το έχεις πει απ' την αρχή αυτό».

«Τζέις...»

Αλλά είχε ήδη τραβηχτεί, και η έκφρασή του ήταν απόμακρη και κλειδωμένη σαν μια πόρτα. Ήταν πολύ δύσκολο να πιστέψει ότι την είχε κοιτάξει διαφορετικά πριν από λίγα λεπτά. «Συγγνώμη που το ανέφερα, τότε». Η φωνή του ήταν τεντωμένη, επίσημη. «Δεν υπάρχει περίπτωση να σε ξαναφιλήσω. Να είσαι σίγουρη γι' αυτό».

Η καρδιά της Κλέρι σαν να σταμάτησε, ενώ εκείνος πήρε μια πετσέτα απ' το συρτάρι του και πήγε προς το μπάνιο. «Μα... Τζέις... τι κάνεις;»

«Πάω να τελειώσω το ντους μου. Και αν με έκανες να χάσω όλο το ζεστό νερό, θα εκνευριστώ πολύ». Μπήκε στο μπάνιο και κλότσησε πίσω του την πόρτα.

Η Κλέρι κατέρρευσε στο κρεβάτι και κοίταξε το ταβάνι. Ήταν τόσο άδειο, όσο και το πρόσωπο του Τζέις πριν της γυρίσει την πλάτη. Γυρνώντας στο πλάι, συνειδητοποίησε ότι καθόταν πάνω στο μπλουζάκι που της είχε δώσει. Μύριζε όπως εκείνος, σαπούνι, καπνός και χάλκινο αίμα. Το αγκάλιασε όπως αγκάλιαζε κάποτε το αγαπημένο της αρκουδάκι, όταν ήταν πολύ μικρή, και έκλεισε τα μάτια της.

Στο όνειρο, κοίταζε μπροστά της το αστραφτερό νερό απλωμένο σαν ένας απέραντος καθρέφτης που αντανακλούσε το νυχτερινό ουρανό. Και σαν καθρέφτης, ήταν σκληρό και στέρεο, μπορούσε να περπατήσει πάνω του. Περπάτησε, μυρίζοντας το νυχτερινό αέρα και τα υγρά φύλλα, και τη μυρωδιά της πόλης που έλαμπε στο βάθος σαν νεραϊδένιο κάστρο φωταγωγημένο λαμπρά, και όπου πατούσε, απ' τα βήματά της ξεχύνονταν ρωγμές πάνω στο τζάμι σαν ιστοί αράχνης, ενώ κομματάκια γυαλιού ανέβλυζαν σαν νερό.

Ο ουρανός άρχισε να λάμπει. Φωτιζόταν από μύτες φωτιάς, σαν καυτές κορυφές από σπίρτα. Έπεφταν σαν βροχή από κάρβουνα από τον ουρανό, και κρύφτηκε σηκώνοντας ψηλά τα χέρια της. Ένα έπεσε πολύ κοντά της σαν ορμητική φωτιά, αλλά όταν άγγιξε το έδαφος, έγινε ένα αγόρι: ήταν ο Τζέις, φλογερός χρυσός με τα χρυσά μαλλιά και τα χρυσά του μάτια, και λευκά και χρυσά φτερά να βγαίνουν απ᾽ την πλάτη του, πιο φαρδιά και με πιο πολλά πούπουλα από κάθε πουλί.

Της χαμογέλασε σαν γάτα και έδειξε πίσω της, και η Κλέρι γύρισε το κεφάλι της και είδε ένα μελαχρινό αγόρι –ο Σάιμον;– να στέκεται εκεί, και απ᾽ την πλάτη του να βγαίνουν φτερά, μαύρα σαν τη νύχτα, και κάθε ένα πούπουλο να είναι βουτηγμένο στο αίμα.

Η Κλέρι τινάχτηκε λαχανιασμένη, με τα χέρια να σφίγγουν το μπλουζάκι του Τζέις. Στο δωμάτιο ήταν σκοτεινά και το μόνο φως έμπαινε από ένα στενό παράθυρο δίπλα από το κρεβάτι. Ανακάθισε. Το κεφάλι της ήταν βαρύ και ο σβέρκος της πονούσε. Κοίταξε γύρω της στο δωμάτιο και αναπήδησε καθώς είδε ένα λαμπερό φως σαν τα μάτια μιας γάτας στο σκοτάδι να πέφτει πάνω της.

Ο Τζέις καθόταν σε μια πολυθρόνα δίπλα στο κρεβάτι. Φορούσε τζιν και ένα γκρίζο μπλουζάκι, ενώ τα μαλλιά του ήταν σχεδόν στεγνά. Κρατούσε στο χέρι του κάτι που έλαμπε σαν μέταλλο. Όπλο; Όμως, τι μπορεί να το ήθελε το όπλο μέσα στο Ινστιτούτο, αναρωτήθηκε η Κλέρι.

«Κοιμήθηκες καλά;»

Κούνησε το κεφάλι της. Το στόμα της κολλούσε. «Γιατί δεν με ξύπνησες;»

«Σκέφτηκα ότι θα σου έκανε καλό λίγη ξεκούραση. Άλλωστε, κοιμόσουν σαν τούβλο. Σου έτρεχαν και τα σάλια», πρόσθεσε. «Πάνω στο μπλουζάκι μου».

Το χέρι της Κλέρι σκέπασε το στόμα της. «Συγγνώμη».

«Δεν βλέπεις πολύ συχνά κάποιον να του τρέχουν τα σάλια», παρατήρησε ο Τζέις. «Ειδικά τόσο πολύ. Με ορθάνοιχτό στόμα και τα σχετικά».

«Έλα, κόφ' το». Έψαξε με το χέρι της πάνω στο πάπλωμα μέχρι που βρήκε το κινητό της και το κοίταξε, αν και ήξερε τι θα έλεγε. 0 κλήσεις. «Είναι τρεις τα ξημερώματα», είπε απογοητευμένη. «Λες να είναι καλά ο Σάιμον;»

«Νομίζω ότι χάνει λίγο» είπε ο Τζέις «αλλά αυτό δεν έχει σχέση με την ώρα».

Έβαλε το τηλέφωνο στην τσέπη του τζιν της. «Πάω να αλλάξω».

Το λευκό μπάνιο του Τζέις δεν ήταν μεγαλύτερο απ' της Ίζαμπελ, αν και ήταν απείρως πιο τακτοποιημένο. Δεν υπήρχε και πολλή ποικιλία στα δωμάτια του Ινστιτούτου, σκέφτηκε η Κλέρι καθώς έκλεινε την πόρτα πίσω της, αλλά τουλάχιστον είχε ο καθένας το δικό του. Έβγαλε το βρεγμένο της μπλουζάκι και το κρέμασε σε ένα καρφί. Έπειτα έριξε κρύο νερό στο πρόσωπό της και χτένισε λίγο τα αγριεμένα της μαλλιά.

Η μπλούζα του Τζέις της ήταν πολύ μεγάλη, αλλά το υλικό ήταν απαλό πάνω στο δέρμα της. Σήκωσε τα μανίκια της και επέστρεψε στο δωμάτιο, όπου βρήκε τον Τζέις να κάθεται ακριβώς στην ίδια θέση, κοιτώντας αφηρημένος το γυαλιστερό αντικείμενο που κρατούσε. Ακούμπησε στην πλάτη της πολυθρόνας. «Τι είναι αυτό;»

Αντί να της απαντήσει, το γύρισε προς το μέρος της, για να μπορέσει να το δει καλύτερα. Ήταν ένα κομματάκι από σπασμένο καθρέφτη, αλλά αντί να καθρεφτίζει το δικό της πρόσωπο, είχε μια εικόνα από πράσινο χορτάρι και ένα γαλάζιο ουρανό και τα γυμνά μαύρα κλαδιά των δέντρων.

«Δεν ήξερα ότι το είχες κρατήσει αυτό», είπε. «Το κομματάκι απ' την Πύλη».

«Γι' αυτό ήθελα να έρθω», είπε. «Για να το πάρω». Στη φωνή του μπερδευόταν η νοσταλγία με το μίσος. «Σκέφτομαι συνέχεια ότι ίσως να δω τον πατέρα μου μέσα του. Να καταλάβω τι σχεδιάζει».

«Δεν είναι όμως ποτέ εκεί, έτσι δεν είναι; Είναι κάπου εδώ, στην πόλη».

Ο Τζέις κούνησε το κεφάλι του. «Τον έψαχνε ο Μάγκνους, αλλά δεν πιστεύει ότι είναι εδώ».

«Τον έψαχνε ο Μάγκνους; Δεν το ήξερα. Πώς...;»

«Ο Μάγκνους δεν έγινε Μέγας Μάγος του Μπρούκλιν για πλάκα. Η δύναμή του φτάνει σε όλη την πόλη κι ακόμα πιο πέρα. Μπορεί να καταλάβει τι γίνεται εκεί έξω, μέχρι ένα σημείο».

Η Κλέρι έκανε έναν ήχο αποδοκιμασίας. «Μπορεί να νιώσει την Αναταραχή στη Δύναμη;»

«Δεν κάνω πλάκα», της είπε ο Τζέις με ένα μορφασμό. «Όταν σκοτώθηκε εκείνος ο μάγος στην Τραϊμπέκα, άρχισε να ψάχνει την υπόθεση. Όταν πήγα να μείνω μαζί του, μου ζήτησε να του δώσω ένα αντικείμενο του πατέρα μου για να τον βοηθήσει στον εντοπισμό. Του έδωσα το δαχτυλίδι των Μόργκενστερν. Είπε ότι θα με ενημέρωνε αν ένιωθε ότι ο Βάλενταϊν είναι στην πόλη, αλλά ως τώρα δεν μου έχει πει τίποτα».

«Μπορεί να ήθελε απλώς το δαχτυλίδι σου», είπε η Κλέρι. «Δεν έχεις δει πόσα χρυσαφικά φοράει;»

«Ας το κρατήσει». Το χέρι του Τζέις έσφιξε το κομματάκι καθρέφτη. Η Κλέρι πρόσεξε ανήσυχη το αίμα που έβγαινε απ' το χέρι του εκεί όπου τον έκοβαν οι μυτερές άκρες του γυαλιού. «Δεν έχει καμία αξία για μένα».

«Μη» του είπε πιάνοντας απαλά το χέρι του «θα κοπείς». Έβαλε το κομματάκι της Πύλης στην τσέπη του μπουφάν του που κρεμόταν στον τοίχο. Οι άκρες του γυαλιού ήταν γεμάτες αίμα και οι παλάμες του Τζέις γεμάτες κόκκινες χαραγματιές. «Ίσως πρέπει να πάμε πίσω στον Μάγκνους», είπε όσο πιο απαλά μπορούσε. «Ο Άλεκ έχει μείνει εκεί πολλή ώρα και...»

«Πάντως, δεν νομίζω να 'χει πρόβλημα», είπε ο Τζέις, αλλά σηκώθηκε και πήγε να πιάσει το ραβδί του, που το είχε ακουμπήσει δίπλα στον τοίχο. Καθώς σχημάτιζε ένα ρούνο στην ανάποδη της πληγωμένης του παλάμης, είπε: «Ήθελα να σε ρωτήσω κάτι».

«Τι πράγμα;»

«Όταν με έβγαλες απ' το κελί στη Σιωπηλή Πόλη, πώς το έκανες; Πώς ξεκλείδωσες την πόρτα;»

«Α. Έκανα απλώς ένα Ρούνο Εισόδου και...»

Τη διέκοψε ένας τραχύς κουδουνιστός ήχος και έβαλε το χέρι της στην τσέπη της πριν προλάβει να συνειδητοποιήσει ότι ο ήχος αυτός ήταν πολύ πιο δυνατός και οξύς από κάθε ήχο που μπορούσε να βγάλει το κινητό της. Κοίταξε γύρω της με απορία.

«Το κουδούνι του Ινστιτούτου», είπε ο Τζέις πιάνοντας το μπουφάν του. «Πάμε».

Είχαν φτάσει στη μέση του διαδρόμου όταν όρμησε η Ίζαμπελ απ' το δωμάτιό της, φορώντας ένα βαμβακερό μπουρνούζι, μια ροζ μεταξωτή μάσκα ύπνου στο μέτωπο και με μια μισοζαλισμένη έκφραση στο πρόσωπο. «Είναι τρεις τα ξημερώματα!» είπε με ένα ύφος που έλεγε ότι γι' αυτό έφταιγε ο Τζέις, ή ίσως και η Κλέρι. «Ποιος χτυπάει το κουδούνι στις τρεις τα ξημερώματα;»

«Μπορεί να είναι η Ανακρίτρια», είπε η Κλέρι νιώθοντας ξαφνικά ένα ρίγος.

«Θα μπορούσε να μπει μόνη της», είπε ο Τζέις. «Όλοι οι Κυνηγοί θα μπορούσαν. Το Ινστιτούτο είναι κλειστό μόνο για τους θνητούς και τα Πλάσματα του Σκότους».

Η Κλέρι ένιωσε την καρδιά της να συσπάται. «Ο Σάιμον!» είπε. «Πρέπει να είναι ο Σάιμον!»

«Ω, Θεέ μου», είπε με ένα χασμουρητό η Ίζαμπελ. «Είναι δυνατόν να μας ξυπνάει τέτοια ώρα μόνο και μόνο για να μας αποδείξει την αγάπη του για σένα; Δεν μπορούσε να πάρει τηλέφωνο; Οι θνητοί άνδρες είναι τόσο φλώροι». Είχαν φτάσει στο φουαγέ, που ήταν άδειο. Ο Μαξ πρέπει να είχε πάει στο κρεβάτι του μόνος του. Η Ίζαμπελ πήγε εκνευρισμένη προς τον τοίχο και πάτησε ένα διακόπτη. Κάπου μέσα στο ναό ακούστηκε ένας μακρινός γδούπος. «Έρχεται το ασανσέρ».

«Δεν το πιστεύω ότι δεν είχε την αξιοπρέπεια και το κουράγιο να πάει να γίνει λιώμα και να ξεράσει σε κανένα πεζοδρόμιο», είπε ο Τζέις. «Ειλικρινά, με απογοητεύει».

Η Κλέρι ούτε που τον άκουγε. Μια αυξανόμενη αίσθηση πανικού έκανε το αίμα της βαρύ και πηχτό. Θυμήθηκε το όνειρό της: τους αγγέλους πάνω στον πάγο, τον Σάιμον με τα ματωμένα φτερά. Ανατρίχιασε.

Η Ίζαμπελ την κοίταξε συμπονετικά. «Κάνει όντως κρύο εδώ πέρα», είπε. Άπλωσε το χέρι της και έβγαλε ένα μπλε βελούδινο παλτό που κρεμόταν σε ένα καρφί. «Ορίστε», είπε. «Φόρεσε αυτό».

Η Κλέρι έβαλε το παλτό και το τύλιξε σφιχτά γύρω της. Ήταν πολύ μακρύ, αλλά τουλάχιστον ζεστό. Είχε και κουκούλα, επενδυμένη με σατέν. Η Κλέρι την έσπρωξε προς τα πίσω για να μπορεί να δει την πόρτα του ασανσέρ.

Το ασανσέρ ήταν ένα άδειο κουτί με καθρέφτες στις δυο πλευρές που αντανακλούσαν το χλωμό και κουρασμένο της πρόσωπο. Χωρίς δεύτερη σκέψη, μπήκε μέσα.

«Τι κάνεις;» είπε η Ίζαμπελ μπερδεμένη.

«Εκεί κάτω είναι ο Σάιμον», είπε η Κλέρι. «Το ξέρω».

«Μα...»

Ξαφνικά, ο Τζέις βρέθηκε δίπλα στην Κλέρι, κρατώντας την πόρτα ανοιχτή για την Ίζαμπελ. «Έλα, Ίζι», είπε. Με ένα δραματικό αναστεναγμό, η Ίζαμπελ τούς ακολούθησε.

Η Κλέρι προσπάθησε να τραβήξει την προσοχή του Τζέις καθώς κατέβαιναν σιωπηλοί. Η Ίζαμπελ στερέωνε τα μαλλιά της στο κεφάλι της, ενώ ο Τζέις δεν την κοιτούσε καν. Κοιτούσε λοξά τον εαυτό του στον καθρέφτη του ασανσέρ, ενώ σφύριζε απαλά, όπως έκανε πάντα όταν ήταν αγχωμένος. Η Κλέρι θυμήθηκε το απαλό τρέμουλο στα χέρια του όταν την είχε αγγίξει στην Αυλή των Σίιλι. Σκέφτηκε την έκφραση στο πρόσωπο του Σάιμον και μετά την εικόνα του να απομακρύνεται σχεδόν τρέχοντας από αυτήν, να εξαφανίζεται στις σκιές στο βάθος του πάρκου. Στο στήθος της ένιωθε έναν κόμπο φρίκης, αλλά δεν ήξερε γιατί.

Η πόρτα του ασανσέρ άνοιξε στο κεντρικό κλίτος του καθεδρικού, που φωτιζόταν απ' τις τρεμουλιαστές φλόγες των κεριών. Έσπρωξε ελαφρώς τον Τζέις στη βιασύνη της να βγει απ' το ασανσέρ και διέσχισε τρέχοντας το στενό διάδρομο ανάμεσα στα στασίδια. Πάτησε κατά λάθος το μακρύ γύρο του παλτό της και το σήκωσε ανυπόμονα με το χέρι της πριν φτάσει λαχανιασμένη στη μεγάλη δίφυλλη πόρτα. Ήταν αμπαρωμένη από μέσα με μπρούτζινους σύρτες μεγάλους όσο τα χέρια της Κλέρι. Καθώς πήγε να ανοίξει τον πιο ψηλό σύρτη, άκουσε ξανά το κουδούνι να αντηχεί στην εκκλησία. Άκουσε και την Ίζαμπελ να ψιθυρίζει κάτι στον Τζέις, και μετά η Κλέρι κρεμάστηκε στο σύρτη προσπαθώντας να τον τραβήξει, ενώ ένιωσε τον Τζέις δίπλα της να τη βοηθάει να ανοίξει τη βαριά πόρτα.

Μέσα στο ναό μπήκε ο νυχτερινός αέρας, κάνοντας τα κεριά να τρεμοσβήσουν. Ο αέρας μύριζε όπως η πόλη: αλάτι και καπνό, τσιμέντο και σκουπίδια, και κάτω από όλα αυτά τα οικεία αρώματα ήταν η μυρωδιά του χαλκού, σαν τη γεύση ενός καινούριου νομίσματος.

Στην αρχή, η Κλέρι νόμισε ότι τα σκαλιά ήταν άδεια. Μετά όμως, ξανακοίταξε και είδε τον Ραφαέλ να στέκεται μπροστά τους, με το σγουρομάλλικο μελαχρινό του κεφάλι ανακατεμένο απ' το βραδινό αεράκι, το λευκό του πουκάμισο ανοιχτό στο λαιμό, αποκαλύπτοντας τη λευκή του ουλή. Στην αγκαλιά του κρατούσε ένα σώμα. Αυτό ήταν το μόνο που είδε η Κλέρι καθώς τον κοίταζε σαστισμένη, ένα *σώμα*. Κάποιος τελείως νεκρός, με τα πόδια και τα χέρια να κρέμονται σαν ψεύτικα, το κεφάλι πεσμένο προς τα πίσω, το λαρύγγι σκισμένο. Ένιωσε το χέρι του Τζέις να σφίγγει το μπράτσο της σαν μέγκενη και μόνο τότε κοίταξε πραγματικά και είδε το γνώριμο κοτλέ μπουφάν με το σκισμένο μανίκι, το μπλε μπλουζάκι λερωμένο τώρα και μουσκεμένο με αίμα, και ούρλιαξε.

Η κραυγή της δεν είχε ήχο. Η Κλέρι ένιωσε τα γόνατά της να υποχωρούν, και αν δεν την κρατούσε ο Τζέις, θα είχε γλιστρήσει στο πάτωμα. «Μην κοιτάς», της είπε στο αφτί. «Για όνομα του Θεού, μην κοιτάς». Αλλά δεν μπορούσε να μην κοιτάζει το αίμα που μούσκευε τα καστανά μαλλιά του Σάιμον, τον κομμένο του λαιμό, τις τρύπες στους καρπούς του που έσταζαν αίμα. Μαύρα στίγματα θόλωσαν τα μάτια της και η ανάσα της κόπηκε.

Η Ίζαμπελ άρπαξε ένα απ' τα άδεια καντηλέρια δίπλα στην πόρτα και το έτεινε προς τον Ραφαέλ σαν ένα τεράστιο ξίφος με τρεις λόγχες.

«*Τι κάνατε στον Σάιμον;*» Εκείνη τη στιγμή, με τη φωνή καθαρή και επιτακτική, ακούστηκε ακριβώς σαν τη μητέρα της.

«*El no es muerto*[8]», είπε ο Ραφαέλ, με μια επίπεδη, αδιάφορη φωνή, και άφησε τον Σάιμον κάτω στο πάτωμα, σχεδόν στα πόδια της Κλέρι, με απροσδόκητη τρυφερότητα. Είχε ξεχάσει πόσο δυνατός πρέπει να ήταν, είχε την υπερφυσική δύναμη ενός βρικόλακα παρά το λεπτό σκαρί του.

Στο φως των κεριών που φώτιζαν την πόρτα, η Κλέρι είδε το μπλουζάκι του Σάιμον καταμουσκεμένο με αίμα.

«Είπες…;» άρχισε να λέει.

«Δεν είναι νεκρός», είπε ο Τζέις, σφίγγοντάς την ακόμα περισσότερο. «Δεν είναι νεκρός».

Τραβήχτηκε μακριά του με δύναμη και γονάτισε πάνω

---

[8] Δεν είναι νεκρός (ισπ.). (Σ.τ.Μ.)

στο τσιμέντο. Δεν ένιωσε καμία αηδία όταν έπιασε το ματωμένο δέρμα του Σάιμον, όταν έβαλε τα χέρια της κάτω απ' το κεφάλι του, τραβώντας τον στην αγκαλιά της. Ένιωθε μόνο τον τρομοκρατημένο παιδικό φόβο που θυμόταν πως είχε νιώσει όταν ήταν πέντε χρονών και είχε σπάσει την πολύτιμη λάμπα της μητέρας της. *Τίποτα*, είπε μια φωνή μες στο μυαλό της, *δεν θα μπορέσει να ενώσει ξανά αυτά τα κομμάτια*.

«Σάιμον», ψιθύρισε καθώς άγγιζε το πρόσωπό του. Τα γυαλιά του είχαν χαθεί. «Σάιμον, εγώ είμαι».

«Δεν μπορεί να σε ακούσει», είπε ο Ραφαέλ. «Πεθαίνει».

Το κεφάλι της τινάχτηκε προς τα πάνω. «Μα, είπες...»

«Είπα ότι δεν έχει πεθάνει ακόμη», είπε ο Ραφαέλ. «Αλλά σε λίγα λεπτά, ίσως δέκα, η καρδιά του θα σταματήσει. Είναι ήδη πολύ αργά για να δει ή να ακούσει το οτιδήποτε».

Τα χέρια της τον έσφιξαν ενστικτωδώς. «Πρέπει να τον πάμε σε ένα νοσοκομείο, ή να πάρουμε τον Μάγκνους».

«Δεν μπορούν να κάνουν τίποτα», είπε ο Ραφαέλ. «Δεν καταλαβαίνετε».

«Όχι», είπε ο Τζέις με φωνή απαλή σαν μετάξι γεμάτο μυτερές καρφίτσες. «Δεν καταλαβαίνουμε. Και ίσως καλό θα ήταν να εξηγηθείς. Αλλιώς, θα υποθέσω ότι έχεις αποστατήσει και έχεις παραβιάσει το Νόμο και θα σου ξεριζώσω την καρδιά. Όπως έπρεπε να έχω κάνει την τελευταία φορά που συναντηθήκαμε».

Ο Ραφαέλ γέλασε χωρίς ίχνος χιούμορ. «Ορκίστηκες ότι δεν θα με πειράξεις, Κυνηγέ, το ξέχασες;»

«Δεν πρόλαβα να τελειώσω τον όρκο μου», του θύμισε ο Τζέις.

«Κι εγώ δεν πρόλαβα να ξεκινήσω», είπε η Ίζαμπελ, κραδαίνοντας το καντηλέρι.

Ο Ραφαέλ την αγνόησε. Κοιτούσε ακόμη τον Τζέις. «Θυμόμουν εκείνη τη νύχτα που μπήκατε κρυφά στο Ντιμόρ ψάχνοντας το φίλο σας. Γι' αυτό τον έφερα εδώ» είπε δείχνοντας τον Σάιμον «όταν τον βρήκα στο ξενοδοχείο, αντί να αφήσω τους δικούς μου να του ρουφήξουν το αίμα μέχρι θανάτου. Μπήκε στο ξενοδοχείο χωρίς άδεια, οπότε για μας ήταν παιχνιδάκι. Τον κράτησα όμως ζωντανό ξέροντας πως ήταν δικός σας. Δεν έχω καμία διάθεση να μπλεχτώ σε πόλεμο με τους Νεφιλίμ».

«*Μπήκε μόνος του;*» είπε η Κλέρι με δυσπιστία. «Ο Σάιμον δεν θα έκανε ποτέ κάτι τόσο ανόητο και παράλογο».

«Το έκανε, όμως», είπε ο Ραφαέλ με ένα απειροελάχιστο ίχνος χαμόγελου «γιατί φοβόταν ότι γινόταν σιγάσιγά ένας από μας και ήθελε να μάθει αν μπορούσε να το αντιστρέψει. Θυμάστε πως όταν ήταν αρουραίος, και ήρθατε να τον βρείτε, με δάγκωσε;»

«Πολύ καλή κίνηση», είπε ο Τζέις. «Του είπα μπράβο».

«Ίσως», είπε ο Ραφαέλ. «Πάντως, πήρε λίγο από το αίμα μου μαζί του. Ξέρετε ότι έτσι μεταφέρουμε τις δυνάμεις μας. Μέσα από το αίμα».

Μέσα από το αίμα. Η Κλέρι θυμήθηκε τον Σάιμον να τινάζεται στη θέα του βρικόλακα στην τηλεόραση, να μην αντέχει το φως του ήλιου στο πάρκο ΜακΚάρεν. «Νόμιζε ότι είχε αρχίσει να γίνεται ένας από σας.

Ήρθε στο ξενοδοχείο για να δει αν ήταν αλήθεια», είπε η Κλέρι.

«Ναι», είπε ο Ραφαέλ. «Το αστείο είναι ότι τα αποτελέσματα του δικού μου αίματος θα είχαν ξεθωριάσει με τον καιρό αν το είχε αφήσει έτσι. Τώρα όμως...»

Έδειξε το άψυχο σχεδόν σώμα του Σάιμον με μια εύγλωττη έκφραση.

«Και τώρα τι;» ρώτησε η Ίζαμπελ με ένα ράγισμα στη φωνή. «Θα πεθάνει;»

«Και θα ξαναγεννηθεί. Τώρα, θα γίνει βρικόλακας».

Το καντηλέρι έγειρε προς τα εμπρός καθώς τα μάτια της Ίζαμπελ άνοιξαν διάπλατα. «Ορίστε;»

Ο Τζέις έπιασε το αυτοσχέδιο όπλο πριν πέσει στο πάτωμα.

Όταν γύρισε στον Ραφαέλ, τα μάτια του ήταν σκοτεινά. «Λες ψέματα».

«Ήπιε αίμα βρικόλακα», είπε ο Ραφαέλ. «Γι' αυτό, θα πεθάνει και θα ξαναγεννηθεί σαν ένας από εμάς, τα Παιδιά της Νύχτας. Γι' αυτό ήρθα. Ο Σάιμον είναι δικός μου πια». Η φωνή του δεν είχε καμία θλίψη, ούτε ευχαρίστηση, αλλά η Κλέρι δεν μπορούσε να μη σκεφτεί τι ευχαρίστηση θα του έδινε αυτή η δυνατότητα να χρησιμοποιήσει το φίλο της σαν μέσο διαπραγμάτευσης.

«Δεν μπορεί να γίνει τίποτα; Δεν μπορούμε να το αντιστρέψουμε;» ρώτησε με αγωνία η Ίζαμπελ, με πανικό στη φωνή της. Η Κλέρι σκέφτηκε ότι ήταν παράξενο που αυτοί οι δύο, η Ίζαμπελ και ο Τζέις, που δεν αγαπούσαν τον Σάιμον όπως εκείνη, ήταν αυτοί που έκαναν όλες τις ερωτήσεις. Ίσως όμως να μπορούσαν να μιλήσουν γι' αυτόν ακριβώς το λόγο· γιατί εκείνη δεν μπορούσε να αρθρώσει λέξη.

«Μπορείτε να του κόψετε το κεφάλι και να κάψετε την καρδιά του στη φωτιά, αλλά αμφιβάλλω ότι θα το κάνετε αυτό».

«Όχι!» είπε η Κλέρι, σφίγγοντάς τον κοντά της. «Μην τολμήσεις να τον πειράξεις».

«Δεν είχα τέτοιο σκοπό», είπε ο Ραφαέλ.

«Δεν μιλούσα σε σένα», είπε η Κλέρι χωρίς να σηκώσει το κεφάλι της. «Ούτε να το σκέφτεσαι, Τζέις. Ούτε να το σκέφτεσαι».

Μεσολάβησε μια σιωπή. Ακούστηκε το ανήσυχο λαχάνιασμα της Ίζαμπελ, ενώ ο Ραφαέλ δεν ανέπνεε καν. Ο Τζέις δίστασε για ένα λεπτό πριν μιλήσει. «Κλέρι, τι θα ήθελε ο Σάιμον; Αυτό θα ήθελε να γίνει;»

Τίναξε το κεφάλι της. Ο Τζέις την κοιτούσε, με το τριπλό μεταλλικό καντηλέρι στο χέρι, και ξαφνικά μπροστά της εμφανίστηκε μια εικόνα, ο Τζέις να κρατάει τον Σάιμον κάτω στο χώμα και να μπήγει το μυτερό άκρο του στο στήθος του, κάνοντας το αίμα να αναβλύσει σαν σιντριβάνι. «Φύγε μακριά μας!» ούρλιαξε ξαφνικά, τόσο δυνατά, που είδε δυο μακρινές μορφές που περπατούσαν στη λεωφόρο που περνούσε μπροστά απ' το Ινστιτούτο να γυρνάνε τρομαγμένες από το θόρυβο.

Ο Τζέις χλώμιασε μέχρι τις ρίζες των μαλλιών του, έγινε τόσο άσπρος, που τα μεγάλα του μάτια ήταν σαν χρυσοί δίσκοι, απόκοσμοι και μακρινοί. «Κλέρι, δεν θα...» είπε.

Ξαφνικά, ο Σάιμον πήρε μια ανάσα και τινάχτηκε στην αγκαλιά της Κλέρι. Εκείνη ούρλιαξε ξανά και τον έπιασε τραβώντας τον προς το μέρος της. Τα μάτια του ήταν ανοιχτά και σχεδόν ανέκφραστα, τρομοκρατημένα. Άπλωσε το χέρι του προς το μέρος της. Δεν ήταν σίγουρη αν ήθελε να την αγγίξει ή να τη γδάρει, μην ξέροντας ποια είναι.

«Εγώ είμαι», του είπε σπρώχνοντας απαλά το χέρι του στο στήθος του, δένοντας τα δάχτυλά της στα δικά του. «Σάιμον, εγώ είμαι», είπε. «Η Κλέρι». Τα χέρια του άγγιξαν τα δικά της. Όταν τα κοίταξε, είδε ότι ήταν μούσκεμα από το αίμα που είχε στην μπλούζα του και από τα δάκρυα που δεν είχε καταλάβει ότι είχαν τρέξει στα μάγουλά της. «Σάιμον, σ' αγαπώ», του είπε.

Τα χέρια του έσφιξαν τα χέρια της. Αναστέναξε, έναν τραχύ, πονεμένο ήχο, και δεν πήρε άλλη αναπνοή.

Σ' αγαπώ, σ' αγαπώ, σ' αγαπώ. Οι τελευταίες της λέξεις προς τον Σάιμον έμοιαζαν να αντηχούν στα αφτιά της Κλέρι, ενώ εκείνος κειτόταν άψυχος στα χέρια της. Η Ίζαμπελ βρέθηκε ξαφνικά δίπλα της, ψιθυρίζοντας κάτι στο αφτί της, αλλά η Κλέρι δεν μπορούσε να την ακούσει. Στα αφτιά της βούιζε ο ήχος νερού που τρέχει σαν ένα κύμα που ερχόταν κατά πάνω της. Είδε την Ίζαμπελ να προσπαθεί να τραβήξει τα χέρια της από τα χέρια του Σάιμον και να μην μπορεί. Η Κλέρι ξαφνιάστηκε. Δεν ένιωθε να τον κρατάει τόσο σφιχτά.

Η Ίζαμπελ τα παράτησε, σηκώθηκε όρθια και γύρισε θυμωμένη προς τον Ραφαέλ. Του φώναζε. Στη μέση του ξεσπάσματός της, η Κλέρι άρχισε να την ακούει, σαν ραδιόφωνο που βρήκε επιτέλους μια συχνότητα: «... και *τώρα* τι πρέπει να κάνουμε, δηλαδή;» του φώναζε η Ίζαμπελ.

«Θάψτε τον», είπε ο Ραφαέλ.

Το καντηλέρι στο χέρι του Τζέις τινάχτηκε. «Δεν είναι αστείο».

«Δεν το είπα για πλάκα», είπε ο βρικόλακας απτόητος. «Έτσι γίνεται. Πεθαίνουμε, ματώνουμε και θαβόμαστε. Όταν καταφέρει να σκάψει το χώμα και να βγει απ' τον τάφο του, θα έχει γεννηθεί ένας καινούριος βρικόλακας».

Η Ίζαμπελ έκανε έναν αχνό ήχο αηδίας. «Δεν νομίζω ότι μπορώ να κάνω κάτι τέτοιο».

«Μερικοί δεν μπορούν». Αν δεν είναι κανείς εκεί να τους βοηθήσει να σκάψουν το χώμα, μένουν εκεί, σαν αρουραίοι παγιδευμένοι στη γη».

Ένας ήχος βγήκε τραχύς απ' το λαιμό της Κλέρι. Ένας λυγμός που ήταν σαν μια γυμνή κραυγή. «Δεν τον βάζω στο χώμα».

«Τότε, θα μείνει έτσι για πάντα», είπε χωρίς οίκτο ο Ραφαέλ. «Νεκρός, αλλά όχι τελείως. Δεν θα ξυπνήσει ποτέ».

Την κοιτούσαν όλοι. Η Ίζαμπελ και ο Τζέις ήταν λες και κρατούσαν τις ανάσες τους, περιμένοντας την απάντησή της. Ο Ραφαέλ έμοιαζε να μη νοιάζεται, να αδιαφορεί σχεδόν.

«Δεν μπήκες στο Ινστιτούτο επειδή δεν μπορείς, έτσι;» τον ρώτησε η Κλέρι. «Επειδή είναι ιερό έδαφος, και εσύ είσαι μολυσμένος;»

«Δεν είναι ακριβώς...» άρχισε να λέει ο Τζέις.

«Πρέπει να σας πω» είπε ο νεαρός βρικόλακας «ότι δεν έχουμε καιρό. Όσο πιο πολλή ώρα περάσει πριν μπει στον τάφο, τόσο πιο δύσκολο θα είναι να βγει απ' τον τάφο μόνος του».

Η Κλέρι κοίταξε τον Σάιμον. Έμοιαζε πράγματι σαν να κοιμόταν, αν δεν ήταν οι βαθιές ουλές στο γυμνό λαιμό του. «Μπορούμε να τον θάψουμε», είπε. «Αλλά θέλω να είναι σε εβραϊκό νεκροταφείο. Και θέλω να είμαι εκεί όταν ξυπνήσει».

Τα μάτια του Ραφαέλ έλαμψαν. «Δεν θα είναι ευχάριστο».

«Τίποτε δεν είναι ευχάριστο», είπε αποφασιστικά. «Πάμε. Έχουμε λίγες ώρες μέχρι να ξημερώσει».

10

ενα ωραιο ησυχο μερος

Το νεκροταφείο ήταν στα όρια του Κουίνς, όπου οι πολυκατοικίες έδιναν τη θέση τους σε σειρές από τακτοποιημένα βικτοριανά κτίρια βαμμένα σε απαλά χρώματα: ροζ, λευκό και γαλάζιο. Οι δρόμοι ήταν φαρδιοί και γενικά έρημοι, η λεωφόρος που οδηγούσε στο νεκροταφείο σκοτεινή, εκτός από μία μόνο λάμπα. Τους πήρε λίγη ώρα να ανοίξουν με τα ραβδιά τους τις κλειδωμένες πόρτες και άλλη λίγη να βρουν ένα σημείο αρκετά κρυφό για να αρχίσει να σκάβει ο Ραφαέλ. Ήταν στην κορυφή ενός χαμηλού λόφου, κρυμμένος από το δρόμο και με μια πυκνή συστάδα δέντρων. Η Κλέρι, ο Τζέις και η Ίζαμπελ έριξαν ένα ξόρκι προστασίας για να γίνουν αόρατοι, αλλά δεν υπήρχε τρόπος να κάνουν το ίδιο και για τον Ραφαέλ ή το σώμα του Σάιμον, οπότε τα δέντρα ήταν ένα καλό κάλυμμα.

Οι πλευρές του λόφου που δεν έβλεπαν στο δρόμο ήταν γεμάτες ταφόπλακες, πολλές απ' τις οποίες είχαν ένα άστρο του Δαβίδ στην κορυφή. Έλαμπαν λευκές και απαλές σαν γάλα μέσα στο φως του φεγγαριού. Στο βάθος υπήρχε μια λιμνούλα, και η επιφάνειά της λικνιζόταν απαλά στο αεράκι. Ένα όμορφο μέρος, σκέφτηκε η Κλέρι. Ένα ωραίο μέρος για να έρθεις να αφήσεις λουλούδια στον τάφο κάποιου, να καθίσεις λίγο και να σκεφτείς τη ζωή του, τι νόημα είχε για σένα. Όχι όμως και τη νύχτα, μέσα στο σκοτάδι, για να θάψεις τον καλύτερό σου φίλο σε ένα ρηχό τάφο χωρίς καν φέρετρο ή ιερέα.

«Πόνεσε πολύ;» ρώτησε τον Ραφαέλ.

Εκείνος σταμάτησε να σκάβει και έγειρε πάνω στη λαβή του φτυαριού του σαν το νεκροθάφτη από τον *Άμλετ*. «Τι;»

«Ο Σάιμον. Πόνεσε; Όταν τον σκότωσαν οι βρικόλακες;»

«Όχι. Ο θάνατος αυτός δεν είναι και τόσο άσχημος. Το δάγκωμά μας σε ναρκώνει. Είναι ευχάριστο, σαν να σε παίρνει ο ύπνος».

Ένα κύμα ναυτίας τη διαπέρασε, και για μια στιγμή ένιωσε ότι θα λιποθυμούσε.

«Κλέρι», η φωνή του Τζέις την έβγαλε απ' τη νάρκη της. «Έλα εδώ. Δεν χρειάζεται να το δεις αυτό».

Της άπλωσε το χέρι του. Κοιτάζοντας πίσω του, είδε την Ίζαμπελ με το μαστίγιό της στο χέρι. Είχαν τυλίξει το σώμα του Σάιμον σε μια κουβέρτα και το είχαν αφήσει στο χώμα σαν να το φυλούσε. Να *τον* φυλούσε, διόρθωσε τον εαυτό της. *Τον Σάιμον*. Όχι ένα πτώμα.

«Θέλω να είμαι εδώ όταν ξυπνήσει».

«Το ξέρω. Θα έρθουμε σε λίγο». Όταν δεν την είδε να κουνιέται, ο Τζέις την έπιασε από το μπράτσο και την τράβηξε μακριά από το ξέφωτο, προς τη βάση του λόφου. Πίσω από την πρώτη σειρά τάφων είχε κάτι μεγάλες πέτρες. Έκατσε κάτω και έκλεισε το φερμουάρ του μπουφάν του. Ήταν πολύ κρύα βραδιά. Για πρώτη φορά εκείνο το φθινόπωρο, η Κλέρι είδε την ανάσα της να παγώνει στον αέρα.

Έκατσε στην πέτρα δίπλα στον Τζέις και κοίταξε τη λίμνη. Άκουγε το ρυθμικό γκαπ γκουπ του φτυαριού του Ραφαέλ που έσκαβε το χώμα. Ο Ραφαέλ δεν ήταν άνθρωπος –δούλευε πολύ γρήγορα. Δεν θα του έπαιρνε πολλή ώρα να σκάψει έναν τάφο. Και ο Σάιμον δεν ήταν και πολύ μεγαλόσωμος, δεν θα έπιανε πολύ χώρο.

Μια σουβλιά στο στομάχι την έκανε να διπλωθεί στα δύο με τα χέρια πάνω στην κοιλιά της. «Νιώθω χάλια».

«Το ξέρω. Γι' αυτό σε έφερα εδώ κάτω. Φαινόσουν έτοιμη να ξεράσεις στα πόδια του Ραφαέλ».

Η Κλέρι βόγκηξε απαλά.

«Αν και μπορεί να έσβηνε αυτό το χαμόγελο απ' τα χείλη του», παρατήρησε ο Τζέις. «Καλό θα του έκανε».

«Σταμάτα». Ο πόνος είχε υποχωρήσει. Έγειρε πίσω το κεφάλι της και κοίταξε το φεγγάρι, έναν κύκλο από ασήμι να επιπλέει πάνω σε μια θάλασσα από αστέρια. «Εγώ φταίω γι' αυτό».

«Όχι, δεν φταις εσύ».

«Σωστά. Φταίμε *εμείς*».

Ο Τζέις γύρισε προς το μέρος της με αγανάκτηση, εμφανή στη στάση του σώματός του. «Γιατί το λες αυτό;»

Τον κοίταξε για μια στιγμή σιωπηλή. Χρειαζόταν κούρεμα. Τα μαλλιά του ήταν σγουρά όπως τα κλήματα όταν μακραίνουν υπερβολικά και σαν πλοκάμια λευκά και χρυσά μες στο φεγγαρόφως. Οι ουλές στο πρόσωπο και στο λαιμό του έμοιαζαν λες και είχαν χαραχτεί με μεταλλικό μελάνι. Ήταν όμορφος, σκέφτηκε θλιμμένα, όμορφος και δεν είχε τίποτα, ούτε μια έκφραση ούτε ένα σημάδι, που να της θυμίζει ότι ήταν συγγενείς, ούτε με εκείνη ούτε με τη μητέρα της. Δεν έμοιαζε ούτε καν με τον Βάλενταϊν.

«Τι;» είπε. «Γιατί με κοιτάς έτσι;»

Ήθελε να πέσει στην αγκαλιά του και να κλάψει ακριβώς την ίδια στιγμή που ήθελε να τον χτυπήσει με τις γροθιές της. Ωστόσο, το μόνο που είπε ήταν: «Αν δεν είχε γίνει αυτό στην αυλή των ξωτικών, ο Σάιμον θα ήταν ακόμη ζωντανός».

Ο Τζέις άπλωσε το χέρι του και τράβηξε με δύναμη ένα κομμάτι χόρτο απ' το χώμα. Είχε ακόμη λάσπη κολλημένη στις ρίζες του. Το πέταξε στο πλάι. «Μας ανάγκασαν να το κάνουμε. Δεν το κάναμε για πλάκα, ούτε για να τον πληγώσουμε. Άλλωστε» είπε με μια υποψία χαμόγελου «είσαι αδερφή μου».

«Μην το λες έτσι».

«Ποιο; Το "αδερφή"; Όταν ήμουν μικρός, κατάλαβα πολύ γρήγορα ότι αν πεις μια λέξη πολλές φορές πάρα πολύ γρήγορα χάνει τη σημασία της, όπως: "ζάχαρη", "γυαλί", "ψίθυρος", "σκοτάδι". "Αδερφή"», είπε σιγανά. «Είσαι αδερφή μου».

«Δεν έχει σημασία πόσες φορές θα το πεις. Δεν πρόκειται να αλλάξει».

«Όπως δεν έχει σημασία που δεν με αφήνεις να πω αυτό που θέλω. Ούτε αυτό πρόκειται να αλλάξει».

«*Τζέις!*» Ήταν μια άλλη φωνή· ο Άλεκ, ελαφρώς λαχανιασμένος από το τρέξιμο. Κρατούσε μια μαύρη πλαστική σακούλα. Πίσω του περπατούσε με δυσανασχέτηση ο Μάγκνους, απίστευτα ψηλός και λαμπερός με ένα μακρύ δερμάτινο παλτό που ανέμιζε στον αέρα σαν φτερό νυχτερίδας. Ο Άλεκ σταμάτησε μπροστά στον Τζέις και του έδωσε την τσάντα. «Έφερα αίμα. Όπως μου ζήτησες».

Ο Τζέις άνοιξε τη σακούλα, κοίταξε μέσα και σούφρωσε τη μύτη του. «Να ρωτήσω πού το βρήκατε ή όχι καλύτερα;»

«Από ένα χασάπη στο Γκρίνποϊντ», είπε ο Μάγκνους, που είχε φτάσει κοντά τους. «Το βγάζουν από τα ζώα γιατί οι μουσουλμάνοι δεν τρώνε αίμα. Είναι από ζώα».

«Πάντως, είναι αίμα», είπε ο Τζέις και σηκώθηκε. Κοίταξε την Κλέρι διστακτικά. «Όταν είπε ο Ραφαέλ ότι δεν θα είναι ευχάριστο αυτό, δεν έλεγε ψέματα. Μπορείς να περιμένεις εδώ. Θα στείλω την Ίζαμπελ να μείνει μαζί σου».

Εκείνη έγειρε το κεφάλι της για να τον κοιτάξει. Το φως του φεγγαριού έριχνε στο πρόσωπό του σκιές από τα κλαδιά. «Έχεις δει ποτέ ένα βρικόλακα να γεννιέται;»

«Όχι, αλλά…»

«Άρα, δεν ξέρεις, έτσι δεν είναι;» Σηκώθηκε όρθια, και το μπλε παλτό της Ίζαμπελ άγγιξε το χώμα. «Θέλω να είμαι εκεί. *Πρέπει* να είμαι εκεί».

Έβλεπε μόνο ένα μέρος του προσώπου του, αλλά της φάνηκε σχεδόν… εντυπωσιασμένος. «Ξέρω πολύ καλά ότι δεν μπορώ να σου πω τι να κάνεις και τι όχι», είπε. «Πάμε».

Ο Ραφαέλ ίσιωνε ένα μεγάλο ορθογώνιο όταν έφτασαν πίσω στο ξέφωτο. Η Κλέρι και ο Τζέις ήταν λίγο πιο μπροστά απ' τον Άλεκ και τον Μάγκνους, που έμοιαζαν να τσακώνονται για κάτι. Το σώμα του Σάιμον δεν ήταν εκεί. Η Ίζαμπελ καθόταν στο χώμα, με το μαστίγιό της τυλιγμένο στα πόδια της σαν ένα χρυσό κύκλο. «Κάνει ψοφόκρυο», είπε η Κλέρι σφίγγοντας το βαρύ παλτό της Ίζαμπελ γύρω της. Τουλάχιστον ήταν ζεστό. Προσπάθησε να αγνοήσει το γεγονός ότι ο γιακάς του ήταν γεμάτος από το αίμα του Σάιμον. «Λες και ήρθε ο χειμώνας σε ένα βράδυ».

«Να χαίρεσαι που δεν είναι χειμώνας», είπε ο Ραφαέλ καθώς άφηνε το φτυάρι σε ένα κοντινό δέντρο. «Το χώμα παγώνει σαν σίδερο το χειμώνα. Μερικές φορές είναι αδύνατον να σκάψεις, και ο νεοσσός πρέπει να περιμένει πεινασμένος μέσα στο χώμα για μήνες, πριν βγει έξω».

«Έτσι τους λέτε; Νεοσσούς;» ρώτησε η Κλέρι. Η λέξη τής φαινόταν παράταιρη, πολύ οικεία για αυτήν τη χρήση. Της θύμιζε παπάκια.

«Ναι», είπε ο Ραφαέλ. «Σημαίνει αυτοί που δεν έχουν γεννηθεί ακόμη ή που μόλις γεννήθηκαν». Τότε είδε τον Μάγκνους, που ερχόταν πίσω τους, και για ένα κλάσμα του δευτερολέπτου φάνηκε να ξαφνιάζεται πριν σβήσει βιαστικά την έκφραση από το πρόσωπό του. «Μεγάλε Μάγε» είπε «δεν περίμενα να δω εσένα εδώ πέρα».

«Ήμουν περίεργος», είπε ο Μάγκνους, με μάτια που έλαμπαν. «Δεν έχω δει ποτέ Παιδί της Νύχτας να γεννιέται».

Ο Ραφαέλ κοίταξε τον Τζέις, που ακουμπούσε σε έναν κορμό δέντρου. «Πολύ ενδιαφέρουσες παρέες έχεις, Κυνηγέ».

«Για τον εαυτό σου μιλάς πάλι;» είπε ο Τζέις. Ίσιωσε το ποδοπατημένο χώμα με το παπούτσι του. «Τι ψώνιο...»

«Μάλλον εμένα εννοούσε», είπε ο Άλεκ. Όλοι τον κοίταξαν έκπληκτοι. Ο Άλεκ δεν έκανε ποτέ αστεία. Χαμογέλασε αμήχανα. «Συγγνώμη, έχω άγχος».

«Δεν χρειάζεται», είπε ο Μάγκνους, απλώνοντας το χέρι του για να χαϊδέψει τον ώμο του. Ο Άλεκ κινήθηκε γρήγορα και το χέρι του Μάγκνους έπεσε στο κενό.

«Και τώρα, τι κάνουμε;» ρώτησε η Κλέρι, σφίγγοντας τα χέρια της γύρω της για να ζεσταθεί. Ήταν λες και το κρύο είχε μπει σε κάθε πόρο του κορμιού της. Έκανε υπερβολικό κρύο για τέλος καλοκαιριού.

Ο Ραφαέλ, που πρόσεξε την κίνησή της, χαμογέλασε. «Κάνει πάντα κρύο σ' ένα Ξύπνημα. Ο νεοσσός ρουφάει όλη την ενέργεια απ' τα ζωντανά πλάσματα γύρω του, για να έχει τη δύναμη να ξαναγεννηθεί».

Η Κλέρι τον αγριοκοίταξε. «Εσύ δεν φαίνεσαι να κρυώνεις».

«Εγώ δεν είμαι ζωντανός», αποκρίθηκε. Έκανε λίγο πιο πίσω από την άκρη του τάφου –η Κλέρι πίεσε τον εαυτό της να τον σκέφτεται σαν τάφο, αφού αυτό ακριβώς ήταν– και μετά έκανε νόημα στους άλλους να κάνουν το ίδιο. «Κάντε χώρο», τους είπε. «Πώς θα ξυπνήσει ο Σάιμον αν στέκεστε όλοι από πάνω του;»

Έκαναν πίσω βιαστικά. Η Κλέρι ένιωσε την Ίζαμπελ να πιάνει σφιχτά τον αγκώνα της και πρόσεξε ότι ήταν κατάχλωμη σαν σεντόνι. «Τι έγινε;»

«Όλα αυτά», είπε η Ίζαμπελ. «Κλέρι, μήπως έπρεπε να τον αφήσουμε να φύγει...;»

«Να τον αφήσουμε να πεθάνει, εννοείς». Τράβηξε με δύναμη το χέρι της. «Ε, βέβαια, τι άλλο θα σκεφτόσουν; Αφού θεωρείς κι εσύ πως όποιος δεν είναι σαν εσένα καλύτερα να είναι νεκρός, έτσι δεν είναι;»

Το πρόσωπο της Ίζαμπελ ήταν μια θλιβερή γκριμάτσα. «Δεν εννοούσα....»

Ένας ήχος αντήχησε στο ξέφωτο, ένας ήχος που δεν έμοιαζε με κανέναν από όσους είχε ακούσει ως τότε η Κλέρι, κάτι σαν σφυγμός που ερχόταν από κάπου βαθιά, λες και μπορούσε ξαφνικά να ακουστεί ο παλμός του κόσμου.

Τι συμβαίνει; αναρωτήθηκε η Κλέρι, και μετά, από κάτω της, το χώμα σείστηκε και τραντάχτηκε. Έπεσε στα γόνατα. Ο τάφος κόχλαζε σαν την επιφάνεια ανταριασμένου ωκεανού. Ξαφνικά, άνοιξε στα δύο, εκτοξεύοντας κομμάτια λάσπης. Ένα μικρό βουναλάκι χώματος, σαν μυρμηγκοφωλιά, υψώθηκε προς τα πάνω. Στο κέντρο του βουνού υπήρχε ένα χέρι, με ανοιχτά δάχτυλα, γαντζωμένο στο χώμα.

«*Σάιμον!*» Η Κλέρι προσπάθησε να πάει προς το μέρος του, αλλά ο Ραφαέλ την κράτησε πίσω.

«Άφησέ με!» φώναξε η Κλέρι, αλλά την κρατούσε με μια λαβή σαν ατσάλι. «Δεν βλέπεις ότι χρειάζεται τη βοήθειά μας;»

«Αυτό πρέπει να το κάνει μόνος του», είπε ο Ραφαέλ χωρίς να την αφήσει. «Είναι καλύτερα έτσι».

«Για σένα! Όχι για μένα!» Απελευθερώθηκε από το άγγιγμά του και έτρεξε προς τον τάφο, τη στιγμή που εκείνος ανασηκώθηκε, ρίχνοντάς την κάτω. Μια καμπουριαστή μορφή έβγαινε από το βιαστικά σκαμμένο τάφο, με δάχτυλα σαν βρομερά νύχια χωμένα βαθιά στη λάσπη. Τα γυμνά του μπράτσα ήταν μαύρα από το χώμα και το αίμα. Βγήκε από το χώμα, σύρθηκε μερικά μέτρα και κατέρρευσε στο χώμα.

«Σάιμον», ψιθύρισε. Ήταν ο Σάιμον, ο φίλος της, όχι ένα πλάσμα. Σηκώθηκε όρθια και έτρεξε προς το μέρος του, με τα παπούτσια της να βουλιάζουν στο φρεσκοσκαμμένο χώμα.

«Κλέρι!» φώναξε ο Τζέις. «Τι κάνεις;»

Παραπάτησε και στραμπούλιξε λίγο τον αστράγαλό της καθώς βούλιαξε μέσα στο χώμα. Έπεσε στα γόνατα δίπλα στον Σάιμον, που ήταν ξαπλωμένος, ακίνητος, σαν να ήταν στα αλήθεια νεκρός. Τα μαλλιά του ήταν βρόμικα και γεμάτα χώμα, τα γυαλιά του έλειπαν, το μπλουζάκι του σκισμένο, και στο δέρμα του είχε αίμα. «Σάιμον», είπε και άπλωσε το χέρι της να τον αγγίξει. «Σάιμον, είσαι…;»

Το σώμα του αντέδρασε στο άγγιγμά της, οι μύες του συσπάστηκαν, ενώ το δέρμα του ήταν σκληρό σαν σίδερο.

«…καλά;» είπε ολοκληρώνοντας την πρότασή της.

Γύρισε το κεφάλι του, και τότε είδε τα μάτια του. Ήταν κενά, άψυχα. Με μια δυνατή κραυγή, τινάχτηκε και της όρμησε, γρήγορος σαν φίδι. Τη χτύπησε και την έριξε ανάσκελα στο χώμα. «Σάιμον!» του φώναξε, αλλά δεν έδειξε να ακούει. Το πρόσωπό του ήταν διαστρεβλωμένο, παραμορφωμένο, καθώς ήρθε από πάνω της, με τα χείλη τραβηγμένα, και η Κλέρι είδε τα κοφτερά του δόντια, τα δόντια του βρικόλακα, να γυαλίζουν στο φεγγαρόφως σαν λευκές βελόνες. Τρομοκρατημένη, τον κλότσησε για να απομακρυνθεί, αλλά την έπιασε απ' τους ώμους και την ακινητοποίησε στο χώμα. Τα χέρια του ήταν ματωμένα, τα νύχια του σπασμένα, αλλά ήταν απίστευτα δυνατός, πιο δυνατός κι απ' την ίδια, που ήταν Κυνηγός. Τα κόκαλα στους ώμους της χτυπήθηκαν με δύναμη καθώς έσκυψε από πάνω της...

Και μετά τινάχτηκε και εκτοξεύθηκε στον αέρα σαν να μη ζύγιζε περισσότερο από ένα χαλίκι. Η Κλέρι σηκώθηκε όρθια λαχανιασμένη και αντίκρισε το σοβαρό βλέμμα του Ραφαέλ. «Σου είπα να μείνεις μακριά του», της είπε και γονάτισε δίπλα στον Σάιμον, που είχε προσγειωθεί λίγο πιο πέρα και είχε μείνει κουβαριασμένος στο χώμα.

Η Κλέρι πήρε μια βαθιά ανάσα. Ακούστηκε σαν λυγμός. «Δεν με αναγνωρίζει».

«Σε αναγνωρίζει. Απλώς, δεν τον νοιάζει αυτήν τη στιγμή». Ο Ραφαέλ κοίταξε προς τον Τζέις. «Είναι πεινασμένος. Χρειάζεται αίμα».

Ο Τζέις, που στεκόταν κατάχλωμος και ακίνητος στην άκρη του τάφου, έκανε ένα βήμα εμπρός και του έδωσε βουβά την πλαστική σακούλα, σαν μια προσφορά. Ο Ραφαέλ την άρπαξε και την έσκισε. Από μέσα έπεσαν κάμποσα πλαστικά πακετάκια με κόκκινο υγρό. Έπιασε ένα, μουρμουρώντας κάτι, και το έσκισε με τα κοφτερά του νύχια, χύνοντας αίμα στο λασπωμένο του λευκό πουκάμισο.

Ο Σάιμον, σαν να μύρισε το αίμα, γύρισε το κεφάλι και έβγαλε ένα αξιοθρήνητο κλάμα. Έτρεμε ακόμη. Τα χέρια του με τα σπασμένα νύχια είχαν χωθεί στη λάσπη, ενώ τα μάτια του είχαν αλληθωρίσει. Ο Ραφαέλ άπλωσε το πακέτο με το αίμα, αφήνοντας λίγο απ' το κόκκινο υγρό να στάξει στο πρόσωπο του Σάιμον, βάφοντας το λευκό του δέρμα με αίμα. «Έλα», του είπε σχεδόν φιλικά. «Πιες, μικρούλη, πιες».

Κι ο Σάιμον, που ήταν χορτοφάγος από τα δέκα του, που δεν έπινε γάλα αν δεν ήταν βιολογικό, που λιποθυμούσε όταν έβλεπε βελόνες, άρπαξε το πακέτο με το αίμα και το έσκισε με τα δόντια του. Το κατάπιε με λίγες γουλιές και πέταξε το άδειο σακουλάκι με ένα αδύναμο κλάμα. Ο Ραφαέλ κρατούσε ήδη το επόμενο και το έβαλε στο χέρι του. «Μην πίνεις πολύ γρήγορα» είπε «θα αρρωστήσεις». Ο Σάιμον φυσικά τον αγνόησε· κατάφερε να ανοίξει μόνος του το δεύτερο σακουλάκι και ρουφούσε λαίμαργα το περιεχόμενό του. Απ' τις γωνίες του στόματός του έτρεχε αίμα, λέρωνε το λαιμό του με χοντρές σταγόνες και έσταζε στα χέρια του. Τα μάτια του ήταν κλειστά.

Ο Ραφαέλ γύρισε και κοίταξε την Κλέρι. Ένιωθε τον Τζέις και όλους τους άλλους να την κοιτάνε με την ίδια έκφραση τρόμου και αηδίας. «Την επόμενη φορά που θα φάει» είπε ήρεμα ο Ραφαέλ «δεν θα είναι τόσο τσαπατσούλης».

Τσαπατσούλης. Η Κλέρι έκανε μεταβολή και απομακρύνθηκε τρεκλίζοντας. Άκουσε τον Τζέις να τη φωνάζει, αλλά τον αγνόησε, και άρχισε να τρέχει μόλις έφτασε στα δέντρα. Ήταν στη μέση του λόφου όταν ένιωσε τον πόνο. Έπεσε στα γόνατα, αναγουλιάζοντας, και ό,τι είχε μέσα στο στομάχι της βγήκε με μια δυνατή ώθηση. Όταν τέλειωσε, σύρθηκε λίγο πιο πέρα και κατέρρευσε στο χώμα. Ήταν σίγουρα πάνω σε κάποιο τάφο, αλλά δεν την ένοιαζε. Έβαλε το καυτό της πρόσωπο πάνω στο ψυχρό χώμα και σκέφτηκε ότι οι πεθαμένοι δεν ήταν και τόσο άτυχοι τελικά.

11

καπνος κι ατσαλι

Η μονάδα εντατικής θεραπείας στο νοσοκομείο Μπεθ Ίσραελ θύμιζε πάντα στην Κλέρι κάτι φωτογραφίες της Ανταρκτικής που είχε δει παλιά: ήταν παγωμένο και με ένα απόμακρο αίσθημα, και όλα εκεί μέσα ήταν είτε γκρίζα, είτε λευκά, είτε γαλάζια. Οι τοίχοι του δωματίου της μητέρας της ήταν λευκοί, οι σωλήνες που ενώνονταν με το κεφάλι της και τα αμέτρητα όργανα που αναβόσβηναν γύρω της ήταν γκρίζα, ενώ η κουβέρτα που τύλιγε το σώμα της ήταν γαλάζια. Το πρόσωπό της ήταν λευκό. Το μόνο χρώμα στο δωμάτιο ήταν τα κόκκινα μαλλιά της, ριγμένα πάνω στο άσπρο χιονάτο μαξιλάρι σαν μια λαμπερή, παράταιρη σημαία καρφωμένη στο νότιο πόλο.

Η Κλέρι αναρωτιόταν πώς κατάφερνε ο Λουκ να πληρώνει το μονόκλινο δωμάτιο, πού έβρισκε τα λεφτά και πώς το είχε βρει. Σκέφτηκε να τον ρωτήσει όταν θα ερχόταν απ' την άσχημη μικρή καφετέρια του τρίτου ορόφου απ' όπου είχε πάει να φέρει λίγο καφέ. Ο καφές από το μηχάνημα έμοιαζε με πίσσα και είχε παρόμοια γεύση, αλλά ο Λουκ έμοιαζε να έχει εθιστεί.

Τα μεταλλικά πόδια της καρέκλας της στρίγγλισαν στο πλαστικό πάτωμα καθώς η Κλέρι την τράβηξε και έκατσε κοντά στο κρεβάτι, ισιώνοντας τη φούστα της. Όποτε πήγαινε να δει τη μητέρα της στο νοσοκομείο, ένιωθε αγχωμένη και δεν ήξερε τι να πει, σαν να είχε κάνει κάτι κακό. Ίσως επειδή οι μόνες φορές που είχε δει το πρόσωπο της μητέρας της τόσο ανέκφραστο και χωρίς χρώμα ήταν οι στιγμές λίγο πριν ξεσπάσει από θυμό.

«Μαμά», είπε. Άπλωσε το χέρι της και έπιασε το αριστερό χέρι της μητέρας της. Είχε ακόμη ένα σημάδι στον καρπό, εκεί όπου ο Βάλενταϊν είχε βάλει ένα σωληνάκι. Το δέρμα του χεριού της, πάντα τραχύ και κομμένο, γεμάτο μπογιά και νέφτι, ήταν σαν τον ξερό κορμό ενός δέντρου. Η Κλέρι δίπλωσε τα δάχτυλά της πάνω από τα δάχτυλα της Τζόσλιν, νιώθοντας ένα λυγμό να σφίγγει το λαιμό της. «Μαμά...» Καθάρισε το λαιμό της. «Ο Λουκ λέει ότι μπορείς να με ακούσεις. Δεν ξέρω αν είναι αλήθεια ή όχι. Βασικά, ήρθα γιατί ήθελα να σου μιλήσω. Δεν πειράζει αν δεν μπορείς να μου απαντήσεις. Βλέπεις...» ξεροκατάπιε πάλι και κοίταξε έξω απ' το παράθυρο, μια λωρίδα γαλανού ουρανού που φαινόταν πάνω απ' τον τοίχο του νοσοκομείου. «Ο Σάιμον. Έπαθε κάτι, και έφταιγα εγώ γι' αυτό».

Τώρα που δεν κοιτούσε το πρόσωπο της μητέρας της, η ιστορία βγήκε αβίαστα: πώς είχε γνωρίσει τον Τζέις και τους άλλους Κυνηγούς, η αναζήτησή τους για το Θανάσιμο Κύπελλο, η προδοσία του Χοτζ και η μάχη στο Ρένγουικ, η συνειδητοποίηση ότι ο Βάλενταϊν ήταν πατέρας της και πατέρας του Τζέις. Ακόμα και τα πιο πρόσφατα γεγονότα: η νυχτερινή επίσκεψη στην Πόλη των Νεκρών, το Ξίφος των Ψυχών, το μίσος της Ανακρίτριας για τον Τζέις, η γυναίκα με τα ασημένια μαλλιά. Και μετά είπε στη μητέρα της για την Αυλή των Σίιλι, το τίμημα που είχε ζητήσει η Βασίλισσα και τι είχε γίνει με τον Σάιμον. Ένιωθε τα δάκρυα να καίνε στο λαιμό της όσο μιλούσε, αλλά ήταν μια ανακούφιση να τα λέει σε κάποιον, ακόμα και σε κάποιον που το πιο πιθανό ήταν να μην την άκουγε.

«Οπότε, σε γενικές γραμμές» είπε «τα έκανα θάλασσα. Θυμάμαι που μου έλεγες ότι ξέρεις πως μεγάλωσες όταν υπάρχουν πράγματα που έχεις μετανιώσει. Αν είναι έτσι, αυτό σημαίνει ότι έχω μεγαλώσει πολύ. Απλώς... απλώς, νόμιζα...»

Ότι θα ήσουν εδώ όταν θα γινόταν αυτό. Έπνιξε τα δάκρυά της όταν άκουσε πίσω της κάποιον να ξεροβήχει.

Η Κλέρι γύρισε το κεφάλι της και είδε τον Λουκ, να στέκεται στην πόρτα με ένα ποτήρι καφέ. Κάτω απ' τις λάμπες φθορίου του νοσοκομείου έβλεπε πόσο κουρασμένος ήταν. Τα μαλλιά του είχαν γκριζάρει και το μπλε λινό του πουκάμισο ήταν ζαρωμένο.

«Πόση ώρα στέκεσαι εκεί;»

«Πολύ λίγη», είπε εκείνος. «Σου έφερα καφέ». Της έδωσε το ποτήρι, αλλά εκείνη δεν το πήρε. «Το σιχαίνομαι αυτό το πράγμα. Έχει γεύση ποδαρίλα».

Ο Λουκ χαμογέλασε. «Πώς ξέρεις τι γεύση έχουν τα πόδια;»

«Το ξέρω», είπε. Έσκυψε και φίλησε το μέτωπο της Τζόσλιν πριν σηκωθεί. «Γεια σου, μαμά».

Το μπλε βανάκι του Λουκ ήταν παρκαρισμένο στο υπόγειο πάρκινγκ κάτω από το νοσοκομείο. Είχαν φτάσει ήδη στον αυτοκινητόδρομο όταν εκείνος μίλησε.

«Άκουσα μερικά από αυτά που έλεγες στο νοσοκομείο».

«Το *ήξερα* ότι κρυφάκουγες», του είπε, αλλά χωρίς να είναι θυμωμένη. Δεν είχε πει κάτι στη μητέρα της που δεν θα έλεγε στον Λουκ.

«Αυτό που έγινε με τον Σάιμον δεν ήταν δικό σου λάθος».

Άκουσε τις λέξεις, αλλά έμοιαζαν να πετάνε μακριά της σαν να την περικύκλωνε ένας αόρατος τοίχος. Σαν εκείνον που είχε φτιάξει ο Χοτζ όταν την είχε προδώσει στον Βάλενταϊν, αλλά αυτήν τη φορά δεν άκουγε τίποτα, ούτε ένιωθε τίποτα. Ένιωθε μουδιασμένη, σαν να ήταν κλεισμένη μέσα σε πάγο.

«Με άκουσες, Κλέρι;»

«Εντάξει, είναι ωραίο αυτό που λες, αλλά εννοείται ότι ήταν δικό μου λάθος».

«Επειδή ήταν θυμωμένος μαζί σου όταν πήγε στο ξενοδοχείο; Δεν πήγε εκεί *επειδή* ήταν θυμωμένος μαζί σου, Κλέρι. Έχω ακούσει κι άλλες τέτοιες ιστορίες. Τους λένε "διχασμένους", αυτούς που δεν έχουν μεταμορφωθεί τελείως. Θα πρέπει να τον τράβαγε κάτι στο ξενοδοχείο που δεν μπορούσε να ελέγξει».

«Επειδή είχε μέσα του το αίμα του Ραφαέλ. Αλλά ούτε αυτό δεν θα είχε συμβεί αν δεν ήμουν εγώ. Αν δεν τον είχα πάρει μαζί μου σ' εκείνο το πάρτι...»

«Πίστευες ότι θα ήταν ασφαλές. Δεν τον έβαλες σε μεγαλύτερο κίνδυνο απ' ό,τι έβαλες τον εαυτό σου. Δεν μπορείς να βασανίζεσαι έτσι», είπε ο Λουκ, στρίβοντας στη Γέφυρα του Μπρούκλιν. Το νερό έλαμπε από κάτω σαν σεντόνια από γυαλιστερό ασήμι. «Δεν έχει νόημα».

Βούλιαξε στη θέση της, χώνοντας τα δάχτυλά της στα μανίκια του πράσινου φούτερ της. Οι άκρες του ήταν ξεφτισμένες και οι κλωστές της κουκούλας του γαργαλούσαν το πρόσωπό της.

«Άκου», είπε ο Λουκ. «Όσα χρόνια τον ξέρω, υπήρχε πάντα ένα μόνο μέρος όπου ήθελε ο Σάιμον να βρίσκεται, και πάντα έκανε ό,τι περνούσε από το χέρι του για να βρεθεί εκεί, όποιο και να ήταν το τίμημα».

«Πού, δηλαδή;»

«Όπου βρισκόσουν κι εσύ», είπε ο Λουκ. «Θυμάσαι όταν έπεσες από εκείνο το δέντρο στο εξοχικό όταν ήσουν δέκα χρονών και έσπασες το χέρι σου; Θυμάσαι τον Σάιμον που μας ανάγκασε να τον αφήσουμε να μπει μαζί σου στο ασθενοφόρο; Κλοτσούσε και χτυπιόταν μέχρι να τον αφήσουμε».

«Ναι, κι εσύ γελούσες» είπε η Κλέρι «και η μαμά σε χτύπησε στον ώμο».

«Δεν μπορούσα να μη γελάσω. Τόσο πείσμα σε ένα δεκάχρονο δεν βλέπεις συχνά. Ήταν σαν ταύρος».

«Ναι, ταύρος με γυαλιά και αλλεργικός στη γύρη».

«Δεν μπορείς να μην εκτιμήσεις μια τέτοια αφοσίωση», είπε ο Λουκ.

«Το ξέρω, μη με κάνεις να νιώθω χειρότερα».

«Κλέρι, αυτό που θέλω να πω είναι ότι ο Σάιμον έκανε πάντα αυτό που ήθελε. Το να κατηγορείς τον εαυτό σου είναι σαν να κατηγορείς *αυτό που είσαι*. Αυτό δεν είναι λάθος κανενός, ούτε μπορεί να αλλάξει. Του είπες την αλήθεια και εκείνος αποφάσισε τι θα έκανε γι' αυτό. Ο καθένας παίρνει τις αποφάσεις του, κανείς δεν έχει το δικαίωμα να μας το στερήσει αυτό. Ούτε καν από αγάπη».

«Μα, αυτό ακριβώς είναι», είπε η Κλέρι. «Όταν αγαπάς κάποιον, δεν έχεις επιλογή». Θυμήθηκε πώς είχε σφιχτεί η καρδιά της όταν της είχε πει η Ίζαμπελ ότι ο Τζέις είχε φύγει. Είχε βγει απ' το σπίτι χωρίς να διστάσει λεπτό, χωρίς δεύτερη σκέψη. «Η αγάπη δεν σου αφήνει επιλογές».

«Καλύτερα έτσι», είπε ο Λουκ καθώς κατέβαιναν απ' τη γέφυρα. Η Κλέρι δεν απάντησε, κοίταζε απλώς αφηρημένη έξω απ' το παράθυρο. Η περιοχή στην άλλη πλευρά της γέφυρας δεν ήταν και το πιο όμορφο μέρος του Μπρούκλιν: και οι δύο πλευρές της λεωφόρου ήταν γεμάτες άσχημα κτίρια γραφείων και γκαράζ αυτοκινήτων. Συνήθως δεν της άρεσε καθόλου, αλλά αυτήν τη φορά το περιβάλλον ταίριαζε με τη διάθεσή της. «Έχεις καθόλου νέα από τον...;» άρχισε να λέει ο Λουκ, που μάλλον σκέφτηκε ότι θα ήταν καλύτερο να αλλάξει θέμα.

«Τον Σάιμον; Ναι, εννοείται».

«Τον Τζέις θα έλεγα».

«Α». Ο Τζέις την είχε πάρει στο κινητό κάμποσες φορές και της είχε αφήσει μηνύματα. Δεν το είχε σηκώσει, ούτε τον είχε πάρει πίσω. Αυτή ήταν η τιμωρία της για ό,τι είχε συμβεί με τον Σάιμον. Ήταν ο χειρότερος τρόπος που μπορούσε να σκεφτεί για να τιμωρήσει τον εαυτό της.

«Όχι, δεν είχα».

Η φωνή του Λουκ ήταν προσεκτικά ουδέτερη. «Μήπως θέλεις να τον πάρεις; Μόνο για να δεις αν είναι καλά. Μάλλον δεν θα είναι και τόσο αν σκεφτείς...»

Η Κλέρι κουνήθηκε λίγο στη θέση της. «Νόμιζα ότι είχες ρωτήσει τον Μάγκνους. Σας άκουσα να μιλάτε για τον Βάλενταϊν και την ιστορία με τη Μετατροπή του Ξίφους. Σίγουρα θα σου έλεγε κάτι αν ο Τζέις δεν ήταν καλά».

«Ο Μάγκνους μπορεί να μου πει για τη σωματική υγεία του Τζέις. Η πνευματική του υγεία, από την άλλη...»

«Ξέχνα το. Δεν τον παίρνω». Η Κλέρι άκουσε την ψυχρότητα στη φωνή της και ξαφνιάστηκε με τον ίδιο της τον εαυτό. «Πρέπει να είμαι δίπλα στον Σάιμον τώρα. Ούτε η δική του πνευματική υγεία είναι σε πολύ καλή κατάσταση».

Ο Λουκ αναστέναξε. «Αν έχει πρόβλημα με το να δεχτεί αυτό που του συμβαίνει, ίσως...»

«Φυσικά και έχει πρόβλημα!» Έριξε στον Λουκ μια αποδοκιμαστική ματιά, αλλά εκείνος ήταν προσηλωμένος στην κίνηση και δεν το πρόσεξε. «Εσύ τουλάχιστον θα έπρεπε να καταλαβαίνεις τι σημαίνει να...»

«Να ξυπνάς μια μέρα και να είσαι ένα τέρας;» Ο Λουκ δεν το είπε με πικρία, μόνο με μια κουρασμένη έκφραση. «Έχεις δίκιο, το καταλαβαίνω. Και αν ποτέ θελήσει να μου μιλήσει γι' αυτό, θα χαρώ να το συζητήσουμε. Θα το ξεπεράσει πάντως, ακόμα και αν τώρα πιστεύει ότι δεν πρόκειται».

Η Κλέρι έκανε μια γκριμάτσα. Ο ήλιος έδυε πίσω τους, κάνοντας τον καθρέφτη του αυτοκινήτου να λάμπει σαν χρυσός. Τα μάτια της πονούσαν απ' το φως. «Δεν είναι το ίδιο», είπε. «Εσύ τουλάχιστον μεγάλωσες ξέροντας ότι υπάρχουν λυκάνθρωποι. Εκείνος, πριν πει σε οποιονδήποτε ότι έχει γίνει βρικόλακας, θα πρέπει πρώτα να τους πείσει ότι *υπάρχουν*».

Ο Λουκ πήγε να πει κάτι, αλλά το μετάνιωσε. «Σίγουρα έχεις δίκιο». Είχαν φτάσει στο Γουίλιαμσμπεργκ, μέσω της μισοάδειας Λεωφόρου Κεντ, ανάμεσα στις τεράστιες αποθήκες. «Παρ' όλα αυτά, του πήρα κάτι. Είναι στο ντουλαπάκι. Σε περίπτωση που...»

Η Κλέρι άνοιξε το ντουλαπάκι και έμεινε άφωνη. «*Πώς να ΤΟ πείτε στους γονείς σας*», διάβασε φωναχτά. «ΛΟΥΚ! Μη λες βλακείες! Ο Σάιμον δεν είναι γκέι, είναι βρικόλακας».

«Εντάξει, το ξέρω, αλλά το βιβλίο μιλάει γενικά για το πώς να πεις στους γονείς σου δύσκολα πράγματα για τον εαυτό σου που ίσως να μην είναι διατεθειμένοι να ακούσουν. Μπορεί να πάρει ένα κομμάτι και να το προσαρμόσει, ή να διαβάσει τις γενικές συμβουλές...»

«Λουκ!» Του μίλησε τόσο απότομα, που ο Λουκ φρέναρε ξαφνικά και τα φρένα του στρίγγλισαν. Είχαν φτάσει μπροστά στο σπίτι του. Το νερό του Ιστ Ρίβερ άστραφτε σκοτεινό στα αριστερά τους, ενώ ο ουρανός ήταν γεμάτος καπνιά και σκιές. Μια πιο σκούρα σκιά καθόταν στα μπροστινά σκαλιά του σπιτιού.

Ο Λουκ μισόκλεισε τα μάτια του. Όταν ήταν λύκος, έβλεπε τέλεια, της είχε πει. Όταν ήταν άνθρωπος, η μυωπία του εμφανιζόταν ξανά.

«Είναι ο... ;»

«Σάιμον, ναι». Η Κλέρι τον κατάλαβε από τη σιλουέτα. «Πρέπει να του μιλήσω».

«Εντάξει. Εγώ πάω να κάνω κάτι δουλειές. Θα έρθω σε λίγο».

«Τι δουλειές;»

«Διάφορα φαγώσιμα», είπε αόριστα. «Θα έρθω σε μισή

ώρα. Μη μείνετε έξω, όμως. Μπείτε στο σπίτι και κλειδώστε».

«Μην ανησυχείς».

Τον κοίταξε καθώς απομακρυνόταν και γύρισε αργά προς το σπίτι. Η καρδιά της χτυπούσε δυνατά. Είχε μιλήσει αρκετές φορές με τον Σάιμον στο τηλέφωνο, αλλά δεν τον είχε δει από τότε που τον είχαν φέρει, τις πρώτες πρωινές ώρες εκείνης της φρικτής βραδιάς, αδύναμο και καταματωμένο στο σπίτι του Λουκ για να καθαριστεί λίγο πριν γυρίσει σπίτι του. Η Κλέρι ήθελε να τον πάνε στο Ινστιτούτο, αλλά φυσικά αυτό ήταν αδύνατον. Ο Σάιμον δεν θα μπορούσε να ξαναμπεί ποτέ σε εκκλησία ή σε συναγωγή.

Τον είχε δει να ανεβαίνει το μονοπάτι προς την εξώπορτα του σπιτιού του με τους ώμους σκυφτούς, σαν να τον εμπόδιζε ένας δυνατός αέρας. Όταν άναψε αυτόματα το φως της πόρτας, ο Σάιμον σκέπασε ενστικτωδώς τα μάτια του, νομίζοντας ότι είναι το φως του ήλιου. Τότε η Κλέρι άρχισε να κλαίει, σιωπηλά, στο πίσω κάθισμα του βαν του Λουκ, και τα δάκρυα έτρεχαν πάνω στον παράξενο ρούνο που είχε στο χέρι της.

«Κλέρι», της είχε ψιθυρίσει ο Τζέις και είχε επιχειρήσει να πιάσει το χέρι της, αλλά εκείνη τραβήχτηκε μακριά του όπως είχε τραβηχτεί ο Σάιμον απ' το φως. Δεν θα τον άγγιζε. Δεν θα τον ξανάγγιζε ποτέ. Αυτή θα ήταν η τιμωρία της για ό,τι είχε κάνει στον Σάιμον.

Τώρα, καθώς ανέβαινε τα σκαλιά του Λουκ, το στόμα της είχε στεγνώσει και στο λαιμό της είχε κολλήσει ένας κόμπος. Πίεσε τον εαυτό της να μην κλάψει. Αν έκλαιγε, θα τον έκανε να νιώσει χειρότερα.

Καθόταν στις σκιές, στην άκρη της βεράντας, κοιτάζοντάς την. Είδε τα μάτια του που έλαμπαν στο σκοτάδι. Αναρωτήθηκε αν ήταν τόσο λαμπερά πριν, αλλά δεν θυμόταν. «Σάιμον;»

Σηκώθηκε με μια κίνηση, μια απαλή, αβίαστη κίνηση που την έκανε να ανατριχιάσει. Ένα πράγμα μόνο δεν είχε ο Σάιμον, κι αυτό ήταν χάρη στην κίνηση. Είχε κάτι διαφορετικό πάνω του, κάτι...

«Συγγνώμη, σε τρόμαξα;» τη ρώτησε μιλώντας προσεκτικά, σχεδόν επίσημα. Σαν να ήταν δυο ξένοι.

«Δεν πειράζει, απλώς... Περιμένεις πολλή ώρα;»

«Όχι. Μπορώ να βγω μόνο όταν έχει πέσει ο ήλιος, το ξέχασες; Έβγαλα χτες το χέρι μου ένα εκατοστό έξω απ' το παράθυρο και παραλίγο να μου κάψει τα δάχτυλα. Ευτυχώς που περνάει γρήγορα».

Έψαξε το κλειδί της, άνοιξε την πόρτα, και η βεράντα γέμισε με θαμπό φως. «Ο Λουκ είπε να μείνουμε μέσα».

«Ναι, γιατί τα κακά πλάσματα» είπε ο Σάιμον, περνώντας δίπλα της «βγαίνουν στο σκοτάδι».

Στο σαλόνι έφεγγε ένα ζεστό κιτρινωπό φως. Η Κλέρι έκλεισε πίσω τους την πόρτα και έβαλε τις αμπάρες. Το μπλε παλτό της Ίζαμπελ κρεμόταν ακόμη σε ένα καρφί πίσω απ' την πόρτα. Σκόπευε να το πάει στο καθαριστήριο για να δει αν θα μπορούσαν να το καθαρίσουν από το αίμα, αλλά δεν είχε προλάβει. Το κοίταξε για μια στιγμή, για να βρει την αυτοσυγκράτησή της, και μετά γύρισε προς τον Σάιμον.

Στεκόταν στη μέση του δωματίου με τα χέρια στις τσέπες του μπουφάν του, προφανώς από αμηχανία. Φορούσε τζιν, και ένα μπλουζάκι που έλεγε *I ♥ New York* και ανήκε στον πατέρα του. Όλα πάνω του ήταν οικεία, αλλά έμοιαζε σαν ξένος. «Τα γυαλιά σου», του είπε, συνειδητοποιώντας καθυστερημένα τι της είχε φανεί παράξενο στην αυλή. «Δεν τα φοράς».

«Έχεις δει κανένα βρικόλακα να φοράει γυαλιά;»

«Όχι, αλλά...»

«Δεν τα χρειάζομαι πια. Η τέλεια όραση πάει πακέτο με το σκηνικό». Έκατσε στον καναπέ και η Κλέρι πήγε δίπλα του, αλλά όχι πολύ κοντά. Από εκείνο το σημείο μπορούσε να δει πόσο χλωμός ήταν, να διακρίνει τις γαλάζιες φλέβες κάτω απ' το δέρμα του. Τα μάτια του χωρίς τα γυαλιά ήταν τεράστια και σκοτεινά, οι βλεφαρίδες σαν γραμμές από μαύρο μελάνι. «Εννοείται όμως ότι πρέπει να τα φοράω μες στο σπίτι, γιατί η μαμά μου θα πάθει κρίση. Θα πρέπει να της πω ότι θα βάλω φακούς».

«Θα πρέπει να της το πεις γενικώς», είπε η Κλέρι, πιο αυστηρά απ' ό,τι το ένιωθε. «Δεν μπορείς να κρύβεις την... την κατάστασή σου για πάντα».

«Μπορώ να προσπαθήσω». Πέρασε το χέρι του μέσα από τα σκούρα του μαλλιά, ενώ το στόμα του συσπάστηκε. «Κλέρι, τι θα *κάνω*; Η μαμά μου μού φτιάχνει συνεχώς φαγητό και πρέπει να το πετάω απ' το παράθυρο. Δεν έχω βγει δύο μέρες, αλλά δεν ξέρω για πόσο καιρό ακόμη θα προσποιούμαι ότι έχω γρίπη. Στο τέλος θα μου φέρει το γιατρό, και τι θα κάνω τότε; Δεν έχω καν *σφυγμό*. Θα της πει ότι είμαι *νεκρός*».

«Μπορεί να σε γράψει στα βιβλία του σαν ιατρικό θαύμα», είπε η Κλέρι.

«Δεν είναι αστείο».

«Το ξέρω, απλώς προσπαθούσα...»

«Σκέφτομαι συνέχεια το αίμα», είπε ο Σάιμον. «Το

βλέπω στον ύπνο μου. Ξυπνάω και το σκέφτομαι. Σε λίγο καιρό θ' αρχίσω να γράφω τελειωμένα ποιήματα γι' αυτό σαν ίμο».

«Δεν έχεις τα μπουκάλια που σου έδωσε ο Μάγκνους; Δεν τα ήπιες όλα με τη μία, έτσι;»

«Τα έχω, είναι στο ψυγειάκι μου. Αλλά σε λίγο θα τελειώσουν. Έχω μόνο τρία». Η φωνή του έμοιαζε να είναι γεμάτη ένταση. «Τι θα κάνω όταν τελειώσουν;»

«Θα σου βρούμε άλλα», είπε η Κλέρι. Σκεφτόταν ότι θα μπορούσε να πληρώσει το φιλικό χασάπη του Μάγκνους που τους προμήθευε με αίμα αρνιού, αλλά η όλη διαδικασία την ανατρίχιαζε κάπως. «Άκου, Σάιμον, ο Λουκ πιστεύει ότι πρέπει να το πεις στη μαμά σου. Δεν μπορείς να της το κρύβεις για πάντα».

«Μπορώ να προσπαθήσω, όμως».

«Σκέψου τον Λουκ», του είπε απελπισμένη. «Μπορείς να έχεις μια φυσιολογική ζωή».

«Κι εμείς; Θέλεις ένα βρικόλακα για αγόρι;» Γέλασε πικρά. «Γιατί προβλέπω πολύ ρομαντικά ραντεβού. Εσύ θα πίνεις Πίνα Κολάντα κι εγώ το αίμα του μπάρμαν».

«Σκέψου το σαν μια αναπηρία», τον πίεσε η Κλέρι. «Πρέπει απλώς να μάθεις πώς να ζεις μ' αυτό. Τόσοι άνθρωποι το κάνουν».

«Δεν είμαι σίγουρος ότι ανήκω πια στην κατηγορία των "ανθρώπων"».

«Για μένα ανήκεις», του είπε. «Άλλωστε, το να είσαι άνθρωπος είναι υπερεκτιμημένο τελικά».

«Τουλάχιστον δεν θα με ξαναπεί *θνητό* ο Τζέις. Τι κρατάς εκεί;» τη ρώτησε όταν είδε το βιβλίο στο χέρι της.

«Α, αυτό;» Του το έδειξε. «*Πώς να ΤΟ πείτε στους*

γονείς σας».

Την κοίταξε έκπληκτος. «Θες να μου πεις ότι είσαι γκέι;»

«Δεν είναι για μένα, για σένα είναι», είπε και του το έδωσε.

«Δεν χρειάζεται να πω στη μαμά μου ότι είμαι γκέι», είπε ο Σάιμον. «Το πιστεύει ήδη, επειδή δεν βλέπω μπάλα και δεν είχα ποτέ σοβαρή σχέση. Τουλάχιστον, έτσι νομίζει».

«Ναι, αλλά πρέπει να της πεις ότι έγινες βρικόλακας», του είπε η Κλέρι. «Ξέρεις, ο Λουκ έλεγε να χρησιμοποιήσεις μερικές από αυτές τις συμβουλές για να το πεις, και αντί για γκέι να βάλεις τη λέξη "βρικόλακας"».

«Α, κατάλαβα», είπε ο Σάιμον ανοίγοντας το βιβλίο. «Λοιπόν, θα δοκιμάσω με σένα». Καθάρισε το λαιμό του. «Μαμά, θέλω να σου πω κάτι. Είμαι βρικόλακας. Εντάξει, μπορεί να έχεις ορισμένες προκαταλήψεις για τους βρικόλακες και ξέρω ότι μπορεί να μη νιώθεις άνετα με την ιδέα ότι είμαι βρικόλακας. Αλλά θέλω να σου πω ότι οι βρικόλακες είναι ακριβώς όπως εγώ κι εσύ». Ο Σάιμον σταμάτησε. «Εντάξει, μάλλον πιο πολύ σαν εμένα παρά σαν εσένα».

«ΣΑΪΜΟΝ!»

«Καλά, καλά», συνέχισε. «Το πρώτο πράγμα που πρέπει να καταλάβεις είναι ότι είμαι ακόμη το ίδιο άτομο. Το ότι είμαι βρικόλακας δεν είναι το πιο σημαντικό πράγμα, είναι απλώς ένα μέρος της προσωπικότητάς μου. Το δεύτερο που πρέπει να ξέρεις είναι ότι δεν είναι μια επιλογή. Έτσι γεννήθηκα». Ο Σάιμον την κοίταξε πάνω απ' το βιβλίο. «Συγγνώμη, *ξαναγεννήθηκα*».

Η Κλέρι αναστέναξε. «Δεν προσπαθείς».

«Τουλάχιστον θα της πω ότι με θάψατε σε εβραϊκό νεκροταφείο», είπε ο Σάιμον αφήνοντας το βιβλίο. «Ίσως πρέπει να το κάνω σιγά-σιγά. Να το πω πρώτα στην αδερφή μου».

«Θα έρθω μαζί σου αν θες. Ίσως να μπορέσω να τους το εξηγήσω εγώ».

Την κοίταξε, έκπληκτος, και η Κλέρι διέκρινε τις ρωγμές στο πικρό του χιούμορ, ακόμα και το φόβο που ένιωθε πιο βαθιά. «Θα το έκανες αυτό για μένα;»

«Ε...» άρχισε να λέει η Κλέρι, αλλά τη διέκοψε μια ξαφνική εκκωφαντική στριγκλιά από λάστιχα και ο ήχος γυαλιού που γίνεται θρύψαλα. Τινάχτηκε πάνω και έτρεξε στο παράθυρο. Τράβηξε την κουρτίνα και κοίταξε έξω.

Το βανάκι του Λουκ είχε ανέβει στο γρασίδι και η μηχανή του ήταν ακόμη αναμμένη. Στο πεζοδρόμιο υπήρχαν μαύρα σημάδια από το φρενάρισμα. Ο ένας προβολέας του Λουκ ήταν αναμμένος, ο άλλος είχε σπάσει, και πάνω στο φανάρι υπήρχε μια μαύρη μουτζούρα, ενώ κάτι καμπουριαστό, λευκό και ακίνητο κάτω από τις μπροστινές ρόδες. Η Κλέρι ένιωσε το στομάχι της να σφίγγεται. Είχε πατήσει κάποιον ο Λουκ; Όχι – έσβησε ανυπόμονα τη σκέψη σαν να σκούπιζε τη βρομιά από ένα παράθυρο. Είδε ότι αυτό που βρισκόταν κάτω απ' το αμάξι δεν ήταν άνθρωπος. Ήταν κάτι απαλό, λευκό, σχεδόν σαν κάμπια, και τιναζόταν σαν σκουλήκι καρφωμένο σε ένα ξύλο.

Άνοιξε η πόρτα του οδηγού και από μέσα πήδηξε ο Λουκ. Αγνοώντας το πλάσμα που βρισκόταν κάτω απ' τις ρόδες του, έτρεξε προς τη βεράντα. Ακολουθώντας τον με το βλέμμα της, η Κλέρι είδε μια μορφή πεσμένη στις σκιές. Αυτή η μορφή *ήταν* άνθρωπος, μικρός, με ανοιχτόχρωμες πλεξούδες...

«Είναι εκείνο το κορίτσι-λυκάνθρωπος, η Μάγια», είπε έκπληκτος ο Σάιμον. «Τι *έγινε;*»

«Δεν ξέρω». Η Κλέρι έπιασε το ραβδί της από τη βιβλιοθήκη. Έτρεξαν έξω και όρμησαν στις σκιές, όπου βρισκόταν σκυμμένος ο Λουκ, με τα χέρια στους ώμους της Μάγια, σηκώνοντάς την τρυφερά και βάζοντάς τη να ακουμπήσει στα κάγκελα της βεράντας. Από κοντά, η Κλέρι είδε ότι η μπλούζα της ήταν σκισμένη, ενώ στον ώμο της είχε μια πληγή που έσταζε αργά αίμα.

Ο Σάιμον σταμάτησε απότομα. Η Κλέρι έπεσε πάνω του και του έριξε ένα άγριο βλέμμα πριν καταλάβει. *Το αίμα.* Το φοβόταν, φοβόταν να το κοιτάξει.

«Είναι καλά», είπε ο Λουκ όταν η Μάγια κούνησε το κεφάλι της και μούγκρισε ελαφρώς. Χτύπησε μαλακά το μάγουλό της και εκείνη άνοιξε τα μάτια της. «Μάγια, Μάγια, με ακούς;»

Ανοιγόκλεισε τα μάτια της και κούνησε το κεφάλι της ζαλισμένη. «Λουκ;» ψιθύρισε. «Τι έγινε; Ο ώμος μου...»

«Έλα, καλύτερα να μπούμε μέσα». Ο Λουκ τη σήκωσε στους ώμους και η Κλέρι θυμήθηκε πως ήταν απίστευτα δυνατός για κάποιον που δούλευε σε βιβλιοπωλείο. Πάντα πίστευε ότι ήταν από όλα τα βαριά κουτιά που κουβαλούσε. Τώρα όμως ήξερε την αλήθεια. «Κλέρι, Σάιμον, ελάτε».

Μπήκαν πάλι μέσα, ενώ ο Λουκ έβαλε τη Μάγια στον ξεφτισμένο γκρίζο βελούδινο καναπέ. Έστειλε τον Σάιμον να φέρει μια κουβέρτα και την Κλέρι μια βρεγμένη πετσέτα από την κουζίνα. Όταν γύρισε η Κλέρι, η Μάγια είχε ανακαθίσει σε ένα μαξιλάρι και έμοιαζε αναψοκοκκινισμένη, σαν να ψηνόταν στον πυρετό. Μιλούσε γρήγορα και αγχωμένα στον Λουκ. «Ανέβαινα στη βεράντα όταν μύρισα κάτι. Κάτι σάπιο, σαν σκουπίδια. Γύρισα το κεφάλι μου και με χτύπησε...»

«Τι σε χτύπησε;» ρώτησε η Κλέρι δίνοντας στον Λουκ την πετσέτα.

Η Μάγια έκανε ένα μορφασμό. «Δεν είδα. Με έριξε κάτω, και μετά... προσπάθησα να το κλοτσήσω, αλλά ήταν πολύ γρήγορο...»

«Το είδα εγώ», είπε ο Λουκ με επίπεδη φωνή. «Ερχόμουν προς το σπίτι και σε είδα να ανεβαίνεις... και μετά, το είδα να σε ακολουθεί μέσα στις σκιές. Προσπάθησα να σου φωνάξω, αλλά δεν με άκουσες. Τότε σε έριξε κάτω».

«Τι την ακολουθούσε;» ξαναρώτησε η Κλέρι.

«Ένας δαίμονας Ντρέβακ», είπε ο Λουκ με σοβαρή φωνή. «Είναι τυφλοί. Κυνηγάνε με την οσμή. Ανέβηκα στο πεζοδρόμιο και το πάτησα με το αμάξι».

Η Κλέρι κοίταξε απ' το παράθυρο. Το πλάσμα που πριν λίγο βρισκόταν κάτω απ' τις ρόδες είχε εξαφανιστεί. Δεν απόρησε. Οι δαίμονες επιστρέφουν πάντα στις αρχικές τους διαστάσεις όταν σκοτώνονται. «Γιατί να επιτεθεί στη Μάγια;» Χαμήλωσε τη φωνή της όταν σκέφτηκε κάτι. «Λέτε να ήταν ο Βάλενταϊν; Να ψάχνει το επόμενο θύμα του για να ολοκληρώσει τη Μετατροπή; Την προηγούμενη φορά τον διέκοψαν...»

«Δεν νομίζω», είπε προς μεγάλη της έκπληξη ο Λουκ. «Οι δαίμονες Ντρέβακ δεν πίνουν αίμα και σίγουρα δεν μπορούν να προκαλέσουν την καταστροφή που είδατε στη Σιωπηλή Πόλη. Είναι κατάσκοποι και αγγελιοφόροι. Πιστεύω ότι η Μάγια βρέθηκε απλώς στο δρόμο του». Έσκυψε για να κοιτάξει τη Μάγια, που βογκούσε απαλά, με τα μάτια κλειστά. «Μπορείς να σηκώσεις το μανίκι σου για να δω τον ώμο σου;»

Το κορίτσι δάγκωσε τα χείλη της και έγνεψε καταφατικά. Μετά σήκωσε το μανίκι της. Λίγο πιο κάτω απ' τον ώμο της είχε μια βαθιά πληγή. Το αίμα είχε ξεραθεί στο μπράτσο της. Η Κλέρι πήρε μια βαθιά ανάσα όταν είδε ότι η στραβή κόκκινη πληγή είχε κάτι που έμοιαζε με λεπτές μαύρες βελόνες που εξείχαν απ' το δέρμα της.

Η Μάγια κοίταξε το μπράτσο της με έκδηλη φρίκη. «Τι είναι αυτά;»

«Οι δαίμονες αυτοί δεν έχουν δόντια· έχουν δηλητηριώδη αγκάθια στο στόμα τους, και κάποια έσπασαν στο δέρμα σου».

Τα δόντια της Μάγια είχαν αρχίσει να τρέμουν. «Δηλαδή, θα πεθάνω;»

«Όχι αν βιαστούμε», την καθησύχασε ο Λουκ. «Θα πρέπει να τα βγάλω όμως, και θα πονέσει λίγο. Μπορείς να το αντέξεις;»

Το πρόσωπο της Μάγια συσπάστηκε σε μια έκφραση πόνου. Κατάφερε να κουνήσει το κεφάλι της. «Ναι... απλώς, βγάλ' τα!»

«Να βγάλει τι;» ρώτησε ο Σάιμον, που μπήκε στο δωμάτιο με μια τυλιγμένη κουβέρτα. Η κουβέρτα τού έπεσε απ' τα χέρια όταν είδε το μπράτσο της Μάγια, και έκανε ένα βήμα πίσω. «Τι είναι *αυτά*;»

«Φοβάσαι το αίμα, θνητέ;» τον ρώτησε η Μάγια με ένα μικρό, ειρωνικό χαμόγελο. Μετά όμως φώναξε. «Άου! Πονάει!»

«Το ξέρω», είπε ο Λουκ, τυλίγοντας απαλά την πετσέτα γύρω από το κάτω μέρος του μπράτσου της. Από τη ζώνη του έβγαλε ένα στιλέτο με λεπτή λάμα. Η Μάγια το είδε και έκλεισε σφιχτά τα μάτια της.

«Κάνε ό,τι είναι να κάνεις», είπε σιγανά. «Αλλά... δεν θέλω να κοιτάνε οι άλλοι».

«Καταλαβαίνω». Ο Λουκ γύρισε προς τον Σάιμον και την Κλέρι. «Πάτε και οι δύο στην κουζίνα», είπε. «Πάρτε το Ινστιτούτο. Πείτε τους τι έγινε και πως πρέπει να στείλουν κάποιον. Δεν μπορεί να έρθει κάποιος απ' τους Σιωπηλούς Αδελφούς, άρα κάποιον με ιατρικές γνώσεις, ή ένα μάγο». Ο Σάιμον και η Κλέρι τον κοίταξαν σαστισμένοι στη θέα του μαχαιριού του και του χεριού της Μάγια που γινόταν σιγά-σιγά μοβ. «Πάτε!» τους φώναξε, πιο αυστηρά, και αυτήν τη φορά το έκαναν.

12

η κακια των ονειρων

Ο Σάιμον κοίταξε την Κλέρι που είχε ακουμπήσει στο ψυγείο, δαγκώνοντας τα χείλη της, όπως κάθε φορά που ήταν αναστατωμένη. Πολλές φορές ξεχνούσε πόσο μικροκαμωμένη ήταν, πόσο αδύνατη και εύθραυστη, αλλά κάτι τέτοιες στιγμές, στιγμές που ένιωθε την παρόρμηση να την πάρει στην αγκαλιά του, φοβόταν να τη σφίξει πολύ δυνατά για να μην την πονέσει, ειδικά τώρα που δεν ήξερε ακριβώς τη δική του δύναμη.

Ήταν σίγουρος ότι ο Τζέις δεν θα ένιωθε έτσι. Ο Σάιμον τον είχε δει, με ένα αίσθημα ναυτίας, χωρίς να μπορεί να πάρει το βλέμμα του από πάνω του, να τυλίγει την Κλέρι στην αγκαλιά του και να τη φιλάει με τόση δύναμη, που ο Σάιμον περίμενε ένας απ' τους δυο τους να γίνει θρύψαλα. Την είχε πάρει αγκαλιά σαν να ήθελε να την κολλήσει πάνω στο σώμα του, σαν να ήθελε να γίνουν οι δυο τους ένα.

Φυσικά, η Κλέρι ήταν δυνατή, πολύ πιο δυνατή απ' ό,τι παραδεχόταν ο Σάιμον. Ήταν Κυνηγός, με όλα όσα περιλάμβανε αυτό. Όμως, δεν είχε σημασία. Αυτό που είχαν μεταξύ τους ήταν ακόμη ευαίσθητο σαν μια φλόγα κεριού που τρεμοσβήνει, λεπτεπίλεπτο σαν το τσόφλι ενός αβγού, και ήξερε ότι αν έσπαγε, αν με κάποιο τρόπο το άφηνε να γίνει κομμάτια και να καταστραφεί, κάτι μέσα του θα γινόταν κι αυτό κομμάτια, κάτι που δεν θα μπορούσε ποτέ να γίνει όπως πρώτα.

«Σάιμον». Η φωνή της διέκοψε την ονειροπόλησή του. «Σάιμον, μ' ακούς;»

«Τι; Ναι, εννοείται». Ακούμπησε στο νεροχύτη, προσπαθώντας να πάρει έκφραση προσήλωσης. Η βρύση έσταζε, και ο Σάιμον αφαιρέθηκε πάλι: κάθε ασημένια σταγόνα του νερού έμοιαζε να γυαλίζει στον αέρα, σαν ένα τέλειο δάκρυ, ελάχιστες στιγμές πριν πέσει. Η όραση των βρικολάκων ήταν παράξενο πράγμα, σκέφτηκε. Η προσοχή του έπεφτε στα πιο συνηθισμένα πράγματα –στη λάμψη του νερού, στις χορταριασμένες ρωγμές ενός πεζοδρομίου, στη γυαλάδα του πετρελαίου στο δρόμο– σαν να μην τα είχε ξαναδεί ποτέ.

«Σάιμον!» του φώναξε αγανακτισμένη η Κλέρι. Είδε ότι του έδινε κάτι ροζ και μεταλλικό. Το καινούριο της κινητό. «Σου είπα ότι θέλω να πάρεις εσύ τον Τζέις».

Αυτό τον επανέφερε αμέσως στην πραγματικότητα. «Να τον πάρω *εγώ*; Εμένα με μισεί».

«Δεν σε μισεί», είπε η Κλέρι, αν και κατάλαβε από την έκφρασή του ότι δεν την πίστευε. «Δεν θέλω να του μιλήσω. Σε παρακαλώ».

«Καλά». Πήρε το τηλέφωνο και βρήκε τον αριθμό του. «Τι να του πω;»

«Πες του απλώς τι έγινε. Θα ξέρει τι να κάνει».

Ο Τζέις το σήκωσε στο τρίτο χτύπημα, λαχανιασμένος.

«Κλέρι», είπε και ο Σάιμον ξαφνιάστηκε, αλλά μετά θυμήθηκε ότι τον είχε πάρει από το τηλέφωνο της Κλέρι.

«Κλέρι, είσαι καλά;»

Ο Σάιμον δίστασε. Η φωνή του Τζέις είχε έναν τόνο που δεν τον είχε ξανακούσει ποτέ, μια ανησυχία, δίχως όμως ίχνος σαρκασμού ή άμυνας. Έτσι μιλούσε στην Κλέρι όταν ήταν μόνοι τους; Ο Σάιμον την κοίταξε· τον παρακολουθούσε με τα μεγάλα της μάτια, μασουλώντας αφηρημένη το νύχι του δεξί της δείκτη.

«Κλέρι», είπε ξανά ο Τζέις. «Νόμιζα ότι με απέφευγες».

Ένα κύμα ενόχλησης διαπέρασε τον Σάιμον. *Είσαι αδερφός της*, ήθελε να του φωνάξει στο ακουστικό. *Δεν σου ανήκει. Δεν έχεις κανένα δικαίωμα να ακούγεσαι τόσο... τόσο...*

Πληγωμένος. Αυτή ήταν η λέξη. Αν και ο Σάιμον αμφέβαλλε αν ο Τζέις είχε καρδιά για να πληγωθεί.

«Δίκιο είχες», είπε τελικά. «Και σε αποφεύγει ακόμη. Ο Σάιμον είμαι».

Μεσολάβησε μια τόσο μεγάλη παύση, που ο Σάιμον σκέφτηκε ότι ο Τζέις είχε κλείσει το τηλέφωνο.

«Ναι;»

«Εδώ είμαι». Η φωνή του Τζέις ήταν ψυχρή και λεπτή σαν τα φύλλα του φθινοπώρου. Κάθε ευαισθησία είχε εξαφανιστεί. «Αν με πήρες για κουβεντούλα, θνητέ, θα πρέπει να νιώθεις μεγαλύτερη μοναξιά απ' ό,τι νόμιζα».

«Πίστεψέ με, δεν θα σε έπαιρνα αν ήταν στο χέρι μου. Σε παίρνω μόνο και μόνο λόγω της Κλέρι».

«Είναι καλά;» Η φωνή του Τζέις ήταν ακόμη ψυχρή και λεπτή, αλλά είχε και κάτι άλλο, σαν φθινοπωρινά φύλλα σκεπασμένα με ένα στρώμα πάγου. «Αν έπαθε τίποτα...»

«Δεν έπαθε τίποτα», είπε ο Σάιμον και προσπάθησε να διώξει το θυμό απ' τη φωνή του. Εξήγησε όσο πιο σύντομα μπορούσε τι είχε γίνει με τη Μάγια και την κατάστασή της. Ο Τζέις περίμενε να τελειώσει και μετά του έδωσε μερικές σύντομες οδηγίες. Ο Σάιμον άκουγε ζαλισμένος και κουνούσε το κεφάλι του μέχρι που συνειδητοποίησε ότι ο Τζέις δεν τον έβλεπε. Άρχισε να μιλάει και κατάλαβε ότι μιλούσε μόνος του. Ο Τζέις είχε κλείσει χωρίς να πει γεια. Έκλεισε το τηλέφωνο και το έδωσε στην Κλέρι. «Έρχεται από δω».

Εκείνη ακούμπησε στο νεροχύτη. «Τώρα;»

«Ναι. Με τον Μάγκνους και τον Άλεκ».

«Τον Μάγκνους;» ρώτησε ζαλισμένη, αλλά μετά το κατάλαβε. «Α, ναι. Ο Τζέις θα ήταν στο σπίτι του Μάγκνους. Νόμιζα ότι θα ήταν στο Ινστιτούτο, αλλά φυσικά δεν μπορούσε να πάει εκεί αφού...»

Τη διέκοψε μια δυνατή κραυγή απ' το σαλόνι. Γούρλωσε τα μάτια της. Ο Σάιμον ένιωσε να ανατριχιάζει. «Ο Λουκ δεν ήθελε να την πονέσει».

«Την πόνεσε, όμως. Δεν έχει άλλη επιλογή», είπε η Κλέρι. Κουνούσε το κεφάλι της. «Δεν έχουμε ποτέ άλλη επιλογή». Η Μάγια φώναξε ξανά και η Κλέρι έπιασε την άκρη του πάγκου σαν να πονούσε η ίδια. «Το *μισώ* όλο αυτό», ξέσπασε. «Το μισώ! Πάντα να φοβόμαστε, πάντα να μας κυνηγάνε, πάντα να αναρωτιόμαστε ποιος θα είναι ο επόμενος που θα πληγωθεί. Μακάρι να μπορούσα να γυρίσω πίσω το χρόνο, ώστε να γίνουμε όπως ήμασταν πριν!»

«Δεν μπορείς, όμως. Κανείς μας δεν μπορεί», είπε ο

Σάιμον. «Εσύ τουλάχιστον μπορείς ακόμη να βγαίνεις έξω τη μέρα».

Γύρισε προς το μέρος του, ανοίγοντας το στόμα της, κοιτάζοντας τον με μάτια σκοτεινά κι ορθάνοιχτα. «Σάιμον, δεν ήθελα...»

«Το ξέρω ότι δεν ήθελες». Υποχώρησε, νιώθοντας κάτι να σφίγγει το λαιμό του. «Πάω να δω πώς πάει μέσα». Για μια στιγμή νόμιζε ότι θα τον ακολουθούσε, αλλά μετά άκουσε την πόρτα της κουζίνας να κλείνει πίσω του.

Τα φώτα στο σαλόνι ήταν όλα αναμμένα. Η Μάγια ήταν ξαπλωμένη στον καναπέ με πρόσωπο γκρίζο σαν στάχτη και την κουβέρτα που της είχε φέρει τραβηγμένη ως το στήθος. Κρατούσε ένα κουβαριασμένο πανί στο μπράτσο της, μουσκεμένο με αίμα. Τα μάτια της ήταν κλειστά.

«Πού είναι ο Λουκ;» ρώτησε ο Σάιμον, αλλά το μετάνιωσε αμέσως: ο τόνος του ήταν πολύ απότομος, πολύ επιτακτικός. Η Μάγια φαινόταν χάλια, με τα μάτια της σαν σκαμμένα, το στόμα σφιγμένο από τον πόνο. Τα μάτια της άνοιξαν και καρφώθηκαν πάνω του.

«Σάιμον», ψιθύρισε. «Ο Λουκ πήγε να βάλει το αμάξι στο πάρκινγκ για να μην ανησυχήσουν οι γείτονες».

Ο Σάιμον κοίταξε προς το παράθυρο. Είδε τους προβολείς του αυτοκινήτου να περνάνε πάνω από το σπίτι καθώς ο Λουκ το έβαλε στη θέση του. «Εσύ;» ρώτησε. «Έβγαλε εκείνα τα πράγματα απ' τον ώμο σου;»

Κούνησε το κεφάλι της βαριά. «Νιώθω τόσο κουρασμένη», ψιθύρισε μέσα απ' τα ξεραμένα της χείλη. «Και διψάω».

«Θα σου φέρω νερό». Στον πάγκο δίπλα από την τραπεζαρία υπήρχε μια κανάτα και ποτήρια. Ο Σάιμον τής έβαλε ένα ποτήρι χλιαρό νερό και το πήγε κοντά της. Τα χέρια του έτρεμαν ελαφρώς, και καθώς της το έδωσε, λίγο νερό χύθηκε. Εκείνη σήκωσε το κεφάλι της και πήγε να πει κάτι –μάλλον ευχαριστώ–, αλλά εκείνη τη στιγμή τα χέρια τους αγγίχτηκαν και η Μάγια τινάχτηκε πίσω με τόση δύναμη, που το ποτήρι πετάχτηκε ψηλά. Χτύπησε στη γωνία του τραπεζιού και έσπασε, γεμίζοντας το πάτωμα νερό.

«Μάγια; Είσαι καλά;»

Εκείνη ζάρωσε μακριά του, με τους ώμους κολλημένους στον καναπέ και τα χείλη τραβηγμένα προς τα πίσω, δείχνοντας τα δόντια της. Τα μάτια της είχαν γίνει ένα λαμπερό κίτρινο. Ένα βαθύ μουγκρητό βγήκε απ' το λαρύγγι της σαν σκύλος παγιδευμένος σε μια γωνία.

«Μάγια;» ρώτησε πάλι ο Σάιμον τρομαγμένος.

«*Βρικόλακας*», είπε εκείνη.

Ένιωσε το κεφάλι του να πηγαίνει προς τα πίσω, σαν να τον είχε χαστουκίσει. «Μάγια...»

«Νόμιζα ότι ήσουν *θνητός*. Όμως, είσαι ένα τέρας. Μια σιχαμένη βδέλλα».

«Είμαι θνητός. Δηλαδή, ήμουν, τουλάχιστον μέχρι πριν λίγες μέρες. Δεν πάει καιρός που έχω μεταμορφωθεί». Το μυαλό του είχε θολώσει. Ζαλιζόταν και ένιωθε ναυτία. «Όπως εσύ...»

«Μην τολμήσεις να συγκρίνεις τον εαυτό σου με μένα!» Είχε ανασηκωθεί τώρα, και τα φρικτά κίτρινα μάτια της τον κοιτούσαν με περιφρόνηση. «Εγώ είμαι ακόμη σαν άνθρωπος, είμαι ακόμη ζωντανή... εσύ είσαι ένα νεκρό πλάσμα που τρέφεται με αίμα».

«Αίμα ζώων..»

«Μόνο και μόνο επειδή δεν μπορείς να βρεις αίμα ανθρώπου, γιατί αλλιώς οι Κυνηγοί θα σε κάψουν ζωντανό...»

«Μάγια», είπε, και το όνομά της στο στόμα του ήταν μια διαταγή και μια παράκληση. Έκανε ένα βήμα προς το μέρος της και το χέρι της τον μαστίγωσε με νύχια μυτερά σαν λύκου, απίστευτα μακριά. Έγδαραν το μάγουλό του και τον έκαναν να οπισθοχωρήσει παραπατώντας, με το χέρι στο πρόσωπό του. Στο μάγουλό του έτρεχε αίμα, που έφτασε ως το στόμα του. Ένιωσε την αλμυρή του γεύση και το στομάχι του συσπάστηκε.

Η Μάγια ήταν κουλουριασμένη πάνω στο μπράτσο της πολυθρόνας, με τα γόνατα ανασηκωμένα, τα μακριά της νύχια να αφήνουν γρατζουνιές πάνω στο γκρίζο βελούδο. Απ' το λαιμό της βγήκε ένα υπόκωφο γρύλισμα, ενώ τα αφτιά της είχαν μακρύνει και είχαν κολλήσει στο κεφάλι της. Όταν γύμνωσε τα δόντια της, ήταν κοφτερά, όχι σαν βελόνες, όπως τα δικά του, αλλά σαν λευκά μυτερά τρίγωνα. Είχε πετάξει το ματωμένο πανί και ο Σάιμον διέκρινε τις πληγές που είχαν αφήσει τα αγκάθια, τη λάμψη του αίματος που ανέβλυζε και έσταζε.

Ένας οξύς πόνος στο κάτω χείλος του τού είπε πως τα δόντια του είχαν βγει απ' τις θήκες τους. Ένα μέρος του εαυτού του ήθελε να της επιτεθεί, να παλέψει μαζί της και να τρυπήσει το δέρμα της με τα δόντια του, να πιει το ζεστό της αίμα. Ένα άλλο μέρος του όμως ήθελε να ουρλιάξει. Έκανε ένα βήμα πίσω και μετά άλλο ένα. Άπλωσε τα χέρια του εμπρός, σαν να μπορούσε να τη σταματήσει.

Εκείνη ετοιμάστηκε να πηδήξει όταν ξαφνικά η πόρτα της κουζίνας άνοιξε και μπήκε στο δωμάτιο η Κλέρι. Πήδηξε πάνω στο τραπεζάκι και προσγειώθηκε απαλά, σαν γάτα. Στο χέρι της κρατούσε κάτι, κάτι που έλαμψε αστραφτερό, λευκό και ασημί καθώς σήκωσε το χέρι της. Ο Σάιμον είδε ότι ήταν ένα στιλέτο σκαλισμένο σαν το φτερό ενός πουλιού: ένα στιλέτο που πέρασε σφυρίζοντας δίπλα απ' το κεφάλι της Μάγια, ελάχιστα εκατοστά από το πρόσωπό της, και καρφώθηκε μέχρι τη λαβή στο γκρίζο βελούδο του καναπέ. Η Μάγια προσπάθησε να τραβηχτεί, αλλά δεν μπορούσε. Η λεπίδα είχε καρφώσει το μανίκι της στον καναπέ.

Η Κλέρι τράβηξε το στιλέτο. Ήταν ένα από τα όπλα του Λουκ. Τη στιγμή που μισάνοιξε την πόρτα της κουζίνας και κατάλαβε τι γινόταν στο σαλόνι, είχε τρέξει χωρίς να χάσει χρόνο στο προσωπικό οπλοστάσιο του Λουκ στο γραφείο του. Μπορεί η Μάγια να ήταν αδύναμη και εξασθενημένη, αλλά έδειχνε αρκετά εξοργισμένη για να σκοτώσει, και η Κλέρι δεν αμφισβητούσε την ικανότητά της να το κάνει.

«Τι στο καλό σας έπιασε;»

Η Κλέρι άκουσε τον εαυτό της να μιλάει σαν να το έβλεπε από μακριά, και η σταθερότητα της φωνής της την εξέπληξε. «Βρικόλακες, λυκάνθρωποι, είστε όλοι Πλάσματα του Σκότους».

«Οι λυκάνθρωποι δεν πειράζουν τους ανθρώπους, ούτε ο ένας τον άλλον. Οι βρικόλακες είναι δολοφόνοι. Ένας τους σκότωσε ένα δικό μας στο Φεγγάρι του Κυνηγού πριν λίγες μέρες».

«Δεν ήταν βρικόλακας». Η Κλέρι είδε τη Μάγια να

κλονίζεται από τη βεβαιότητα στη φωνή της. «Και αν μπορούσατε να σταματήσετε να κατηγορείτε ο ένας τον άλλο για όλα τα προβλήματα που έχετε, ίσως οι Νεφιλίμ να άρχιζαν επιτέλους να σας παίρνουν στα σοβαρά». Στράφηκε στον Σάιμον. Οι βαθιές ουλές στο μάγουλό του είχαν ήδη αρχίσει να περνάνε και να γίνονται λαμπερές κόκκινες γραμμές. «Είσαι καλά;»

«Ναι». Η φωνή του ίσα που έβγαινε. Διέκρινε στα μάτια του την απογοήτευση, και για μια στιγμή αντιστάθηκε στην παρόρμησή της να βρίσει τη Μάγια πολύ άσχημα. «Καλά είμαι».

Η Κλέρι γύρισε πίσω στην κοπέλα. «Είσαι τυχερή που δεν είναι τόσο αδιάλλακτος όσο εσύ, αλλιώς θα σας "έδινα" και τους δυο στο Κονκλάβιο και θα πλήρωνε για τη συμπεριφορά σου ολόκληρη η αγέλη σου».

Η Μάγια εξαγριώθηκε. «Δεν καταλαβαίνεις. Οι βρικόλακες είναι αυτό που είναι γιατί έχουν δηλητηριαστεί με δαιμονική ενέργεια...»

«Το ίδιο και οι λυκάνθρωποι!» φώναξε η Κλέρι. «Μπορεί να μην ξέρω πολλά, αυτό όμως το ξέρω».

«Αυτό είναι το πρόβλημα. Οι δαιμονικές ενέργειες μάς αλλάζουν, μας κάνουν διαφορετικούς. Μπορείς να το πεις ασθένεια ή ότι άλλο θες, αλλά οι δαίμονες που έφτιαξαν τους βρικόλακες και οι δαίμονες που έφτιαξαν τους λυκανθρώπους ήταν απ' την αρχή εχθροί. Μισούσαν ο ένας τον άλλον, οπότε είναι στο αίμα μας το μίσος. Ένας λυκάνθρωπος και ένας βρικόλακας δεν μπορούν ποτέ να γίνουν φίλοι». Γύρισε στον Σάιμον με μάτια γεμάτα θυμό, αλλά και κάτι απροσδιόριστο. «Σε λίγο θα αρχίσεις να με μισείς», είπε. «Θα αρχίσεις να μισείς τον Λουκ. Δεν θα μπορείς να κάνεις τίποτα γι' αυτό».

«Να μισώ τον *Λουκ*;» Το πρόσωπο του Σάιμον είχε χλωμιάσει, αλλά πριν η Κλέρι προλάβει να τον καθησυχάσει, άνοιξε με δύναμη η εξώπορτα. Κοίταξε προς τα εκεί, περιμένοντας να δει τον Λουκ, αλλά δεν ήταν αυτός. Ήταν ο Τζέις. Ήταν ντυμένος στα μαύρα, με δυο σπαθιά σεράφ περασμένα στη ζώνη που κύκλωνε τους στενούς γοφούς του. Πίσω του ήταν ο Άλεκ και ο Μάγκνους, ο δεύτερος φορώντας μια μακριά κάπα που έμοιαζε σαν να ήταν στολισμένη με κομματάκια από μικροσκοπικά κρύσταλλα.

Τα χρυσά μάτια του Τζέις κάρφωσαν με την ακρίβεια ενός λέιζερ την Κλέρι. Αν περίμενε ότι θα την κοιτούσε απολογητικά, με ανησυχία, ή ακόμα και με ντροπή μετά από όλα όσα είχαν συμβεί, είχε κάνει πολύ μεγάλο λάθος. Το ύφος του ήταν απλώς θυμωμένο. «Τι ακριβώς» τη ρώτησε με αυστηρό, ενοχλημένο τόνο «νομίζεις ότι κάνεις;»

Η Κλέρι χαμήλωσε το κεφάλι. Ήταν ακόμη σκαρφαλωμένη στο τραπεζάκι με το μαχαίρι στο χέρι. Αντιστάθηκε στην παρόρμηση να το κρύψει πίσω απ' την πλάτη της. «Είχαμε ένα περιστατικό, αλλά το τακτοποίησα».

«Μάλιστα», είπε ο Τζέις με φωνή που έσταζε σαρκασμό. «Ξέρεις να χρησιμοποιείς αυτό το μαχαίρι, Κλαρίσα; *Χωρίς* να κόψεις τον εαυτό σου ή κάποιον άλλο αθώο περαστικό;»

«Δεν χτύπησα κανέναν», είπε η Κλέρι με σφιγμένα δόντια.

«Κάρφωσε τον καναπέ», είπε πνιχτά η Μάγια. Είχε κλείσει τα μάτια, και τα μάγουλά της ήταν κόκκινα από τον πυρετό και την οργή, ενώ το υπόλοιπο πρόσωπό της ήταν ανησυχητικά χλωμό.

Ο Σάιμον την κοίταξε ταραγμένος. «Νομίζω ότι χειροτερεύει».

Ο Μάγκνους καθάρισε το λαιμό του. Όταν ο Σάιμον δεν κουνήθηκε, με ένα ύφος άκρατου εκνευρισμού, του είπε: «Φύγε από τη *μέση*, θνητέ». Τίναξε την κάπα του προς τα πίσω καθώς πήγε προς το μέρος της Μάγια. «Να υποθέσω ότι εσύ είσαι η ασθενής μου;» ρώτησε κοιτάζοντάς την κάτω απ' τις αστραφτερές του βλεφαρίδες.

Η Μάγια τον κοίταξε με αβέβαιο βλέμμα.

«Είμαι ο Μάγκνους Μπέιν», της είπε καθησυχαστικά και άπλωσε τα γεμάτα δαχτυλίδια χέρια του. Ανάμεσά τους είχαν αρχίσει να χορεύουν μπλε φλόγες σαν φωσφορίζουσες μέδουσες μέσα στο νερό. «Είμαι ο μάγος που ήρθε να σε κάνει καλά. Δεν σου είπαν ότι θα ερχόμουν;»

«Ξέρω ποιος είσαι, αλλά...» Η Μάγια ήταν ζαλισμένη. «Μου φαίνεσαι τόσο... τόσο... *λαμπερός*».

Ο Άλεκ έβγαλε έναν ήχο που έμοιαζε σαν γέλιο πνιγμένο σε ένα βήχα, ενώ τα λεπτά χέρια του Μάγκνους έπλεκαν μια γυαλιστερή μπλε μαγική κουρτίνα γύρω απ' το πληγωμένο κορίτσι.

Ο Τζέις δεν γελούσε. «Πού είναι ο Λουκ;»

«Έξω», είπε ο Σάιμον. «Πήγε να μετακινήσει το αμάξι».

Ο Τζέις και ο Άλεκ αντάλλαξαν ένα βλέμμα.

«Παράξενο», είπε ο Τζέις. «Δεν τον είδαμε καθώς μπαίναμε».

Ένα λεπτό πλοκάμι πανικού ξεδιπλώθηκε σαν φύλλο μέσα στο στήθος της Κλέρι. «Είδατε το αμάξι του;»

«Ναι», είπε ο Άλεκ. «Ήταν στο δρομάκι. Τα φώτα

ήταν σβηστά».

Ακούγοντας αυτά τα λόγια, ο Μάγκνους σήκωσε το κεφάλι του, παρόλο που ήταν προσηλωμένος στη Μάγια. Πίσω απ' το μαγικό δίχτυ που είχε πλέξει ανάμεσα σ' αυτόν και στο κορίτσι, τα μάτια του έμοιαζαν θολά και αόριστα, σαν να τους κοιτούσε πίσω από μια κουρτίνα νερού. «Δεν μου αρέσει αυτό», είπε με φωνή κούφια και απόμακρη. «Όχι μετά από μια επίθεση Ντρέβακ. Είναι πάντα πολλοί μαζί».

Το χέρι του Τζέις είχε ήδη πιάσει το ένα σπαθί του. «Πάω να δω αν είναι καλά», είπε. «Άλεκ, εσύ μείνε εδώ και κράτα το σπίτι ασφαλές».

Η Κλέρι πήδηξε απ' το τραπέζι. «Θα έρθω μαζί σου», είπε.

«Όχι, δεν θα έρθεις». Πήγε προς την πόρτα χωρίς καν να κοιτάξει να δει αν τον ακολουθούσε.

Η Κλέρι επιτάχυνε και μπήκε μπροστά στην πόρτα. «Σταμάτα».

Για μια στιγμή τής φάνηκε ότι θα συνέχιζε να περπατάει και θα περνούσε από *μέσα της*, αλλά μετά σταμάτησε ελάχιστα εκατοστά μακριά της, τόσο κοντά, που ένιωσε την ανάσα του στα μαλλιά της όταν της μίλησε.

«Θα σε παραμερίσω με τη βία, αν χρειαστεί, Κλαρίσα».

«Σταμάτα να με λες έτσι».

«Κλέρι», είπε με πιο σιγανή φωνή, και ο ήχος του ονόματός της στο στόμα του ήταν τόσο οικείος, που ένιωσε ένα ρίγος στη ραχοκοκαλιά της. Το χρυσό στα μάτια του είχε γίνει σκληρό, μεταλλικό. Αναρωτήθηκε προς στιγμή αν θα ορμούσε καταπάνω της, πώς θα ήταν αν τη χτυπούσε, αν την έριχνε κάτω ή αν της έπιανε τους καρπούς. Γι' αυτόν η μάχη ήταν ό,τι το σεξ για τους άλλους. Η σκέψη ότι μπορεί να την άγγιζε έτσι την έκανε να κοκκινίσει μέχρι τα αφτιά.

«Είναι δικός μου θείος, όχι δικός σου», είπε, προσπαθώντας να ξαναβρεί τη φωνή της.

«Ο θείος σου είναι και δικός μου, αγαπημένη μου αδερφή», είπε με ένα άγριο χιούμορ. «Και άλλωστε, δεν έχει δεσμό αίματος με κανέναν απ' τους δυο μας».

«Τζέις...»

«Άσε που δεν προλαβαίνω να σου κάνω Σημάδια» είπε, με τα τεμπέλικα χρυσά του μάτια να την κοιτάνε εξεταστικά «και το μόνο όπλο που έχεις είναι αυτό το μαχαίρι. Δεν θα σου είναι και πολύ χρήσιμο αν έχουμε να κάνουμε με δαίμονες».

Η Κλέρι κάρφωσε το μαχαίρι στον τοίχο δίπλα στην πόρτα και είδε την έκπληξη να ζωγραφίζεται στο πρόσωπό του. «Ωραία, έχεις δύο σπαθιά. Δώσε μου το ένα».

«Μα τον...!» είπε ο Σάιμον με τα χέρια στις τσέπες και τα μάτια να καίνε σαν μαύρα κάρβουνα. «Θα πάω *εγώ*».

Η Κλέρι τον σταμάτησε. «Σάιμον...»

«Τουλάχιστον εγώ δεν κάθομαι να φλερτάρω ενώ έξω δεν ξέρουμε τι έχει γίνει με τον Λουκ». Της έκανε νόημα να παραμερίσει για να περάσει.

«Θα πάμε όλοι», είπε ο Τζέις. Προς μεγάλη έκπληξη της Κλέρι, έβγαλε ένα σπαθί απ' τη ζώνη του και της το έδωσε.

«Πώς το λένε;» ρώτησε εκείνη παραμερίζοντας για να περάσουν.

«Νάκιρ».

Η Κλέρι είχε αφήσει το μπουφάν της στην κουζίνα και ο ψυχρός αέρας τη διαπέρασε μόλις έκανε ένα βήμα έξω. «Λουκ;» φώναξε. «Λουκ;»

Το αμάξι ήταν σταματημένο στο δρομάκι και μία απ' τις πόρτες ήταν ανοιχτή. Το φωτάκι πάνω απ' τον καθρέφτη ήταν αναμμένο, ρίχνοντας μια θαμπή λάμψη. Ο Τζέις έκανε μια γκριμάτσα. «Η μηχανή είναι αναμμένη», είπε.

Ο Σάιμον έκλεισε πίσω τους την πόρτα. «Πού το κατάλαβες;» ρώτησε.

«Το άκουσα», είπε και τον κοίταξε εξεταστικά. «Και θα το άκουγες κι εσύ αν προσπαθούσες, παλιοβδέλλα».

«Μου άρεσε καλύτερα το θνητός, νομίζω», μουρμούρισε ο Σάιμον.

«Με τον Τζέις, δεν μπορείς πάντα να διαλέγεις πώς θα σε βρίζει», είπε η Κλέρι, ψάχνοντας στην τσέπη της μέχρι που άγγιξε τη μαγεμένη, λεία πέτρα της. Τη σήκωσε ψηλά, αφήνοντας λίγο φως να φέξει μπροστά τους, σαν ένας μικροσκοπικός ήλιος.

«Πάμε».

Ο Τζέις είχε δίκιο, η μηχανή ήταν αναμμένη. Η Κλέρι μύρισε την εξάτμιση και η καρδιά της σφίχτηκε. Ο Λουκ δεν υπήρχε περίπτωση να έχει αφήσει τα κλειδιά πάνω στη μίζα και τη μηχανή αναμμένη, παρά μόνο αν είχε συμβεί κάτι.

Ο Τζέις έκανε το γύρο του αυτοκινήτου με μια γκριμάτσα. «Φέρε πιο κοντά το φως».

Γονάτισε στο γρασίδι και πέρασε τα δάχτυλά του από πάνω. Από μια εσωτερική τσέπη έβγαλε ένα αντικείμενο που η Κλέρι είχε ξαναδεί: ένα λείο μέταλλο, με χαραγμένους λεπτούς ρούνους. Αισθητήρας. Ο Τζέις τον πέρασε πάνω από το γρασίδι και αυτό άναψε κάνοντας μικρούς ήχους, σαν ανιχνευτής χρυσού που χτύπησε φλέβα. «Σίγουρα υπάρχει δαιμονική δραστηριότητα. Έχει πάρα πολλά ίχνη».

«Μήπως είναι αυτή που έμεινε από το δαίμονα που πάτησε με το αμάξι;» ρώτησε ο Σάιμον.

«Τα επίπεδα είναι πολύ υψηλά. Δεν ήταν μόνο ένας». Ο Τζέις σηκώθηκε όρθιος με σοβαρό ύφος. «Ίσως πρέπει να μπείτε και οι δύο μέσα. Στείλτε τον Άλεκ. Έχει αντιμετωπίσει τέτοια πράγματα και παλαιότερα».

«Τζέις...» Η Κλέρι είχε γίνει πάλι έξω φρενών. Σταμάτησε όταν κάτι είδε με την άκρη του ματιού της. Ήταν μια ελάχιστη κίνηση στην απέναντι πλευρά του δρόμου, πλάι στην τσιμεντένια όχθη του ποταμού Ιστ Ρίβερ. Η κίνηση αυτή είχε κάτι... έτσι όπως φωτίστηκε για λίγο, κάτι πολύ... *ρευστό* για να είναι ανθρώπινο...

Η Κλέρι άπλωσε το χέρι της και έδειξε προς τα εκεί. «Κοιτάξτε! Δίπλα στο νερό!»

Το βλέμμα του Τζέις ακολούθησε το χέρι της και καρφώθηκε εκεί. Μετά άρχισε να τρέχει, με την Κλέρι και τον Σάιμον να τον ακολουθούν πάνω στην άσφαλτο της οδού Κεντ και στο χορταριασμένο πεζοδρόμιο μπροστά στην όχθη. Το φως κουνιόταν στο χέρι της Κλέρι καθώς έτρεχε, ρίχνοντας θολές σκόρπιες λάμψεις στο τοπίο –πότε σ' ένα κομματάκι γρασίδι, πότε σ' ένα σπασμένο κομμάτι του πεζοδρομίου πάνω στο οποίο παραλίγο να σκοντάψει, πότε σ' ένα σωρό από σκουπίδια και σπασμένα γυαλιά–, και μετά, όταν έφτασαν μπροστά στο νερό που πάφλαζε απαλά, στη μορφή ενός σκυμμένου άνδρα.

Ήταν ο Λουκ –η Κλέρι τον αναγνώρισε αμέσως, αν

και οι δυο σκυφτές μαύρες σκιές έκρυβαν το πρόσωπό του. Ήταν πεσμένος ανάσκελα, τόσο κοντά στο νερό, που για μια στιγμή η Κλέρι πανικοβλήθηκε ότι προσπαθούσαν να τον πνίξουν. Μετά όμως, οι μορφές απομακρύνθηκαν, σφυρίζοντας με τα ολοστρόγγυλα στόματά τους που δεν είχαν χείλη, και είδε ότι το κεφάλι του ήταν στο χαλίκι πλάι στην όχθη. Το πρόσωπό του ήταν ανέκφραστο και γκρίζο.

«Δαίμονες Ράουμ», ψιθύρισε ο Τζέις.

«Είναι ίδιοι με αυτόν που επιτέθηκε στη Μάγια;» ρώτησε ο Σάιμον.

«Όχι, είναι πολύ χειρότεροι». Ο Τζέις έκανε νόημα στην Κλέρι και στον Σάιμον να μπουν πίσω του. «Εσείς οι δύο μείνετε πίσω μου!» Σήκωσε το σπαθί του. «Ιζράφιελ!» φώναξε, και ξαφνικά το σπαθί έγινε μια λαμπερή καυτή φλόγα. Ο Τζέις πήδηξε μπροστά, σαρώνοντας με το σπαθί του τον πιο κοντινό δαίμονα. Στο φως του σπαθιού, η εμφάνιση του δαίμονα έγινε δυστυχώς εμφανής: χλωμό δέρμα σαν νεκρικό, γεμάτο εξανθήματα, μια μαύρη τρύπα για στόμα, γουρλωτά, βατραχίσια μάτια, και χέρια που κατέληγαν σε πλοκάμια αντί για δάχτυλα. Επιτέθηκε με τα πλοκάμια του στον Τζέις, μαστιγώνοντας προς το μέρος του με απίστευτη ταχύτητα.

Ο Τζέις όμως ήταν πιο γρήγορος. Ακούστηκε ένα φρικτό *κρακ* καθώς το σπαθί ήρθε σε επαφή με τον καρπό του δαίμονα, και ολόκληρο το τμήμα με τα πλοκάμια τινάχτηκε στον αέρα. Η άκρη του έπεσε στα πόδια της Κλέρι, σπαρταρώντας ακόμη. Ήταν γκριζόλευκο, με κατακόκκινες βεντούζες. Μέσα σε κάθε βεντούζα είχε μια σειρά από μικροσκοπικά, μυτερά σαν βελόνες δόντια.

Ο Σάιμον αναγούλιασε. Η Κλέρι συμφωνούσε απόλυτα. Κλότσησε το κομμένο μέλος που σπαρταρούσε και αυτό προσγειώθηκε λίγο πιο πέρα στο βρόμικο γρασίδι. Όταν σήκωσε το κεφάλι της, είδε τον Τζέις να έχει ρίξει κάτω το δαίμονα και να παλεύει μαζί του στο έδαφος, πλάι στην άκρη της όχθης. Η λάμψη του σπαθιού του έριχνε κομψές αψίδες φωτός στο νερό καθώς έσκυβε και πηδούσε για να αποφύγει τα υπόλοιπα πλοκάμια του δαίμονα, αλλά και το μαύρο δηλητήριο που ανέβλυζε απ' την ανοιχτή πληγή του. Η Κλέρι δίστασε: έπρεπε να πάει στον Λουκ ή να τρέξει να βοηθήσει τον Τζέις; Εκείνη τη στιγμή δισταγμού άκουσε τον Σάιμον να φωνάζει: «Κλέρι, πρόσεχε!» και γύρισε τη στιγμή που ο δεύτερος δαίμονας ορμούσε κατά πάνω της.

Δεν πρόλαβε να βγάλει το σπαθί από την τσέπη της, ούτε καν να θυμηθεί το όνομά του. Άπλωσε τα χέρια της και ο δαίμονας προσγειώθηκε πάνω της, ρίχνοντάς τη στο χώμα. Έπεσε με μια κραυγή, χτυπώντας τους ώμους της στο ανώμαλο έδαφος. Σιχαμερά πλοκάμια άγγιξαν το δέρμα της. Το ένα τύλιξε το μπράτσο της, σφίγγοντάς τη δυνατά. Ένα άλλο τύλιξε το λαιμό της.

Έπιασε με το χέρι της το λαιμό της, προσπαθώντας να ξεκολλήσει το λείο, γλοιώδες πλοκάμι που την έσφιγγε και της έκοβε την ανάσα. Οι πνεύμονές της πονούσαν. Κλοτσούσε και χτυπιόταν στα τυφλά…

Και ξαφνικά, η πίεση έφυγε και το πλάσμα την άφησε ελεύθερη. Πήρε μια πονεμένη ανάσα και ανασηκώθηκε στα γόνατα. Ο δαίμονας έσκυβε, κοιτώντας τη με μαύρα μάτια χωρίς κόρες. Ετοιμαζόταν να επιτεθεί ξανά; Η Κλέρι αρπάζοντας το σπαθί της φώναξε: «Νάκιρ!» και απ' τα δάχτυλά της ξεπήδησε μια φωτεινή λάμψη.

Δεν είχε ξαναπιάσει ποτέ σπαθί του αρχαγγέλου. Αυτό έτρεμε και δονείτο, λες και ήταν ζωντανό. «NAKIP!» ξαναφώναξε και σηκώθηκε όρθια με το σπαθί τεντωμένο προς το μέρος του δαίμονα.

Προς μεγάλη της έκπληξη, ο δαίμονας έκανε ένα βήμα πίσω, με τα πλοκάμια του να αιωρούνται, σχεδόν σαν –αν και ήταν αδύνατον– να τη φοβόταν. Είδε τον Σάιμον να τρέχει προς το μέρος της, με κάτι σαν ατσαλένιο σωλήνα στο χέρι. Ο Τζέις, πίσω του, σηκωνόταν όρθιος. Δεν μπορούσε να δει το δαίμονα με τον οποίο πάλευε, οπότε ίσως τον είχε σκοτώσει. Όσο για το δεύτερο δαίμονα, το στόμα του ήταν ανοιχτό και έβγαζε αναστατωμένους, φοβισμένους ήχους, σαν μια τερατώδη κουκουβάγια. Ξαφνικά, έκανε μεταβολή και πήδηξε στο νερό με τα πλοκάμια του να ίπτανται πίσω του. Σηκώθηκε ένα σιντριβάνι μαύρου νερού, και μετά ο δαίμονας εξαφανίστηκε κάτω απ' την επιφάνεια του νερού χωρίς καν να αφήσει μερικές φυσαλίδες που να δείχνουν την ύπαρξή του.

Ο Τζέις έφτασε δίπλα της τη στιγμή που εξαφανιζόταν ο δαίμονας. Ήταν σκυμμένος, λαχανιασμένος, γεμάτος με το μαύρο αίμα του δαίμονα. «Τι... έγινε;» ρώτησε ανάμεσα σε δυο κοφτές ανάσες.

«Δεν ξέρω», παραδέχτηκε η Κλέρι. «Μου επιτέθηκε... προσπάθησα να του αντισταθώ, αλλά ήταν πολύ γρήγορο, και μετά απλώς... έφυγε. Σαν να είδε κάτι που τον τρόμαξε».

«Είσαι καλά;» είπε ο Σάιμον σταματώντας μπροστά της. Εκείνος δεν ήταν λαχανιασμένος, αφού δεν ανέπνεε πια, υπενθύμισε στον εαυτό της η Κλέρι, αλλά ήταν αναστατωμένος και έσφιγγε ένα μακρύ ατσάλινο σωλήνα στο χέρι.

«Πού το βρήκες αυτό;» ρώτησε ο Τζέις.

«Το έβγαλα από έναν τηλεφωνικό θάλαμο», είπε ο Σάιμον σαν να τον ξάφνιασε η θύμηση. «Μάλλον η αδρεναλίνη σε κάνει πιο δυνατό».

«Ή μήπως είναι το ανίερο αίμα των καταραμένων;» πρόσθεσε ο Τζέις.

«Κόφτε το», είπε απότομα η Κλέρι, κερδίζοντας ένα πληγωμένο βλέμμα από τον Σάιμον και ένα ειρωνικό από τον Τζέις. Τους έσπρωξε για να περάσει ανάμεσά τους και πήγε προς την όχθη. «Μήπως ξεχάσατε τον Λουκ;»

Ο Λουκ ήταν ακόμη αναίσθητος, αλλά ανέπνεε. Ήταν χλωμός όπως η Μάγια, ενώ το μανίκι του σκισμένο. Η Κλέρι τράβηξε το ξεραμένο από το αίμα ύφασμα όσο πιο απαλά μπορούσε και είδε ότι στον ώμο του είχε κάμποσες κυκλικές πληγές από το πλοκάμι. Κάθε πληγή έβγαζε ένα πηχτό μίγμα αίματος και μαύρου υγρού. Κράτησε την αναπνοή της. «Πρέπει να τον πάμε μέσα».

Ο Μάγκνους τους περίμενε στη βεράντα όταν έφτασαν. Ο Τζέις και ο Σάιμον κουβαλούσαν τον Λουκ στα σκαλιά. Όταν τέλειωσε με τη Μάγια, ο Μάγκνους την έβαλε να κοιμηθεί στο δωμάτιο του Λουκ, και έτσι έβαλαν τον Λουκ στον καναπέ και άφησαν τον Μάγκνους να κάνει τη δουλειά του.

«Θα γίνει καλά;» ρώτησε η Κλέρι, που πήγαινε πάνω-κάτω μπροστά στον καναπέ όση ώρα ο Μάγκνους καλούσε μπλε γυαλιστερή φωτιά στα δάχτυλά του.

«Θα γίνει μια χαρά». Το δηλητήριο των Ράουμ είναι λίγο πιο περίπλοκο από το κεντρί των Ντρέβακ, αλλά δεν είναι τίποτα για μένα». Ο Μάγκνους τής έκανε νόημα να πάει πιο πέρα. «Αρκεί να κάτσεις στη θέση σου και να με αφήσεις να κάνω τη δουλειά μου».

Απρόθυμα, η Κλέρι έκατσε σε μια πολυθρόνα. Ο Τζέις και ο Άλεκ ήταν κοντά στο παράθυρο, με τα κεφάλια πολύ κοντά. Ο Τζέις κάτι εξηγούσε χειρονομώντας. Μάλλον θα του εξηγούσε τι είχε γίνει με τους δαίμονες. Ο Σάιμον, που έδειχνε να αισθάνεται άβολα, ακουμπούσε στον τοίχο δίπλα στην πόρτα της κουζίνας. Έμοιαζε να έχει χαθεί στις σκέψεις του. Μια και δεν ήθελε να κοιτάζει το ανέκφραστο, γκρίζο πρόσωπο του Λουκ και τα ρουφηγμένα του μάγουλα, η Κλέρι άφησε το βλέμμα της να κατευθυνθεί προς τον Σάιμον, εξετάζοντας το πόσο ξένος αλλά και οικείος της φαινόταν. Χωρίς τα γυαλιά του, τα μάτια του έμοιαζαν διπλάσια σε μέγεθος και πολύ σκούρα, μάλλον μαύρα παρά καφέ. Το δέρμα του ήταν χλωμό και απαλό σαν λευκό μάρμαρο, με πιο σκούρες φλέβες και έντονα ζυγωματικά. Ακόμα και τα μαλλιά του έμοιαζαν πιο σκούρα, σε έντονη αντίθεση με το λευκό του δέρμα. Θυμήθηκε να κοιτάει το πλήθος στο ξενοδοχείο του Ραφαέλ και να αναρωτιέται γιατί δεν υπήρχαν άσχημοι ή μη ελκυστικοί βρικόλακες. Ίσως να υπήρχε όρος να μην κάνουν βρικόλακες τους άσχημους, είχε σκεφτεί τότε, αλλά τώρα αναρωτήθηκε μήπως η κατάστασή τους τούς μεταμόρφωνε, λειαίνοντας το σκαμμένο τους δέρμα, προσθέτοντας χρώμα και λάμψη στα μάτια και στα μαλλιά τους. Ίσως να ήταν απλώς ένα εξελικτικό πλεονέκτημα του είδους τους. Η ομορφιά βοηθούσε στην προσέλκυση των θυμάτων τους.

Συνειδητοποίησε ότι και ο Σάιμον την κοιτούσε, με μάτια γουρλωμένα. Βγαίνοντας απ' την ονειροπόλησή της, είδε τον Μάγκνους να σηκώνεται όρθιος. Το μπλε φως είχε εξαφανιστεί. Τα μάτια του Λουκ ήταν ακόμη κλειστά, αλλά η άσχημη γκρίζα απόχρωση είχε φύγει από το πρόσωπό του και η ανάσα του ήταν ρυθμική και ήρεμη.

«Έγινε καλά!» φώναξε η Κλέρι, και ο Τζέις, ο Άλεκ και ο Σάιμον έτρεξαν να δούνε. Ο Σάιμον έβαλε το χέρι του στο χέρι της Κλέρι και εκείνη το έσφιξε χαρούμενη.

«Θα ζήσει, δηλαδή;» ρώτησε ο Σάιμον, ενώ ο Μάγκνους έκατσε στο μπράτσο της κοντινότερης πολυθρόνας. Έμοιαζε εξαντλημένος, αδύναμος και λίγο χλωμός. «Σίγουρα;»

«Σίγουρα», είπε ο Μάγκνους. «Άλλωστε, είμαι ο Μέγας Μάγος του Μπρούκλιν, ξέρω τι κάνω». Τα μάτια του έπεσαν στον Τζέις, που είχε μόλις πει κάτι στον Άλεκ, τόσο σιγά, που δεν το άκουσε κανείς άλλος. «Και μια που το θυμήθηκα» είπε ο Μάγκνους με λίγο τυπική φωνή, που ξάφνιασε την Κλέρι, γιατί δεν τον είχε ξανακούσει να μιλάει έτσι «δεν είμαι σίγουρος γιατί παίρνετε εμένα κάθε φορά που ένας από σας έχει χτυπήσει το μικρό του δαχτυλάκι και θέλετε βοήθεια. Ως Μέγας Μάγος, ο χρόνος μου είναι πολύτιμος. Υπάρχουν ένα σωρό μικρότεροι μάγοι που θα σας βοηθούσαν μετά χαράς και μετά πολύ λιγότερου κόστους».

Η Κλέρι τον κοίταξε μην πιστεύοντας στα αφτιά της: «Θα μας *χρεώσεις*; Μα, ο Λουκ είναι φίλος!»

Ο Μάγκνους έβγαλε ένα λεπτό γαλάζιο τσιγάρο απ' την τσέπη του πουκαμίσου του. «Όχι δικός μου φίλος», είπε. «Τον έχω δει μόνο μια δυο φορές, τότε που η μητέρα σου σε έφερνε για να σου φρεσκάρουμε τα ξόρκια της μνήμης». Έβαλε το χέρι του στην άκρη του τσιγάρου και άναψε μια πολύχρωμη φλόγα. «Γιατί νομίζατε ότι σας βοηθούσα, επειδή είμαι τόσο καλός; Ή μήπως είμαι ο μόνος μάγος που ξέρετε;»

Ο Τζέις παρακολουθούσε το λογύδριο του Μάγκνους με μια σπίθα οργής στα χρυσοκάστανα μάτια του. «Όχι» είπε «απλώς, είσαι ο μόνος μάγος που ξέρουμε και τα έχει με ένα φίλο μας».

Για μια στιγμή, έμειναν όλοι να τον κοιτάζουν: ο Άλεκ με έκδηλο τρόμο, ο Μάγκνους με έκπληκτη οργή και η Κλέρι με τον Σάιμον ξαφνιασμένοι. Πρώτος μίλησε ο Άλεκ, με φωνή που έτρεμε. «Γιατί το λες αυτό;»

Ο Τζέις σάστισε. «Ποιο απ' όλα;»

«Ότι τα έχουμε... ότι... δεν είναι *αλήθεια*», είπε ο Άλεκ, με φωνή που ανεβοκατέβηκε κάμποσες οκτάβες μέχρι να καταφέρει να την ελέγξει.

Ο Τζέις τον κοίταξε με σταθερό βλέμμα. «Δεν είπα ότι τα είχε μαζί σου, αλλά παράξενο δεν είναι που το κατάλαβες αμέσως;»

«Δεν τα έχουμε», είπε ο Άλεκ.

«Α, ναι;» ρώτησε ο Μάγκνους. «Είσαι δηλαδή τόσο φιλικός με όλους;»

«*Μάγκνους*». Ο Άλεκ κοίταξε παρακλητικά το μάγο. Ο Μάγκνους, απ' την άλλη, δεν πτοήθηκε. Έμεινε με τα χέρια σταυρωμένα στο στήθος του και ακούμπησε πίσω, κοιτάζοντας το σκηνικό μπροστά του με τα γατίσια μάτια του.

Ο Άλεκ στράφηκε στον Τζέις. «Δεν...» άρχισε να λέει «δηλαδή, δεν μπορεί να πιστεύεις...»

Ο Τζέις κουνούσε το κεφάλι του με απορία. «Αυτό που δεν καταλαβαίνω είναι ότι κάνεις όλα αυτά για να κρύψεις τη σχέση σου μαζί του από μένα, ενώ δεν θα με ένοιαζε καθόλου αν απλώς μου το *έλεγες*».

Αν μ' αυτά τα λόγια ήθελε να τον καθησυχάσει, ήταν προφανές ότι δεν το πέτυχε. Ο Άλεκ έγινε ακόμα πιο χλωμός και δεν είπε τίποτα. Ο Τζέις στράφηκε στον Μάγκνους. «Βοήθησέ με να τον πείσω ότι πραγματικά δεν με νοιάζει».

«Α» είπε σιγανά ο Μάγκνους «νομίζω ότι το κατάλαβε».

«Τότε, δεν καταλαβαίνω...» Στο πρόσωπο του Τζέις ήταν έκδηλη η απορία, και για μια στιγμή η Κλέρι είδε ότι ο Μάγκνους ήθελε πάρα πολύ να του απαντήσει. Από οίκτο για τον Άλεκ, τράβηξε το χέρι της από το χέρι του Σάιμον και είπε: «Τζέις, αρκετά. Φτάνει πια».

«Τι φτάνει;» ρώτησε ο Λουκ. Η Κλέρι γύρισε προς το μέρος του και τον είδε να έχει ανακαθίσει στον καναπέ, με ελαφρώς πονεμένο ύφος αλλά κατά τα άλλα δείχνοντας αρκετά υγιής.

«Λουκ!» Έτρεξε στην άκρη του καναπέ, σκέφτηκε να τον αγκαλιάσει, αλλά είδε το πώς κρατούσε τον ώμο του και το μετάνιωσε. «Θυμάσαι τι έγινε;»

«Όχι και πολύ», είπε ο Λουκ. «Το τελευταίο που θυμάμαι είναι να βγαίνω για να βάλω το αμάξι στη θέση του. Κάτι με χτύπησε στον ώμο και με τράβηξε στο πλάι. Θυμάμαι έναν απίστευτο πόνο... Μετά, πρέπει να λιποθύμησα. Το επόμενο πράγμα που άκουσα ήταν πέντε άτομα να τσακώνονται για κάτι. Αλήθεια, τι λέγατε;»

«Τίποτα», είπαν η Κλέρι, ο Σάιμον, ο Μάγκνους, ο Άλεκ και ο Τζέις, σε μια πρωτοφανή και μάλλον ανεπανάληπτη χορωδιακή απάντηση.

Παρά την προφανή του εξάντληση, ο Λουκ σήκωσε τα φρύδια του. «Μάλιστα».

* * *

Μια που στο δωμάτιο του Λουκ κοιμόταν η Μάγια, ο Λουκ είπε ότι θα βολευόταν μια χαρά στον καναπέ. Η Κλέρι προσπάθησε να τον πείσει να πάρει το κρεβάτι της, αλλά αρνήθηκε. Έτσι, η Κλέρι πήγε στο διάδρομο για να βρει σεντόνια και κουβέρτες απ' την ντουλάπα. Τραβούσε μια κουβέρτα από ένα ψηλό ράφι όταν άκουσε κάποιον πίσω της. Γύρισε απότομα, ρίχνοντας την κουβέρτα που κρατούσε.

Ήταν ο Τζέις. «Συγγνώμη που σε τρόμαξα».

«Δεν πειράζει». Έσκυψε να πιάσει την κουβέρτα.

«Βασικά, καλά έκανα», είπε. «Αυτό ήταν το πιο έντονο συναίσθημα που έχεις δείξει εδώ και μέρες».

«Δεν με έχεις δει και πολύ αυτές τις μέρες».

«Και ποιος φταίει γι' αυτό; Σε πήρα τόσα τηλέφωνα. Δεν το σηκώνεις ποτέ. Και δεν μπορούσα να έρθω να σε δω. Είμαι φυλακισμένος, το ξέχασες;»

«Δεν είναι και φυλακή», είπε προσπαθώντας να έχει ανάλαφρο ύφος. «Έχεις και τον Μάγκνους για παρέα. Και τις *Νοικοκυρές σε Απόγνωση*».

Ο Τζέις είπε ότι οι Νοικοκυρές μπορούσαν να πάνε να κάνουν κάτι ανατομικά απρεπές.

Η Κλέρι αναστέναξε. «Δεν θα φύγεις με τον Μάγκνους;»

Το στόμα του συσπάστηκε και η Κλέρι διέκρινε κάτι να σπιθίζει στα μάτια του, ένα απειροελάχιστο μόριο πόνου. «Ανυπομονείς να με ξεφορτωθείς;»

«Όχι». Αγκάλιασε την κουβέρτα και κοίταξε τα χέρια του, επειδή δεν μπορούσε να τον κοιτάξει στα μάτια. Τα λεπτά του δάχτυλα ήταν γεμάτα ουλές, αλλά ήταν πανέμορφα, και είχε ένα ελαφρώς πιο λευκό σημάδι εκεί όπου φορούσε το δαχτυλίδι των Μόργκενστερν. Η ανάγκη να τον αγγίξει ήταν τόσο δυνατή, που ήθελε να πετάξει τις κουβέρτες και να φωνάξει. «Θέλω να πω, όχι, δεν είναι αυτό. Δεν σε μισώ, Τζέις».

«Ούτε εγώ».

Τον κοίταξε ανακουφισμένη. «Χαίρομαι που το ακούω αυτό».

«Μακάρι να σε μισούσα», είπε. Η φωνή του ήταν ελαφριά, το στόμα του σχημάτιζε ένα μικρό αδιάφορο χαμόγελο, αλλά τα μάτια του ήταν γεμάτα θλίψη. «Θέλω να σε μισήσω. Προσπαθώ πολύ να το κάνω. Θα ήταν όλα τόσο πιο εύκολα αν σε μισούσα. Μερικές φορές νομίζω ότι όντως σε μισώ, αλλά μετά σε βλέπω και...»

Τα χέρια της είχαν μουδιάσει σφίγγοντας τόσο πολύ την κουβέρτα. «Και τι;»

«Εσύ τι λες;» είπε ο Τζέις κουνώντας το κεφάλι του. «Γιατί εγώ να σου λέω όλα όσα νιώθω κι εσύ να μη μου λες τίποτα; Είναι σαν να χτυπάω το κεφάλι μου στον τοίχο, μόνο που αν το έκανα αυτό, θα μπορούσα να σταματήσω!»

Τα χείλη της Κλέρι έτρεμαν τόσο πολύ που δυσκολεύτηκε να μιλήσει. «Νομίζεις ότι για μένα είναι εύκολο;» είπε. «Νομίζεις...»

«Κλέρι;» Ήταν ο Σάιμον, που είχε πλησιάσει με την καινούρια του απαλή χάρη και την τρόμαξε τόσο που της έπεσε πάλι η κουβέρτα. Γύρισε απ' την άλλη μεριά, αλλά όχι τόσο γρήγορα, ώστε να προλάβει να κρύψει την έκφρασή της ή τη λάμψη στα μάτια της. «Α» είπε εκείνος «συγγνώμη για τη διακοπή». Εξαφανίστηκε πίσω στο δωμάτιο, αφήνοντας την Κλέρι να τον κοιτάζει πίσω από μια θολή κουρτίνα δακρύων.

«*Γαμώτο*», είπε και στράφηκε στον Τζέις. «Γιατί πρέπει να τα κάνεις *όλα* τόσο δύσκολα; Τι κακό είναι αυτό με σένα;» είπε πιο απότομα απ' ό,τι σκόπευε. Του πέταξε την κουβέρτα και έτρεξε να βρει τον Σάιμον.

Εκείνος είχε ήδη φτάσει στην εξώπορτα. Τον πρόλαβε στη βεράντα, αφήνοντας την πόρτα να κλείσει πίσω της με κρότο. «Σάιμον! Πού πας;»

Εκείνος γύρισε σχεδόν απρόθυμα. «Σπίτι, είναι αργά... δεν θέλω να είμαι εδώ όταν θα βγει ο ήλιος».

Μια και ο ήλιος θα έκανε πολλές ώρες ακόμη για να βγει, η Κλέρι κατάλαβε πόσο φτηνή ήταν η δικαιολογία του. «Ξέρεις ότι μπορείς να μείνεις και να κοιμηθείς εδώ κατά τη διάρκεια της ημέρας προκειμένου να αποφύγεις τη μαμά σου. Μπορείς να κοιμηθείς στο δωμάτιό μου...»

«Δεν νομίζω ότι είναι καλή ιδέα».

«Γιατί; Δεν καταλαβαίνω γιατί φεύγεις».

Της χαμογέλασε. Ήταν ένα θλιμμένο χαμόγελο, μαζί με μια άλλη έκφραση, που δεν την καταλάβαινε. «Ξέρεις ποιο είναι το χειρότερο που μπορώ να φανταστώ;»

«Όχι».

«Το να μην μπορώ να εμπιστευτώ κάποιον που αγαπώ».

Έβαλε το χέρι της στο μπράτσο του. Εκείνος δεν το τράβηξε, αλλά ούτε αντέδρασε. «Εννοείς...»

«Ναι», είπε ξέροντας τι θα τον ρωτούσε. «Εσένα εννοώ».

«Μα, *μπορείς* να με εμπιστευθείς».

«Έτσι πίστευα κι εγώ», είπε. «Αλλά έχω την αίσθηση ότι προτιμάς να πονάς για κάτι που δεν μπορείς να έχεις παρά να προσπαθήσεις να περάσεις ωραία με κάτι που μπορείς».

Δεν είχε νόημα να υποκρίνεται. «Δώσε μου μόνο λίγο χρόνο», είπε. «Θέλω μόνο λίγο χρόνο για να ξεπεράσω... να ξεπεράσω όλα αυτά».

«Δεν θα μου πεις ότι κάνω λάθος, σωστά;» Τα μάτια του ήταν μεγάλα και σκούρα μέσα στο σκοτάδι. «Αυτήν τη φορά...»

«Όχι αυτήν τη φορά. Συγγνώμη...»

«Μη ζητάς συγγνώμη». Της γύρισε την πλάτη και άρχισε να κατεβαίνει τα σκαλιά. «Τουλάχιστον, είναι η αλήθεια».

Αν αυτή αξίζει τίποτα. Έβαλε τα χέρια της στις τσέπες και τον παρακολούθησε να απομακρύνεται μέχρι που τον κατάπιε το σκοτάδι.

Τελικά, ο Μάγκνους και ο Τζέις δεν θα έφευγαν. Ο Μάγκνους ήθελε να μείνει για να βεβαιωθεί ότι ο Λουκ και η Μάγια ανάρρωναν όπως έπρεπε. Μετά από λίγα λεπτά αμήχανης συζήτησης με τον Μάγκνους, που βαριόταν εμφανώς, ενώ ο Τζέις καθόταν στο πιάνο διαβάζοντας επιμελώς κάτι παρτιτούρες, η Κλέρι αποφάσισε να πάει νωρίς για ύπνο.

Ο ύπνος όμως δεν ερχόταν. Άκουγε την απαλή μελωδία του Τζέις απ' το σαλόνι, αλλά δεν έφταιγε αυτό που δεν κοιμόταν. Σκεφτόταν τον Σάιμον, που πήγαινε σε ένα σπίτι που δεν το ένιωθε πια δικό του, την απόγνωση στη φωνή του Τζέις όταν της έλεγε *θέλω να σε μισήσω*, τον Μάγκνους που δεν είχε πει στον Τζέις την αλήθεια: ότι ο Άλεκ δεν ήθελε να μάθει ο Τζέις για τη σχέση τους γιατί ήταν ακόμη ερωτευμένος μαζί του. Σκέφτηκε την ικανοποίηση που θα έδινε στον Μάγκνους το να πει τις λέξεις αυτές δυνατά, να πει την αλήθεια, κι όμως δεν είχε πει τίποτα... είχε αφήσει τον Άλεκ να υποκρίνεται, γιατί αυτό ήθελε ο Άλεκ, και ο Μάγκνους νοιαζόταν αρκετά για τον Άλεκ και ήθελε να του κάνει τη χάρη. Τελικά, ίσως να ήταν αλήθεια αυτό που είχε πει η Βασίλισσα των Σίιλι: η αγάπη σε κάνει ψεύτη.

13

ο οικοδεσποτης των εξεγερμενων αγγελων

Η σονάτα του Ραβέλ *Ο Γκασπάρ της Νύχτας* χωρίζεται σε τρία διαφορετικά μέρη. Ο Τζέις είχε παίξει όλο το πρώτο μέρος όταν σηκώθηκε από το πιάνο, πήγε στην κουζίνα, σήκωσε το τηλέφωνο του Λουκ και έκανε ένα μόνο τηλεφώνημα. Έπειτα επέστρεψε στο πιάνο και συνέχισε τον *Γκασπάρ*.

Είχε φτάσει στη μέση του τρίτου μέρους όταν είδε ένα φως να περνάει μπροστά από το παράθυρο της αυλής του Λουκ. Το φως έσβησε μετά από ένα λεπτό, βυθίζοντας την αυλή στο σκοτάδι, αλλά ο Τζέις είχε ήδη σηκωθεί και πήγαινε να πιάσει το μπουφάν του.

Έκλεισε πίσω του την πόρτα του σπιτιού αθόρυβα και κατέβηκε δυο δυο τα σκαλιά της βεράντας. Στην αυλή, δίπλα στο μονοπάτι, είδε μια μοτοσικλέτα με τη μηχανή ακόμη αναμμένη. Είχε μια παράξενη όψη: οι σωλήνες ήταν σαν σκοινιά ή σαν φλέβες γύρω απ' το αμάξωμα και ο προβολέας, που ήταν λίγο θαμπός, έμοιαζε με αστραφτερό μάτι. Ήταν σαν ένα ζωντανό σώμα, όπως και το αγόρι που ακουμπούσε πάνω της κοιτάζοντας εξεταστικά τον Τζέις. Φορούσε ένα καφέ δερμάτινο μπουφάν και τα σκούρα μαλλιά του ήταν μακριά ως το γιακά. Σκέπαζαν τα στενά, μισόκλειστα του μάτια. Χαμογελούσε και έδειχνε τα λευκά, μυτερά του δόντια. Φυσικά, σκέφτηκε ο Τζέις, ούτε το αγόρι ούτε η μηχανή δεν ήταν ζωντανά: τρέφονταν και οι δύο με τη δαιμονική ενέργεια της νύχτας.

«Ραφαέλ», είπε ο Τζέις αντί για χαιρετισμό.

«Ορίστε» είπε ο Ραφαέλ «την έφερα, όπως μου ζήτησες».

«Το βλέπω».

«Αν και για να είμαι ειλικρινής, είμαι πολύ περίεργος για ποιο λόγο μπορεί να ήθελες μια μοτοσικλέτα με δαιμονική ενέργεια. Δεν είναι απολύτως σύμφωνες με τον Κανονισμό, απ' τη μία, και απ' την άλλη φημολογείται ότι έχεις ήδη μία».

«Έχω όντως» παραδέχθηκε ο Τζέις, κάνοντας το γύρο της μηχανής για να την εξετάσει απ' όλες τις πλευρές «αλλά είναι στο Ινστιτούτο και δεν μπορώ να πάω να την πάρω αυτήν τη στιγμή».

Ο Ραφαέλ γέλασε απαλά. «Φαίνεται ότι είμαστε και οι δύο ανεπιθύμητοι εκεί».

«Είστε ακόμη πρώτοι στη λίστα των Καταζητούμενων;»

Ο Ραφαέλ έγειρε στο πλάι και έφτυσε απαλά στο χώμα. «Μας κατηγορούν για φόνους», είπε θυμωμένος. «Το φόνο του λυκανθρώπου, του ξωτικού, ακόμα και του μάγου, αν και τους είπα ότι δεν πίνουμε αίμα μάγων. Είναι πικρό και προκαλεί παράξενα πράγματα σε όποιον το πιει».

«Τα είπες αυτά στη Μαρίζ;»

«Στη Μαρίζ;» Τα μάτια του Ραφαέλ άστραψαν. «Δεν θα μπορούσα να της μιλήσω ακόμα και να ήθελα. Όλες οι αποφάσεις παίρνονται απ' την Ανακρίτρια πια και όλες οι ερωτήσεις και τα αιτήματα περνάνε από αυτήν. Καθόλου καλά δεν είναι τα πράγματα, φίλε μου, καθόλου καλά».

«Εμένα μου λες», είπε ο Τζέις. «Και δεν είμαστε φίλοι. Συμφώνησα να μην πω στο Κονκλάβιο τι έγινε με τον Σάιμον επειδή χρειαζόμουν τη βοήθειά σου. Όχι επειδή σε συμπαθώ».

Ο Ραφαέλ χαμογέλασε και τα δόντια του έλαμψαν λευκά μες στο σκοτάδι. «Με συμπαθείς», είπε και έγειρε το κεφάλι του στο πλάι. «Είναι παράξενο» πρόσθεσε «θα περίμενα να είσαι διαφορετικός τώρα, που έχεις χάσει την εύνοια του Κονκλάβιου. Δεν είσαι πια το αγαπημένο τους παιδί-θαύμα. Πίστευα ότι θα είχες χάσει λίγη απ' την αλαζονεία σου. Αλλά είσαι ακριβώς ο ίδιος».

«Πιστεύω στη συνέπεια», είπε ο Τζέις. «Θα μου δώσεις τη μηχανή ή όχι; Έχω μόνο λίγες ώρες μέχρι να ξημερώσει».

«Αυτό σημαίνει ότι δεν μπορείς να με πετάξεις σπίτι;» Ο Ραφαέλ απομακρύνθηκε με χάρη από τη μηχανή. Όταν κινήθηκε, ο Τζέις είδε τη χρυσή λάμψη της αλυσίδας που φορούσε στο λαιμό του.

«Μπα», είπε ο Τζέις. «Αλλά μπορείς να κοιμηθείς στο υπόγειο αν ανησυχείς για την ανατολή».

«Χμ». Ο Ραφαέλ έδειξε να το σκέφτεται. Ήταν λίγο πιο κοντός από τον Τζέις, και παρόλο που έμοιαζε πιο μικρός σωματικά, τα μάτια του ήταν πολύ πιο γερασμένα. «Είμαστε πάτσι λοιπόν για τον Σάιμον, Κυνηγέ;»

Ο Τζέις έβαλε μπροστά τη μηχανή και έστριψε προς το ποτάμι. «Ποτέ δεν θα πατσίσουμε, βρικόλακα, αλλά τουλάχιστον αυτή είναι μια αρχή».

Ο Τζέις δεν είχε οδηγήσει μηχανή από τότε που είχε αλλάξει ο καιρός και το κρύο τον χτύπησε μόλις πέρασε το ποτάμι, τρυπώντας το λεπτό μπουφάν και το ύφασμα του τζιν του με χιλιάδες μικροσκοπικές παγωμένες βελόνες. Ο Τζέις ανατρίχιασε και σκέφτηκε πόσο τυχερός ήταν που είχε φορέσει δερμάτινα γάντια για να προστατεύει τα χέρια του.

Αν και ο ήλιος είχε μόλις δύσει, ο κόσμος έμοιαζε ήδη να έχει χάσει κάθε χρώμα. Το ποτάμι ήταν σαν από ατσάλι, ο ουρανός γκρίζος σαν περιστέρι, ο ορίζοντας μια χοντρή μαύρη γραμμή στο βάθος. Τα φώτα πάνω στις γέφυρες του Γουίλιαμσμπεργκ και του Μανχάταν αναβόσβηναν και ο αέρας είχε τη γεύση του χιονιού, αν και ο χειμώνας θα αργούσε ακόμη πολύ να έρθει.

Την τελευταία φορά που είχε πετάξει πάνω απ' το ποτάμι ήταν μαζί του η Κλέρι, με τα χέρια τυλιγμένα γύρω από τη μέση του και τις μικρές της παλάμες χωμένες μέσα στις τσέπες του μπουφάν του. Τότε δεν κρύωνε. Γκάζωσε με δύναμη τη μηχανή και την ένιωσε να γέρνει· του φάνηκε ότι είδε τη σκιά του στο νερό, γερμένη τελείως στο πλάι. Καθώς την ίσιωνε, το είδε: ένα καράβι με μαύρα μεταλλικά πλαϊνά τοιχώματα, χωρίς σημαία και σχεδόν χωρίς κανένα φως, με την πλώρη σαν μια στενή λεπίδα που έσκιζε το νερό μπροστά του. Του θύμισε καρχαρία, λεπτό, γρήγορο και θανατηφόρο.

Φρέναρε και κατέβηκε αργά προς τα κάτω, αθόρυβα, σαν φύλλο πιασμένο στο ρεύμα του ποταμού. Δεν ένιωθε να πέφτει, αλλά πιο πολύ λες και το πλοίο ανασηκωνόταν για να τον συναντήσει, ακολουθώντας κάποιο αόρατο ρεύμα. Οι τροχοί της μηχανής άγγιξαν το κατάστρωμα, και σταμάτησε γλιστρώντας απαλά. Δεν ήταν ανάγκη να σβήσει τη μηχανή· κατέβηκε απλώς, και το βουητό της έγινε ένα γουργουρητό που έσβησε σιγά-σιγά. Όταν της έριξε ένα τελευταίο βλέμμα, ήταν σαν να τον αγριοκοίταζε, σαν ένας σκύλος που ήθελε να παίξει με το αφεντικό του.

«Θα έρθω σε λίγο να σε πάρω», της είπε χαμογελώντας. «Πρέπει πρώτα να ρίξω μια ματιά σ' αυτό το πλοίο».

Είχε πολλά να ελέγξει. Στεκόταν πάνω σε ένα φαρδύ κατάστρωμα με το νερό στα αριστερά του. Τα πάντα ήταν βαμμένα μαύρα: το κατάστρωμα, το μεταλλικό κιγκλίδωμα που το προστάτευε, ακόμα και τα φινιστρίνια της στενής καμπίνας ήταν μαυρισμένα. Το πλοίο ήταν μεγαλύτερο απ' ό,τι περίμενε. Ήταν μάλλον μεγάλο σαν γήπεδο ποδοσφαίρου, ίσως και πιο μεγάλο. Δεν έμοιαζε με κανένα από τα πλοία που είχε δει ως τότε: πολύ μεγάλο για θαλαμηγός, πολύ μικρό για πολεμικό σκάφος, και δεν είχε δει ποτέ πλοίο βαμμένο κατάμαυρο. Ο Τζέις αναρωτήθηκε πού το είχε βρει ο πατέρας του.

Αφήνοντας τη μηχανή του έκανε μια μικρή επιθεώρηση στο κατάστρωμα. Τα σύννεφα είχαν φύγει και τα αστέρια έλαμπαν, απίστευτα δυνατά. Μπορούσε να δει τη φωτισμένη πόλη στα δεξιά και στα αριστερά του σαν να στεκόταν σε ένα έρημο στενό πέρασμα από φως. Τα βήματά του αντηχούσαν κούφια στο κατάστρωμα. Ο Τζέις αναρωτήθηκε αν ήταν όντως εκεί ο Βάλενταϊν. Δεν είχε ξαναβρεθεί σε τόσο ερημωμένο μέρος.

Σταμάτησε για μια στιγμή στην πρύμνη του πλοίου, χαζεύοντας το ποτάμι που χώριζε το Μανχάταν και το Λονγκ Άιλαντ σαν ουλή. Το νερό ήταν γκρίζο, με αγριεμένα κύματα που γυάλιζαν στην κορυφή, και είχε σηκωθεί ένας δυνατός, σταθερός αέρας, σαν αυτόν που φυσάει μόνο πάνω από το νερό. Άπλωσε τα χέρια του και άφησε τον αέρα να ανεμίσει το μπουφάν του σαν φτερά, να μαστιγώσει το πρόσωπό του και να γεμίσει τα μάτια του με δάκρυα.

Δίπλα στο αρχοντικό τους στην Άιντρις υπήρχε μια λιμνούλα. Ο πατέρας του τού είχε μάθει ιστιοπλοΐα, του είχε διδάξει όλα όσα έπρεπε να ξέρει για τον άνεμο και το νερό, την άνωση και τα πανιά. *Όλοι οι άνδρες πρέπει να ξέρουν ιστιοπλοΐα*, του έλεγε, και ήταν απ' τις ελάχιστες φορές που είχε μιλήσει έτσι και είχε πει *άνδρες* και όχι *Κυνηγοί*. Ήταν μια μικρή υπενθύμιση: ό,τι άλλο κι αν ήταν ο Τζέις, εξακολουθούσε να είναι μέρος της ανθρώπινης φυλής.

Γυρνώντας το κεφάλι του απ' τον άνεμο, με μάτια να πονάνε, ο Τζέις πρόσεξε μια πόρτα στον τοίχο της καμπίνας, ανάμεσα σε δυο σκοτεινιασμένα παράθυρα.

Διασχίζοντας βιαστικά το κατάστρωμα δοκίμασε το πόμολο. Ήταν κλειδωμένο. Χάραξε βιαστικά με το ραβδί του στο μέταλλο ένα σύνολο ρούνων Ανοίγματος και η πόρτα άνοιξε με τους μεντεσέδες να τρίζουν και να διαμαρτύρονται, φτύνοντας κομματάκια σκουριάς. Ο Τζέις έσκυψε στη στενή πόρτα και βρέθηκε σε ένα αχνοφωτισμένο κλιμακοστάσιο. Ο αέρας μύριζε σκουριά και κλεισούρα. Έκανε άλλο ένα βήμα και η πόρτα έκλεισε πίσω του με ένα δυνατό μεταλλικό κρότο, βυθίζοντάς τον στο σκοτάδι.

Έβρισε λίγο ψάχνοντας τη μαγική του πέτρα. Τα γάντια δεν τον βόλευαν και τα χέρια του είχαν παγώσει. Μέσα έκανε περισσότερο κρύο απ' ό,τι έξω στο κατάστρωμα. Ο αέρας ήταν σαν ξηρός πάγος. Έβγαλε το χέρι του και ανατρίχιασε, και όχι μόνο απ' το κρύο. Οι τρίχες στο σβέρκο του τον τσιμπούσαν και τα νεύρα του ήταν τεταμένα. Κάτι δεν πήγαινε καλά.

Σήκωσε την πέτρα-ρούνο και την άναψε, κάνοντας τα μάτια του να θολώσουν ακόμα περισσότερο. Πίσω από τα θολά δάκρυα είδε την αδύνατη μορφή ενός κοριτσιού να στέκεται μπροστά του, με χέρια σταυρωμένα στο στήθος και μαλλιά τόσο κόκκινα, που έρχονταν σε αντίθεση με το κατάμαυρο εσωτερικό της καμπίνας.

Το χέρι του τρεμούλιασε, ρίχνοντας ακτίνες από το φως σαν να είχε πεταχτεί ένα σμήνος από πυγολαμπίδες. «Κλέρι;»

Τον κοίταζε κατάχλωμη, με χείλη που έτρεμαν. Στο λαιμό του κόλλησαν χιλιάδες ερωτήσεις: τι έκανε εκεί; Πώς είχε φτάσει στο πλοίο; Ένα ρίγος τρόμου τον κατέκλυσε. Κάτι δεν πήγαινε καλά. Έκανε ένα βήμα μπροστά όταν εκείνη ξαφνικά έβγαλε τα χέρια της από το στήθος της και τα άπλωσε προς το μέρος του. Ήταν κατακόκκινα, γεμάτα αίμα. Το μπροστινό μέρος του λευκού της φορέματος ήταν κόκκινο, σαν άλικο ρούχο.

Την έπιασε με το ένα χέρι καθώς εκείνη σωριάστηκε κάτω. Παραλίγο να ρίξει την πέτρα του έτσι όπως το σώμα της έπεσε πάνω του. Ένιωθε το σφυγμό της, το άγγιγμα των μαλλιών της τόσο κοντά του, τόσο οικείο. Η μυρωδιά της όμως ήταν διαφορετική. Το άρωμα που συσχέτιζε μαζί της δεν υπήρχε πια, εκείνη η μυρωδιά από λουλουδάτο σαπούνι και καθαρό βαμβάκι. Μύριζε μόνο αίμα και μέταλλο. Το κεφάλι της έγειρε προς τα πίσω και τα μάτια της άσπρισαν. Ο άγριος σφυγμός της γινόταν όλο και πιο αργός, μέχρι που σταμάτησε...

«Όχι!» Την τράνταξε τόσο δυνατά, που το κεφάλι της έπεσε στον ώμο του. «Κλέρι! Ξύπνα!» Την τράνταξε ξανά, και αυτήν τη φορά οι βλεφαρίδες της άνοιξαν. Ένιωσε μια ανακούφιση σαν ένα κύμα κρύου ιδρώτα και μετά είδε τα μάτια της, αλλά δεν ήταν πράσινα. Ήταν ένα θολό λαμπερό λευκό, λευκό και εκτυφλωτικό σαν προβολείς μέσα στον άδειο δρόμο, λευκά σαν τον εκκωφαντικό θόρυβο μες στο κεφάλι του. *Έχω ξαναδεί αυτά τα μάτια*, σκέφτηκε, λίγο πριν τον τυλίξει το σκοτάδι σαν κύμα, φέρνοντας μαζί του τη σιωπή.

Στο σκοτάδι υπήρχαν κάτι σαν τρύπες, σαν μικροσκοπικές κουκκίδες φωτός πάνω σε μαύρο φόντο. Ο Τζέις έκλεισε τα μάτια του προσπαθώντας να ηρεμήσει την αναπνοή του. Στο στόμα του είχε μια μεταλλική γεύση σαν αίμα και καταλάβαινε ότι ήταν ξαπλωμένος πάνω σε μια παγωμένη μεταλλική επιφάνεια και ότι το κρύο διαπερνούσε τα ρούχα και το δέρμα του. Μέτρησε ανάποδα απ' το εκατό ως το ένα μέχρι που η ανάσα του ηρέμησε κάπως. Μετά άνοιξε ξανά τα μάτια του.

Το σκοτάδι ήταν ακόμη εκεί, αλλά είχε αντικατασταθεί από τον οικείο νυχτερινό ουρανό, γεμάτο διάσπαρτα αστέρια. Βρισκόταν στο κατάστρωμα του πλοίου, ξαπλωμένος ανάσκελα κάτω απ' τη σκιά της γέφυρας του Μπρούκλιν, που υψωνόταν πάνω απ' την πρύμνη του πλοίου σαν ένα γκρίζο βουνό από μέταλλο και πέτρα. Μούγκρισε και ανασηκώθηκε στους αγκώνες του, μένοντας ακίνητος μόλις αντιλήφθηκε μια άλλη μορφή, εμφανώς ανθρώπινη, να σκύβει πάνω του. «Χτύπησες πολύ άσχημα το κεφάλι σου», είπε η φωνή που στοίχειωνε τους εφιάλτες του. «Πώς νιώθεις;»

Ο Τζέις ανακάθισε και το μετάνιωσε αμέσως, καθώς το στομάχι του σφίχτηκε σαν να ήθελε να αδειάσει το περιεχόμενό του. Αν είχε φάει τίποτα τις τελευταίες δέκα ώρες, ήταν σίγουρος ότι θα το έκανε. Όμως τώρα, το στόμα του γέμισε μόνο από την πικρή γεύση της χολής. «Νιώθω απαίσια».

Ο Βάλενταϊν χαμογέλασε. Καθόταν πάνω σε μια στοίβα από άδεια χαρτόκουτα και φορούσε ένα καλοσιδερωμένο γκρίζο κοστούμι και γραβάτα, σαν να καθόταν πίσω απ' το κομψό γραφείο του στο αρχοντικό των Γουέιλαντ στην Άιντρις. «Έχω άλλη μια ερώτηση για σένα. Πώς με βρήκες;»

«Το έμαθα απ' το δαίμονα Ράουμ που έστειλες», είπε ο Τζέις. «Εσύ μου έμαθες πού έχουν την καρδιά τους. Τον απείλησα και μου είπε –εντάξει δεν είναι και τόσο έξυπνοι, αλλά μου είπε ότι είχε έρθει από ένα πλοίο στο ποτάμι. Είδα τη σκιά του πλοίου σου στο νερό. Μου είπε επίσης ότι εσύ τον κάλεσες στη γη, αλλά αυτό το ήξερα ήδη».

«Κατάλαβα», είπε ο Βάλενταϊν, που έμοιαζε να κρύβει ένα χαμόγελο. «Την επόμενη φορά τουλάχιστον ειδοποίησέ με πριν έρθεις. Θα γλιτώσεις μια δυσάρεστη συνάντηση με τους φρουρούς μου».

«Φρουρούς;» ρώτησε ο Τζέις και ακούμπησε στο παγωμένο μεταλλικό κιγκλίδωμα ρουφώντας τον καθαρό, ψυχρό αέρα. «Εννοείς τους δαίμονες, σωστά; Χρησιμοποίησες το σπαθί για να τους καλέσεις».

«Δεν το αρνούμαι», είπε ο Βάλενταϊν. «Τα τέρατα του Λούσιαν έκαναν κομμάτια το στρατό των Καταραμένων μου, και δεν είχα χρόνο, ούτε όρεξη να φτιάξω άλλους. Τώρα που έχω το Θανάσιμο Ξίφος δεν τους χρειάζομαι πια. Έχω άλλους».

Ο Τζέις σκέφτηκε την Κλέρι, ματωμένη και λιπόθυμη στα χέρια του.

Έβαλε το χέρι του στο μέτωπό του. Ήταν ψυχρό από το παγωμένο κάγκελο. «Αυτό το πράγμα που είδα στην καμπίνα δεν ήταν η Κλέρι, έτσι;» ρώτησε.

«Η Κλέρι;» Ο Βάλενταϊν φάνηκε να ξαφνιάζεται ελαφρώς. «Αυτό είδες;»

«Γιατί σου φαίνεται περίεργο;» Ο Τζέις προσπάθησε να κρατήσει επίπεδη τη φωνή του, αδιάφορη. Τα μυστικά –είτε δικά του είτε των άλλων– δεν του ήταν κάτι άγνωστο, ούτε τον έκαναν να νιώθει άβολα, αλλά τα συναισθήματά του για την Κλέρι ήταν κάτι που είχε πει στον εαυτό του πως θα άντεχε μόνο αν απέφευγε να το παρατηρεί προσεχτικά.

Αυτός όμως μπροστά του ήταν ο Βάλενταϊν. Παρατηρούσε τα πάντα προσεκτικά, τα μελετούσε, και εκτιμούσε με ποιο τρόπο μπορούσε να τα εκμεταλλευτεί. Με κάποιο τρόπο τού θύμιζε τη Βασίλισσα των Σίιλι: ψυχρός, απειλητικός, υπολογιστής.

«Αυτό που συνάντησες στην καμπίνα» είπε ο Βάλενταϊν «ήταν ο Άγκραμον, ο Δαίμονας του Φόβου. Ο Άγκραμον παίρνει τη μορφή αυτού που σε φοβίζει περισσότερο στον κόσμο. Τρέφεται με το φόβο σου, και όταν τελειώσει, σε σκοτώνει –αν υποθέσουμε ότι είσαι ακόμη ζωντανός μέχρι τότε. Οι περισσότεροι άνδρες, και γυναίκες, πεθαίνουν από φόβο πριν από αυτό το σημείο. Σου αξίζουν συγχαρητήρια που άντεξες τόσο πολύ».

«Ο Άγκραμον;» ρώτησε ξαφνιασμένος ο Τζέις. «Είναι

Ανώτερος Δαίμονας. Πώς στο καλό κατάφερες να τον αιχμαλωτίσεις;»

«Πλήρωσα ένα νεαρό υπερόπτη μάγο να τον καλέσει για μένα. Πίστευε ότι αν ο δαίμονας έμενε μέσα στην πεντάλφα του θα μπορούσε να τον ελέγξει. Δυστυχώς όμως, ο μεγαλύτερός του φόβος ήταν ότι ένας από τους δαίμονες που θα καλούσε κάποτε θα έσπαγε τις προστασίες της πεντάλφας και θα ορμούσε κατά πάνω του, και έτσι ακριβώς έγινε όταν πέρασε στη γη ο Άγκραμον».

«Έτσι πέθανε, λοιπόν».

«Ποιος;»

«Ο μάγος», είπε ο Τζέις. «Τον έλεγαν Ελίας. Ήταν μόνο δεκαέξι. Αλλά αυτό το ήξερες, έτσι δεν είναι; Η Τελετή της Μετατροπής της Κολάσεως...»

Ο Βάλενταϊν γέλασε. «Βλέπω ότι διάβασες αρκετά... Άρα, ξέρεις γιατί έστειλα τους δαίμονες στο σπίτι του Λούσιαν, σωστά;»

«Ήθελες τη Μάγια», είπε ο Τζέις. «Επειδή είναι λυκάνθρωπος. Χρειάζεσαι το αίμα της».

«Έστειλα τους δαίμονες Ντρέβακ να κατασκοπεύσουν και να μου δώσουν αναφορά», είπε ο Βάλενταϊν. «Ο Λούσιαν σκότωσε τον έναν τους, αλλά ο άλλος μου ανέφερε την παρουσία ενός νεαρού λυκανθρώπου...»

«Και έστειλες τους δαίμονες Ράουμ για να την απαγάγουν», είπε ο Τζέις, που ένιωσε ξαφνικά πολύ κουρασμένος. «Επειδή ο Λουκ την αγαπάει, και ήθελες να τον πληγώσεις, αν μπορούσες». Σταμάτησε και είπε με μετρημένη φωνή: «Και αυτό είναι πολύ τιποτένιο, ακόμα και για σένα».

Για μια στιγμή, στα μάτια του Βάλενταϊν, φάνηκε μια σπίθα οργής· μετά όμως έριξε προς τα πίσω το κεφάλι του και γέλασε δυνατά. «Θαυμάζω το πείσμα σου. Μου θυμίζει το δικό μου». Σηκώθηκε και άπλωσε το χέρι του προς τον Τζέις. «Έλα να περπατήσουμε λίγο στο πλοίο. Θέλω να σου δείξω κάτι».

Ο Τζέις ήθελε να σπρώξει μακριά το χέρι που του πρόσφερε ο πατέρας του, αλλά δεν ήταν σίγουρος αν, με τέτοιο πονοκέφαλο, θα μπορούσε να σταθεί όρθιος μόνος του. Άλλωστε, ήταν μάλλον καλύτερο να μην εκνευρίσει τον πατέρα του ακόμη· ό,τι και να έλεγε ο Βάλενταϊν για την εκτίμησή του στο πείσμα του γιου του, δεν είχε ποτέ αρκετή υπομονή με την ανυπάκουη συμπεριφορά.

Το χέρι του Βάλενταϊν ήταν ψυχρό και στεγνό, ενώ η λαβή του παράξενα καθησυχαστική. Όταν ο Τζέις σηκώθηκε όρθιος, ο Βάλενταϊν τον άφησε και έβγαλε από την τσέπη του ένα ραβδί. «Άσε με να φροντίσω τις πληγές σου», είπε.

Ο Τζέις τράβηξε το χέρι του –μετά από ένα λεπτό δισταγμού, που σίγουρα πρόσεξε κι ο ίδιος ο Βάλενταϊν. «Δεν θέλω τη βοήθειά σου».

Ο Βάλενταϊν άφησε στην άκρη το ραβδί του. «Όπως θες». Άρχισε να περπατάει, και ο Τζέις τον ακολούθησε μετά από λίγο, τρέχοντας σχεδόν για να τον προφτάσει. Ήξερε αρκετά καλά τον πατέρα του για να είναι σίγουρος ότι δεν θα γυρνούσε το κεφάλι για να βεβαιωθεί πως ο Τζέις ερχόταν πίσω του, αλλά θα το θεωρούσε δεδομένο και θα άρχιζε να μιλάει.

Είχε δίκιο. Μέχρι να φτάσει τον πατέρα του, ο Βάλενταϊν είχε ήδη αρχίσει να μιλάει. Είχε βάλει τα χέρια του πίσω από την πλάτη του και περπατούσε με μια άνετη, ανάλαφρη χάρη, ασυνήθιστη για τόσο μεγαλόσωμο άνδρα. Έγερνε εμπρός καθώς περπατούσε, σαν να τον ενοχλούσε ένας δυνατός αέρας.

«...αν θυμάμαι καλά» έλεγε ο Βάλενταϊν «ξέρεις καλά τον *Χαμένο Παράδεισο* του Μίλτον;»

«Με έβαλες να το διαβάσω μόνο δεκαπέντε φορές», είπε ο Τζέις. «Είναι καλύτερο να κυβερνάς ένα βασίλειο στην Κόλαση παρά να υπηρετείς στον Παράδεισο, και τα λοιπά και τα λοιπά...»

«*Non serviam*», είπε ο Βάλενταϊν. «Δεν θα υπηρετήσω ποτέ. Αυτό είχε γράψει ο Λούσιφερ στη σημαία του όταν έφυγε μαζί με τους εξεγερμένους αγγέλους του μακριά από μια διεφθαρμένη εξουσία».

«Τι θες να πεις; Ότι είσαι με την πλευρά του Διαβόλου;»

«Μερικοί λένε ότι και ο ίδιος ο Μίλτον ήταν με τη μεριά του Διαβόλου. Ο Σατανάς του είναι σίγουρα πιο ενδιαφέρων απ' το Θεό του». Είχαν σχεδόν φτάσει στο μπροστινό μέρος του πλοίου. Σταμάτησε και ακούμπησε στην κουπαστή.

Ο Τζέις τον έφτασε. Είχαν περάσει τις γέφυρες του Ιστ Ρίβερ και πήγαιναν προς την ανοιχτή θάλασσα προς το Στάτεν Άιλαντ και το Μανχάταν. Τα φώτα της περιοχής που αποτελούσε οικονομικό κέντρο έλαμπαν σαν μαγικό φως πάνω στο νερό. Ο ουρανός ήταν γεμάτος σκόρπια αστέρια, διαμαντόσκονη, και το ποτάμι έκρυβε τα μυστικά του κάτω από ένα γυαλιστερό μαύρο σεντόνι, που άνοιγε πότε πότε με μια αστραφτερή λάμψη που θα μπορούσε να είναι η ουρά ενός ψαριού... ή μιας γοργόνας. *Η πόλη μου*, σκέφτηκε ο Τζέις, δοκιμαστικά, αλλά οι λέξεις τού έφερναν και πάλι στο νου την Αλικάντε και τους κρυστάλλινους πύργους της, όχι τους ουρανοξύστες του Μανχάταν.

Μετά από λίγο, ο Βάλενταϊν είπε: «Γιατί είσαι εδώ, Τζόναθαν; Αναρωτήθηκα όταν σε είδα στη Σιωπηλή Πόλη αν το μίσος σου για μένα ήταν μη αναστρέψιμο. Είχα σχεδόν παραιτηθεί από σένα».

Το ύφος του ήταν ουδέτερο, σχεδόν όπως πάντα, αλλά είχε κάτι, όχι ευαισθησία, αλλά έστω κάτι σαν ειλικρινή περιέργεια, σαν να είχε συνειδητοποιήσει ότι ο Τζέις είχε την ικανότητα να τον εκπλήσσει.

Ο Τζέις κοίταξε προς το νερό. «Η Βασίλισσα της Αυλής των Σίιλι μού ζήτησε να σου κάνω μια ερώτηση», είπε. «Μου είπε να σε ρωτήσω τι αίμα τρέχει στις φλέβες μου».

Στο πρόσωπο του Βάλενταϊν απλώθηκε έκπληξη, σαν ένα χέρι που έσβησε κάθε άλλη έκφραση. «Μίλησες με τη Βασίλισσα;»

Ο Τζέις δεν είπε τίποτα.

«Έχουν τον τρόπο τους οι νεράιδες. Ό,τι λένε έχει περισσότερα από ένα νοήματα. Αν σε ξαναρωτήσει, πες της ότι έχεις το αίμα του Αρχαγγέλου».

«Όπως και κάθε Κυνηγός», είπε ο Τζέις απογοητευμένος. Ήλπιζε να πάρει μια καλύτερη απάντηση. «Δεν θα έλεγες ψέματα στη Βασίλισσα, έτσι δεν είναι;»

Η απάντηση του Βάλενταϊν ήταν κοφτή. «Όχι. Και εσύ δεν θα ερχόσουν ως εδώ μόνο και μόνο για να μου κάνεις αυτήν τη γελοία ερώτηση. Γιατί ήρθες εδώ, Τζόναθαν;»

«Ήθελα να μιλήσω με κάποιον». Δεν ήταν όσο καλός ήταν ο πατέρας του στο να ελέγχει τη φωνή του· άκουγε τον πόνο μέσα της, σαν μια πληγή κάτω απ' την επιφάνεια του δέρματος. «Οι Λάιτγουντ... είμαι ένας μπελάς γι' αυτούς, τίποτα περισσότερο. Ο Λουκ πρέπει να με μισεί ήδη. Η Ανακρίτρια θέλει να με σκοτώσει. Έκανα κάτι που πλήγωσε τον Άλεκ και δεν ξέρω τι».

«Και η αδερφή σου; Η Κλαρίσα;» ρώτησε ο Βάλενταϊν.

Γιατί πρέπει να τα καταστρέφεις όλα; «Ούτε αυτή είναι και πολύ ευχαριστημένη μαζί μου». Δίστασε. «Θυμήθηκα αυτό που μου είχες πει στην Πόλη των Νεκρών. Πως δεν είχες ποτέ την ευκαιρία να μου πεις την αλήθεια. Δεν σε εμπιστεύομαι», πρόσθεσε. «Θέλω να το ξέρεις αυτό. Αλλά σκέφτηκα ότι θα έπρεπε να σου δώσω μια ευκαιρία να μου εξηγήσεις το *γιατί*».

«Πρέπει να με ρωτήσεις κάτι παραπάνω από ένα απλό "γιατί", Τζόναθαν». Η φωνή του πατέρα του είχε μια χροιά που ξάφνιασε τον Τζέις, μια άγρια ταπεινότητα που έμοιαζε να σκληραίνει την αλαζονεία του όπως η φωτιά σκληραίνει το ατσάλι. «Υπάρχουν τόσα πολλά *γιατί*».

«Γιατί σκότωσες τους Σιωπηλούς Αδελφούς; Γιατί πήρες το Θανάσιμο Ξίφος; Τι σχεδιάζεις; Γιατί δεν σου έφτανε το Θανάσιμο Κύπελλο;» Ο Τζέις σταμάτησε πριν αρχίσει κι άλλες ερωτήσεις. *Γιατί με άφησες για δεύτερη φορά; Γιατί μου είπες ότι δεν ήμουνα πια γιος σου και μετά ξανάρθες να με βρεις;*

«Ξέρεις τι θέλω. Το Κονκλάβιο είναι απίστευτα διεφθαρμένο και πρέπει να καταστραφεί και να ξαναφτιαχτεί απ' την αρχή. Η Άιντρις πρέπει να ελευθερωθεί απ' την επιρροή των εκφυλισμένων φυλών και η γη να νικήσει τη δαιμονική απειλή».

«Ναι, αυτή η δαιμονική απειλή όμως...» είπε ο Τζέις, κοιτάζοντας γύρω του σαν να περίμενε να δει τη σκιά του Άγκραμον να καραδοκεί στη γωνία. «Νόμιζα ότι μισούσες τους δαίμονες. Τώρα τους χρησιμοποιείς σαν υπηρέτες. Τον Ράβενερ, τους Ντρέβακ, τον Άγκραμον... είναι *υπάλληλοί* σου. Φρουροί, μπάτλερ... πάω στοίχημα ότι έχεις και μάγειρα!»

Ο Βάλενταϊν χτύπησε ρυθμικά τα χέρια του στο κάγκελο. «Δεν είμαι φίλος των δαιμόνων», είπε. «Είμαι Νεφιλίμ, όσο κι αν θεωρώ ότι ο Κανονισμός είναι άχρηστος και ο Νόμος μια ψευτιά. Ένας άνδρας δεν χρειάζεται να συμφωνεί με την κυβέρνησή του για να είναι πατριώτης, έτσι δεν είναι; Πρέπει να είναι αληθινός πατριώτης όμως για να διαφωνήσει, να πει ότι αγαπάει την πατρίδα του περισσότερο από τη θέση του στην κοινωνική ιεραρχία. Εγώ σπιλώθηκα για την επιλογή μου, αναγκάστηκα να κρύβομαι, εξορίστηκα απ' την Άιντρις. Είμαι όμως, και θα είμαι για πάντα, Νεφιλίμ. Δεν μπορώ να αλλάξω το αίμα που κυλάει στις φλέβες μου ακόμα και να ήθελα... και δεν θέλω».

Εγώ όμως θέλω, σκέφτηκε ο Τζέις φέρνοντας στο μυαλό του την Κλέρι. Κοίταξε το σκοτεινό νερό και ήξερε ότι δεν ήταν έτσι. Να εγκαταλείψει το κυνήγι, τη μάχη, τη γνώση της δύναμής του, της ταχύτητας και των ικανοτήτων του: ήταν αδύνατον. Ήταν πολεμιστής. Δεν μπορούσε να είναι τίποτε άλλο.

«Εσύ;» ρώτησε ο Βάλενταϊν. Ο Τζέις γύρισε βιαστικά απ' την άλλη ενώ αναρωτιόταν αν ο πατέρας του μπορούσε να διαβάσει το πρόσωπό του. Τόσα χρόνια ήταν μόνο οι δυο τους. Κάποτε ήξερε το πρόσωπο του πατέρα του καλύτερα απ' το δικό του. Ο Βάλενταϊν ήταν το μόνο άτομο απ' το οποίο πίστευε ότι ποτέ δεν θα κατάφερνε να κρύψει τι ένιωθε. Ή μάλλον το πρώτο.

Μερικές φορές ένιωθε λες και η Κλέρι μπορούσε να δει μέσα του σαν να ήταν βιτρίνα.

«Όχι», είπε. «Δεν θέλω».

«Θα είσαι για πάντα Κυνηγός;»

«Είμαι» είπε ο Τζέις «αυτό που με έκανες».

«Ωραία», είπε ο Βάλενταϊν. «Αυτό ήθελα να ακούσω». Ακούμπησε στο κιγκλίδωμα και κοίταξε το νυχτερινό ουρανό. Στα ασημένια του μαλλιά είχε μια γκρίζα τούφα, ο Τζέις δεν την είχε προσέξει ποτέ. «Έχουμε πόλεμο», είπε ο Βάλενταϊν. «Η μόνη ερώτηση είναι: με ποιο μέρος είσαι;»

«Νόμιζα ότι ήμασταν όλοι μαζί. Νόμιζα ότι πολεμούσαμε ενάντια στους δαίμονες».

«Μακάρι να ήταν έτσι. Δεν καταλαβαίνεις ότι αν ένιωθα ότι το Κονκλάβιο είχε κατά νου το καλό του κόσμου, αν πίστευα πως έκαναν ό,τι καλύτερο μπορούν, μα τον Αρχάγγελο, τότε γιατί να τους πολεμήσω; Τι λόγο θα είχα;»

Την εξουσία, σκέφτηκε ο Τζέις, αλλά δεν είπε τίποτα. Δεν ήταν πια σίγουρος τι έπρεπε να πιστέψει και τι να πει.

«Αν το Κονκλάβιο συνεχίσει έτσι» είπε ο Βάλενταϊν «οι δαίμονες θα καταλάβουν την αδυναμία του και θα επιτεθούν, και το Κονκλάβιο, αποδυναμωμένο από τις ατέλειωτες κολακείες των εκφυλισμένων φυλών, δεν θα είναι σε θέση να αντισταθεί. Οι δαίμονες θα επιτεθούν και θα τους καταστρέψουν, και δεν θα μείνει τίποτα όρθιο».

Οι εκφυλισμένες φυλές. Οι λέξεις είχαν μια δυσάρεστη οικειότητα: θύμιζαν στον Τζέις την παιδική του ηλικία με ένα τρόπο που δεν ήταν τελείως δυσάρεστος. Όταν θυμόταν τον πατέρα του και την Άιντρις, στο μυαλό του ερχόταν πάντα η ίδια θολή ανάμνηση του καυτού ήλιου στο μεγάλο κήπο μπροστά στο εξοχικό τους και ενός μεγαλόσωμου άνδρα να σκύβει για να τον σηκώσει και να τον πάρει μέσα. Πρέπει να ήταν πολύ μικρός τότε, και δεν το είχε ξεχάσει ποτέ, ούτε το πώς μύριζε το γρασίδι, ούτε το πώς ο ήλιος έκανε τα μαλλιά του να μοιάζουν σαν φωτοστέφανο, ούτε το αίσθημα του πατέρα του να τον κουβαλάει, την αίσθηση ότι είναι ασφαλής.

«Ο Λουκ», είπε ο Τζέις με κάποια δυσκολία. «Ο Λουκ δεν είναι εκφυλισμένος».

«Ο Λούσιαν είναι διαφορετικός. Ήταν κάποτε Κυνηγός». Το ύφος του Βάλενταϊν ήταν επίπεδο και τελεσίδικο. «Δεν μιλάμε για συγκεκριμένα Πλάσματα του Σκότους, Τζόναθαν. Μιλάμε για την επιβίωση όλης της ζωής αυτού του πλανήτη. Ο Αρχάγγελος διάλεξε τους Νεφιλίμ για ένα λόγο. Είμαστε οι καλύτεροι σ' αυτό τον κόσμο και είμαστε προορισμένοι για να τον σώσουμε. Είμαστε ό,τι κοντινότερο έχει αυτός ο κόσμος σε Θεό, και πρέπει να χρησιμοποιήσουμε αυτήν τη δύναμη για να σώσουμε τον κόσμο από την καταστροφή, με κάθε κόστος».

Ο Τζέις ακούμπησε τους αγκώνες του στο κιγκλίδωμα. Έκανε κρύο εκεί έξω: ο ψυχρός αέρας περνούσε κάτω απ' τα ρούχα του και οι άκρες των δαχτύλων του είχαν μουδιάσει. Στο μυαλό του όμως έβλεπε τους πράσινους λόφους και το γαλάζιο νερό και τις χρωματιστές πέτρες του αρχοντικού των Γουέιλαντ.

«Η παράδοση λέει ότι ο Σατανάς είπε στην Εύα και στον Αδάμ "Θα είστε σαν θεοί" όταν τους μύησε στον πειρασμό. Και εκδιώχθηκαν απ' τον Παράδεισο για πάντα».

Μεσολάβησε μια παύση, και μετά από λίγο ο Βάλενταϊν άρχισε να γελάει. Είπε: «Βλέπεις, γι' αυτό σε χρειάζομαι, Τζόναθαν. Γιατί με προστατεύεις από το αμάρτημα της αλαζονείας».

«Υπάρχουν πολλές αμαρτίες», είπε ο Τζέις και γύρισε να κοιτάξει τον πατέρα του. «Δεν απάντησες στην ερώτησή μου για τους δαίμονες, πατέρα. Πώς δικαιολογείς το ότι τους καλείς, ότι σχετίζεσαι μαζί τους; Σκοπεύεις να τους στείλεις ενάντια στο Κονκλάβιο;»

«Φυσικά», είπε ο Βάλενταϊν, χωρίς να διστάσει, χωρίς να σκεφτεί ότι μοιράζεται τα σχέδιά του με κάποιον που ίσως τα μοιραστεί με τους εχθρούς του. Τίποτα δεν μπορούσε να ταράξει περισσότερο τον Τζέις από τη βεβαιότητα της νίκης που είχε ο πατέρας του. «Το Κονκλάβιο δεν καταλαβαίνει με τη λογική, μόνο με τη βία. Προσπάθησα να φτιάξω ένα στρατό από Καταραμένους· με το Κύπελλο θα μπορούσα να φτιάξω ένα στρατό από νέους Κυνηγούς, αλλά αυτό θέλει πολύ χρόνο, κι εγώ δεν έχω τόσο χρόνο. *Εμείς*, η ανθρώπινη φυλή, δεν έχουμε χρόνο. Με το Ξίφος μπορώ να καλέσω μια πειθήνια δύναμη από δαίμονες. Θα με υπηρετούν σαν εργαλεία, θα κάνουν ό,τι θέλω εγώ. Δεν θα έχουν επιλογή. Και όταν τελειώσω, θα τους διατάξω να αυτοκαταστραφούν, και αυτοί θα το κάνουν». Η φωνή του ήταν τελείως ανέκφραστη.

Ο Τζέις έσφιγγε το σίδερο της κουπαστής τόσο σφιχτά, που τα χέρια του είχαν αρχίσει να πονάνε. «Δεν μπορείς να σφάξεις όλους τους Κυνηγούς που θα σου αντισταθούν. Αυτό είναι σκέτος φόνος».

«Δεν θα χρειαστεί. Όταν το Κονκλάβιο καταλάβει τη δύναμη που έχει παραταχθεί εναντίον του, θα υποχωρήσει. Δεν θα θέλουν να αυτοκτονήσουν. Και υπάρχουν και κάποιοι ανάμεσά τους που με υποστηρίζουν». Δεν είχε καμία αλαζονεία στη φωνή του, μόνο μια ήρεμη βεβαιότητα. «Θα εμφανιστούν όταν έρθει η κατάλληλη στιγμή».

«Νομίζω ότι υποτιμάς το Κονκλάβιο», είπε ο Τζέις προσπαθώντας να διατηρήσει τη φωνή του ήρεμη. «Νομίζω ότι δεν έχεις καταλάβει πόσο πολύ σε μισούν».

«Το μίσος δεν είναι τίποτα σε σύγκριση με την ανάγκη για επιβίωση». Ο Βάλενταϊν έβαλε το χέρι του στη ζώνη του, όπου γυάλιζε η λαβή του Ξίφους. «Αλλά δεν χρειάζεται να με πιστέψεις. Σου είπα ότι ήθελα να σου δείξω κάτι. Ορίστε».

Έβγαλε το Ξίφος από τη θήκη του και το έδωσε στον Τζέις. Ο Τζέις είχε ξαναδεί το Μαελάρταχ στην Πόλη των Νεκρών, να κρέμεται στον τοίχο στην Αίθουσα των Ομιλούντων Άστρων. Και είχε δει τη λαβή του να εξέχει από τη θήκη που κρεμόταν στον ώμο του Βάλενταϊν, αλλά δεν το είχε δει ποτέ από κοντά. *Το Ξίφος του Αρχαγγέλου*. Ήταν από βαρύ, σκούρο ασήμι και έλαμπε με μια θολή λάμψη. Το φως έμοιαζε να πέφτει και να γλιστράει πάνω του σαν να ήταν φτιαγμένο από νερό. Η λαβή του έβγαζε ένα φλογερό ρόδινο φως.

«Πολύ ωραίο», είπε ο Τζέις, που το στόμα του είχε στεγνώσει.

«Θέλω να το κρατήσεις», είπε ο πατέρας του και του το έδωσε με τον ίδιο τρόπο που του είχε μάθει: πρώτα τη λαβή. Το Ξίφος έμοιαζε να γυαλίζει στο σκοτάδι.

Ο Τζέις δίστασε. «Δεν νομίζω...»

«Πάρ' το». Ο Βάλενταϊν το έβαλε στα χέρια του.

Τη στιγμή που ο Τζέις έσφιξε το χέρι του στη λαβή του, μια ακτίνα φωτός ξεχύθηκε από τη λαβή και απλώθηκε στη λεπίδα του. Ο Τζέις κοίταξε τον πατέρα του, αλλά ο Βάλενταϊν ήταν ανέκφραστος.

Ένας οξύς πόνος διαπέρασε το χέρι του μέχρι το στήθος του. Δεν ήταν τόσο το βάρος του ξίφους –δεν ήταν και τόσο βαρύ. Ήταν κάτι που έμοιαζε να θέλει να τον τραβήξει κάτω, μέσα απ' το πλοίο, μέσα απ' το πράσινο νερό του ωκεανού, μέσα απ' τον ίδιο το φλοιό της γης. Ο Τζέις ένιωσε να του κόβεται η ανάσα. Σήκωσε με δύναμη το κεφάλι του και κοίταξε προς τα πάνω...

Και είδε ότι η νύχτα είχε αλλάξει. Ένα γυαλιστερό δίχτυ από λεπτές χρυσές κλωστές είχε σκεπάσει τον ουρανό και τα αστέρια έλαμπαν πίσω του, δυνατά, σαν χρυσά καρφιά, καρφωμένα στο σκοτάδι. Ο Τζέις είδε τον ορίζοντα να γλιστράει μακριά του και για μια στιγμή ένιωσε συγκλονισμένος απ' αυτή την ομορφιά. Ο νυχτερινός ουρανός έμοιαζε να σπάει στα δυο σαν γυαλί, ενώ μέσα απ' το άνοιγμα όρμησε μια ορδή μαύρων μορφών, σκυφτών και παραμορφωμένων, καμπουριασμένων και δίχως πρόσωπα, που ούρλιαζαν μια αθόρυβη κραυγή που έκαιγε το μυαλό του. Ένας παγερός άνεμος τον μαστίγωσε καθώς άλογα με έξι πόδια πέρασαν από μπροστά του, με τις οπλές τους να πετάνε ματωμένες σπίθες στο κατάστρωμα. Τα πλάσματα που μόλις είχε δει ήταν απερίγραπτα. Από πάνω του τους κύκλωναν φτερωτά πλάσματα δίχως μάτια, με δέρμα στα φτερά, τσιρίζοντας και στάζοντας μια φαρμακερή πράσινη γλίτσα.

Ο Τζέις έσκυψε στην κουπαστή, θέλοντας να κάνει εμετό, με το ξίφος ακόμη στο χέρι. Από κάτω τους, το νερό κόχλαζε με δαίμονες σαν δηλητηριώδης σούπα. Είδε πλάσματα με μυτερά οστά και κατακόκκινα τεράστια μάτια να παλεύουν με τα γυαλιστερά μαύρα πλοκάμια που τα τραβούσαν σε μια δίνη προς το βυθό. Μια γοργόνα είχε πιαστεί στη λαβή μιας αράχνης με δέκα πόδια και πάλευε ανήμπορη να της ξεφύγει, ενώ εκείνη έχωνε αλύπητα τα μυτερά της δόντια στην ουρά της, με μάτια κατακόκκινα και λαμπερά σαν χάντρες από αίμα.

Το Ξίφος έπεσε από το χέρι του Τζέις και χτύπησε με κρότο στο κατάστρωμα. Ξαφνικά, ο ήχος και το όραμα εξαφανίστηκαν και η νύχτα έμεινε σιωπηλή. Κρεμάστηκε στην κουπαστή, κοιτάζοντας κάτω τη θάλασσα, χωρίς να πιστεύει στα μάτια του. Ήταν άδεια, μόνο νερό και άνεμος.

«Τι ήταν αυτό;» ψιθύρισε ο Τζέις. Ο λαιμός του ήταν τραχύς, σαν να τον είχε τρίψει με γυαλόχαρτο. Κοίταξε ταραγμένος τον πατέρα του, που είχε σκύψει για να πιάσει το Ξίφος των Ψυχών από το κατάστρωμα, όπου το είχε ρίξει ο Τζέις. «Είναι οι δαίμονες που έχεις καλέσει;»

«Όχι», είπε ο Βάλενταϊν καθώς έβαζε το Μαελάρταχ στη θήκη του. «Αυτοί είναι οι δαίμονες που έχει προσελκύσει στα όρια αυτού του κόσμου το Ξίφος. Έφερα εδώ το πλοίο μου γιατί οι αντιστάσεις σ' αυτό το σημείο δεν είναι τόσο δυνατές. Αυτό που είδες είναι ο στρατός μου, που περιμένει στην άλλη πλευρά των συνόρων –περιμένει τη διαταγή μου». Τα μάτια του ήταν σοβαρά «Πιστεύεις ακόμη ότι το Κονκλάβιο θα αντισταθεί;»

Ο Τζέις έκλεισε τα μάτια του. «Μερικοί ναι. Οι Λάιτγουντ, ας πούμε...»

«Μπορείς να τους πείσεις εσύ. Αν έρθεις με το μέρος

μου, ορκίζομαι ότι δεν θα τους συμβεί τίποτα κακό».

Το σκοτάδι πίσω από τα μάτια του Τζέις είχε αρχίσει να γίνεται κόκκινο. Φανταζόταν τις στάχτες του παλιού σπιτιού του Βάλενταϊν, τα μαυρισμένα κόκαλα των παππούδων που δεν είχε γνωρίσει ποτέ. Τώρα έβλεπε άλλα πρόσωπα. Τον Άλεκ, την Ίζαμπελ, τον Μαξ. Την Κλέρι.

«Τους έχω πληγώσει ήδη τόσο πολύ με τις πράξεις μου», ψιθύρισε. «Δεν θέλω να πάθουν τίποτα. Τίποτα».

«Φυσικά. Καταλαβαίνω». Ο Τζέις συνειδητοποίησε ότι ο Βάλενταϊν *όντως* τον καταλάβαινε, με κάποιο τρόπο είχε αντιληφθεί αυτό που κανείς άλλος δεν καταλάβαινε. «Νομίζεις ότι φταις εσύ για όλα, για όλα τα κακά που έχουν βρει τους φίλους, την οικογένειά σου».

«*Εγώ* φταίω».

«Έχεις δίκιο. Εσύ φταις». Τότε ο Τζέις σήκωσε το κεφάλι του με απίστευτη έκπληξη. Έκπληξη που ο πατέρας του συμφώνησε μαζί του με τρόμο και ανακούφιση.

«Αλήθεια;»

«Φυσικά δεν το έκανες επίτηδες. Είσαι όμως σαν εμένα. Δηλητηριάζουμε και πληγώνουμε όποιον αγαπάμε. Υπάρχει ένας λόγος γι' αυτό».

«Τι λόγος;»

Ο Βάλενταϊν κοίταξε τον ουρανό. «Είμαστε φτιαγμένοι για κάτι μεγαλύτερο, εσύ κι εγώ. Οι αντιπερισπασμοί αυτού του κόσμου είναι απλώς αυτό... αντιπερισπασμοί. Αν αφήσουμε τον εαυτό μας να παρεκκλίνει απ' την πορεία του, τιμωρούμαστε σκληρά».

«Και η τιμωρία μας είναι να πληγώνουμε όποιον βρεθεί κοντά μας; Αυτό είναι σκληρό για *εκείνους*».

«Η μοίρα δεν είναι δίκαιη. Έχεις παρασυρθεί από ένα ρεύμα πολύ πιο δυνατό από εσένα, Τζόναθαν· αν παλέψεις εναντίον του, θα σε πνίξει, κι εσένα και όσους προσπαθήσουν να σε σώσουν. Ακολούθησε τη φορά του και θα σωθείς».

«Η Κλέρι…»

«Η αδερφή σου δεν θα πάθει τίποτα αν έρθεις μαζί μου. Θα έφτανα μέχρι τα πέρατα του κόσμου για να την προστατεύσω. Θα την πάρω στην Άιντρις, όπου θα είναι ασφαλής. Σου το υπόσχομαι».

«Ο Άλεκ, η Ίζαμπελ, ο Μαξ…»

«Τα παιδιά των Λάιτγουντ θα έχουν την προστασία μου».

«Ο Λουκ…» είπε σιγανά ο Τζέις.

Ο Βάλενταϊν δίστασε. «Όλοι οι φίλοι σου θα είναι ασφαλείς. Γιατί δεν με πιστεύεις, Τζόναθαν; Αυτός είναι ο μόνος τρόπος για να τους σώσεις. Σου το ορκίζομαι».

Ο Τζέις δεν μπορούσε να μιλήσει. Έκλεισε ξανά τα μάτια του. Μέσα του, το κρύο του φθινοπώρου πάλευε με την ανάμνηση του καλοκαιριού.

«Πήρες την απόφασή σου;» είπε ο Βάλενταϊν. Ο Τζέις δεν τον έβλεπε, αλλά καταλάβαινε την επιτακτική ερώτησή του. Έμοιαζε να ανυπομονεί.

Άνοιξε τα μάτια του. Το φως των αστεριών ήταν μια λευκή φλόγα στις κόρες των ματιών του. Για μια στιγμή δεν έβλεπε τίποτα. «Ναι, Πατέρα. Πήρα την απόφασή μου».

Μέρος Τρίτο

Η Ημέρα της Κρίσης

Ημέρα της κρίσης, φλόγα και φωτιά
Ο μάντης και η Σίβυλλα μιλάνε για πάθη
Όλος ο κόσμος γίνεται στάχτη

—Αβραάμ Κόουλς

14

ατρομητος

Όταν ξύπνησε η Κλέρι, δυνατό φως έμπαινε από τα παράθυρα, ενώ στο μάγουλό της ένιωθε έναν οξύ πόνο. Γυρνώντας ανάσκελα, κατάλαβε ότι την είχε πάρει ο ύπνος πάνω στο μπλοκ της ζωγραφικής της, ενώ η γωνία του πίεζε το πρόσωπό της. Είχε ρίξει και το στυλό της πάνω στο πάπλωμα, και στο ύφασμα είχε απλωθεί ένας μαύρος λεκές. Ανακάθισε με ένα βογκητό, έτριψε το μάγουλό της και έτρεξε να κάνει ένα ντους.

Το μπάνιο είχε κάμποσα ίχνη από τα γεγονότα της προηγούμενης ημέρας: ματωμένα πανιά πεταμένα στα σκουπίδια και μια κηλίδα ξεραμένου αίματος στο νεροχύτη. Η Κλέρι μπήκε στο μπάνιο ανατριχιάζοντας, παίρνοντας μαζί της ένα μπουκαλάκι αφρόλουτρο με άρωμα φρούτων του δάσους, αποφασισμένη να τρίψει κάθε ίχνος άγχους και ανησυχίας.

Έπειτα, τυλιγμένη σε ένα μπουρνούζι του Λουκ, με τα μαλλιά της τυλιγμένα σε μια πετσέτα, άνοιξε την πόρτα και βρήκε τον Μάγκνους να περιμένει ανυπόμονα απ' έξω, κρατώντας στο ένα του χέρι μια πετσέτα και στο άλλο τα γυαλιστερά μαλλιά του. Πρέπει να τον είχε πάρει κι αυτόν ο ύπνος, σκέφτηκε η Κλέρι, γιατί τα μαλλιά του ήταν πατημένα απ' τη μια μεριά. «Γιατί κάνετε τόση ώρα στο μπάνιο εσείς τα κορίτσια;» μουρμούρισε. «Θνητές, Κυνηγοί, Γυναίκες μάγοι, όλες ίδιες είστε. Έχω γεράσει να περιμένω».

Η Κλέρι βγήκε και τον άφησε να περάσει. «Πόσων χρονών είσαι, αλήθεια;» ρώτησε με περιέργεια.

Ο Μάγκνους τής έκλεισε το μάτι. «Ήμουν ζωντανός όταν η Νεκρή Θάλασσα δεν ήταν παρά μια τόσο δα λιμνούλα».

Η Κλέρι γούρλωσε τα μάτια της.

Ο Μάγκνους τής έκανε νόημα να ξεκουμπιστεί. «Κούνα τον πισινό σου. Πρέπει να μπω για μπάνιο. Τα μαλλιά μου είναι χάλια».

«Μην τελειώσεις όλο το αφρόλουτρό μου, είναι ακριβό!» φώναξε η Κλέρι και πήγε στην κουζίνα. Έψαξε για φίλτρα και άναψε την καφετιέρα. Η οικεία μυρωδιά του καφέ και το γουργουρητό της μηχανής κατέπνιξαν και το τελευταίο ίχνος ανησυχίας. Όσο υπήρχε στον κόσμο καφές, πόσο άσχημα μπορεί να ήταν τα πράγματα;

Πήγε πίσω στο δωμάτιό της για να ντυθεί. Μετά από δέκα λεπτά, με το τζιν και το ριγέ πράσινο και μπλε μπλουζάκι της, πήγε στο σαλόνι για να ξυπνήσει τον Λουκ. Εκείνος ανακάθισε με ένα βογκητό, τα μαλλιά ανακατεμένα και το πρόσωπο πρησμένο απ' τον ύπνο.

«Πώς είσαι;» τον ρώτησε η Κλέρι προσφέροντάς του ένα φλιτζάνι αχνιστό καφέ.

«Τώρα καλύτερα», είπε ο Λουκ και κοίταξε το σκισμένο του μπλουζάκι, που ήταν λεκιασμένο από ξεραμένο αίμα. «Πού είναι η Μάγια;»

«Κοιμάται στο δωμάτιό σου, δεν θυμάσαι; Της είπες να κοιμηθεί εκεί», είπε η Κλέρι και έκατσε στο μπράτσο του καναπέ.

Ο Λουκ έτριψε τα νυσταγμένα του μάτια. «Δεν θυμάμαι και πολλά από χθες», παραδέχθηκε. «Θυμάμαι να βγαίνω έξω και μετά όχι και πολλά».

«Έξω υπήρχαν κι άλλοι δαίμονες. Σου επιτέθηκαν, αλλά ο Τζέις κι εγώ τους τακτοποιήσαμε».

«Κι άλλοι Ντρέβακ;»

«Όχι», είπε απρόθυμα η Κλέρι. «Ο Τζέις τους είπε Ράουμ».

«Ράουμ;» Ο Λουκ ανακάθισε. «Αυτό είναι σοβαρό. Οι Ντρέβακ είναι επικίνδυνοι, αλλά εντάξει, οι Ράουμ...»

«Δεν πειράζει», είπε η Κλέρι. «Τους ξεφορτωθήκαμε».

«Εσείς; Ή ο Τζέις; Κλέρι, δεν θέλω να...»

«Δεν έγινε έτσι», είπε η Κλέρι. «Βασικά...»

«Ο Μάγκνους δεν ήταν εδώ; Γιατί δεν ήρθε μαζί σας;» τη διέκοψε ο Λουκ εμφανώς αναστατωμένος.

«Γιατί θεράπευα τη Μάγια, γι' αυτό», είπε ο Μάγκνους, που μπήκε στο σαλόνι μυρίζοντας έντονα φρούτα του δάσους. Τα μαλλιά του ήταν τυλιγμένα σε μια πετσέτα και φορούσε μια μπλε σατέν φόρμα με ασημένιες γραμμές στο παντελόνι. «Ωραία ευγνωμοσύνη».

«Σε ευγνωμονώ», είπε ο Λουκ, που έδειχνε απ' τη μια θυμωμένος κι απ' την άλλη έτοιμος να βάλει τα γέλια. «Απλώς, αν είχε συμβεί οτιδήποτε στην Κλέρι...»

«Η Μάγια θα πέθαινε αν έβγαινα έξω μαζί τους», είπε ο Μάγκνους και βούλιαξε σε μια καρέκλα. «Η Κλέρι και ο Τζέις τακτοποίησαν μια χαρά και μόνοι τους τούς δαίμονες, έτσι δεν είναι, Κλέρι;»

Εκείνη δίστασε. «Βασικά, αυτό είναι το θέμα...»

«Ποιο είναι το θέμα;» είπε η Μάγια, που φορούσε ακόμη τα ρούχα από την προηγούμενη μέρα, με ένα φούτερ του Λουκ πάνω από το μπλουζάκι της. Διέσχισε το δωμάτιο και έκατσε απαλά σε μια καρέκλα. «Καφές είναι αυτό που μυρίζω;» είπε σουφρώνοντας γεμάτη ελπίδα τη μύτη της.

Πραγματικά, σκέφτηκε η Κλέρι, ήταν ανάγκη να είναι τόσο όμορφη και με καμπύλες; Λυκάνθρωπος ήταν, θα έπρεπε να είναι μεγαλόσωμη και τριχωτή, με τρίχες στα αφτιά. *Γι' αυτό*, σκέφτηκε μετά, *δεν έχω καμία φίλη κοπέλα και περνάω όλο το χρόνο μου με τον Σάιμον. Πρέπει να το ξεπεράσω.* Σηκώθηκε όρθια. «Θες να σου βάλω λίγο;»

«Ναι, αμέ», είπε η Μάγια. «Με ζάχαρη και γάλα!» φώναξε καθώς η Κλέρι πήγαινε προς την κουζίνα, αλλά όταν επέστρεψε, με ένα αχνιστό φλιτζάνι στο χέρι, το κορίτσι έκανε μια γκριμάτσα. «Δεν θυμάμαι καθόλου τι έγινε χτες το βράδυ» είπε «αλλά κάτι έγινε με τον Σάιμον, κάτι που με ενόχλησε...»

«Ναι, και πήγες να τον σκοτώσεις», είπε η Κλέρι και έκατσε στον καναπέ. «Μήπως αυτό;»

Η Μάγια χλώμιασε και κοίταξε τον καφέ της. «Το είχα ξεχάσει. Είναι βρικόλακας τώρα». Κοίταξε την Κλέρι. «Δεν ήθελα να του κάνω κακό. Απλώς...»

«Ναι;» ρώτησε η Κλέρι ανασηκώνοντας τα φρύδια της. «Απλώς τι;»

Η Μάγια κοκκίνισε. Άφησε τον καφέ της στο τραπεζάκι δίπλα της.

«Μήπως θέλεις να ξαπλώσεις;» τη ρώτησε ο Μάγκνους. «Κάνει καλό όταν συνειδητοποιείς ξαφνικά τις φρικτές σου πράξεις».

Τα μάτια της Μάγια γέμισαν με δάκρυα. Η Κλέρι κοίταξε έντρομη τον Μάγκνους, ο οποίος έδειχνε εξίσου αποσβολωμένος, και μετά τον Λουκ. «*Κάνε κάτι*», του είπε πνιχτά. Ο Μάγκνους μπορεί να ήταν ο μάγος που μπορούσε να θεραπεύσει θανάσιμες πληγές με λίγη μπλε φωτιά, αλλά ο Λουκ ήταν σίγουρα πιο κατάλληλος για να αντιμετωπίσει μια έφηβη έτοιμη να βάλει τα κλάματα.

Ο Λουκ άρχισε να μετακινεί την κουβέρτα του για να σηκωθεί, αλλά πριν προλάβει να σταθεί στα πόδια του, χτύπησε με δύναμη η πόρτα και μέσα μπήκε ο Τζέις, και από πίσω ο Άλεκ, ο οποίος κρατούσε ένα λευκό κουτί. Ο Μάγκνους έβγαλε βιαστικά την πετσέτα από τα μαλλιά του και την πέταξε πίσω απ' την πολυθρόνα. Χωρίς το ζελέ και τη χρυσόσκονη, τα μαλλιά του ήταν σκούρα και ίσια και έφταναν ως τους ώμους του.

Τα μάτια της Κλέρι έπεσαν κατευθείαν στον Τζέις, όπως πάντα, σαν να μην μπορούσε να κάνει αλλιώς, αλλά τουλάχιστον κανείς δεν έδειξε να το προσέχει. Ο Τζέις έμοιαζε κουρασμένος, νευρικός και ζωηρός, αλλά και εξαντλημένος ταυτόχρονα, ενώ τα μάτια του ήταν γκρίζα γύρω γύρω. Την κοίταξαν ανέκφραστα και μετά σταμάτησαν πάνω στη Μάγια, που έκλαιγε σιωπηλά και δεν είχε προσέξει ότι μπήκαν μέσα. «Όλοι έχουμε καλή διάθεση, βλέπω», παρατήρησε ο Τζέις. «Πώς πάει το ηθικό;»

Η Μάγια σκούπισε τα μάτια της. «Γαμώτο» είπε «μου τη δίνει να κλαίω μπροστά σε Κυνηγούς».

«Τότε, πήγαινε κλάψε σε άλλο δωμάτιο», είπε ο Τζέις παγερά. «Σίγουρα δεν μπορούμε να σε έχουμε να ρουφάς τη μύτη σου εδώ πέρα ενώ συζητάμε».

«Τζέις», είπε ο Λουκ προειδοποιητικά, αλλά η Μάγια είχε ήδη σηκωθεί όρθια και πήγαινε προς την κουζίνα απρόθυμα.

Η Κλέρι στράφηκε στον Τζέις. «Δεν συζητούσαμε κάτι».

«Θα συζητήσουμε τώρα», είπε ο Τζέις και έκατσε στο σκαμπό του πιάνου, απλώνοντας τα μακριά του πόδια. «Καταρχάς, ο Μάγκνους θέλει να με κατσαδιάσει, σωστά;»

«Ναι», είπε ο Μάγκνους, παίρνοντας το βλέμμα του απ' τον Άλεκ και κάνοντας μια αποδοκιμαστική γκριμάτσα στον Τζέις. «Πού στο καλό ήσουνα; Νόμιζα ότι το είχαμε ξεκαθαρίσει ότι θα έμενες μέσα στο σπίτι».

«Εγώ νόμιζα ότι δεν μπορούσε να κάνει αλλιώς», είπε η Κλέρι. «Νόμιζα ότι *έπρεπε* να μείνει όπου ήσουν κι εσύ. Ότι είχες κάνει κάποιο ξόρκι».

«Κανονικά ναι» είπε εκνευρισμένος ο Μάγκνους «αλλά χθες το βράδυ, μετά από όλα όσα έκανα, η μαγεία μου είχε... εξασθενίσει».

«Εξασθενίσει;»

«Ναι». Ο Μάγκνους έμοιαζε πιο εξαγριωμένος από ποτέ. «Ούτε ο Μέγας Μάγος του Μπρούκλιν δεν έχει ανεξάντλητα αποθέματα. Άνθρωπος είμαι στο κάτω κάτω. Εντάξει, μισός άνθρωπος», διόρθωσε τον εαυτό του.

«Ναι, αλλά πρέπει να ήξερες ότι οι δυνάμεις σου είχαν εξασθενίσει» είπε ο Λουκ αρκετά αμείλικτα «έτσι δεν είναι;»

«Ναι, και έβαλα το παλιοτόμαρο να μου ορκιστεί ότι θα έμενε στο σπίτι», είπε ο Μάγκνους και αγριοκοίταξε τον Τζέις. «Αλλά τώρα ξέρω ότι οι διάσημοι όρκοι των Κυνηγών δεν σημαίνουν τίποτα τελικά».

«Πρέπει να ξέρεις πώς να με κάνεις να ορκιστώ», είπε ο Τζέις ατάραχος. «Μόνο ένας όρκος στον Αρχάγγελο έχει σημασία για μας».

«Έτσι είναι», είπε ο Άλεκ. Ήταν η πρώτη κουβέντα που έλεγε από τη στιγμή που μπήκε στο σπίτι.

«Και βέβαια είναι έτσι», είπε ο Τζέις και έπιασε το φλιτζάνι του καφέ που δεν είχε αγγίξει η Μάγια. Ήπιε μια γουλιά και έκανε μια γκριμάτσα. «Ζάχαρη!»

«Πού ήσουν χτες το βράδυ;» ρώτησε ο Μάγκνους με ξινό ύφος. «Με τον Άλεκ;»

«Δεν μπορούσα να κοιμηθώ και πήγα μια βόλτα», είπε ο Τζέις. «Όταν γύρισα, έπεσα πάνω σ' αυτόν το θλιβερό τύπο που περίμενε στη βεράντα».

Το πρόσωπο του Μάγκνους φωτίστηκε. «Ήσουν εδώ όλο το βράδυ;» ρώτησε τον Άλεκ.

«Όχι», είπε ο Άλεκ. «Πήγα σπίτι και ξαναήρθα. Άλλαξα και ρούχα».

Τον κοίταξαν όλοι. Ο Άλεκ φορούσε ένα σκούρο φούτερ και τζιν, δηλαδή ακριβώς ό,τι και την προηγούμενη μέρα. Η Κλέρι αποφάσισε να του δώσει το δικαίωμα της αμφιβολίας. «Τι έχει το κουτί;» ρώτησε.

«Α! Ναι!» Ο Άλεκ κοίταξε το κουτί σαν να το είχε ξεχάσει. «Ντόνατς!» Το άνοιξε και το έβαλε στο τραπεζάκι του σαλονιού. «Θέλει κανείς;»

Από ό,τι φάνηκε, ήθελαν όλοι. Ο Τζέις ήθελε και δεύτερο. Όταν καταβρόχθισε το ντόνατ που του έδωσε η Κλέρι, ο Λουκ έδειξε χωρίς υπερβολή να αναζωογονείται. Τίναξε την κουβέρτα του και ανακάθισε στον καναπέ. «Ένα πράγμα δεν καταλαβαίνω», είπε.

«Μόνο ένα; Εσύ είσαι πολύ πιο μπροστά από μας», είπε ο Τζέις.

«Εσείς οι δύο με ακολουθήσατε όταν άργησα να γυρίσω», είπε ο Λουκ κοιτώντας την Κλέρι και τον Τζέις.

«Τρεις», είπε η Κλέρι. «Ήρθε και ο Σάιμον».

Ο Λουκ έδειξε να πονάει. «Ωραία. Τρεις. Και οι δαίμονες ήταν δύο, αλλά η Κλέρι μού είπε ότι δεν τους σκοτώσατε. Τι έγινε;»

«Εγώ θα είχα σκοτώσει το δικό μου, αλλά μου ξέφυγε», είπε ο Τζέις. «Αλλιώς...»

«Γιατί, όμως;» ρώτησε ο Άλεκ. «Ήταν δύο και ήσασταν τρεις, μήπως γι' αυτό;»

«Μην με παρεξηγήσετε, αλλά ο μόνος που φαίνεται αξιόμαχος από τους τρεις είναι ο Τζέις», είπε ο Μάγκνους. «Ένας Κυνηγός χωρίς καθόλου εκπαίδευση και ένας φοβισμένος βρικόλακας...»

«Νομίζω ότι εγώ ήμουν», είπε η Κλέρι. «Ότι εγώ τον τρόμαξα...»

Ο Μάγκνους την κοίταξε. «Όπως είπα...»

«Δεν εννοώ επειδή είμαι τόσο τρομακτική», είπε η Κλέρι. «Νομίζω ότι ήταν αυτό». Σήκωσε το χέρι της και τους έδειξε το ρούνο στο εσωτερικό του μπράτσου της.

Ξαφνικά έπεσε σιωπή. Ο Τζέις την κοίταξε με σταθερό βλέμμα και μετά γύρισε από την άλλη. Ο Άλεκ ανοιγόκλεινε τα μάτια του και ο Λουκ έδειχνε έκπληκτος. «Δεν το έχω ξαναδεί ποτέ αυτό το Σημάδι», είπε τελικά. «Εσείς;»

«Όχι», είπε ο Μάγκνους. «Αλλά δεν μου αρέσει».

«Δεν είμαι σίγουρη τι είναι ή τι σημαίνει», είπε η Κλέρι. «Και δεν είναι από το Γκρι βιβλίο».

«Όλοι οι ρούνοι είναι από το Γκρι βιβλίο», είπε ο Τζέις

κοφτά.

«Αυτός όχι», είπε η Κλέρι. «Τον είδα σε ένα όνειρο».

«Όνειρο;» Ο Τζέις έμοιαζε να έχει θυμώσει, σαν να τον προσέβαλε. «Πού το πας, Κλέρι;»

«Δεν το πάω πουθενά. Θυμάσαι όταν ήμασταν στην Αυλή των Σίιλι...»

Ο Τζέις έκανε λες και τον χαστούκισε. Η Κλέρι συνέχισε, πριν προλάβει να της πει τίποτα.

«...και η Βασίλισσα είπε ότι ήμασταν πειραματόζωα; Ότι ο Βάλενταϊν είχε κάνει... είχε κάνει κάποια πράγματα... για να μας κάνει διαφορετικούς, ιδιαίτερους; Είπε ότι εγώ είχα το χάρισμα των ανείπωτων λέξεων και εσύ το ίδιο το δώρο του Αρχαγγέλου».

«Βλακείες μιας νεράιδας».

«Οι νεράιδες δεν λένε ψέματα, Τζέις. Οι Ανείπωτες λέξεις... είναι οι ρούνοι. Ο καθένας έχει ένα διαφορετικό νόημα, σαν λέξεις δίχως όμως ήχο». Συνέχισε, αγνοώντας το δύσπιστο βλέμμα του. «Θυμάσαι που με ρώτησες πώς σε είχα βγάλει απ' το κελί στη Σιωπηλή Πόλη; Σου είπα ότι χρησιμοποίησα έναν απλό ρούνο Ανοίγματος...»

«Μόνο;» ρώτησε έκπληκτος ο Άλεκ. Μπήκα μετά από σένα και ήταν λες και κάποιος είχε τινάξει την πόρτα στον αέρα.

«Και ο ρούνος μου δεν άνοιξε μόνο την πόρτα», είπε η Κλέρι. «Ξεκλείδωσε τα πάντα μέσα στο κελί. Έσπασε και τις χειροπέδες του Τζέις». Πήρε μια ανάσα. «Νομίζω ότι η Βασίλισσα εννοούσε ότι μπορώ να ζωγραφίζω ρούνους πιο δυνατούς από τους συνηθισμένους. Ίσως και να φτιάχνω καινούριους».

Ο Τζέις κούνησε το κεφάλι του. «Κανείς δεν μπορεί να φτιάξει καινούριους ρούνους».

«Ίσως και να μπορεί, Τζέις», είπε ο Άλεκ σκεπτικός. «Είναι αλήθεια ότι κανείς μας δεν έχει ξαναδεί το Σημάδι που έχει στο χέρι της».

«Ο Άλεκ έχει δίκιο», είπε ο Λουκ. «Κλέρι, πας να φέρεις το μπλοκ σου;»

Τον κοίταξε με κάποια έκπληξη. Τα γκριζογάλανα μάτια του ήταν κουρασμένα, λίγο πρησμένα, αλλά είχε την ίδια σταθερή έκφραση όπως όταν η Κλέρι ήταν έξι χρονών και της είχε υποσχεθεί ότι αν σκαρφάλωνε στο ψηλότερο σκαλί του κάστρου στο πάρκο θα ήταν πάντα από κάτω για να την πιάσει αν πέσει. Και πάντα ήταν.

«Εντάξει», είπε. «Έρχομαι».

Για να πάει στο δωμάτιό της, η Κλέρι έπρεπε να περάσει απ' την κουζίνα, όπου βρήκε τη Μάγια να κάθεται σε ένα σκαμπό, με περίλυπο ύφος. «Κλέρι», είπε και κατέβηκε απ' το σκαμπό. «Να σου πω λίγο;»

«Πάω απλώς να πάρω κάτι από το δωμάτιό μου...»

«Άκου, ήθελα να σου ζητήσω συγγνώμη γι' αυτό που έγινε με τον Σάιμον. Ήμουν σε κατάσταση σοκ».

«Α, ναι; Και όλη αυτή η ιστορία με τους λυκανθρώπους που μισούν τους βρικόλακες τι ήτανε;»

«Αλήθεια είναι» είπε η Μάγια ξεφυσώντας «αλλά εντάξει, δεν είναι ανάγκη να γίνει αμέσως».

«Μην τα λες σε μένα αυτά, στον Σάιμον να τα πεις».

Η Μάγια κοκκίνισε πάλι και τα μάγουλά της άναψαν. «Αμφιβάλλω αν θα μου μιλάει».

«Μην το λες. Είναι αρκετά καλός στο να συγχωρεί».

Η Μάγια την κοίταξε πιο προσεκτικά. «Όχι ότι είμαι περίεργη, αλλά εσείς οι δύο τα έχετε;»

Η Κλέρι ένιωσε ότι κοκκίνισε και η ίδια, ενώ αισθάνθηκε ευγνωμοσύνη που οι φακίδες της τής πρόσφεραν τουλάχιστον μια ελάχιστη κάλυψη. «Γιατί ρωτάς;»

Η Μάγια ανασήκωσε τους ώμους της. «Την πρώτη φορά που τον γνώρισα σε ανέφερε ως "κολλητή" του, αλλά τη δεύτερη φορά σε είπε "κορίτσι" του. Αναρωτιόμουν αν τα έχετε και τα χαλάτε κάθε τόσο».

«Κάπως έτσι. Ήμασταν φίλοι στην αρχή. Μεγάλη ιστορία».

«Μάλιστα». Η Μάγια είχε ξεπεράσει το κοκκίνισμα και είχε πάρει πάλι το ειρωνικό-σκληρό της ύφος. «Τυχερή είσαι, πάντως. Παρόλο που τώρα είναι βρικόλακας. Πρέπει να έχεις συνηθίσει όλα αυτά, μια που είσαι Κυνηγός, οπότε μάλλον δεν σε τρομάζει».

«Με τρομάζει», είπε η Κλέρι, πιο απότομα απ' ό,τι σκόπευε. «Δεν είμαι σαν τον Τζέις».

«Κανείς μας δεν είναι», είπε η Μάγια με πιο έντονο χαμόγελο. «Και έχω την αίσθηση ότι το ξέρει».

«Τι υποτίθεται ότι σημαίνει αυτό;»

«Τίποτα, μωρέ. Απλώς, ο Τζέις μού θυμίζει ένα παλιό μου αγόρι. Μερικοί σε κοιτάνε σαν να θέλουν μόνο σεξ. Ο Τζέις σε κοιτάζει σαν να έχετε ήδη κάνει σεξ, ήταν τέλεια, και τώρα είστε μόνο φίλοι. Παρόλο που εσύ θέλεις κι άλλο. Τις τρελαίνει αυτό τις γυναίκες. Καταλαβαίνεις τι εννοώ;»

Ναι, σκέφτηκε η Κλέρι. «Όχι», είπε.

«Σωστά, αφού είναι αδερφός σου. Πίστεψέ με όμως, έτσι είναι».

«Πρέπει να φύγω», είπε η Κλέρι που είχε φτάσει σχεδόν στην πόρτα, αλλά θυμήθηκε κάτι και έκανε μεταβολή. «Τι έγινε μ' αυτόν;»

«Ποιον;»

«Το αγόρι που σου θυμίζει ο Τζέις».

«Α», είπε η Μάγια. «Αυτός με έκανε λυκάνθρωπο».

«Λοιπόν, το έφερα», είπε η Κλέρι, επιστρέφοντας στο σαλόνι με το μπλοκ της στο ένα χέρι και ένα πακέτο μαρκαδόρους στο άλλο. Τράβηξε μια καρέκλα απ' την αχρησιμοποίητη τραπεζαρία –ο Λουκ έτρωγε πάντα στην κουζίνα ή στο γραφείο του– και έκατσε, με το μπλοκ μπροστά της. Ένιωθε σαν να έδινε εξετάσεις στην ιχνογραφία: *Ζωγραφίστε ένα μήλο.* «Τι να κάνω;»

«Εσύ τι λες;» Ο Τζέις καθόταν ακόμη στο ταμπουρέ, με τους ώμους σκυφτούς. Έμοιαζε να μην έχει κοιμηθεί όλο το βράδυ. Ο Άλεκ ακουμπούσε στο πιάνο δίπλα του, μάλλον επειδή ήταν όσο πιο μακριά γινόταν απ' τον Μάγκνους.

«Τζέις, κόφ' το», είπε ο Λουκ, που καθόταν με ίσια την πλάτη, αλλά έδειχνε σαν να χρειάζεται μεγάλη προσπάθεια για να το κάνει. «Κλέρι, είπες πως μπορείς να ζωγραφίσεις καινούριους ρούνους;»

«Είπα ότι έτσι νομίζω».

«Ωραία, θέλω να προσπαθήσεις».

«Τώρα;»

Ο Λουκ χαμογέλασε αχνά. «Εκτός αν έχεις κάποια άλλη δουλειά».

Η Κλέρι άνοιξε το μπλοκ σε μια λευκή σελίδα και την κοίταξε. Ποτέ πριν δεν της είχε φανεί ένα κομμάτι χαρτί τόσο άδειο. Ένιωθε στο δωμάτιο τη σιωπή, όλους να την κοιτάνε: ο Μάγκνους με την πανάρχαια, ήρεμη περιέργειά του, ο Άλεκ απασχολημένος με τα δικά του προβλήματα για να τον ενδιαφέρουν τα δικά της, ο Τζέις με μια παγερή, τρομακτικά άδεια ματιά. Θυμήθηκε αυτό που της είχε πει, ότι θα ήθελε να τη μισεί. Αναρωτήθηκε αν θα τα κατάφερνε μια μέρα.

Πέταξε το στυλό της. «Δεν μπορώ έτσι. Χρειάζομαι έστω μια ιδέα».

«Τι ιδέα;» ρώτησε ο Λουκ.

«Εννοώ ότι δεν ξέρω καν ποιοι ρούνοι υπάρχουν ήδη. Θέλω να έχω ένα νόημα, μια λέξη για να φτιάξω ένα ρούνο γι' αυτήν».

«Είναι δύσκολο ακόμα και για μας να θυμόμαστε όλους τους ρούνους...» άρχισε να λέει ο Άλεκ, αλλά προς μεγάλη έκπληξη της Κλέρι τον διέκοψε ο Τζέις.

«Τι λες για το *Ατρόμητος*;» είπε σιγανά.

«Ατρόμητος;» επανέλαβε εκείνη.

«Υπάρχουν ρούνοι γενναιότητας», είπε ο Τζέις. «Αλλά δεν υπάρχει κάτι που να σβήνει το φόβο. Αν όμως μπορείς, όπως λες, να φτιάχνεις καινούριους...»

Κοίταξε γύρω του και είδε τις ξαφνιασμένες εκφράσεις του Λουκ και του Άλεκ. «Απλώς, θυμάμαι ότι δεν υπάρχει κάτι τέτοιο, εντάξει; Και μου φαίνεται αρκετά ακίνδυνο».

Η Κλέρι κοίταξε τον Λουκ, που ανασήκωσε τους ώμους του. «Καλά», είπε.

Η Κλέρι έπιασε ένα σκούρο μαρκαδόρο και τον ακούμπησε στο χαρτί. Σκέφτηκε τις γραμμές, τις σπείρες, τα σχήματα· σκέφτηκε τα σημάδια στο Γκρι βιβλίο, πανάρχαια και άψογα, σύμβολα μιας γλώσσας τόσο τέλειας, που δεν μπορούσε να αρθρωθεί. Μια απαλή φωνή μες στο κεφάλι της τής είπε: *ποια νομίζεις ότι είσαι για να μιλήσεις τη γλώσσα του παραδείσου;*

Ο μαρκαδόρος κουνήθηκε. Ήταν σίγουρη ότι δεν το έκανε επίτηδες, αλλά τον είδε να γλιστράει στο χαρτί σχεδιάζοντας μία μόνο γραμμή. Ένιωσε την καρδιά της να σφίγγεται. Σκέφτηκε τη μητέρα της, να κάθεται ονειροπολώντας μπροστά στον καμβά της, να φτιάχνει μια καινούρια εκδοχή του κόσμου με μελάνι και λαδομπογιά. Σκέφτηκε: *ποια είμαι; Είμαι η κόρη της Τζόσλιν Φρέι*. Ο μαρκαδόρος κουνήθηκε ξανά, και αυτήν τη φορά ένιωσε την ανάσα της να κόβεται· αντιλήφθηκε ότι ψιθύριζε σιγανά τη λέξη: *ατρόμητος, ατρόμητος*. Ο μαρκαδόρος έκανε μια στροφή προς τα πίσω και τώρα τον καθοδηγούσε εκείνη. Όταν τέλειωσε, τον άφησε και κοίταξε για μια στιγμή με απορία το αποτέλεσμα.

Ο ολοκληρωμένος ρούνος της αφοβίας ήταν ένα σύνολο από πολλές εμπλεκόμενες γραμμές: δυνατός και αεροδυναμικός σαν αετός. Έσκισε τη σελίδα και την έδειξε στους υπόλοιπους. «Ορίστε», είπε και είδε το έκπληκτο βλέμμα του Λουκ (άρα, δεν την είχε πιστέψει απ' την αρχή) και τα γουρλωμένα μάτια του Τζέις.

«Ωραίο», είπε ο Άλεκ.

Ο Τζέις σηκώθηκε και πήγε κοντά της, πιάνοντας το χαρτί. «Πιάνει, όμως;»

Η Κλέρι αναρωτήθηκε αν το εννοούσε ή αν το έλεγε ειρωνικά. «Τι εννοείς;»

«Εννοώ, πώς ξέρουμε ότι λειτουργεί; Τώρα είναι απλώς μια ζωγραφιά, δεν μπορείς να κάνεις ένα χαρτί ατρόμητο, γιατί δεν ξέρει τι θα πει φόβος. Πρέπει να το δοκιμάσουμε σε έναν από μας για να βεβαιωθούμε ότι είναι αληθινός ρούνος».

«Δεν νομίζω ότι είναι και τόσο καλή ιδέα», είπε ο Λουκ.

«Είναι φοβερή ιδέα». Ο Τζέις πέταξε το χαρτί στο τραπέζι και άρχισε να βγάζει το μπουφάν του. «Ποιος θέλει να μου το κάνει;»

«Ωραία το έθεσες», μουρμούρισε ο Μάγκνους.

Ο Λουκ σηκώθηκε όρθιος. «Όχι», είπε. «Τζέις, εσύ κάνεις ούτως ή άλλως σαν να μην έχεις ακούσει καν τη λέξη φόβος. Δεν νομίζω ότι θα καταλάβουμε τη διαφορά ακόμα και αν πιάσει».

Ο Άλεκ έπνιξε κάτι που έμοιαζε με γέλιο. Ο Τζέις απλώς χαμογέλασε, σφιγμένα και τυπικά. «Έχω ακούσει τη λέξη φόβος», είπε. «Απλώς, επιλέγω να πιστεύω ότι δεν έχει καμία σχέση με μένα».

«Αυτό ακριβώς είναι το πρόβλημα», είπε ο Λουκ.

«Εντάξει, τότε γιατί δεν το δοκιμάζουμε σε σένα;» πρότεινε η Κλέρι.

«Δεν μπορείς να σημαδέψεις Πλάσματα του Σκότους, Κλέρι, ή τουλάχιστον έτσι ώστε να έχει αποτέλεσμα το Σημάδι σου. Η δαιμονική ενέργεια στο αίμα τους δεν αφήνει το Σημάδι να λειτουργήσει».

«Τότε...»

«Δοκιμάστε το σε μένα», είπε αναπάντεχα ο Άλεκ. «Δεν θα μου έκανε κακό να γίνω λίγο ατρόμητος». Έβγαλε το μπουφάν του, το πέταξε στο σκαμπό του πιάνου και πήγε προς το μέρος του Τζέις. «Έλα. Κάν' το στον ώμο μου».

Ο Τζέις κοίταξε την Κλέρι. «Εκτός αν θέλεις να το κάνεις εσύ...;»

Εκείνη κούνησε το κεφάλι της. «Όχι. Εσύ είσαι σίγουρα καλύτερος στο να κάνεις τα Σημάδια απ' ό,τι εγώ».

Ο Τζέις ανασήκωσε τους ώμους. «Σήκωσε το μανίκι σου, Άλεκ».

Ο Άλεκ σήκωσε πρόθυμα το μανίκι του. Είχε ήδη ένα μόνιμο Σημάδι στο μπράτσο, μια κομψή συστάδα γραμμών για να του δίνει τέλεια ισορροπία. Έσκυψαν προς το μέρος του όλοι, ακόμα και ο Μάγκνους, καθώς ο Τζέις χάραξε προσεκτικά στο μπράτσο του Άλεκ, λίγο πιο κάτω απ' το υπάρχον Σημάδι, τις γραμμές του ρούνου που είχε σχεδιάσει η Κλέρι. Ο Άλεκ μισόκλεισε τα μάτια ανταναχλαστικά καθώς το ραβδί έκαιγε το μονοπάτι πάνω στο δέρμα του. Όταν τέλειωσε ο Τζέις, έβαλε το ραβδί του στην τσέπη του και έμεινε ακίνητος για μια στιγμή, θαυμάζοντας τη δουλειά του. «Τουλάχιστον είναι ωραίος», είπε. «Τώρα, αν θα πιάσει ή όχι...»

Ο Άλεκ άγγιξε το καινούριο Σημάδι στο μπράτσο του με τις άκρες των δαχτύλων του και μετά σήκωσε το κεφάλι του και είδε ότι όλοι στο δωμάτιο είχαν καρφώσει τα μάτια τους πάνω του.

«Λοιπόν;» είπε η Κλέρι.

«Τι λοιπόν;» Ο Άλεκ κατέβασε το μανίκι του, σκεπάζοντας το Σημάδι.

«Πώς νιώθεις; Κάτι διαφορετικό;»

Ο Άλεκ το σκέφτηκε. «Δεν θα το 'λεγα».

Ο Τζέις σήκωσε τα χέρια ψηλά. «Άρα, δεν δουλεύει».

«Όχι απαραίτητα», είπε ο Λουκ. «Μπορεί απλώς να μην υπάρχει κάτι εδώ που να το ενεργοποιεί. Ίσως να μη φοβάται κάτι εδώ μέσα ο Άλεκ».

Ο Μάγκνους κοίταξε τον Άλεκ και σήκωσε τα φρύδια του. «Μπου!» είπε.

Ο Τζέις γελούσε. «Έλα τώρα, σίγουρα θα έχεις μια φοβία. Τι σε τρομάζει;»

Ο Άλεκ το σκέφτηκε για λίγο. «Οι αράχνες», είπε.

Η Κλέρι κοίταξε τον Λουκ. «Έχεις πουθενά καμία αράχνη;»

Ο Λουκ έδειχνε εξαντλημένος. «Τι να την κάνω την αράχνη; Σου φαίνομαι για τύπος που κάνει συλλογή από αράχνες;»

«Χωρίς παρεξήγηση» είπε ο Τζέις «αλλά ναι».

«Ξέρετε κάτι;» είπε εκνευρισμένος ο Άλεκ «ίσως τελικά να ήταν τελείως χαζή ιδέα».

«Το σκοτάδι;» είπε η Κλέρι. «Μπορούμε να σε κλειδώσουμε στο υπόγειο».

«Είμαι Κυνηγός Δαιμόνων», είπε ο Άλεκ με έμφαση. «Είναι προφανές ότι δεν φοβάμαι το σκοτάδι».

«Θα μπορούσες, όμως».

«Ναι, αλλά δεν το φοβάμαι».

Η Κλέρι δεν χρειάστηκε να απαντήσει γιατί εκείνη τη στιγμή χτύπησε το κουδούνι. Κοίταξε τον Λουκ καχύποπτα. «Ο Σάιμον;»

«Αποκλείεται. Είναι μέρα».

«Α, ναι». Το είχε ξεχάσει πάλι. «Θες να ανοίξω εγώ;»

«Όχι». Σηκώθηκε με ένα μικρό βογκητό πόνου. «Καλά είμαι. Θα είναι μάλλον κάποιος που αναρωτιέται γιατί είναι κλειστό το βιβλιοπωλείο».

Διέσχισε το δωμάτιο και άνοιξε διάπλατα την πόρτα. Οι ώμοι του τινάχτηκαν από έκπληξη. Η Κλέρι άκουσε μια οικεία, διαπεραστική, θυμωμένη γυναικεία φωνή και μετά από ένα λεπτό είδε την Ίζαμπελ και τη Μαρίζ Λάιτγουντ να περνάνε δίπλα απ' τον Λουκ και να μπαίνουν στο δωμάτιο. Πίσω τους μπήκε η γκρίζα, απειλητική φιγούρα της Ανακρίτριας. Πιο πίσω ήταν ένας ψηλός γεροδεμένος άνδρας, με σκούρα μαλλιά και δέρμα, με μια πυκνή μαύρη γενειάδα. Αν και είχε τραβηχτεί πριν από χρόνια, η Κλέρι τον αναγνώρισε από την παλιά φωτογραφία που της είχε δώσει ο Χοτζ: αυτός ήταν ο Ρόμπερτ Λάιτγουντ. Ο πατέρας της Ίζαμπελ και του Άλεκ.

Το κεφάλι του Μάγκνους τινάχτηκε σαν κουρδισμένο. Ο Τζέις χλώμιασε εμφανώς, αλλά δεν έδειξε κανένα άλλο συναίσθημα. Ο Άλεκ... ο Άλεκ κοίταξε την αδερφή του, τη μητέρα του, τον πατέρα του και μετά τον Μάγκνους, και στα λαμπερά γαλάζια του μάτια άστραφτε μια απόλυτη αποφασιστικότητα. Έκανε ένα βήμα εμπρός και μπήκε ανάμεσα στους γονείς του και σε όλους τους υπόλοιπους.

Η Μαρίζ, βλέποντας το μεγαλύτερο γιο της στο σαλόνι του Λουκ, ξαφνιάστηκε εμφανώς. «Άλεκ, τι στο *καλό* κάνεις εδώ πέρα; Νόμιζα ότι το είχα ξεκαθαρίσει...»

«Μητέρα». Η φωνή του Άλεκ όταν διέκοψε τη μητέρα του ήταν κοφτή, αδιάλλακτη, αλλά όχι αγενής. «Πατέρα. Θέλω να σας ανακοινώσω κάτι». Τους χαμογέλασε. «Βγαίνω με κάποιον».

Ο Ρόμπερτ Λάιτγουντ κοίταξε το γιο του με έναν εκνευρισμό. «Άλεκ» του είπε «δεν είναι η κατάλληλη στιγμή».

«Ναι, είναι. Έχει σημασία, γιατί δεν είναι κάποιος τυχαίος». Οι λέξεις έβγαιναν σαν χείμαρρος από το στόμα του, ενώ οι γονείς του τον κοιτούσαν απορημένοι. Η Ίζαμπελ και ο Μάγκνους τον κοιτούσαν με σχεδόν ολόιδιες εκφράσεις έκπληξης. «Βγαίνω με ένα Πλάσμα του Σκότους. Βασικά, είναι μα...»

Τα δάχτυλα του Μάγκνους τινάχτηκαν, γοργά σαν μια μικρή αστραπή, προς την κατεύθυνση του Άλεκ. Ο αέρας μπροστά στον Άλεκ σαν να έλαμψε ελαφρώς και τα μάτια του γούρλωσαν... μέχρι που έπεσε στο πάτωμα σαν δέντρο.

«Άλεκ!» Η Μαρίζ σκέπασε με το χέρι της στο στόμα της. Η Ίζαμπελ, που στεκόταν κοντά στον αδερφό της, γονάτισε δίπλα του. Ο Άλεκ είχε ήδη αρχίσει να συνέρχεται και άνοιξε τα μάτια του. «Ε... γιατί είμαι στο πάτωμα;»

«Καλή ερώτηση», τον αγριοκοίταξε η Ίζαμπελ. «Τι ήταν όλα αυτά;»

«Ποια; Γιατί;» Ο Άλεκ ανακάθισε κρατώντας το κεφάλι του. Μια έκφραση πανικού φάνηκε στο πρόσωπό του. «Ει.. είπα τίποτα πριν λιποθυμήσω;»

Ο Τζέις ρουθούνισε αποδοκιμαστικά. «Θυμάστε που αναρωτιόμασταν αν αυτό που έφτιαξε η Κλέρι δουλεύει; Ε λοιπόν, μια χαρά δουλεύει».

Ο Άλεκ έδειξε να πανικοβάλλεται. «Τι είπα;»

«Έλεγες ότι βγαίνεις με κάποιον», είπε ο πατέρας του. «Αν και δεν μας είπες γιατί είναι τόσο σημαντικό».

«Δεν είναι», είπε ο Άλεκ. «Δηλαδή, δεν βγαίνω με κανέναν. Και δεν έχει καμία σημασία, αν και θα είχε βέβαια αν έβγαινα με κάποιον, αλλά δεν βγαίνω».

Ο Μάγκνους τον κοίταξε σαν να ήταν τελείως ηλίθιος. «Ο Άλεκ έχει πάθει ένα σοκ», είπε. «Είναι οι παρενέργειες από κάτι δαιμονικές τοξίνες. Δυστυχώς, αλλά θα γίνει καλά σύντομα».

«Δαιμονικές τοξίνες;» Η φωνή της Μαρίζ είχε ανέβει έναν τόνο. «Κανείς δεν ανέφερε στο Ινστιτούτο δαιμονική επίθεση. *Τι* συμβαίνει εδώ πέρα, Λούσιαν; Το σπίτι σου δεν είναι εδώ; Ξέρεις πολύ καλά ότι αν γίνει επίθεση από δαίμονα είσαι υποχρεωμένος να την αναφέρεις...»

«Επιτέθηκαν και στον Λουκ», είπε η Κλέρι. «Ήταν αναίσθητος».

«Πολύ βολικό. Οι μισοί ήταν αναίσθητοι κι οι άλλοι μισοί σε κατάσταση σοκ», είπε η Ανακρίτρια. Η κοφτερή σαν λεπίδα φωνή της αντήχησε στο δωμάτιο κάνοντας όλους τους άλλους να σωπάσουν. «Πλάσμα του Σκότους, ξέρεις πολύ καλά ότι ο Τζόναθαν Μόργκενστερν δεν θα έπρεπε να είναι στο σπίτι σου. Θα έπρεπε να είναι κλειδωμένος στο σπίτι του μάγου».

«Έχω και όνομα, ξέρεις», είπε ο Μάγκνους, αλλά το μετάνιωσε αμέσως. «Ή μάλλον, άσ' το, δεν πειράζει, ξέχασέ το».

«Ξέρω το όνομά σου, Μάγκνους Μπέιν», είπε η Ανακρίτρια. «Απέτυχες στο καθήκον σου και δεν θα έχεις άλλη ευκαιρία».

«Απέτυχα;» είπε ο Μάγκνους μορφάζοντας. «Επειδή έφερα εδώ το αγόρι; Στο συμβόλαιο που υπέγραψα δεν έλεγε ότι δεν μπορούσα να τον πάρω κάπου μαζί μου με δική μου ευθύνη».

«Δεν ήταν αυτή η αποτυχία σου», είπε η Ανακρίτρια. «Τον άφησες χθες το βράδυ να δει τον πατέρα του, *αυτή* ήταν η αποτυχία σου».

Έπεσε μια έκπληκτη σιωπή. Ο Άλεκ σηκώθηκε από το πάτωμα, ψάχνοντας τα μάτια του φίλου του, αλλά ο Τζέις δεν τον κοιτούσε. Ήταν ανέκφραστος, με το πρόσωπό του σαν μάσκα.

«Αυτό είναι γελοίο», είπε ο Λουκ. Η Κλέρι σπάνια τον είχε δει τόσο θυμωμένο. «Ο Τζέις δεν ξέρει καν πού είναι ο Βάλενταϊν. Σταμάτα να τον κατηγορείς άδικα».

«Αυτή είναι η δουλειά μου, Πλάσμα του Σκότους», είπε η Ανακρίτρια και στράφηκε προς τον Τζέις. «Πες την αλήθεια τώρα, νεαρέ» είπε «και θα είναι όλα ευκολότερα».

Ο Τζέις την κοίταξε υπεροπτικά. «Δεν είμαι αναγκασμένος να πω τίποτα».

«Αν είσαι αθώος, γιατί δεν θες να απαλλάξεις τον εαυτό σου από την κατηγορία; Πες μας πού ήσουν χθες το βράδυ. Πες μας για το καραβάκι του Βάλενταϊν».

Η Κλέρι τον κοίταξε. *Πήγα μια βόλτα*, τους είχε πει απλώς. Δεν σήμαινε τίποτα αυτό. Μπορεί να είχε όντως πάει βόλτα. Η καρδιά της όμως, το στομάχι της, όλα ήταν σφιγμένα. *Ξέρεις ποιο είναι το χειρότερο πράγμα;* είχε πει ο Σάιμον. *Να μην μπορείς να εμπιστευτείς αυτόν που αγαπάς.*

Όταν ο Τζέις δεν απάντησε, μίλησε ο Ρόμπερτ Λάιτγουντ με τη βαθιά φωνή του. «Ίμοτζεν; Θέλεις να πεις ότι ο Βάλενταϊν είναι... ήταν...;»

«Σε ένα πλοίο στη μέση του Ιστ Ρίβερ», είπε η Ανακρίτρια. «Ακριβώς αυτό».

«Γι' αυτό δεν μπορούσα να τον βρω», είπε ο Μάγκνους σχεδόν στον εαυτό του. «Το νερό χαλούσε τα μάγια μου».

«Και τι κάνει ο Βάλενταϊν μέσα στο ποτάμι;» ρώτησε έκπληκτος ο Λουκ.

«Γιατί δεν ρωτάτε τον Τζόναθαν;» είπε η Ανακρίτρια. «Δανείστηκε μια μηχανή από τον επικεφαλής της τοπικής αγέλης βρικολάκων και έφυγε για το πλοίο. Έτσι δεν είναι, Τζόναθαν;»

Ο Τζέις δεν μίλησε. Το πρόσωπό του ήταν ανέκφραστο. Η Ανακρίτρια απ' την άλλη είχε ένα ύφος πεινασμένο, σαν να τρεφόταν με την αγωνία και την ένταση της ατμόσφαιρας.

«Βάλε το χέρι σου στην τσέπη σου», είπε. «Βγάλε αυτό που κουβαλάς μαζί σου από τη στιγμή που έφυγες από το Ινστιτούτο για τελευταία φορά».

Ο Τζέις έκανε αργά αυτό που του ζήτησε. Όταν έβγαλε το χέρι του, η Κλέρι αναγνώρισε το μικρό κομμάτι από το σπασμένο καθρέφτη. Το κομμάτι της Πύλης.

«Δώσε μου το». Η Ανακρίτρια το άρπαξε από το χέρι του. Ο Τζέις το άφησε. Το μυτερό γυαλί τον είχε κόψει και η παλάμη του είχε γεμίσει αίμα. Η Μαρίζ έβγαλε έναν απαλό ήχο, αλλά δεν κουνήθηκε. «Ήξερα ότι θα γυρνούσες στο Ινστιτούτο για να το πάρεις», είπε η Ανακρίτρια θριαμβευτικά. «Ήξερα ότι η συναισθηματικότητά σου δεν θα σου επέτρεπε να το αφήσεις εκεί».

«Τι είναι;» ρώτησε έκπληκτος ο Ρόμπερτ Λάιτγουντ.

«Ένα κομματάκι Πύλης στη μορφή ενός καθρέφτη», είπε η Ανακρίτρια. «Όταν καταστράφηκε η Πύλη, διατηρήθηκε η εικόνα του τελευταίου προορισμού του». Έπαιξε το γυαλί με τα μακριά κοκαλιάρικα δάχτυλά της. «Σ' αυτή την περίπτωση, το αρχοντικό των Γουέιλαντ».

Τα μάτια του Τζέις ήταν κολλημένα στον καθρέφτη. Στο κομματάκι που έβλεπε η Κλέρι φαινόταν ένα παγιδευμένο κομμάτι γαλανού ουρανού. Αναρωτήθηκε αν έβρεχε ποτέ στην Άιντρις.

Με μια ξαφνική, βίαιη κίνηση, σε αντίθεση με τον ήρεμο τόνο της φωνής της, η Ανακρίτρια πέταξε τον καθρέφτη στο πάτωμα. Έγινε χίλια μικροσκοπικά κομματάκια σε μια στιγμή. Η Κλέρι είδε τον Τζέις να κρατάει την ανάσα του χωρίς να κουνηθεί.

Η Ανακρίτρια έβαλε ένα ζευγάρι γκρίζα γάντια και έσκυψε πλάι στα κομματάκια του γυαλιού, κοσκινίζοντάς τα ανάμεσα στα δάχτυλά της μέχρι που βρήκε αυτό που ζητούσε –ένα μικρό κομματάκι χαρτί. Σηκώθηκε όρθια, κρατώντας το ψηλά για να δουν όλοι στο δωμάτιο το μαύρο ρούνο που ήταν γραμμένος με παχύ μελάνι. «Σημάδεψα αυτό το χαρτάκι με ένα ρούνο ανίχνευσης και το κόλλησα ανάμεσα στο τζάμι και στο πίσω μέρος του καθρέφτη. Μετά, το έβαλα στη θέση του, στο δωμάτιο του αγοριού. Μη νιώθεις άσχημα που δεν το πρόσεξες», είπε στον Τζέις. «Ακόμα και μεγαλύτεροι και πιο έξυπνοι άνδρες από εσένα έχουν εξαπατηθεί από το Κονκλάβιο».

«Με κατασκοπεύατε», είπε ο Τζέις με φωνή γεμάτη θυμό. «Αυτό κάνει το Κονκλάβιο; Παραβιάζει την προσωπική ζωή των Κυνηγών και...»

«Πρόσεξε καλά τι θα μου πεις. Δεν είσαι ο μόνος που παραβίασε το Νόμο». Το παγερό βλέμμα της Ανακρίτριας έπεσε στους υπόλοιπους που βρίσκονταν στο δωμάτιο. «Με το να σε ελευθερώσουν από τη Σιωπηλή Πόλη, με το να σε ελευθερώσουν από την επίβλεψη του μάγου, οι φίλοι σου έκαναν το ίδιο πράγμα».

«Ο Τζέις δεν είναι φίλος μας», είπε η Ίζαμπελ. «Είναι αδερφός μας».

«Πρόσεχε καλά, Ίζαμπελ Λάιτγουντ», είπε η Ανακρίτρια. «Μπορεί να θεωρηθείς συνεργός».

«Συνεργός;» Προς μεγάλη έκπληξη όλων, αυτός που μίλησε ήταν ο Ρόμπερτ Λάιτγουντ. «Απλώς προσπαθεί να μη σε αφήσει να καταστρέψεις την οικογένειά μας. Για όνομα του Θεού, Ίμοτζεν, παιδιά είναι μόνο...»

«Παιδιά;» Η Ανακρίτρια έστρεψε το ανατριχιαστικό της βλέμμα στον Ρόμπερτ. «Όπως ήσασταν κι εσείς όταν ο Κύκλος σχεδίαζε την καταστροφή του Κονκλάβιου; Όπως ήταν ο γιος μου όταν...» Σταμάτησε τον εαυτό της με κάτι σαν λόξιγκα, σαν να επέβαλε στον εαυτό της την τάξη με τη βία.

«Για τον Στέφεν γίνεται λοιπόν όλο αυτό...» είπε ο Λουκ με κάτι σαν οίκτο στη φωνή. «Ίμοτζεν...»

Το πρόσωπο της Ανακρίτριας συσπάστηκε. «Δεν γίνεται για τον Στέφεν! Γίνεται για το Νόμο!»

Τα λεπτά δάχτυλα της Μαρίζ συσπάστηκαν καθώς έσφιγγε τα χέρια της. «Και ο Τζέις...;» ρώτησε. «Τι θα συμβεί;»

«Θα επιστρέψει αύριο μαζί μου στην Άιντρις», είπε η Ανακρίτρια. «Έχετε χάσει το δικαίωμα να ξέρετε περισσότερα».

«Πώς μπορείτε να τον πάρετε πίσω σ' αυτό το μέρος;» ρώτησε η Κλέρι. «Πότε θα ξανάρθει;»

«Κλέρι, μη», είπε ο Τζέις. Οι λέξεις ήταν μια ικεσία, αλλά τις αγνόησε.

«Το πρόβλημα δεν είναι ο Τζέις! Το πρόβλημα είναι ο Βάλενταϊν!»

«Σταμάτα, Κλέρι!» της φώναξε ο Τζέις. «Σταμάτα. Για το δικό σου καλό, σταμάτα!»

Η Κλέρι ξαφνιάστηκε. Δεν της είχε ξαναφωνάξει έτσι ποτέ, ούτε καν όταν τον είχε πάρει στο νοσοκομείο να δει τη μητέρα τους. Είδε το βλέμμα στο πρόσωπό του όταν αντιλήφθηκε την έκπληξή της και ευχήθηκε να μπορούσε να την πάρει πίσω.

Πριν προλάβει να πει τίποτα, ένιωσε το χέρι του Λουκ στον ώμο της. Μίλησε πολύ σοβαρά, με το ύφος που είχε το βράδυ που της έλεγε την ιστορία του. «Αν το αγόρι πήγε στον πατέρα του» είπε «παρόλο που ξέρει τι είδους πατέρας είναι ο Βάλενταϊν, δεν μας απογοήτευσε. Πήγε επειδή εμείς τον απογοητεύσαμε».

«Άσε τις σοφιστείες, Λούσιαν», είπε η Ανακρίτρια. «Έχεις γίνει ευαίσθητος σαν θνητός».

«Δίκιο έχει», είπε αυστηρά ο Άλεκ που καθόταν στον καναπέ με σταυρωμένα τα χέρια. «Ο Τζέις μάς είπε ψέματα. Δεν υπάρχει δικαιολογία γι' αυτό».

Ο Τζέις έμεινε με ανοιχτό το στόμα. Ήταν σίγουρος για την εμπιστοσύνη τουλάχιστον του Άλεκ, και η Κλέρι δεν μπορούσε να τον κατηγορήσει γι' αυτό. Ακόμα και η Ίζαμπελ κοιτούσε τον αδερφό της έντρομη. «Άλεκ, πώς μπορείς να το λες αυτό;»

«Ο Νόμος είναι νόμος, Ίζι», είπε ο Άλεκ χωρίς να την κοιτάξει. «Δεν μπορείς να κάνεις τίποτα».

Τότε η Ίζαμπελ έβγαλε μια μικρή κραυγή έκπληξης και θυμού και όρμησε έξω απ' το σπίτι, αφήνοντας την πόρτα πίσω της ανοιχτή. Η Μαρίζ πήγε να την ακολουθήσει, αλλά ο Ρόμπερτ την κράτησε πίσω και της ψιθύρισε κάτι στο αφτί.

Ο Μάγκνους σηκώθηκε όρθιος. «Νομίζω ότι είναι σειρά μου να φύγω», είπε. Η Κλέρι πρόσεξε ότι απέφευγε να κοιτάξει τον Άλεκ. «Θα μπορούσα να πω ότι χάρηκα που σας γνώρισα, αλλά η αλήθεια είναι ότι δεν χάρηκα καθόλου. Ήταν πολύ δυσάρεστο, και πραγματικά ελπίζω να κάνω πολύ καιρό μέχρι να σας ξαναδώ».

Ο Άλεκ κοίταζε το πάτωμα καθώς ο Μάγκνους βγήκε εκνευρισμένα απ' το σπίτι, κλείνοντας με δύναμη πίσω του την πόρτα.

«Μείον δύο», είπε ο Τζέις με ένα ψυχρό χιούμορ. «Επόμενος;»

«Αρκετά, Τζόναθαν», είπε η Ανακρίτρια. «Δώσε μου τα χέρια σου».

Ο Τζέις άπλωσε τα χέρια του και η Ανακρίτρια έβγαλε ένα ραβδί από μια κρυφή τσέπη και σχεδίασε ένα Σημάδι γύρω από τους καρπούς του. Όταν τέλειωσε, τα χέρια του Τζέις ήταν σταυρωμένα στους καρπούς το ένα πάνω από το άλλο, δεμένα με κάτι που έμοιαζε με έναν κύκλο φωτιάς.

Η Κλέρι τρόμαξε. «Μα, τι κάνετε; Θα καεί...»

«Μην ανησυχείς, αδελφούλα», είπε αρκετά ήρεμα ο Τζέις, αλλά εκείνη πρόσεξε ότι δεν την κοιτούσε στα μάτια. «Οι φλόγες δεν με καίνε παρά μόνο αν προσπαθήσω να λυθώ».

«Όσο για σένα», είπε η Ανακρίτρια στην Κλέρι, προς μεγάλη της έκπληξη. Ως τότε η Κλέρι πίστευε ότι η Ανακρίτρια την αγνοούσε τελείως. «Ήσουν πολύ τυχερή που σε ανέθρεψε η Τζόσλιν και γλίτωσες απ' την κατάρα του πατέρα σου. Παρ' όλα αυτά, θα έχω το νου μου».

Ο Λουκ έσφιξε τον ώμο της Κλέρι. «Απειλή είναι αυτό;»

«Το Κονκλάβιο, Λούσιαν Γκρέιμαρκ, δεν απειλεί. Υπόσχεται και κρατάει τις υποσχέσεις του». Η Ανακρίτρια έμοιαζε σχεδόν χαρούμενη. Ήταν η μόνη στο δωμάτιο που είχε καλή διάθεση. Όλοι οι άλλοι ήταν εμβρόντητοι, εκτός απ' τον Τζέις. Έδειχνε τα δόντια του με ένα σαρκαστικό χαμόγελο, και η Κλέρι αμφέβαλλε ότι το έκανε εν γνώση του. Ήταν σαν παγιδευμένο λιοντάρι.

«Έλα, Τζόναθαν», είπε η Ανακρίτρια. «Περπάτα μπροστά μου. Αν κάνεις έστω και μία κίνηση για να φύγεις, θα νιώσεις το σπαθί μου στην πλάτη σου».

Ο Τζέις δυσκολεύτηκε να ανοίξει το πόμολο της πόρτας με τα δεμένα του χέρια. Η Κλέρι έσφιξε τα δόντια της για να μην ουρλιάξει, και έπειτα η πόρτα άνοιξε και ο Τζέις έφυγε μαζί με την Ανακρίτρια. Οι Λάιτγουντ τους ακολούθησαν, με τον Άλεκ να κοιτάζει ακόμη το πάτωμα. Η πόρτα έκλεισε πίσω τους και η Κλέρι με τον Λουκ έμειναν μόνοι τους στο σαλόνι κατάπληκτοι και σιωπηλοί.

15

το δοντι του ερπετου

«Λουκ», άρχισε να λέει η Κλέρι μόλις έκλεισε η πόρτα. «Τι θα κάνουμε;»

Ο Λουκ είχε βάλει το κεφάλι του ανάμεσα στα χέρια του σαν να το κρατούσε για να μην ανοίξει στα δύο. «Καφέ», είπε. «Χρειάζομαι καφέ».

«Σου έφερα πριν».

Άφησε το κεφάλι του και αναστέναξε. «Χρειάζομαι κι άλλο».

Η Κλέρι τον ακολούθησε στην κουζίνα, όπου ο Λουκ έβαλε ένα φλιτζάνι καφέ και έκατσε στο τραπέζι ανακατεύοντας αφηρημένος τα μαλλιά του με το χέρι του. «Τα πράγματα είναι άσχημα», είπε. «Πολύ άσχημα».

«Εμένα μου λες», είπε η Κλέρι, που δεν μπορούσε να φανταστεί τον εαυτό της να πίνει καφέ μια τέτοια στιγμή. Ένιωθε τα νεύρα της τόσο τεντωμένα, λες και θα έσπαγαν. «Τι θα γίνει αν τον πάρουν στην Άιντρις;»

«Θα δικαστεί από το Κονκλάβιο. Πιθανότατα θα τον καταδικάσουν και θα τον τιμωρήσουν. Είναι μικρός, οπότε θα του ξηλώσουν απλώς τα Σημάδια, δεν θα τον καταραστούν».

«Και τι σημαίνει αυτό;»

Ο Λουκ δεν την κοιτούσε στα μάτια. «Σημαίνει ότι θα του πάρουν πίσω τα Σημάδια, δεν θα είναι πια Κυνηγός, και θα τον πετάξουν έξω απ' το Κονκλάβιο. Θα γίνει θνητός».

«Μα, αυτό θα τον σκοτώσει. Στ' αλήθεια. Θα προτιμούσε να πεθάνει».

«Λες να μην το ξέρω;» Ο Λουκ είχε κιόλας πιει τον καφέ του και κοιτούσε αφηρημένος το ποτήρι του. «Όμως, αυτό δεν ενδιαφέρει το Κονκλάβιο. Δεν μπορούν να πιάσουν τον Βάλενταϊν, οπότε θα τιμωρήσουν το γιο του».

«Κι εγώ; Εγώ είμαι κόρη του».

«Εσύ όμως δεν ανήκεις στον κόσμο τους. Ο Τζέις είναι ένας από αυτούς. Όχι ότι δεν θα ήταν καλό να μείνεις ήσυχη για λίγο καιρό. Μακάρι να μπορούσαμε να πάμε στο εξοχικό...»

«Δεν μπορούμε να παρατήσουμε τον Τζέις μαζί τους!» φώναξε θυμωμένη η Κλέρι. «Δεν πάω πουθενά!»

«Κανείς δεν θα πάει». Ο Λουκ καθησύχασε τις διαμαρτυρίες της. «Είπα μακάρι να μπορούσαμε να πάμε, όχι ότι θα πάμε. Το θέμα είναι τι θα κάνει η Ίμοτζεν τώρα που ξέρει πού είναι ο Βάλενταϊν. Μπορεί να βρεθούμε στη μέση ενός πολέμου».

«Δεν με νοιάζει αν θέλει να σκοτώσει τον Βάλενταϊν. Ας τον κάνει ό,τι θέλει. Εγώ θέλω μόνο να πάρουμε πίσω τον Τζέις».

«Αυτό μπορεί να μην είναι και τόσο εύκολο» είπε ο Λουκ «αν σκεφτείς ότι αυτήν τη φορά μάλλον έκανε αυτό για το οποίο τον κατηγορούν».

Η Κλέρι ήταν έξω φρενών. «Τι; Δηλαδή, πιστεύεις ότι σκότωσε τους Σιωπηλούς Αδελφούς;»

«Όχι. Δεν νομίζω αυτό. Πιστεύω όμως ότι έκανε αυτό ακριβώς που η Ίμοτζεν λέει ότι τον είδε να κάνει: πήγε να δει τον πατέρα του».

Η Κλέρι θυμήθηκε κάτι. «Γιατί είπες ότι εμείς τον απογοητεύσαμε και όχι το αντίθετο; Δεν τον κατηγορείς γι' αυτό που έκανε;»

«Τον κατηγορώ, όμως εν μέρει». Ο Λουκ φαινόταν κουρασμένος. «Ήταν πολύ ανόητο εκ μέρους του. Ο Βάλενταϊν δεν είναι κάποιος που μπορείς να εμπιστευτείς. Όταν όμως οι Λάιτγουντ τού γύρισαν την πλάτη, τι περίμεναν να κάνει; Είναι παιδί ακόμη και χρειάζεται γονείς. Αν δεν τον δέχονται αυτοί, θα ψάξει να βρει κάποιον που θα τον δεχτεί».

«Πίστευα ότι ίσως» είπε η Κλέρι «θα ερχόταν σε σένα γι' αυτό».

Ο Λουκ ήταν ανείπωτα θλιμμένος. «Κι εγώ έτσι πίστευα, Κλέρι. Κι εγώ έτσι πίστευα...»

Η Μάγια ίσα που άκουγε τις φωνές που έρχονταν απ' το σαλόνι. Είχαν σταματήσει να φωνάζουν. Ώρα να φεύγει. Δίπλωσε το σημείωμα που είχε γράψει βιαστικά, το άφησε στο κρεβάτι του Λουκ και πήγε στο παράθυρο που είχε κάνει είκοσι ολόκληρα λεπτά για να ανοίξει. Στο δωμάτιο μπήκε ψυχρός αέρας –ήταν μια απ' αυτές τις πρώιμες μέρες του φθινοπώρου, όταν ο ουρανός ήταν απίστευτα γαλανός και μακρινός και ο αέρας μύριζε ελαφρώς από καπνό.

Σκαρφάλωσε στο περβάζι και κοίταξε κάτω. Θα ήταν

μια δύσκολη πτώση πριν την Αλλαγή της· τώρα όμως αφιέρωσε μόλις μια στιγμιαία σκέψη στον πληγωμένο της ώμο πριν πηδήξει. Προσγειώθηκε σκυφτή στο σπασμένο τσιμέντο της πίσω αυλής του Λουκ. Καθώς σηκώθηκε, κοίταξε πίσω προς το σπίτι, αλλά δεν είδε κανένα να ανοίγει την πόρτα ή να της φωνάζει να γυρίσει.

Έδιωξε μια ξαφνική σουβλιά απογοήτευσης. Δεν ήταν ότι την πρόσεχαν περισσότερο όταν βρισκόταν μέσα στο σπίτι, σκέφτηκε και σκαρφάλωσε τον ψηλό συρμάτινο φράχτη που χώριζε την αυλή του Λουκ απ' το δρομάκι, οπότε σιγά μην πρόσεχαν ότι έλειπε. Όπως πάντα, ήταν προφανώς περιττή. Ο μόνος που της είχε δώσει κάποια σημασία ήταν ο Σάιμον.

Η σκέψη του Σάιμον την έκανε να μισοκλείσει τα μάτια της καθώς έπεσε στην άλλη πλευρά του φράχτη και έτρεξε προς τη λεωφόρο Κεντ. Είχε πει στην Κλέρι ότι δεν θυμόταν τι είχε συμβεί το προηγούμενο βράδυ, αλλά δεν ήταν αλήθεια. Θυμόταν το βλέμμα του όταν είχε τραβηχτεί μακριά του σαν να είχε τυπωθεί πίσω από τις βλεφαρίδες της. Το πιο παράξενο ήταν ότι εκείνη τη στιγμή έμοιαζε ακόμη σαν άνθρωπος στα μάτια της, πιο άνθρωπος από ό,τι οποιοσδήποτε είχε γνωρίσει ως τότε.

Διέσχισε το δρόμο για να μην περάσει μπροστά από το σπίτι του Λουκ. Ο δρόμος ήταν σχεδόν έρημος: οι κάτοικοι κοιμούνταν μέχρι αργά τις Κυριακές. Πήγε προς τον υπόγειο σταθμό του Μπέντφορντ Άβενιου με το μυαλό της στον Σάιμον. Στο στομάχι της είχε ένα κενό που πονούσε όποτε τον σκεφτόταν. Ήταν το πρώτο άτομο μετά από χρόνια που πίστευε ότι μπορούσε να εμπιστευθεί, και εκείνος είχε καταστρέψει αυτήν τη δυνατότητα για πάντα.

Αφού λοιπόν την έχει καταστρέψει, τότε γιατί πηγαίνεις τώρα να τον δεις; είπε ο ψίθυρος στο πίσω μέρος του μυαλού της, ο ψίθυρος που είχε πάντα τη φωνή του Ντάνιελ. *Κόφ' το,* του είπε αυστηρά. *Ακόμα και αν δεν μπορούμε να είμαστε φίλοι, του χρωστάω τουλάχιστον μια συγγνώμη.*

Κάποιος γέλασε. Ο ήχος αντήχησε στους ψηλούς τοίχους του εργοστασίου στα αριστερά της. Με την καρδιά της να σφίγγεται από ξαφνικό πανικό, η Μάγια έκανε μεταβολή, αλλά ο δρόμος πίσω της ήταν άδειος. Πλάι στο ποτάμι, μια ηλικιωμένη κυρία έβγαζε βόλτα το σκύλο της, αλλά η Μάγια αμφέβαλλε αν θα μπορούσε να την ακούσει αν γέλαγε.

Επιτάχυνε το βήμα της για καλό και για κακό. Θύμισε στον εαυτό της ότι μπορούσε να ξεπεράσει τους περισσότερους θνητούς ακόμα και περπατώντας, πόσο μάλλον τρέχοντας. Ακόμα και στην κατάστασή της, με τον ώμο της να πονάει σαν να είχε χτυπηθεί με τσεκούρι, δεν είχε τίποτα να φοβηθεί από ένα ληστή ή βιαστή. Μια φορά, δύο έφηβοι με μαχαίρια είχαν προσπαθήσει να την πειράξουν όταν περνούσε μέσα από το Σέντραλ Παρκ, ένα βράδυ μόλις είχε πρωτοφτάσει στην πόλη, και αν δεν την είχε συγκρατήσει ο Μπατ, θα τους είχε σκοτώσει και τους δύο.

Γιατί λοιπόν είχε τρομοκρατηθεί τόσο πολύ;

Κοίταξε πίσω της· η γυναίκα είχε εξαφανιστεί. Η λεωφόρος Κεντ ήταν άδεια. Το παλιό εγκαταλελειμμένο εργοστάσιο ζάχαρης Ντόμινο υψωνόταν μπροστά της. Οδηγημένη από μια ξαφνική ανάγκη να αποφύγει τον έρημο δρόμο, έστριψε στο σοκάκι δίπλα από το εργοστάσιο.

Βρέθηκε σε ένα στενό πέρασμα ανάμεσα σε δύο κτίρια, γεμάτο σκουπίδια, πεταμένα μπουκάλια και περιττώματα αρουραίων. Οι οροφές των κτιρίων ενώνονταν, κρύβοντας τον ήλιο, και την έκαναν να νιώθει σαν να είχε μπει σε ένα τούνελ. Οι τοίχοι ήταν από τούβλα, με μικρά, βρόμικα παράθυρα, πολλά απ' τα οποία ήταν σπασμένα. Πίσω τους φαινόταν το άδειο εργοστάσιο και τα παρατεταγμένα μηχανήματα, καμίνια και λέβητες. Ο αέρας μύριζε καμένη ζάχαρη. Ακούμπησε σε έναν τοίχο προσπαθώντας να ηρεμήσει τον ξέφρενο χτύπο της καρδιάς της. Είχε σχεδόν καταφέρει να ηρεμήσει όταν άκουσε απ' τις σκιές να βγαίνει μια απίστευτα οικεία φωνή:

«Μάγια;»

Έκανε μεταβολή. Στεκόταν στην είσοδο του στενού δρόμου, με τα μαλλιά του φωτισμένα από πίσω, να λάμπουν σαν φωτοστέφανο γύρω απ' το όμορφο πρόσωπό του. Μαύρα μάτια στεφανωμένα με μακριές βλεφαρίδες την κοίταζαν εξεταστικά. Φορούσε τζιν και, παρά το κρύο, ένα κοντομάνικο μπλουζάκι. Έμοιαζε λες και ήταν ακόμη δεκαπέντε.

«*Ντάνιελ*», ψιθύρισε.

Πήγε προς το μέρος της. «Έχει περάσει πολύς καιρός, αδερφούλα».

Ήθελε να τρέξει, αλλά τα πόδια της ήταν σαν σακιά γεμάτα νερό. Πίεσε με δύναμη τον τοίχο σαν να ήθελε να εξαφανιστεί μέσα του. «Μα... είσαι νεκρός».

«Κι εσύ ούτε που έκλαψες στην κηδεία μου, έτσι δεν είναι, Μάγια; Ούτε ένα δάκρυ για τον αδερφό σου;»

«Ήσουν ένα τέρας», ψιθύρισε. «Προσπάθησες να με σκοτώσεις...»

«Μάλλον δεν προσπάθησα αρκετά». Στο χέρι του κρατούσε κάτι, κάτι που γυάλιζε σαν ασημένια φωτιά στο σκοτάδι. Η Μάγια δεν ήταν σίγουρη τι ήταν· το βλέμμα της είχε θολώσει από τρόμο. Έπεσε στο έδαφος καθώς πήγε προς το μέρος της, τα πόδια της δεν την κρατούσαν άλλο.

Ο Ντάνιελ γονάτισε δίπλα της. Τώρα είδε τι κρατούσε στο χέρι του: ένα μυτερό κομμάτι γυαλί από τα σπασμένα παράθυρα. Μέσα της απλώθηκε ένας πανικός σαν κύμα. Δεν ήταν όμως φόβος για το όπλο που είχε στα χέρια του ο αδερφός της που τη συγκλόνισε, ήταν η έκφραση του κενού στα μάτια του. Τα κοιτούσε και έβλεπε μόνο σκοτάδι. «Θυμάσαι» της είπε «που σου είχα πει ότι θα σου έκοβα τη γλώσσα αν τολμούσες να ξαναπείς τίποτα για μένα στη μαμά και στον μπαμπά;»

Η Μάγια είχε παραλύσει από φόβο και το μόνο που μπορούσε να κάνει ήταν να τον κοιτάει. Ένιωθε ήδη το γυαλί να χώνεται στο στόμα της, την αποπνικτική αίσθηση του αίματος να γεμίζει το στόμα της, και ευχήθηκε να είχε πεθάνει ήδη, ακόμα κι ο θάνατος ήταν καλύτερος από αυτήν τη φρίκη, αυτό τον τρόμο...

«Φτάνει, Άγκραμον». Ήταν η φωνή ενός άνδρα που ακούστηκε στη θολή ζάλη του μυαλού της. Όχι του Ντάνιελ –ήταν απαλή, καλλιεργημένη, σίγουρα ανθρώπινη. Της θύμιζε κάποιον... αλλά ποιον;

«*Μάλιστα, κύριέ μου Βάλενταϊν*», είπε ο Ντάνιελ, βγάζοντας έναν απαλό αναστεναγμό απογοήτευσης, και μετά το πρόσωπό του άρχισε να σβήνει και να ζαρώνει. Μέσα σε μια στιγμή είχε εξαφανιστεί, και μαζί του είχε φύγει η αίσθηση αυτού του μεθυστικού, φρικτού τρόμου που είχε απειλήσει να την πνίξει. Πήρε μια βαθιά απεγνωσμένη ανάσα.

«Ωραία. Αναπνέει». Ακούστηκε ξανά η φωνή του άνδρα, πιο εκνευρισμένη αυτήν τη φορά. «Είπαμε, Άγκραμον! Λίγα δευτερόλεπτα ακόμα και θα ήταν νεκρή!»

Η Μάγια σήκωσε το κεφάλι της. Ο άνδρας, ο Βάλενταϊν, στεκόταν από πάνω της, πολύ ψηλός, ντυμένος στα μαύρα. Ακόμα και τα γάντια του ήταν μαύρα, όπως και οι χοντρόσολες μπότες στα πόδια του. Ανασήκωσε το πιγούνι της με τη μύτη της μπότας του. Η φωνή του ήταν ψυχρή, αδιάφορη.

«Πόσων χρονών είσαι;»

Το πρόσωπο που την κοιτούσε ήταν στενό, με έντονα ζυγωματικά, χωρίς καθόλου χρώμα, τα μάτια του μαύρα, ενώ τα μαλλιά του τόσο λευκά, που έμοιαζε με αρνητικό φωτογραφίας. Στην αριστερή πλευρά του λαιμού του, λίγο πιο πάνω από το γιακά του σακακιού του, είχε ένα σπειροειδές Σημάδι.

«Εσύ είσαι ο Βάλενταϊν;» ψιθύρισε η Μάγια. «Μα...»

Η μπότα πάτησε με δύναμη το χέρι της κάνοντάς τη να ουρλιάξει από πόνο.

«Είπα, πόσων χρονών είσαι», είπε ο Βάλενταϊν.

«*Πόσων χρονών;*» Ο πόνος στο χέρι της, μαζί με τη μυρωδιά σαπίλας από τα σκουπίδια γύρω της την έκαναν να θέλει να ξεράσει. «Άι στο διάολο».

Ανάμεσα στα χέρια του άστραψε ένα φως· το πέταξε κάτω και έφτασε στο πρόσωπό της τόσο γρήγορα, που δεν πρόλαβε να το αποφύγει. Μια καυτή γραμμή πόνου χάραξε το πρόσωπό της· έβαλε το χέρι της και ένιωσε το αίμα να τρέχει.

«Λοιπόν», είπε ο Βάλενταϊν, με την ίδια σταθερή, καλλιεργημένη φωνή. «Πόσων χρονών είσαι;»

«Δεκαπέντε».

Ένιωσε το χαμόγελό του παρόλο που δεν μπορούσε να το δει. «*Τέλεια*».

Όταν γύρισαν στο Ινστιτούτο, η Ανακρίτρια χώρισε τον Τζέις από τους Λάιτγουντ και τον οδήγησε στην αίθουσα εξάσκησης. Βλέποντας την αντανάκλασή του σε έναν από τους καθρέφτες, ο Τζέις τινάχτηκε ξαφνιασμένος. Δεν είχε κοιταχτεί στον καθρέφτη εδώ και μέρες, και το προηγούμενο βράδυ δεν ήταν ό,τι καλύτερο. Τα μάτια του ήταν γεμάτα μαύρες σκιές και το πουκάμισό του λερωμένο με ξεραμένο αίμα και βρόμικη λάσπη απ' την όχθη του Ιστ Ρίβερ. Το πρόσωπό του ήταν ρουφηγμένο και στεγνό.

«Θαυμάζεις τον εαυτό σου;» Η φωνή της Ανακρίτριας τον επανέφερε στην πραγματικότητα. «Δεν θα είσαι και τόσο όμορφος όταν τελειώσει μαζί σου το Κονκλάβιο».

«Τελικά έχεις εμμονή με την ομορφιά μου», είπε ο Τζέις και γύρισε απ' τον καθρέφτη με ανακούφιση. «Μήπως κατά βάθος με γουστάρεις;»

«Μη γίνεσαι γελοίος». Η Ανακρίτρια είχε βγάλει τέσσερις λωρίδες μέταλλο από την γκρίζα θήκη που είχε στη μέση της. Σπαθιά του αγγέλου. «Θα μπορούσες να είσαι γιος μου».

«Στέφεν», είπε ο Τζέις, που θυμήθηκε τα λόγια του Λουκ. «Έτσι δεν τον έλεγαν;»

Η Ανακρίτρια γύρισε εξαγριωμένη προς το μέρος του. Οι λάμες που κρατούσε έτρεμαν έτσι όπως τις έσφιγγε. «Μην τολμήσεις να ξαναπιάσεις το όνομά του στο στόμα σου».

Για μια στιγμή, ο Τζέις σκέφτηκε ότι μπορεί και να τον σκότωνε. Δεν είπε τίποτα, την άφησε να ηρεμήσει.

Χωρίς να τον κοιτάξει, έδειξε ένα σημείο με το σπαθί. «Πήγαινε εκεί στο κέντρο της αίθουσας, σε παρακαλώ».

Ο Τζέις υπάκουσε. Παρόλο που προσπαθούσε να μην κοιτάει στους καθρέφτες, μπορούσε να δει την αντανάκλασή του, όπως και της Ανακρίτριας, με την άκρη του ματιού του. Οι καθρέφτες αντανακλούσαν ο ένας τον άλλον, έτσι που ένας άπειρος αριθμός Ανακριτριών απειλούσαν με τα σπαθιά τους έναν άπειρο αριθμό Τζέις.

Κοίταξε τα δεμένα του χέρια. Οι καρποί και οι ώμοι του είχαν περάσει από το πιάσιμο σε έναν οξύ, επίμονο πόνο, αλλά δεν παραπονέθηκε καθώς η Ανακρίτρια εξέτασε μία απ' τις λεπίδες, την ονόμασε Τζόφιελ και την κάρφωσε στο γυαλιστερό ξύλινο πάτωμα. Ο Τζέις περίμενε, αλλά δεν έγινε τίποτα.

«Μπουμ;» είπε. «Περιμένουμε να φυτρώσει κάτι εκεί πέρα;»

«Βούλωσ' το». Το ύφος της Ανακρίτριας ήταν αυστηρό. «Και μείνε εκεί που είσαι».

Ο Τζέις έκανε ό,τι του είπε, κοιτάζοντας με όλο και περισσότερη περιέργεια καθώς η Ανακρίτρια πήγε στο πλάι του, ονόμασε ένα άλλο σπαθί Χάραελ και το κάρφωσε κι αυτό στο παρκέ.

Με το τρίτο σπαθί, το Σάνταλφον, κατάλαβε τι προσπαθούσε να κάνει. Το πρώτο σπαθί είχε καρφωθεί μπροστά του, στο νότο, το δεύτερο στην ανατολή και το τρίτο στο βορρά. Ήταν τα σημεία μιας πυξίδας. Προσπάθησε να θυμηθεί τι σήμαινε αυτό, αλλά δεν μπορούσε. Ήταν προφανώς μια τελετουργία του Κονκλάβιου, κάτι που δεν του είχε διδάξει ποτέ κανείς. Όταν έβαλε το τελευταίο σπαθί, το Ταχάριαλ, οι παλάμες του είχαν ιδρώσει και έκαιγαν στα σημεία όπου άγγιζαν η μία την άλλη.

Η Ανακρίτρια ίσιωσε την πλάτη της και θαύμασε το έργο της. «Ωραία».

«Τι ωραία;» ρώτησε ο Τζέις, αλλά εκείνη του έκανε νόημα να σωπάσει.

«Δεν τελειώσαμε, Τζόναθαν. Υπάρχει ακόμα κάτι». Πήγε στην πιο νότια θέση και γονάτισε μπροστά στο σπαθί.

Με μια γρήγορη κίνηση έβγαλε ένα ραβδί και χάραξε ένα ρούνο στο πάτωμα μπροστά ακριβώς από το μαχαίρι. Όταν σηκώθηκε όρθια, στο δωμάτιο αντήχησε μια γλυκιά μελωδία άρπας, σαν το χτύπημα ενός λεπτεπίλεπτου κουδουνιού. Απ' τα τέσσερα σπαθιά των αγγέλων βγήκε φως, τόσο εκτυφλωτικό, που ο Τζέις γύρισε απ' την άλλη το πρόσωπό του. Όταν κοίταξε ξανά, βρισκόταν μέσα σε ένα κελί, που οι τοίχοι του ήταν φτιαγμένοι από ακτίνες φωτός. Δεν ήταν στατικές, αλλά κινούνταν, σαν κουρτίνες φωτεινής βροχής.

Η Ανακρίτρια ήταν μια θολή μορφή πίσω από ένα λαμπερό τοίχο. Όταν ο Τζέις τής φώναξε, η φωνή του έμοιαζε να τρεμουλιάζει, σαν να μιλούσε κάτω από το νερό. «Τι είναι αυτό; Τι έκανες;»

Εκείνη απλώς γέλασε.

Ο Τζέις έκανε ένα θυμωμένο βήμα εμπρός και έπειτα άλλο ένα· ο ώμος του άγγιξε το λαμπερό τοίχο. Σαν να είχε αγγίξει ένα ηλεκτροφόρο σύρμα, το ρεύμα που τον χτύπησε ήταν σαν γροθιά που τον έριξε κάτω. Έπεσε αδέξια, μη μπορώντας να χρησιμοποιήσει τα χέρια του για να μειώσει λίγο την πτώση του.

Η Ανακρίτρια γέλασε ξανά. «Αν προσπαθήσεις να περάσεις *μέσα* από τον τοίχο, δεν θα είναι τόσο μικρό το σοκ. Το Κονκλάβιο ονομάζει αυτήν τη φυλακή Σχηματισμό του Μαλαχία. Οι τοίχοι αυτοί δεν μπορούν να σπάσουν όσο τα σπαθιά παραμένουν στη θέση τους. Θα σε συμβούλευα» είπε καθώς είδε τον Τζέις να πλησιάζει προς ένα σπαθί «να μην το δοκιμάσεις. Αν τα αγγίξεις, θα πεθάνεις».

«Εσύ όμως μπορείς να τα αγγίξεις», είπε ο Τζέις.

«Μπορώ, αλλά δεν πρόκειται να το κάνω».

«Και αν θέλω φαγητό; Νερό;»

«Όλα στον καιρό τους, Τζόναθαν».

Σηκώθηκε όρθιος. Πίσω απ' το θολό τοίχο, την είδε να κάνει μεταβολή για να φύγει.

«Τα χέρια μου…» Κοίταξε τους δεμένους καρπούς του. Το καυτό μέταλλο έτρωγε το δέρμα του σαν καυστικό οξύ. Γύρω απ' τις φλογερές χειροπέδες ανέβλυζε αίμα.

«Αυτό έπρεπε να το είχες σκεφτεί πριν πας να δεις τον Βάλενταϊν», του είπε.

«Δεν με κάνεις να φοβάμαι και πολύ την οργή του Συμβουλίου», είπε ο Τζέις. «Αποκλείεται να είναι χειρότεροι από σένα».

«Α, δεν θα πας στο Συμβούλιο», είπε η Ανακρίτρια με έναν ήρεμο τόνο που δεν άρεσε καθόλου στον Τζέις.

«Τι εννοείς δεν θα πάω στο Συμβούλιο; Νόμιζα ότι είχες πει ότι θα με πήγαινες αύριο στην Άιντρις».

«Όχι. Σκοπεύω να σε επιστρέψω στον πατέρα σου».

Το σοκ που ένιωσε στο άκουσμα αυτών των λέξεων παραλίγο να τον ρίξει στο πάτωμα. «Στον πατέρα μου;»

«Στον πατέρα σου. Σκοπεύω να σε ανταλλάξω με τα Θανάσιμα Αντικείμενα».

Ο Τζέις την κοίταξε άφωνος. «Πλάκα μου κάνεις».

«Όχι βέβαια. Είναι μάλιστα πιο απλό από μια δίκη. Φυσικά, θα εκδιωχθείς απ' το Κονκλάβιο» πρόσθεσε σαν να το θυμήθηκε εκείνη τη στιγμή «αλλά αυτό πιστεύω ότι το περίμενες ούτως ή άλλως».

Ο Τζέις κούνησε το κεφάλι του. «Κάνεις μεγάλο λάθος, ελπίζω να το καταλαβαίνεις αυτό».

Μια έκφραση εκνευρισμού σκοτείνιασε το πρόσωπό της. «Νόμιζα ότι είχαμε ξεπεράσει το θέμα της ενοχής σου, Τζόναθαν».

«Δεν εννοούσα για μένα. Εννοούσα για τον πατέρα μου».

Για πρώτη φορά από τη στιγμή που τη γνώρισε, η Ανακρίτρια έδειξε μπερδεμένη: «Δεν καταλαβαίνω τι εννοείς».

«Ο πατέρας μου δεν πρόκειται να ανταλλάξει τα Θανάσιμα Αντικείμενα για μένα». Οι λέξεις ήταν πικρές, αλλά το ύφος του Τζέις δεν ήταν. Φαινόταν αποφασιστικό. «Θα προτιμούσε να σε αφήσει να με σκοτώσεις μπροστά του παρά να σου δώσει το Κύπελλο ή το Ξίφος».

Η Ανακρίτρια κούνησε το κεφάλι της. «Δεν καταλαβαίνεις», είπε και στη φωνή της είχε μια παράξενη χροιά πίκρας. «Τα παιδιά δεν καταλαβαίνουν ποτέ. Η αγάπη που νιώθει ένας γονιός για τα παιδιά του, δεν υπάρχει τίποτα παρόμοιο. Καμία άλλη αγάπη δεν σε συγκλονίζει τόσο πολύ. Κανένας πατέρας, ούτε καν ο Βάλενταϊν, δεν θα θυσίαζε τον ίδιο του το γιο για μια χούφτα μέταλλο, όσο ισχυρό και να ήταν αυτό».

«Δεν ξέρεις καλά τον πατέρα μου. Θα σε κοροϊδέψει κατάμουτρα και θα σου δώσει μόνο λεφτά για να στείλεις το σώμα μου πίσω στην Άιντρις».

«Μην είσαι ανόητος...»

«Σωστά. Θα σε αφήσει να πληρώσεις και τα μεταφορικά», είπε ο Τζέις.

«Απ' ό,τι βλέπω, τελικά του μοιάζεις πολύ. Δεν θέλεις να χάσει ο πατέρας σου τα Θανάσιμα Αντικείμενα, αυτό είναι. Θα ήταν μεγάλη η απώλεια της εξουσίας και για σένα. Δεν θέλεις να ζήσεις τη ζωή σου σαν το γιο ενός εγκληματία που έχει πέσει σε δυσμένεια, οπότε θα μου πεις οτιδήποτε για να κλονίσεις την απόφασή μου. Εμένα όμως δεν μπορείς να με κοροϊδέψεις».

«Άκου». Η καρδιά του Τζέις χτυπούσε σαν τρελή, αλλά προσπαθούσε να μιλάει ήρεμα. *Έπρεπε* να τη κάνει να τον πιστέψει. «Ξέρω ότι με μισείς. Ξέρω ότι πιστεύεις ότι είμαι ένας ψεύτης σαν τον πατέρα μου. Αλλά σου λέω την αλήθεια. Ο πατέρας μου όλα αυτά που κάνει τα πιστεύει. Εσύ θεωρείς ότι είναι σατανικός. Αυτός όμως θεωρεί ότι έχει *δίκιο*. Νομίζει ότι κάνει το έργο του Θεού. Δεν πρόκειται να το θυσιάσει αυτό για μένα. Με παρακολουθούσες όταν πήγα να τον συναντήσω. Σίγουρα θα άκουσες...»

«Σε *είδα* να του μιλάς», είπε η Ανακρίτρια. «Δεν άκουσα τι είπατε».

Ο Τζέις έβρισε από μέσα του. «Άκου, θα δώσω ό,τι όρκο θέλεις για να αποδείξω ότι δεν λέω ψέματα. Χρησιμοποιεί το Κύπελλο και το Ξίφος για να καλέσει δαίμονες και να τους ελέγξει. Όσο πιο πολύ χρόνο χάνετε μαζί μου, τόσο πιο μεγάλο στρατό θα φτιάξει. Μέχρι να καταλάβεις ότι δεν πρόκειται να δεχτεί αυτή την ανταλλαγή, δεν θα έχετε καμία πιθανότητα να τον νικήσετε...»

Η Ανακρίτρια γύρισε απ' την άλλη με μια έκφραση αηδίας. «Βαρέθηκα τα ψέματά σου».

Ο Τζέις πήρε μια βαθιά ανάσα καθώς δεν πίστευε ότι του γύρισε την πλάτη και πήγε προς την πόρτα. «Σε παρακαλώ!» φώναξε.

Εκείνη σταμάτησε στην πόρτα και γύρισε για να τον κοιτάξει. Ο Τζέις έβλεπε μόνο τις σκιές στο πρόσωπό της, το μυτερό πιγούνι και τις βαθιές λακκούβες στα μάγουλά της. Τα γκρίζα της ρούχα χάνονταν μες στις σκιές, ενώ έμοιαζε με κεφάλι δίχως σώμα που αιωρείτο στο κενό. «Μη νομίζεις» του είπε «ότι το να σε επιστρέψω στον πατέρα σου είναι αυτό που θέλω να κάνω. Δεν του αξίζει κάτι τέτοιο του Βάλενταϊν Μόργκενστερν».

«Και τι του αξίζει;»

«Να κρατήσει το νεκρό σώμα του παιδιού του στην αγκαλιά του. Να δει το γιο του νεκρό και να ξέρει ότι δεν μπορεί να κάνει τίποτα, ότι δεν υπάρχει ξόρκι, ούτε μαγγανεία, ούτε συμφωνία με το διάβολο για να τον φέρει πίσω...» Σταμάτησε. «Πρέπει να το νιώσει», είπε ψιθυριστά και έσπρωξε την πόρτα γδέρνοντας με τα νύχια της το ξύλο. Η πόρτα έκλεισε πίσω της με έναν απαλό ήχο, αφήνοντας τον Τζέις, με τους καρπούς ματωμένους, να την κοιτάζει με απορία.

Η Κλέρι έκλεισε το τηλέφωνο με μια γκριμάτσα. «Δεν απαντάει».

«Ποιον παίρνεις; ρώτησε ο Λουκ που έπινε το πέμπτο φλιτζάνι καφέ. Η Κλέρι είχε αρχίσει να ανησυχεί γι' αυτόν. Ήταν άραγε δυνατόν να πάθεις δηλητηρίαση απ' την υπερβολική δόση καφεΐνης; Δεν της φαινόταν νευρικός, αλλά για καλό και για κακό έβγαλε την καφετιέρα από την πρίζα. «Τον Σάιμον;»

«Όχι. Δεν θέλω να τον ξυπνάω τη μέρα, αν και λέει ότι δεν έχει πρόβλημα αρκεί να μη *βλέπει* το φως».

«Άρα...;»

«Έπαιρνα την Ίζαμπελ. Θέλω να δω τι έγινε με τον

Τζέις».

«Δεν απαντάει;»

«Όχι». Το στομάχι της Κλέρι γουργούριζε. Πήγε στο ψυγείο, έβγαλε ένα γιαούρτι ροδάκινο και το έφαγε μηχανικά, χωρίς να καταλαβαίνει τη γεύση του. Είχε φάει το μισό όταν θυμήθηκε κάτι. «Η Μάγια», είπε. «Πρέπει να δούμε αν είναι καλά». Άφησε το γιαούρτι. «Πάω εγώ».

«Όχι, εγώ είμαι ο αρχηγός της αγέλης της. Με εμπιστεύεται. Θα μπορέσω να την ηρεμήσω αν είναι αναστατωμένη», είπε ο Λουκ. «Επιστρέφω αμέσως».

«Μην το λες αυτό», είπε η Κλέρι. «Μου τη δίνει όταν μου το λένε αυτό».

Της χαμογέλασε στραβά και βγήκε στο διάδρομο. Γύρισε μετά από ελάχιστα λεπτά, έκπληκτος. «Έφυγε».

«Έφυγε; Πώς έφυγε;»

«Έφυγε κρυφά. Άφησε αυτό». Πέταξε ένα διπλωμένο χαρτάκι στο τραπέζι. Η Κλέρι το έπιασε και το διάβασε ξαφνιασμένη.

Συγγνώμη για όλα. Πάω να συμφιλιωθώ. Ευχαριστώ για όλα όσα κάνατε. Μάγια.

«Τι εννοεί;»

Ο Λουκ αναστέναξε. «Ήλπιζα να ξέρεις εσύ».

«Ανησυχείς;»

«Οι δαίμονες Ράουμ είναι ανιχνευτές. Βρίσκουν ανθρώπους και τους πηγαίνουν σε όποιον τους έστειλε. Αυτός ο δαίμονας μπορεί να την ψάχνει ακόμη».

«Α», είπε η Κλέρι σιγανά. «Μάλλον πήγε να συμφιλιωθεί με τον Σάιμον».

Ο Λουκ έδειξε να εκπλήσσεται. «Ξέρει πού μένει;»

«Δεν ξέρω», παραδέχθηκε η Κλέρι. «Έμοιαζαν να είναι

κάπως κοντά αυτοί οι δύο. Ίσως να ήξερε». Έψαξε το τηλέφωνό της. «Θα τον πάρω».

«Νόμιζα ότι δεν σου άρεσε να τον παίρνεις τη μέρα».

«Ναι, αλλά αυτά που συμβαίνουν μου αρέσουν ακόμα λιγότερο». Έψαξε στον κατάλογο να βρει το τηλέφωνό του. Χτύπησε τρεις φορές πριν το σηκώσει με νυσταγμένο ύφος.

«Ναι;»

«Εγώ είμαι». Η Κλέρι γύρισε το κεφάλι της από την άλλη, πιο πολύ από συνήθεια παρά επειδή ήθελε να πει κάποιο μυστικό.

«Ξέρεις ότι πλέον είμαι νυκτόβιος», είπε με ένα βογκητό. Τον άκουσε να στριφογυρίζει στο κρεβάτι του. «Αυτό σημαίνει ότι τη μέρα κοιμάμαι».

«Είσαι σπίτι;»

«Πού αλλού να είμαι;» Η φωνή του έγινε πιο έντονη καθώς ο ύπνος τον εγκατέλειπε. «Τι έγινε, Κλέρι, τι συμβαίνει;»

«Η Μάγια το έσκασε. Μας άφησε ένα σημείωμα που έλεγε ότι ίσως ερχόταν σε σένα».

«Δεν ήρθε», είπε ο Σάιμον σαστισμένος. «Ή τουλάχιστον όχι ακόμη».

«Είναι κανένας άλλος σπίτι σου;»

«Όχι, η μαμά μου είναι δουλειά και η Ρεμπέκα έχει μάθημα. Γιατί, λες όντως να έρθει από δω;»

«Απλώς, πάρε με αν έρθει...»

Ο Σάιμον τη διέκοψε. «Κλέρι...»

Η φωνή του ήταν ανήσυχη. «Περίμενε ένα λεπτό. Νομίζω ότι κάποιος προσπαθεί να διαρρήξει το σπίτι μου».

* * *

Η ώρα μέσα στη φυλακή περνούσε και ο Τζέις κοίταζε την εκτυφλωτική ασημένια βροχή να πέφτει γύρω του με μια απόμακρη έκφραση. Τα δάχτυλά του είχαν αρχίσει να μουδιάζουν, κάτι που ήταν μάλλον κακό σημάδι, αλλά δεν τον ένοιαζε. Αναρωτήθηκε αν οι Λάιτγουντ ήξεραν ότι βρισκόταν εκεί πέρα, ή αν θα ήταν μια δυσάρεστη έκπληξη για όποιον έμπαινε στην αίθουσα εξάσκησης. Όχι όμως, η Ανακρίτρια δεν ήταν τόσο αφελής. Θα τους είχε απαγορεύσει να μπουν στην αίθουσα μέχρι να ξεφορτωθεί τον κρατούμενο με όποιο τρόπο θεωρούσε καταλληλότερο. Ίσως έπρεπε να αγχωθεί ή να θυμώσει, αλλά δεν τον ένοιαζε. Τίποτα δεν του φαινόταν αληθινό πια, ούτε το Κονκλάβιο, ούτε ο Κανονισμός, ούτε ο Νόμος, ούτε καν ο πατέρας του.

Ένας απαλός βηματισμός τον έκανε να καταλάβει ότι κάποιος είχε μπει στο δωμάτιο. Ο Τζέις ήταν ξαπλωμένος ανάσκελα κοιτώντας το ταβάνι. Ανασηκώθηκε και κοίταξε γύρω του. Είδε μια σκοτεινή μορφή πίσω ακριβώς από το γυαλιστερό τοίχο. *Μάλλον η Ανακρίτρια θα είναι*, σκέφτηκε. Ετοιμάστηκε να αντικρούσει τα ειρωνικά της σχόλια, αλλά μετά είδε έκπληκτος τα σκούρα μαλλιά και το οικείο πρόσωπο.

Ίσως τελικά να υπήρχε κάτι για το οποίο νοιαζόταν. «Άλεκ;»

«Εγώ είμαι». Ο Άλεκ γονάτισε μπροστά στον αστραφτερό τοίχο. Ήταν σαν να κοιτούσε κάποιον πίσω από νερό που κυμάτιζε. Ο Τζέις έβλεπε τον Άλεκ, αλλά πότε πότε τα χαρακτηριστικά του λικνίζονταν και θόλωναν όταν η εκτυφλωτική βροχή γυάλιζε και κυμάτιζε.

Ήταν αρκετό για να σε κάνει να νιώσεις ναυτία, σκέφτηκε ο Τζέις.

«Μα το όνομα του Αρχαγγέλου, τι είναι αυτό;» ρώτησε ο Άλεκ πηγαίνοντας να αγγίξει τον τοίχο.

«Μη». Ο Τζέις άπλωσε το χέρι του, αλλά το ξανατράβηξε πριν αγγίξει τον τοίχο. «Θα σε χτυπήσει σαν σοκ, μπορεί και να σε σκοτώσει αν προσπαθήσεις να περάσεις από μέσα».

Ο Άλεκ τράβηξε το χέρι του με ένα σφύριγμα. «Η Ανακρίτρια δεν αστειεύεται, βλέπω».

«Όχι βέβαια. Είμαι επικίνδυνος κακοποιός. Δεν το έμαθες;» Ο Τζέις άκουσε το σαρκασμό στη φωνή του, είδε τον Άλεκ να αντιδρά και για μια στιγμή ένιωσε χαιρεκακία.

«Δεν σε είπε και κακοποιό…»

«Όχι, απλώς πολύ άτακτο παιδί. Κάνω ένα σωρό κακά πράγματα… κλοτσάω γατάκια, κάνω υβριστικές χειρονομίες στις καλόγριες…»

«Τζέις, σταμάτα. Δεν είναι αστείο». Τα μάτια του Άλεκ ήταν σοβαρά. «Τι στο καλό σκεφτόσουν όταν πήγες να δεις τον Βάλενταϊν; Πραγματικά, απορώ τι πέρασε απ' το μυαλό σου».

Ο Τζέις σκέφτηκε κάμποσες ειρωνικές απαντήσεις, αλλά δεν ήθελε να πει καμία τους. Ήταν πολύ κουρασμένος. «Πίστευα ότι ήταν ο πατέρας μου».

Ο Άλεκ ήταν σαν να μετρούσε μέχρι το δέκα για να κρατήσει την ψυχραιμία του. «Τζέις…»

«Αν ήταν δικός σου πατέρας; Τι θα έκανες;»

«Δικός μου πατέρας; Ο δικός μου πατέρας δεν θα έκανε ποτέ αυτά που έκανε…»

Ο Τζέις σήκωσε απότομα το κεφάλι του. «Κι ο δικός

σου πατέρας έκανε αυτά τα πράγματα! Ήταν στον Κύκλο μαζί με τον πατέρα μου! Και η μητέρα σου το ίδιο! Οι γονείς μας είναι ακριβώς οι ίδιοι. Η μόνη διαφορά είναι ότι τους δικούς σου τους έπιασαν και τους τιμώρησαν, ενώ το δικό μου όχι!»

Το πρόσωπο του Άλεκ συσπάστηκε. «Η *μόνη* διαφορά;» είπε απλώς.

Ο Τζέις κοίταξε τα χέρια του. Οι φλογερές χειροπέδες δεν έπρεπε να μένουν τόσο πολλή ώρα στα χέρια κάποιου. Το δέρμα του είχε αρχίσει να γεμίζει σταγόνες αίματος.

«Θέλω να πω», είπε ο Άλεκ «ότι δεν καταλαβαίνω πώς γίνεται να θέλεις να τον δεις, όχι μετά από όσα έκανε γενικά αλλά μετά από όσα έκανε σε σένα».

Ο Τζέις δεν είπε τίποτα.

«Όλα αυτά τα χρόνια», είπε ο Άλεκ. «Σε άφησε να πιστεύεις ότι είναι νεκρός. Ίσως να μη θυμάσαι πώς ήσουν όταν πρωτοήρθες στο Ινστιτούτο, Τζέις, αλλά εγώ θυμάμαι. Δεν μπορεί κάποιος που σε αγαπούσε να σου έκανε αυτό το πράγμα».

Οι γραμμές από το αίμα έσταζαν στα χέρια του Τζέις σαν κόκκινη κλωστή που ξεδιπλώνεται. «Ο Βάλενταϊν μού είπε» είπε σιγά «πως αν τον υποστήριζα εναντίον του Κονκλάβιου, θα φρόντιζε να μην πληγωθεί κανένας απ' τους αγαπημένους μου. Εσύ, η Ίζαμπελ, ο Μαξ. Η Κλέρι. Οι γονείς σου. Είπε...»

«Δεν θα πληγωθεί κανείς;» επανέλαβε χλευαστικά ο Άλεκ. «Εννοείς ότι δεν θα τους έκανε τίποτα ο ίδιος. Πολύ ωραία».

«Είδα τι μπορεί να κάνει, Άλεκ. Τη δύναμη από δαίμονες που συγκεντρώνει. Αν παρατάξει το στρατό του απέναντι στο Κονκλάβιο, θα γίνει πόλεμος. Και στον πόλεμο, οι άνθρωποι πληγώνονται. Στον πόλεμο, οι άνθρωποι σκοτώνονται». Δίστασε. «Αν είχες την ευκαιρία να σώσεις τουλάχιστον αυτούς που αγαπάς...»

«Τι είδους ευκαιρία είναι αυτή; Ο λόγος του Βάλενταϊν δεν αξίζει τίποτα».

«Αν ορκιστεί στον Αρχάγγελο ότι θα κάνει κάτι, δεν μπορεί να μην κρατήσει τον όρκο του. Τον ξέρω καλά».

«*Αν* τον υποστηρίξεις, όμως».

Ο Τζέις έγνεψε καταφατικά.

«Πρέπει να εκνευρίστηκε πολύ όταν του είπες όχι».

Ο Τζέις σήκωσε το βλέμμα του από τους ματωμένους καρπούς του και τον κοίταξε. «Ορίστε;»

«Είπα...»

«Το άκουσα. Γιατί πιστεύεις ότι είπα όχι;»

«Είπες όχι, έτσι δεν είναι;»

Πολύ αργά, ο Τζέις έγνεψε καταφατικά.

«Σε ξέρω», είπε ο Άλεκ με υπερηφάνεια και σηκώθηκε. «Είπες στην Ανακρίτρια για τον Βάλενταϊν και τα σχέδιά του; Και δεν την ένοιαξε;»

«Δεν μπορώ να πω ότι δεν την ένοιαξε. Μάλλον δεν με πίστεψε. Έχει ένα σχέδιο που πιστεύει ότι θα εξουδετερώσει τον Βάλενταϊν. Το πρόβλημα είναι ότι το σχέδιό της είναι άχρηστο».

Ο Άλεκ κούνησε το κεφάλι του. «Θα μου τα πεις αργότερα. Πρώτα όμως πρέπει να σε βγάλουμε από εκεί μέσα».

«*Τι;*» Ο Τζέις ένιωσε να ζαλίζεται. «Νόμιζα ότι ήρθες εδώ αποφασισμένος να με καταδικάσεις. "Ο Νόμος είναι Νόμος, Ίζαμπελ". Τι ήταν αυτά που έλεγες πριν;»

Ο Άλεκ έμοιαζε κατάπληκτος. «Δεν μπορεί να πίστεψες

ότι τα εννοούσα! Ήθελα να με εμπιστευτεί η Ανακρίτρια για να μη με παρακολουθεί συνεχώς όπως την Ίζι και τον Μαξ. Ξέρει ότι εκείνοι είναι με το μέρος σου».

«Κι εσύ; Εσύ είσαι με το μέρος μου;» Ο Τζέις άκουσε την τραχύτητα της ίδιας του της φωνής και ένιωσε να βαραίνει όταν συνειδητοποίησε πόσο σημασία είχε γι' αυτόν η απάντηση.

«Είμαι μαζί σου... πάντα», είπε ο Άλεκ. «Γιατί πρέπει να ρωτάς; Μπορεί να σέβομαι το Νόμο, αλλά αυτό που σου κάνει η Ανακρίτρια δεν έχει καμία σχέση με το Νόμο. Δεν ξέρω τι ακριβώς συμβαίνει, αλλά το μίσος που τρέφει για σένα είναι σχεδόν προσωπικό. Δεν έχει καμία σχέση με το Κονκλάβιο».

«Την προκαλώ», είπε ο Τζέις. «Δεν μπορώ να μην το κάνω. Αυτοί οι γραφειοκράτες μού τη δίνουν στα νεύρα».

Ο Άλεκ κούνησε το κεφάλι του. «Δεν είναι ούτε αυτό. Είναι ένα παλιό μίσος, μπορώ να το νιώσω».

Ο Τζέις ήταν έτοιμος να απαντήσει όταν άκουσε τις καμπάνες του Ινστιτούτου να χτυπάνε. Τόσο κοντά στην οροφή, ο ήχος πολλαπλασιαζόταν. Κοίταξε το ταβάνι –περίμενε σχεδόν να δει τον Χούγκο να πετάει ανάμεσα στα ξύλινα σανίδια με αργούς, συλλογισμένους κύκλους. Το κοράκι πετούσε πάντα ανάμεσα στα σανίδια της οροφής. Ο Τζέις νόμιζε ότι απλώς του άρεσε να δαγκώνει το μαλακό ξύλο. Τώρα όμως κατάλαβε ότι το πουλί είχε βρει εκεί πάνω ένα τέλειο παρατηρητήριο για να κατασκοπεύει.

Στο πίσω μέρος του μυαλού του Τζέις άρχισε να σχηματίζεται μια ιδέα, σκοτεινή και αόριστη. Δυνατά, είπε μόνο: «Ο Λουκ είπε κάτι για ένα γιο, που λεγόταν Στέφεν. Είπε ότι προσπαθούσε να πάρει εκδίκηση. Τη ρώτησα, κι εκείνη τα πήρε εντελώς. Μάλλον έχει κάποια σχέση με το γιατί με μισεί τόσο πολύ».

Η καμπάνα είχε σταματήσει να χτυπάει. «Ίσως. Μπορώ να ρωτήσω τους γονείς μου, αν και δεν νομίζω να μου πουν», είπε ο Άλεκ.

«Όχι, μην τους ρωτήσεις. Ρώτα τον Λουκ».

«Εννοείς να πάω απ' το σπίτι του; Αποκλείεται να καταφέρω να ξεγλιστρήσω απ' το Ινστιτούτο...»

«Πάρε την Κλέρι από το τηλέφωνο της Ίζαμπελ. Πες της να ρωτήσει τον Λουκ».

«Εντάξει», είπε διστακτικά ο Άλεκ. «Θέλεις να της πω τίποτε άλλο; Της Κλέρι, εννοώ, όχι της Ίζαμπελ».

«Όχι», είπε ο Τζέις. «Δεν έχω τίποτα να της πω».

«Σάιμον!» Σφίγγοντας το τηλέφωνο, η Κλέρι γύρισε στον Λουκ. «Λέει ότι κάποιος προσπαθεί να μπει στο σπίτι του».

«Πες του να βγει έξω».

«Δεν μπορώ να βγω έξω», είπε αναστατωμένος ο Σάιμον. «Το φως...»

«Το φως», είπε η Κλέρι στον Λουκ, αλλά είδε ότι το είχε σκεφτεί κι αυτός και έψαχνε κάτι στην τσέπη του. Τα κλειδιά του αυτοκινήτου του.

«Πες του ότι πάμε εκεί. Πες του να κλειδωθεί σε ένα δωμάτιο μέχρι να φτάσουμε».

«Άκουσες; Κλειδώσου σε ένα δωμάτιο μέχρι να έρθουμε εκεί».

«Το άκουσα». Η φωνή του ακουγόταν ανήσυχη. Η Κλέρι άκουσε ένα βαρύ ήχο σαν σύρσιμο και μετά έναν κρότο.

«Σάιμον!»

«Καλά είμαι. Απλώς, βάζω διάφορα πίσω από την πόρτα».

«Τι διάφορα;» Είχε βγει έξω και έτρεμε με το λεπτό μπλουζάκι που φορούσε. Ο Λουκ πίσω της κλείδωνε το σπίτι.

«Ένα γραφείο», είπε με κάποια ικανοποίηση ο Σάιμον. «Και το κρεβάτι μου».

«Το *κρεβάτι* σου;» ρώτησε η Κλέρι και μπήκε στο αμάξι δίπλα στον Λουκ, προσπαθώντας να βάλει με το ένα χέρι τη ζώνη, ενώ ο Λουκ βγήκε απ' το γκαράζ και όρμησε στη λεωφόρο Κεντ. «Πώς κατάφερες να το σηκώσεις;»

«Μην ξεχνάς την υπερφυσική δύναμη ενός βρικόλακα».

«Ρώτα τον τι ακούει», είπε ο Λουκ. Έτρεχαν με μεγάλη ταχύτητα, και δεν θα υπήρχε πρόβλημα αν οι δρόμοι ήταν σε καλύτερη κατάσταση. Έτσι όμως όπως ήταν, η Κλέρι αναπηδούσε στη θέση της κάθε φορά που έπεφταν σε μια λακκούβα.

«Τι ακούς;» ρώτησε λαχανιασμένη.

«Άκουσα την εξώπορτα να σπάει. Νομίζω ότι κάποιος την κλότσησε. Μετά, ο γάτος ήρθε τρέχοντας στο δωμάτιό μου και κρύφτηκε κάτω απ' το κρεβάτι μου. Έτσι κατάλαβα ότι κάποιος είχε μπει στο σπίτι».

«Και τώρα;»

«Τώρα δεν ακούω τίποτα».

«Αυτό είναι καλό, σωστά;» Η Κλέρι απευθύνθηκε στον Λουκ. «Λέει ότι δεν ακούει τίποτα τώρα. Ίσως να έφυγαν».

«Ίσως», είπε με αμφιβολία ο Λουκ. Ήταν στο δρόμο ταχείας κυκλοφορίας και πλησίαζαν στη γειτονιά του

Σάιμον. «Μην κλείσεις το τηλέφωνο».

«Τι κάνεις τώρα, Σάιμον;»

«Τίποτα. Έχω βάλει ό,τι είχα στο δωμάτιο πίσω από την πόρτα. Τώρα προσπαθώ να βγάλω τον Γιοσάριαν από τον αεραγωγό».

«Ας τον εκεί που είναι».

«Πώς θα τα εξηγήσω όλα αυτά στη μαμά μου;» είπε και μετά το τηλέφωνο έκλεισε. Η ΚΛΗΣΗ ΑΠΟΣΥΝΔΕΘΗΚΕ έγραφε η οθόνη.

«Όχι! *Όχι!*» φώναξε η Κλέρι και πάτησε ξανά ΚΛΗΣΗ, με δάχτυλα που έτρεμαν.

Ο Σάιμον το σήκωσε αμέσως. «Συγγνώμη. Με γρατζούνισε ο Γιοσάριαν και μου έπεσε το τηλέφωνο».

Ο λαιμός της έκαιγε από ανακούφιση. «Εντάξει, αφού είσαι ακόμη...»

Ένας ήχος σαν ωστικό κύμα διαπέρασε το τηλέφωνο, σβήνοντας τη φωνή του Σάιμον. Η Κλέρι απομάκρυνε τη συσκευή από το αφτί της. Η κλήση ήταν ακόμη ενεργή.

«*Σάιμον!*» ούρλιαξε στο τηλέφωνο. «Σάιμον, με ακούς;»

Ο ήχος σταμάτησε. Ακούστηκε κάτι να σπάει, και αμέσως μετά ένα οξύ απόκοσμο ουρλιαχτό... η γάτα; Αργότερα, ο ήχος από κάτι βαρύ που έπεφτε στο πάτωμα.

«Σάιμον;» ψιθύρισε.

Ακούστηκε ένα κλικ, ενώ στο αφτί της μίλησε μια συρτή, εύθυμη φωνή. «Κλαρίσα;» είπε. «Έπρεπε να το φανταστώ ότι στην άλλη άκρη της γραμμής θα ήσουν εσύ».

Έκλεισε τα μάτια της και ένιωσε το στομάχι της να αναπηδάει σαν να βρισκόταν σε ένα τρενάκι που μόλις είχε γυρίσει ανάποδα. «Βάλενταϊν».

«Πατέρα, θέλεις να πεις», είπε και φάνηκε πολύ εκνευρισμένος. «Δεν μου αρέσει καθόλου αυτή η μοντέρνα συνήθεια να λέτε τους γονείς σας με τα μικρά τους ονόματα».

«Αυτό που θέλω να σε πω είναι πολύ πιο άσχημο από το όνομά σου», είπε η Κλέρι κοφτά. «Πού είναι ο Σάιμον;»

«Εννοείς το μικρό βρικόλακα; Δεν είναι και τόσο καλή παρέα για μια Κυνηγό από καλή οικογένεια, έτσι δεν είναι; Από εδώ και πέρα θα πρέπει να με συμβουλεύεσαι για την επιλογή των φίλων σου».

«*Τι έκανες στον Σάιμον;*»

«Τίποτα», είπε με εύθυμο ύφος ο Βάλενταϊν. «Ακόμη».

Και της έκλεισε το τηλέφωνο.

Μέχρι να επιστρέψει ο Άλεκ στην αίθουσα εξάσκησης, ο Τζέις ήταν ξαπλωμένος στο πάτωμα και φανταζόταν μια αίθουσα γεμάτη κορίτσια με μαγιό για να ξεχάσει τον πόνο στα χέρια του. Δεν έπιανε, όμως.

«Τι κάνεις;» τον ρώτησε ο Άλεκ και γονάτισε όσο πιο κοντά στο γυαλιστερό τοίχο μπορούσε. Ο Τζέις προσπάθησε να θυμίσει στον εαυτό του ότι όταν ο Άλεκ έκανε κάτι τέτοιες ερωτήσεις το εννοούσε στα αλήθεια και ότι ήταν κάτι που κάποτε του φαινόταν αξιολάτρευτο και όχι ενοχλητικό. Ωστόσο, δεν τα κατάφερε.

«Σκέφτηκα να ξαπλώσω και να λιώσω στον πόνο για λίγο», είπε. «Με ξεκουράζει.»

«Ε; Α, με ειρωνεύεσαι πάλι. Υποθέτω ότι αυτό είναι καλό σημάδι», είπε ο Άλεκ. «Αν μπορείς να σηκωθείς, κάν' το. Θα προσπαθήσω να πετάξω κάτι μέσα από τον τοίχο».

Ο Τζέις σηκώθηκε τόσο βιαστικά, που ζαλίστηκε. «Άλεκ, μη..»

Ο Άλεκ όμως είχε ήδη αρχίσει να σπρώχνει κάτι προς το μέρος του, σαν να κυλούσε μια μπάλα σε ένα παιδί. Μια κόκκινη σφαίρα διαπέρασε τη γυαλιστερή κουρτίνα και κύλησε προς τον Τζέις, ακουμπώντας απαλά στο γόνατό του.

«Ένα μήλο». Το έπιασε με λίγη δυσκολία. «Ό,τι πρέπει».

«Σκέφτηκα ότι μπορεί να πεινάς».

«Πεινάω». Ο Τζέις δάγκωσε το μήλο. Ο χυμός που έτρεξε στα χέρια του τσιτσίρισε πάνω στην μπλε φωτιά που τύλιγε τους καρπούς του. «Έστειλες μήνυμα στην Κλέρι;»

«Όχι. Η Ίζαμπελ δεν με άφηνε να μπω στο δωμάτιό της. Πετάει πράγματα στην πόρτα και ουρλιάζει. Λέει ότι αν μπω μέσα θα πηδήξει απ' το παράθυρο. Ικανή την έχω».

«Κι εγώ».

«Μου φαίνεται» είπε ο Άλεκ «ότι δεν με έχει συγχωρέσει που σε πρόδωσα πριν».

«Και καλά κάνει», είπε με ικανοποίηση ο Τζέις.

«Μα, δεν σε πρόδωσα, βλαμμένο».

«Η σκέψη μετράει».

«Ωραία γιατί σου έφερα και κάτι άλλο. Δεν ξέρω αν θα πιάσει, αλλά αξίζει να προσπαθήσουμε». Κύλησε κάτι μικρό και μεταλλικό μέσα από τον τοίχο. Ήταν ένας ασημένιος δίσκος στο μέγεθος κέρματος. Ο Τζέις άφησε το μήλο και έπιασε το δίσκο με περιέργεια. «Τι είναι αυτό;»

«Το βρήκα στο γραφείο της βιβλιοθήκης. Έχω δει τους γονείς μου να το χρησιμοποιούν για να λύνουν δεσμά. Νομίζω ότι είναι ρούνος. Δοκίμασε...»

Σταμάτησε όταν είδε τον Τζέις να ακουμπάει το δίσκο στους καρπούς του, κρατώντας τον με δυσκολία με τα δυο του δάχτυλα. Τη στιγμή που άγγιξε τη γραμμή της μπλε φλόγας, οι χειροπέδες τρεμούλιασαν και έσβησαν.

«Ευχαριστώ», είπε ο Τζέις τρίβοντας τους καρπούς του, που είχαν από ένα βραχιόλι καμένου, ματωμένου δέρματος. Άρχιζε σιγά-σιγά να ξανανιώθει τα δάχτυλά του. «Δεν είναι και λίμα κρυμμένη σε τούρτα, αλλά τουλάχιστον δεν θα μου κοπούν τα χέρια».

Ο Άλεκ τον κοίταξε. Οι τρεμουλιαστές γραμμές της κουρτίνας έκαναν το πρόσωπό του να φαίνεται πιο μακρύ, ανήσυχο, ίσως όμως να ανησυχούσε όντως. «Ξέρεις, όταν προσπαθούσα να μιλήσω στην Ίζαμπελ, σκέφτηκα κάτι. Της είπα να μην πηδήξει από το παράθυρο γιατί θα έσπαγε το κεφάλι της».

«Μια καλή συμβουλή από το μεγάλο αδελφό».

«Μετά όμως άρχισα να αναρωτιέμαι αν για σένα ίσχυε το ίδιο –θέλω να πω ότι μερικές φορές σε έχω δει να κάνεις πράγματα που πρακτικά ήταν αδύνατα. Σε έχω δει να πηδάς από τρεις ορόφους και να τρέχεις σαν γάτα, να πηδάς από το πάτωμα στη σκεπή...»

«Το να ακούω τα κατορθώματά μου είναι πολύ ωραίο, Άλεκ, αλλά δεν καταλαβαίνω τι θέλεις να πεις...»

«Θέλω να πω ότι αυτή η φυλακή έχει τέσσερις τοίχους, όχι πέντε».

Ο Τζέις τον κοίταζε. «Άρα, ο Χοτζ είχε δίκιο όταν έλεγε ότι χρειαζόμαστε τη γεωμετρία για τη καθημερινότητά μας. Δίκιο έχεις. Το κελί μου έχει τέσσερις τοίχους. Αν η Ανακρίτρια είχε βάλει μόνο δύο...»

«Τζέις!» Ο Άλεκ είχε αρχίσει να χάνει την υπομονή του. «Θέλω να πω ότι το κελί δεν έχει ΟΡΟΦΗ. Δεν υπάρχει τίποτα ανάμεσα σε σένα και στο ταβάνι».

Ο Τζέις έγειρε το κεφάλι του προς τα πάνω. Τα δοκάρια αιωρούνταν από πάνω του χαμένα στις σκιές. «Είσαι τρελός».

«Μπορεί», είπε ο Άλεκ. «Μπορεί απλώς να ξέρω τι είσαι ικανός να κάνεις. Τουλάχιστον προσπάθησε».

Ο Τζέις κοίταξε τον Άλεκ, το ανοιχτό, ειλικρινές του πρόσωπο και τα σταθερά γαλάζια του μάτια. *Είναι τρελός*, σκέφτηκε. Ήταν αλήθεια, στον πανικό της μάχης είχε κάνει κάποια απίθανα πράγματα, αλλά όλοι τους είχαν κάνει τα ίδια. Το αίμα των Κυνηγών, τα χρόνια εξάσκησης... ωστόσο, δεν μπορούσε να πηδήξει δέκα μέτρα χωρίς φόρα.

Πώς ξέρεις ότι δεν μπορείς; είπε μια απαλή φωνή στο κεφάλι του. *Πώς ξέρεις αν δεν το έχεις δοκιμάσει ποτέ;*

Η φωνή της Κλέρι. Σκέφτηκε αυτό που είχε κάνει με τους ρούνους, τη Σιωπηλή Πόλη και τη χειροπέδα που είχε σπάσει στο χέρι του σαν να είχε δεχτεί μια τρομακτική πίεση. Ο Τζέις και η Κλέρι είχαν το ίδιο αίμα. Αν εκείνη μπορούσε να κάνει πράγματα που έμοιαζαν αδύνατα...

Σηκώθηκε όρθιος, σχεδόν απρόθυμα, και κοίταξε γύρω του. Έβλεπε τους μεγάλους καθρέφτες και τα διάφορα όπλα που ήταν στερεωμένα στους τοίχους, τις λεπίδες τους να γυαλίζουν θαμπά, πίσω από την κουρτίνα της ασημένιας βροχής που τον περικύκλωνε. Έσκυψε και έπιασε το μισοφαγωμένο μήλο, το κοίταξε σκεπτικός για ένα λεπτό... και μετά το πέταξε όσο πιο δυνατά μπορούσε. Το μήλο έσκισε τον αέρα, έπεσε στον αστραφτερό τοίχο και εξερράγη σε μια στεφάνη από μπλε φωτιά.

Ο Τζέις άκουσε τον Άλεκ να κρατάει την ανάσα του. Άρα, η Ανακρίτρια *δεν* υπερέβαλλε. Αν άγγιζε με δύναμη τον τοίχο, θα πέθαινε.

Ο Άλεκ είχε σηκωθεί όρθιος, διστάζοντας ξαφνικά. «Τζέις, δεν ξέρω...»

«Βούλωσ' το, Άλεκ. Και μη με κοιτάς. Δεν με βοηθάει».

Ό,τι και να είπε ο Άλεκ, ο Τζέις δεν το άκουσε. Στριφογύριζε αργά γύρω από τον εαυτό του, με το βλέμμα καρφωμένο στο ταβάνι. Οι ρούνοι που του έδιναν τέλεια μακρινή όραση ενεργοποιήθηκαν, κι έτσι άρχισε να βλέπει πιο καθαρά. Έβλεπε τις φθαρμένες άκρες των δοκαριών, τους ρόζους και τους κόμπους τους, τα μαύρα στίγματα του καιρού. Ήταν σταθερά, όμως. Είχαν κρατήσει το Ινστιτούτο στη θέση του χιλιάδες χρόνια. Μπορούσαν να αντέξουν έναν έφηβο. Ανοιγόκλεισε τα δάχτυλά του, παίρνοντας αργές, βαθιές, ελεγχόμενες ανάσες, ακριβώς όπως του είχε μάθει ο πατέρας του. Είδε με το μυαλό του τον εαυτό του να πηδάει, να λυγίζει το σώμα του, να πιάνεται από μία σανίδα της οροφής και να ανεβαίνει πάνω της. Ήταν ελαφρύς, είπε στον εαυτό του, ελαφρύς σαν ένα βέλος, και θα έσκιζε το ίδιο εύκολα τον αέρα, γρήγορα και αμείλικτα. Θα ήταν εύκολο, είπε στον εαυτό του. Εύκολο.

«Είμαι το βέλος του Βάλενταϊν», ψιθύρισε ο Τζέις. «Είτε το ξέρει είτε όχι».

Και πήδηξε.

16

μια πετρα στην καρδια

Η Κλέρι πάτησε το κουμπί για να ξανακαλέσει τον Σάιμον, αλλά βγήκε μόνο ο τηλεφωνητής. Στα μάγουλά της έτρεχαν καυτά δάκρυα, και πέταξε το κινητό της στο παρμπρίζ. «Γαμώτο, γαμώτο, γαμώτο».

«Φτάσαμε σχεδόν», είπε ο Λουκ. Είχαν βγει απ' το δρόμο ταχείας κυκλοφορίας, και η Κλέρι δεν το είχε προσέξει καν. Σταμάτησαν μπροστά στο σπίτι του Σάιμον, μια ξύλινη μονοκατοικία που η πρόσοψή της ήταν βαμμένη ένα φωτεινό κόκκινο. Η Κλέρι βγήκε από το αμάξι και έτρεξε πριν καν ο Λουκ τραβήξει το χειρόφρενο. Τον άκουγε να φωνάζει το όνομά της καθώς έτρεχε στα σκαλιά και χτυπούσε με δύναμη την εξώπορτα.

«Σάιμον!» φώναξε. «*Σάιμον!*»

«Κλέρι, σταμάτα». Ο Λουκ την πρόλαβε στη βεράντα. «Οι γείτονες...»

«Δεν με νοιάζει...» Έψαξε τα κλειδιά που είχε στη ζώνη της, βρήκε το σωστό και το έβαλε στην κλειδαριά. Άνοιξε την πόρτα και μπήκε προσεκτικά στο διάδρομο, με τον Λουκ να την ακολουθεί. Όλα ήταν όπως πάντα, από το πεντακάθαρο πάγκο μέχρι τα μαγνητάκια του ψυγείου. Ο νεροχύτης όπου είχαν φιληθεί πριν από δύο μέρες. Απ' τα παράθυρα έμπαινε λίγο ήλιος, γεμίζοντας το δωμάτιο με απαλό κίτρινο φως. Το φως που μπορούσε να κάνει τον Σάιμον στάχτη μέσα σε δευτερόλεπτα.

Το δωμάτιό του ήταν το τελευταίο του διαδρόμου. Η πόρτα ήταν ελαφρώς ανοιχτή, αν και η Κλέρι δεν έβλεπε παρά μόνο σκοτάδι απ' το άνοιγμα.

Έβγαλε το ραβδί της απ' την τσέπη της και το κράτησε σφιχτά. Ήξερε ότι δεν ήταν και πολύ αποτελεσματικό όπλο, αλλά ένιωθε να την ηρεμεί. Μέσα, το δωμάτιο ήταν σκοτεινό, με τα παράθυρα σκεπασμένα από μαύρες κουρτίνες, και το μόνο φως έβγαινε απ' το ψηφιακό ρολόι δίπλα στο κρεβάτι. Ο Λουκ άπλωσε το χέρι του να ανάψει το φως όταν κάτι... κάτι που έφτυνε, ρουθούνιζε και μούγκριζε σαν δαίμονας τού επιτέθηκε μέσα στο σκοτάδι.

Η Κλέρι ούρλιαξε καθώς ο Λουκ την έπιασε από τους ώμους και την έριξε απότομα στο πλάι. Παραπάτησε και παραλίγο να πέσει. Όταν βρήκε την ισορροπία της, είδε έναν ξαφνιασμένο Λουκ να κρατάει μια άσπρη γάτα που πάλευε σαν τρελή να του ξεφύγει με τη γούνα ανασηκωμένη σαν σκαντζόχοιρος. Ήταν σαν μπάλα από βαμβάκι με νύχια.

«Γιοσάριαν!» φώναξε η Κλέρι.

Ο Λουκ την άφησε. Ο Γιοσάριαν πέρασε βιαστικά ανάμεσα απ' τα πόδια του και εξαφανίστηκε στο διάδρομο.

«Χαζή γάτα», είπε η Κλέρι.

«Δεν φταίει αυτή», είπε ο Λουκ. «Οι γάτες δεν με συμπαθούν». Άπλωσε το χέρι του στο διακόπτη και άναψε το φως. Η Κλέρι έμεινε άφωνη. Το δωμάτιο ήταν μια χαρά, ούτε καν το χαλί δεν ήταν στραπατσαρισμένο. Ακόμα και το πάπλωμα ήταν διπλωμένο.

«Ξόρκι;»

«Μάλλον όχι. Μάλλον απλή μαγεία». Ο Λουκ πήγε στο κέντρο του δωματίου και κοίταξε γύρω του σκεπτικός. Καθώς πήγαινε να τραβήξει μία απ' τις κουρτίνες, η Κλέρι είδε κάτι να γυαλίζει στο χαλί.

«Λουκ, περίμενε». Έσκυψε στα πόδια του και γονάτισε για να πιάσει το αντικείμενο. Ήταν το ασημένιο κινητό του Σάιμον, στραβωμένο πολύ άσχημα και με την κεραία σπασμένη. Με την καρδιά της να βροντοχτυπάει, το άνοιξε. Παρά τη ρωγμή που έκοβε την οθόνη στα δύο, διάβασε ένα γραπτό μήνυμα: *Τώρα τους έχω όλους*.

Η Κλέρι έκατσε στο κρεβάτι ζαλισμένη. Ένιωσε τον Λουκ να παίρνει το κινητό από το χέρι της. Τον άκουσε να αναπνέει βαθιά καθώς διάβαζε το μήνυμα.

«Τι εννοεί;» ρώτησε η Κλέρι.

Ο Λουκ άφησε το κινητό του Σάιμον πάνω στο γραφείο και έβαλε το χέρι του στο πρόσωπό του. «Φοβάμαι ότι εννοεί ότι έχει τον Σάιμον, και μάλλον πρέπει να συνειδητοποιήσουμε ότι έχει και τη Μάγια. Εννοεί ότι έχει όλους όσους χρειάζεται για την Τελετή της Μετατροπής».

Η Κλέρι τον κοίταξε. «Δηλαδή, κάνει όλο αυτό για να εκδικηθεί εμένα κι εσένα;»

«Είμαι σίγουρος ότι ο Βάλενταϊν το βλέπει σαν έναν απλό ευχάριστο συνδυασμό. Δεν είναι ο βασικός του στόχος. Ο κύριός του σκοπός είναι να αντιστρέψει τα χαρακτηριστικά του Ξίφους των Ψυχών, και γι' αυτό χρειάζεται...»

«Το αίμα των παιδιών των Πλασμάτων του Σκότους. Η Μάγια και ο Σάιμον όμως δεν είναι παιδιά. Είναι έφηβοι».

«Όταν φτιάχτηκε αυτή η Τελετή, η έννοια έφηβος δεν υπήρχε καν. Στην κοινωνία των Κυνηγών είσαι ενήλικας όταν γίνεις δεκαοχτώ. Πριν από αυτό είσαι παιδί. Για τους σκοπούς του Βάλενταϊν, η Μάγια και ο Σάιμον είναι παιδιά. Έχει ήδη το αίμα ενός ξωτικού και το αίμα ενός νεαρού μάγου. Το μόνο που χρειαζόταν ήταν ένας λυκάνθρωπος και ένας βρικόλακας».

Η Κλέρι ένιωθε σαν να τη μαστίγωνε ο αέρας. «Τότε, γιατί δεν κάναμε κάτι; Γιατί δεν σκεφτήκαμε να τους προστατεύσουμε;»

«Μέχρι τώρα, ο Βάλενταϊν έκανε ό,τι τον βόλευε. Κανένα από τα θύματά του δεν το επέλεγε για συγκεκριμένο λόγο. Ο μάγος ήταν εύκολο να βρεθεί· το μόνο που είχε να κάνει ο Βάλενταϊν ήταν να προσποιηθεί ότι ήθελε να καλέσει ένα δαίμονα. Είναι αρκετά εύκολο να πετύχεις ξωτικά στο δάσος αν ξέρεις πού να κοιτάξεις. Και το Φεγγάρι του Κυνηγού είναι ακριβώς το μέρος όπου μπορείς να βρεις λυκανθρώπους. Το να μπει όμως στον κόπο και στον κίνδυνο να ψάξει τα συγκεκριμένα παιδιά μόνο και μόνο για να μας εκδικηθεί όταν δεν έχει αλλάξει κάτι...»

«Ο Τζέις», είπε η Κλέρι.

«Τι εννοείς ο Τζέις;»

«Νομίζω ότι τον Τζέις προσπαθεί να εκδικηθεί. Ο Τζέις πρέπει να έκανε κάτι χτες το βράδυ στο πλοίο που εκνεύρισε τον Βάλενταϊν πάρα πολύ. Τον θύμωσε τόσο πολύ που τον έκανε να εγκαταλείψει το παλιό του σχέδιο και να καταστρώσει καινούριο».

Ο Λουκ έμοιαζε να ξαφνιάζεται. «Τι σε κάνει να πιστεύεις ότι η αλλαγή σχεδίου από τον Βάλενταϊν είχε οποιαδήποτε σχέση με τον αδερφό σου;»

«Γιατί» είπε η Κλέρι «μόνο ο Τζέις μπορεί να κάνει κάτι που θα εκνευρίσει κάποιον *τόσο* πολύ».

«Ίζαμπελ!» φώναξε ο Άλεκ χτυπώντας την πόρτα του δωματίου της αδερφής του. «Ίζαμπελ, άνοιξε. Ξέρω ότι είσαι μέσα».

Η πόρτα άνοιξε ελάχιστα. Ο Άλεκ προσπάθησε να κοιτάξει μέσα, αλλά δεν φαινόταν κανείς. «Δεν θέλει να σου μιλήσει», είπε μια οικεία φωνή. Ο Άλεκ κοίταξε προς τα κάτω και είδε δυο γκρίζα μάτια να τον αγριοκοιτάζουν πίσω από ένα ζευγάρι στραβωμένα γυαλιά. «Μαξ» είπε «έλα, μικρέ, άνοιξέ μου».

«Ούτε εγώ θέλω να σου μιλήσω», είπε ο Μαξ και πήγε να κλείσει την πόρτα, αλλά ο Άλεκ, γρήγορος σαν ένα τίναγμα από το μαστίγιο της Ίζαμπελ, έβαλε το πόδι του στο κενό.

«Μη με κάνεις να σε χτυπήσω, Μαξ».

«Δεν θα το έκανες». Ο Μαξ έσπρωξε την πόρτα με όλη του τη δύναμη.

«Όχι, αλλά θα μπορούσα να φωνάξω τη μαμά και τον μπαμπά, και έχω την αίσθηση ότι η Ίζαμπελ δεν θα το ήθελε αυτό. Έτσι δεν είναι, Ίζι;» είπε αρκετά δυνατά για να τον ακούσει η αδερφή του που ήταν μέσα στο δωμάτιο.

«Πω πω, εντάξει», είπε η Ίζαμπελ, που έμοιαζε εξαγριωμένη. «Άσ' τον να μπει, Μαξ».

Ο Μαξ έκανε στην άκρη και ο Άλεκ μπήκε στο δωμάτιο. Η Ίζαμπελ είχε γονατίσει μπροστά στο παράθυρο δίπλα στο κρεβάτι της με το χρυσό μαστίγιο τυλιγμένο στο αριστερό της χέρι. Φορούσε τη στολή της μάχης, το μαύρο σκληρό παντελόνι και το κολλητό μπλουζάκι με τα ασημένια, σχεδόν αδιόρατα σχέδια ρούνων. Οι μπότες της ήταν κουμπωμένες μέχρι πάνω και τα μαύρα μαλλιά της κυμάτιζαν στο αεράκι από το ανοιχτό παράθυρο. Τον αγριοκοίταξε, και για λίγο του θύμισε τον Χούγκο, το μαύρο κοράκι του Χοτζ.

«Τι στο καλό κάνεις εκεί; Προσπαθείς να αυτοκτονήσεις;» τη ρώτησε θυμωμένος πηγαίνοντας προς το μέρος της.

Η Ίζαμπελ τίναξε το μαστίγιό της και το τύλιξε στους αστραγάλους της. Ο Άλεκ σταμάτησε απότομα, ξέροντας ότι μπορούσε με μία κίνηση του καρπού της να τον ρίξει στο σκληρό ξύλινο πάτωμα. «Μη με πλησιάσεις άλλο, Αλεξάντερ Λάιτγουντ», είπε με την πιο θυμωμένη της φωνή. «Δεν είμαι και πολύ ευχαριστημένη μαζί σου αυτήν τη στιγμή».

«Ίζαμπελ...»

«Πώς μπόρεσες να προδώσεις έτσι τον Τζέις; Μετά από όλα όσα έχει περάσει; Και είχατε δώσει κι εκείνον τον όρκο μεταξύ σας...»

«Δεν ήταν» της θύμισε «όμως πιο πάνω από το Νόμο».

«Το *Νόμο*!» είπε με αηδία η Ίζαμπελ. «Υπάρχει και πιο σημαντικός νόμος από το Κονκλάβιο, Άλεκ. Ο οικογενειακός νόμος. Ο Τζέις είναι η οικογένειά μας».

«Ο οικογενειακός νόμος; Πρώτη φορά τον ακούω», είπε προκλητικά ο Άλεκ. Ήξερε ότι κανονικά θα έπρεπε να απολογείται, αλλά ήταν δύσκολο να αντισταθεί στην παλιά του συνήθεια να διορθώνει τα μικρότερα αδέρφια του όταν έκαναν κάτι λάθος. «Μήπως επειδή μόλις τον έβγαλες από το μυαλό σου;»

Η Ίζαμπελ τίναξε τον καρπό της. Ο Άλεκ ένιωσε τα πόδια του να σηκώνονται από το πάτωμα και γρήγορα έστριψε τον κορμό του, έτσι ώστε να μειώσει την ένταση της πτώσης με τα χέρια του. Προσγειώθηκε στο πάτωμα, γύρισε ανάσκελα και είδε την Ίζαμπελ από πάνω του. Δίπλα της ήταν ο Μαξ. «Τι να τον κάνουμε, Μάξγουελ;» είπε. «Να τον αφήσουμε δεμένο μέχρι να τον βρουν οι γονείς;»

Ο Άλεκ δεν άντεξε άλλο. Έβγαλε ένα σπαθί από τη θήκη που είχε στον καρπό του και έκοψε το μαστίγιο που έδενε τους αστραγάλους του. Το σύρμα έσπασε με έναν κρότο και ο Άλεκ σηκώθηκε όρθιος, ενώ η Ίζαμπελ τράβηξε το χέρι της, με το μαστίγιο να τυλίγεται στον ώμο της.

«Εντάξει, εντάξει, αρκετά τον βασάνισες». Ένα απαλό γέλιο έσπασε την ένταση της ατμόσφαιρας.

Τα μάτια της Ίζαμπελ άνοιξαν διάπλατα. «Τζέις!»

«Παρών». Ο Τζέις μπήκε στο δωμάτιο και έκλεισε την πόρτα πίσω του. «Δεν χρειάζεται να μαλώνετε...» Τινάχτηκε καθώς ο Μαξ έπεσε πάνω του φωνάζοντας το όνομά του. «Πρόσεχε, μικρέ», είπε, σπρώχνοντας απαλά το αγόρι. «Δεν είμαι και σε πολύ καλή κατάσταση».

«Το βλέπω αυτό», είπε η Ίζαμπελ κοιτάζοντάς τον εξεταστικά και ανήσυχα. Οι καρποί του ήταν ματωμένοι, τα ανοιχτόχρωμα μαλλιά του κολλημένα από τον ιδρώτα στο μέτωπο και στο λαιμό του, ενώ το πρόσωπο και τα χέρια του ήταν γεμάτα βρόμα και ιχώρ. «Σε χτύπησε η Ανακρίτρια;»

«Όχι ιδιαίτερα», είπε και κοίταξε τον Άλεκ. «Με κλείδωσε στην αίθουσα των όπλων. Ο Άλεκ με βοήθησε να βγω».

Το μαστίγιο στο χέρι της Ίζαμπελ μαράθηκε σαν λουλούδι. «Αλήθεια, Άλεκ;»

«Ναι». Ο Άλεκ τίναξε τη σκόνη από τα ρούχα του με επιμέλεια. Δεν άντεξε να μην προσθέσει: «Εννοείται».

«Γιατί δεν το λες τόση ώρα;»

«Εσύ γιατί δεν μπορείς να δείξεις λίγη εμπιστοσύνη;»

«Αρκετά. Δεν έχουμε καιρό γι' αυτά», είπε ο Τζέις. «Ίζαμπελ, τι όπλα έχεις εδώ μέσα; Και επιδέσμους, έχεις επιδέσμους;»

«Επιδέσμους; Τι τους θέλεις;» Η Ίζαμπελ άφησε το μαστίγιο και έβγαλε από ένα συρτάρι το ραβδί της. «Θα σου κάνω έναν *ιράτζε*».

Ο Τζέις τής έδειξε τα χέρια του. «Ο *ιράτζε* θα φτιάξει τις μελανιές, αλλά αυτά εδώ δεν θα φύγουν. Είναι καψίματα από ρούνους». Στο λαμπερό φως του δωματίου της Ίζαμπελ φαίνονταν ακόμα χειρότερα. Οι κυκλικές ουλές ήταν μαύρες και ραγισμένες, ενώ έβγαζαν αίμα και πύο. Ο Τζέις κατέβασε τα χέρια του όταν είδε την Ίζαμπελ να χλωμιάζει. «Και χρειάζομαι μερικά όπλα για να...»

«Πρώτα οι επίδεσμοι». Άφησε κάτω το ραβδί της και οδήγησε τον Τζέις στο μπάνιο κρατώντας ένα καλάθι γεμάτο από φιάλες, φάρμακα και επιδέσμους. Ο Άλεκ τους κοίταζε πίσω από τη μισάνοιχτη πόρτα: ο Τζέις ακουμπούσε στο νεροχύτη, ενώ η θετή αδερφή του σκούπιζε με ένα σφουγγάρι τις πληγές του και τις τύλιγε με λευκή γάζα. «Τώρα βγάλε το μπλουζάκι σου».

«Το ήξερα ότι κάποιο σκοπό είχες». Ο Τζέις έβγαλε το

μπουφάν και το μπλουζάκι του με κόπο. Το δέρμα του ήταν απαλό χρυσαφί, μυώδες και γραμμωμένο. Μαύρα σημάδια τόνιζαν τα λεπτά του μπράτσα. Ένας θνητός μπορεί να θεωρούσε τις λευκές ουλές που σκέπαζαν το δέρμα του, τα σημάδια παλιών ρούνων, ατέλειες. Όχι όμως και ο Άλεκ. Είχαν όλοι τους ουλές· ήταν τα σημάδια της μάχης, μετάλλια ανδρείας.

Ο Τζέις, που αντιλήφθηκε τον Άλεκ να τον κοιτάζει από τη μισάνοιχτη πόρτα, του είπε: «Άλεκ, θα φέρεις το τηλέφωνο;»

«Είναι στο τραπεζάκι», φώναξε η Ίζαμπελ χωρίς να σηκώσει το κεφάλι της. Μιλούσε σιγά με τον Τζέις. Ο Άλεκ δεν τους άκουγε, αλλά υπέθεσε ότι το έκαναν για να μη φοβηθεί ο Μαξ.

«Δεν είναι στο τραπεζάκι», φώναξε ο Άλεκ.

Η Ίζαμπελ, που σχεδίαζε έναν *ιράτζε* στην πλάτη του Τζέις, μόρφασε εκνευρισμένη. «Να πάρει. Το ξέχασα στην κουζίνα. Γαμώτο. Τώρα πώς θα πάω να το πάρω αν είναι η Ανακρίτρια;»

«Μπορώ να πάω εγώ», προσφέρθηκε ο Μαξ. «Δεν θα μου δώσει σημασία, είμαι πολύ μικρός».

«Καλά», είπε απρόθυμα η Ίζαμπελ. «Τι το θέλεις, Άλεκ;»

«Το χρειαζόμαστε», είπε ανυπόμονα ο Άλεκ. «Ίζι...»

«Αν υποψιαστώ ότι το θέλεις για να στείλεις γλυκόλογα στον Μάγκνους...»

«Ποιος είναι αυτός;» ρώτησε ο Μαξ.

«Ένας μάγος», είπε ο Άλεκ.

«Ένας πολύ σέξι μάγος», είπε η Ίζαμπελ αγνοώντας την απειλητική ματιά του Άλεκ.

«Αφού οι μάγοι είναι κακοί», είπε ο Μαξ σαστισμένος.

«Ακριβώς», είπε η Ίζαμπελ.

«Δεν καταλαβαίνω», είπε ο Μαξ. «Πάω να φέρω το κινητό».

Βγήκε απ' την πόρτα, ενώ ο Τζέις έβαλε την μπλούζα και το μπουφάν του και βγήκε από το μπάνιο. Πήγε στο δωμάτιο και άρχισε να ψάχνει για όπλα ανάμεσα στα πράγματα της Ίζαμπελ που ήταν πεσμένα στο πάτωμα. Η Ίζαμπελ τον ακολούθησε κουνώντας το κεφάλι της. «Και τώρα τι θα κάνουμε; Θα φύγουμε όλοι; Η Ανακρίτρια θα φρικάρει όταν δει ότι το έσκασες».

«Ναι, αλλά θα φρικάρει περισσότερο όταν ο Βάλενταϊν απορρίψει το σχέδιό της». Ο Τζέις τους περιέγραψε βιαστικά το σχέδιό της. «Το μόνο πρόβλημα είναι ότι ο Βάλενταϊν αποκλείεται να δεχτεί».

«Το μόνο;» είπε η Ίζαμπελ τόσο θυμωμένη, που έτρεμε, κάτι που είχε να το πάθει από τότε που ήταν έξι χρονών. «Δεν μπορεί να το κάνει αυτό! Δεν μπορεί να σε στείλει πίσω σε έναν ψυχοπαθή! Είσαι μέλος του Κονκλάβιου! Είσαι αδερφός μας!»

«Όχι γι' αυτήν».

«Δεν με νοιάζει τι πιστεύει αυτή. Είναι μια σιχαμένη σκύλα και πρέπει να τη σταματήσουμε».

«Όταν καταλάβει ότι το σχέδιό της δεν είναι καθόλου καλό, θα μπορέσουμε ίσως να της μιλήσουμε», παρατήρησε ο Τζέις. «Δεν πρόκειται όμως να κάτσω να περιμένω. Φεύγω».

«Δεν θα είναι εύκολο», είπε ο Άλεκ. «Η Ανακρίτρια έχει κλειδώσει το Ινστιτούτο πιο αυστηρά κι από πεντάλφα. Έχει βάλει ακόμα και στην είσοδο φρουρούς. Έχει φωνάξει το μισό Κονκλάβιο».

«Πρέπει να με εκτιμάει ιδιαιτέρως», είπε ο Τζέις καθώς παραμέριζε μια στοίβα περιοδικά.

«Ίσως και να μην έχει άδικο», είπε η Ίζαμπελ και τον κοίταξε συλλογισμένη. «Πήδηξες δέκα μέτρα πάνω από μια Φυλακή του Μαλαχία; Αλήθεια, Άλεκ;»

«Ναι», είπε ο Άλεκ επιβεβαιώνοντάς το. «Δεν έχω ξαναδεί κάτι τέτοιο».

«Εγώ δεν έχω ξαναδεί κάτι *τέτοιο*». Ο Τζέις σήκωσε ένα δεκάποντο στιλέτο από το πάτωμα. Πάνω του κρεμόταν ένα από τα ροζ σουτιέν της Ίζαμπελ. Εκείνη το άρπαξε με μια γκριμάτσα.

«Δεν είναι αυτό το θέμα. Πώς το έκανες; Ξέρεις;»

«Απλώς πήδηξα». Ο Τζέις έβγαλε δύο δίσκους κοφτερούς σαν ξυράφια από κάτω από το κρεβάτι. Ήταν γεμάτοι γκρίζες τρίχες γάτας. Τις φύσηξε πετώντας παντού σκόνη. «Τσάκραμ. Ωραία. Ειδικά ενισχυμένοι σε περίπτωση που πετύχω δαίμονα αλλεργικό στις γάτες».

Η Ίζαμπελ τον χτύπησε με το σουτιέν. «Δεν μου απάντησες».

«Επειδή δεν ξέρω, Ίζι». Ο Τζέις σηκώθηκε όρθιος. «Ίσως να είχε δίκιο η Βασίλισσα των Σίιλι. Ίσως να έχω δυνάμεις που δεν ξέρω καν επειδή δεν τις έχω δοκιμάσει ακόμη. Πάντως, η Κλέρι έχει».

«Αλήθεια;» είπε με απορία η Ίζαμπελ.

Τα μάτια του Άλεκ άνοιξαν διάπλατα. «Τζέις, εκείνη η μηχανή των βρικολάκων... είναι ακόμη στη σκεπή;»

«Ίσως, αλλά είναι μέρα, οπότε δεν θα λειτουργεί».

«Άλλωστε» είπε η Ίζαμπελ «δεν χωράμε όλοι».

Ο Τζέις έβαλε τα *τσάκραμ* στη ζώνη του μαζί με το στιλέτο. Διάφορα σπαθιά αγγέλων τα στρίμωξε στις τσέπες του. «Αυτό δεν μας πειράζει», είπε. «Δεν θα έρθετε μαζί μου».

Η Ίζαμπελ πνίγηκε. «Τι θες να πεις...;» άρχισε να λέει, αλλά σταμάτησε καθώς επέστρεψε ο Μαξ, λαχανιασμένος, αλλά σφίγγοντας το φθαρμένο ροζ τηλέφωνό της. «Μαξ, είσαι ο ήρωάς μου». Άρπαξε το τηλέφωνο και αγριοκοίταξε τον Τζέις. «Με σένα θα τα πούμε σε λίγο. Ποιον να πάρω; Την Κλέρι;»

«Θα την πάρω εγώ...» άρχισε να λέει ο Άλεκ.

«Όχι». Η Ίζαμπελ έδιωξε το χέρι του. «Εμένα με συμπαθεί πιο πολύ». Είχε ήδη πάρει τον αριθμό· έβγαλε τη γλώσσα της στον Άλεκ καθώς έβαζε το τηλέφωνο στο αφτί της. «Κλέρι; Η Ίζαμπελ είμαι... Τι;» Το χρώμα του προσώπου της εξαφανίστηκε σαν να το είχε σβήσει κάποιος, αφήνοντάς την γκρίζα και άφωνη.

«Πώς γίνεται... Μα... γιατί;»

«Πώς γίνεται τι;» Ο Τζέις βρέθηκε δίπλα της με δυο βήματα. «Ίζαμπελ, τι έγινε; Είναι καλά;»

Η Ίζαμπελ απομάκρυνε το τηλέφωνο από το αφτί της με χέρια κατάχλωμα. «Ο Βάλενταϊν. Πήρε τον Σάιμον και τη Μάγια. Θα τους χρησιμοποιήσει για να ολοκληρώσει την Τελετή».

Με μια απαλή κίνηση, ο Τζέις άρπαξε το τηλέφωνο απ' το χέρι της Ίζαμπελ. «Ελάτε στο Ινστιτούτο», είπε. «Μην μπείτε. Περιμένετέ με απ' έξω». Έκλεισε το τηλέφωνο και το έδωσε στον Άλεκ. «Πάρε τον Μάγκνους» είπε «και πες του να μας βρει στην αποβάθρα στο Μπρούκλιν. Να διαλέξει εκείνος πού θέλει, αλλά να είναι κάπου έρημα. Θα χρειαστούμε τη βοήθειά του για να φτάσουμε στο πλοίο του Βάλενταϊν».

«Εμείς;» Η Ίζαμπελ αναθάρρησε.

«Ο Μάγκνους, ο Λουκ κι εγώ», διευκρίνισε ο Τζέις.

«Εσείς οι δύο θα μείνετε εδώ για να αναλάβετε την Ανακρίτρια. Όταν ο Βάλενταϊν δεν δεχτεί την προσφορά της, εσείς θα είστε αυτοί που θα την πείσετε να στείλει όλες τις δυνάμεις που έχει το Κονκλάβιο εναντίον του Βάλενταϊν».

«Δεν καταλαβαίνω», είπε ο Άλεκ. «Πώς θα φύγεις από εδώ μέσα;»

Ο Τζέις χαμογέλασε. «Κοίτα», είπε και πήδηξε πάνω στο περβάζι της Ίζαμπελ. Η Ίζαμπελ έβγαλε μια φωνή, αλλά ο Τζέις έσκυβε ήδη έξω απ' το παράθυρο. Δίστασε για ένα λεπτό στο εξωτερικό περβάζι και μετά... εξαφανίστηκε.

Ο Άλεκ έτρεξε στο παράθυρο και κοίταξε έντρομος, αλλά δεν υπήρχε τίποτα να δει: ο κήπος του Ινστιτούτου στο βάθος, καφέ και άδειος, και το στενό δρομάκι που οδηγούσε στην εξώπορτα. Δεν υπήρχαν ούτε πεζοί που να ουρλιάζουν στη θέα ενός άψυχου σώματος ούτε αυτοκίνητα που τρόμαξαν από την πτώση ενός εφήβου. Ήταν λες και ο Τζέις είχε γίνει άφαντος.

Τον ξύπνησε ο ήχος του νερού. Ήταν ένας βαρύς, επαναλαμβανόμενος ήχος, το νερό που χτυπούσε πάνω σε κάτι στέρεο ξανά και ξανά, σαν να βρισκόταν στον πάτο μιας πισίνας που άδειαζε και γέμιζε συνεχώς. Στο στόμα του ένιωσε τη γεύση της σκουριάς και γύρω του μύριζε κάτι μεταλλικό. Ένιωθε έναν επίμονο, έντονο πόνο στο αριστερό του χέρι. Ο Σάιμον άνοιξε τα μάτια του με ένα βογκητό.

Ήταν ξαπλωμένος σε ένα σκληρό, ανώμαλο μεταλλικό πάτωμα βαμμένο με ένα άσχημο γκριζοπράσινο χρώμα. Οι τοίχοι είχαν το ίδιο χρώμα. Στον ένα τοίχο υπήρχε μόνο ένα ψηλό στρογγυλό παράθυρο που άφηνε ελάχιστο φως, αλλά ήταν αρκετό. Έτσι όπως ήταν ξαπλωμένος, το φως έπεφτε στο χέρι του, που είχε γίνει κόκκινο, γεμάτο φουσκάλες. Γύρισε πλευρό με ένα δεύτερο βογκητό και ανακάθισε.

Τότε συνειδητοποίησε ότι δεν ήταν ο μόνος μέσα στο δωμάτιο. Αν και το σκοτάδι ήταν πυκνό, μπορούσε να δει πολύ καλά. Απέναντί του, με τα χέρια δεμένα σε ένα μεγάλο σωλήνα, ήταν η Μάγια. Τα ρούχα της ήταν σκισμένα, ενώ είχε μια τεράστια μελανιά στο αριστερό της μάγουλο. Στο κεφάλι της, οι πλεξούδες της είχαν τραβηχτεί βίαια απ' το δέρμα της και τα μαλλιά της ήταν γεμάτα αίμα. Τη στιγμή που κουνήθηκε ο Σάιμον, η Μάγια τον είδε και έβαλε τα κλάματα. «Νόμιζα...» είπε ανάμεσα στους λυγμούς της «ότι είχες πεθάνει».

«Έχω πεθάνει», είπε ο Σάιμον κοιτώντας το χέρι του. Οι φουσκάλες υποχωρούσαν ήδη, το ίδιο και ο πόνος.

«Το ξέρω... εννοούσα στ' αλήθεια». Σκούπισε το πρόσωπό της με τα δεμένα της χέρια. Ο Σάιμον προσπάθησε να πάει προς το μέρος της, αλλά κάτι τον εμπόδισε. Ένας μεταλλικός κρίκος ήταν δεμένος στο πόδι του και ήταν ενωμένος με μια αλυσίδα σφηνωμένη στο πάτωμα. Ο Βάλενταϊν τα είχε σκεφτεί όλα.

«Μην κλαις», είπε, αλλά το μετάνιωσε. Η κατάσταση ήταν αρκετά τραγική. «Είμαι καλά».

«Προς το παρόν», είπε η Μάγια, σκουπίζοντας το υγρό της πρόσωπο με το μανίκι της. «Αυτός ο άνδρας, με τα άσπρα μαλλιά, αυτός είναι ο Βάλενταϊν;»

«Τον είδες;» ρώτησε ο Σάιμον. «Εγώ δεν είδα τίποτα. Μόνο την πόρτα να σπάει και μια τεράστια μορφή να έρχεται κατά πάνω μου σαν ατμομηχανή».

«Είναι *Ο* Βάλενταϊν, σωστά; Αυτός που λένε όλοι ότι άρχισε την Εξέγερση;»

«Είναι ο πατέρας της Κλέρι και του Τζέις», είπε ο Σάιμον. «Γι' αυτό τον ξέρω».

«Μου φάνηκε γνωστή η φωνή του. Μοιάζει με του Τζέις». Για μια στιγμή φάνηκε να νιώθει συμπόνια. «Γι' αυτό έχει βγει έτσι ο Τζέις».

Ο Σάιμον δεν μπορούσε παρά να συμφωνήσει.

«Άρα, δεν...» Η φωνή της Μάγια έσβησε. Προσπάθησε ξανά. «Άκου, ξέρω ότι αυτό θα σου φανεί παράξενο, αλλά όταν ήρθε να σε πάρει ο Βάλενταϊν, είδες κάποιον μαζί του; Κάποιον νεκρό; Ένα φάντασμα;»

Ο Σάιμον κούνησε με απορία το κεφάλι του. «Όχι. Γιατί;»

Η Μάγια δίστασε. «Είδα τον αδερφό μου. Το φάντασμά του. Νομίζω ότι ο Βάλενταϊν με έκανε να έχω παραισθήσεις».

«Με μένα πάντως δεν έκανε τίποτα τέτοιο. Μιλούσα με την Κλέρι. Θυμάμαι να ρίχνω το τηλέφωνο όταν μου επιτέθηκε... Αυτό είναι όλο».

«Με την Κλέρι;» ρώτησε γεμάτη ελπίδα η Μάγια. «Ίσως να ξέρουν πώς να μας βρουν. Ίσως να έρθουν να μας σώσουν».

«Ίσως», είπε ο Σάιμον. «Πού είμαστε;»

«Σε ένα πλοίο. Είχα ακόμη τις αισθήσεις μου όταν με έφερε. Είναι ένα μεγάλο μαύρο μεταλλικό πράγμα. Δεν υπάρχουν φώτα, και έχει βάλει παντού.. πράγματα. Ένα πήδηξε πάνω μου και ούρλιαξα. Τότε αυτός έπιασε το κεφάλι μου και το χτύπησε στον τοίχο με δύναμη. Μετά λιποθύμησα για λίγο».

«Πράγματα; Τι εννοείς;»

«Δαίμονες», είπε και ανατρίχιασε. «Έχει ένα σωρό δαίμονες εδώ μέσα. Μικρούς, μεγάλους, ιπτάμενους. Κάνουν ό,τι τους λέει».

«Μα, ο Βάλενταϊν είναι Κυνηγός. Υποτίθεται ότι μισεί τους δαίμονες».

«Βασικά, αυτοί δεν φαίνονται να έχουν συναίσθηση», είπε η Μάγια. «Αυτό που δεν καταλαβαίνω είναι τι μας θέλει εμάς. Ξέρω ότι μισεί τα Πλάσματα του Σκότους, αλλά μου φαίνεται ότι μπήκε σε πολύ μεγάλο κόπο μόνο και μόνο για να σκοτώσει εμάς τους δύο». Είχε αρχίσει να τρέμει, ενώ τα δόντια της χτυπούσαν σαν τα παιχνιδάκια που αγοράζεις στα τουριστικά μαγαζιά. «Πρέπει να θέλει κάτι από τους Κυνηγούς. Ή από τον Λουκ».

Εγώ ξέρω γιατί μας θέλει, σκέφτηκε ο Σάιμον, αλλά δεν είχε νόημα να της το πει. Ήταν ήδη αρκετά αναστατωμένη. Έβγαλε το μπουφάν του. «Βάλ' το», της είπε και το πέταξε προς το μέρος της. Η Μάγια κατάφερε να τυλίξει αδέξια το μπουφάν στους ώμους της. Του χάρισε ένα αδύναμο αλλά αληθινό χαμόγελο. «Ευχαριστώ. Εσύ δεν κρυώνεις;»

Ο Σάιμον κούνησε το κεφάλι του. Το κάψιμο στο χέρι του είχε εξαφανιστεί. «Δεν νιώθω πια το κρύο».

Άνοιξε το στόμα της για να πει κάτι, αλλά το μετάνιωσε. Πίσω από τα μάτια της γινόταν μια μάχη. «Συγγνώμη. Για τον τρόπο που αντέδρασα τις προάλλες». Σταμάτησε κρατώντας σχεδόν την αναπνοή της. «Οι βρικόλακες με τρομοκρατούν», ψιθύρισε τελικά. «Όταν πρωτοήρθα στην πόλη, είχα κάτι φίλους με τους οποίους έκανα παρέα, τον Μπατ και κάτι άλλα παιδιά, τον Στιβ και τον Γκρεγκ. Μια φορά ήμασταν στο πάρκο και πέσαμε πάνω σε κάτι βρικόλακες που ρουφούσαν αίμα από σακούλες κάτω από μια γέφυρα. Έγινε ένας καβγάς, και το μόνο που θυμάμαι είναι έναν απ' τους βρικόλακες να πιάνει τον Γκρεγκ, τόσο απλά, και να τον σκίζει στα δύο...» Η φωνή της υψώθηκε και έβαλε το χέρι της στο στόμα της. Έτρεμε. «Στα δύο...» ψιθύρισε. «Τα σπλάχνα του έπεσαν όλα έξω. Κι αυτοί άρχισαν να τρώνε».

Ο Σάιμον ένιωσε ένα κύμα ναυτίας. Ευτυχώς η ιστορία τον έκανε να νιώσει αηδία και όχι κάτι άλλο. Πείνα, ας πούμε. «Ποτέ δεν θα έκανα κάτι τέτοιο», είπε. «Τους συμπαθώ τους λυκανθρώπους. Τον Λουκ...»

«Το ξέρω. Απλώς, όταν σε γνώρισα, ήσουν τόσο... ανθρώπινος. Μου θύμιζες πώς ήμουν... πριν».

«Μάγια» είπε ο Σάιμον «είσαι ακόμη άνθρωπος».

«Όχι, δεν είμαι».

«Στα σημαντικά πράγματα είσαι. Όπως κι εγώ».

Προσπάθησε να του χαμογελάσει. Ο Σάιμον ήξερε ότι δεν τον πίστευε. Δεν την κατηγορούσε, όμως. Ούτε ο ίδιος ήταν σίγουρος γι' αυτά που έλεγε.

Ο ουρανός είχε πάρει ένα μολυβένιο χρώμα και ήταν γεμάτος βαριά σύννεφα. Στο γκρίζο φως, το Ινστιτούτο έμοιαζε να υψώνεται τεράστιο, σαν την πλαγιά ενός βουνού. Η λοξή σκεπή έλαμπε σαν ακατέργαστο ασήμι. Η Κλέρι νόμισε ότι είδε κάτι μορφές με κουκούλες μπροστά στην είσοδο, αλλά δεν ήταν σίγουρη. Ήταν δύσκολο να βεβαιωθεί, μια που είχαν παρκάρει ένα τετράγωνο πιο πέρα και προσπαθούσαν να δουν πίσω απ' τα βρόμικα τζάμια του αμαξιού του Λουκ.

«Πόση ώρα έχει περάσει;» ρώτησε για τέταρτη ή πέμπτη φορά.

«Πέντε λεπτά από την προηγούμενη φορά που ρώτησες», είπε ο Λουκ. Ακουμπούσε στην πλάτη του καθίσματός του με κλειστά μάτια και έμοιαζε εξαντλημένος. Τα γένια που φύτρωναν στο πιγούνι και στα μάγουλά του ήταν ασημόγκριζα, ενώ κάτω από τα μάτια του είχε μαύρες σακούλες. Όλα αυτά τα βράδια στο νοσοκομείο, η επίθεση του δαίμονα και τώρα αυτό, σκέφτηκε η Κλέρι με ξαφνική ανησυχία. Τώρα καταλάβαινε γιατί κι εκείνος και η μητέρα της τής είχαν κρατήσει μυστική τόσο καιρό αυτήν τη ζωή. Ευχήθηκε να μπορούσε να την κρύψει ξανά. «Θέλεις να μπούμε;»

«Όχι. Ο Τζέις είπε να περιμένουμε απ' έξω». Κοίταξε ξανά απ' το παράθυρο. Τώρα ήταν σίγουρη ότι έξω απ' την πόρτα είδε κόσμο. Τη στιγμή που κάποιος γύρισε το κεφάλι, της φάνηκε ότι είδε τη λάμψη μιας ασημένιας κώμης...

«Κοίτα». Ο Λουκ είχε ανασηκωθεί και κατέβαζε βιαστικά το παράθυρό του.

Η Κλέρι κοίταξε. Δεν της φάνηκε να έχει αλλάξει κάτι. «Αυτούς στην είσοδο;»

«Όχι. Οι φρουροί είναι εκεί από ώρα. Κοίτα στη σκεπή».

Η Κλέρι κόλλησε το πρόσωπό της στο παράθυρο του αυτοκινήτου. Η σκεπή του καθεδρικού ναού ήταν ένα σύμπλεγμα από γοτθικές σπείρες και πυργίσκους, σκαλισμένους αγγέλους και αψιδωτά φατνώματα. Ήταν έτοιμη να πει ότι δεν έβλεπε τίποτα εκτός από τερατόμορφα στόμια υδρορροών όταν μια αστραπιαία κίνηση τράβηξε την προσοχή της. Κάποιος ήταν πάνω στη σκεπή. Μια αδύνατη, σκοτεινή μορφή, που πηδούσε από πυργίσκο σε πυργίσκο και μετά έπεφτε μπρούμυτα για να κατέβει την απίστευτα γερτή σκεπή... κάποιος με μαλλιά ανοιχτόχρωμα που έλαμπαν στο θολό φως σαν τον μπρούντζο...

Ο Τζέις.

Η Κλέρι βρέθηκε έξω από το αμάξι χωρίς να το καταλάβει και άρχισε να τρέχει προς την εκκλησία, ενώ ο Λουκ τής φώναζε να σταματήσει. Το τεράστιο οικοδόμημα έμοιαζε να αιωρείται από πάνω της, εκατοντάδες μέτρα ψηλό, ένας απότομος βράχος από πέτρα. Ο Τζέις είχε φτάσει στην άκρη της σκεπής και η Κλέρι σκέφτηκε: *Αποκλείεται, δεν θα το έκανε, δεν θα έκανε ποτέ κάτι τέτοιο*, και μετά τον είδε να πηδάει από τη σκεπή στο κενό, τόσο ήρεμα, σαν να πηδούσε από έναν αυλότοιχο. Η Κλέρι ούρλιαξε καθώς εκείνος συνέχισε να πέφτει σαν πέτρα...

Και προσγειώθηκε ανάλαφρα ακριβώς μπροστά της. Η Κλέρι τον κοίταζε με ανοιχτό το στόμα καθώς εκείνος βρήκε την ισορροπία του και της είπε: «Μη μου πεις ότι ήρθα ουρανοκατέβατος – είναι πολύ κλισέ!»

«Πώς...; Πώς το έκανες αυτό;» ψιθύρισε, ενώ ένιωθε το στομάχι της να ανακατεύεται. Έβλεπε τον Λουκ να στέκεται μπροστά στο φορτηγάκι του με τα χέρια σταυρωμένα πίσω από το κεφάλι του, να κοιτάζει κάπου πίσω τους. Έκανε μεταβολή και είδε δυο φρουρούς από την είσοδο του Ινστιτούτου να τρέχουν προς το μέρος τους. Ο ένας ήταν ο Μάλικ, η άλλη ήταν η γυναίκα με τα ασημένια μαλλιά.

«Να πάρει», είπε ο Τζέις και την τράβηξε πίσω του. Έτρεξαν προς το φορτηγό και μπήκαν μέσα, δίπλα στον Λουκ, που έβαλε μπροστά και ξεκίνησε πριν καλά-καλά κλείσουν την πόρτα. Ο Τζέις άπλωσε το χέρι του πάνω από την Κλέρι για να την κλείσει. Προσπέρασαν τους δυο Κυνηγούς, και τότε η Κλέρι είδε τον Μάλικ να κρατάει κάτι που έμοιαζε με μαχαίρι, έτοιμο να το ρίξει στο λάστιχο. Άκουσε τον Τζέις να βρίζει καθώς έψαχνε στις τσέπες του να βρει κάποιο όπλο. Ο Μάλικ τέντωσε το χέρι του στοχεύοντας... και η γυναίκα με τα ασημένια μαλλιά έπεσε πάνω του, συγκρατώντας το μπράτσο του. Εκείνος προσπάθησε να τη διώξει και η Κλέρι γύρισε το κεφάλι της για να δει τι θα γινόταν, αλλά εκείνη τη στιγμή το φορτηγάκι έστριψε στη γωνία και χάθηκε μέσα στην κίνηση της Λεωφόρου Γιορκ, αφήνοντας το Ινστιτούτο πίσω του.

Η Μάγια είχε πέσει σε ένα ληθαργικό ύπνο δίπλα στο σωλήνα, με το μπουφάν του ριγμένο στους ώμους της. Ο Σάιμον κοίταζε το φως από το φινιστρίνι να κινείται μέσα στο δωμάτιο και προσπαθούσε μάταια να υπολογίσει την ώρα. Συνήθως χρησιμοποιούσε το κινητό του γι' αυτόν το σκοπό, αλλά δεν το έβρισκε – είχε ψάξει τις τσέπες του. Μάλλον θα του είχε πέσει όταν είχε μπει στο δωμάτιό του ο Βάλενταϊν.

Ωστόσο, είχε μεγαλύτερα προβλήματα. Το στόμα του ήταν στεγνό και αφυδατωμένο, ο λαιμός του πονούσε. Διψούσε με έναν τρόπο που ήταν όπως όλη η δίψα και η πείνα που είχε νιώσει μέχρι τότε, όμως ενωμένες τώρα σαν εξαντλητικό βασανιστήριο. Και θα γινόταν όλο και χειρότερο.

Αυτό που χρειαζόταν ήταν αίμα. Σκέφτηκε το αίμα στο ψυγειάκι που είχε στο δωμάτιό του, και οι φλέβες του ένιωσαν σαν καυτά ασημένια καλώδια κάτω από το δέρμα του.

«Σάιμον;» είπε η Μάγια σηκώνοντας το κεφάλι της νυσταγμένη. Το μάγουλό της είχε λευκά σημάδια εκεί όπου την πίεζε το μέταλλο, που σιγά-σιγά γινόταν ροζ καθώς το αίμα επέστρεφε στο πρόσωπό της.

Αίμα. Έγλειψε με τη στεγνή του γλώσσα τα χείλη του. «Ναι;»

«Πόση ώρα κοιμάμαι;»

«Τρεις ώρες, ίσως τέσσερις. Μάλλον είναι απόγευμα πια».

«Α. Σ' ευχαριστώ που με πρόσεχες».

Δεν έκανε τίποτα τέτοιο. Ένιωσε κάποια αόριστη ντροπή όταν της είπε: «Τίποτα».

«Σάιμον...»

«Ναι;»

«Ελπίζω να καταλαβαίνεις τι εννοώ όταν λέω ότι δεν χαίρομαι που είσαι εδώ, αλλά χαίρομαι που είσαι μαζί μου».

Ένιωσε το πρόσωπό του να σχηματίζει ένα χαμόγελο. Το ξεραμένο κάτω χείλος του άνοιξε λίγο και ένιωσε το αίμα στο στόμα του. Το στομάχι του διαμαρτυρήθηκε. «Ευχαριστώ».

Η Μάγια έγειρε προς το μέρος του και το μπουφάν έπεσε από τους ώμους της. Τα μάτια της είχαν ένα ανοιχτό γκριζοκίτρινο χρώμα που άλλαζε όταν κουνιόταν. «Μπορείς να με φτάσεις;» τον ρώτησε απλώνοντας το χέρι της.

Ο Σάιμον τέντωσε το δικό του. Η αλυσίδα που κρατούσε τον αστράγαλό του φυλακισμένο τραντάχτηκε καθώς απλώθηκε όσο περισσότερο μπορούσε. Η Μάγια χαμογέλασε καθώς τα δάχτυλά τους ενώθηκαν.

«Τι γλυκό...» Ο Σάιμον τράβηξε απότομα το χέρι του, ξαφνιασμένος. Η φωνή που είχε βγει απ' τις σκιές ήταν ψυχρή, καλλιεργημένη, αόριστα ξενική, με μια προφορά που δεν μπορούσε να τοποθετήσει ακριβώς. Η Μάγια άφησε το χέρι του και γύρισε το κεφάλι της. Το χρώμα απ' το πρόσωπό της εξαφανίστηκε όταν είδε τη μορφή που στεκόταν στο κατώφλι της πόρτας. Ο άνδρας είχε μπει τόσο αθόρυβα, που δεν τον είχε ακούσει κανείς απ' τους δυο τους. «Τα παιδιά του Φεγγαριού και της Νύχτας επιτέλους συμφιλιώνονται».

«Βάλενταϊν», ψιθύρισε η Μάγια.

Ο Σάιμον δεν είπε τίποτα. Δεν μπορούσε να σταματήσει να τον κοιτάζει. Αυτός ήταν λοιπόν ο πατέρας της Κλέρι και του Τζέις. Με τα ασημόλευκα μαλλιά και τα σκληρά μαύρα του μάτια δεν έμοιαζε και πολύ με κανέναν απ' τους δύο, αν και είχε κάτι από την Κλέρι στα έντονα ζυγωματικά και στο σχήμα των ματιών, και κάτι από τον Τζέις στη νωχελική αυθάδεια της κίνησής του. Ήταν μεγαλόσωμος, με φαρδείς ώμους, και σώμα που δεν έμοιαζε με εκείνο των παιδιών του. Μπήκε στο πράσινο μεταλλικό δωμάτιο σαν γάτα, παρόλο που ήταν οπλισμένος με τόσα εργαλεία, που θα μπορούσαν να εξοπλίσουν μια ολόκληρη διμοιρία. Χοντρά μαύρα δερμάτινα λουριά με ασημένιες θήκες κρέμονταν στους ώμους του, στερεώνοντας ένα ασημένιο σπαθί με φαρδιά λαβή στην πλάτη του. Άλλη μια φαρδιά ζώνη κύκλωνε τη μέση του, ενώ πάνω της ήταν στερεωμένα ένα σωρό μαχαίρια, στιλέτα, και στενά μικρά σπαθιά σαν τεράστιες βελόνες.

«Σήκω» είπε στον Σάιμον «με την πλάτη στον τοίχο».

Ο Σάιμον σήκωσε το πιγούνι του. Είδε τη Μάγια να τον κοιτάζει, κατάχλωμη και τρομαγμένη, και ένιωσε ένα κύμα έντονης προστατευτικότητας. Δεν θα άφηνε τον Βάλενταϊν να της κάνει κακό, ακόμα και αν αυτό ήταν το τελευταίο πράγμα που θα έκανε. «Εσύ είσαι λοιπόν ο πατέρας της Κλέρι», είπε. «Χωρίς παρεξήγηση, αλλά καταλαβαίνω γιατί σε μισεί».

Το πρόσωπο του Βάλενταϊν ήταν ανέκφραστο, σχεδόν ακίνητο. Τα χείλη του κινήθηκαν ελάχιστα όταν μίλησε. «Γιατί, παρακαλώ;»

«Γιατί» είπε ο Σάιμον «φαίνεται ότι είσαι ψυχοπαθής».

Ο Βάλενταϊν χαμογέλασε. Ήταν ένα χαμόγελο που δεν κούνησε ούτε ένα σημείο του προσώπου του, παρά μόνο τα χείλη του, που τινάχτηκαν ελαφρώς. Μετά σήκωσε τη γροθιά του. Ήταν σφιγμένη. Ο Σάιμον νόμιζε ότι θα τον χτυπούσε και μισόκλεισε ανταναναклαστικά τα μάτια του. Ο Βάλενταϊν όμως δεν τον άγγιξε. Αντίθετα, άνοιξε την παλάμη του, αποκαλύπτοντας ένα αστραφτερό βουναλάκι από κάτι σαν χρυσόσκονη στο κέντρο του χεριού του. Γύρισε προς τη Μάγια και φύσηξε πάνω της τη σκόνη σε μια φρικτή παρωδία φιλιού. Η σκόνη έπεσε πάνω της σαν ένα σμήνος από γυαλιστερές μέλισσες.

Η Μάγια ούρλιαξε. Βήχοντας και σπαρταρώντας ξέφρενα, τιναζόταν δεξιά κι αριστερά, σαν να προσπαθούσε να ξεφύγει από τη σκόνη, και η φωνή της έγινε από ουρλιαχτό λυγμός.

«Τι της έκανες;» φώναξε ο Σάιμον και σηκώθηκε όρθιος. Έτρεξε προς τον Βάλενταϊν, αλλά η αλυσίδα του τον τράβηξε πίσω. «*Τι της έκανες;*»

Το λεπτό χαμόγελο του Βάλενταϊν απλώθηκε στο πρόσωπό του. «Ασημόσκονη», είπε. «Τους καίει...»

Η Μάγια είχε σταματήσει να φωνάζει και είχε κουλουριαστεί σαν μωρό στο πάτωμα, κλαίγοντας απαλά. Από άσχημες κόκκινες πληγές πάνω στο δέρμα της έτρεχε αίμα. Το στομάχι του Σάιμον σφίχτηκε ξανά, και αηδιάζοντας με τον εαυτό του αλλά και με όλα αυτά, έπεσε με δύναμη στον τοίχο. «Παλιάνθρωπε», είπε καθώς ο Βάλενταϊν σκούπιζε τεμπέλικα την υπόλοιπη σκόνη από τα δάχτυλά του. «Ένα κορίτσι είναι μόνο, δεν θα σου έκανε τίποτα, είναι *αλυσοδεμένη*, για όνομα του...»

Άρχισε να βήχει δυνατά, ενώ ο λαιμός του έκαιγε.

Ο Βάλενταϊν γέλασε. «Για όνομα του Θεού;» είπε. «Αυτό θα έλεγες;»

Ο Σάιμον δεν είπε τίποτα. Ο Βάλενταϊν άπλωσε το χέρι του και τράβηξε το βαρύ σπαθί από τη θήκη του. Πάνω του πιάστηκε το φως σαν νερό που γλιστράει πάνω σε ένα λείο ασημένιο τοίχο, σαν το ίδιο το φως του ήλιου που διαθλάται. Τα μάτια του Σάιμον πόνεσαν και γύρισε το κεφάλι του.

«Το σπαθί του Αρχαγγέλου σε καίει όπως σε πνίγει το όνομα του Θεού», είπε ο Βάλενταϊν με φωνή καθαρή σαν κρύσταλλο. «Λένε ότι όσοι πεθάνουν από την αιχμή του θα φτάσουν στις πύλες του Παραδείσου. Αν το καλοσκεφτείς, βρικόλακα, σου κάνω και χάρη». Χαμήλωσε το ξίφος έτσι που η αιχμή του άγγιξε το λαιμό του Σάιμον. Τα μάτια του Βάλενταϊν είχαν το χρώμα του κατάμαυρου νερού, ενώ δεν έκρυβαν τίποτα μέσα τους: ούτε θυμό, ούτε οίκτο, ούτε καν μίσος. Ήταν άδεια σαν ένας κούφιος τάφος. «Έχεις τίποτα τελευταίο να πεις;»

Ο Σάιμον ήξερε τι υποτίθεται ότι έπρεπε να πει: *Άκου, Ισραήλ, Κύριε Θεέ μας, Ο Θεός είναι Ένας*. Προσπάθησε να πει τις λέξεις, αλλά ένας οξύς πόνος έκαψε το λαρύγγι του. «*Κλέρι*», ψιθύρισε.

Ένα ενοχλημένο βλέμμα φάνηκε στα μάτια του Βάλενταϊν, λες και ο ήχος του ονόματος της κόρης του από το στόμα ενός βρικόλακα τον δυσαρέστησε. Με ένα απότομο τίναγμα του καρπού του, ίσιωσε το σπαθί και το κάρφωσε με μια αβίαστη κίνηση στο λαρύγγι του Σάιμον.

17

ανατολικα της εδεμ

«Πώς το έκανες αυτό;» ρώτησε η Κλέρι καθώς το φορτηγάκι κατευθυνόταν προς την πόλη, με τον Λουκ σκυμμένο στο τιμόνι.

«Πώς ανέβηκα στη στέγη, θες να πεις;» Ο Τζέις έγειρε πίσω στο κάθισμα με μισόκλειστα μάτια. Είχε λευκούς επιδέσμους γύρω από τους καρπούς του, ενώ στα μαλλιά του διακρίνονταν μικρές κηλίδες από αίμα. «Πρώτα, βγήκα από το παράθυρο της Ίζαμπελ και σκαρφάλωσα στον τοίχο. Έχει κάτι διακοσμητικές υδρορροές από όπου μπορείς να κρατηθείς. Επίσης, απλά για τα πρακτικά, θέλω να σημειώσω ότι η μηχανή μου δεν είναι εκεί που την είχα αφήσει. Πάω στοίχημα ότι η Ανακρίτρια την πήγε για μια γύρα στο Χομπόκεν».

«*Εννοούσα*» είπε η Κλέρι «πώς πήδηξες από την οροφή της εκκλησίας και δεν σκοτώθηκες;»

«Δεν ξέρω». Το χέρι του ακούμπησε ανεπαίσθητα το δικό της καθώς το σήκωσε για να τρίψει τα μάτια του. «Εσύ, πώς δημιούργησες εκείνο το ρούνο;»

«Ούτε κι εγώ ξέρω», ψιθύρισε. «Η Βασίλισσα των Σίιλι είχε τελικά δίκιο, έτσι δεν είναι; Ο Βάλενταϊν μάς... μας *άλλαξε*». Κοίταξε τον Λουκ, που έκανε ότι ήταν προσηλωμένος στο δρόμο. «Έτσι δεν είναι;»

«Δεν είναι ώρα για τέτοιες κουβέντες», είπε ο Λουκ. «Τζέις, είχες κάποιο προορισμό στο μυαλό σου, ή απλώς ήθελες να ξεφύγεις από το Ινστιτούτο;»

«Ο Βάλενταϊν πήρε τη Μάγια και τον Σάιμον στο πλοίο για την Τελετή. Θα θέλει να ξεκινήσει όσο το δυνατόν συντομότερα». Ο Τζέις πάλευε με έναν από τους επιδέσμους. «Πρέπει να τον σταματήσω».

«Όχι», τον έκοψε ο Λουκ απότομα.

«Καλά, πρέπει να τον *σταματήσουμε*».

«Τζέις, δεν θα σε αφήσω να ξαναγυρίσεις στο πλοίο. Είναι πολύ επικίνδυνο».

«Είδες τι έκανα» αναφώνησε ο Τζέις με κάποια δυσπιστία «και ανησυχείς για μένα;»

«Ναι, ανησυχώ για σένα».

«Δεν έχουμε χρόνο για τέτοια. Αφού ο πατέρας μου σκοτώσει τους φίλους σου, θα εξαπολύσει ολόκληρη στρατιά δαιμόνων. *Μετά*, δεν θα μπορεί να τον σταματήσει κανείς».

«Το Κονκλάβιο θα...»

«Η Ανακρίτρια δεν θα κάνει τίποτα», είπε ο Τζέις. «Έχει εμποδίσει την πρόσβαση των Λάιτγουντ στο Κονκλάβιο. Ακόμα κι αν της έλεγα τι σχεδιάζει ο Βάλενταϊν, δεν θα καλούσε ενισχύσεις. Έχει παθιαστεί με το τρελό σχέδιο που έχει καταστρώσει».

«Ποιο σχέδιο;» είπε η Κλέρι.

Η φωνή του Τζέις σκλήρυνε. «Ήθελε να κάνει μια ανταλλαγή με τον πατέρα μου. Εμένα για τα Θανάσιμα

Αντικείμενα. Της είπα ότι ο Βάλενταϊν δεν θα συμφωνούσε ποτέ, αλλά δεν με πίστεψε». Γέλασε κοφτά. «Η Ίζαμπελ και ο Άλεκ θα της πουν τι έγινε με τον Σάιμον και τη Μάγια. Αλλά δεν έχω πολλές ελπίδες. Δεν πιστεύει λέξη από όσα της έχω πει για τον Βάλενταϊν, και δεν πρόκειται να χαλάσει το σχέδιό της για να σώσει δυο Πλάσματα του Σκότους».

«Δεν θα περιμένουμε νέα τους, πάντως», είπε η Κλέρι. «Πρέπει να πάμε στο πλοίο τώρα. Αν μπορείς να μας πας ως εκεί...»

«Λυπάμαι που σας το λέω, αλλά χρειαζόμαστε πλοίο για να μας πάει στο άλλο πλοίο», είπε ο Λουκ. «Δεν νομίζω ότι ο Τζέις μπορεί να περπατήσει πάνω στο νερό».

Εκείνη τη στιγμή, χτύπησε το κινητό της Κλέρι. Μήνυμα από την Ίζαμπελ. Η Κλέρι κατσούφιασε. «Είναι μια διεύθυνση. Κοντά στην προκυμαία».

Ο Τζέις γύρισε να κοιτάξει. «Εκεί πρέπει να πάμε για να συναντήσουμε τον Μάγκνους». Διάβασε τη διεύθυνση στον Λουκ, ο οποίος έστριψε ενοχλημένος και κατευθύνθηκε νότια. «Ο Μάγκνους θα βρει τρόπο να μας πάει στο πλοίο», εξήγησε ο Τζέις. «Το πλοίο είναι περικυκλωμένο από ασπίδες προστασίας. Την τελευταία φορά κατάφερα να ανέβω γιατί το ήθελε ο πατέρας μου. Όχι όμως και αυτήν τη φορά. Θα χρειαστούμε τον Μάγκνους για να αντιμετωπίσει τα ξόρκια της προστασίας».

«Δεν είναι καλή ιδέα». Ο Λουκ χτύπησε τα δάχτυλά του στο τιμόνι. «Καλύτερα να πάω εγώ κι εσείς οι δύο να μείνετε με τον Μάγκνους». Τα μάτια του Τζέις άστραψαν. «Όχι! Εγώ πρέπει να πάω».

«Γιατί;» ρώτησε η Κλέρι.

«Γιατί ο Βάλενταϊν χρησιμοποιεί ένα δαίμονα του φόβου», εξήγησε ο Τζέις. «Έτσι κατάφερε να σκοτώσει τους Σιωπηλούς Αδελφούς. Ο δαίμονας σκότωσε το μάγο, το λυκάνθρωπο στο δρομάκι έξω από το Φεγγάρι του Κυνηγού, όπως και εκείνο το μικρό ξωτικό στο πάρκο. Γι' αυτό οι Αδελφοί είχαν αυτό το ύφος στα πρόσωπά τους. Ήταν τρομοκρατημένοι. Πέθαναν κυριολεκτικά από το φόβο τους».

«Μα, το αίμα...»

«Συγκέντρωσε το αίμα αργότερα. Στο δρομάκι τον διέκοψε ένας από τους λυκανθρώπους. Γι' αυτό δεν είχε αρκετό χρόνο να μαζέψει το αίμα που χρειαζόταν. Γι' αυτό θέλει τη Μάγια». Ο Τζέις πέρασε το χέρι μέσα από τα μαλλιά του. «Κανείς δεν μπορεί να αντιμετωπίσει το δαίμονα του φόβου. Μπαίνει στο κεφάλι σου και σου καταστρέφει το μυαλό».

«Ο Άγκραμον», είπε ο Λουκ. Είχε παραμείνει σιωπηλός και κοίταζε έξω από το παράθυρο. Το πρόσωπό του ήταν χλωμό και μαγκωμένο.

«Ναι, έτσι τον αποκαλεί ο Βάλενταϊν».

«Δεν είναι ένας απλός δαίμονας. Είναι *ο* Μέγας Δαίμονας του Φόβου. Πώς κατάφερε ο Βάλενταϊν να ελέγξει τον Άγκραμον; Ακόμα κι ένας μάγος θα δυσκολευόταν να αιχμαλωτίσει έναν Ανώτερο Δαίμονα, και μάλιστα *χωρίς* την πεντάλφα...» Ο Λουκ ξεροκατάπιε. «Έτσι πέθανε το παιδί, σωστά; Προσπάθησε να καλέσει τον Άγκραμον;» Ο Τζέις συγκατένευσε και εξήγησε πώς ο Βάλενταϊν κορόιδεψε τον Ελίας.

«Με το Κύπελλο του Αρχαγγέλου» είπε τελειώνοντας «μπορεί και ελέγχει τον Άγκραμον. Φαίνεται ότι σου δίνει τη δύναμη να ελέγχεις δαίμονες. Όχι όπως το Ξίφος των Ψυχών, όμως».

«Ένας ακόμα λόγος γιατί δεν θέλω να πας», είπε ο Λουκ. «Πρόκειται για Ανώτερο Δαίμονα, Τζέις. Χρειάζεται ολόκληρη στρατιά Κυνηγών των Σκιών για να εξοντωθεί».

«Ξέρω ότι πρόκειται για Ανώτερο Δαίμονα. Μα, το όπλο του είναι ο φόβος. Αν η Κλέρι με σημαδέψει με το ρούνο του Ατρόμητου, μπορώ να τον αντιμετωπίσω. Τουλάχιστον, μπορώ να προσπαθήσω».

«Όχι!» διαμαρτυρήθηκε η Κλέρι. «Δεν θέλω να εξαρτάται η ασφάλειά σου από ένα χαζό σύμβολο. Κι αν δεν πετύχει;»

«Την τελευταία φορά πέτυχε», είπε ο Τζέις καθώς άφηναν πίσω τη γέφυρα με κατεύθυνση το Μπρούκλιν. Διέσχιζαν την οδό Βαν Μπραντ, ανάμεσα σε ψηλά πλινθόκτιστα εργοστάσια. Τα σφαλιστά παράθυρα και οι αμπαρωμένες πόρτες δεν πρόδιδαν τι κρυβόταν πίσω από τις προσόψεις των κτιρίων. Πιο μακριά, η προκυμαία φεγγοβολούσε ανάμεσα από τα κτίρια.

«Κι αν αυτήν τη φορά τα θαλασσώσω;»

Ο Τζέις γύρισε προς το μέρος της, και για μια στιγμή τα μάτια τους συναντήθηκαν. Τα μάτια του είχαν το χρυσό χρώμα μιας απόμακρης λιακάδας.

«Δεν θα τα θαλασσώσεις», της είπε.

«Είσαι σίγουρος ότι αυτή είναι η διεύθυνση;» ρώτησε ο Λουκ και έσβησε τη μηχανή. «Ο Μάγκνους δεν είναι εδώ».

Η Κλέρι κοίταξε γύρω της. Σταμάτησαν μπροστά από ένα μεγάλο εργοστάσιο, το οποίο έμοιαζε να έχει καταστραφεί από μια μεγάλη φωτιά. Οι κούφιοι τοίχοι έστεκαν ακόμη, αλλά μεταλλικές δοκοί ξεπρόβαλλαν, λυγισμένες και γεμάτες καψίματα. Στον ορίζοντα, η Κλέρι μπορούσε να δει το οικονομικό κέντρο του Μανχάταν και στο βάθος τη σκοτεινή μορφή του Γκάβερνορς Άιλαντ. «Θα έρθει», είπε εκείνη. «Αν είπε στον Άλεκ ότι θα έρθει, θα έρθει».

Βγήκαν από το φορτηγάκι. Αν και το εργοστάσιο βρισκόταν σε δρόμο γεμάτο παρόμοια κτίρια, είχε πολλή ησυχία, ακόμα και για Κυριακή. Δεν υπήρχε κανείς τριγύρω, ούτε ακούγονταν οι συνηθισμένοι ήχοι μιας εμπορικής συνοικίας –φορτηγά που παρκάρουν, άνδρες που φωνάζουν–, ήχοι που η Κλέρι συσχέτιζε με αποθήκες εμπορευμάτων. Αντίθετα, υπήρχε μια ησυχία, ένα δροσερό αεράκι που ερχόταν από το ποτάμι, και γλάροι που έκρωζαν. Η Κλέρι σήκωσε την κουκούλα της, κούμπωσε τη ζακέτα της κι ανατρίχιασε.

Ο Λουκ έκλεισε την πόρτα του οδηγού και κούμπωσε το μπουφάν του. Χωρίς να πει κουβέντα, έδωσε στην Κλέρι ένα ζευγάρι μάλλινα γάντια. Εκείνη τα φόρεσε και κούνησε τα δάχτυλά της. Ήταν τόσο μεγάλα, που ένιωθε ότι φορούσε τεράστιες κάλτσες. Κοίταξε τριγύρω. «Στάσου, πού είναι ο Τζέις;»

Ο Λουκ τής έδειξε. Ο Τζέις είχε γονατίσει μπροστά στο νερό· μια σκοτεινή φιγούρα με ανοιχτόχρωμα μαλλιά ήταν το μόνο χρώμα που ξεπηδούσε μέσα από τον γκρίζο ουρανό και το καφέ ποτάμι.

«Λες να θέλει να μείνει μόνος του;» ρώτησε η Κλέρι.

«Κάτω από τέτοιες συνθήκες, αυτό είναι πολυτέλεια. Έλα». Ο Λουκ προχώρησε προς τα κάτω, και η Κλέρι τον ακολούθησε. Το εργοστάσιο έφτανε ως την άκρη του ποταμού, αλλά υπήρχε μια μεγάλη παραλία με βότσαλα ακριβώς δίπλα. Μικρά κύματα έγλειφαν τα βράχια γεμάτα από φύκια. Υπήρχαν κάτι κούτσουρα τοποθετημένα γύρω από ένα μαύρο λάκκο, όπου κάποτε φιλοξενούσε μια φωτιά. Σκουριασμένα κουτάκια και ανοιγμένα μπουκάλια παντού. Ο Τζέις στεκόταν στην άκρη του ποταμού, χωρίς το μπουφάν του. Πέταξε κάτι μικρό και λευκό μέσα στο νερό, το οποίο εξαφανίστηκε στη στιγμή.

«Τι κάνεις;» τον ρώτησε η Κλέρι.

Ο Τζέις γύρισε να τους κοιτάξει κι ο αέρας έπαιξε με τα μαλλιά του. «Στέλνω ένα μήνυμα».

Πέρα από τον ώμο του, η Κλέρι διέκρινε ένα γυαλιστερό πλοκάμι –σαν ένα ζωντανό φύκι– να αναδύεται μέσα από το γκρίζο νερό κρατώντας κάτι λευκό. Στη στιγμή εξαφανίστηκε, και εκείνη έμεινε να αγναντεύει.

«Μήνυμα σε ποιον;»

Ο Τζέις κατσούφιασε. «Σε κανέναν». Γύρισε την πλάτη του στο νερό και προχώρησε προς το μπουφάν που είχε απλώσει πάνω στα βότσαλα. Πάνω του υπήρχαν τρία μαχαίρια. Καθώς γύριζε, η Κλέρι πρόσεξε τα ακονισμένα μεταλλικά δισκάκια περασμένα στη ζώνη του.

Ο Τζέις άγγιξε απαλά τις λεπίδες –ήταν λείες και γκρίζες, ενώ περίμεναν να ακούσουν το όνομά τους. «Δεν είχα χρόνο να περάσω από την αίθουσα των όπλων, οπότε αυτά θα είναι τα όπλα μας. Ας προετοιμαστούμε όσο καλύτερα γίνεται πριν έρθει ο Μάγκνους». Σήκωσε την πρώτη λεπίδα. «*Αμπράριελ*». Το σπαθί του αγγέλου έλαμψε και άλλαξε χρώμα μόλις το ονόμασε. Το έδωσε στον Λουκ.

«Είμαι εντάξει», είπε ο Λουκ και παραμέρισε τη ζακέτα του για να δείξει το *κιρκασιανό* μαχαίρι κιντζάλ που είχε περάσει στη ζώνη του.

Ο Τζέις έδωσε το Αμπράριελ στην Κλέρι, η οποία το πήρε χωρίς να πει κουβέντα. Το ένιωσε ζεστό μέσα στη χούφτα της, σαν να πήγαζε από μέσα του μια μυστική ζωή.

«*Κάμαελ*», ονόμασε ο Τζέις το επόμενο μαχαίρι, που τρεμόπαιξε στο χέρι του και άρχισε να λάμπει. «*Τελάντις*», ονόμασε το τρίτο.

«Δεν χρησιμοποιείς το όνομα του Ραζιήλ;» ρώτησε η Κλέρι καθώς ο Τζέις πέρασε τις λεπίδες μέσα από τη ζώνη του, φόρεσε το μπουφάν του και σηκώθηκε.

«Ποτέ», είπε ο Λουκ. «Δεν είναι ακόμη έτοιμο». Η ματιά του ανίχνευσε το δρόμο πίσω από την Κλέρι αναζητώντας τον Μάγκνους. Ένιωθε την αγωνία του, αλλά πριν προλάβει να πει κάτι, χτύπησε το κινητό της. Το άνοιξε και το έδωσε στον Τζέις. Εκείνος διάβασε το μήνυμα και ανασήκωσε τα φρύδια του.

«Φαίνεται ότι η Ανακρίτρια έδωσε στον Βάλενταϊν διορία μέχρι τη δύση του ήλιου για να αποφασίσει αν προτιμά εμένα ή τα Θανάσιμα Αντικείμενα», είπε. «Μαλώνουν εδώ και ώρες με τη Μαρίζ, και δεν έχει καταλάβει ότι το έσκασα».

Έδωσε το κινητό πίσω στην Κλέρι. Τα δάχτυλά τους αγγίχτηκαν, και Κλέρι τραβήχτηκε απότομα, παρόλο που το χοντρό μάλλινο γάντι κάλυπτε το χέρι της. Είδε το πρόσωπό του να συννεφιάζει, αλλά εκείνος δεν της είπε τίποτα. Αντίθετα, γύρισε προς τον Λουκ και τον ρώτησε απότομα: «Πέθανε ο γιος της Ανακρίτριας; Γι' αυτό είναι έτσι;»

Ο Λουκ έβαλε τα χέρια στις τσέπες και αναστέναξε. «Πώς το κατάλαβες;»

«Από τον τρόπο που αντιδρά κάθε φορά που κάποιος

τον αναφέρει. Είναι η μόνη στιγμή που την έχω δει να επιδεικνύει οποιοδήποτε ανθρώπινο συναίσθημα».

Ο Λουκ ξεφύσηξε. Σήκωσε τα γυαλιά του και έκλεισε τα μάτια του από το δυνατό αέρα. «Η Ανακρίτρια είναι όπως είναι για πολλούς λόγους. Ο Στέφεν είναι μόνο ένας εξ αυτών».

«Είναι παράξενο», είπε ο Τζέις. «Δεν μου φαίνεται για άνθρωπος που *συμπαθεί* τα παιδιά».

«Δεν συμπαθεί τα παιδιά των άλλων», είπε ο Λουκ. «Ήταν διαφορετικά με το δικό της γιο. Ο Στέφεν ήταν το χρυσό της παιδί. Βασικά, για όλους ήταν... για όσους τον γνώριζαν. Ήταν καλός σε όλα· πολύ ευγενικός χωρίς να γίνεται βαρετός, πολύ γοητευτικός χωρίς να γίνεται μισητός. Καλά, εμείς μάλλον τον μισούσαμε λίγο».

«Πηγαίνατε στο ίδιο σχολείο;» ρώτησε η Κλέρι. «Και η μητέρα μου... κι ο Βάλενταϊν; Από εκεί τους ήξερες;»

«Οι Χέροντεϊλ διηύθυναν το Ινστιτούτο του Λονδίνου και ο Στέφεν πήγαινε εκεί σχολείο. Τον έβλεπα πιο συχνά όταν αποφοιτήσαμε και εκείνος γύρισε στο Αλικάντε. Κάποια περίοδο τον έβλεπα πολύ συχνά». Τα μάτια του Λουκ έγιναν απόμακρα, είχαν πάρει το ίδιο γκρίζο χρώμα του ποταμού. «Αφού παντρεύτηκε».

«Δηλαδή, ήταν μέλος του Κύκλου;» ρώτησε η Κλέρι.

«Όχι τότε», απάντησε ο Λουκ. «Έγινε μέλος αφότου εγώ... μετά από αυτό που μου συνέβη. Ο Βάλενταϊν χρειαζόταν ένα νέο υπαρχηγό και ήθελε τον Στέφεν. Η Ίμοτζεν, που ήταν απόλυτα πιστή στο Κονκλάβιο, έπαθε υστερία –έκανε τα πάντα για να μεταπείσει τον Στέφεν–, αλλά εκείνος ξέκοψε. Δεν μιλούσε ούτε σε εκείνη, αλλά ούτε και στον πατέρα του. Είχε μαγευτεί από τον Βάλενταϊν. Τον ακολουθούσε παντού, είχε γίνει η σκιά του». Ο Λουκ σταμάτησε για λίγο. «Ο Βάλενταϊν δεν θεωρούσε ότι η γυναίκα του Στέφεν ήταν αντάξιά του. Όχι για κάποιον που επρόκειτο να γίνει υπαρχηγός του μέσα στον Κύκλο. Είχε ανεπιθύμητες οικογενειακές επαφές». Η Κλέρι εντυπωσιάστηκε από τον πόνο στη φωνή του Λουκ. Τόσο πολύ νοιαζόταν γι' αυτούς τους ανθρώπους; «Ο Βάλενταϊν ανάγκασε τον Στέφεν να χωρίσει την Άματις και να ξαναπαντρευτεί. Η δεύτερη σύζυγος του ήταν ένα πολύ νεαρό κορίτσι, μόλις δεκαοχτώ ετών, ονόματι Σελίν. Κι εκείνη είχε πέσει υπό την επιρροή του Βάλενταϊν, έκανε ό,τι της ζητούσε, όσο περίεργο κι αν ήταν. Μετά, ο Στέφεν σκοτώθηκε σε μια επιδρομή που εξαπέλυσε ο Κύκλος σε μια φωλιά βρικολάκων. Η Σελίν αυτοκτόνησε μόλις το έμαθε. Ήταν οκτώ μηνών έγκυος. Αλλά και ο πατέρας του Στέφεν πέθανε, από ραγισμένη καρδιά. Έτσι, ολόκληρη η οικογένεια της Ίμοτζεν ξεκληρίστηκε. Δεν μπόρεσαν να θάψουν τις στάχτες της νύφης και του εγγονιού στην Πόλη των Οστών, γιατί η Σελίν αυτοκτόνησε. Την έθαψαν σε ένα σταυροδρόμι έξω από το Αλικάντε. Η Ίμοτζεν επέζησε, αλλά έγινε παγερή σαν ατσάλι. Όταν ο παλιός Ανακριτής σκοτώθηκε στην Εξέγερση, η Ίμοτζεν ανέλαβε τη θέση του. Επέστρεψε από το Λονδίνο στην Άιντρις... αλλά, από όσο ξέρω, ποτέ ξανά δεν ανέφερε τον Στέφεν. Ωστόσο, έτσι εξηγείται το μίσος της για τον Βάλενταϊν».

«Επειδή ο πατέρας μου δηλητηριάζει ό,τι πέσει στα χέρια του;» είπε ο Τζέις πικραμένα.

«Επειδή ο πατέρας σου, παρ' όλες τις αμαρτίες του, εξακολουθεί να έχει ένα γιο, ενώ εκείνη όχι. Και επειδή τον θεωρεί υπεύθυνο για το θάνατο του Στέφεν».

«Κι έχει δίκιο», είπε ο Τζέις. «Εκείνος έφταιγε».

«Όχι απόλυτα», αποκρίθηκε ο Λουκ. «Άφησε τον Στέφεν να επιλέξει, κι ο Στέφεν έκανε την επιλογή του. Ό,τι ψεγάδια κι αν είχε, ο Βάλενταϊν ποτέ δεν εκβίασε ή απείλησε κάποιον να γίνει μέλος του Κύκλου. Ήθελε μόνο πιστούς, που έρχονταν οικειοθελώς. Την ευθύνη για τις επιλογές του την είχε ο Στέφεν».

«Ελεύθερη βούληση», είπε η Κλέρι.

«Δεν υπάρχει τέτοιο πράγμα», είπε ο Τζέις. «Ο Βάλενταϊν...»

«Σου έδωσε την επιλογή, έτσι δεν είναι;» ρώτησε ο Λουκ. «Όταν πήγες να τον δεις. Ήθελε να μείνεις, έτσι δεν είναι; Ήθελε να σταθείς στο πλευρό του».

«Ναι». Ο Τζέις κοίταξε πέρα από το ποτάμι. «Όντως». Η Κλέρι είδε το ποτάμι να καθρεφτίζεται στα μάτια του. Έμοιαζαν ατσάλινα, λες και το γκρίζο του νερού είχε πνίξει το χρυσαφί τους χρώμα.

«Κι εσύ δεν δέχτηκες», είπε ο Λουκ.

Ο Τζέις τον αγριοκοίταξε. «Είναι ανάγκη να το λέτε συνέχεια; Νιώθω τόσο προβλέψιμος».

Ο Λουκ γύρισε από την άλλη, σαν να ήθελε να κρύψει ένα χαμόγελο, και σταμάτησε. «Κάποιος έρχεται». Όντως, κάποιος ερχόταν, κάποιος πολύ ψηλός με μαύρα μαλλιά που πάλευαν με τον αέρα. «Είναι ο Μάγκνους», είπε η Κλέρι. «Μα, φαίνεται... διαφορετικός». Όσο πλησίαζε, είδε ότι τα μαλλιά του, που συνήθως στέκονταν όρθια και ήταν γεμάτα χρυσόσκονη, τώρα ήταν ίσια πίσω από τα αφτιά του, σαν μαύρο μετάξι. Το πολύχρωμο δερμάτινο παντελόνι του, το άλλαξε για ένα απλό, παλιομοδίτικο σκουρόχρωμο κοστούμι κι ένα μακρύ παλτό με ασημένια κουμπιά. Τα γατίσια του μάτια έλαμπαν με τα χρώματα του κεχριμπαριού και του πράσινου.

«Ξαφνιάζεστε που με βλέπετε», είπε.

Ο Τζέις κοίταξε το ρολόι του. «Νομίζαμε ότι δεν θα έρθεις».

«Είπα ότι θα έρθω και ήρθα. Χρειαζόμουν χρόνο για να προετοιμαστώ. Δεν πρόκειται για μαγικό τρικ, Κυνηγέ. Χρειαζόμαστε ισχυρή μαγεία». Γύρισε προς τον Λουκ. «Πώς είναι το χέρι;»

«Μια χαρά. Ευχαριστώ». Ο Λουκ ήταν πάντα τόσο ευγενικός.

«Δικό σου είναι το φορτηγάκι μπροστά από το εργοστάσιο, σωστά;» Ο Μάγκνους έδειξε προς τα εκεί. «Πολύ χοντροκομμένο για φορτηγάκι βιβλιοπώλη».

«Να σου πω την αλήθεια, δεν έχεις άδικο», είπε ο Λουκ. «Αλλά σηκώνω βαριές κούτες, σκαρφαλώνω στοίβες, χρειάζεται να τα βάζω σε αλφαβητική σειρά...»

Ο Μάγκνους γέλασε. «Μπορείς να ξεκλειδώσεις το πορτ-μπαγκάζ; Μπορώ να το κάνω και μόνος μου» –κούνησε τα δάχτυλά του– «αλλά θα ήταν αγενές από μέρους μου».

«Φυσικά». Ο Λουκ ανασηκώθηκε, και προχώρησαν προς το εργοστάσιο. Μόλις η Κλέρι πήγε να τους ακολουθήσει, ο Τζέις την έπιασε από το μπράτσο.

«Στάσου. Θέλω να σου μιλήσω ένα λεπτό».

Η Κλέρι παρακολουθούσε τον Μάγκνους και τον Λουκ να κατευθύνονται προς το φορτηγάκι. Ήταν ένα αλλόκοτο ζευγάρι, ο ψηλός μάγος με το μακρύ παλτό και ο πιο κοντός, γεροδεμένος άνδρας με τζιν και μάλλινο τζάκετ. Ήταν όμως και οι δύο Πλάσματα του Σκότους, παγιδευμένοι στον ίδιο χώρο, ανάμεσα σε έναν ανιαρό και έναν υπερφυσικό κόσμο.

«Κλέρι», είπε ο Τζέις. «Γη καλεί Κλέρι. Πού ταξιδεύεις;»

Γύρισε να τον κοιτάξει. Ο ήλιος έδυε τώρα, πίσω του, σκοτεινιάζοντας το πρόσωπό του, μετατρέποντας τα μαλλιά του σε χρυσό φωτοστέφανο.

«Συγγνώμη».

«Δεν πειράζει». Άγγιξε το πρόσωπό της απαλά, με το πίσω μέρος του χεριού του. «Μερικές φορές χάνεσαι ολοκληρωτικά μέσα στο μυαλό σου», της είπε. «Μακάρι να μπορούσα να σε ακολουθήσω».

Εκεί μέσα είσαι, ήθελε να του πει. *Στο μυαλό μου ζεις όλη την ώρα*. Αντίθετα, του είπε: «Τι ήθελες να μου πεις;»

Άφησε το χέρι του να πέσει. «Θέλω να με σημαδέψεις με το ρούνο του Ατρόμητου. Πριν επιστρέψει ο Λουκ».

«Γιατί πριν επιστρέψει;»

«Γιατί θα πει ότι δεν είναι καλή ιδέα. Μα, είναι ο μόνος τρόπος για να νικήσουμε τον Άγκραμον. Ο Λουκ δεν τον έχει αντιμετωπίσει, δεν ξέρει πώς είναι. Εγώ όμως ξέρω».

Έψαξε το πρόσωπό του. «Πώς ένιωσες;»

Τα μάτια του δεν διαβάζονταν. «Βλέπεις αυτό που φοβάσαι περισσότερο στον κόσμο».

«Τι θα πει αυτό;»

«Πίστεψέ με. Δεν θέλεις να ξέρεις». Κοίταξε κάτω. «Έχεις το ραβδί σου;»

«Ναι, το έχω». Έβγαλε το μάλλινο γάντι από το δεξί της χέρι και ψάρεψε στην τσέπη της για το ραβδί. Το χέρι της έτρεμε λίγο καθώς το έβγαλε έξω. «Πού θέλεις το Σημάδι;»

«Όσο πιο κοντά στην καρδιά, τόσο το καλύτερο». Γύρισε την πλάτη του κι άφησε το μπουφάν του να πέσει χάμω. Σήκωσε την μπλούζα του και άφησε να φανεί η πλάτη του. «Στην ωμοπλάτη είναι ό,τι πρέπει».

Η Κλέρι έβαλε μια παλάμη πάνω στον ώμο του για να σταθεροποιηθεί. Το δέρμα στην πλάτη του είχε μια πιο ανοιχτή χρυσαφένια απόχρωση από ό,τι το δέρμα στα χέρια και στο πρόσωπό του. Ήταν απαλό εκεί που δεν είχε ουλές. Με τη μύτη του ραβδιού χάραξε την ωμοπλάτη του και τον ένιωσε να τραβιέται· οι μύες του έσφιξαν. «Όχι τόσο δυνατά…»

«Συγγνώμη». Χαλάρωσε και άφησε το σύμβολο να περάσει από το μυαλό της στο χέρι της και μετά μέσα στο ραβδί. Η μαύρη γραμμή έμοιαζε με καψάλισμα, μια γραμμή από στάχτη. «Ορίστε. Είσαι έτοιμος».

Γύρισε ξανά κατεβάζοντας την μπλούζα του. «Ευχαριστώ». Ο ήλιος έκαιγε στον ορίζοντα πια, πλημμυρίζοντας τον ουρανό με αίμα και τριαντάφυλλα, ενώ η άκρη του ποταμού μεταμορφώθηκε σε υγρό χρυσό, απαλύνοντας την ασχήμια του αστικού τοπίου. «Κι εσύ;»

«Εγώ; Τι εγώ;»

Την πλησίασε. «Σήκωσε τα μανίκια σου. Θα σε σημαδέψω».

«Α, σωστά». Έκανε ό,τι της είπε, σήκωσε τα μανίκια της, προτείνοντας τα γυμνά της μπράτσα.

Το κέντρισμα του ραβδιού στο δέρμα της θύμιζε το απαλό άγγιγμα μιας βελόνας που τη χάραζε χωρίς να την τρυπάει. Εντυπωσιάστηκε όταν είδε τις μαύρες γραμμές να εμφανίζονται. Το Σημάδι από το όνειρό της ήταν ακόμη εμφανές, απλώς οι άκρες είχαν ξεθωριάσει.

«*Και είπεν αυτώ ο Κύριος ο Θεός, ουχ ούτως, πας ο αποκτείνας Κάιν επτά εκδικούμενα παραλύσει. Και εθέτο ο Κύριος ο Θεός σημείον τω Κάιν του μη ανελείν αυτόν πάντα τον ευρίσκοντα αυτόν».*

Η Κλέρι γύρισε και κατέβασε τα μανίκια της. Ο Μάγκνους τους παρακολουθούσε, και το παλτό του έμοιαζε να επιπλέει ολόγυρά του. Μειδίασε ελαφρά.

«Ξέρεις τη Βίβλο απ' έξω;» ρώτησε ο Τζέις καθώς έσκυψε για το μπουφάν του.

«Γεννήθηκα σε έναν αιώνα βαθύτατα θρησκευτικό, αγόρι μου», είπε ο Μάγκνους. «Πάντα πίστευα ότι το Σημάδι του Κάιν ήταν το πρώτο που καταγράφηκε. Τον προστάτεψε, αυτό είναι σίγουρο».

«Δεν ήταν άγγελος, όμως», είπε η Κλέρι. «Αυτός δεν σκότωσε τον αδερφό του;»

«Εμείς δεν σχεδιάζουμε να σκοτώσουμε τον πατέρα μας;» είπε ο Τζέις.

«Δεν είναι το ίδιο», αποκρίθηκε η Κλέρι, αλλά πριν προλάβει να δικαιολογήσει το *γιατί*, το φορτηγάκι του Λουκ σταμάτησε πάνω στην παραλία, σκορπίζοντας παντού βότσαλα. Ο Λουκ έσκυψε από το παράθυρο.

«Λοιπόν», είπε στον Μάγκνους. «Ξεκινάμε. Μπείτε μέσα».

«Θα οδηγήσουμε ως το πλοίο;» ρώτησε απορημένη η Κλέρι. «Νόμιζα ότι...»

«Ποιο πλοίο;» Ο Μάγκνους χασκογέλασε και έκατσε δίπλα στον Λουκ. Έκανε σήμα με τον αντίχειρά του. «Εσείς οι δύο θα κάτσετε πίσω».

Ο Τζέις σκαρφάλωσε στο πίσω μέρος του φορτηγού και έσκυψε για να βοηθήσει την Κλέρι. Ενώ προσπαθούσε να βολευτεί πάνω στη ρεζέρβα, είδε μια μαύρη πεντάλφα μέσα σε έναν κύκλο ζωγραφισμένη στο πάτωμα της καρότσας. Τα χέρια της πεντάλφας ήταν διακοσμημένα με έντονα στριφογυριστά σύμβολα. Δεν ήταν οι ρούνοι που ήξερε εκείνη –μα, όσο τα κοιτούσε, ένιωθε ότι προσπαθούσε να καταλάβει κάποιον που μιλούσε μια γλώσσα που έμοιαζε με τη δική της, ωστόσο δεν ήταν. Ο Λουκ έσκυψε από το παράθυρο και τους κοίταξε.

«Ξέρετε ότι δεν μου αρέσει αυτή η ιδέα», είπε, ενώ ο αέρας αλλοίωνε τη φωνή του. «Κλέρι, εσύ θα μείνεις με τον Μάγκνους στο φορτηγάκι. Ο Τζέις κι εγώ θα ανέβουμε στο πλοίο. Κατάλαβες;»

Η Κλέρι έγνεψε καταφατικά και χώθηκε σε μια γωνία στο πίσω μέρος του φορτηγού. Ο Τζέις κάθισε δίπλα της, κρατώντας τα πόδια του. «Θα έχει ενδιαφέρον», είπε.

«Τι...» ξεκίνησε να πει η Κλέρι, αλλά το φορτηγάκι άρχισε να κινείται, τα λάστιχα να σκάνε πάνω στα βότσαλα, κι έτσι οι λέξεις πνίγηκαν μέσα στο θόρυβο. Κατευθύνθηκε προς το νερό στην άκρη του ποταμού. Η Κλέρι τινάχτηκε μπροστά στο παράθυρο της καμπίνας καθώς το φορτηγάκι κινείτο μέσα στο ποτάμι. Μήπως ο Λουκ ήθελε να τους πνίξει όλους; Γύρισε από την άλλη και είδε την καμπίνα να γεμίζει ζαλιστικές γαλάζιες στήλες φωτός που στριφογύριζαν σαν φίδια. Το φορτηγάκι φάνηκε να πέφτει πάνω σε κάτι ογκώδες, σαν να χτύπησαν κάποιο κούτσουρο. Μετά προχωρούσαν ήρεμα μπροστά, σαν να επέπλεαν.

Η Κλέρι ανακάθισε στα γόνατα και κοίταξε έξω από το φορτηγάκι, σχεδόν σίγουρη για το τι θα έβλεπε.

Προχωρούσαν –όχι, *οδηγούσαν*– πάνω στο σκοτεινό νερό, τα λάστιχα του φορτηγού ίσα που άγγιζαν την επιφάνεια, σκορπώντας μικροσκοπικά κύματα μαζί με την περιστασιακή βροχή από μπλε σπίθες του Μάγκνους. Ξαφνικά, τα πάντα ησύχασαν, εκτός από τον αμυδρό ήχο του κινητήρα και τους γλάρους. Η Κλέρι κοίταξε τον Τζέις στην άλλη πλευρά της καρότσας. Χαμογελούσε. «Ο Βάλενταϊν *σίγουρα* θα εντυπωσιαστεί».

«Δεν είμαι και τόσο σίγουρη», είπε η Κλέρι. «Άλλες ομάδες έχουν νυχτερίδες-μπούμερανγκ και τη δύναμη να σκαρφαλώνουν σε τοίχους. Εμείς έχουμε το Φουσκωτό Φορτηγάκι».

«Αν δεν σου αρέσει, Νεφιλίμ» ακούστηκε αμυδρά η φωνή του Μάγκνους από την καμπίνα «μπορείς να προσπαθήσεις να περπατήσεις πάνω στο νερό».

«Καλύτερα να μπούμε μέσα», είπε η Ίζαμπελ, με το αφτί της πάνω στην πόρτα της βιβλιοθήκης. Έγνεψε στον Άλεκ να πλησιάσει. «Ακούς τίποτα;»

Ο Άλεκ έσκυψε δίπλα στην αδερφή του, προσεκτικά ώστε να μη ρίξει το τηλέφωνο που κρατούσε. Ο Μάγκνους είπε ότι θα τηλεφωνούσε αν είχε νέα ή αν συνέβαινε κάτι. Μέχρι τώρα δεν είχε καλέσει. «Όχι».

«Ακριβώς. Σταμάτησαν να μαλώνουν». Τα μαύρα μάτια της Ίζαμπελ έλαμψαν. «Περιμένουν τώρα τον Βάλενταϊν».

Ο Άλεκ απομακρύνθηκε από την πόρτα και κινήθηκε προς το κοντινότερο παράθυρο. Ο ουρανός είχε το χρώμα του κάρβουνου βυθισμένο σε πορφυρές στάχτες. «Ο ήλιος έδυσε».

Η Ίζαμπελ έκανε να φτάσει το πόμολο της πόρτας. «Πάμε».

«Ίζαμπελ, στάσου...»

«Δεν θέλω να μας πει ψέματα για το τι θα πει ο Βάλενταϊν», είπε η Ίζαμπελ. «Ή για το τι θα συμβεί. Εξάλλου, θέλω να τον δω. Τον πατέρα του Τζέις. Εσύ δεν θες;»

Ο Άλεκ κινήθηκε προς την πόρτα. «Ναι, αλλά ίσως δεν είναι καλή ιδέα, αφού...»

Η Ίζαμπελ κατέβασε το πόμολο και η πόρτα άνοιξε διάπλατα. Με μια παιχνιδιάρικη ματιά, χώθηκε μέσα. Ο Άλεκ την ακολούθησε βρίζοντας χαμηλόφωνα.

Η μητέρα του και η Ανακρίτρια στέκονταν στις δυο άκρες του μεγάλου γραφείου, σαν πυγμάχοι μέσα στο ρινγκ. Τα μάγουλα της Μαρίζ ήταν κατακόκκινα, τα μαλλιά της έπεφταν ατημέλητα στο πρόσωπό της. Η Ίζαμπελ έριξε μια γρήγορη ματιά στον Άλεκ, σαν να του έλεγε ότι *ίσως δεν ήταν τελικά καλή η ιδέα της. Η μαμά είναι θυμωμένη.*

Από την άλλη, αν η Μαρίζ φαινόταν θυμωμένη, η Ανακρίτρια έδειχνε αποτρελαμένη. Στράφηκε προς την ανοιχτή πόρτα, το στόμα της διαστρεβλωμένο. «Τι γυρεύετε εσείς εδώ;» φώναξε.

«Ίμοτζεν», είπε η Μαρίζ.

«Μαρίζ!» Η Ανακρίτρια ύψωσε τη φωνή της. «Σιχάθηκα κι εσένα και τα ανάγωγα παιδιά σου...»

«*Ίμοτζεν*», είπε ξανά η Μαρίζ. Κάτι στη φωνή της –μια σοβαρότητα– έκανε μέχρι και την Ανακρίτρια να γυρίσει να κοιτάξει.

Ο αέρας δίπλα στην μπρούντζινη υδρόγειο έλαμπε σαν νερό. Μια μορφή άρχισε να υλοποιείται, σαν μαύρη μπογιά πάνω σε λευκό καμβά, και να μετουσιώνεται στη φιγούρα ενός άνδρα με φαρδείς ώμους. Η εικόνα κυμάτιζε, κι ο Άλεκ δεν μπορούσε να διακρίνει καθαρά. Κατάλαβε μόνο ότι ο άνδρας ήταν ψηλός, με μια τούφα λευκά μαλλιά.

«Βάλενταϊν». Η Ανακρίτρια φάνηκε αιφνιδιασμένη, σκέφτηκε ο Άλεκ, αν και σίγουρα τον περίμενε.

Ο αέρας δίπλα στην υδρόγειο έλαμψε ακόμα πιο έντονα. Η Ίζαμπελ έμεινε με το στόμα ανοιχτό καθώς από μέσα βγήκε ένας άνδρας, σαν να αναδυόταν μέσα από τα κύματα νερού. Ο πατέρας του Τζέις ήταν τρομακτικός στην όψη, πάνω από 1,80 σε ύψος, με προτεταμένο στέρνο και χέρια δεμένα, γεμάτα μύες. Το πρόσωπό του ήταν σχεδόν τριγωνικό, που κατέληγε σε ένα σκληρό πιγούνι. Θα μπορούσε θα θεωρηθεί γοητευτικός άνδρας, σκέφτηκε ο Άλεκ, αν και δεν έμοιαζε καθόλου με τον Τζέις, αφού δεν είχε ίχνος από τα χρώματα του γιου του. Η λαβή ενός ξίφους ήταν ορατή πίσω από τον αριστερό του ώμο –το Θανάσιμο Ξίφος. Φυσικά, δεν το χρειαζόταν, αφού δεν είχε πάει εκεί αυτοπροσώπως, οπότε πιθανότατα να το φορούσε για να ενοχλήσει την Ανακρίτρια. Όχι ότι χρειαζόταν να ενοχληθεί κι άλλο.

«Ίμοτζεν», είπε ο Βάλενταϊν, τα μαύρα του μάτια κολλημένα στην Ανακρίτρια με μια δόση ικανοποίησης. *Να, ο Τζέις, έχει το ίδιο βλέμμα*, σκέφτηκε ο Άλεκ. «Και Μαρίζ, καλή μου Μαρίζ, πάει καιρός».

Η Μαρίζ, καταπίνοντας δυνατά, είπε με δυσκολία: «Δεν είμαι η καλή σου Μαρίζ, Βάλενταϊν».

«Κι αυτά πρέπει να είναι τα παιδιά σου», συνέχισε ανενόχλητος ο Βάλενταϊν. Τα μάτια του σταμάτησαν πάνω στην Ίζαμπελ και στον Άλεκ. Ο Άλεκ ανατρίχιασε ελαφρά, σαν κάτι να του τσίμπησε τα νεύρα. Τα λόγια του πατέρα του Τζέις ήταν κοινά, μέχρι και ευγενικά, αλλά κάτι στο άδειο και αρπακτικό του βλέμμα έκανε τον Άλεκ να θέλει να σταθεί μπροστά από την αδερφή του για να εμποδίσει τη ματιά του Βάλενταϊν. «Σου μοιάζουν τόσο πολύ».

«Μην ανακατεύεις τα παιδιά μου, Βάλενταϊν», είπε η

Μαρίζ, που με κόπο κρατούσε τη φωνή της σταθερή.

«Δεν είναι δίκαιο αυτό» είπε ο Βάλενταϊν «αφού εσείς ανακατέψατε το δικό μου παιδί στην όλη ιστορία». Γύρισε προς την Ανακρίτρια. «Έλαβα το μήνυμά σου. Καλύτερη προσφορά δεν είχες να μου κάνεις;» Η Ανακρίτρια δεν είχε κουνηθεί. Ανοιγόκλεισε τα μάτια της αργά, σαν σαύρα.

«Νομίζω ότι ήμουν αρκετά σαφής».

«Το γιο μου για τα Θανάσιμα Αντικείμενα. Σωστά; Αλλιώς, θα τον σκοτώσεις».

«Θα τον σκοτώσει;» αναφώνησε η Ίζαμπελ. «ΜΑΜΑ!»

«Ίζαμπελ», είπε σφιγμένα η Μαρίζ. «Πάψε».

Η Ανακρίτρια έριξε ένα δηλητηριώδες βλέμμα προς την Ίζαμπελ και τον Άλεκ.

«Αυτοί είναι οι όροι, Μόργκενστερν».

«Τότε, η απάντηση είναι όχι».

«Όχι;» Η Ανακρίτρια έμοιαζε λες και είχε χάσει τη γη κάτω από τα πόδια της. «Δεν με ξεγελάς, Βάλενταϊν. Θα κάνω αυτό που λέω».

«Δεν αμφιβάλλω, Ίμοτζεν. Είσαι μια γυναίκα πεισματάρα, όσο και αδίστακτη. Αναγνωρίζω αυτές τις αρετές σε σένα αφού τις κατέχω κι εγώ».

«Δεν είμαι σαν εσένα. Εγώ ακολουθώ το Νόμο...»

«Ακόμα κι όταν σου επιβάλλει να σκοτώσεις έναν έφηβο μόνο και μόνο για να τιμωρήσεις τον πατέρα του; Δεν έχει να κάνει με το Νόμο, Ίμοτζεν, απλώς με μισείς και με κατηγορείς για το θάνατο του γιου σου, γι' αυτό και θέλεις να με εκδικηθείς. Δεν έχει σημασία. Δεν θα δώσω τα Θανάσιμα Αντικείμενα, ούτε καν για τον Τζόναθαν».

«Μα, είναι γιος σου», είπε. «Το σπλάχνο σου».

«Τα παιδιά κάνουν τις επιλογές τους», είπε ο Βάλενταϊν. «Κάτι που δεν κατάλαβες ποτέ. Προσέφερα στον Τζόναθαν ασφάλεια, αν έμενε μαζί μου. Μου γύρισε την πλάτη και γύρισε πίσω σε σένα, κι εσύ θα πάρεις την εκδίκησή σου, όπως του είχα πει. Είσαι τόσο προβλέψιμη, Ίμοτζεν».

Η Ανακρίτρια δεν φάνηκε να κατάλαβε την προσβολή. «Το Κονκλάβιο θα θελήσει το θάνατό του αν δεν μου δώσεις τα Θανάσιμα Αντικείμενα», είπε, λες και βρισκόταν παγιδευμένη μέσα σε ένα κακό όνειρο.

«Το γνωρίζω αυτό», είπε ο Βάλενταϊν. «Αλλά δεν μπορώ να κάνω κάτι γι' αυτό. Του έδωσα την ευκαιρία. Δεν τη δέχτηκε».

«Κάθαρμα!» φώναξε ξαφνικά η Ίζαμπελ και έκανε να τρέξει μπροστά. Ο Άλεκ την άρπαξε από το χέρι και την τράβηξε προς τα πίσω, κρατώντας τη σε απόσταση. «Είναι μαλάκας» ψιθύρισε, και μετά ύψωσε τη φωνή της και φώναξε στον Βάλενταϊν: «Είσαι ...»

«*Ίζαμπελ!*» Ο Άλεκ κάλυψε το στόμα της αδερφής του με το χέρι του καθώς ο Βάλενταϊν τους έριξε μια χαριτωμένη ματιά.

«Του... προσέφερες...» Η Ανακρίτρια άρχισε να θυμίζει στον Άλεκ ένα ρομπότ που βραχυκύκλωσε. «Και σε *απέρριψε*;» Κούνησε το κεφάλι της. «Μα, είναι κατάσκοπός σου –το όπλο σου...»

«Αυτό νόμιζες;» είπε, προφανώς με μεγάλη έκπληξη. «Δεν με ενδιαφέρουν τα μυστικά του Κονκλάβιου. Επιζητώ μονάχα την καταστροφή του, και για να το καταφέρω αυτό έχω πολύ πιο ισχυρά όπλα από ένα αγόρι».

«Μα...»

«Πίστεψε ό,τι θέλεις», είπε ο Βάλενταϊν με αδιαφορία. «Είσαι ένα τίποτα, Ίμοτζεν Χέροντεϊλ. Είσαι αρχηγός μιας εξουσίας που σε λίγο θα πάψει να υπάρχει. Δεν υπάρχει κάτι που να μπορείς να μου προσφέρεις και να το θέλω».

«*Βάλενταϊν!*» Η Ανακρίτρια όρμηξε, σαν να ήθελε να τον σταματήσει, να τον πιάσει, αλλά τα χέρια της τον διαπέρασαν όπως το νερό. Με μια έκφραση αηδίας, ο Βάλενταϊν έκανε πίσω και εξαφανίστηκε.

Ο ουρανός χρωματίστηκε με τις τελευταίες πορφυρές πινελιές, ενώ το νερό είχε την όψη μέταλλου. Η Κλέρι έσφιξε τη ζακέτα της κοντά στο κορμί της και ανατρίχιασε.

«Κρυώνεις;» Ο Τζέις στεκόταν στο πίσω μέρος της καρότσας και χάζευε τα απόνερα που άφηνε πίσω του το αμάξι: δυο λευκές γραμμές αφρού που έσκιζαν το νερό. Ήρθε κι έκατσε δίπλα της, με την πλάτη στο τζάμι της καμπίνας. Το τζάμι είχε σχεδόν θολώσει από τον μπλε καπνό.

«Εσύ δεν κρυώνεις;»

«Όχι». Κούνησε το κεφάλι του και έβγαλε το μπουφάν του για να της το δώσει. Το φόρεσε, απολαμβάνοντας το μαλακό δέρμα. Ήταν πολύ μεγάλο, αλλά μαλακό. «Θα μείνεις στο φορτηγάκι, όπως είπε ο Λουκ, εντάξει;»

«Δεν έχω επιλογή, έτσι;»

«Βασικά... όχι».

Έβγαλε το γάντι της και πλησίασε το χέρι της στο δικό του. Εκείνος το κράτησε γερά. Κοίταξε τα πλεγμένα τους δάχτυλα, τα δικά της τόσο μικρά και τετραγωνισμένα, εκείνου μακριά και λεπτά.

«Θα βρεις τον Σάιμον, έτσι δεν είναι;» είπε. «Ξέρω ότι μπορείς».

«Κλέρι». Έβλεπε το νερό να καθρεφτίζεται στα μάτια του. «Μπορεί να είναι... Θέλω να πω... Μπορεί να είναι...»

«Όχι». Ο τόνος της φωνής της ήταν γεμάτος αυτοπεποίθηση. «Θα είναι καλά. Πρέπει να είναι καλά».

Ο Τζέις αναστέναξε. Στις ίριδες των ματιών του φάνταζαν μπλε δάκρυα, σκέφτηκε η Κλέρι, αλλά δεν ήταν δάκρυα, ήταν αντανακλάσεις. «Θέλω να σε ρωτήσω κάτι», είπε. «Φοβόμουν να σε ρωτήσω νωρίτερα. Όμως τώρα, δεν φοβάμαι πια». Το χέρι του αγκάλιασε το μάγουλό της, η παλάμη του ζεστή πάνω στο κρύο της δέρμα. Ένιωσε το φόβο της να εξαφανίζεται, λες και μπορούσε να της μεταδώσει τη δύναμη του Ατρόμητου ρούνου με ένα άγγιγμά του. Το πιγούνι της ανασηκώθηκε, τα χείλη της χώρισαν ανυπόμονα –το στόμα του άγγιξε το δικό της απαλά, όσο ένα φτερό, η ανάμνηση ενός φιλιού– και μετά αποτραβήχτηκε, με μάτια διάπλατα. Είδε ένα μαύρο τοίχο μέσα τους, να σβήνει το χρυσαφί: η σκιά του πλοίου.

Ο Τζέις απομακρύνθηκε και σηκώθηκε. Η Κλέρι σηκώθηκε άγαρμπα, το βαρύ μπουφάν του Τζέις τη δυσκόλευε. Γαλάζιες σπίθες πετάγονταν από τα παράθυρα της καμπίνας, και μέσα από το φως τους έβλεπε ότι η πλευρά του πλοίου ήταν αυλακωτό μέταλλο, με μια λεπτή σκάλα στην άκρη και μια σιδερένια κουπαστή στην κορυφή. Πάνω στην κουπαστή έμοιαζαν να κάθονται μεγάλα, παράξενα πουλιά. Κρύα κύματα ξέφευγαν από το πλοίο όπως ο αέρας από ένα παγόβουνο. Όταν τη φώναξε ο Τζέις, η ανάσα του σχημάτισε λευκά σύννεφα, ενώ τα λόγια του πνίγηκαν από τη μηχανή του πλοίου.

Κατσούφιασε. «Τι; Τι είπες;»

Πήγε να την αρπάξει, βάζοντας το χέρι του κάτω από τη ζακέτα της και τα ακροδάχτυλά του στο γυμνό της δέρμα. Εκείνη τσίριξε έκπληκτη. Έβγαλε το σπαθί του αγγέλου που της έδωσε νωρίτερα μέσα από τη ζώνη της και το έχωσε στην παλάμη της. «Είπα» –και την άφησε– «να βγάλεις το Αμπράριελ, γιατί έρχονται».

«Ποιοι έρχονται;»

«Οι δαίμονες». Της έδειξε. Στην αρχή, η Κλέρι δεν είδε τίποτα. Μετά πρόσεξε τα τεράστια, παράξενα πουλιά που είχε δει νωρίτερα. Ξεκολλούσαν από την κουπαστή ένα ένα, πέφτοντας σαν πέτρες από το πλάι του πλοίου, και μετά ευθυγραμμίζονταν και κατευθύνονταν προς το φορτηγάκι που επέπλεε πάνω στα κύματα. Όσο πλησίαζαν, πρόσεξε ότι δεν ήταν πουλιά, αλλά έμοιαζαν περισσότερο με ασχημομούρικους πτεροδάκτυλους με μεγάλες, δερμάτινες φτερούγες και κοκαλιάρικα, τριγωνικά κεφάλια. Τα στόματά τους είχαν πριονωτά δόντια καρχαρία, σειρές πολλές, ενώ τα νύχια τους γυάλιζαν σαν κοφτερά ξυράφια.

Ο Τζέις ανέβηκε στην οροφή της καμπίνας, με το Τελάντις να λάμπει στο χέρι του. Μόλις έφτασε το πρώτο πτηνό, απελευθέρωσε τη λεπίδα. Χτύπησε το δαίμονα, κόβοντας το κεφάλι του όπως κόβει κανείς ένα βραστό αβγό. Με μια στριγκλιά, το τέρας τσακίστηκε, ενώ τα φτερά του κινούνταν σπασμωδικά. Όταν έπεσε στο ποτάμι, το νερό άρχισε να βράζει.

Ο δεύτερος δαίμονας έπεσε στο καπό του φορτηγού και τα νύχια του άφησαν μακριές ουλές στο μέταλλο.

Έπεσε πάνω στο τζάμι, προσπαθώντας να το σπάσει. Η Κλέρι φώναξε τον Λουκ, αλλά ένα ακόμα πλάσμα τής επιτέθηκε σαν ατσάλινο βέλος από τον ουρανό. Σήκωσε το μανίκι του μπουφάν της για να του δείξει το σύμβολο. Ο δαίμονας στρίγγλισε, κάνοντας πίσω, αλλά είχε έρθει ήδη πολύ κοντά. Είδε ότι δεν είχε μάτια, μόνο κούφιες εσοχές, καθώς έμπηγε το Αμπράριελ στο στέρνο του. Το τέρας ανατινάχτηκε, αφήνοντας μια τολύπη καπνού.

«Μπράβο», φώναξε ο Τζέις. Είχε πηδήξει από την οροφή της καμπίνας για να εξοντώσει ένα ακόμα ιπτάμενο έκτρωμα. Κρατούσε κι ένα στιλέτο, με τη λαβή του γεμάτη μαύρο αίμα.

«Τι *είναι* αυτά τα πράγματα;» ρώτησε ασθμαίνοντας η Κλέρι, τραυματίζοντας ένα δαίμονα στο στέρνο. Αυτό έκρωξε και της έδωσε μια με τη φτερούγα του. Από τόσο κοντά, πρόσεξε ότι οι φτερούγες τελείωναν σε αιχμηρές οδοντωτές προεξοχές. Άρπαξε το μανίκι του μπουφάν του Τζέις και το έσκισε.

«Το μπουφάν μου!» είπε εξοργισμένος ο Τζέις και μαχαίρωσε το πλάσμα στην πλάτη. Εκείνο στρίγγλισε κι εξαφανίστηκε. «Ήταν το *αγαπημένο* μου μπουφάν».

Η Κλέρι τον κοίταξε, και γύρισε μόλις άκουσε τον εκκωφαντικό ήχο της λαμαρίνας. Δύο ιπτάμενοι δαίμονες ξέσκιζαν την οροφή της καμπίνας. Ο ήχος ξηλωμένου μέταλλου γέμιζε τον αέρα. Ο Λουκ είχε πέσει στο καπό, σκίζοντας τα πλάσματα με το κιρκασιανό μαχαίρι του. Το ένα γκρεμοτσακίστηκε στο πλάι κι εξαφανίστηκε πριν πέσει στο νερό, ενώ το άλλο γύρισε προς τον ουρανό, κρατώντας την οροφή της καμπίνας στα νύχια του, κρώζοντας θριαμβευτικά, και κατευθύνθηκε πίσω στο πλοίο.

Προς το παρόν, ο ουρανός είχε καθαρίσει. Η Κλέρι έτρεξε να δει μέσα στην καμπίνα. Ο Μάγκνους είχε γείρει στο κάθισμά του, με πρόσωπο ωχρό. Ήταν πολύ σκοτεινά για να δει αν είχε τραυματιστεί.

«Μάγκνους!» φώναξε. «Χτύπησες;»

«Όχι». Με δυσκολία ανασηκώθηκε και ξανάπεσε πίσω στο κάθισμα. «Απλώς, έχω εξαντληθεί. Τα προστατευτικά ξόρκια στο πλοίο είναι πολύ ισχυρά. Είναι δύσκολο να τα αφαιρέσω τελείως». Η φωνή του έσβηνε. «Αν δεν τα καταφέρω, όποιος πατήσει στο πλοίο, εκτός από τον Βάλενταϊν, θα πεθάνει.»

«Ίσως καλύτερα να έρθεις μαζί μας» είπε ο Λουκ.

«Δεν μπορώ να ασχοληθώ με τα ξόρκια αν είμαι πάνω στο πλοίο. Πρέπει να το παλέψω από δω. Έτσι είναι». Η γκριμάτσα του Μάγκνους έδειχνε πονεμένη. «Εξάλλου, δεν είμαι καλός στη μάχη. Έχω άλλα ταλέντα».

Η Κλέρι, που βρισκόταν ακόμη μέσα στην καμπίνα, διαμαρτυρήθηκε. «Κι αν χρειαστεί να...»

«*Κλέρι!*» φώναξε ο Λουκ, αλλά ήταν πολύ αργά. Κανείς τους δεν είχε προσέξει τον ιπτάμενο δαίμονα που καθόταν ακίνητος στην άκρη του φορτηγού. Εκτοξεύτηκε προς τα πάνω, με ανοιχτές φτερούγες, με νύχια βαθιά γαντζωμένα στο μπουφάν της Κλέρι, μια θολή εικόνα με μεγάλες φτερούγες και πριονωτά δόντια. Με μια κραυγή θριάμβου, πέταξε ψηλά στο αέρα, με την Κλέρι να κρέμεται αβοήθητη ανάμεσα στα νύχια του.

«*Κλέρι!*» φώναξε ξανά ο Λουκ, και έτρεξε στην άκρη του φορτηγού και σταμάτησε, κοιτάζοντας απελπισμένα προς τον ουρανό και τη φτερωτή μορφή που χανόταν στον ορίζοντα.

«Δεν θα τη σκοτώσει», είπε ο Τζέις καθώς τον πλησίασε στο καπό. «Την άρπαξε για να την παραδώσει στον Βάλενταϊν».

Μόλις άκουσε τον τόνο της φωνής του, ο Λουκ ανατρίχιασε. Γύρισε να κοιτάξει το νεαρό δίπλα του. «Μα...»

Δεν πρόλαβε να τελειώσει. Ο Τζέις είχε ήδη βουτήξει στο νερό με μια κίνηση. Έπεσε στα βρόμικα νερά και άρχισε να κολυμπάει προς το πλοίο, με δυνατές κλοτσιές που άφριζαν το νερό.

Ο Λουκ γύρισε στον Μάγκνους, του οποίου το χλωμό πρόσωπο μόλις που φαινόταν μέσα από το σπασμένο τζάμι, μια λευκή μουντζούρα μέσα στο απόλυτο σκοτάδι. Σφάλισε το μαχαίρι του και έπεσε στο νερό μετά τον Τζέις.

Ο Άλεκ άφησε την Ίζαμπελ, περιμένοντας ότι θα αρχίσει να ουρλιάζει μόλις θα έβγαζε το χέρι του από το στόμα της. Δεν το έκανε. Στεκόταν πλάι του και κοιτούσε την Ανακρίτρια που παρέπαιε, με το πρόσωπό κατάλευκο.

«Ίμοτζεν», είπε η Μαρίζ. Δεν υπήρχε συναίσθημα στη φωνή της, ούτε καν οργή.

Η Ανακρίτρια δεν την άκουσε. Η έκφρασή της δεν άλλαξε καθώς βούλιαξε καταρρακωμένη στην παλιά καρέκλα του Χοτζ.

«Θεέ μου», είπε κοιτάζοντας το γραφείο. «Τι έκανα;»

Η Μαρίζ κοίταξε την Ίζαμπελ.

«Ειδοποίησε τον πατέρα σου».

Η Ίζαμπελ, τρομαγμένη όσο ποτέ, έγνεψε και έφυγε από το δωμάτιο. Η Μαρίζ διέσχισε το δωμάτιο και πλησίασε την Ανακρίτρια. «Τι έκανες, Ίμοτζεν;» είπε. «Έδωσες απλόχερα τη νίκη στον Βάλενταϊν, αυτό έκανες».

«Όχι», είπε ξεψυχισμένα η Ανακρίτρια.

«Ήξερες πολύ καλά τι σχεδίαζε ο Βάλενταϊν όταν φυλάκισες τον Τζέις. Αρνήθηκες τη βοήθεια του Κονκλάβιου γιατί δεν ήθελες να ανακατευτεί με το σχέδιό σου. Ήθελες να κάνεις τον Βάλενταϊν να υποφέρει. Ήθελες να του δείξεις ότι είχες τη δύναμη να σκοτώσεις το γιο του όπως εκείνος σκότωσε το δικό σου. Ήθελες να τον ταπεινώσεις».

«Ναι...»

«Μόνο που ο Βάλενταϊν δεν ξέρει από ταπείνωση», είπε η Μαρίζ. «Θα μπορούσα να σου το πω κι εγώ αυτό. Ποτέ δεν τον είχες του χεριού σου. Έκανε ότι δήθεν εξετάζει την πρότασή σου, ώστε να είναι απολύτως σίγουρος ότι δεν θα είχαμε το χρόνο να καλέσουμε ενισχύσεις από την Άιντρις. Και τώρα είναι πολύ αργά».

Η Ανακρίτρια σήκωσε το κεφάλι με απόγνωση. Τα μαλλιά της είχαν ξεφύγει από τον κότσο της και κρέμονταν σαν νεκρά φύλλα γύρω από το πρόσωπό της. Ο Άλεκ δεν την είχε ξαναδεί τόσο ανθρώπινη, αλλά δεν τον ευχαριστούσε η παρουσία της. Τα λόγια της μητέρας του τον πάγωσαν: *πολύ αργά*. «Όχι, Μαρίζ», είπε εκείνη. «Μπορούμε να...»

«Να κάνουμε *τι*;» Η φωνή της Μαρίζ έσπασε. «Να καλέσουμε το Κονκλάβιο; Δεν έχουμε τις μέρες, τις ώρες που χρειάζονται για να έρθουν. Αν χρειαστεί να αντιμετωπίσουμε τον Βάλενταϊν –και ο Θεός ξέρει ότι δεν έχουμε άλλη επιλογή...»

«Θα τους καλέσουμε τώρα», τη διέκοψε μια βαθιά φωνή. Πίσω από τον Άλεκ, με σκοτεινό βλέμμα, στεκόταν ο Ρόμπερτ Λάιτγουντ.

Ο Άλεκ σάστισε όταν είδε τον πατέρα του. Είχε χρόνια να τον δει έτοιμο για μάχη. Συνήθως ασχολιόταν με διοικητικά θέματα, με τη διαχείριση του Κονκλάβιου και με τα Πλάσματα του Σκότους. Έτσι όπως είδε τον πατέρα του, ντυμένο με την κυνηγετική του στολή, το σπαθί του δεμένο στην πλάτη του, ο Άλεκ θυμήθηκε την εποχή που ήταν παιδί, όταν ο πατέρας του ήταν ο μεγαλύτερος, ο δυνατότερος και ο πιο τρομακτικός άνθρωπος που μπορούσε να φανταστεί. Εξακολουθούσε να είναι τρομακτικός. Δεν είχε δει τον πατέρα του από την ημέρα που έγινε ρεζίλι στο σπίτι του Λουκ. Προσπάθησε να του κλέψει μια ματιά, αλλά ο Ρόμπερτ κοιτούσε τη Μαρίζ.

«Το Κονκλάβιο είναι έτοιμο», είπε ο Ρόμπερτ. «Τα καράβια περιμένουν στην αποβάθρα».

Τα χέρια της Ανακρίτριας κάλυψαν το πρόσωπό της. «Δεν αρκεί», είπε. «Δεν είμαστε αρκετοί... Δεν μπορούμε...»

Ο Ρόμπερτ την αγνόησε. Κοίταξε τη Μαρίζ. «Πρέπει να φύγουμε σύντομα», είπε, και στη φωνή του υπήρχε ένας τόνος σεβασμού που δεν τον είχε όταν απευθύνθηκε στην Ανακρίτρια.

«Μα, το Κονκλάβιο», είπε η Ανακρίτρια. «Πρέπει να ενημερωθεί».

Η Μαρίζ έσπρωξε με νόημα το τηλέφωνο προς την Ανακρίτρια. «Να τους ενημερώσεις *εσύ*. Πες τους τι έκανες. Δουλειά σου είναι, στο κάτω κάτω».

Η Ανακρίτρια δεν είπε τίποτα, απλώς κοίταζε το τηλέφωνο, σκεπάζοντας το στόμα της με το χέρι της.

Πριν προλάβει ο Άλεκ να τη λυπηθεί, η πόρτα άνοιξε πάλι και μπήκε η Ίζαμπελ, ντυμένη με τη στολή της

Κυνηγού, με το ασημένιο μαστίγιο στο ένα χέρι και μια *νατζινάτα*[9] στο άλλο. Κοίταξε τον αδερφό της εκνευρισμένη. «Πήγαινε να ετοιμαστείς», του είπε. «Φεύγουμε για το πλοίο του Βάλενταϊν άμεσα».

Ο Άλεκ δεν άντεξε. Χαμογέλασε ανεπαίσθητα. Η Ίζαμπελ ήταν πάντα τόσο αποφασιστική. «Για μένα είναι;» ρώτησε δείχνοντας τη *νατζινάτα*.

Η Ίζαμπελ αποτραβήχτηκε. «Να φέρεις τη δικιά σου!»

Κάποια πράγματα δεν αλλάζουν ποτέ. Ο Άλεκ κατευθύνθηκε προς την πόρτα, αλλά τον σταμάτησε ένα χέρι στον ώμο του. Σήκωσε έκπληκτος το κεφάλι του. Ήταν ο πατέρας του. Κοίταζε τον Άλεκ, και παρόλο που δεν χαμογελούσε, είχε ένα ύφος περηφάνιας στο κουρασμένο πρόσωπό του. «Αν χρειάζεσαι όπλο, Αλεξάντερ, η *γκιζάρμε*[10] μου βρίσκεται στην είσοδο. Αν θες να τη χρησιμοποιήσεις».

Ο Άλεκ ξεροκατάπιε και έγνεψε, αλλά πριν προλάβει να ευχαριστήσει τον πατέρα του, η Ίζαμπελ πήρε το λόγο: «Ορίστε, μαμά», είπε. Ο Άλεκ γύρισε και είδε την αδερφή του να δίνει τη νατζινάτα στη μητέρα της. Εκείνη την πήρε στα χέρια της και τη στριφογύρισε με εξαίρετη δεξιότητα.

«Ευχαριστώ, Ίζαμπελ», είπε η Μαρίζ, και με μια κίνηση γοργή σαν της κόρης της ακούμπησε τη λεπίδα ακριβώς στην καρδιά της Ανακρίτριας.

Η Ίμοτζεν Χέροντεϊλ κοίταξε τη Μαρίζ με κενά μάτια, σαν κατεστραμμένο άγαλμα. «Θα με σκοτώσεις, Μαρίζ;»

Η Μαρίζ απάντησε μέσα από τα δόντια της. «Δεν

[9] *Είδος γιαπωνέζικου σπαθιού. (Σ.τ.Μ.)*
[10] *Είδος ξιφολόγχης. (Σ.τ.Μ.)*

υπάρχει περίπτωση», είπε. «Χρειαζόμαστε κάθε Κυνηγό στην πόλη, και για την ώρα συγκαταλέγεσαι κι εσύ σ' αυτούς. Σήκω πάνω, Ίμοτζεν, και ετοιμάσου για μάχη. Από δω και πέρα, *εγώ* θα δίνω τις διαταγές εδώ μέσα». Χαμογέλασε βλοσυρά. «Και το πρώτο πράγμα που θα κάνεις είναι να ελευθερώσεις το γιο μου από την καταραμένη Φυλακή του Μαλαχία».

Φάνταζε τόσο μεγαλοπρεπής όσο μιλούσε, σκέφτηκε ο Άλεκ όλο περηφάνια. Μια αληθινή Κυνηγός των Σκιών, ολόκληρη έλαμπε από οργή. Δεν ήθελε να χαλάσει τη στιγμή, αλλά σύντομα θα μάθαιναν ότι ο Τζέις το έσκασε μόνος του. Καλύτερα να μετριάσει κάποιος το σοκ. Καθάρισε το λαιμό του.

«Βασικά» είπε «πρέπει να σας πω κάτι...»

18

το απόλυτο σκοτάδι

Η Κλέρι πάντα απεχθανόταν τα τρενάκια· το συναίσθημα ότι το στομάχι της κολλούσε στα πόδια της όταν το τρενάκι εκτοξευόταν προς τα κάτω. Η αρπαγή της από το φορτηγάκι, το ταξίδι στον αέρα, το να νιώθει σαν ποντίκι στα νύχια ενός αρπακτικού ήταν δέκα φορές χειρότερο. Ούρλιαζε από τη στιγμή που τα πόδια της έχασαν την επαφή με την καρότσα του φορτηγού και το σώμα της ανέβηκε ψηλά, με απίστευτη ταχύτητα. Ούρλιαζε και στριφογύριζε –μέχρι που κοίταξε κάτω και είδε πόση απόσταση είχε από το νερό, και συνειδητοποίησε τι θα συνέβαινε αν ο δαίμονας την άφηνε.

Έμεινε ακίνητη. Το φορτηγάκι έμοιαζε με παιδικό παιχνίδι που το παρασέρνουν τα κύματα. Η πόλη έμοιαζε με φωτεινό τοίχο από τόσο μακριά. Ίσως και να ήταν όμορφη η θέα, αν δεν ήταν τόσο τρομοκρατημένη. Ο δαίμονας βούτηξε στο κενό, και αντί να ανέβει, άρχισε να πέφτει. Νόμιζε ότι το πλάσμα θα την έριχνε από ύψος εκατοντάδων μέτρων, αφήνοντάς τη να σκάσει στο παγωμένο νερό. Έκλεισε τα μάτια της, αλλά η πτώση μέσα στο απόλυτο σκοτάδι ήταν χειρότερο συναίσθημα. Τα άνοιξε πάλι και είδε το κατάστρωμα του πλοίου να ανεβαίνει από κάτω της σαν ένα χέρι έτοιμο να τους λιώσει. Ούρλιαξε δεύτερη φορά καθώς έπεφταν προς το κατάστρωμα και προς μια μαύρη τρύπα. Βρίσκονταν μέσα στο πλοίο.

Το ιπτάμενο πλάσμα έκοψε ταχύτητα. Έπεφταν μέσα στο κέντρο του πλοίου, περικυκλωμένοι από μεταλλικά καταστρώματα. Η Κλέρι είδε περίεργα μηχανήματα, κανένα από τα οποία δεν δούλευε, ενώ αραδιασμένα παντού υπήρχαν εργαλεία και διάφορα σύνεργα. Αν κάποτε υπήρχαν φώτα, τώρα δεν λειτουργούσαν, αν και μια αχνή λάμψη κάλυπτε τα πάντα. Ό,τι κι αν κρατούσε το πλοίο εν κινήσει, τώρα σίγουρα ο Βάλενταϊν χρησιμοποιούσε άλλη ισχύ.

Κάτι που είχε ρουφήξει κάθε ίχνος ζεστασιάς από την ατμόσφαιρα. Ο παγωμένος αέρας μαστίγωσε το πρόσωπό της μόλις έφτασαν στον πάτο του πλοίου και μπήκαν σε ένα μακρύ κακοφωτισμένο διάδρομο. Το πλάσμα δεν ήταν ιδιαίτερα προσεκτικό μαζί της. Το γόνατό της χτύπησε πάνω σε ένα μεταλλικό σωλήνα με το που έστριψαν. Ο πόνος διαπέρασε όλο της το πόδι. Φώναξε, κι άκουσε το σατανικό του γέλιο από πάνω της. Μετά την άφησε, κι εκείνη άρχισε να πέφτει. Καθώς στριφογύριζε στον αέρα, προσπάθησε να φέρει γόνατα και χέρια από κάτω πριν χτυπήσει το δάπεδο. Δεν τα κατάφερε κι άσχημα. Χτύπησε το πάτωμα με δύναμη και γύρισε στο πλάι, μουδιασμένη.

Βρισκόταν ξαπλωμένη πάνω σε μια μεταλλική επιφάνεια, στο μισοσκόταδο. Πρέπει να ήταν αποθηκευτικός χώρος κάποτε, γιατί οι τοίχοι ήταν λείοι και χωρίς πόρτες. Υπήρχε ένα τετράγωνο άνοιγμα ψηλά από πάνω της, μέσα από το οποίο διοχετευόταν το μοναδικό φως. Ένιωθε ότι το σώμα της ήταν μια μεγάλη μελανιά.

«Κλέρι;» ψιθύρισε κάποιος. Γύρισε στο ένα πλευρό με δυσκολία. Μια σκιά γονάτισε πλάι της. Καθώς τα μάτια της προσαρμόστηκαν στο σκοτάδι, είδε τη μικρή, καμπυλωτή φιγούρα, κοτσιδάκια, τα καστανά της μάτια. Ήταν η *Μάγια*. «Κλέρι, εσύ είσαι;»

Η Κλέρι σηκώθηκε, αγνοώντας τον πόνο στην πλάτη της. «Μάγια. Μάγια. Θεέ μου». Κοίταξε το κορίτσι και μετά το δωμάτιο. Εκτός από τις δυο τους, ήταν άδειο. «Μάγια, πού είναι; Πού είναι ο Σάιμον;»

Η Μάγια δάγκωσε το χείλος της. Οι καρποί της είχαν ματώσει, ενώ στο πρόσωπό της τα δάκρυα είχαν στεγνώσει. «Κλέρι, λυπάμαι», είπε με την απαλή και βραχνή φωνή της. «Ο Σάιμον είναι νεκρός».

Μουσκεμένος και ξεπαγιασμένος, ο Τζέις κατέρρευσε πάνω στο κατάστρωμα του πλοίου, με το νερό να τρέχει από τα μαλλιά και τα ρούχα του. Κοίταξε ψηλά το συννεφιασμένο ουρανό, ψάχνοντας να πάρει μια ανάσα. Δεν ήταν εύκολο να σκαρφαλώσει την ετοιμόρροπη σκάλα που βρισκόταν στη μία πλευρά του πλοίου, πόσω μάλλον όταν τα χέρια του γλιστρούσαν και τα βρεγμένα του ρούχα τον βάραιναν. Αν δεν είχε το σύμβολο του Ατρόμητου, θα ανησυχούσε μήπως κάποιος ιπτάμενος δαίμονας τον τσίμπαγε από τη σκάλα, όπως ένα πουλί τσακώνει ένα έντομο από αμπέλι. Ευτυχώς, οι δαίμονες φαίνεται ότι είχαν επιστρέψει στο πλοίο μόλις άρπαξαν την Κλέρι. Ο Τζέις δεν μπορούσε να φανταστεί το γιατί, αλλά εδώ και καιρό είχε πάψει να προσπαθεί να καταλάβει τις κινήσεις του πατέρα του. Από πάνω του είδε το περίγραμμα ενός κεφαλιού. Ήταν ο Λουκ, είχε ανέβει τη σκάλα. Με κόπο έφτασε την κουπαστή και σωριάστηκε στο κατάστρωμα. Κοίταξε τον Τζέις. «Είσαι καλά;»

«Καλά είμαι». Ο Τζέις σηκώθηκε. Έτρεμε ολόκληρος. Έκανε παγωνιά πάνω στο πλοίο. Έκανε περισσότερο κρύο από ό,τι δίπλα στο ποτάμι, και δεν είχε το μπουφάν του. Το είδε δώσει στην Κλέρι.

Ο Τζέις έριξε μια ματιά τριγύρω. «Κάπου υπάρχει μια πόρτα που θα μας οδηγήσει στο εσωτερικό του πλοίου. Τη βρήκα την τελευταία φορά. Πρέπει να κάνουμε το γύρο του καταστρώματος μέχρι να την ξαναβρούμε».

Ο Λουκ κοίταξε μπροστά.

«Άσε να πάω εγώ πρώτος», πρόσθεσε ο Τζέις και στάθηκε μπροστά του. Ο Λουκ τον κοίταξε αινιγματικά, έτοιμος να πει κάτι, αλλά τελικά στάθηκε στο πλάι του Τζέις καθώς πλησίαζαν το μπροστινό τμήμα του πλοίου, όπου είχαν σταθεί ο Τζέις με τον Βάλενταϊν την προηγούμενη νύχτα. Άκουγε το νερό να γλείφει την πλώρη.

«Ο πατέρας σου» είπε ο Λουκ «τι σου είπε όταν τον είδες; Τι σου υποσχέθηκε;»

«Ξέρεις τώρα. Τα συνηθισμένα. Εισιτήρια για τους Νικς για όλη μου τη ζωή». Ο Τζέις χαριτολογούσε, αλλά η ανάμνηση τον τρυπούσε πιο βασανιστικά κι από το κρύο. «Είπε ότι δεν θα πάθαινα κανένα κακό εγώ ή τα άτομα για τα οποία νοιάζομαι αν εγκατέλειπα το Κονκλάβιο και επέστρεφα μαζί του στην Άιντρις».

«Πιστεύεις ότι...» Ο Λουκ δίστασε. «Πιστεύεις ότι θα έκανε κακό στην Κλέρι για να σε εκδικηθεί;»

Έκαναν τον κύκλο της πλώρης και είδαν το Άγαλμα της Ελευθερίας από μακριά, μια στήλη φωτός. «Όχι. Νομίζω ότι την άρπαξε για να μας αναγκάσει να ανέβουμε στο πλοίο, για να έχει έναν άσο στο μανίκι του. Αυτό είναι όλο».

«Δεν νομίζω ότι έχει ανάγκη τον άσο στο μανίκι». Ο Λουκ μίλησε χαμηλόφωνα και έβγαλε το μαχαίρι του. Ο Τζέις ακολούθησε το βλέμμα του Λουκ, και για μια στιγμή έμεινε άφωνος.

Είδε μια μαύρη τρύπα στο κατάστρωμα, στη δυτική πλευρά του πλοίου, μια τετράγωνη τρύπα που από μέσα της ξεχυνόταν ένα μαύρο σύννεφο από τέρατα. Ο Τζέις θυμήθηκε την τελευταία φορά που είχε σταθεί εκεί, με το Ξίφος των Ψυχών στο χέρι, καθώς ο ουρανός και η θάλασσα τριγύρω είχαν μεταμορφωθεί σε ατέλειωτες μάζες από εφιάλτες. Μόνο που τώρα στέκονταν μπροστά του, μια κακοφωνία δαιμόνων: το κατάλευκο Ράουμ που τους επιτέθηκε στο σπίτι του Λουκ, δαίμονες Όνι, με τα πράσινα κορμιά τους, με απύθμενα στόματα και κέρατα, οι μαύροι δαίμονες Κούρι, δαίμονες-αράχνες, με οκτώ δαγκάνες για χέρια, καθώς και με δηλητηριώδεις κυνόδοντες που εξείχαν από τα μάτια τους.

Ο Τζέις δεν μπορούσε να τους μετρήσει όλους. Άρπαξε το Κάμαελ από τη ζώνη του, και η λευκή του λάμψη φώτισε το κατάστρωμα. Οι δαίμονες σφύριξαν μόλις το είδαν, αλλά δεν υποχώρησαν. Το σύμβολο του Ατρόμητου στην ωμοπλάτη του Τζέις άρχισε να καίει. Αναρωτήθηκε πόσους δαίμονες θα μπορούσε να σκοτώσει μέχρι να σβήσει.

«Σταμάτα! *Σταμάτα!*» Το χέρι του Λουκ άρπαξε τον Τζέις από το πουκάμισο και τον έσπρωξε προς τα πίσω.

«Είναι πάρα πολλοί, Τζέις. Αν μπορούσαμε να φτάσουμε τη σκάλα...»

«Δεν μπορούμε». Ο Τζέις ξέφυγε από τη λαβή του Λουκ και έδειξε με το δάχτυλό του. «Μας έχουν αποκόψει κι από τις δύο πλευρές».

Πράγματι. Μια φάλαγγα δαιμόνων Μολώχ, που ξερνούσαν φλόγες από τις εσοχές των ματιών τους, τους είχαν αποκόψει. Ο Λουκ έβρισε άγρια. «Πήδα από το πλάι, τότε. Θα τους καθυστερήσω εγώ».

«Πήδα *εσύ*», είπε ο Τζέις. «Εγώ είμαι μια χαρά εδώ».

Ο Λουκ τίναξε το κεφάλι προς τα πίσω. Τα αφτιά του έγιναν μυτερά, κι όταν γρύλισε στον Τζέις, τα χείλη του μάζεψαν πάνω από αιχμηρούς κυνόδοντες. «Έκανες...» Σταμάτησε απότομα καθώς ένας δαίμονας Μολώχ όρμηξε κατά πάνω του με νύχια εκτεθειμένα. Ο Τζέις τον μαχαίρωσε στην πλάτη καθώς περνούσε, και εκείνος έπεσε τρεκλίζοντας στα πόδια του Λουκ. Ο Λουκ τον σήκωσε και τον πέταξε πάνω από την κουπαστή. «Έκανες το ρούνο του Ατρόμητου, έτσι δεν είναι;» είπε ο Λουκ γυρνώντας στον Τζέις με μάτια κεχριμπαρένια.

Ακούστηκε ένας απόμακρος παφλασμός.

«Ακριβώς», παραδέχτηκε ο Τζέις.

«Χριστέ μου», είπε ο Λουκ. «Μόνος σου το έκανες;»

«Όχι. Με βοήθησε η Κλέρι». Η λεπίδα του Τζέις έσκισε τον αέρα με μια λευκή λάμψη. Δυο δαίμονες Ντρέβακ σωριάστηκαν. Έρχονταν κατά δεκάδες κατά πάνω τους με τα στυγερά τους χέρια προτεταμένα. «Είναι καλή σ' αυτό, ξέρεις».

«Εσείς οι *έφηβοι*...» είπε ο Λουκ, σαν να ήταν η πιο χυδαία λέξη στο λεξιλόγιό του, και έπεσε πάνω στην επερχόμενη ορδή.

* * *

«Νεκρός;» Η Κλέρι κοίταξε τη Μάγια σαν να μιλούσε Κινέζικα. «Δεν γίνεται να είναι νεκρός».

Η Μάγια δεν είπε τίποτα, απλώς την κοίταζε με τα λυπημένα της μάτια.

«Θα το είχα νιώσει». Η Κλέρι σηκώθηκε και ακούμπησε τη γροθιά της στο στέρνο της. «Θα το είχα νιώσει *εδώ*».

«Κι εγώ έτσι πίστευα», είπε η Μάγια. «Κάποτε. Αλλά δεν το ξέρεις. Ποτέ δεν ξέρεις».

Η Κλέρι σηκώθηκε όρθια. Το μπουφάν του Τζέις κρεμόταν από τους ώμους της, η πλάτη σχεδόν κουρελιασμένη. Το έβγαλε ανυπόμονα και το πέταξε στο πάτωμα. Είχε καταστραφεί, η πλάτη είχε γεμίσει σημάδια από νύχια. *Ο Τζέις θα θυμώσει*, σκέφτηκε. *Πρέπει να του αγοράσω ένα καινούργιο. Πρέπει...*

Πήρε μια βαθιά ανάσα. Άκουγε το χτύπο της καρδιάς της, αλλά φαινόταν τόσο απόμακρος. «Τι... του συνέβη;»

Η Μάγια ήταν γονατισμένη στο πάτωμα. «Ο Βάλενταϊν έπιασε και τους δυο μας», είπε. «Μας κλείδωσε μαζί σε ένα δωμάτιο. Μετά ήρθε κρατώντας ένα όπλο –ένα ξίφος, πολύ μακρύ και λαμπερό, λες και φεγγοβολούσε. Μου έριξε ασημένια σκόνη για να μην προβάλω αντίσταση και... μαχαίρωσε τον Σάιμον στο λαιμό». Η φωνή της κατέληξε σε ψίθυρο. «Έσκισε τους καρπούς του και έχυσε το αίμα σε κάτι λεκάνες. Κάποιοι δαίμονες τον βοήθησαν. Έπειτα άφησε τον Σάιμον ξαπλωμένο, σαν ένα παιχνίδι που ξεκοίλιασε και δεν του χρησίμευε πια σε τίποτα. Φώναξα, αλλά ήξερα ότι ήταν νεκρός. Ένας από τους δαίμονες με μάζεψε και με έφερε εδώ κάτω».

Η Κλέρι πίεσε το πίσω μέρος του χεριού της στο στόμα της, τόσο που γεύτηκε το αίμα της. Η γεύση του τη συνέφερε. «Πρέπει να φύγουμε από δω».

«Χωρίς παρεξήγηση, αλλά αυτό είναι προφανές». Η Μάγια σηκώθηκε με δυσκολία. «Ωστόσο, δεν μπορούμε να φύγουμε. Ούτε για έναν Κυνηγό δεν είναι εύκολο. Ίσως αν ήσουν...»

«Αν ήμουν τι;» απαίτησε να μάθει η Κλέρι καθώς διέσχιζε το κελί τους. «Αν ήμουν ο Τζέις; Ε, λοιπόν, δεν είμαι». Κλότσησε τον τοίχο. Ακούστηκε κούφιος. Έβγαλε από την τσέπη της το ραβδί της. «Έχω κι εγώ δικά μου ταλέντα».

Έβαλε τη μύτη του ραβδιού πάνω στον τοίχο κι άρχισε να ζωγραφίζει. Οι γραμμές έρεαν από μέσα της, μαύρες και καυτές σαν την οργή της. Χτύπησε το ραβδί στον τοίχο ξανά και ξανά, και οι μαύρες γραμμές ξεπήδησαν από την άκρη της σαν φλόγες. Όταν έκανε ένα βήμα πίσω, ανασαίνοντας βαριά, είδε τη Μάγια να την κοιτάζει με εντύπωση.

«Καλά...» είπε «τι *έκανες;*»

Η Κλέρι δεν ήταν σίγουρη. Λες και είχε ρίξει έναν κουβά οξύ στον τοίχο. Το μέταλλο γύρω από το σύμβολο άρχισε να λιώνει σαν παγωτό το καλοκαίρι. Έκανε πίσω καθώς μια τρύπα στο μέγεθος ενός μεγάλου σκύλου εμφανίστηκε στον τοίχο. Η Κλέρι διέκρινε ατσάλινες δοκούς από πίσω, το εσωτερικό του πλοίου. Οι άκρες της τρύπας έκαιγαν ακόμη, αν και είχε σταματήσει να εξαπλώνεται. Η Μάγια έκανε ένα βήμα μπροστά, σπρώχνοντας μακριά το χέρι της Κλέρι.

«Στάσου». Ξαφνικά, η Κλέρι ήταν αγχωμένη. «Το λιωμένο μέταλλο ίσως είναι τοξικό».

Η Μάγια ρουθούνισε. «Είμαι από το Νιου Τζέρσεϊ. Γεννήθηκα μέσα στα τοξικά απόβλητα». Πλησίασε την τρύπα και κοίταξε απ' έξω. «Υπάρχει μια μεταλλική δοκός στην άλλη πλευρά», ανακοίνωσε. «Θα δοκιμάσω να περάσω». Γύρισε και πέρασε τα πόδια της μέσα από την τρύπα, αργά αργά. Χαμογέλασε καθώς προσπάθησε να χωρέσει το κορμί της, αλλά μετά πάγωσε. «Ωχ! Δεν χωράνε οι ώμοι μου. Θα με σπρώξεις;» Σήκωσε τα χέρια της.

Η Κλέρι τα έπιασε κι άρχισε να σπρώχνει. Το πρόσωπο της Μάγια άσπρισε, μετά κοκκίνισε, και ξαφνικά ξεσκάλωσε, σαν φελλός από ένα μπουκάλι σαμπάνια. Με μια κραυγή, έπεσε προς τα πίσω. Ακούστηκε ένας θόρυβος, και η Κλέρι έχωσε το κεφάλι μέσα από την τρύπα. «Είσαι καλά;»

Η Μάγια είχε ξαπλώσει φαρδιά πλατιά πάνω στη δοκό όπου βρισκόταν αρκετά μέτρα πιο κάτω. Γύρισε αργά και ανακάθισε. «Ο αστράγαλός μου... Αλλά δεν έγινε τίποτα», πρόσθεσε όταν είδε το πρόσωπο της Κλέρι. «Επουλώνουμε γρήγορα, εμείς».

«Το ξέρω. Σειρά μου τώρα». Το ραβδί χώθηκε στην κοιλιά της Κλέρι καθώς εκείνη έσκυψε για να περάσει από την τρύπα. Η απόσταση μέχρι τη δοκό ήταν μεγάλη, αλλά περισσότερο τη φόβιζε να περιμένουν στο δωμάτιο μέχρι να έρθει η σειρά τους. Γύρισε μπρούμυτα και πέρασε τα πόδια από την τρύπα...

Και τότε κάτι την άρπαξε από την μπλούζα και τη σήκωσε ψηλά. Το ραβδί έπεσε στο πάτωμα. Ασφυκτιούσε από το σοκ και τον πόνο. Η μπλούζα τής έκοβε το λαιμό, και πνιγόταν. Μετά από λίγο ήταν ελεύθερη. Έπεσε στο πάτωμα, και τα γόνατα χτύπησαν το μέταλλο με έναν υπόκωφο ήχο. Έβηξε και γύρισε ανάσκελα, γνωρίζοντας ποιον θα αντικρίσει.

Ο Βάλενταϊν στεκόταν από πάνω της. Στο ένα χέρι κρατούσε ένα σπαθί, που εξέπεμπε ένα σκληρό λευκό φως. Το άλλο χέρι, που την άρπαξε από το πουκάμισο, είχε γίνει γροθιά. Στο χλωμό του πρόσωπο, μια έκφραση απογοήτευσης. «Κατά μάνα, κατά κόρη, Κλαρίσα», είπε. «Τι έκανες αυτήν τη φορά;»

Η Κλέρι ανακάθισε στα γόνατα. Το στόμα της είχε γεμίσει με αίμα από την πληγή στα χείλη της. Καθώς κοιτούσε τον Βάλενταϊν, η οργή άρχισε να βράζει στο στήθος σαν ένα δηλητηριώδες λουλούδι. Αυτός ο άνθρωπος, ο πατέρας της, είχε σκοτώσει τον Σάιμον και τον είχε αφήσει πεταμένο νεκρό στο πάτωμα σαν σκουπίδι. Νόμιζε πώς είχε ξανανιώσει στη ζωή της μίσος για κάποιον. Τελικά έκανε λάθος. *Αυτό* ήταν μίσος.

«Το κορίτσι-λυκάνθρωπος» συνέχισε με σοβαρότητα «πού είναι;»

Η Κλέρι έγειρε μπροστά και έφτυσε αίμα πάνω στα παπούτσια του. Με μια κοφτή κραυγή αηδίας και έκπληξης, εκείνος έκανε πίσω, σήκωσε το μαχαίρι, και για μια στιγμή η Κλέρι νόμιζε ότι θα τη σκοτώσει, γονατισμένη όπως ήταν μπροστά του, επειδή έφτυσε στα παπούτσια του.

Αργά, κατέβασε το μαχαίρι. Χωρίς να πει λέξη, προσπέρασε την Κλέρι και κοίταξε έξω από την τρύπα στον τοίχο. Εκείνη γύρισε αργά, ψάχνοντας το δάπεδο, μέχρι που το είδε. Το ραβδί της μητέρας της. Έκανε να το πιάσει, της κόπηκε η ανάσα...

Ο Βάλενταϊν είδε τι πήγε να κάνει. Με ένα βήμα, βρέθηκε στην άλλη άκρη του δωματίου. Κλότσησε μακριά της το ραβδί, κι εκείνη έπεσε μέσα από την τρύπα στον τοίχο. Μισόκλεισε τα μάτια της, νιώθοντας ότι με την απώλεια του ραβδιού έχανε για δεύτερη φορά τη μητέρα της.

«Οι δαίμονες θα βρουν τη φίλη σου», είπε ο Βάλενταϊν, με παγερή φωνή, τοποθετώντας το μαχαίρι στη ζώνη του. «Δεν μπορεί να πάει πουθενά. Κανείς δεν μπορεί να ξεφύγει. Σήκω πάνω, Κλαρίσα».

Σιγά-σιγά, η Κλέρι στάθηκε στα πόδια της. Το σώμα της πονούσε ολόκληρο από τα χτυπήματα που είχε υποστεί. Μόλις μια στιγμή αργότερα, της κόπηκε η αναπνοή από την έκπληξη, όταν ο Βάλενταϊν την άρπαξε από τους ώμους γυρίζοντας την πλάτη της προς αυτόν. Εκείνος σφύριξε. Ήταν ένας οξύς, δυσάρεστος ήχος. Ο αέρας σάλεψε, και άκουσε τον ήχο από φτερούγες. Προσπάθησε να ξεφύγει, αλλά ο Βάλενταϊν ήταν πολύ δυνατός. Οι φτερούγες αγκάλιασαν και τους δυο, και μαζί σηκώθηκαν ψηλά στον αέρα. Ο Βάλενταϊν κρατούσε στην αγκαλιά του την Κλέρι, σαν να ήταν όντως ο πατέρας της.

Ο Τζέις νόμιζε ότι αυτός κι ο Λουκ θα ήταν ήδη νεκροί. Δεν ήταν σίγουρος γιατί συνέβαινε το αντίθετο. Το κατάστρωμα γλιστρούσε από τα αίματα. Ήταν μέσα στη βρόμα. Ακόμα και τα μαλλιά του κολλούσαν από τη γλίτσα, ενώ τα μάτια του έτσουζαν από το αίμα και τον ιδρώτα. Είχε μια βαθιά αμυχή στο δεξί του μπράτσο, αλλά δεν είχε χρόνο να χαράξει ένα θεραπευτικό ρούνο στο δέρμα του. Κάθε φορά που σήκωνε το χέρι του, ο πόνος διαπερνούσε τα πλευρά του.

Είχαν χωθεί σε μια εσοχή στο μεταλλικό τοίχο του

πλοίου και μάχονταν από εκεί καθώς οι δαίμονες πλησίαζαν. Ο Τζέις είχε χρησιμοποιήσει τα δισκάρια του και είχε μείνει με το τελευταίο μαχαίρι των αγγέλων και το στιλέτο που είχε πάρει από την Ίζαμπελ. Ψιλά πράγματα... ούτε μια χούφτα δαίμονες δεν θα αντιμετώπιζε με τόσα λίγα όπλα, και τώρα είχε να εξοντώσει ορδές. Θα 'πρεπε να φοβάται, το ήξερε, αλλά δεν ένιωθε σχεδόν τίποτα –μόνο μια απέχθεια για τους δαίμονες που δεν ανήκαν στον κόσμο αυτό. Και οργή για τον Βάλενταϊν που τους κάλεσε εδώ. Γνώριζε καλά ότι αυτή η έλλειψη φόβου δεν ήταν για καλό. Δεν ανησυχούσε ούτε καν για το αίμα που έχανε από την πληγή του.

Ένας δαίμονας-αράχνη πλησίασε τον Τζέις εξαπολύοντας κίτρινο δηλητήριο. Έσκυψε για να το αποφύγει, αλλά μερικές σταγόνες έπεσαν πάνω στην μπλούζα του. Έκαψε το ύφασμα, κι ένιωσε το κάψιμο στο δέρμα του σαν να τον τρυπάνε καυτές βελόνες.

Ο δαίμονας-αράχνη, γεμάτος ικανοποίηση, εξαπέλυσε κι άλλο δηλητήριο. Ο Τζέις έσκυψε και το φαρμάκι βρήκε ένα δαίμονα Όνι που ερχόταν από το πλάι. Το Όνι τσίριξε και όρμηξε στο δαίμονα-αράχνη. Άρχισαν να γυροφέρνουν στο κατάστρωμα.

Οι υπόλοιποι δαίμονες έμεναν μακριά από το χυμένο δηλητήριο, το οποίο τους εμπόδιζε να πλησιάσουν τον Κυνηγό. Ο Τζέις εκμεταλλεύτηκε το άνοιγμα και γύρισε προς τον Λουκ. Ο Λουκ ήταν σχεδόν αγνώριστος. Τα μυτερά αφτιά του έμοιαζαν με λύκου. Τα χείλη του είχαν υποχωρήσει από τη μουσούδα του, ενώ τα νύχια του ήταν μαύρα από δαιμονικό υγρό.

«Να πάμε προς την κουπαστή». Η φωνή του Λουκ έμοιαζε με γρύλισμα. «Να κατέβουμε από το πλοίο.

Δεν μπορούμε να τους σκοτώσουμε όλους. Ίσως ο Μάγκνους...»

«Δεν τα πάμε και τόσο άσχημα». Ο Τζέις στροβίλισε το μαχαίρι του –πολύ κακή ιδέα. Το χέρι του ήταν γεμάτο αίματα, και παραλίγο να χάσει τη λεπίδα από τα χέρια του. «Αν το δεις σφαιρικά το ζήτημα».

Ο Λουκ έκανε ένα θόρυβο που έμοιαζε με γρύλισμα ή με γέλιο, ή και με τα δυο. Ξαφνικά, μια τεράστια και άμορφη μάζα έπεσε από τον ουρανό και έστειλε και τους δυο να σωριαστούν στο πάτωμα.

Ο Τζέις τσακίστηκε, και το μαχαίρι τού έφυγε από τα χέρια. Χτύπησε το κατάστρωμα, γλίστρησε πάνω στο μέταλλο, έπεσε από την άκρη του πλοίου κι εξαφανίστηκε. Ο Τζέις έβρισε και στάθηκε και πάλι στα πόδια του.

Το ον που έπεσε πάνω τους ήταν ένας δαίμονας Όνι. Ήταν μεγάλο για το είδος, και ασυνήθιστα έξυπνο για να σκαρφιστεί να τους επιτεθεί από ψηλά. Είχε κάτσει πάνω στον Λουκ, σκίζοντάς τον με τους κοφτερούς χαυλιόδοντες που ξεφύτρωναν από το μέτωπό του. Ο Λουκ προσπαθούσε να προστατέψει τον εαυτό του όσο καλύτερα μπορούσε με τα δικά του νύχια, αλλά ήταν ήδη μέσα στα αίματα. Το μαχαίρι του βρισκόταν λίγο παραπέρα. Ο Λουκ έκανε να το αρπάξει και το Όνι έπιασε το πόδι του, κατεβάζοντάς το με δύναμη πάνω στο γόνατό του. Ο Τζέις άκουσε το κόκαλο να σπάει και τον Λουκ να ουρλιάζει.

Ο Τζέις βούτηξε να πιάσει το μαχαίρι, το άρπαξε, σηκώθηκε, και μετά κάρφωσε το Όνι στο λαιμό. Σχεδόν αποκεφάλισε το πλάσμα, το οποίο έγειρε μπροστά, ενώ μαύρο αίμα έτρεχε από το χτύπημα. Σε μια στιγμή χάθηκε. Το μαχαίρι έπεσε στο δάπεδο δίπλα στον Λουκ.

Ο Τζέις έτρεξε κοντά του. «Το πόδι σου...»

«Έχει σπάσει». Ο Λουκ προσπάθησε να σηκωθεί. Στο πρόσωπό του φάνηκαν τα σημάδια του πόνου.

«Αλλά σου περνάει γρήγορα».

Ο Λουκ κοίταξε τριγύρω συνοφρυωμένος. Το Όνι μπορεί να ήταν νεκρό, αλλά οι άλλοι δαίμονες είχαν μάθει από το παράδειγμά του. Κατευθύνονταν προς την οροφή. Ο Τζέις, μέσα στο θολό σεληνόφως, δεν ήξερε πόσοι ήταν. Δεκάδες; Εκατοντάδες; Από ένα σημείο και μετά δεν είχε σημασία.

Ο Λουκ έσφιξε τη λαβή του μαχαιριού του. «Δεν είσαι αρκετά γρήγορος».

Ο Τζέις έβγαλε το στιλέτο της Ίζαμπελ από τη ζώνη του. Ήταν το τελευταίο όπλο και φάνταζε πια μικρό και κακόμοιρο. Τον διαπέρασε ένα συναίσθημα –δεν ήταν φόβος, ήταν κάτι παραπάνω, ήταν λύπη. Είδε μπροστά του τον Άλεκ και την Ίζαμπελ, του χαμογελούσαν. Μετά είδε την Κλέρι με τα χέρια ανοιχτά σαν να τον καλωσόριζαν.

Σηκώθηκε, όταν ξαφνικά εμφανίστηκε ψηλά μια τεράστια σκιά που έσβηνε το φεγγάρι. Ο Τζέις κινήθηκε για να προστατέψει τον Λουκ, αλλά ήταν αργά. Οι δαίμονες ήταν παντού. Ένας στάθηκε μπροστά του. Ήταν ένας δίμετρος σκελετός με σπασμένα δόντια. Κομμάτια από θιβετιανές σημαίες προσευχής κρέμονταν από τα σάπια κόκαλά του. Κρατούσε ένα ξίφος *κατάνα*[11] στο ένα χέρι, πράγμα ασυνήθιστο, αφού οι περισσότεροι δαίμονες δεν οπλίζονταν. Η λεπίδα, με χαραγμένα πάνω δαιμονικά σύμβολα, ήταν μακρύτερη από το χέρι του Τζέις, κοφτερή και θανατηφόρα.

---

[11]*Είδος γιαπωνέζικου σπαθιού. (Σ.τ.Μ.)*

Ο Τζέις έριξε το στιλέτο. Κόλλησε στα πλευρά του δαίμονα, ο οποίος δεν έδωσε σημασία. Συνέχισε να κινείται, αχόρταγος σαν το θάνατο. Ο αέρας γύρω του βρόμαγε θάνατο και νεκροταφεία. Σήκωσε το κατάνα ...

Μια γκρίζα σκιά έκοψε το σκοτάδι μπροστά από τον Τζέις, μια σκιά στροβίλιζε με κινήσεις θανάσιμες και ακριβείς. Τη φόρα του *κατάνα* έκοψε ένα άλλο μέταλλο. Η φιγούρα έστρεψε το *κατάνα* πίσω στο δαίμονα, ενώ με το άλλο χέρι τον μαχαίρωσε με μια σβελτάδα που ο Τζέις δεν μπορούσε να παρακολουθήσει. Ο δαίμονας έπεσε προς τα πίσω, το κρανίο του έγινε σκόνη. Γύρω του άκουγε τους δαίμονες να τσιρίζουν από τον πόνο. Είδε δεκάδες μορφές *–ανθρώπινες* μορφές– να ανεβαίνουν την κουπαστή και να τρέχουν προς τη δαιμονική μάζα. Τα ξίφη τους έλαμπαν, ενώ τα ρούχα τους ήταν οι σκούρες, χοντρές στολές που φορούν οι...

«*Κυνηγοί;*» είπε ο Τζέις, τόσο ξαφνιασμένος που είχε σκεφτεί μεγαλόφωνα.

«Ποιος άλλος;» Ένα χαμόγελο μέσα στο σκοτάδι.

«Μάλικ; Εσύ είσαι;»

Ο Μάλικ έσκυψε. «Με συγχωρείς για πριν» είπε «ακολουθούσα διαταγές».

Ο Τζέις ήθελε να πει στον Μάλικ ότι αφού του έσωσε τη ζωή δεν χρειαζόταν να στενοχωριέται που πήγε να εμποδίσει τον Τζέις να φύγει από το Ινστιτούτο, αλλά μια ομάδα από δαίμονες Ράουμ τού έκοψαν τη φόρα. Ο Μάλικ έπεσε πάνω τους φωνάζοντας, το σπαθί του φώτιζε τον ουρανό σαν άστρο. Ο Τζέις πήγε να τον ακολουθήσει, όταν κάποιος τον άρπαξε από το μπράτσο και τον τράβηξε στο πλάι.

Ήταν ένας Κυνηγός, ντυμένος στα μαύρα, ενώ μια

κουκούλα κάλυπτε το πρόσωπό του. «Έλα μαζί μου».

Το χέρι δεν τον άφηνε να φύγει.

«Πρέπει να πάω στον Λουκ. Έχει χτυπήσει». Αποτραβήχτηκε. «*Άφησέ με*».

«Για όνομα του Αγγέλου...» Η φιγούρα τον άφησε και σήκωσε την κουκούλα, αποκαλύπτοντας ένα χλωμό πρόσωπο και γκρίζα μάτια που έλαμπαν σαν διαμάντια. «Τώρα θα κάνεις αυτό που σου λένε, Τζόναθαν;»

Ήταν η Ανακρίτρια.

Παρ' όλη την ταχύτητα με την οποία πετούσαν, η Κλέρι θα κλότσαγε τον Βάλενταϊν αν μπορούσε. Εκείνος όμως την κρατούσε σφιχτά, λες και τα χέρια του ήταν από σίδερο. Τα πόδια της κρέμονταν ελεύθερα, αλλά όσο κι αν προσπαθούσε, δεν μπορούσε να χτυπήσει τίποτα.

Όταν ο δαίμονας έκανε μια απότομη στροφή, εκείνη ούρλιαξε. Ο Βάλενταϊν γέλασε. Πέρασαν μέσα από ένα τούνελ φτιαγμένο από μέταλλο και κατέληξαν σε ένα πολύ μεγαλύτερο δωμάτιο. Αντί να τους πετάξει χάμω, ο δαίμονας τους ακούμπησε απαλά στο έδαφος. Προς έκπληξη της Κλέρι, ο Βάλενταϊν την άφησε ελεύθερη. Τραβήχτηκε μακριά του και σκόνταψε στη μέση του δωματίου, κοιτάζοντας αγριεμένα τριγύρω της. Ήταν ένας μεγάλος χώρος, που κάποτε ίσως χρησίμευε ως μηχανοστάσιο. Διάφορες μηχανές έστεκαν μπροστά στους τοίχους, μακριά από το κέντρο που είχε το σχήμα τετραγώνου. Το πάτωμα ήταν από χοντρό μαύρο μέταλλο, γεμάτο σκούρες κηλίδες. Στη μέση του κενού χώρου υπήρχαν τέσσερις λεκάνες, αρκετά μεγάλες ώστε να χωρέσουν ένα σκύλο. Οι πρώτες δύο ήταν λεκιασμένες με μια σκούρα καφέ ουσία. Η τρίτη ήταν γεμάτη με ένα κόκκινο ρευστό υγρό, ενώ η τέταρτη ήταν άδεια. Ένα μεταλλικό σεντούκι έστεκε πίσω από τις λεκάνες. Το κάλυπτε ένα σκουρόχρωμο μαντίλι. Όσο πλησίαζε, είδε ότι πάνω στο μαντίλι υπήρχε ένα ασημένιο ξίφος που εξέπεμπε ένα μαύρο φως, δεν έλαμπε όμως καθόλου: ήταν ένα φωτεινό, ορατό σκότος.

Η Κλέρι γύρισε απότομα και κοίταξε τον Βάλενταϊν, ο οποίος την παρακολουθούσε σιωπηλός. «Πώς μπόρεσες;» απαίτησε να μάθει. «Πώς μπόρεσες να σκοτώσεις τον Σάιμον; Ήταν... Ήταν ένα παιδί, ένας απλός άνθρωπος...»

«Δεν ήταν άνθρωπος», είπε ο Βάλενταϊν με τη μεταξένια του φωνή. «Είχε γίνει ένα τέρας. Δεν μπορούσες να το δεις, Κλαρίσα, γιατί φορούσε το πρόσωπο ενός φίλου».

«Δεν ήταν τέρας». Κινήθηκε προς το ξίφος. Φαινόταν τεράστιο, ασήκωτο. Αναρωτήθηκε αν θα μπορούσε να το σηκώσει, να το χρησιμοποιήσει. «Όπως και να 'χει, ήταν ο Σάιμον».

«Μη νομίζεις ότι δεν σε καταλαβαίνω», είπε ο Βάλενταϊν. Είχε μείνει ακίνητος μέσα σε μια στήλη φωτός που ερχόταν από την μπουκαπόρτα στο ταβάνι. «Το ίδιο είχα πάθει κι εγώ όταν δάγκωσαν τον Λούσιαν».

«Μου το είπε», του φώναξε. «Του έδωσες ένα στιλέτο και του ζήτησες να αυτοκτονήσει».

«Ήταν λάθος μου», είπε ο Βάλενταϊν.

«Τουλάχιστον, το παραδέχεσαι...»

«Έπρεπε να τον είχα σκοτώσει ο ίδιος. Θα καταλάβαινε ότι νοιαζόμουν για εκείνον».

Η Κλέρι κούνησε το κεφάλι της. «Αλλά δεν το έκανες. Δεν νοιάστηκες ποτέ για κανέναν. Ούτε για τη μητέρα μου. Ούτε για τον Τζέις. Ήταν αντικείμενα που σου ανήκαν».

«Μα, αυτό δεν θα πει αγάπη, Κλαρίσα; Η ιδιοκτησία; "Εγώ ανήκω εις τον αγαπημένον μου και ο αγαπημένος μου ανήκε εις εμέ", όπως λέει και το Άσμα Ασμάτων».

«Όχι. Δεν θα παραθέτεις εσύ αποσπάσματα από τη Βίβλο. Δεν καταλαβαίνεις». Στεκόταν πολύ κοντά στο σεντούκι τώρα, η λαβή του Ξίφους ήταν σε απόσταση αναπνοής. Τα χέρια της είχαν ιδρώσει, κι έτσι τα στέγνωσε κρυφά πάνω στο τζιν της. «Δεν σου ανήκει απλά κάποιος, πρέπει κι εσύ να του δοθείς. Κι αμφιβάλλω αν ποτέ σου έδωσες τίποτα σε κάποιον. Εκτός από εφιάλτες».

«Να δοθείς σε κάποιον;» Το λεπτό χαμόγελο δεν χάθηκε από τα χείλη του. «Όπως εσύ έχεις δοθεί στον Τζόναθαν;»

Το χέρι της, που πλησίαζε το Ξίφος, έγινε γροθιά. Το ακούμπησε στο στέρνο της, κοιτάζοντάς τον συγκλονισμένη. «Τι πράγμα;»

«Νομίζεις ότι δεν έχω προσέξει πώς κοιτάζετε ο ένας τον άλλον; Τον τρόπο που λέει το όνομά σου; Μπορεί να νομίζεις ότι εγώ δεν νιώθω κανένα συναίσθημα, αλλά αυτό δεν σημαίνει ότι δεν διακρίνω συναισθήματα σε άλλους». Η φωνή του Βάλενταϊν ήταν παγερή, κάθε λέξη τής μαχαίρωνε τα αφτιά. «Εγώ και η μητέρα σου φταίμε γι' αυτό. Σας κρατούσαμε χώρια τόσο καιρό, και δεν έχετε αναπτύξει την απέχθεια που έχουν τα αδέρφια μεταξύ τους».

«Δεν καταλαβαίνω τι εννοείς». Τα δόντια της Κλέρι έτρεμαν.

«Νομίζω ότι έγινα σαφής». Έφυγε από το φως. Το

πρόσωπό του σκοτείνιασε. «Είδα τον Τζόναθαν μετά την αναμέτρησή του με το δαίμονα του φόβου. Μεταμορφώθηκε σε σένα, ξέρεις. Ήταν αρκετό. Ο μεγαλύτερος φόβος του Τζόναθαν είναι η αγάπη που νιώθει για την αδερφή του».

«Ποτέ δεν κάνω ό,τι μου λένε», είπε ο Τζέις. «Αλλά αν μου το ζητήσετε ευγενικά, μπορεί να κάνω αυτό που θέλετε».

Η Ανακρίτρια φαινόταν λίγο ζαλισμένη. «Πρέπει να σου μιλήσω».

Ο Τζέις κοίταξε την Ανακρίτρια. «Τώρα;»

Έβαλε το χέρι της στον ώμο του. «Τώρα».

«Είστε τρελή». Ο Τζέις κοίταξε κατά μήκος του πλοίου. Σαν μια αληθινή αναπαράσταση ενός πίνακα του Ιερώνυμου Μπος. Το σκοτάδι ήταν γεμάτο δαίμονες: γλιστρούσαν, ούρλιαζαν, κραύγαζαν, και έσκιζαν με νύχια και με δόντια. Οι Νεφιλίμ έτρεχαν πάνω-κάτω, τα όπλα τους φάνταζαν μέσα στο σκοτάδι. Ο Τζέις κατάλαβε ότι δεν υπήρχαν αρκετοί Κυνηγοί. Ούτε κατά διάνοια.

«Αποκλείεται... Είμαστε στη μέση μιας μάχης...»

Η Ανακρίτρια ήταν πιο δυνατή από ό,τι έδειχνε. «*Τώρα*». Τον έσπρωξε, και εκείνος έκανε πίσω, πολύ έκπληκτος για να κάνει το οτιδήποτε. Μετά έκανε κι άλλο ένα βήμα πίσω, κι άλλο, μέχρι που βρήκαν μια εσοχή στο πλοίο. Άφησε τον Τζέις και έψαξε μέσα στο μανδύα της, βγάζοντας δύο αγγελικές λεπίδες. Ψιθύρισε τα ονόματά τους, καθώς και κάποιες λέξεις που ο Τζέις δεν καταλάβαινε, και τα έριξε στο κατάστρωμα, ένα σε κάθε πλευρά του. Έπεσαν με τις μύτες στο δάπεδο, κι ένα γαλάζιο φως ξεπρόβαλε, κυκλώνοντας και απομονώνοντας τον Τζέις και την Ανακρίτρια από το υπόλοιπο πλοίο.

«*Πάλι* με φυλακίζετε;» διαμαρτυρήθηκε ο Τζέις κοιτάζοντας την Ανακρίτρια αποσβολωμένος.

«Δεν είναι Φυλακή Μαλαχία. Μπορείς να βγεις αν το επιθυμείς». Έσφιξε δυνατά τις παλάμες της. «Τζόναθαν...»

«Θέλετε να πείτε Τζέις». Δεν μπορούσε να διακρίνει τη μάχη μέσα από το τείχος λευκού φωτός, αλλά άκουγε τους ήχους, τις κραυγές και το ουρλιαχτό των δαιμόνων. Γυρίζοντας το κεφάλι από την άλλη, διέκρινε ένα μικρό κομμάτι της θάλασσας που έλαμπε σαν διαμάντια πάνω σε καθρέφτη. Είδε μια ντουζίνα βάρκες, τα στιλπνά τρικάταρτα τριμαράν που χρησιμοποιούσαν στις λίμνες στην Άιντρις. Βάρκες Κυνηγών. «Τι γυρεύετε εδώ, Ανακρίτρια; Γιατί ήρθατε;»

«Είχες δίκιο», του είπε. «Για τον Βάλενταϊν. Δεν δέχτηκε την ανταλλαγή».

«Σας είπε να με αφήσετε να πεθάνω». Ο Τζέις ένιωσε λίγο ζαλισμένος ξαφνικά.

«Φυσικά, μόλις αρνήθηκε, κάλεσα το Κονκλάβιο και τους έφερα εδώ. Σου οφείλω... Οφείλω σε σένα και στους δικούς σου μια συγγνώμη».

«Εντάξει», είπε ο Τζέις. Απεχθανόταν τις συγγνώμες. «Ο Άλεκ και η Ίζαμπελ; Είναι εδώ; Δεν θα τιμωρηθούν που με βοηθάνε;»

«Εδώ είναι, και όχι, δεν θα τιμωρηθούν». Συνέχισε να τον κοιτάζει, τα μάτια της κάτι αναζητούσαν. «Δεν μπορώ να καταλάβω τον Βάλενταϊν», είπε. «Ένας πατέρας να πετάει έτσι τη ζωή του γιου του, του μοναχογιού μάλιστα...»

«Ναι», είπε ο Τζέις. Πονούσε το κεφάλι του, και ευχήθηκε να πάψει να μιλάει, αλλιώς ας τους επιτίθετο ένας δαίμονας. «Είναι ένα μυστήριο».

«Εκτός εάν...»

Τώρα την κοίταξε έκπληκτος. «Εκτός εάν τι;»

Έχωσε ένα δάχτυλο στον ώμο του. «Πότε το έπαθες αυτό;»

Ο Τζέις είδε ότι το δηλητήριο του δαίμονα-αράχνη είχε τρυπήσει την μπλούζα του, αφήνοντας γυμνό μεγάλο μέρος του ώμου του.

«Για την μπλούζα; Από τις εκπτώσεις την πήρα».

«Την *ουλή*. Την ουλή στον ώμο σου».

«Α, αυτή». Ο Τζέις παραξενεύτηκε από το έντονο βλέμμα της. «Δεν είμαι σίγουρος. Κάτι συνέβη όταν ήμουν πολύ μικρός. Έτσι μου είπε ο πατέρας. Ήταν ένα ατύχημα. Γιατί;»

Η Ανακρίτρια έμεινε με κομμένη την ανάσα. «Δεν είναι δυνατόν», μουρμούρισε. «Δεν γίνεται να *είσαι...*»

«Δεν γίνεται να είμαι τι;»

Ο τόνος της Ανακρίτριας γέμισε αμφιβολία. «Όλα αυτά τα χρόνια» είπε «όταν μεγάλωνες... *αλήθεια* νόμιζες ότι ήσουν γιος του Μάικλ Γουέιλαντ;»

Οργή διαπέρασε τον Τζέις, μια οργή ακόμα πιο οδυνηρή από την ανεπαίσθητη δόση απογοήτευσης που τη συντρόφευε. «Μα τον *Άγγελο...*» φώναξε «με βγάλατε από τη μάχη για να μου κάνετε τις ίδιες ανόητες ερωτήσεις; Δεν με πιστέψατε τότε και δεν με πιστεύετε και τώρα. Δεν θα με πιστέψετε ποτέ, παρά τα όσα έγιναν, *κι ας σας λέω την αλήθεια*». Έδειξε με το δάχτυλό του προς τη μάχη. «Θα 'πρεπε να 'μαι εκεί έξω και να πολεμάω. Γιατί με κρατάτε εδώ πέρα; Ώστε όταν τελειώσουν όλα αυτά και βγούμε ζωντανοί, να μπορέσετε να παρουσιαστείτε στο Κονκλάβιο και να τους πείτε ότι δεν πολέμησα στο πλευρό σας; *Καλή* προσπάθεια».

Το πρόσωπό της χλώμιασε πολύ περισσότερο από ό,τι φανταζόταν ποτέ ο Τζέις. «Τζόναθαν, δεν είναι αυτός ο λόγος που...»

«*Με λένε Τζέις!*» φώναξε. Η Ανακρίτρια δίστασε, το στόμα της έμεινε μισάνοιχτο, σαν να ήθελε να πει κάτι. Ο Τζέις δεν ήθελε να ακούσει τίποτα. Την παραμέρισε και κλότσησε ένα από τα μαχαίρια. Έπεσε πίσω, και το φωτεινό τείχος εξαφανίστηκε.

Πέρα από αυτό, επικρατούσε το χάος. Σκοτεινές φιγούρες έτρεχαν πέρα δώθε, δαίμονες έπεφταν πάνω σε πτώματα, ενώ ο αέρας είχε γεμίσει καπνούς και κραυγές. Προσπάθησε να δει κάποιον πάνω από το χαμό. Πού ήταν ο Άλεκ; Η Ίζαμπελ;

«Τζέις!» Η Ανακρίτρια τον ακολούθησε βιαστικά, το πρόσωπό της γεμάτο φόβο. «Τζέις, δεν είσαι οπλισμένος, τουλάχιστον πάρε...»

Σταμάτησε απότομα, καθώς ένας δαίμονας καραδοκούσε μέσα στο σκοτάδι, μπροστά από τον Τζέις, όπως ένα παγόβουνο πάνω από ένα πλοίο. Δεν είχε ξαναδεί παρόμοιο εκείνο το βράδυ. Το πρόσωπό του ήταν ζαρωμένο και τα χέρια του ευκίνητα σαν του πιθήκου, αλλά είχε την ουρά ενός σκορπιού. Τα μάτια του ήταν κίτρινα και στριφογύριζαν. Τον έφτυσε μέσα από σπασμένα δόντια. Πριν προλάβει ο Τζέις να σκύψει, η ουρά του εκτοξεύτηκε μπροστά με την ταχύτητα μιας κόμπρας. Είδε τη βελόνα να κατευθύνεται προς το πρόσωπό του...

Και για δεύτερη φορά εκείνη τη νύχτα, μια σκιά πέρασε ανάμεσα σε εκείνον και στο θάνατο. Τραβώντας ένα μαχαίρι με μακριά λεπίδα, η Ανακρίτρια πετάχτηκε μπροστά του και το κεντρί του σκορπιού χάθηκε στο στέρνο της.

Ούρλιαξε, αλλά δεν κατέρρευσε. Η ουρά του δαίμονα πήρε φόρα κι ετοιμάστηκε για μια δεύτερη επίθεση, αλλά το μαχαίρι της Ανακρίτριας είχε ήδη πετάξει από τα χέρια της, με σταθερή πορεία. Τα σύμβολα στη λεπίδα έλαμψαν καθώς έκοβαν το λαιμό του δαίμονα. Με ένα συριγμό, σαν να ξεφεύγει αέρας από μπαλόνι, ο δαίμονας ανατινάχτηκε κι εξαφανίστηκε.

Η Ανακρίτρια σωριάστηκε στο κατάστρωμα. Ο Τζέις γονάτισε δίπλα της και ακούμπησε το χέρι του στον ώμο της, γυρίζοντάς την ανάσκελα. Το αίμα απλωνόταν γρήγορα στην μπλούζα της. Το πρόσωπό της ήταν χλωμό, και για μια στιγμή ο Τζέις νόμιζε ότι ήταν ήδη νεκρή.

«Ανακρίτρια;» Δεν μπορούσε να πει το όνομά της, ούτε καν τώρα. Τα μάτια της άνοιξαν, αλλά η ζωή είχε ήδη αρχίσει να φεύγει από μέσα της. Με μεγάλη προσπάθεια, του έγνεψε να πλησιάσει. Έγειρε μπροστά, τόσο ώστε να ακούσει τον ψίθυρό της με μια τελευταία ανάσα.

«Τι;» είπε ο Τζέις απορημένος. «Τι σημαίνει αυτό;»

Δεν έλαβε απάντηση. Η Ανακρίτρια είχε ξεψυχήσει, τα μάτια της ανοιχτά, ενώ το στόμα της έμοιαζε σχεδόν να χαμογελά.

Ο Τζέις στάθηκε μουδιασμένος και την κοίταζε. Ήταν νεκρή. Νεκρή εξαιτίας του.

Κάτι τον άρπαξε από πίσω και τον σήκωσε όρθιο. Ο Τζέις έπιασε τη ζώνη του –συνειδητοποιώντας ότι δεν ήταν οπλισμένος– και γύρισε να δει· δυο γνωστά μπλε μάτια τον κοίταζαν γεμάτα δυσπιστία.

«Είσαι ζωντανός», είπε ο Άλεκ. Δυο μόνο λέξεις, αλλά γεμάτες συναίσθημα. Η ανακούφιση στο πρόσωπό του ήταν φανερή, όπως και η κούρασή του. Παρ' όλη την παγωνιά, τα μαύρα του μαλλιά είχαν κολλήσει στο πρόσωπο του από τον ιδρώτα. Τα ρούχα και το δέρμα του ήταν ματωμένα, και είχε ένα μεγάλο σκίσιμο στο μανίκι της στολής του, σαν να το έσκισε κάτι αιχμηρό. Έσφιξε τη *λόγχη* στο δεξί χέρι και με το αριστερό το κολάρο του Τζέις.

«Έτσι φαίνεται», παραδέχτηκε ο Τζέις. «Αλλά όχι για πολύ αν δεν μου δώσεις ένα όπλο». Με μια γρήγορη ματιά, ο Άλεκ άφησε τον Τζέις, έβγαλε ένα σπαθί αγγέλου από τη ζώνη του και του το έδωσε. «Ορίστε», είπε. «Λέγεται Σαμαντίριελ».

Ο Τζέις ίσα που πρόλαβε να νιώσει το βάρος της λεπίδας στο χέρι του, όταν ένας μεσαίου μεγέθους δαίμονας Ντρέβακ τους πλησίασε κράζοντας επικίνδυνα. Ο Τζέις σήκωσε το Σαμαντίριελ, αλλά ο Άλεκ είχε ήδη εξοντώσει το τέρας με την γκιζάρμε του. «Ωραίο όπλο», είπε ο Τζέις, αλλά ο Άλεκ κοιτούσε πίσω του, το τσακισμένο κορμί στο κατάστρωμα.

«Είναι η Ανακρίτρια; Είναι...»

«Είναι νεκρή», είπε ο Τζέις.

Ο Άλεκ πείσμωσε. «Στα τσακίδια. Πώς την πάτησε;»

Πριν προλάβει ο Τζέις να απαντήσει, τον σταμάτησε μια κραυγή. «Άλεκ! *Τζέις!*» Ήταν η Ίζαμπελ, που έτρεχε προς το μέρος τους μέσα από τη βρόμα και τον καπνό. Φορούσε ένα εφαρμοστό σακάκι γεμάτο κίτρινες κηλίδες από αίμα. Χρυσές αλυσίδες με σύμβολα κρέμονταν από τους καρπούς και τους αστραγάλους της, ενώ το μαστίγιό της που την αγκάλιαζε έμοιαζε με ηλεκτροφόρο καλώδιο.

Άνοιξε τα χέρια της. «Τζέις, νομίζαμε...»

«Όχι». Κάτι έκανε τον Τζέις να κάνει πίσω και να απομακρυνθεί από το άγγιγμά της. «Είμαι γεμάτος αίματα, Ίζαμπελ. Όχι».

Στο πρόσωπό της φάνηκε η στενοχώρια της. «Σε ψάχναμε... Η μαμά κι ο μπαμπάς είναι...»

«Ίζαμπελ!» φώναξε ο Τζέις, αλλά ήταν αργά: ένας τεράστιος δαίμονας-αράχνη εξαπέλυσε το κίτρινο φαρμάκι του. Η Ίζαμπελ τσίριξε μόλις τη χτύπησε το δηλητήριο, αλλά το μαστίγιό της πετάχτηκε ταχύτατα, κόβοντας το δαίμονα στα δύο. Έπεσε στο κατάστρωμα σε κομμάτια, και μετά εξαφανίστηκε.

Ο Τζέις έτρεξε προς την Ίζαμπελ καθώς εκείνη έπεφτε χάμω. Το μαστίγιο έπεσε από το χέρι της με το που την έπιασε, και την κράτησε αμήχανα πάνω του. Είδε πόσο δηλητήριο είχε πέσει πάνω της. Το περισσότερο είχε πάει στο σακάκι της, αλλά ο δαίμονας την είχε πετύχει και στο λαιμό, και το δέρμα καιγόταν. Χωρίς σχεδόν να ακούγεται, έκλαιγε... Η Ίζαμπελ που ποτέ δεν έδειχνε τον πόνο της.

«Δώσ' τη μου». Ήταν ο Άλεκ. Άφησε τη λόγχη να πέσει και έσπευσε να βοηθήσει την αδερφή του. Πήρε την Ίζαμπελ από την αγκαλιά του Τζέις και την ξάπλωσε απαλά στο κατάστρωμα. Γονάτισε δίπλα της, με το ραβδί στο χέρι, και κοίταξε τον Τζέις. «Κράτα μακριά ό,τι περάσει από δω μέχρι να τη γιατρέψω».

Ο Τζέις δεν μπορούσε να πάρει τα μάτια του από την Ίζαμπελ. Το αίμα έρεε από το λαιμό της στα ρούχα της και μούσκευε τα μαλλιά της. «Πρέπει να την απομακρύνουμε από το πλοίο», είπε σκληρά. «Αν μείνει εδώ...»

«Θα πεθάνει;» Ο Άλεκ πέρασε το ραβδί γύρω από την πληγή στο λαιμό της αδερφής του. «Όλοι θα πεθάνουμε. Είναι πάρα πολλοί. Είναι μακελειό. Η Ανακρίτρια άξιζε να πεθάνει γιατί... εκείνη φταίει για όλα».

«Ένας δαίμονας-σκορπιός πήγε να με σκοτώσει», είπε ο Τζέις, ο οποίος αναρωτιόταν γιατί το έλεγε, γιατί υπερασπιζόταν κάποιον που μισούσε. «Η Ανακρίτρια μπήκε στη μέση. Μου έσωσε τη ζωή».

«*Αλήθεια;*» Ο Άλεκ έμεινε έκπληκτος. «Γιατί;»

«Μάλλον αποφάσισε ότι άξιζα τον κόπο».

«Μα, εκείνη πάντα...» Ο Άλεκ σταμάτησε απότομα, με μια έκφραση πανικού. «Τζέις, πίσω σου. Είναι δύο...»

Ο Τζέις γύρισε γρήγορα. Τους πλησίαζαν δύο δαίμονες: ένας Ράβενερ, με σώμα αλιγάτορα, πριονωτά δόντια, και ουρά σκορπιού τυλιγμένη πάνω από την πλάτη του, κι ένας Ντρέβακ, με τη σκουληκιασμένη του σάρκα να γυαλίζει στο φεγγαρόφως. Ο Τζέις άκουσε τον Άλεκ, πίσω του, να πανικοβάλλεται. Μετά, το Σαμαντίριελ έφυγε από το χέρι του σκίζοντας τον αέρα. Έκοψε την ουρά του Ράβενερ, ακριβώς κάτω από το θύλακα με το δηλητήριο στην άκρη του κεντριού.

Ο Ράβενερ ούρλιαξε. Ο Ντρέβακ γύρισε, μπερδεμένος, και έφαγε το δηλητήριο στο πρόσωπο. Ο θύλακας άνοιξε, μουσκεύοντας τον Ντρέβακ με το φαρμάκι. Έβγαλε μια μοναδική στριγκλιά και κατέρρευσε, το κεφάλι του φαγωμένο μέχρι το κόκαλο. Αίμα και φαρμάκι λέκιασαν το κατάστρωμα καθώς το Ντρέβακ εξαφανίστηκε. Ο Ράβενερ, λαβωμένος, σύρθηκε λίγο παραπέρα, αλλά κι εκείνος εξαφανίστηκε.

Ο Τζέις έσκυψε και σήκωσε ικανοποιημένος το Σαμαντίριελ. Το μεταλλικό κατάστρωμα τσιτσίριζε ακόμη από το φαρμάκι του Ράβενερ, ανοίγοντας τρύπες σαν ελβετικό τυρί.

«Τζέις». Ο Άλεκ σηκώθηκε κρατώντας τη χλωμή Ίζαμπελ από το χέρι. «Πρέπει να πάρουμε την Ίζαμπελ από εδώ».

«Εντάξει», είπε ο Τζέις. «Φρόντισε να την πάρεις από δω. Εγώ θα κανονίσω *αυτό* εκεί».

«Θα κανονίσεις τι;» ρώτησε ο Άλεκ απορημένος.

«Αυτό εκεί», είπε ξανά ο Τζέις και του έδειξε. Κάτι ερχόταν κατά πάνω τους, μέσα από τον καπνό και τις φλόγες, κάτι τεράστιο, καμπούρικο και υπέρογκο. Πέντε φορές μεγαλύτερο από οποιονδήποτε άλλο δαίμονα στο πλοίο. Είχε θωρακισμένο κορμί, πολλά άκρα, κάθε άκρο και ένα ενισχυμένο νύχι. Είχε πόδια ελέφαντα, τεράστια και φαρδιά. Είχε το κεφάλι ενός γιγαντιαίου κουνουπιού, με μάτια εντόμου και την κλασική αιματοβαμμένη προβοσκίδα.

Ο Άλεκ έμεινε ακίνητος.«Τι είναι αυτό;»

Ο Τζέις το σκέφτηκε για λίγο. «Είναι μεγάλο», είπε τελικά. «Πολύ μεγάλο».

«Τζέις...»

Ο Τζέις γύρισε και κοίταξε τον Άλεκ, και μετά την Ίζαμπελ. Κάτι μέσα του τού έλεγε ότι αυτή ίσως να ήταν η τελευταία φορά που θα τους έβλεπε. Και πάλι όμως, δεν φοβόταν, όχι για τον εαυτό του. Ήθελε να τους πει κάτι, ίσως ότι τους αγαπούσε, ίσως ότι οι δυο τους ήταν γι' αυτόν πιο πολύτιμοι κι από χίλια Θανάσιμα Αντικείμενα και τη δύναμή τους. Μα, οι λέξεις δεν έβγαιναν.

«Άλεκ», άκουσε τη φωνή του να λέει. «Πήγαινε την Ίζαμπελ στη σκάλα τώρα, αλλιώς θα πεθάνουμε όλοι».

Ο Άλεκ τον κάρφωσε με τη ματιά του. Έγνεψε και έσπρωξε την Ίζαμπελ, που διαμαρτυρόταν, προς την κουπαστή. Τη βοήθησε να περάσει από την άλλη μεριά, και ο Τζέις ανακουφίστηκε όταν είδε το κεφάλι της να κατεβαίνει τη σκάλα. *Και τώρα εσύ, Άλεκ,* σκέφτηκε. *Φύγε.*

Αλλά ο Άλεκ δεν πήγε πουθενά. Η Ίζαμπελ, που δεν φαινόταν πια, φώναξε κοφτά καθώς ο αδερφός της ξαναπήδηξε πάνω από την κουπαστή, πέφτοντας πάνω στο κατάστρωμα. Η *γκιζάρμε* του ήταν ακόμη εκεί που την είχε αφήσει. Την άρπαξε και στάθηκε δίπλα στον Τζέις για να αντιμετωπίσει το δαίμονα.

Δεν πρόλαβε να φτάσει μέχρι εκεί. Ο δαίμονας, πλησιάζοντας τον Τζέις, έκανε μια απότομη κίνηση και επιτέθηκε στον Άλεκ, με την αιματοβαμμένη προβοσκίδα του να αιωρείται πεινασμένα. Ο Τζέις πήγε να σταθεί μπροστά από τον Άλεκ, αλλά το μεταλλικό κατάστρωμα σάπισε από το δηλητήριο και κατέρρευσε κάτω από τα πόδια του. Το πόδι του διαπέρασε το μέταλλο, και ο Τζέις έπεσε με δύναμη πάνω στο κατάστρωμα.

Ο Άλεκ πρόλαβε να φωνάξει το όνομα του Τζέις, και τότε ο δαίμονας έπεσε πάνω του. Ο Άλεκ τον μαχαίρωσε με τη *λόγχη* του, βύθισε την αιχμηρή άκρη βαθιά μέσα στη σάρκα του. Το πλάσμα έκανε πίσω, ουρλιάζοντας με ανθρώπινη φωνή, ενώ το μαύρο αίμα κυλούσε από την πληγή. Ο Άλεκ έκανε πίσω, βρήκε άλλο όπλο, αλλά ο δαίμονας με τα νύχια του τον έριξε στο κατάστρωμα. Τον τύλιξε με την προβοσκίδα του.

Από κάπου, η Ίζαμπελ ούρλιαζε. Ο Τζέις προσπάθησε απεγνωσμένα να ξεσκαλώσει το πόδι του. Οι μεταλλικές γωνίες μπήγονταν στο δέρμα του. Κατάφερε να ελευθερωθεί και να σταθεί στα πόδια του.

Σήκωσε ψηλά το Σαμαντίριελ. Το φως ξεπήδησε από

το σπαθί του Αγγέλου, σαν διάττοντας αστέρας. Ο δαίμονας έκανε πίσω. Χαλάρωσε τη λαβή όπου κρατούσε τον Άλεκ, και για μια στιγμή ο Τζέις νόμιζε ότι θα τον άφηνε ελεύθερο. Ξαφνικά τίναξε πίσω το κεφάλι του και με απίστευτη ταχύτητα πέταξε τον Άλεκ μακριά με μεγάλη δύναμη. Ο Άλεκ προσγειώθηκε πάνω στο ματωμένο και γλιστερό κατάστρωμα και έπεσε από την άκρη του πλοίου, με μια κραυγή.

Η Ίζαμπελ φώναζε το όνομα του Άλεκ. Οι φωνές της, καρφιά στα αφτιά του Τζέις. Το Σαμαντίριελ έλαμπε ακόμη στο χέρι του. Το φως του φώτιζε το δαίμονα που προχωρούσε προς το μέρος του, το βλέμμα του έντονο και αρπακτικό, αλλά ο Τζέις έβλεπε μόνο τον Άλεκ. Τον Άλεκ να πέφτει από το πλοίο, τον Άλεκ να πνίγεται στα μαύρα νερά. Νόμιζε ότι ο ίδιος κατάπινε θαλασσινό νερό· ή μήπως ήταν αίμα; Ο δαίμονας ήταν σχεδόν επάνω του. Σήκωσε το Σαμαντίριελ και το πέταξε. Ο δαίμονας έβγαλε μια δυνατή, βασανιστική στριγκλιά, που έκανε το κατάστρωμα να καταρρεύσει πλήρως κάτω από τον Τζέις, ο οποίος άρχισε να πέφτει στο απόλυτο σκοτάδι.

19

ημερα της κρισης

«Κάνεις λάθος», είπε η Κλέρι, αλλά η φωνή της δεν έδειχνε καμία αυτοπεποίθηση. «Δεν έχεις ιδέα για μένα ή για τον Τζέις. Προσπαθείς απλώς να...»

«Να κάνω τι; Προσπαθώ να σας μιλήσω, Κλαρίσα. Να σας κάνω να καταλάβετε». Στη φωνή του Βάλενταϊν δεν υπήρχε κανένα συναίσθημα, παρά μόνο μια ελαφριά ευθυμία.

«Μας κοροϊδεύεις. Νομίζεις ότι μπορείς να με χρησιμοποιήσεις για να πληγώσεις τον Τζέις, οπότε μας κοροϊδεύεις. Δεν είσαι πια καν θυμωμένος», πρόσθεσε. «Ένας πραγματικός πατέρας θα ήταν θυμωμένος».

«Είμαι πραγματικός πατέρας. Στις φλέβες σου τρέχει το ίδιο αίμα με το δικό μου».

«Δεν είσαι πατέρας μου. Πατέρας μου είναι ο Λουκ», είπε η Κλέρι. «Τα είπαμε αυτά».

«Τον θεωρείς πατέρα σου μόνο και μόνο εξαιτίας της *σχέσης* του με τη μητέρα σου».

«Της *σχέσης* τους;» Η Κλέρι γέλασε δυνατά. «Ο Λουκ

και η μητέρα μου ήταν μόνο φίλοι».

Για μια στιγμή ήταν σίγουρη ότι είδε μια έκφραση έκπληξης στο πρόσωπό του. «Τι μας λες», ήταν όμως το μόνο που είπε. Και μετά πρόσθεσε: «Αλήθεια, νομίζεις ότι άντεξε όλα αυτά, ο Λούσιαν, αυτήν τη ζωή σιωπής και μυστικών και φυγής, αυτή την αφοσίωση σε ένα μυστικό που δεν καταλάβαινε καν καλά-καλά μόνο και μόνο για τη *φιλία*; Για την ηλικία σου, ξέρεις πολύ λίγα για τους ανθρώπους, κι ακόμα λιγότερα για τους άντρες, Κλέρι».

«Μπορείς να κάνεις ό,τι υπαινιγμούς θέλεις για τον Λουκ. Δεν έχει καμία σημασία. Κάνεις λάθος, όπως κάνεις λάθος και για τον Τζέις. Πρέπει να έχουν όλοι άσχημα κίνητρα για ό,τι κάνουν μόνο και μόνο επειδή αυτά είναι τα μόνα που καταλαβαίνεις εσύ».

«Αυτό θα ήταν αν αγαπούσε τη μητέρα σου, δηλαδή; Ένα άσχημο κίνητρο;» ρώτησε ο Βάλενταϊν. «Τι άσχημο έχει η αγάπη, Κλαρίσα; Ή μήπως είναι η γνώση, κάπου πολύ βαθιά μέσα σου, ότι ο αγαπημένος σου Λούσιαν δεν είναι ούτε άνθρωπος ούτε ικανός να νιώσει συναισθήματα όπως αυτά που νιώθουμε εμείς...»

«Ο Λουκ είναι άνθρωπος όπως κι εγώ», είπε η Κλέρι. «Εσύ είσαι απλώς ένας φανατικός».

«Δεν θα το 'λεγα», είπε ο Βάλενταϊν. «Κάθε άλλο, μάλιστα». Πήγε λίγο πιο κοντά της, και η Κλέρι μπήκε ανάμεσα σ' αυτόν και στο Ξίφος, κρύβοντάς το από τα μάτια του. «Με βλέπεις έτσι επειδή κοιτάζεις εμένα και τις πράξεις μου μέσα από το φακό της θνητής αντίληψης για τον κόσμο. Οι θνητοί άνθρωποι δημιουργούν διακρίσεις μεταξύ τους, διακρίσεις που είναι γελοίες για τους Κυνηγούς. Οι διακρίσεις τους βασίζονται στη θρησκεία, στη φυλή, στην εθνική ταυτότητα και σε χιλιάδες ασήμαντους και αδιάφορους παράγοντες. Για τους θνητούς, όλα αυτά φαντάζουν λογικά, αν και δεν μπορούν να δουν, να καταλάβουν, ή να αναγνωρίσουν τους κόσμους των δαιμόνων, που είναι ακόμη θαμμένοι βαθιά μέσα στις αρχαίες τους μνήμες. Ξέρουν ότι υπάρχουν κάποιοι σ' αυτή τη γη που είναι *διαφορετικοί*. Που δεν ανήκουν πουθενά, που θέλουν μόνο το κακό και την καταστροφή. Μια που η απειλή αυτή είναι αόρατη όμως, οι θνητοί πρέπει να αποδώσουν την απειλή σε άλλους ανθρώπους, στο πρόσωπο του γείτονά τους, και έτσι αναπαράγονται γενιές και γενιές μίσους». Έκανε άλλο ένα βήμα εμπρός, και η Κλέρι κινήθηκε ενστικτωδώς προς τα πίσω. Ακουμπούσε πια στο ντουλάπι. «Εγώ δεν είμαι έτσι», συνέχισε να λέει. «Εγώ μπορώ να δω την αλήθεια. Οι θνητοί βλέπουν πίσω από ένα γυαλί, θολά, αλλά οι Κυνηγοί... εμείς βλέπουμε την αλήθεια κατά πρόσωπο. Εμείς ξέρουμε την αλήθεια του κακού, και γνωρίζουμε ότι ενώ περπατάει ανάμεσά μας, δεν είναι *όπως εμείς*. Αυτό που δεν ανήκει στον κόσμο μας πρέπει να ξεριζωθεί, δεν μπορούμε να το αφήσουμε να φυτρώσει σαν δηλητηριώδες φυτό και να καταστρέψει όλη τη ζωή γύρω του».

Η Κλέρι σκόπευε να πιάσει το Ξίφος και να επιτεθεί στον Βάλενταϊν, αλλά οι λέξεις του την τάραξαν. Η φωνή του ήταν τόσο απαλή, τόσο πειστική, και ούτε η ίδια δεν πίστευε ότι οι δαίμονες έπρεπε να μείνουν στη γη, να την κάνουν στάχτη, όπως είχαν κάνει τόσους άλλους κόσμους... Είχε σχεδόν δίκιο, αλλά...

«Ο Λουκ δεν είναι δαίμονας», είπε.

«Μου φαίνεται, Κλαρίσα» είπε ο Βάλενταϊν «ότι έχεις

πολύ μικρή εμπειρία του τι είναι δαίμονας και τι όχι. Έχεις γνωρίσει μερικά Πλάσματα του Σκότους που σου φέρθηκαν ευγενικά και βλέπεις τον κόσμο μέσα από το πρίσμα αυτής της καλοσύνης. Οι δαίμονες, για σένα, είναι φρικτά πλάσματα που πηδάνε από το σκοτάδι, κατασπαράζουν και σκοτώνουν. Και υπάρχουν και δαίμονες απίστευτης ευγένειας και μυστικότητας, δαίμονες που περπατάνε ανάμεσα στους ανθρώπους χωρίς να τους αναγνωρίζει κανείς, χωρίς να τους εμποδίζει κανείς. Ωστόσο, τους έχω δει να κάνουν τόσο απαίσια πράγματα, που ακόμα και οι πιο κτηνώδεις σύντροφοί τους μοιάζουν ευγενείς μπροστά τους. Στο Λονδίνο ήξερα κάποτε ένα δαίμονα που υποκρινόταν πως είναι ένας επιτυχημένος χρηματιστής. Δεν ήταν ποτέ μόνος, και δυσκολευόμουν να τον ξεμοναχιάσω για να τον σκοτώσω, αν και ήξερα τι ήταν. Έβαζε τους υπηρέτες του να του φέρνουν ζώα και μικρά παιδιά... οτιδήποτε μικρό και αβοήθητο...»

«Σταμάτα». Η Κλέρι έβαλε τα χέρια της στα αφτιά της. «Δεν θέλω να τα ακούσω».

Η φωνή του Βάλενταϊν συνέχισε όμως, ασυγκίνητη, πνιχτή, αλλά αρκετά δυνατή. «Τα έτρωγε αργά, μέρες ολόκληρες. Έβρισκε τρόπους να κρατάει τα θύματά του ζωντανά, μέσα από τα πιο φρικτά βασανιστήρια. Μπορείς να φανταστείς ένα παιδάκι να σέρνεται προς το μέρος σου με το σώμα του μισοφαγωμένο...»

«Σταμάτα!» φώναξε η Κλέρι. «Φτάνει! Δεν θέλω να ακούσω άλλο!»

«Οι δαίμονες τρέφονται με τον πόνο, το θάνατο και την τρέλα», είπε ο Βάλενταϊν. «Όταν εγώ σκοτώνω, είναι επειδή πρέπει να το κάνω. Μεγάλωσες σε έναν ψεύτικο όμορφο παράδεισο, κλεισμένη μέσα σε λεπτούς γυάλινους τοίχους, κόρη μου. Η μητέρα σου έφτιαξε έναν κόσμο στον οποίο θα ήθελε να ζει και σε μεγάλωσε μέσα σ' αυτόν, αλλά δεν σου είπε ποτέ ότι ήταν μια ψευδαίσθηση. Και όλο αυτό τον καιρό, οι δαίμονες περίμεναν με τα αιμάτινα όπλα τους να σπάσουν τους τοίχους και να σε ελευθερώσουν απ' το ψέμα».

«Εσύ έσπασες τους τοίχους», είπε ψιθυριστά η Κλέρι. «Εσύ με έβαλες σε όλο αυτό. Κανείς άλλος».

«Και το γυαλί που σε έκοψε, ο πόνος, το αίμα; Εμένα κατηγορείς και γι' αυτά; Δεν ήμουν εγώ αυτός που σε έβαλε σ' αυτήν τη φυλακή».

«Σταμάτα. Σταμάτα να μιλάς». Το κεφάλι της Κλέρι κουδούνιζε. Ήθελε να του φωνάξει. *Εσύ απήγαγες τη μητέρα μου, εσύ τα έκανες όλα αυτά, εσύ φταις!* Όμως, είχε αρχίσει να καταλαβαίνει τι εννοούσε ο Λουκ όταν έλεγε ότι δεν μπορούσες να συζητήσεις με τον Βάλενταϊν. Με κάποιο τρόπο, το είχε κάνει αδύνατον να διαφωνήσει μαζί του χωρίς να φανεί ότι υπερασπίζεται τους δαίμονες που τρώνε παιδιά και σκοτώνουν. Αναρωτήθηκε πώς το είχε αντέξει τόσα χρόνια ο Τζέις, να μένει στη σκιά αυτής της απαιτητικής, επιβλητικής προσωπικότητας. Άρχιζε να καταλαβαίνει από πού πήγαζε η αλαζονεία του, η αλαζονεία και τα προσεκτικά κρυμμένα συναισθήματα.

Η γωνία του ντουλαπιού πίσω της πίεζε τη γάμπα της. Ένιωθε το κρύο να βγαίνει από το Ξίφος, να κάνει τις τρίχες στο σβέρκο της να ανατριχιάζουν. «Τι θέλεις από μένα;» ρώτησε τον Βάλενταϊν.

«Τι σε κάνει να πιστεύεις ότι θέλω κάτι από σένα;»

«Αλλιώς, δεν θα μου μιλούσες. Θα με είχες ήδη ρίξει

αναίσθητη, περιμένοντας... περιμένοντας το επόμενο στάδιο».

«Το επόμενο στάδιο» είπε ο Βάλενταϊν «είναι να καταλάβουν οι φίλοι σου οι Κυνηγοί πού είσαι και να έρθουν να σε βρουν. Τότε θα τους πω ότι αν θέλουν να σε πάρουν πίσω ζωντανή θα πρέπει να μου δώσουν το κορίτσι λυκάνθρωπο. Εξακολουθώ να χρειάζομαι το αίμα της».

«Δεν πρόκειται να με ανταλλάξουν με τη Μάγια!»

«Εδώ κάνεις λάθος», είπε ο Βάλενταϊν. «Ξέρουν την αξία ενός Πλάσματος του Σκότους σε σχέση με μια Κυνηγό. Θα κάνουν την ανταλλαγή. Το επιβάλλει το Κονκλάβιο».

«Το Κονκλάβιο; Θέλεις να πεις ότι αυτό είναι μέρος του Νόμου;»

«Από την αρχή ως το τέλος», είπε ο Βάλενταϊν. «Καταλαβαίνεις τώρα; Δεν είμαστε και τόσο διαφορετικοί εγώ και το Κονκλάβιο, ή μάλλον ο Τζόναθαν κι εγώ, ούτε καν εσύ κι εγώ, Κλαρίσα. Έχουμε απλώς μια μικρή διαφορά ως προς τη μέθοδο». Χαμογέλασε και έκανε ένα βήμα για να μειώσει την απόσταση μεταξύ τους.

Με μια κίνηση πιο γρήγορη απ' ό,τι πίστευε ότι μπορούσε να κάνει, η Κλέρι έβαλε το χέρι της πίσω της και άρπαξε το Ξίφος των Ψυχών. Ήταν πολύ βαρύ, τόσο που σχεδόν έχασε την ισορροπία της. Άπλωσε το χέρι της για να σταθεί όρθια και το σήκωσε απειλώντας με την αιχμή του τον Βάλενταϊν.

Η πτώση του Τζέις τέλειωσε απότομα, όταν χτύπησε σε μια σκληρή επιφάνεια με τόση δύναμη, που τραντάχτηκαν τα δόντια του. Έβηξε, νιώθοντας στο στόμα του αίμα, και παραπάτησε προσπαθώντας με κόπο να σταθεί όρθιος.

Στεκόταν σε μια γυμνή μεταλλική γέφυρα βαμμένη σκούρο πράσινο. Το εσωτερικό του πλοίου ήταν κούφιο, ένα τεράστιο δωμάτιο από μέταλλο με σκούρους κοίλους τοίχους. Σηκώνοντας το κεφάλι του, ο Τζέις μπορούσε να δει ένα μικροσκοπικό κομματάκι του έναστρου ουρανού από το φουγάρο που υψωνόταν από πάνω του.

Το εσωτερικό του πλοίου ήταν ένας λαβύρινθος από γέφυρες και σκάλες που έμοιαζαν να μη οδηγούν πουθενά, σαν τα εντόσθια ενός τεράστιου φιδιού. Έκανε ψοφόκρυο. Ο Τζέις έβλεπε την ανάσα του να σχηματίζει άσπρα συννεφάκια. Είχε ελάχιστο φως. Μισόκλεισε τα μάτια του για να συνηθίσει το σκοτάδι και έβαλε το χέρι του στην τσέπη για να βρει τη μαγική του φωτεινή πέτρα.

Το λευκό της φως έλαμψε στο σκοτάδι. Η γέφυρα ήταν μεγάλη, με μια σκάλα στην άκρη, που οδηγούσε στο πιο κάτω επίπεδο. Καθώς ο Τζέις πήγε προς τα εκεί, είδε κάτι να γυαλίζει στα πόδια του.

Έσκυψε. Ήταν ένα ραβδί. Κοίταξε γύρω του, σαν να περίμενε να εμφανιστεί κάποιος από τις σκιές. Πώς ήταν δυνατόν να βρεθεί εκεί πέρα το ραβδί ενός Κυνηγού; Το έπιασε προσεκτικά. Όλα τα ραβδιά είχαν κάτι σαν αύρα, μια ανάμνηση της προσωπικότητας του ιδιοκτήτη τους. Αυτή τον έκανε να ανατριχιάσει ολόκληρος. *Κλέρι.*

Ένα ξαφνικό, απαλό γέλιο διέκοψε τη σιωπή. Ο Τζέις έκανε μεταβολή βάζοντας το ραβδί στην τσέπη του. Στο φως της μαγικής πέτρας, ο Τζέις είδε μια σκοτεινή μορφή να στέκεται στην άκρη της γέφυρας. Το πρόσωπο ήταν κρυμμένο στις σκιές.

«Ποιος είναι εκεί;» φώναξε.

Δεν υπήρξε απάντηση, μόνο η αίσθηση ότι κάποιος γελούσε μαζί του. Το χέρι του Τζέις πήγε αυτόματα στη ζώνη του, αλλά το σπαθί τού είχε πέσει νωρίτερα. Δεν είχε άλλα όπλα.

Τι του έλεγε όμως πάντα ο πατέρας του; Όταν το χρησιμοποιήσεις με το σωστό τρόπο, οτιδήποτε μπορεί να γίνει όπλο. Πήγε αργά προς τη μορφή κοιτώντας γύρω του προσεκτικά: ένα δοκάρι που μπορούσε να πιαστεί και να κρεμαστεί, ένα κομμάτι μέταλλο πάνω στο οποίο θα μπορούσε να πετάξει έναν αντίπαλο, καρφώνοντάς τον. Όλες αυτές οι σκέψεις πέρασαν από το μυαλό του μέσα σε ένα κλάσμα του δευτερολέπτου, πριν η μορφή στη γέφυρα γυρίσει προς το μέρος του. Τα ασημένια του μαλλιά άστραψαν στο φως της πέτρας, και ο Τζέις τον αναγνώρισε.

Σταμάτησε απότομα. «Πατέρα; Εσύ είσαι;»

Το πρώτο πράγμα που αντιλήφθηκε ο Άλεκ ήταν το εξωφρενικό κρύο. Το δεύτερο ήταν ότι δεν μπορούσε να αναπνεύσει. Προσπάθησε να ρουφήξει τον αέρα, και το σώμα του συσπάστηκε. Ανακάθισε, βήχοντας το βρόμικο νερό του ποταμού απ' τα πνευμόνια του σαν πικρό χείμαρρο που τον έκανε να αναγουλιάζει.

Επιτέλους μπόρεσε να αναπνεύσει, αν και οι πνεύμονές του είχαν πάρει φωτιά. Κοίταξε γύρω του λαχανιασμένος. Καθόταν σε μια πτυχωτή μεταλλική πλατφόρμα – όχι, στο πίσω μέρος ενός φορτηγού. Σε ένα βανάκι, που επέπλεε στη μέση του ποταμού. Και απέναντί του καθόταν ο Μάγκνους Μπέιν, κοιτώντας τον με τα κεχριμπαρένια γατίσια μάτια του που έλαμπαν στο σκοτάδι.

Τα δόντια του άρχισαν να τρέμουν. «Τι... τι έγινε;»

«Προσπάθησες να πιεις όλο το ποτάμι», είπε ο Μάγκνους, και εκείνη τη στιγμή ο Άλεκ πρόσεξε ότι τα ρούχα του Μάγκνους ήταν μούσκεμα και κολλούσαν πάνω στο δέρμα του σαν ένα μαύρο δεύτερο δέρμα. «Αλλά σε έβγαλα».

Ο Άλεκ πόναγε στο κεφάλι. Έψαξε στη ζώνη το ραβδί του, αλλά δεν το είχε. Προσπάθησε να θυμηθεί... το πλοίο, γεμάτο δαίμονες, την Ίζαμπελ να πέφτει και τον Τζέις να την πιάνει· αίμα παντού, τους δαίμονες να επιτίθενται...

«Η Ίζαμπελ! Προσπαθούσε να μπει μέσα όταν έπεσα...»

«Είναι καλά. Έφτασε σε μια βάρκα, την είδα». Ο Μάγκνους άπλωσε το χέρι του και άγγιξε το κεφάλι του Άλεκ. «Εσύ, απ' την άλλη, ίσως έχεις διάσειση».

«Πρέπει να επιστρέψω στη μάχη», είπε ο Άλεκ, διώχνοντας το χέρι του μάγου. «Είσαι μάγος, δεν μπορείς, ξέρω 'γω, να με στείλεις πετώντας πίσω στο πλοίο; Και να φτιάξεις και τη διάσεισή μου;»

Ο Μάγκνους, με το χέρι ακόμη απλωμένο, απομακρύνθηκε και βούλιαξε στην άκρη του φορτηγού. Στο φως της νύχτας, τα μάτια του ήταν σαν μάρκες από πράσινο και χρυσό, σκληρά και επίπεδα σαν σμαράγδια.

«Συγγνώμη», είπε ο Άλεκ όταν συνειδητοποίησε πώς ακούστηκε αυτό που είπε, αν και ένιωθε ότι ο Μάγκνους έπρεπε να καταλάβει ότι ήταν πολύ σημαντικό να πάει πίσω στο πλοίο. «Ξέρω ότι δεν είσαι αναγκασμένος να μας βοηθήσεις... κάν' το σαν χάρη...»

«Σταμάτα. Δεν σου κάνω χάρες, Άλεκ. Ό,τι κάνω για σένα το κάνω επειδή... εσύ γιατί νομίζεις, δηλαδή;»

Ένας κόμπος ανέβηκε στο λαιμό του Άλεκ εμποδίζοντας την απάντησή του. Πάντα έτσι γινόταν όταν ήταν με τον Μάγκνους. Ήταν λες και μέσα του υπήρχε μια αόρατη φούσκα από πόνο ή ενοχές, και κάθε φορά που ήθελε να πει κάτι σημαντικό ή αληθινό, έβγαινε στην επιφάνεια και τον έπνιγε. «Πρέπει να γυρίσω στο πλοίο», είπε.

Ο Μάγκνους έμοιαζε τόσο κουρασμένος, που δεν μπορούσε ούτε καν να θυμώσει. «Θα σε βοηθούσα», είπε. «Αλλά δεν μπορώ. Το να σπάσω την προστασία του πλοίου ήταν πολύ δύσκολο –είναι πολύ δυνατή η μαγεία του, δαιμονική– και όταν έπεσες, έπρεπε να κάνω ένα γρήγορο ξόρκι στο φορτηγάκι για να μη βουλιάξει με το που θα έχανα τις αισθήσεις μου. Κάτι που θα γίνει σύντομα, Άλεκ. Είναι απλώς θέμα χρόνου». Έβαλε το χέρι του στα μάτια του. «Δεν ήθελα να σε αφήσω να πνιγείς», είπε. «Το ξόρκι θα αντέξει μέχρι να βγεις στη στεριά».

«Δεν... δεν το κατάλαβα», είπε ο Άλεκ και κοίταξε τον Μάγκνους, που ήταν τριακοσίων ετών, αλλά έμοιαζε πάντα σαν να μην είχε ηλικία, σαν να είχε σταματήσει να γερνάει στην ηλικία των δεκαεννιά. Τώρα, στο δέρμα γύρω από το στόμα και τα μάτια του, διακρίνονταν βαθιές γραμμές. Τα μαλλιά του κρέμονταν άτονα στο μέτωπό του, ενώ οι ώμοι του δεν είχαν τη συνηθισμένη άνετη στάση τους, αλλά έδειχναν αληθινή εξάντληση.

Ο Άλεκ άπλωσε τα χέρια του. Ήταν χλωμά κάτω από το φως του φεγγαριού, ζαρωμένα από το νερό και γεμάτα με δεκάδες ασημένιες ουλές. Ο Μάγκνους τα κοίταξε, και μετά κοίταξε τον Άλεκ, με απορία.

«Πάρε τα χέρια μου», είπε ο Άλεκ. «Και τη δύναμή μου. Όση μπορείς να χρησιμοποιήσεις για να μη λιποθυμήσεις».

Ο Μάγκνους δεν κουνήθηκε. «Νόμιζα ότι ήθελες να πας στο πλοίο».

«Πρέπει να πολεμήσω», είπε ο Άλεκ. «Αλλά και εσύ αυτό κάνεις, έτσι δεν είναι; Είσαι κι εσύ μέρος της μάχης, όσο και η Κυνηγοί πάνω στο πλοίο... και ξέρω ότι μπορείς να πάρεις λίγη δύναμη από μένα. Έχω ακούσει ότι οι μάγοι μπορούν να το κάνουν... στη δίνω, λοιπόν. Πάρ' την. Είναι δική σου».

Ο Βάλενταϊν χαμογέλασε. Φορούσε μαύρη πανοπλία και πλεχτά γάντια που γυάλιζαν σαν την πλάτη μαύρων εντόμων. «Γιε μου».

«Μη με λες έτσι», είπε ο Τζέις, και μετά ένιωσε ένα τρέμουλο. «Πού είναι η Κλέρι;»

Ο Βάλενταϊν χαμογελούσε ακόμη. «Μου αντιστάθηκε», είπε. «Έπρεπε να της δώσω ένα μάθημα».

«*Τι της έκανες;*»

«Τίποτα». Ο Βάλενταϊν πλησίασε τον Τζέις τόσο πολύ που θα μπορούσε να τον αγγίξει αν άπλωνε το χέρι του. Δεν το έκανε, όμως. «Τίποτα ανεπανόρθωτο, τουλάχιστον».

Ο Τζέις έκανε το χέρι του γροθιά για να μη δει ο πατέρας του ότι έτρεμε. «Θέλω να τη δω».

«Αλήθεια; Τι είναι αυτό που ακούγεται;» Ο Βάλενταϊν σήκωσε το κεφάλι του σαν να μπορούσε να δει πίσω από το μέταλλο τη σφαγή στο κατάστρωμα. «Νόμιζα ότι θα ήσουν στη μάχη μαζί με τους φίλους σου τους Κυνηγούς. Κρίμα που οι προσπάθειές τους θα πάνε χαμένες».

«Δεν το ξέρεις ακόμη αυτό».

«Το ξέρω. Για κάθε έναν από αυτούς, μπορώ να καλέσω χίλιους δαίμονες. Ακόμα και οι καλύτεροι Νεφιλίμ δεν μπορούν να νικήσουν τόσους πολλούς δαίμονες. Όπως ακριβώς» είπε ο Βάλενταϊν «έγινε με την καημένη την Ίμοτζεν».

«Πώς...;»

«Ξέρω όλα όσα συμβαίνουν πάνω στο πλοίο μου». Τα μάτια του Βάλενταϊν μισόκλεισαν. «Ξέρεις ότι εσύ φταις που πέθανε, έτσι δεν είναι;»

Ο Τζέις πήρε μια βαθιά ανάσα. Ένιωθε την καρδιά του να χτυπάει σαν τρελή, σαν να ήθελε να βγει από το στήθος του.

«Αν δεν ήσουν εσύ, κανείς τους δεν θα ερχόταν στο πλοίο. Ήρθαν για να σε σώσουν, ξέρεις. Αν ήταν μόνο τα δυο Πλάσματα του Σκότους, δεν θα είχε ασχοληθεί κανείς».

Ο Τζέις παραλίγο να τους ξεχάσει. «Ο Σάιμον και η Μάγια...»

«Α, είναι νεκροί και οι δύο». Το ύφος του Βάλενταϊν ήταν αδιάφορο. «Πόσοι ακόμα πρέπει να πεθάνουν, Τζέις, πριν καταλάβεις την αλήθεια;»

Το κεφάλι του Τζέις ήταν σαν να είχε γεμίσει από πυκνό καπνό. Ο ώμος του έκαιγε από πόνο. «Τα έχουμε ξαναπεί αυτά. Κάνεις λάθος, Πατέρα. Ίσως να έχεις δίκιο για τους δαίμονες, ακόμα και για το Κονκλάβιο, αλλά αυτός δεν είναι ο τρόπος...»

«Εννοούσα» είπε ο Βάλενταϊν «πότε θα καταλάβεις ότι *είσαι ακριβώς σαν εμένα;*»

Παρά το κρύο, ο Τζέις είχε αρχίσει να ιδρώνει. «Ορίστε;»

«Εσύ κι εγώ είμαστε ίδιοι», είπε ο Βάλενταϊν. «Όπως

μου είπες και πριν, είσαι ό,τι εγώ σε έκανα να είσαι, και σε έκανα πιστό αντίγραφό μου. Έχεις την αλαζονεία μου. Έχεις το θάρρος μου. Και έχεις την ικανότητα να πείθεις τους άλλους να δίνουν τη ζωή τους για σένα χωρίς δεύτερη σκέψη».

Κάτι ξύπνησε στο πίσω μέρος του μυαλού του Τζέις. Κάτι που έπρεπε να ξέρει, να θυμάται... ο ώμος του *πονούσε* τόσο πολύ... «Δεν *θέλω* να δώσει κανείς τη ζωή του για μένα!» φώναξε.

«Όχι. Θέλεις. Σου αρέσει να ξέρεις ότι ο Άλεκ και η Ίζαμπελ θα πέθαιναν για σένα. Το ίδιο και η αδερφή σου. Η Ανακρίτρια πέθανε για σένα, έτσι δεν είναι, Τζόναθαν; Κι εσύ ήσουν δίπλα της και την άφησες...»

«Όχι!»

«Είσαι ακριβώς σαν εμένα –δεν είναι και τόσο παράξενο. Στο κάτω κάτω, είμαστε πατέρας και γιος».

«*Όχι!*» Ο Τζέις άπλωσε το χέρι του και άρπαξε ένα κομμάτι μέταλλο. Ξεκόλλησε με έναν εκκωφαντικό ήχο. Το σπασμένο του μέρος ήταν κοφτερό και αιχμηρό. «*Δεν είμαι σαν εσένα!*» φώναξε και κάρφωσε το όπλο του με δύναμη στο στήθος του πατέρα του.

Το στόμα του Βάλενταϊν άνοιξε. Παραπάτησε, με το μεταλλικό σωλήνα καρφωμένο στο στήθος. Για μια στιγμή, ο Τζέις έμεινε άφωνος, και μετά σκέφτηκε: *Έκανα λάθος, είναι όντως αυτός*, αλλά τότε ο Βάλενταϊν σαν να αναδιπλώθηκε, και το σώμα του κατέρρευσε σαν άμμος. Ο αέρας γέμισε μυρωδιά καπνού καθώς ο Βάλενταϊν έγινε στάχτη και χάθηκε στον παγωμένο αέρα.

Ο Τζέις έβαλε το χέρι του στον ώμο του. Το δέρμα όπου είχε γραφτεί ο ρούνος της Αφοβίας έκαιγε κάτω από το άγγιγμά του. Μια αίσθηση αδυναμίας τον συνεπήρε. «Άγκραμον», ψιθύρισε, και μετά έπεσε στα γόνατα πάνω στη γέφυρα.

Πέρασαν μόνο μερικά λεπτά που έμεινε εκεί γονατιστός, μέχρι να ηρεμήσει ο σφυγμός του, αλλά του Τζέις του φάνηκε αιώνας. Όταν σηκώθηκε, τα πόδια του είχαν παγώσει από το κρύο. Τα ακροδάχτυλά του είχαν μελανιάσει. Ο αέρας μύριζε ακόμη καμένο, αν και δεν υπήρχε ίχνος του Άγκραμον.

Κρατώντας ακόμη το μεταλλικό σωλήνα, ο Τζέις κατευθύνθηκε προς τη σκάλα στην άκρη της γέφυρας. Η προσπάθεια να σκαρφαλώσει προς τα κάτω με το ένα χέρι καθάρισε το μυαλό του. Πήδηξε απ' το τελευταίο σκαλί και βρέθηκε σε μια στενή γέφυρα που ήταν κολλημένη κατά μήκος ενός τεράστιου μεταλλικού δωματίου. Υπήρχαν κάμποσες άλλες γέφυρες που διέσχιζαν τους τοίχους και ένα σωρό σωληνώσεις και μηχανήματα. Από τις σωληνώσεις έβγαιναν κρότοι, και κάθε τόσο ένα μηχάνημα πετούσε μια τούφα ατμού, παρόλο που ο αέρας παρέμενε τραγικά παγωμένος.

Ωραίο μέρος διάλεξες, Πατέρα, σκέφτηκε ο Τζέις. Το γυμνό βιομηχανικό σκηνικό δεν ταίριαζε με τον Βάλενταϊν, που είχε άποψη ακόμα και για τον τύπο κρυστάλλου απ' τον οποίο ήταν οι καράφες του. Ο Τζέις κοίταξε γύρω του. Ήταν σαν λαβύρινθος εκεί μέσα, δεν υπήρχε τρόπος να βρει προς τα πού έπρεπε να πάει. Πήγε να κατέβει την επόμενη σκάλα και τότε πρόσεξε ένα κόκκινο λεκέ στο μεταλλικό πάτωμα.

Αίμα. Το έτριψε με τη μύτη του παπουτσιού του. Ήταν ακόμη υγρό, κολλούσε ελαφρώς. Φρέσκο αίμα. Ο σφυγμός του δυνάμωσε. Λίγο πιο πέρα είδε άλλη μία σταγόνα, και μετά άλλη μία λίγο πιο πέρα, σαν ίχνη από ψίχουλα σε ένα παραμύθι.

Ο Τζέις ακολούθησε το αίμα, ενώ οι μπότες του αντηχούσαν στο μεταλλικό πάτωμα. Το σχήμα των σημαδιών του αίματος ήταν παράξενο, όχι σαν να είχε γίνει κάποια μάχη, μάλλον σαν να είχαν κουβαλήσει κάποιον που αιμορραγούσε πάνω στη γέφυρα...

Έφτασε σε μια πόρτα. Ήταν από μαύρο μέταλλο, με ασημένια καρφιά και μεντεσέδες. Στο πόμολο υπήρχε ένα ματωμένο αποτύπωμα. Πιάνοντας το μεταλλικό λοστό του σφιχτά, ο Τζέις έσπρωξε την πόρτα.

Ένα κύμα κρύου αέρα τον χτύπησε, και η ανάσα του κόπηκε. Το δωμάτιο ήταν άδειο, εκτός από ένα μεταλλικό σωλήνα που διέσχιζε τον ένα τοίχο, και κάτι που έμοιαζε με άδεια σακιά στη γωνία. Λίγο φως έμπαινε από ένα φινιστρίνι ψηλά στον τοίχο. Καθώς ο Τζέις κινήθηκε προσεκτικά πιο μέσα, το φως απ' το φινιστρίνι έπεσε στο σωρό που είχε δει στη γωνία, και τότε κατάλαβε ότι τελικά δεν ήταν σακί, αλλά ένα σώμα.

Η καρδιά του Τζέις άρχισε να χτυπάει σαν ανοιχτή πόρτα σε μια καταιγίδα.

Το μεταλλικό πάτωμα ήταν γεμάτο αίμα. Οι μπότες του κόλλησαν κάνοντας έναν απαίσιο ρουφηχτό ήχο καθώς διέσχισε το δωμάτιο και έσκυψε δίπλα στην κουλουριασμένη μορφή. Ένα αγόρι, με σκούρα μαλλιά και ένα καταματωμένο μπλε μπλουζάκι.

Ο Τζέις έπιασε το σώμα απ' τους ώμους και το τράβηξε προς το μέρος του. Εκείνο υπάκουσε, άψυχο και βαρύ, με τα καφέ μάτια να κοιτάζουν χωρίς να βλέπουν. Ο Τζέις ένιωσε την ανάσα του να κόβεται με μαχαίρι. *Ήταν* ο Σάιμον. Ήταν λευκός σαν στάχτη. Στη βάση του λαιμού του είχε μια άσχημη πληγή, ενώ οι καρποί του είχαν σκιστεί, αφήνοντας ανοιχτές, τραχιές πληγές.

Ο Τζέις γονάτισε κρατώντας το σώμα του Σάιμον. Σκέφτηκε την Κλέρι, τον πόνο που θα ένιωθε όταν το μάθαινε, το πώς είχε πιάσει το χέρι του, με τόση δύναμη στα μικρά της δάχτυλα: *Βρες τον Σάιμον. Το ξέρω ότι μπορείς.*

Και τον είχε βρει. Όμως, ήταν πολύ αργά.

Όταν ο Τζέις ήταν δέκα χρονών, ο πατέρας του τού είχε μάθει όλους τους τρόπους με τους οποίους μπορεί να σκοτώσει κανείς ένα βρικόλακα. Να τον παλουκώσει. Να κόψει το κεφάλι του και να το ρίξει στη φωτιά σαν φρικτό φαναράκι. Να αφήσει τον ήλιο να τους κάνει στάχτη. Ή να χύσει όλο το αίμα τους. Για να ζήσουν, χρειάζονταν αίμα, μ' αυτό ζούσαν, όπως τα αμάξια με τη βενζίνη. Κοιτώντας τη βαθιά τομή στο λαιμό του Σάιμον δεν ήταν δύσκολο να δει ποιο τρόπο είχε διαλέξει ο πατέρας του.

Ο Τζέις άπλωσε το χέρι του για να κλείσει τα μάτια του Σάιμον. Αν η Κλέρι τον έβλεπε νεκρό, τουλάχιστον να μην τον έβλεπε έτσι. Έβαλε το χέρι του στο γιακά του για να σκεπάσει την πληγή.

Ο Σάιμον κουνήθηκε. Οι βλεφαρίδες του συσπάστηκαν και άνοιξαν, τα μάτια του ήταν κατάλευκα. Έβγαλε ένα αχνό γουργουρητό σαν να πνιγόταν, και τα χείλη του τραβήχτηκαν δείχνοντας τα μυτερά του δόντια. Η ανάσα στον κομμένο λαιμό του έβγαινε ακόμη τραχιά.

Ο Τζέις ένιωσε μια αβάσταχτη ναυτία και το χέρι του έσφιξε περισσότερο το γιακά του Σάιμον. *Δεν ήταν νεκρός.* Πόσο θα πονούσε όμως, δεν μπορούσε να το φανταστεί. Δεν μπορούσε να γίνει καλά, δεν μπορούσε να ξαναγεννηθεί χωρίς...

Χωρίς αίμα. Ο Τζέις άφησε το γιακά του Σάιμον και σήκωσε με τα δόντια του το μανίκι του. Με τη μυτερή άκρη του σπασμένου λοστού έσκισε βαθιά το δεξί καρπό του. Στο δέρμα του ανέβλυσε αίμα. Πέταξε το λοστό στο μεταλλικό πάτωμα με δύναμη. Μύριζε το ίδιο του το αίμα στον αέρα, μια μυρωδιά οξεία, σαν χάλκινη.

Κοίταξε τον Σάιμον, που δεν είχε κουνηθεί. Το αίμα στο χέρι του Τζέις είχε αρχίσει να τρέχει, ο καρπός του πονούσε. Το έβαλε πάνω από το πρόσωπο του Σάιμον, αφήνοντας το αίμα να στάξει από τα δάχτυλά του στο στόμα του Σάιμον. Καμία αντίδραση. Ο Σάιμον δεν κουνιόταν. Ο Τζέις πλησίασε πιο κοντά. Είχε γονατίσει από πάνω του, και η ανάσα του έβγαινε σαν άσπρα συννεφάκια στον παγωμένο αέρα. Έσκυψε κοντά του και έβαλε το ματωμένο του καρπό πάνω στο στόμα του Σάιμον. «Πιες το αίμα μου, βρε βλάκα», ψιθύρισε. «Πιες».

Για μια στιγμή, δεν έγινε τίποτα. Μετά όμως, τα μάτια του Σάιμον έκλεισαν. Ο Τζέις ένιωσε μια πίεση στον καρπό του, κάτι να τον τραβάει, και το δεξί χέρι του Σάιμον άρπαξε το μπράτσο του Τζέις, λίγο πιο πάνω απ' τον αγκώνα. Η πλάτη του Σάιμον ανασηκώθηκε απ' το πάτωμα, ενώ η πίεση στον καρπό του Τζέις δυνάμωσε καθώς τα δόντια του Σάιμον βυθίστηκαν περισσότερο. Πόνος διαπέρασε το χέρι του Τζέις. «Εντάξει», είπε. «Φτάνει».

Ο Σάιμον άνοιξε τα μάτια του. Το λευκό είχε φύγει και οι σκούρες καφέ κόρες του εστίασαν στον Τζέις. Στα μάγουλά του είχε επανέλθει λίγο χρώμα, σαν πυρετός. Τα χείλη του ήταν ελαφρώς ανοιχτά και τα λευκά του δόντια γεμάτα αίμα.

«Σάιμον;» είπε ο Τζέις.

Ο Σάιμον σηκώθηκε πάνω. Κινήθηκε με απίστευτη ταχύτητα και έριξε τον Τζέις στο πλάι. Το κεφάλι του Τζέις χτύπησε με δύναμη στο μεταλλικό πάτωμα, τα αφτιά του κουδούνισαν δυνατά, όταν ξαφνικά ο Σάιμον έχωσε τα δόντια του στο λαιμό του. Ο Τζέις προσπάθησε να ελευθερωθεί, αλλά τα χέρια του αντιπάλου του ήταν σαν σιδερένιοι λοστοί που τον κρατούσαν κάτω, με τα δάχτυλα να χώνονται στο δέρμα του.

Ο Σάιμον όμως δεν τον πονούσε, όχι και τόσο τελικά. Ο πόνος που είχε ξεκινήσει πολύ δυνατός έσβηνε σιγά-σιγά σε κάτι σαν κάψιμο, ευχάριστο όπως ήταν μερικές φορές το κάψιμο από το ραβδί. Μια νυσταγμένη αίσθηση γαλήνης συνεπήρε τον Τζέις, και ένιωσε τους μύες του να χαλαρώνουν. Τα χέρια που προσπαθούσαν να διώξουν πριν από λίγα λεπτά τον Σάιμον τώρα τον τραβούσαν κοντά του. Ένιωθε το σφυγμό της ίδιας του της καρδιάς, τον ένιωθε να γίνεται πιο αργός, να σβήνει και να γίνεται μια πνιχτή ηχώ. Ένα αστραφτερό σκοτάδι σύρθηκε στις άκρες των ματιών του, όμορφο και παράξενο. Ο Τζέις έκλεισε τα μάτια του…

Και ένιωσε ένα φρικτό πόνο στο λαιμό. Με κομμένη την ανάσα, άνοιξε τα μάτια του. Από πάνω του ήταν ο Σάιμον, που τον κοιτούσε με μάτια ορθάνοιχτα και το χέρι να σκεπάζει το στόμα του. Οι πληγές του είχαν εξαφανιστεί, αν και στην μπλούζα του είχε φρέσκο αίμα.

Ο Τζέις ένιωσε και πάλι τον πόνο των μελανιασμένων του ώμων, το κόψιμο στον καρπό του, το ματωμένο του λαιμό. Δεν άκουγε πια την καρδιά του να χτυπάει, αλλά την ένιωθε να σφυροκοπάει στο στήθος του.

Ο Σάιμον έβγαλε το χέρι του απ' το στόμα του. Τα μυτερά του δόντια είχαν εξαφανιστεί. «Θα μπορούσα να σε είχα σκοτώσει», είπε με κάτι σαν ικεσία στη φωνή του.

«Θα σε άφηνα», απάντησε ο Τζέις.

Ο Σάιμον τον κοίταξε και έβγαλε ένα λαρυγγικό ήχο. Σηκώθηκε και έκατσε στο πάτωμα με τα γόνατα, αγκαλιάζοντας το κορμί του. Ο Τζέις έβλεπε το σκούρο δίχτυ των φλεβών του κάτω από το λεπτό δέρμα του λαιμού του, μπλε και μοβ γραμμές που διακλαδίζονταν. Φλέβες γεμάτες αίμα.

Το δικό μου αίμα. Έψαξε για το ραβδί του. Το έσυρε πάνω στο δέρμα του και ένιωσε σαν να έσερνε ένα σωλήνα πάνω σε ένα γήπεδο. Το κεφάλι του πονούσε φρικτά. Όταν τέλειωσε τον *ιράτζε*, ακούμπησε το κεφάλι του στον τοίχο, πίσω του, παίρνοντας βαθιές ανάσες, περιμένοντας να φύγει ο πόνος καθώς ενεργοποιείτο ο θεραπευτικός ρούνος. *Δικό μου αίμα στις φλέβες του.*

«Συγγνώμη», είπε ο Σάιμον. «Συγγνώμη».

Ο θεραπευτικός ρούνος είχε ήδη αρχίσει να λειτουργεί. Το κεφάλι του Τζέις άρχισε να ξεκαθαρίζει και το σφυροκόπημα στο στήθος του ηρέμησε. Σηκώθηκε όρθιος προσεκτικά, περιμένοντας ένα κύμα ζαλάδας, αλλά ένιωθε μόνο αδύναμος και κουρασμένος. Ο Σάιμον ήταν ακόμη γονατιστός και κοιτούσε άφωνος τα χέρια του. Ο Τζέις τον έπιασε από το μπλουζάκι και τον τράβηξε να σηκωθεί. «Μη ζητάς συγγνώμη», είπε και τον άφησε. «Κουνήσου. Ο Βάλενταϊν έχει την Κλέρι, και δεν έχουμε πολύ χρόνο».

Τη στιγμή που τα δάχτυλά της έσφιξαν το Μαελάρταχ, η Κλέρι ένιωσε ένα ψυχρό ρεύμα να διαπερνάει το χέρι της. Ο Βάλενταϊν την κοίταξε με μια έκφραση ήπιας περιέργειας καθώς εκείνη φώναξε από πόνο, και τα δάχτυλά της μούδιασαν. Προσπάθησε απεγνωσμένα να το πιάσει, αλλά γλίστρησε απ' το χέρι της και έπεσε με μια κλαγγή μπροστά στα πόδια της.

Δεν πρόλαβε να δει τον Βάλενταϊν να κουνιέται. Μετά από ένα δευτερόλεπτό όμως, στεκόταν μπροστά της κρατώντας το Ξίφος. Το χέρι της Κλέρι πονούσε. Το κοίταξε και είδε στην παλάμη της μια έντονη, κόκκινη φουσκάλα.

«Πίστευες στ' αλήθεια...» τη ρώτησε ο Βάλενταϊν, με μια χροιά αηδίας στη φωνή «ότι θα σε άφηνα να πλησιάσεις ένα όπλο που μπορείς να *χρησιμοποιήσεις*;» Κούνησε το κεφάλι του. «Δεν κατάλαβες ούτε λέξη από όσα είπα, έτσι; Φαίνεται ότι από τα δύο μου παιδιά μόνο το ένα μπορεί να καταλάβει την αλήθεια».

Η Κλέρι έσφιξε το πληγωμένο της χέρι και δέχτηκε σχεδόν με ευχαρίστηση τον πόνο. «Αν εννοείς τον Τζέις» είπε «σε μισεί κι αυτός το ίδιο».

Ο Βάλενταϊν άπλωσε το Ξίφος και έβαλε την αιχμή του στο στέρνο της Κλέρι. «Είπες αρκετά», της είπε.

Η αιχμή του ξίφους ήταν μυτερή· όταν ανάσαινε, το ένιωθε να την τρυπάει, και μια σταγόνα αίμα έσταξε στο στήθος της. Το άγγιγμά του έμοιαζε να στέλνει στο σώμα της ρεύματα κρύου αέρα, να μουδιάζει τα χέρια και τα πόδια της.

«Σε κατέστρεψε η ανατροφή σου», είπε ο Βάλενταϊν. «Η μητέρα σου ήταν πάντα πεισματάρα. Ήταν ένα από τα πράγματα που αγαπούσα πάνω της στην αρχή. Νόμιζα ότι θα έμενε πιστή στα ιδανικά της».

Ήταν παράξενο, σκέφτηκε η Κλέρι με κάτι σαν αποστασιοποιημένο τρόμο, πώς όταν είχε δει τον πατέρα της στο Ρένγουικ, εκείνος είχε βάλει το αξιοθαύμαστο χαρισματικό του προσωπείο για χάρη του Τζέις. Τώρα, δεν ασχολήθηκε καν, και χωρίς την επιφανειακή πατίνα της γοητείας, έμοιαζε... άδειος. Σαν ένα άδειο άγαλμα, με μάτια σκαλισμένα στο μάρμαρο, που μέσα τους είχαν μόνο σκοτάδι.

«Πες μου, Κλαρίσα... μιλούσε ποτέ για μένα η μητέρα σου;»

«Μου είχε πει ότι ο πατέρας μου είχε πεθάνει». *Μην πεις τίποτε άλλο*, πίεσε τον εαυτό της, αλλά ήταν σίγουρη ότι ο Βάλενταϊν θα μπορούσε να διαβάσει την υπόλοιπη φράση στα μάτια της: *Και εύχομαι να ήταν αλήθεια.*

«Δεν σου είπε ποτέ ότι ήσουν διαφορετική; Ξεχωριστή;»

Η Κλέρι ξεροκατάπιε, και η κίνηση έσπρωξε το ξίφος πιο βαθιά. Στο στήθος της έσταξε κι άλλο αίμα. «Δεν μου είπε ποτέ πως είμαι Κυνηγός».

«Ξέρεις γιατί με άφησε η μητέρα σου;» ρώτησε ο Βάλενταϊν από την άλλη άκρη του Ξίφους.

Στο λαιμό της Κλέρι μαζεύτηκαν δάκρυα. Πήγε να βήξει. «Μόνο *ένα* λόγο είχε;»

«Μου είπε» συνέχισε εκείνος, σαν να μην είχε μιλήσει η Κλέρι «ότι είχα κάνει το πρώτο της παιδί ένα τέρας. Με άφησε πριν προλάβω να κάνω το ίδιο και το δεύτερο. Εσένα. *Ήταν πολύ αργά, όμως.*»

Το κρύο στο λαιμό της, στα χέρια της ήταν τόσο έντονο, που η Κλέρι δεν μπορούσε ούτε να ανατριχιάσει. Ήταν λες και το Ξίφος την έκανε σιγά-σιγά παγοκολόνα. «Δεν θα το έλεγε ποτέ αυτό», ψιθύρισε η Κλέρι. «Ο Τζέις δεν είναι τέρας».

«Δεν εννοούσα...»

Η καταπακτή πάνω από τα κεφάλια τους άνοιξε και από την τρύπα πήδηξαν δυο σκοτεινές μορφές. Η πρώτη, είδε η Κλέρι με μια ξαφνική έκρηξη ανακούφισης, ήταν ο Τζέις, που έπεσε απ' τον αέρα σαν βέλος, σίγουρος για το στόχο του. Έπεσε στο πάτωμα με μια ανάλαφρη αυτοπεποίθηση. Κρατούσε στο χέρι του ένα ματωμένο ατσάλινο σωλήνα κομμένο πολύ επικίνδυνα στη μία μεριά.

Δίπλα του προσγειώθηκε η δεύτερη μορφή, το ίδιο ανάλαφρα και σχεδόν με την ίδια χάρη. Η Κλέρι είδε τα σκούρα μαλλιά και το αδύνατο σώμα και σκέφτηκε τον Άλεκ. Όταν όμως το αγόρι σηκώθηκε όρθιο, κατάλαβε ποιος ήταν.

Ξέχασε το Ξίφος, το κρύο, τον πόνο στο στέρνο της, τα πάντα. «*Σάιμον!*»

Ο Σάιμον την κοίταξε. Τα μάτια τους συναντήθηκαν για μια στιγμή και η Κλέρι ευχήθηκε να μπορούσε να διαβάσει σ' αυτά τη συγκλονιστική ανακούφιση που ένιωθε. Τα δάκρυα που έκλειναν το λαιμό της άρχισαν να κυλάνε ελεύθερα και να τρέχουν στο πρόσωπό της. Δεν έκανε καμία κίνηση να τα σκουπίσει.

Ο Βάλενταϊν γύρισε το κεφάλι του για να κοιτάξει πίσω του, και το στόμα του σχημάτισε την πρώτη έκφραση αληθινής έκπληξης που είχε δει ποτέ στο πρόσωπό του η Κλέρι. Έκανε μεταβολή για να αντικρίσει τον Τζέις και τον Σάιμον.

Τη στιγμή που το σπαθί έφυγε απ' το στέρνο της Κλέρι, το κρύο εξαφανίστηκε, παίρνοντας μαζί και όλη της τη δύναμη. Η Κλέρι έπεσε στα γόνατα, τρέμοντας ανεξέλεγκτα. Όταν σήκωσε τα χέρια της για να σκουπίσει τα δάκρυα από το πρόσωπό της, είδε ότι στις άκρες των δαχτύλων της είχαν αρχίσει να σχηματίζονται κρυοπαγήματα.

Ο Τζέις την κοίταξε έντρομος, και μετά γύρισε προς τον πατέρα του. «Τι της έκανες;»

«Τίποτα», είπε ο Βάλενταϊν, που ξαναβρήκε την αυτοσυγκράτησή του. «Ακόμη».

Προς έκπληξη της Κλέρι, ο Τζέις χλώμιασε, λες και οι λέξεις του πατέρα του να τον είχαν σοκάρει.

«Εγώ είμαι αυτός που θα έπρεπε να σε ρωτήσει τι έκανες, Τζόναθαν», είπε ο Βάλενταϊν, και παρόλο που μιλούσε στον Τζέις, κοιτούσε τον Σάιμον. «Γιατί είναι ακόμη ζωντανό αυτό; Οι βρικόλακες μπορούν να ξαναγεννηθούν, αλλά όχι όταν δεν τους έχει μείνει καθόλου αίμα».

«Εμένα εννοείς;» ζήτησε να μάθει ο Σάιμον. Η Κλέρι τον κοίταξε. Ο Σάιμον ήταν *διαφορετικός*. Δεν έμοιαζε πια με παιδί που αυθαδίαζε σε ένα μεγάλο. Έμοιαζε με κάποιον που πίστευε ότι μπορούσε να αντιμετωπίσει σαν ίσος τον Βάλενταϊν. Με κάποιον που είχε δικαίωμα να το κάνει. «Α, ναι, ξέχασα. Όταν με άφησες, ήμουν νεκρός. Ή έτσι νόμιζες, τουλάχιστον».

«*Βούλωσ' το*». Ο Τζέις αγριοκοίταξε τον Σάιμον· τα μάτια του ήταν σκοτεινά. «Άσε με να το χειριστώ αυτό». Στράφηκε στον πατέρα του. «Άφησα τον Σάιμον να πιει το αίμα μου», είπε. «Για να μην πεθάνει».

Το ήδη αυστηρό πρόσωπο του Βάλενταϊν έγινε ακόμα πιο σκληρό, λες και τα κόκαλα εξείχαν από το δέρμα. «*Τον άφησες να πιει το αίμα σου με τη θέλησή σου;*»

Ο Τζέις έμοιαζε να διστάζει για λίγο. Κοίταξε τον Σάιμον που κάρφωνε τον Βάλενταϊν με ένα βλέμμα απίστευτου μίσους. Μετά είπε: «Ναι».

«Δεν έχεις ιδέα τι έκανες, Τζόναθαν», είπε ο πατέρας του με μια φρικτή φωνή. «Δεν έχεις ιδέα».

«Έσωσα μια ζωή», είπε ο Τζέις. «Μια ζωή που εσύ προσπάθησες να πάρεις. Αυτό το ξέρω καλά».

«Όχι μια ανθρώπινη ζωή», είπε ο Βάλενταϊν. «Έδωσες ζωή σε ένα τέρας που το μόνο που θα κάνει θα είναι να σκοτώσει για να επιβιώσει. Τέρατα σαν κι αυτόν είναι πάντα πεινασμένα...»

«Ναι, πεινάω ακόμα και τώρα», είπε ο Σάιμον και χαμογέλασε, αποκαλύπτοντας τα μυτερά του δόντια που είχαν βγει από τις θήκες του. Έλαμπαν λευκά και γυαλιστερά στο στόμα του. «Δεν θα με χαλούσε λίγο αιματάκι. Αν και το δικό σου αίμα θα με έκανε να ξεράσω, με τόσο δηλητήριο που κουβαλάς...»

Ο Βάλενταϊν γέλασε. «Για προσπάθησε, βρικόλακα», είπε. «Όταν σε σφάξω με το Ξίφος των Ψυχών, θα καείς και θα πεθάνεις».

Η Κλέρι είδε τα μάτια του Τζέις να πηγαίνουν στο Ξίφος, και μετά σ' εκείνη. Μέσα τους διάβασε μια ανείπωτη ερώτηση. «Το Ξίφος δεν έχει αντιστραφεί ακόμη», είπε βιαστικά. «Δεν πήρε το αίμα της Μάγια, κι έτσι δεν πρόλαβε να ολοκληρώσει την τελετή...»

Ο Βάλενταϊν γύρισε προς το μέρος της, κρατώντας το Ξίφος, και τον είδε να χαμογελάει. Το Ξίφος έμοιαζε να τρέμει στο χέρι του, και μετά κάτι τη χτύπησε –ένιωσε σαν να την είχε τινάξει ένα κύμα, που τη σήκωσε ψηλά παρά τη θέλησή της και την πέταξε μετά σε μία γωνία. Κύλησε στο πάτωμα ανήμπορη, μέχρι που έπεσε με δύναμη στο διαχωριστικό της καμπίνας. Σύρθηκε στην άκρη λαχανιασμένη από αγωνία και πόνο.

Ο Σάιμον άρχισε να τρέχει προς το μέρος της. Ο Βάλενταϊν τέντωσε το Ξίφος, το οποίο έβγαλε μια λαμπερή πύρινη λαίλαπα που έστειλε τον Σάιμον κάμποσα μέτρα πιο πίσω.

Η Κλέρι ανασηκώθηκε και ακούμπησε στους αγκώνες της. Το στόμα της είχε γεμίσει αίμα. Ο κόσμος γύρω της βούιζε, και αναρωτήθηκε πόσο δυνατά είχε χτυπήσει το κεφάλι της και αν θα κατάφερνε να μη λιποθυμήσει. Πίεσε τον εαυτό της να μη χάσει τις αισθήσεις της.

Η φωτιά είχε υποχωρήσει, αλλά ο Σάιμον ήταν ακόμη κουλουριασμένος στο πάτωμα, σαν ζαλισμένος. Ο Βάλενταϊν τον κοίταξε ελάχιστα, και μετά στράφηκε στον Τζέις. «Αν σκοτώσεις το βρικόλακα τώρα» είπε «μπορείς ακόμη να εξιλεωθείς γι' αυτό που έκανες».

«Όχι», ψιθύρισε ο Τζέις.

«Πάρε το όπλο που κρατάς στο χέρι σου και κάρφωσέ το στην καρδιά του». Η φωνή του Βάλενταϊν ήταν απαλή. «Μια απλή κίνηση. Την έχεις ξανακάνει πολλές φορές».

Ο Τζέις κοίταξε τον πατέρα του με σταθερό ύφος. «Είδα τον Άγκραμον» είπε «και είχε το πρόσωπό σου».

«*Είδες* τον Άγκραμον;» Το Ξίφος άστραψε καθώς ο Βάλενταϊν πήγε προς το γιο του. «Και επέζησες;»

«Τον σκότωσα».

«Σκότωσες το Δαίμονα του Φόβου και δεν μπορείς να σκοτώσεις ένα βρικόλακα, ούτε καν όταν σε διατάζω;»

Ο Τζέις κοίταζε τον Βάλενταϊν. «Είναι βρικόλακας, ναι», είπε ανέκφραστος. «Αλλά έχει όνομα. Τον λένε Σάιμον».

Ο Βάλενταϊν σταμάτησε μπροστά στον Τζέις, με το Ξίφος στο χέρι, να βγάζει ένα σκληρό μαύρο φως. Η

Κλέρι αναρωτήθηκε αν ο Βάλενταϊν είχε σκοπό να σκοτώσει τον Τζέις εν ψυχρώ και αν ο Τζέις είχε σκοπό να τον αφήσει. «Άρα, αυτό θα πει» είπε ο Βάλενταϊν «ότι δεν άλλαξες γνώμη; Αυτό που μου είπες την τελευταία φορά που με συνάντησες ήταν η τελευταία σου λέξη, ή μήπως έχεις μετανιώσει που με παράκουσες;»

Ο Τζέις κούνησε αργά αργά το κεφάλι του. Στο ένα χέρι έσφιγγε ακόμη το σπασμένο λοστό, ενώ το άλλο, το δεξί, το είχε βάλει στη ζώνη του, τραβώντας κάτι. Δεν άφησε όμως στιγμή από τα μάτια του τον πατέρα του, και η Κλέρι δεν ήταν σίγουρη αν ο Βάλενταϊν είχε προσέξει τι πήγαινε να κάνει ο Τζέις. Ευχήθηκε να μην τον έβλεπε.

«Ναι», είπε ο Τζέις. «Μετάνιωσα που σε παράκουσα».

Το πρόσωπο του Βάλενταϊν μαλάκωσε. «Τζόναθαν...»

«Ειδικά» είπε ο Τζέις «επειδή σκοπεύω να το ξανακάνω. Αυτήν ακριβώς τη στιγμή».

Το χέρι του τινάχτηκε, γρήγορο σαν αστραπή, και κάτι έσκισε τον αέρα πηγαίνοντας προς το μέρος της Κλέρι. Έπεσε λίγα εκατοστά πιο πέρα, χτυπώντας το μέταλλο με μια κλαγγή, και κύλησε κοντά της. Η Κλέρι γούρλωσε τα μάτια της.

Ήταν το ραβδί της μητέρας της.

Ο Βάλενταϊν άρχισε να γελάει. «Ένα ραβδί; Τζέις, πλάκα μου κάνεις; Ή μήπως επιτέλους...»

Η Κλέρι δεν άκουσε την υπόλοιπη πρόταση. Σηκώθηκε με κόπο, καθώς ο πόνος διαπέρασε το κορμί της. Τα μάτια της δάκρυσαν και θόλωσαν· άπλωσε ένα χέρι που έτρεμε προς το ραβδί, και όταν το άγγιξε, άκουσε μέσα στο μυαλό της μια φωνή, τόσο καθαρή λες και δίπλα της στεκόταν η μητέρα της. *Πάρε το ραβδί, Κλέρι. Χρη-*

σιμοποίησέ το. Ξέρεις τι πρέπει να κάνεις.

Τα δάχτυλά της το έσφιξαν σπασμωδικά. Ανακάθισε, αγνοώντας το κύμα πόνου που βούιζε στο κεφάλι της και διαπέρασε τη σπονδυλική της στήλη. Ήταν μια Κυνηγός, και ο πόνος ήταν κάτι που έπρεπε να συνηθίσει. Άκουγε από κάπου μακριά τον Βάλενταϊν να λέει το όνομά της, άκουγε τα βήματά του, να την πλησιάζουν... και όρμησε προς το στεγανό της καμπίνας προτάσσοντας το ραβδί της με τόση δύναμη, που όταν η άκρη του άγγιξε το μέταλλο, της φάνηκε ότι άκουσε τον ήχο από μέταλλο που καίγεται.

Άρχισε να ζωγραφίζει. Όπως γινόταν κάθε φορά που ζωγράφιζε, ο κόσμος έσβησε, και βρέθηκε μόνη με το ραβδί, και το μέταλλο πάνω στο οποίο έγραφε. Θυμήθηκε να στέκεται έξω από το κελί του Τζέις και να ψιθυρίζει μονολογώντας *Άνοιξε, άνοιξε, άνοιξε,* και ήξερε ότι είχε βάλει όλη τη δύναμή της για να σχεδιάσει εκείνο το ρούνο που είχε ανοίξει την πόρτα και είχε σπάσει τα δεσμά του Τζέις. Και γνώριζε ότι η δύναμη που είχε βάλει σ' εκείνο το ρούνο δεν ήταν ούτε το ένα δέκατο της δύναμης που έβαζε *τώρα.* Τα χέρια της έκαιγαν, και έβγαλε μια κραυγή καθώς έσυρε το ραβδί πάνω στο μέταλλο, αφήνοντας μια παχιά μαύρη γραμμή σαν κάρβουνο πίσω της. *Άνοιξε.*

Όλη της η αγωνία, όλη της η απογοήτευση, όλος της ο θυμός πέρασαν από τα χέρια της στο ραβδί και στο ρούνο. *Άνοιξε.* Όλη της η αγάπη, όλη της η ανακούφιση που είδε τον Σάιμον ζωντανό, όλη της η ελπίδα ότι μπορεί και να τα κατάφερναν. *Άνοιξε!*

Το χέρι της, που κρατούσε ακόμη το ραβδί, έπεσε κουρασμένο. Για μια στιγμή δεν μίλησε κανείς, καθώς όλοι τους, ο Τζέις, ο Βάλενταϊν, ακόμα και ο Σάιμον, κοίταζαν το ρούνο που είχε γραφτεί στο τοίχωμα του πλοίου.

Πρώτος μίλησε ο Σάιμον, που γύρισε προς τον Τζέις. «Τι σημαίνει;»

Ήταν όμως ο Βάλενταϊν αυτός που απάντησε, χωρίς να πάρει το βλέμμα του από τον τοίχο. Στο πρόσωπό του είχε μια έκφραση, μια έκφραση που η Κλέρι δεν περίμενε, κάτι ανάμεσα σε θρίαμβο και τρόμο, απόγνωση και ευτυχία. «Λέει: *μενέ, μενέ, θεκέλ, ουφαρσίν*[12]».

Η Κλέρι σηκώθηκε όρθια με κόπο. «Δεν λέει αυτό», είπε. «Λέει: Άνοιξε».

Ο Βάλενταϊν την κοίταξε στα μάτια. «Κλέρι...»

Το ουρλιαχτό των μετάλλων έσβησε τις λέξεις του. Ο τοίχος πάνω στον οποίο είχε γράψει η Κλέρι, ένας τοίχος από σκληρό, άφθαρτο ατσάλι, κυμάτισε και ζάρωσε. Βίδες και ελατήρια τινάχτηκαν απ' τις θέσεις τους και πίδακες νερού όρμησαν στο δωμάτιο.

Άκουσε τον Βάλενταϊν να φωνάζει, αλλά η φωνή του πνίγηκε στους εκκωφαντικούς ήχους των μετάλλων που διαλύονταν καθώς όλα τα καρφιά, οι πίροι και οι βίδες που κρατούσαν στέρεο το τεράστιο πλοίο άρχισαν να βγαίνουν από τις θέσεις τους και να εκτοξεύονται μακριά.

Εκείνη προσπάθησε να τρέξει προς τον Τζέις και τον Σάιμον, αλλά έπεσε στα γόνατα καθώς από την τρύπα στον τοίχο μπήκε άλλο ένα κύμα νερού. Αυτήν τη φορά, το κύμα την έριξε κάτω και το παγωμένο νερό τη

---

[12] *«Ο Θεός μέτρησε τις μέρες της βασιλείας σου και σημείωσε το τέλος». Αυτή ήταν η επιγραφή που έγραψε ένα αόρατο χέρι στον τοίχο του βασιλιά Βαλτάσαρ, τελευταίου βασιλιά της Βαβυλώνας. Την ίδια νύχτα ο Βαλτάσαρ σκοτώθηκε. (Σ.τ.Μ.)*

ρούφηξε προς τα κάτω. Κάπου μακριά, ο Τζέις φώναζε το όνομά της, με φωνή δυνατή και απελπισμένη πάνω από τους κρότους του πλοίου. Φώναξε το όνομά του μια φορά πριν τη ρουφήξει η φαρδιά τρύπα και την τραβήξει στο σκοτεινό ποτάμι.

Έπεσε και στροβιλίστηκε στο μαύρο νερό. Την τύλιξε ένας τρόμος, ένας τρόμος για το τυφλό σκοτάδι και το βάθος του ποταμού, τα εκατομμύρια τόνων νερού που την τριγύριζαν, την πίεζαν, αδειάζοντας τον αέρα απ' τα πνευμόνια της. Δεν μπορούσε να καταλάβει προς τα πού έπρεπε να πάει για να βγει στην επιφάνεια. Δεν μπορούσε να κρατάει άλλο την αναπνοή της. Πήρε μια βαθιά ανάσα βρόμικου νερού και ένιωσε μια έκρηξη στο στήθος της και δεκάδες αστέρια πίσω από τα μάτια της. Στα αφτιά της, ο ήχος του νερού είχε δώσει τη θέση του σε ένα ψιλό, απροσδιόριστο τραγούδι. *Πεθαίνω*, σκέφτηκε με δέος. Ένα ζευγάρι λευκά χέρια βγήκαν απ' το νερό και την τράβηξαν. Γύρω της τυλίχτηκαν μακριά μαλλιά. «Μαμά», σκέφτηκε η Κλέρι, αλλά πριν προλάβει να δει το πρόσωπο της μητέρας της την κατάπιε το σκοτάδι.

Η Κλέρι ξαναβρήκε τις αισθήσεις της με φωνές παντού γύρω της και φώτα να πέφτουν στα μάτια της. Ήταν ξαπλωμένη ανάσκελα στο αυλακωτό ατσάλι του φορτηγού του Λουκ. Ο γκριζόμαυρος ουρανός έπλεε από πάνω της. Μπορούσε να μυρίσει παντού γύρω της το νερό του ποταμού, μαζί με τη μυρωδιά του καπνού και του αίματος. Από πάνω της έβλεπε χλωμά πρόσωπα, σαν μπαλόνια δεμένα με κλωστές. Άρχισε σιγά-σιγά να τα αναγνωρίζει καθώς τα μάτια της άρχισαν να εστιάζουν.

Ο Λουκ. Και ο Σάιμον. Την κοιτούσαν και οι δύο με σοβαρές, ανήσυχες εκφράσεις. Για μια στιγμή τής φάνηκε ότι τα μαλλιά του Λουκ είχαν ασπρίσει, μετά όμως είδε ότι ήταν γεμάτα στάχτες. Το ίδιο και ο αέρας –είχε τη γεύση της στάχτης– ενώ τα ρούχα και το δέρμα τους ήταν γεμάτα μαύρη καπνιά. Έβηξε νιώθοντας στο στόμα της τη στάχτη. «Πού είναι ο Τζέις;»

«Ε...» Το βλέμμα του Σάιμον πήγε στον Λουκ, και η Κλέρι ένιωσε την καρδιά της να σφίγγεται.

«Είναι καλά;» ρώτησε επιτακτικά. Πήγε να ανασηκωθεί και ένιωσε ένα δυνατό πόνο στο κεφάλι. «Πού είναι; Πού είναι;»

«Εδώ είμαι». Ο Τζέις εμφανίστηκε στο πλάι της, με το πρόσωπο κρυμμένο στο σκοτάδι. Γονάτισε δίπλα της. «Συγγνώμη. Έπρεπε να είμαι εδώ όταν θα ξυπνούσες. Απλώς...»

Η φωνή του ράγισε.

«Απλώς τι;» Τον κοίταξε. Έτσι όπως φωτιζόταν από πίσω, τα μαλλιά του ήταν πιο πολύ ασημένια παρά ξανθά, τα μάτια του άχρωμα. Το δέρμα του ήταν γεμάτο μαύρο και γκρίζο.

«Νόμιζε ότι ήσουν κι εσύ νεκρή», είπε ο Λουκ και σηκώθηκε ξαφνικά. Κοίταξε μακριά στο ποτάμι, κάτι που η Κλέρι δεν μπορούσε να δει. Ο ουρανός ήταν γεμάτος τολύπες μαύρου και κόκκινου καπνού, σαν να καιγόταν κάτι.

«Κι εγώ; Ποιος άλλος...;» είπε, αλλά σταμάτησε καθώς την τίναξε ένας φρικτός πόνος. Ο Τζέις την είδε και έβγαλε από την τσέπη του το ραβδί του.

«Μείνε ακίνητη, Κλέρι». Στο μπράτσο της ένιωσε έναν καυτό πόνο, και μετά το κεφάλι της άρχισε να καθαρίζει. Ανακάθισε και είδε ότι βρισκόταν σε μια υγρή σανίδα στο πίσω μέρος του φορτηγού του Λουκ. Το φορτηγό ήταν γεμάτο με κάμποσα εκατοστά νερό που πάφλαζε, ανακατεμένο με κομματάκια στάχτης που έπεφτε από τον ουρανό σαν ψιλή μαύρη βροχή.

Κοίταξε το Σημάδι που είχε χαράξει ο Τζέις στο δέρμα της. Η αίσθηση αδυναμίας είχε αρχίσει ήδη να υποχωρεί, σαν να της είχε κάνει ένεση με κάτι δυναμωτικό.

Ο Τζέις χάιδεψε με το δάχτυλό του το περίγραμμα του *ιράτζε* που είχε χαράξει στο δέρμα της, αλλά μετά τραβήχτηκε. Το χέρι του ήταν κρύο και υγρό όπως και το δέρμα της. Ήταν ολόκληρος μούσκεμα· τα μαλλιά του ήταν υγρά, ενώ τα βρεγμένα του ρούχα κολλούσαν στο σώμα του.

Στο στόμα της ένιωθε μια απαίσια γεύση, σαν να είχε γλείψει ένα τασάκι. «Τι έγινε; Ξέσπασε φωτιά;»

Ο Τζέις κοίταξε τον Λουκ, που κοιτούσε το βαρύ γκρίζο ποτάμι. Πάνω στο νερό, εδώ κι εκεί, υπήρχαν μικρές βάρκες, αλλά δεν υπήρχε ούτε ίχνος από το πλοίο του Βάλενταϊν. «Ναι», είπε. «Το πλοίο του Βάλενταϊν έγινε παρανάλωμα. Δεν έμεινε τίποτα».

«Πού είναι όλοι οι άλλοι;» ρώτησε η Κλέρι και κοίταξε τον Σάιμον, που ήταν ο μόνος στεγνός. Το ήδη λευκό του δέρμα είχε πάρει μια πρασινωπή απόχρωση, σαν να ήταν άρρωστος. «Πού είναι η Ίζαμπελ και ο Άλεκ;»

«Είναι σε μια απ' τις βάρκες των Κυνηγών των Σκιών. Είναι καλά».

«Ο Μάγκνους;» Γύρισε το κεφάλι της για να δει καλύτερα στο φορτηγάκι, αλλά ήταν άδειο.

«Έπρεπε να φροντίσει τους πιο βαριά πληγωμένους», είπε ο Λουκ.

«Είναι όλοι καλά; Ο Άλεκ, η Ίζαμπελ, η Μάγια; Είναι καλά, έτσι;» Η φωνή της Κλέρι αντήχησε μικρή και λεπτή στα αφτιά της.

«Η Ίζαμπελ πληγώθηκε», είπε ο Λουκ. «Το ίδιο και ο Ρόμπερτ Λάιτγουντ. Θα χρειαστεί πολύ καιρό για να γίνει καλά. Πολλοί από τους άλλους Κυνηγούς, ο Μάλικ και η Ίμοτζεν ανάμεσά τους, είναι νεκροί. Ήταν πολύ δύσκολη μάχη, Κλέρι, και δεν πήγε καλά για μας. Ο Βάλενταϊν εξαφανίστηκε. Το ίδιο και το Ξίφος. Το Κονκλάβιο έχει καταρρακωθεί. Δεν ξέρω...»

Σταμάτησε να μιλάει. Η Κλέρι τον κοιτούσε. Κάτι στη φωνή του την τρόμαζε. «Συγγνώμη», είπε εκείνη. «Εγώ φταίω για όλα αυτά. Αν δεν...»

«Αν δεν είχες κάνει αυτό που έκανες, ο Βάλενταϊν θα είχε σκοτώσει όλους όσοι βρίσκονταν στο πλοίο», είπε αυστηρά ο Τζέις. «Είσαι η μόνη που κατάφερε να αποτρέψει τη σφαγή».

Η Κλέρι τον κοίταξε ξαφνιασμένη. «Αυτό που έκανα με το ρούνο εννοείς;»

«Έκανες το πλοίο κομματάκια», είπε ο Λουκ. «Κάθε βίδα, σπείρα, πίρο, ό,τι το κρατούσε σταθερό έγινε κομμάτια. Διαλύθηκε ολόκληρο. Ακόμα και οι δεξαμενές. Οι περισσότεροι δεν προλάβαμε καν να πηδήξουμε στο νερό πριν αρχίσει να καίγεται. Αυτό που έκανες... δεν έχει δει ποτέ κανείς κάτι παρόμοιο».

«Α», είπε σιγά η Κλέρι. «Αλλά... μήπως πλήγωσα κανέναν;»

«Κάμποσοι δαίμονες πνίγηκαν όταν βούλιαξε το πλοίο», είπε ο Τζέις. «Αλλά όλοι οι Κυνηγοί κατάφεραν να βγουν».

«Επειδή ξέρουν κολύμπι;»

«Επειδή τους έσωσαν. Μας έβγαλαν οι νεράιδες από το νερό».

Η Κλέρι θυμήθηκε τα χέρια που είχε δει στο νερό, το απίστευτα γλυκό τραγούδι που την είχε τυλίξει. Άρα, δεν ήταν η μητέρα της... «Νεράιδες του νερού;»

«Η Βασίλισσα των Σίιλι τελικά κράτησε την υπόσχεσή της», είπε ο Τζέις. «Μας είχε υποσχεθεί ό,τι δυνάμεις είχε».

«Μα, πώς...» *Πώς το ήξερε;* θα ρωτούσε η Κλέρι, αλλά θυμήθηκε τα σοφά και κυνικά μάτια της Βασίλισσας, και τον Τζέις που είχε ρίξει εκείνο το κομματάκι λευκό χαρτί στο νερό δίπλα στο Ρεντ Χουκ, και αποφάσισε να μη ρωτήσει τίποτα.

«Οι βάρκες των Κυνηγών αρχίζουν να κινούνται», είπε ο Σάιμον κοιτώντας το ποτάμι. «Μάλλον έσωσαν όλους όσους μπορούσαν».

«Σωστά». Ο Λουκ σηκώθηκε όρθιος. «Ώρα να πηγαίνουμε». Πήγε αργά προς την καμπίνα του φορτηγού. Κούτσαινε, αν και κατά τα άλλα φαινόταν να είναι εντάξει.

Έκατσε στη θέση του οδηγού, και σε ένα λεπτό η μηχανή του φορτηγού άναψε. Όρμησαν μπροστά, και οι σταγόνες που πετούσαν οι τροχοί καθώς γύριζαν αντανακλούσαν το ασήμι του ουρανού που σιγά-σιγά ξημέρωνε.

«Πόσο παράξενο...» είπε ο Σάιμον. «Μου φαίνεται περίεργο που δεν βουλιάζει το αμάξι».

«Δεν πιστεύω ότι πέρασες όλα αυτά και το μόνο που σου φαίνεται περίεργο είναι αυτό το πράγμα», είπε ο Τζέις, αλλά στη φωνή του δεν υπήρχε ειρωνεία, ούτε εκνευρισμός. Μόνο πολλή, πολλή κούραση.

«Τι θα συμβεί στους Λάιτγουντ;» ρώτησε η Κλέρι. «Μετά από όλα αυτά; Το Κονκλάβιο...;»

Ο Τζέις ανασήκωσε τους ώμους του. «Το Κονκλάβιο είναι περίεργος οργανισμός. Δεν ξέρω τι θα κάνουν. Σίγουρα πάντως θα ενδιαφερθούν πολύ για σένα. Και τις ικανότητές σου».

Ο Σάιμον έκανε έναν ήχο. Η Κλέρι στην αρχή νόμιζε ότι ήταν μια διαμαρτυρία, αλλά όταν τον κοίταξε προσεκτικά, είδε ότι ήταν ακόμα πιο πράσινος από πριν. «Είσαι καλά, Σάιμον;»

«Είναι το νερό», είπε. «Το καθαρό νερό δεν είναι και πολύ καλό για τους βρικόλακες».

«Το Ιστ Ρίβερ δεν είναι και πολύ καθαρό», είπε η Κλέρι, αλλά έπιασε τον ώμο του απαλά για να τον καθησυχάσει. Της χαμογέλασε. «Δεν έπεσες μέσα όταν το πλοίο έγινε κομμάτια;»

«Όχι. Στο νερό επέπλεε ένα μεγάλο κομμάτι μέταλλο, και ο Τζέις με έριξε πάνω του. Έμεινα στεγνός».

Η Κλέρι κοίταξε πίσω της τον Τζέις. Τώρα τον έβλεπε πιο καθαρά. Το σκοτάδι είχε αρχίσει να αραιώνει. «Ευχαριστώ», του είπε. «Πιστεύεις...»

Ο Τζέις ανασήκωσε τα φρύδια του. «Τι πράγμα;»

«Ότι ο Βάλενταϊν πνίγηκε;»

«Μην πιστεύεις ποτέ ότι ο κακός έχει πεθάνει παρά μόνο αν δεις το πτώμα του», είπε ο Σάιμον. «Αλλιώς, κινδυνεύεις να έχεις δυσάρεστες εκπλήξεις».

«Δεν έχεις άδικο», είπε ο Τζέις. «Εγώ λέω ότι δεν έχει πεθάνει. Διαφορετικά, θα βρίσκαμε τα Θανάσιμα Αντικείμενα».

«Μπορεί να τα βγάλει πέρα το Κονκλάβιο χωρίς αυτά;» ρώτησε η Κλέρι. «Χωρίς να τους νοιάζει αν ο Βάλενταϊν είναι νεκρός ή ζωντανός;»

«Το Κονκλάβιο πάντα τα βγάζει πέρα», είπε ο Τζέις. «Αυτό ξέρει μόνο να κάνει». Γύρισε προς τον ορίζοντα στην πλευρά της ανατολής. «Βγαίνει ο ήλιος».

Ο Σάιμον τινάχτηκε. Η Κλέρι τον κοίταξε έκπληκτη για μισό δευτερόλεπτο, και μετά το συνειδητοποίησε έντρομη. Γύρισε προς το μέρος που κοιτούσε ο Τζέις. Είχε δίκιο: ο ορίζοντας στα ανατολικά ήταν σαν μια κατακόκκινη κηλίδα που έβγαινε από ένα χρυσό δίσκο. Η Κλέρι έβλεπε τις πρώτες ακτίνες του ήλιου να λερώνουν το νερό με απόκοσμες λάμψεις πράσινες, άλικες και χρυσές.

«Όχι!» ψιθύρισε.

Ο Τζέις την κοίταξε έκπληκτος, και μετά είδε τον Σάιμον, που καθόταν ακίνητος, να κοιτάζει τον ήλιο που ανέτελλε σαν παγιδευμένο ποντίκι που κοιτούσε μια γάτα. Ο Τζέις σηκώθηκε αμέσως και πήγε στην καμπίνα. Είπε κάτι χαμηλόφωνα στον Λουκ, και η Κλέρι είδε τον Λουκ να κοιτάζει πρώτα την ίδια και τον Σάιμον, και μετά τον Τζέις. Κούνησε το κεφάλι του.

Το φορτηγάκι τινάχτηκε προς τα εμπρός. Ο Λουκ πρέπει να πάτησε τέρμα το γκάζι. Η Κλέρι πιάστηκε από το πλάι του φορτηγού για να σταθεροποιηθεί. Μπροστά τους, ο Τζέις φώναζε στον Λουκ ότι πρέπει να υπήρχε κάποιος τρόπος να πάει γρηγορότερα αυτό το πράγμα, αλλά η Κλέρι ήξερε ότι δεν θα προλάβαιναν ποτέ να φτάσουν πριν ξημερώσει.

«Κάτι θα κάνουμε», είπε στον Σάιμον. Δεν μπορούσε να πιστέψει ότι μέσα σε λιγότερο από πέντε λεπτά είχε νιώσει από απίστευτη ανακούφιση μέχρι απίστευτο τρόμο. «Μπορούμε ίσως να σε σκεπάσουμε με τα ρούχα μας...»

Ο Σάιμον κοίταζε ακόμη τον ήλιο κατάχλωμος. «Μια στοίβα ρούχα δεν θα κάνει τίποτα», είπε. «Μου το εξήγησε ο Ραφαέλ... μόνο οι τοίχοι μάς προστατεύουν από το φως του ήλιου. Θα με κάψει και κάτω από τα ρούχα».

«Μα, πρέπει να υπάρχει κάτι...»

«Κλέρι». Τον έβλεπε πια καθαρά, στο γκρίζο φως πριν την αυγή. Τα μάτια του ήταν τεράστια και σκοτεινά, ενώ το πρόσωπό του χλωμό. Άπλωσε τα χέρια του προς το μέρος της. «Έλα δω».

Έπεσε πάνω του, προσπαθώντας να σκεπάσει με το σώμα της το δικό του, αλλά ήξερε ότι δεν είχε νόημα. Όταν θα τον άγγιζε ο ήλιος, θα γινόταν στάχτη.

Έμειναν για μια στιγμή ακίνητοι, με τα χέρια τους τυλιγμένα γύρω από τον άλλο. Η Κλέρι ένιωθε το στήθος του να ανασηκώνεται και να πέφτει καθώς ανέπνεε. Μια συνήθεια ήταν πια και όχι ανάγκη, θύμισε στον εαυτό της. Μπορεί να μην ανέπνεε, αυτό όμως δεν σήμαινε ότι δεν μπορούσε να πεθάνει.

«Δεν σ' αφήνω να πεθάνεις», είπε.

«Δεν νομίζω ότι έχεις άλλη επιλογή». Ένιωσε το χαμόγελό του. «Δεν περίμενα ότι θα ξανάβλεπα τον ήλιο», είπε. «Μάλλον έκανα λάθος».

«Σάιμον...»

Ο Τζέις φώναξε κάτι. Η Κλέρι σήκωσε το κεφάλι της. Ο ουρανός είχε πλημμυρίσει από ένα ρόδινο φως, σαν χρώμα ριγμένο μέσα σε καθαρό νερό. Ο Σάιμον σφίχτηκε. «Σ' αγαπώ», είπε. «Δεν έχω αγαπήσει ποτέ καμία άλλη σαν εσένα».

Στο ρόδινο ουρανό απλώθηκαν χρυσές γραμμές, σαν

φλέβες σε ακριβό μάρμαρο. Το νερό γύρω τους έλαμπε και ο Σάιμον συσπάστηκε. Το κεφάλι του έπεσε προς τα πίσω, τα ανοιχτά του μάτια γέμισαν χρυσό σαν να ανέτελλε από μέσα του ένα λιωμένο υγρό. Στο δέρμα του εμφανίστηκαν μαύρες γραμμές σαν ρωγμές.

«*Σάιμον!*» φώναξε η Κλέρι. Άπλωσε το χέρι της για να τον αγκαλιάσει, αλλά ένιωσε να την τραβάει κάποιος απότομα προς τα πίσω. Ήταν ο Τζέις, που την κρατούσε απ' τους ώμους. Προσπάθησε να του ξεφύγει, αλλά την κρατούσε σφιχτά, έλεγε κάτι στο αφτί της ξανά και ξανά, και μόνο μετά από λίγα λεπτά κατάλαβε η Κλέρι τι της έλεγε.

«Κλέρι, κοίτα, *κοίτα!*»

«Όχι!» Τα χέρια της σκέπασαν το πρόσωπό της. Γεύτηκε το βρόμικο νερό απ' το ποτάμι στα χέρια της. Ήταν αλμυρό, σαν δάκρυα. «Δεν θέλω να δω, δεν θέλω...»

«Κλέρι». Ο Τζέις τής έπιασε τα χέρια, τραβώντας τα από το πρόσωπό της. Το φως της αυγής πόνεσε τα μάτια της. «Κοίτα».

Κοίταξε. Και άκουσε την ανάσα της να βγαίνει τραχιά από το στήθος της. Ο Σάιμον καθόταν ξαπλωμένος πάνω στην οροφή του φορτηγού, σε ένα κομμάτι όπου έπεφτε ο ήλιος. Το στόμα του ήταν ανοιχτό και κοιτούσε σαστισμένος τον εαυτό του. Ο ήλιος χόρευε στο νερό πίσω του και οι άκρες των μαλλιών του έλαμπαν σαν χρυσές. Δεν είχε γίνει στάχτη, αλλά καθόταν αλώβητος κάτω από το φως του ήλιου, και το χλωμό δέρμα στο πρόσωπο και στα χέρια του δεν είχε ούτε ένα σημάδι.

Έξω από το Ινστιτούτο, έπεφτε το σκοτάδι. Το αχνό κόκκινο του δειλινού έλαμπε πίσω από το παράθυρο του Τζέις καθώς χάζευε τη στοίβα με τα υπάρχοντά του στο κρεβάτι. Ήταν πολύ μικρότερη απ' ό,τι περίμενε. Εφτά ολόκληρα χρόνια σ' εκείνο το μέρος και τα μόνα πράγματα που είχε ήταν εκεί: μισό σακίδιο με ρούχα, λίγα βιβλία και μερικά όπλα.

Είχε σκεφτεί να πάρει μαζί του ό,τι είχε φέρει από το σπίτι του στην Άιντρις όταν θα έφευγε εκείνο το βράδυ. Ο Μάγκνους τού είχε δώσει πίσω το δαχτυλίδι του πατέρα του, αν και δεν ένιωθε πια άνετα να το φοράει. Το είχε κρεμάσει σε μια χρυσή αλυσίδα στο λαιμό του. Στο τέλος είχε αποφασίσει να τα πάρει όλα: δεν είχε νόημα να αφήσει τίποτα δικό του εκεί.

Γέμιζε το σακίδιό του με ρούχα, όταν ακούστηκε ένας χτύπος στην πόρτα. Πήγε να ανοίξει, περιμένοντας να δει τον Άλεκ ή την Ίζαμπελ.

Ήταν η Μαρίζ. Φορούσε ένα αυστηρό μαύρο φόρεμα, και τα μαλλιά της ήταν τραβηγμένα πίσω. Φαινόταν μεγαλύτερη από ό,τι θυμόταν ο Τζέις. Δυο βαθιές γραμμές έφταναν από την άκρη των χειλιών της στο πιγούνι της. Μόνο τα μάτια της είχαν κάποιο χρώμα. «Τζέις», είπε. «Να περάσω;»

«Κάνε ό,τι θέλεις», είπε εκείνος και πήγε πίσω στα πράγματά του. «Σπίτι σου είναι». Έπιασε μερικά μπλουζάκια και τα έχωσε στο σακίδιο με υπερβολική δύναμη.

«Βασικά, το σπίτι είναι του Κονκλάβιου», είπε η Μαρίζ. «Εμείς απλώς το φυλάμε».

«ΟΚ», είπε αδιάφορα ο Τζέις.

«Τι κάνεις;» ρώτησε. Αν δεν την ήξερε τόσο καλά, ο Τζέις θα πίστευε ότι η φωνή της έτρεμε.

«Φτιάχνω τα πράγματά μου», είπε. «Αυτό κάνουν συνήθως οι άνθρωποι όταν φεύγουν».

Η Μαρίζ χλώμιασε. «Μη φύγεις», είπε. «Αν θέλεις να μείνεις...»

«Δεν θέλω να μείνω. Δεν ανήκω εδώ».

«Πού θα πας;»

«Στου Λουκ», είπε, και την είδε να ξαφνιάζεται. «Για λίγο. Μετά δεν ξέρω. Ίσως στην Άιντρις».

«Εκεί νομίζεις ότι ανήκεις;» ρώτησε η Μαρίζ με μια πονεμένη θλίψη στη φωνή.

Ο Τζέις σταμάτησε να φτιάχνει την τσάντα του για ένα λεπτό και την κοίταξε. «Δεν ξέρω πια πού ανήκω».

«Με την οικογένειά σου», είπε η Μαρίζ και έκανε ένα βήμα μπροστά. «Μ' εμάς».

«*Εσύ* με πέταξες έξω». Ο Τζέις ένιωσε την τραχύτητα στη φωνή του και προσπάθησε να την απαλύνει. «Συγγνώμη», είπε. «Για όλα όσα έγιναν. Αλλά δεν με θέλατε πριν, και δεν μπορώ να φανταστώ ότι με θέλετε τώρα. Ο Ρόμπερτ θα είναι άρρωστος για πολύ καιρό ακόμη, και δεν θέλω να είμαι στα πόδια σας».

«Στα πόδια μας;» Η Μαρίζ δεν πίστευε στα αφτιά της. «Ο Ρόμπερτ θέλει να σε *δει*, Τζέις...»

«Αμφιβάλλω».

«Και ο Άλεκ; Η Ίζαμπελ; Ο Μαξ; Σε χρειάζονται. Αν δεν πιστεύεις ότι σε θέλω εγώ εδώ πέρα, και δεν σε κατηγορώ γι' αυτό, πρέπει να ξέρεις ότι εκείνοι σε θέλουν. Περάσαμε άσχημες στιγμές, Τζέις. Μην τους πληγώσεις περισσότερο...»

«Αυτό είναι άδικο».

«Δεν σε κατηγορώ αν με μισείς». Η φωνή της όντως έτρεμε. Ο Τζέις την κοίταξε έκπληκτος. «Αυτό που έκανα όμως... ακόμα και το ότι σε πέταξα έξω... που σου φέρθηκα έτσι, ήταν για να σε προστατεύσω. Και επειδή φοβόμουν».

«Εμένα;»

Έγνεψε καταφατικά.

«Αυτό με κάνει να νιώθω πολύ καλύτερα, ευχαριστώ».

Η Μαρίζ πήρε μια βαθιά ανάσα. «Νόμιζα ότι θα μου ράγιζες την καρδιά όπως ο Βάλενταϊν», είπε. «Ήσουν το πρώτο πράγμα που αγάπησα, μετά από εκείνον, που δεν ήταν δικό μου αίμα. Το πρώτο ζωντανό πλάσμα. Και ήσουν ένα παιδί...»

«Πίστευες ότι ήμουν κάποιος άλλος».

«Όχι, Τζέις. Ήξερα πάντα ποιος ήσουν. Από την πρώτη στιγμή που σε είδα να κατεβαίνεις το καράβι από την Άιντρις, όταν ήσουν δέκα χρονών... μπήκες στην καρδιά μου όπως ακριβώς και τα δικά μου παιδιά όταν γεννήθηκαν». Κούνησε το κεφάλι της. «Δεν καταλαβαίνεις. Δεν έχεις παιδιά, γι' αυτό. Δεν μπορείς να αγαπήσεις τίποτα σαν τα δικά σου παιδιά. Ούτε να θυμώσεις με κάποιον τόσο πολύ».

«Αυτό το κατάλαβα», είπε ο Τζέις μετά από λίγο.

«Δεν περιμένω να με συγχωρήσεις», είπε η Μαρίζ. «Αν όμως έμενες για την Ίζαμπελ, τον Άλεκ και τον Μαξ, θα ήμουν ευγνώμων...»

Ήταν η λάθος απάντηση. «Δεν θέλω την ευγνωμοσύνη σου», είπε ο Τζέις, και συνέχισε να πακετάρει. Δεν είχε τίποτε άλλο να βάλει. Έπιασε το φερμουάρ.

«*À la Claire fontaine m' en allant promener*[13]», είπε η Μαρίζ.

Την κοίταξε με απορία. «Τι;»

«*Il y a longtemps que je t' aime. Jamais je ne t'*

---

[13] *«Καθώς περπατούσα προς την καθαρή πηγή», στα Γαλλικά. (Σ.τ.Ε.)*

oublierai...[14] είναι το τραγούδι που έλεγα στον Άλεκ και στην Ίζαμπελ. Εκείνο που με είχες ρωτήσει».

Στο δωμάτιο είχε μείνει ελάχιστο φως, και στο θαμπό σκοτάδι η Μαρίζ ήταν σχεδόν όπως όταν ο Τζέις ήταν δέκα χρονών, σαν να μην είχε αλλάξει καθόλου τα τελευταία επτά χρόνια. Ήταν αυστηρή και ανήσυχη, και γεμάτη ελπίδα. Ήταν η μόνη μητέρα που είχε γνωρίσει ποτέ.

«Έκανες λάθος όταν μου είπες ότι δεν σου το τραγούδησα ποτέ», είπε. «Απλώς, ποτέ δεν με άκουσες».

Ο Τζέις δεν είπε τίποτα. Άνοιξε το φερμουάρ και αναποδογύρισε το σακίδιο, αφήνοντας τα πράγματά του να ξαναπέσουν στο κρεβάτι.

---

[14] «Σ' αγαπάω εδώ και καιρό. Δεν θα σε ξεχάσω ποτέ...» στα Γαλλικά. (Σ.τ.Ε.)

Επίλογος

«*Κλέρι!*» Το πρόσωπο της μητέρας του Σάιμον έλαμψε όταν την είδε να στέκεται στο κατώφλι. «Έχω να σε δω έναν αιώνα. Είχα αρχίσει να ανησυχώ ότι είχατε τσακωθεί με τον Σάιμον».

«Όχι, όχι» είπε η Κλέρι «απλώς, δεν ήμουν και πολύ καλά, αυτό είναι όλο». *Ακόμα και όταν έχεις μαγικούς θεραπευτικούς ρούνους, δεν είσαι άτρωτος*, σκέφτηκε. Είχε ξυπνήσει την επομένη της μάχης για να ανακαλύψει, χωρίς μεγάλη έκπληξη, ότι είχε ένα φρικτό πονοκέφαλο και ένα απαίσιο κρύωμα –και ποιος δεν θα είχε μετά από ώρες στο κρύο με μουσκεμένα ρούχα; Ο Μάγκνους όμως είχε πει ότι μάλλον είχε απλώς εξαντληθεί από το ρούνο που είχε καταστρέψει ολοσχερώς το πλοίο του Βάλενταϊν.

Η μητέρα του Σάιμον κούνησε το κεφάλι συγκαταβατικά. «Μάλλον κόλλησες το μικρόβιο που είχε ο Σάιμον την προηγούμενη εβδομάδα, ε; Ούτε από το κρεβάτι δεν μπορούσε να σηκωθεί».

«Τώρα όμως είναι καλύτερα, σωστά;» ρώτησε η Κλέρι. Ήξερε ότι ήταν, αλλά ήθελε να το ακούσει άλλη μία φορά.

«Μια χαρά είναι. Είναι στην πίσω αυλή, νομίζω. Πήγαινε να τον βρεις». Της χαμογέλασε. «Θα χαρεί να σε δει».

Τα κόκκινα τούβλινα σπιτάκια του δρόμου του Σάιμον χωρίζονταν μεταξύ τους από χαριτωμένους φράχτες από σφυρήλατο σίδερο, και ο καθένας τους είχε μια μικρή πορτούλα που οδηγούσε σε ένα μικροσκοπικό κομματάκι γρασίδι στο πίσω μέρος του σπιτιού. Ο ουρανός ήταν καταγάλανος και ο αέρας δροσερός παρά τον ήλιο. Η Κλέρι ένιωθε στον αέρα τη γεύση του χιονιού που δεν θ' αργούσε να πέσει».

Έκλεισε πίσω της την πόρτα και πήγε να βρει τον Σάιμον. Ήταν όντως στον πίσω κήπο, ξαπλωμένος σε μια πλαστική καρέκλα με ένα κόμικ στην αγκαλιά του. Το άφησε στην άκρη όταν είδε την Κλέρι, ανακάθισε και χαμογέλασε. «Έλα, μωρό».

«Μωρό;» είπε εκείνη και έκατσε δίπλα του. «Με δουλεύεις;»

«Είπα να δοκιμάσω. Όχι;»

«Όχι», είπε αυστηρά εκείνη και έσκυψε και τον φίλησε στα χείλη. Όταν τραβήχτηκε πίσω, τα δάχτυλά του χάιδεψαν τα μαλλιά της, αλλά το βλέμμα του ήταν σκεπτικό.

«Χαίρομαι που ήρθες», είπε.

«Κι εγώ. Θα ερχόμουν νωρίτερα, αλλά...»

«Ήσουν άρρωστη, το ξέρω». Είχε περάσει μια εβδομάδα στέλνοντάς του μηνύματα από τον καναπέ του Λουκ, όπου βρισκόταν τυλιγμένη με μια κουβέρτα βλέποντας επεισόδια CSI. Ήταν ωραίο να περνάει λίγο χρόνο σε έναν κόσμο όπου κάθε έγκλημα είχε μια προφανή, επιστημονικά αποδεδειγμένη λύση.

«Είμαι καλύτερα τώρα». Κοίταξε γύρω της ανατριχιάζοντας και τύλιξε τη λευκή της ζακέτα πιο κοντά στο σώμα της. «Τι κάνεις εδώ έξω; Δεν κρυώνεις;»

Ο Σάιμον κούνησε το κεφάλι του. «Δεν νιώθω πια το κρύο, αλλά ούτε και τη ζέστη. Άλλωστε...» είπε και χαμογέλασε «θέλω να περάσω όσο περισσότερο χρόνο μπορώ στον ήλιο. Νυστάζω ακόμη κατά τη διάρκεια της μέρας, αλλά το προσπαθώ».

Άγγιξε με την ανάποδη της παλάμης της το μάγουλό του. Το πρόσωπό του ήταν ζεστό απ' τον ήλιο, αλλά το δέρμα του ήταν ουσιαστικά δροσερό. «Όλα τα άλλα... είναι ακριβώς τα ίδια;»

«Αν εννοείς αν είμαι ακόμη βρικόλακας... Ναι, έτσι φαίνεται. Θέλω ακόμη να πίνω αίμα, δεν έχω σφυγμό. Πρέπει να αποφύγω το γιατρό, αλλά μια που οι βρικόλακες δεν αρρωσταίνουν...»

«Μίλησες με τον Ραφαέλ; Δεν έχει ιδέα γιατί αντέχεις τον ήλιο;»

«Όχι. Άσε που φαίνεται να έχει τσαντιστεί», είπε ο Σάιμον νυσταγμένος, σαν να ήταν δύο τα ξημερώματα και όχι δύο το μεσημέρι. «Νομίζω ότι θέλει να έχει μια συνέπεια ο κόσμος του. Επίσης, θέλει να με πείσει να κυκλοφορώ τη νύχτα, ενώ εγώ θέλω να κυκλοφορώ τη μέρα».

«Θα περίμενα να του αρέσει η αλλαγή».

«Στους βρικόλακες δεν αρέσει η αλλαγή. Είναι πολύ παραδοσιακοί». Της χαμογέλασε, και η Κλέρι σκέφτηκε ότι ο Σάιμον θα έμενε για πάντα έτσι. Όταν εκείνη θα γινόταν πενήντα ή εξήντα, εκείνος θα έμοιαζε ακόμη δεκαέξι. Δεν ήταν και χαρούμενη σκέψη. «Θα είναι πολύ καλό για τη μουσική μου καριέρα», είπε. «Οι βρικόλακες σύμφωνα με την Ανν Ράις γίνονται φοβεροί ροκ σταρ».

«Δεν νομίζω ότι αυτή η πληροφορία είναι και πολύ αξιόπιστη».

«Και τι είναι; Εκτός από σένα, φυσικά;»

«Αξιόπιστη; Έτσι με βλέπεις;» τον ρώτησε με ψεύτικο θυμό. «Τι ρομαντικό».

Το πρόσωπό του σκοτείνιασε λίγο. «Κλέρι…»

«Τι; Τι έγινε;» Έπιασε το χέρι του. «Έχεις τη φωνή που χρησιμοποιείς όταν μου λες άσχημα νέα».

Κοίταξε απ' την άλλη. «Δεν ξέρω αν είναι καλά ή κακά», είπε.

«Ή το ένα θα είναι ή το άλλο», είπε η Κλέρι. «Πες μου ότι είσαι καλά».

«Μια χαρά», της είπε. «Απλώς… νομίζω ότι δεν πρέπει να βλεπόμαστε πια».

Η Κλέρι παραλίγο να πέσει κάτω. «Μου λες ότι δεν θέλεις να είμαστε πια φίλοι;»

«Κλέρι…»

«Εξαιτίας των δαιμόνων; Επειδή εγώ φταίω που έγινες βρικόλακας;» Η φωνή της δυνάμωνε όλο και περισσότερο. «Το ξέρω ότι ακούγονται όλα κάπως, αλλά μπορώ να σε προστατεύσω… Μπορώ…»

Ο Σάιμον κατσούφιασε. «Αρχίζεις να ακούγεσαι σαν δελφίνι, το ξέρεις; Σταμάτα».

Η Κλέρι σταμάτησε.

«Θέλω να είμαστε φίλοι», είπε. «Το άλλο εννοώ ότι πρέπει να κόψουμε».

«Το άλλο;»

Κοκκίνισε. Η Κλέρι νόμιζε ότι οι βρικόλακες δεν μπορούσαν να κοκκινίσουν. Ήταν πολύ έντονο πάνω στο λευκό του δέρμα. «Τη σχέση...»

Έμεινε σιωπηλή για λίγο, προσπαθώντας να βρει τις κατάλληλες λέξεις. Τελικά είπε: «Τουλάχιστον δεν είπες το σεξ. Φοβήθηκα ότι έτσι έβλεπες τη σχέση μας».

Εκείνος κοίταξε τα χέρια τους που ήταν μπλεγμένα μεταξύ τους πάνω στην πλαστική καρέκλα. Τα δάχτυλά της ήταν μικρά δίπλα στα δικά του, αλλά για πρώτη φορά το δέρμα της ήταν πιο σκούρο. Χάιδεψε αφηρημένος το χέρι της και είπε: «Εννοείται ότι δεν το έβλεπα έτσι».

«Μα, νόμιζα ότι το ήθελες», του είπε. «Νόμιζα ότι είχες πει ότι...»

Την κοίταξε πίσω από τις πυκνές του βλεφαρίδες. «Ότι σε αγαπούσα; Σ' αγαπώ. Αλλά δεν είναι μόνο αυτό».

«Είναι η Μάγια;» Τα δόντια της είχαν αρχίσει να τρέμουν, και όχι μόνο από το κρύο. «Επειδή σου αρέσει;»

Ο Σάιμον δίστασε. «Όχι. Δηλαδή, ναι, μου αρέσει, αλλά όχι όπως το εννοείς εσύ. Απλώς, όταν είμαι κοντά της, νιώθω ότι υπάρχει κάποιος σαν εμένα. Δεν είναι όπως όταν είμαι μαζί σου».

«Αλλά δεν την αγαπάς...»

«Ίσως και να την αγαπήσω μια μέρα».

«Ίσως και να σε αγαπήσω εγώ μια μέρα».

«Αν γίνει αυτό ποτέ» της είπε «έλα να μου το πεις. Ξέρεις πού να με βρεις».

Τα δόντια της έτρεμαν πιο δυνατά. «Δεν μπορώ να σε χάσω, Σάιμον, δεν μπορώ».

«Ποτέ δεν θα με χάσεις. Δεν φεύγω. Προτιμώ όμως

αυτό που έχουμε, που είναι αληθινό και σημαντικό, παρά να σε αναγκάσω να υποκριθείς οτιδήποτε άλλο. Όταν είμαι μαζί σου, θέλω να ξέρω ότι είμαι μαζί σου, με την αληθινή Κλέρι».

Πλησίασε το κεφάλι της στο δικό του, κλείνοντας τα μάτια της. Ήταν ακόμη ο Σάιμον ό,τι και να είχε γίνει: μύριζε σαν τον Σάιμον, το απορρυπαντικό του. «Μπορεί και να μην ξέρω ποια είμαι πια».

«Εγώ όμως ξέρω».

Το ολοκαίνουριο φορτηγάκι του Λουκ την περίμενε στη γωνία όταν η Κλέρι βγήκε από τον κήπο του Σάιμον κλείνοντας πίσω της την πόρτα.

«Με έφερες, δεν ήταν ανάγκη να έρθεις να με πάρεις κιόλας», είπε και μπήκε μέσα στο αμάξι. Ο Λουκ είχε αντικαταστήσει το παλιό, διαλυμένο φορτηγάκι του με ένα ολόιδιο.

«Συγχώρεσε τον πατρικό μου υπερπροστατευτισμό», είπε δίνοντάς της ένα χάρτινο ποτηράκι καφέ. Ήπιε μια γουλιά, χωρίς γάλα και με πολλή ζάχαρη, όπως της άρεσε. «Αγχώνομαι όταν δεν είσαι πολύ κοντά μου τελευταία».

«Ναι;» είπε η Κλέρι, κρατώντας τον καφέ πολύ προσεκτικά για να μην τον χύσει κάθε φορά που πέφτανε σε λακκούβες. «Και για πόσο καιρό λες να κρατήσει αυτό;»

Ο Λουκ έμοιαζε να το σκέφτεται. «Όχι και πολύ. Πέντε ή έξι χρόνια».

«Λουκ!»

«Σχεδιάζω να σε αφήσω να βγεις ραντεβού στα τριάντα σου, αν θες».

«Βασικά, δεν είναι κι άσχημα. Μπορεί να μην είμαι έτοιμη νωρίτερα».

Ο Λουκ την κοίταξε λοξά. «Με τον Σάιμον...»

Κούνησε το χέρι που δεν κρατούσε τον καφέ. «Μη ρωτάς».

«Κατάλαβα», είπε, και μπορεί και να καταλάβαινε στ' αλήθεια. «Θες να σε αφήσω στο σπίτι;»

«Στο νοσοκομείο πας;» Το κατάλαβε από το άγχος που διέκρινε κάτω από τα αστεία του. «Θα έρθω κι εγώ».

Ήταν πάνω στη γέφυρα, και η Κλέρι κοίταξε το ποτάμι κρατώντας σκεπτική τον καφέ της. Δεν την κούραζε ποτέ αυτή η θέα του στενού περάσματος του νερού ανάμεσα από τους "τοίχους" του Μανχάταν και του Μπρούκλιν. Έλαμπε στο φως σαν αλουμίνιο. Αναρωτήθηκε γιατί δεν είχε προσπαθήσει ποτέ να το ζωγραφίσει. Θυμήθηκε μια φορά που είχε ρωτήσει τη μητέρα της γιατί δεν τη χρησιμοποιούσε ποτέ ως μοντέλο, γιατί δεν είχε ζωγραφίσει ποτέ την ίδια της την κόρη. «Το να ζωγραφίσεις κάτι είναι σαν να προσπαθείς να το αιχμαλωτίσεις για πάντα», της είχε πει η Τζόσλιν, που καθόταν στο πάτωμα με μια βούρτσα που έσταζε μπλε του κοβαλτίου στο παντελόνι της. «Αν αγαπάς κάτι πραγματικά, δεν προσπαθείς να το κρατήσεις όπως είναι για πάντα. Πρέπει να το αφήσεις ελεύθερο να αλλάξει».

Εγώ όμως μισώ τις αλλαγές. Πήρε μια βαθιά ανάσα. «Λουκ» είπε «ο Βάλενταϊν μού είπε κάτι όταν ήμουν στο πλοίο...»

«Τίποτα καλό δεν αρχίζει με τις λέξεις "Ο Βάλενταϊν είπε"», μουρμούρισε ο Λουκ.

«Μπορεί και όχι. Είχε σχέση με σένα και τη μαμά μου. Είπε ότι ήσουν ερωτευμένος μαζί της».

Σιωπή. Είχαν κολλήσει στην κίνηση, πάνω στη γέφυρα. Άκουσε το τρένο να περνάει δίπλα τους. «Πιστεύεις ότι είναι αλήθεια;» τη ρώτησε ο Λουκ.

«Βασικά», είπε η Κλέρι, που ένιωθε την ένταση στην ατμόσφαιρα, και προσπάθησε να διαλέξει προσεκτικά τις λέξεις της. «Δεν ξέρω. Δηλαδή, μου το είχε ξαναπεί, και το είχα θεωρήσει παράνοια και μίσος. Αλλά αυτήν τη φορά, το σκέφτηκα, και εντάξει, είναι κάπως παράξενο που ήσουν πάντα κοντά μας, ήσουν σαν πατέρας μου, τα καλοκαίρια ζούσαμε στο εξοχικό σου, και όμως ούτε εσύ ούτε η μαμά μου είχατε άλλες σχέσεις. Οπότε...»

«Οπότε τι;»

«Οπότε σκέφτηκα ότι ίσως ήσασταν μαζί όλο αυτό τον καιρό και δεν θέλατε να μου το πείτε. Ίσως νομίζατε ότι ήμουν πολύ μικρή για να καταλάβω. Ίσως να φοβόσασταν ότι θα άρχιζα να κάνω ερωτήσεις για τον πατέρα μου. Δεν είμαι πια πολύ μικρή όμως για κάτι τέτοιο. Αυτό θέλω να πω. Μπορείς να μου πεις τα πάντα».

«Ίσως όχι τα πάντα». Μεσολάβησε άλλη μία σιωπή καθώς το φορτηγάκι προχώρησε μερικά μέτρα. Ο Λουκ μισόκλεισε τα μάτια του κόντρα στον ήλιο, χτυπώντας νευρικά τα χέρια του στο τιμόνι. Τελικά είπε: «Έχεις δίκιο. Είμαι ερωτευμένος με τη μητέρα σου».

«Τέλεια», είπε η Κλέρι, για να φανεί ότι τον υποστηρίζει παρά το γεγονός ότι της φαινόταν πολύ ξένη η ιδέα ότι άνθρωποι στην ηλικία του Λουκ και της μητέρας της μπορεί να ήταν ερωτευμένοι.

«Αλλά» είπε εκείνος «δεν το ξέρει».

«Δεν το ξέρει;» Η Κλέρι έκανε μια χειρονομία. Ευτυχώς, το ποτήρι της είχε αδειάσει. «Πώς γίνεται να μην το ξέρει; Δεν της το έχεις πει;»

«Βασικά», είπε ο Λουκ, πατώντας το πόδι του στο γκάζι έτσι που το αμάξι τινάχτηκε μπροστά «όχι».

«Γιατί;»

Ο Λουκ αναστέναξε και έτριψε το αξύριστο πιγούνι του κουρασμένα. «Γιατί...» είπε «ποτέ δεν ήταν η κατάλληλη στιγμή».

«Αυτή είναι γελοία δικαιολογία, και το ξέρεις».

Ο Λουκ κατάφερε να βγάλει έναν ήχο μεταξύ γέλιου και ενόχλησης. «Μπορεί, αλλά έτσι είναι. Όταν κατάλαβα για πρώτη φορά τι ένιωθα για την Τζόσλιν, ήμουν στην ηλικία σου. Δεκαέξι. Είχαμε μόλις γνωρίσει τον Βάλενταϊν. Δεν μπορούσα να τον συναγωνιστώ. Είχα μάλιστα χαρεί γιατί σκεφτόμουν ότι αν ήταν να είναι με κάποιον άλλον, τουλάχιστον να ήταν με κάποιον που θα της άξιζε». Η φωνή του σοβάρεψε. «Όταν κατάλαβα πόσο λάθος ήταν αυτό, ήταν πολύ αργά. Όταν φύγαμε μαζί απ' την Άιντρις και ήταν έγκυος σε σένα, της πρότεινα να την παντρευτώ, να τη φροντίζω. Της είπα ότι δεν με ένοιαζε ποιος ήταν ο πατέρας του παιδιού, θα το μεγάλωνα σαν να ήταν δικό μου. Εκείνη νόμιζε ότι το έκανα για εκείνη. Δεν μπόρεσα να την πείσω ότι το έκανα από καθαρό εγωισμό. Μου είπε ότι δεν ήθελε να γίνει βάρος σε κανέναν και ότι δεν μπορούσε να το ζητήσει αυτό από κανέναν. Όταν με άφησε στο Παρίσι, πήγα πίσω στην Άιντρις, αλλά ήμουν πάντα ανήσυχος, δεν ήμουν ποτέ ευτυχισμένος. Ένα κομμάτι μου ήταν πάντα κενό, το κομμάτι που ήταν δικό της. Ονειρευόμουν ότι ήταν κάπου και με είχε ανάγκη και ότι με φώναζε κι εγώ δεν την άκουγα. Τελικά, πήγα να τη βρω».

«Θυμάμαι ότι ήταν πολύ χαρούμενη» είπε η Κλέρι «όταν τη βρήκες».

«Και ναι και όχι. Χάρηκε που με είδε, αλλά ταυτόχρονα για εκείνη συμβόλιζα έναν ολόκληρο κόσμο που είχε εγκαταλείψει και ήθελε να ξεχάσει. Συμφώνησε να με αφήσει να μείνω όταν δέχτηκα να κόψω όλους τους δεσμούς με την αγέλη μου, με το Κονκλάβιο, με την Άιντρις, με τα πάντα. Θα ήθελα να μείνω μαζί σας, αλλά η Τζόσλιν φοβόταν ότι οι μεταμορφώσεις μου δύσκολα θα κρύβονταν από σένα, και αναγκάστηκα να συμφωνήσω. Αγόρασα το βιβλιοπωλείο, βρήκα ένα καινούριο όνομα και είπα ότι ο Λούσιαν Γκρέιμαρκ είχε πεθάνει. Και αυτή ήταν η αλήθεια».

«Έκανες πάρα πολλά για τη μαμά μου. Άφησες πίσω μια ολόκληρη ζωή».

«Θα έκανα κι άλλα», είπε ο Λουκ. «Αλλά ήταν τόσο απόλυτη στο ότι δεν ήθελε να έχει καμία σχέση με το Κονκλάβιο ή τον Κόσμο του Σκότους, και ό,τι και να πω, δεν παύω να είμαι ένας λυκάνθρωπος. Και ήταν σίγουρη ότι δεν ήθελε να μάθεις εσύ τίποτα απ' όλα αυτά. Ξέρεις, ποτέ δεν συμφώνησα με τις επισκέψεις στον Μάγκνους, το σβήσιμο της μνήμης σου και της Ενόρασής σου, αλλά αυτό ήθελε εκείνη, και την άφησα να το κάνει, γιατί αν προσπαθούσα να τη σταματήσω, θα με έδιωχνε. Και δεν υπήρχε περίπτωση, καμία απολύτως, να με αφήσει να την παντρευτώ, να γίνω πατέρας σου και να μη σου πω την αλήθεια για το ποιος ήμουν. Και αυτό θα τα κατέστρεφε όλα, όλους τους εύθραυστους τοίχους που είχε προσπαθήσει τόσο πολύ για να χτίσει ανάμεσα σ' αυτήν και στον Αόρατο Κόσμο. Δεν μπορούσα να της το κάνω αυτό. Γι' αυτό, δεν είπα τίποτα».

«Δεν της είπες ποτέ τι ένιωθες;»

«Η μαμά σου δεν είναι χαζή, Κλέρι», είπε ο Λουκ.

Ακουγόταν ήρεμος, αλλά η φωνή του είχε μια περίεργη χροιά. «Πρέπει να το είχε καταλάβει. Της είχα προτείνει να την *παντρευτώ*. Όσο ευγενική κι αν ήταν στις αρνήσεις της, ξέρω ένα πράγμα: ξέρει πώς νιώθω και δεν νιώθει το ίδιο».

Η Κλέρι δεν είπε τίποτα.

«Δεν πειράζει», είπε ο Λουκ προσπαθώντας να ακουστεί ανάλαφρος. «Το έχω πάρει απόφαση εδώ και πολύ καιρό».

Τα νεύρα της Κλέρι ήταν τεντωμένα και είχε την εντύπωση ότι δεν ήταν μόνο από την καφεΐνη. Έδιωξε τις σκέψεις της για τη δική της ζωή. «Της πρότεινες να την παντρευτείς, αλλά της είπες ποτέ ότι ήταν επειδή την αγαπούσες; Εμένα δεν μου φάνηκε έτσι».

Ο Λουκ δεν είπε τίποτα.

«Νομίζω ότι θα έπρεπε να της έχεις πει την αλήθεια. Νομίζω ότι κάνεις λάθος για τα αισθήματά της».

«Δεν κάνω λάθος, Κλέρι». Η φωνή του Λουκ ήταν αποφασιστική: *Φτάνει.*

«Θυμάμαι μια φορά που την είχα ρωτήσει γιατί δεν έβγαινε ραντεβού», είπε η Κλέρι αγνοώντας τον τόνο του. «Μου είχε πει επειδή η καρδιά της ήταν δοσμένη αλλού. Τότε νόμιζα ότι εννοούσε τον πατέρα μου, αλλά τώρα... δεν είμαι και τόσο σίγουρη».

Ο Λουκ ήταν σαστισμένος. «Είπε κάτι τέτοιο;» Όμως διόρθωσε αμέσως τον εαυτό του. «Μπορεί να εννοούσε όντως τον Βάλενταϊν, ξέρεις».

«Δεν νομίζω». Του έριξε μια λοξή ματιά. «Και στο κάτω κάτω, δεν σε εκνευρίζει που δεν μπορείς να πεις τι νιώθεις;»

Αυτήν τη φορά, η σιωπή κράτησε μέχρι να κατέβουν

από τη γέφυρα και να βγουν στην οδό Όρτσαρντ, που ήταν γεμάτη μαγαζιά και εστιατόρια που είχαν υπέροχες κινέζικες επιγραφές με στροβιλιστά χρυσά και κόκκινα γράμματα. «Ναι, με εκνεύριζε», είπε ο Λουκ. «Παλιότερα πίστευα ότι αυτό που είχα με τη μητέρα σου ήταν καλύτερο απ' το τίποτα. Όταν όμως δεν μπορείς να πεις την αλήθεια στα άτομα για τα οποία νοιάζεσαι περισσότερο στον κόσμο, τελικά δεν μπορείς να λες αλήθεια ούτε στον εαυτό σου».

Στα αφτιά της Κλέρι αντήχησε κάτι σαν νερό που πέφτει. Είδε ότι είχε διαλύσει το χάρτινο ποτηράκι του καφέ ανάμεσα στα χέρια της και το είχε κάνει ένα στραπατσαρισμένο μπαλάκι.

«Πήγαινέ με στο Ινστιτούτο, σε παρακαλώ», είπε.

Ο Λουκ την κοίταξε έκπληκτος. «Νόμιζα ότι ήθελες να έρθεις στο νοσοκομείο».

«Θα έρθω μόλις τελειώσω», του είπε. «Πρέπει να κάνω κάτι πρώτα».

Το χαμηλότερο επίπεδο του Ινστιτούτου ήταν λουσμένο στο φως. Η Κλέρι διέσχισε τρέχοντας το στενό διάδρομο ανάμεσα στα στασίδια, όρμησε στο ασανσέρ και πάτησε το κουμπί. «Άντε, κατέβα», μουρμούρισε.

Οι χρυσές πόρτες άνοιξαν διάπλατα. Μέσα στο ασανσέρ στεκόταν ο Τζέις. Τα μάτια του άνοιξαν έκπληκτα όταν την είδε.

«Άντε...» μουρμουρούσε η Κλέρι. «Α, γεια».

Την κοίταξε ξαφνιασμένος. «Κλέρι;»

«Έκοψες τα μαλλιά σου», του είπε πριν το καλοσκεφτεί. Όντως, οι μακριές μεταλλικές μπούκλες δεν έπεφταν πια γύρω από το πρόσωπό του, αλλά ήταν καλοκουρεμένες. Τον έκανε να φαίνεται πιο περιποιημένος, και λίγο μεγαλύτερος. Επίσης, ήταν καλοντυμένος. Φορούσε ένα σκούρο μπλε φούτερ και τζιν. Κάτι στο λαιμό του γυάλιζε, λίγο πιο κάτω απ' το γιακά της μπλούζας του.

Σήκωσε το χέρι του. «Ναι, μου τα έκοψε η Μαρίζ». Η πόρτα του ασανσέρ άρχισε να κλείνει· την κράτησε με το χέρι του. «Θέλεις να ανέβεις πάνω;»

Κούνησε το κεφάλι της. «Βασικά, ήθελα να σου μιλήσω».

«Α». Έδειξε να ξαφνιάζεται λίγο, αλλά βγήκε από το ασανσέρ, αφήνοντας την πόρτα να κλείσει πίσω του. «Πήγαινα στο Τάκις να πάρω λίγο φαγητό. Δεν έχει κανείς όρεξη να μαγειρέψει...»

«Φαντάζομαι...» είπε η Κλέρι, και το μετάνιωσε αμέσως. Το αν ήθελαν ή όχι οι Λάιτγουντ να μαγειρέψουν δεν ήταν δική της δουλειά.

«Αν θες, μπορούμε να μιλήσουμε εκεί», είπε ο Τζέις και άρχισε να πηγαίνει προς την πόρτα. Σταμάτησε και γύρισε πίσω για να δει αν τον ακολουθεί. Έτσι όπως στεκόταν ανάμεσα σε δύο αναμμένα καντηλέρια, με το φως τους να ρίχνει ένα απαλό χρυσό χρώμα στο δέρμα και στα μαλλιά του, έμοιαζε με τη ζωγραφιά ενός αγγέλου. Η καρδιά της σφίχτηκε. «Θα έρθεις ή όχι;» της είπε κοφτά, καθόλου αγγελικά.

«Ναι, ναι, έρχομαι». Έτρεξε να τον προφτάσει.

Όσο πήγαιναν προς το Τάκις, η Κλέρι προσπαθούσε να μιλάει για πράγματα άσχετα με την ίδια, τον Τζέις, ή την ίδια και τον Τζέις. Τον ρωτούσε πώς ήταν η Ίζαμπελ, ο Άλεκ και ο Μαξ.

Εκείνος δίστασε. Διέσχιζαν την Πρώτη Λεωφόρο, και

φυσούσε ένα απαλό αεράκι. Ο ουρανός ήταν καταγάλανος, χωρίς ούτε ένα σύννεφο. Μια τέλεια φθινοπωρινή νεοϋορκέζικη μέρα.

«Λυπάμαι», είπε η Κλέρι νιώθοντας άβολα με τη βλακεία της. «Πρέπει να νιώθουν απαίσια. Τόσοι γνωστοί τους έχουν πεθάνει».

«Είναι διαφορετικά για εμάς τους Κυνηγούς», είπε ο Τζέις. «Είμαστε μαχητές. Περιμένουμε το θάνατο με έναν τρόπο που εσείς...»

«Εμείς οι θνητοί θα έλεγες;» είπε η Κλέρι αναστενάζοντας.

«Ναι», παραδέχθηκε εκείνος. «Μερικές φορές είναι δύσκολο ακόμα και για μένα να σκεφτώ τι πραγματικά είσαι».

Είχαν σταματήσει μπροστά στην είσοδο του Τάκις, με τη μισογκρεμισμένη οροφή και τη χτισμένη πρόσοψη. Το ίφριτ που φυλούσε την είσοδο τους κοίταξε καχύποπτα.

«Είμαι η Κλέρι», είπε.

Ο Τζέις την κοίταξε. Ο αέρας ανέμιζε τα μαλλιά της. Άπλωσε το χέρι του και τα χάιδεψε, σχεδόν αφηρημένος. «Το ξέρω».

Μέσα βρήκαν ένα γωνιακό πάγκο και έκατσαν. Το μαγαζί ήταν σχεδόν άδειο. Η Κάιλι, η σερβιτόρα, καθόταν στο ταμείο κουνώντας νωχελικά τα γαλάζια φτερά της. Κάποτε έβγαιναν με τον Τζέις. Δύο λυκάνθρωποι κάθονταν σε έναν κοντινό πάγκο. Έτρωγαν ωμά αρνίσια παϊδάκια και διαφωνούσαν για το ποιος θα κέρδιζε σε μια μονομαχία: ο Ντάμπλντορ από τον Χάρι Πότερ ή ο Μάγκνους Μπέιν.

«Σίγουρα ο Ντάμπλντορ», είπε ο πρώτος. «Έχει το

αχτύπητο Ραβδί από Κουφοξυλιά».

Ο δεύτερος λυκάνθρωπος έκανε μια γκριμάτσα. «Ναι, αλλά ο Ντάμπλντορ δεν είναι αληθινός».

«Γιατί είναι ο Μάγκνους Μπέιν; Τον έχεις δει ποτέ;»

«Αυτό είναι τόσο παράξενο», είπε η Κλέρι, βουλιάζοντας πιο χαμηλά στη θέση της. «Τους άκουσες;»

«Όχι. Το να κρυφακούς είναι αγένεια». Ο Τζέις κοιτούσε εξεταστικά τον κατάλογο, κάτι που έδωσε στην Κλέρι την ευκαιρία να κοιτάξει *εκείνον*. *Δεν σε κοιτάζω*, του είχε φωνάξει. Αλήθεια ήταν, ή μάλλον προσπαθούσε να μην τον κοιτάζει όπως θα ήθελε, σαν καλλιτέχνης. Χανόταν πάντα σε μια λεπτομέρεια: στην καμπύλη του ζυγωματικού του, στη γωνία των βλεφάρων του, στο σχήμα του στόματός του...

«Γιατί με κοιτάς καλά-καλά;» τη ρώτησε χωρίς να σηκώσει το βλέμμα του απ' τον κατάλογο. «Έχω κάτι;»

Η άφιξη της Κάιλι στο τραπέζι τους ευτυχώς γλίτωσε την Κλέρι. Το στυλό της, πρόσεξε η Κλέρι, ήταν ένα ασημένιο κλαδί σημύδας. Κοίταξε με περιέργεια την Κλέρι με τα καταγάλανα μάτια της. «Έχετε αποφασίσει;»

Η Κλέρι παρήγγειλε ό,τι βρήκε μπροστά της. Ο Τζέις πήρε γλυκοπατάτες και διάφορα άλλα για να τα πάρει σε πακέτο. Η Κάιλι απομακρύνθηκε αφήνοντας πίσω της την αχνή μυρωδιά λουλουδιών.

«Πες στον Άλεκ και στην Ίζαμπελ ότι λυπάμαι για ό,τι έγινε», είπε η Κλέρι όταν η Κάιλι είχε απομακρυνθεί αρκετά. «Και πες στον Μαξ ότι θα τον πάρω στον Απαγορευμένο Πλανήτη να διαλέξει κόμικ όποτε θέλει».

«Μόνο οι θνητοί ζητάνε συγγνώμη για κάτι που δεν είναι δικό τους φταίξιμο και όταν θέλουν να πουν ότι καταλαβαίνουν τη θλίψη σου», είπε ο Τζέις. «Δεν έφταιγες εσύ για τίποτε απ' όλα αυτά, Κλέρι». Τα μάτια του ήταν ξαφνικά γεμάτα μίσος. «Ο Βάλενταϊν έφταιγε».

«Φαντάζομαι ότι δεν έδωσε...»

«Σημεία ζωής; Όχι. Μάλλον θα είναι κρυμμένος κάπου ώσπου να καταφέρει να ολοκληρώσει αυτό που ξεκίνησε με το Ξίφος. Μετά απ' αυτό...» Ο Τζέις τραύλισε.

«Μετά τι;»

«Δεν ξέρω. Είναι παρανοϊκός. Είναι δύσκολο να προβλέψεις τι θα κάνει». Όμως, δεν την κοιτούσε στα μάτια, και η Κλέρι κατάλαβε τι εννοούσε. *Πόλεμος*. Αυτό ήθελε ο Βάλενταϊν. Να πολεμήσει τους Κυνηγούς των Σκιών. Και θα τα κατάφερνε. Ήταν απλώς ζήτημα τού ποιος θα έκανε την πρώτη κίνηση. «Αμφιβάλλω όμως ότι γι' αυτό ήθελες να μου μιλήσεις, σωστά;»

«Όχι». Τώρα που είχε φτάσει η στιγμή, η Κλέρι δυσκολευόταν να βρει τις λέξεις. Είδε την αντανάκλασή της στα ασημένια μαχαιροπίρουνα. Λευκή ζακέτα, λευκό πρόσωπο, ένα κοκκίνισμα στα μάγουλα. Ήταν λες και είχε πυρετό. Ένιωθε ότι μπορεί και να είχε. «Ήθελα να σου μιλήσω εδώ και μέρες...»

«Δεν μου φάνηκε έτσι». Η φωνή του ήταν αφύσικα κοφτή. «Κάθε φορά που σε έπαιρνα, ο Λουκ μού έλεγε ότι δεν ήσουνα καλά. Νόμιζα ότι με απέφευγες. Ξανά».

«Όχι». Της φαινόταν ότι ανάμεσά τους το κενό ήταν τεράστιο. Και όμως, ο πάγκος δεν ήταν και τόσο μεγάλος, ούτε κάθονταν μακριά ο ένας απ' τον άλλο. «Ήθελα να σου μιλήσω. Σε σκεφτόμουν συνέχεια».

Έβγαλε έναν έκπληκτο ήχο και της άπλωσε το χέρι του. Το πήρε νιώθοντας απέραντη ευγνωμοσύνη. «Κι εγώ σε σκεφτόμουν».

Το χέρι του ήταν ζεστό, καθησυχαστικό, και θυμήθηκε πώς είχε πιάσει στο Ρένγουικ το ματωμένο κομμάτι της Πύλης απ' το χέρι του –το μόνο πράγμα που είχε μείνει απ' την παλιά ζωή του– και πώς την είχε αγκαλιάσει. «Ήμουν στ' αλήθεια άρρωστη», είπε. «Ορκίζομαι. Παραλίγο να πεθάνω εκεί στο πλοίο, ξέρεις».

Άφησε το χέρι της, αλλά την κοιτούσε σαν να ήθελε να κρατήσει το πρόσωπό της στη μνήμη του. «Το ξέρω», είπε. «Κάθε φορά που παραλίγο να πεθάνεις, πεθαίνω κι εγώ σχεδόν».

Οι λέξεις του έκαναν την καρδιά της να χτυπήσει τόσο δυνατά, σαν να είχε καταπιεί έναν τόνο καφεΐνη. «Τζέις. Ήρθα να σου πω ότι...»

«Περίμενε. Άσε με να σου πω πρώτα εγώ». Σήκωσε τα χέρια του σαν να ήθελε να σταματήσει τις λέξεις της. «Πριν πεις οτιδήποτε, ήθελα να σου ζητήσω συγγνώμη».

«Συγγνώμη; Για ποιο πράγμα;»

«Που δεν σε άκουσα». Έκανε πίσω τα μαλλιά του με τα χέρια του, και η Κλέρι πρόσεξε μια μικρή ουλή στο πλάι του λαιμού του. Δεν την είχε παλιά. «Μου έλεγες συνέχεια ότι δεν μπορούσα να έχω από σένα αυτό που ήθελα, κι εγώ σε πίεζα και δεν σε άκουγα. Μόνο σε ήθελα, και δεν με ένοιαζε τι έλεγαν οι άλλοι. Ούτε καν εσύ».

Το στόμα της στέγνωσε ξαφνικά, πριν προλάβει όμως να πει οτιδήποτε, ήρθε η Κάιλι με τις πατάτες του Τζέις και ένα σωρό πιάτα για την Κλέρι. Η Κλέρι τα κοίταξε σαστισμένη: πράσινο μιλκσέικ, κάτι που έμοιαζε με ωμό μπέργκερ και ένα πιάτο ακρίδες βουτηγμένες στη σοκολάτα. Όχι ότι είχε σημασία: το στομάχι της ήταν τόσο σφιγμένο, που δεν μπορούσε να σκεφτεί καν το φαγητό.

«Τζέις» είπε μόλις έφυγε η σερβιτόρα «δεν έκανες τίποτα κακό...»

«Όχι, άσε με να τελειώσω». Κοιτούσε τις πατάτες του σαν να έκρυβαν τα μυστικά του σύμπαντος. «Κλέρι, πρέπει να το πω τώρα, αλλιώς δεν θα το πω ποτέ». Οι λέξεις του έβγαιναν βιαστικά: «Πίστευα ότι είχα χάσει την οικογένειά μου. Και δεν εννοώ τον Βάλενταϊν. Εννοώ τους Λάιτγουντ. Νόμιζα ότι με είχαν ξεγράψει. Νόμιζα ότι δεν μου είχε απομείνει τίποτα στον κόσμο εκτός από σένα. Ήμουν σε απόγνωση και το έβγαλα σε σένα και ... λυπάμαι. Είχες δίκιο».

«Όχι. Ήμουν ανόητη. Ήμουν σκληρή μαζί σου».

«Είχες κάθε δικαίωμα να το κάνεις». Σήκωσε το βλέμμα του και την κοίταξε. Ξαφνικά ένιωσε όπως όταν ήταν μικρή, τεσσάρων χρονών, στην παραλία, και έκλαιγε που το κύμα τής είχε χαλάσει το κάστρο της. Η μητέρα της τής είχε πει ότι αν ήθελε, θα έφτιαχναν άλλο, αλλά αυτό δεν την έκανε να σταματήσει να κλαίει γιατί αυτό που πίστευε ότι θα έμενε για πάντα, δεν έμεινε τελικά παρά μόνο για λίγο, ήταν φτιαγμένο από άμμο που χανόταν με το άγγιγμα του νερού και του αέρα. «Αυτό που είπες ήταν αλήθεια. Δεν μπορούμε να ζούμε και να αγαπάμε σε κενό αέρος. Υπάρχουν γύρω μας άνθρωποι που νοιάζονται για μας και ίσως να πληγώνονταν ανεπανόρθωτα αν αφήναμε τον εαυτό μας να νιώσει αυτό που θέλει. Το να είμαστε τόσο εγωιστές θα σήμαινε... θα σήμαινε ότι είμαστε σαν τον Βάλενταϊν».

Είπε το όνομα του πατέρα του με τόση βεβαιότητα, που η Κλέρι ένιωσε σαν να είχε κλείσει ξαφνικά μια πόρτα.

«Από εδώ και πέρα, θα είμαι μόνο αδερφός σου», είπε,

και την κοίταξε με τόση ανυπομονησία να τη δει χαρούμενη, που την έκανε να θέλει να ουρλιάξει ότι της έκανε την καρδιά κομμάτια και έπρεπε να σταματήσει. «Αυτό δεν ήθελες;»

Της πήρε λίγη ώρα να απαντήσει, και όταν το έκανε, η φωνή της ήταν σαν μια ηχώ που ερχόταν από κάπου πολύ μακριά. «Ναι», είπε, και άκουσε στα αφτιά της τα κύματα να σκάνε, και ένιωσε τα μάτια της να πονάνε από την άμμο ή το αλάτι. «Ναι, αυτό ήθελα».

Η Κλέρι ανέβηκε μουδιασμένη τα φαρδιά σκαλιά μπροστά από το νοσοκομείο Μπεθ. Από μια άποψη ήταν χαρούμενη που ήταν εκεί. Αυτό που ήθελε περισσότερο απ' οτιδήποτε άλλο στον κόσμο ήταν να πέσει στην αγκαλιά της μητέρας της και να κλάψει, παρόλο που δεν θα μπορούσε ποτέ να της εξηγήσει γιατί έκλαιγε. Επειδή όμως δεν μπορούσε να το κάνει αυτό, το να κάτσει δίπλα στο κρεβάτι της και να κλάψει ήταν η δεύτερη καλύτερη επιλογή της.

Τα είχε καταφέρει αρκετά καλά στο Τάκις, είχε αγκαλιάσει κιόλας τον Τζέις για να τον αποχαιρετίσει. Δεν είχε αρχίσει να κλαίει, παρά μόνο όταν μπήκε στο μετρό, και τότε έπιασε τον εαυτό της να κλαίει για όλα όσα δεν είχε κλάψει ακόμη, τον Τζέις και τον Σάιμον και τον Λουκ και τη μητέρα της, ακόμα και για τον Βάλενταϊν. Είχε κλάψει τόσο δυνατά, που ο άνδρας που καθόταν απέναντί της τής είχε προσφέρει ένα χαρτομάντιλο κι εκείνη του είχε φωνάξει: *Τι κοιτάς, ρε ηλίθιε;* γιατί έτσι ήταν η Νέα Υόρκη, και μετά απ' αυτό είχε νιώσει λίγο καλύτερα.

Όταν έφτανε στην κορυφή της σκάλας, συνειδητοποίησε ότι εκεί στεκόταν μια γυναίκα. Φορούσε ένα μακρύ σκούρο μανδύα πάνω από ένα φόρεμα, που δεν έμοιαζε με κάτι που θα έβλεπες εύκολα στο Μανχάταν. Ο μανδύας ήταν από ένα υλικό σαν βελούδο και είχε μια μεγάλη κουκούλα, που έκρυβε το πρόσωπο της γυναίκας. Κοιτώντας γύρω της, η Κλέρι είδε ότι κανένας άλλος δεν φαινόταν να δίνει σημασία στην εμφάνιση της γυναίκας. Ξόρκι, λοιπόν.

Έφτασε στο σκαλί και σταμάτησε, κοιτώντας τη γυναίκα. Δεν έβλεπε το πρόσωπό της. «Κοίτα, αν ήρθες για μένα, πες μου τι θέλεις», είπε. «Δεν έχω καμία όρεξη για ξόρκια και μυστικότητες αυτήν τη στιγμή».

Πρόσεξε ότι γύρω της οι άνθρωποι πίστευαν ότι μιλάει μόνη της. Αντιστάθηκε στην παρόρμηση να τους βγάλει τη γλώσσα της.

«Εντάξει». Η φωνή ήταν ευγενική, κάπως οικεία. Η γυναίκα έβγαλε την κουκούλα. Στους ώμους της έπεσαν τα ασημένια της μαλλιά, σαν καταρράχτης. Ήταν η γυναίκα που είχε δει η Κλέρι να την κοιτάζει στην αυλή του Μαρμάρινου Κοιμητηρίου, η ίδια γυναίκα που τους είχε σώσει από το μαχαίρι του Μάλικ στο Ινστιτούτο. Από κοντά, η Κλέρι είδε ότι είχε ένα πρόσωπο γεμάτο γωνίες, όχι πολύ όμορφο, αλλά τα μάτια της είχαν ένα έντονο, γοητευτικό καστανό. «Με λένε Μαντλίν. Μαντλίν Μπελφλέρ».

«Και...;» ρώτησε η Κλέρι. «Τι θέλεις από μένα;»

Η γυναίκα δίστασε. «Ήξερα τη μητέρα σου, την Τζόσλιν», είπε. «Ήμασταν φίλες στην Άιντρις».

«Δεν μπορείς να τη δεις», είπε η Κλέρι. «Επιτρέπονται μόνο οι συγγενείς πρώτου βαθμού μέχρι να γίνει καλά».

«Δεν θα γίνει».

Η Κλέρι ένιωσε σαν να την είχαν χαστουκίσει. «Ορίστε;»

«Λυπάμαι», της είπε η Μαντλίν. «Δεν ήθελα να σε αναστατώσω. Απλώς, ξέρω τι έχει η Τζόσλιν, και ένα νοσοκομείο θνητών δεν μπορεί να κάνει τίποτα γι' αυτήν. Αυτό που έχει... το έκανε μόνη της, Κλαρίσα».

«Όχι, δεν ξέρεις τι έγινε. Ο Βάλενταϊν...»

«Το έκανε πριν τη βρει ο Βάλενταϊν. Για να μην της αποσπάσει πληροφορίες. Έτσι το είχε σχεδιάσει. Ήταν ένα μυστικό, ένα μυστικό που το μοιράστηκε μόνο με ένα άτομο, στο οποίο και είπε πώς μπορούσε να λύσει τα μάγια. Αυτό το άτομο ήμουν εγώ».

«Θέλεις να πεις...;»

«Ναι», είπε η Μαντλίν. «Θέλω να πω ότι μπορώ να σου δείξω πώς να ξυπνήσεις τη μητέρα σου».

Μη χάσετε το συναρπαστικό
τρίτο βιβλίο της σειράς
ΘΑΝΑΣΙΜΑ ΕΡΓΑΛΕΙΑ

Γυάλινη Πόλη

κυκλοφορεί
Ιανουάριο 2011

ΚΑΠΟΙΕΣ ΑΓΑΠΕΣ ΕΙΝΑΙ ΜΟΙΡΑΙΕΣ…

ΑΛΛΕΣ ΕΙΝΑΙ ΚΑΤΑΡΑΜΕΝΕΣ

Δεν υπήρχαν εκπλήξεις στην Επαρχία Γκάτλιν. Τουλάχιστον αυτό νόμιζα. Όπως αποδείχθηκε,έκανα πολύ μεγάλο λάθος.
Υπήρχε μια κατάρα.
Υπήρχε μια κοπέλα.
Και στο τέλος,
υπήρχε ένας τάφος.

ΑΓΩΝΕΣ ΠΕΙΝΑΣ

SUZANNE COLLINS

Η τριλογία
ΑΓΩΝΕΣ ΠΕΙΝΑΣ
της Suzanne Collins
κυκλοφορεί από τις
εκδόσεις